BASTEI
LÜBBE

Von Jude Deveraux sind außerdem bei BASTEI-LÜBBE erschienen:

10471 Die ASCOTTS – Judith
10513 Die ASCOTTS – Alicia
10567 Die ASCOTTS – Clarissa
10598 Die ASCOTTS – Fiona
10722 Geliebter Tyrann
10746 Und am Ende siegt die Liebe
10849 Dieses heißersehnte Glück
10866 Herz aus Eis
10932 Herz aus Feuer
10993 Die Verführerin
11216 Herz in Aufruhr
11342 Liebe kennt keine Gefahren
11445 Lodernde Glut
11497 Rendezvous in Kentucky
11545 Die Prinzessin
11588 Im Zwiespalt der Gefühle
11616 Die Zähmung
11635 Heimliche Wünsche
11655 Mehr als Träume,
11721 Duell der Liebe
11762 Liebe ist stärker als Haß

JUDE DEVERAUX

Zwischen Leidenschaft und Liebe

Aus dem Amerikanischen von
Bodo Baumann

BASTEI
LÜBBE

BASTEI-LÜBBE-TASCHENBUCH
Band 11850

Deutsche Erstveröffentlichung
Titel der amerikanischen Originalausgabe: The Duchess

Printed in Germany Juli 1992
Einbandgestaltung: Adolf Bachmann
Titelfoto: Pino Daeni/Agentur Schlück
Satz, Druck und Bindung: Ebner Ulm
ISBN 3-404-11850-2

1

London 1883

Miss Claire Willoughby verliebte sich auf den ersten Blick in Harry, den Elften Herzog von MacArran – was auch für alle anderen Frauen galt, die sich mit ihr im Salon befanden. Doch es war nicht die unglaubliche Schönheit dieses Mannes, die ihr den Kopf verdrehte. Es waren auch nicht seine Schultern, die so breit waren, wie der Stiel ihrer Gartenhacke in der Länge maß, oder sein dichtes blondes Haar und seine glänzenden blauen Augen. Noch waren es seine vom jahrelangen Zureiten temperamentvoller Rassepferde bemerkenswert muskulösen Beine, die unter dem leuchtend grünen Kilt besonders gut zur Geltung kamen. Nein – nicht was sie sah, eroberte ihr Herz, sondern was sie hörte.

Beim Anblick des Kilts und der mit Silberschmuck verzierten Ledertasche, die an seiner Hüfte baumelte, des Elfenbeingriffs seines Dolchs, der aus seinem dicken Kniestrumpf ragte, und des Tartans, der mit einer das Wappen des Grundherrn tragenden Spange am Hals befestigt war, hörte sie einen einsamen Mann auf dem Dudelsack spielen. Sie hörte den Wind über die Heide des schottischen Hochlands streichen und das Dröhnen der Baßpfeifen. Sie hörte den Donner der Kanonen von Culloden und das Weinen der Witwen, die um ihre gefallenen Männer trauerten. Sie hörte den Jubel der Sieger und das erschütterte Schweigen der Besiegten. Sie hörte die Hoffnungsseufzer, als sich Bonnie Prince Charlie gegen die englische Krone erhob, und die Verzweiflung, als er geschlagen wurde. Sie hörte den Verrat der Campbells und die Klagen und Schmerzensschreie der Schotten in ihrem jahrhundertelangen Ringen mit England.

All das hallte in ihrem Kopf wider, als sie Harry, den Nachkommen vieler Generationen von MacArrans-Grundherrn durch den Raum schreiten sah. Die anderen Frauen sahen nur einen blendend aussehenden jungen Mann, aber Claire blickte darüber hinaus und sah, was sie hörte. Sie konnte sich diesen blonden Hünen am Kopfende eines schweren Eichentisches vorstellen, einen Silberbecher in der Hand, den Schein des flackernden Herdfeuers auf seinem Gesicht, während er seinen Männern zurief, ihm zu folgen. Er war eine Führernatur.

Harry sah eine zierliche, vollbusige junge Amerikanerin, die zweifellos hübsch war. Doch was sie fast zu einer Schönheit machte, war der Ausdruck ihres Gesichts – eine Begeisterungsfähigkeit, ein waches Interesse für alles und jedermann. Als sie Harry anblickte, hatte er das Gefühl, als wäre er der einzige Mann auf der Welt, dem es zuzuhören lohnte. Wißbegierde und Intelligenz sprachen aus ihren großen braunen Augen, und ihre kleine Gestalt bewegte sich rasch und mit einer Zielstrebigkeit, die man bei Frauen selten fand.

Harry fand rasch Gefallen an Claires Tatendrang. Sie konnte nicht eine Sekunde stillsitzen und wollte ständig irgend etwas besichtigen. Claire schlug Ausflugsziele vor und bestellte das Mittagessen, und alles, was Harry und seine Freunde zu tun hatten, war, sich dort rechtzeitig einzufinden. Sie war unterhaltsam und brachte ihn zum Lachen. Zuweilen redete sie etwas zuviel über die schottische Geschichte, aber er fand es sehr amüsant, daß sie der Bericht einer Schlacht, die vor mehr als hundert Jahren stattgefunden hatte, zu Tränen rührte. Sie schien hundert tote Männer für heroische Gestalten zu halten, die ein bedeutendes Leben geführt und große Tapferkeit bewiesen hatten. Wenn sie von diesen Männer sprach, nahmen ihre Augen einen verklärten und entrückten Ausdruck an, während Harry diese Pausen dazu nützte, ihren reizenden Busen zu betrachten.

Erst als sie erwähnte, daß sein toter Bruder zu ihren Helden zählte, verschluckte Harry den Stein einer Cocktailkirsche und erstickte fast daran. Miss Claire, immer rasch zur Hand, wenn es galt, zu handeln, warf ihn geistesgegenwärtig gegen einen Sessel, daß er mit dem Bauch über dessen Rükkenlehne hing, und schlug ihn so heftig zwischen die Schulterblätter, daß der Stein durch das ganze Wohnzimmer flog und in einer Punschterrine landete.

Diese Aktion überzeugte Harry davon, daß Claire die Richtige für die Aufgabe war. Bramley House brauchte eine Herrin, die schnell denken und reagieren konnte ... alle Häuser, die Harry besaß, brauchten eine Herrin, die so reich war wie Claire.

Was Claire anlangte, so war sie zutiefst beeindruckt, daß ein schottischer Herzog ihr seine Aufmerksamkeit schenkte. Sie konnte in Harrys Gegenwart kaum atmen. Sie hörte ihm zu, betrachtete ihn und lächelte ihn an. Sie sagte, was er, wie sie hoffte, gern hören wollte, und tat das, was er ihrer Meinung nach von ihr erwartete. Und wenn sie sich außerhalb seines Blickfeldes befand, dachte sie an ihn und seufzte.

Claires Mutter war entzückt, als sie entdeckte, daß ihre Tochter sich in einen Mann verliebt hatte, der ein Herzog war. »Aber er ist auch der Chef des MacArran-Clans«, wandte Claire ein, was ihrer Mutter jedoch nichts sagte.

Arva Willoughby war einmal eine blendende Schönheit gewesen, aber jetzt schien sie die Fleischwülste über und unter ihrem Korsett nicht zu bemerken. Sie würde ihrer Tochter, die für ihren Geschmack viel zu wissensdurstig war, nicht gestatten, sich so eine Gelegenheit entgehen zu lassen. Arva tat alles, was in ihrer Macht stand, um ihre Tochter in der Kunst, sich einen Mann zu angeln, zu unterweisen.

Vor allem gestattete Arva den jungen Leuten nicht, sich allein zu treffen. Arva sagte, das Interesse eines Mannes würde durch die Abwesenheit einer Frau wachgehalten, nicht dadurch, daß sie sich täglich trafen. Sie sagte, daß eine Frau ihren Mann mehr als genug sah, wenn sie einmal verheiratet waren.

»Mutter«, erwiderte Claire in erbittertem Ton, »der Herzog hat mich nicht um meine Hand gebeten, und wie soll ich wissen, ob ich ihn heiraten *möchte,* wenn ich ihn nicht kennenlerne?«

Wie gewöhnlich hatte Arva eine Antwort auf diese Frage parat. »Du magst ja glauben, daß du etwas vom Leben wüßtest, weil du die Nase in Bücher gesteckt hast, aber du weißt überhaupt nichts über Frauen und Männer.«

Claire war zu glücklich, um sich vom Pessimismus ihrer Mutter die Laune verderben zu lassen. Sie lächelte und dachte an Harry und seine Vorfahren, wie sie über das schottische Hochland ritten.

Erst als sie Harry schon mehr als einen Monat kannte, kamen Claire leise Zweifel: »Mutter, es scheint, daß ich mich mit Harry nie richtig unterhalten kann. Er hört mir zwar zu und lächelt mich an, aber er macht nie eine Bemerkung zu dem, was ich sage. Manchmal habe ich den Eindruck, Seine Gnaden wüßten nicht einmal, wer Bonnie Prinz Charlie gewesen ist.«

»Mein liebes Kind, worüber beschwerst du dich eigentlich? Dieser junge Mann sieht göttlich aus, und er ist ein Herzog. Was kannst du mehr verlangen?«

»Jemanden, mit dem ich reden . . .«

»Ha!« schnaubte Arva. »Konversation ist nicht wichtig für eine Ehe. Wenn du erst mal ein Jahr verheiratet bist, sagst du zu deinem Mann höchstens noch, daß er dir die Butter reichen soll. Und wenn du gute Dienstboten hast, ist selbst dieser Satz überflüssig. Dein Vater und ich haben schon seit Jahren kein Wort mehr miteinander gesprochen, und dennoch lieben wir uns leidenschaftlich.«

Claire blickte auf ihr Buch.

Arva legte die Hand unter das Kinn ihrer Tochter. »Ich weiß, was es heißt, jung und verliebt zu sein. Du hast deine Zweifel. Die hatten wir alle in deinem Alter. Aber glaube mir – es besteht absolut kein Grund zur Sorge. Dein junger Herzog ist hübsch, freundlich und aufmerksam – schau dir doch nur die Blumen an, die er dir in der letzten Woche geschickt hat. Dieser Mann ist alles, was sich eine Frau wünschen kann. Und wenn er nicht viel redet, ist das nur zu deinem Vorteil. Sagtest du nicht eben, daß er dir zuhört? Kind, ein Mann, der auf eine Frau hört, ist sein Gewicht in Diamanten wert!«

Claire schenkte ihrer Mutter ein schwaches Lächeln, und Arva nahm ihr das Buch aus der Hand. »Du verdirbst dir noch die Augen mit deinem vielen Lesen.« Sie blickte auf das Titelblatt. »Und wer ist Captain Baker?« fragte sie, als sie den Namen des Verfassers las.

»Ein Forschungsreisender. Der größte Forschungsreisende, den die Welt je gekannt hat. Angeblich soll er ein Verwandter des Herzogs sein.«

Arva runzelte die Stirn, als sie das Leuchten in den Augen ihrer Tochter sah. »Ich weiß, was es heißt, zu träumen. Auch ich hatte Träume, aber ich habe in meinem Leben einiges gelernt. Die Zukunft einer Frau hängt allein von ihrem Ehemann ab. Diese Männer, von denen du träumst, diese . . .« Sie sah sich in Claires Schlafzimmer um, das voller Bücher war – viele noch in Koffern verpackt, die die Willoughbys auf all ihren Reisen begleiteten. »Diese Erfinder, Künstler, Schriftsteller und dieser Forschungsreisende – das sind keine Männer, mit denen du leben kannst. Es gibt Männer, mit denen man lebt, und Männer, mit denen man . . . Nun, diesen Aspekt des Lebens wirst du entdecken, wenn du erst einmal verheiratet bist. Ich muß dich da nicht erst aufklären, und ich möchte meinen, daß der junge Harry genügend Erfahrung besitzt, um das nötige Verständnis für dich aufzubringen.«

Claire hatte keine Ahnung, wovon ihre Mutter redete, aber sie wußte, daß ihr dieses Thema nicht behagte. »Ich möchte meinen Ehemann lieben.«

»Natürlich willst du das. Und du liebst Harry doch, nicht wahr? Wie könntest du ihn denn nicht lieben?«

Claire dachte an Harry in seinem Kilt und an seine blauen Augen.

Arva lächelte ihrer Tochter zu. »Und da fließen auch noch andere Überlegungen ein. Denk dran, wie es sein wird, wenn du eine Herzogin bist, Claire. Jede Laune und jeder Wunsch wird dir erfüllt, bevor du dir überhaupt bewußt wirst, daß du dir etwas wünschst. Du wirst in die Lage versetzt, all diese heimatlosen Kreaturen kennenzulernen, von denen du so viel liest. Wie könnten sie die Einladung einer Herzogin ausschlagen? Du wirst Freiheiten haben, Claire – die Freiheit, alles zu tun, was du möchtest und wann du es möchtest.« Das Lächeln auf Arvas Gesicht erlosch. »Und da sollte man auch nicht vergessen, das Testament deines Großvaters zu erwähnen. Deinem Vater und mir ist der junge Harry als Schwiegersohn willkommen, und wenn du ihn heiratest, bekommst du dein Erbe ausgezahlt. Wenn aber nicht . . .« Arva lächelte wieder. »Ich möchte dir ja nicht drohen, Liebes – du tust, was du tun mußt; aber du darfst dabei deine jüngere Schwester nicht vergessen.«

Damit rauschte Arva aus dem Zimmer ihrer Tochter und ließ Claire allein. Zuweilen schien ihre Mutter eine törichte, frivole Frau zu sein – eine Frau mit geringer Bildung und wenig Verstand. Aber manchmal erschreckte sie Claire fast.

Claire legte Captain Bakers Buch beiseite und zog ihr Kleid glatt. Worüber sollte sie sich Sorgen machen? Harry, Herzog von MacArran, war ein göttlicher Mann, und, ja, sie liebte ihn. Wie ihre Mutter bereits sagte: wie könnte sie einen Mann wie Harry denn auch nicht lieben? Da war nichts Falsches an ihm. Wenn eine Frau den perfekten Mann erschaffen müßte, würde sie Harry erfinden.

Claire lachte laut. Sie machte sich unnötig Gedanken. Sie liebte Harry, und sie würde wahrscheinlich eine Herzogin werden. Sie war die glücklichste junge Frau der Welt.

Am nächsten Sonntag führte Harry Claire allein aus, ruderte mit ihr zu einer Insel inmitten eines Sees und half ihr aus dem Boot. Claire saß sehr gerade auf einer karierten Decke, die Harry für sie mitgebracht hatte, die Hände im Schoß gefaltet, während er sich neben ihr im Gras ausstreckte. Er trug ein altmodisches Leinenhemd mit weiten, aufgeschlagenen Ärmeln. Der Stoff sah so aus, als wäre er tausendmal gewaschen worden, und er hatte eine vergilbte hellgelbe Farbe angenommen. Am Hals war das Hemd mit einer Schnur zusammengebunden, die Harry jedoch gelokkert hatte, so daß die glatte Haut seiner Brust zu sehen war. Er trug einen grünen Kilt – aber nicht jenen glänzend grünen, den er damals im Salon angehabt hatte, sondern einen, der vom langen Tragen verschossen und ausgebleicht war. Er nahm bei seinen Bewegungen keine Rücksicht auf die Tatsache, daß er einen Rock trug. Er saß mit gespreizten Beinen im Sessel und bestieg ein Pferd mit einer für ihn typischen energischen Unbekümmertheit. Es ging das Gerücht, daß eine junge Dame in Ohnmacht gefallen sei, als sie beobachtete, wie sich der mit dem Kilt bekleidete junge Herzog auf sein Pferd schwang. Nun lag er im Gras, den Kilt um sich ausgebreitet, einen vier Zoll breiten Gürtel um die Taille geschnallt, und blickte Claire an.

»Ich habe großen Gefallen an Ihnen gefunden, wissen Sie das?«

Claire klopfte das Herz im Hals. Sie wußte nicht, ob dieser Mann die Ursache dafür war, oder das, was er für sie darstellte – oder ob sie nur sein blendendes Aussehen betörte, wie dieser Fratz, ihre jüngere Schwester, behauptete. Tatsache war, daß Harry seltsame Dinge in ihr auslöste. »Ich . . . ich mag Sie ebenfalls«, sagte sie.

»Ich habe mich gefragt, ob Sie mich heiraten möchten.«

Claire drehte sich mit vor Schock geweiteten Augen zu ihm um. Sie hatte das erwartet und sich diesen Moment erhofft, aber es war dennoch ein Schock. Sie konnte in diesem Augenblick keinen klaren Gedanken fassen und brachte kein Wort über die Lippen.

»Ich weiß, daß ich Ihnen damit viel zumute«, fuhr Harry fort. »Ich besitze ein paar monströse Liegenschaften, wozu ein scheußliches altes, baufälliges Haus namens Bramley gehört. Daneben gibt es auch noch ein paar andere Probleme in meinem Leben, aber ich mag Sie.«

Claire fand ihren Atem wieder und versuchte, den Kloß in ihrem Hals hinunterzuschlucken. Sie wollte erst ihre Fassung zurückgewinnen, ehe sie antwortete. Wenn sie von

Harry getrennt war, befielen sie Zweifel, ob sie zueinander paßten, aber diese Zweifel verstummten, sobald sie in seiner Nähe war. Dann sah sie nur ihn und hörte die Dudelsackpfeifen in ihrem Kopf.

Sie zögerte, weil sie nicht den Eindruck machen wollte, als dränge sie sich danach, seine Frau zu werden. Was sie jedoch dachte, während sie seine kräftigen Beine betrachtete, war, daß sie barfuß auf einen schneebedeckten Berg klettern würde, wenn sie diesen göttlichen Mann heiraten und eine schottische Herzogin werden könnte. »Ist Ihr Haus sehr alt?« fragte sie und unterdrückte mit Mühe ein Kichern.

Harry neigte den Kopf zurück und fing mit seinem Gesicht den warmen Sonnenschein ein. Seine Wimpern waren sehr lang und dicht. »Ich weiß nicht genau, wann es gebaut wurde. Im zwölften oder im dreizehnten Jahrhundert. Ungefähr in dieser Zeit.«

»Ist es eine Burg?«

»Das war's mal. Ein Teil davon ist so alt, daß er zusammenfällt, aber einer meiner Vorfahren hat um dieses Gebäude herumgebaut.«

Es dauerte einen Moment, ehe sie verstand, was er meinte. »Jemand hat eine Fassade um diesen Teil errichtet? Sie meinen, in Ihrem Haus ist eine Burg versteckt?«

»Hmmm«, war alles, was er darauf sagte.

Claires Phantasie ging mit ihr durch. Sie stellte sich vor, daß eine Familie jahrhundertelang in dem gleichen Haus gewohnt hatte. Sie dachte daran, wieviel Geschichte in so einem Haus stecken mußte. »Ist Bramley sehr groß?«

Er legte den Kopf ins Gras und grinste sie an, daß Claires Herz einen Takt lang aussetzte. »Ich habe es noch nicht ganz gesehen.«

Ein Haus, das so groß war, daß selbst sein Besitzer nur einen Teil davon kannte – das überstieg sogar ihr Vorstellungsvermögen. »Ja«, flüsterte sie. »Ja, ich werde Sie heiraten.«

Nun konnte Claire nicht länger an sich halten. Sie

sprang von der Decke auf und wirbelte, ihren Rock mit beiden Händen festhaltend, im Kreis herum. Er mußte lachen, weil Claire ihn an einen übermütigen Welpen erinnerte. Deshalb gefielen ihm auch die amerikanischen Mädchen so sehr: Sie sagten, was sie dachten, und scheuten sich nicht, ihren Impulsen zu folgen. »Ich werde Ihnen die beste Herzogin der Welt sein«, sagte Claire, als sie wieder Platz nahm. »Sie werden es erleben. O Himmel, ich glaube, daß das Dasein einer Herzogin unglaublich interessant ist.«

Er sagte kein Wort mehr und hob langsam eine seiner breiten Hände, um sie auf ihren Hinterkopf zu legen und ihr Gesicht zu sich zu ziehen. Claire hatte in ihrem Leben noch nie einen Mann geküßt und wollte ihn unter keinen Umständen enttäuschen. Sie versuchte seinem Beispiel zu folgen und das zu tun, was er von ihr verlangte; aber als er sie zu sich zog und ihren Körper auf seinen schob, drehte sie den Kopf zur Seite. Sie mußte schon einige Kraft aufwenden, um sich von ihm befreien zu können. Als sie dann endlich wieder auf der karierten Decke saß, war sie ganz außer Atem. Aus den Augenwinkeln bemerkte sie einen spitzbübischen Ausdruck in seinen Augen.

»Ich glaube nicht, daß ich es sonderlich bedaure, mein Junggesellendasein aufgeben zu müssen«, sagte er und stützte sich wieder auf die Ellenbogen zurück.

Dann saßen sie eine Weile schweigend da, während Claire versuchte, sich wieder zu beruhigen. Da war soeben etwas sehr Seltsames geschehen: als Harry sie küßte, hatte sie nicht mehr die Dudelsackpfeifen hören können.

»Du mußt nach Bramley House kommen und meine Mutter kennenlernen«, sagte er. »Wir haben jetzt Jagdsaison, und es könnte ein bißchen laut werden, wenn geschossen wird. Du kannst in Bramley bei meiner Familie wohnen, und nach einer Weile lassen wir uns trauen.«

»Ja«, war alles, was Claire dazu einfiel.

Eine Weile sagten sie dann gar nichts mehr – Claire hatte schon vor einiger Zeit begriffen, daß Harry nicht sehr redselig war. Sie saßen in einem einträchtigen Schweigen nebeneinander, bis Harry meinte, es wäre Zeit, wieder nach Hause zu fahren. Als er ihr ins Boot half, küßte er sie abermals, diesmal sacht und süß, auf den Mund und ruderte sie dann ans Ufer. Claire lächelte ihn an und dachte an die Zukunft, die sie in Schottland erwartete.

Darauf folgten Wochen der Vorbereitung. Claires Mutter war außer sich vor Glück über die Eröffnung ihrer Tochter, daß sie Harrys Heiratsantrag angenommen habe, und über den bevorstehenden Aufenthalt in Bramley, wo sie die Herzogin kennenlernen sollte. Claire wollte tagsüber jede Minute mit Harry verbringen, aber Arva hatte andere Pläne mit ihrer Tochter. »Wenn du erst einmal verheiratet bist, verbringst du mehr als genug Zeit mit ihm. Glaube mir – du wirst von einem Mann, sobald er dein Gatte ist, mehr sehen, als dir lieb ist«, stellte ihre Mutter zum wiederholten Male fest.

Claire ließ sich von dem Zynismus ihrer Mutter jedoch nicht irritieren, sondern sah Harry, sooft es ihr möglich war – allerdings nie allein. Vier von Harrys Freunden begleiteten sie, als Claire sich ihren Verlobungsring aussuchte – einen großen blauen Diamanten, der von Smaragden umgeben war –, und sie wußte, daß Harry ihr schrecklich fehlen würde, als sie mit ihren Eltern und ihrer Schwester den Kanal überquerte, um sich von Mr. Worth mit einer grandiosen Garderobe ausstatten zu lassen.

Claire kehrte von ihrer ersten Anprobe in Worths Pariser Modesalon zurück und blickte sich in der Hotelsuite um. Es war nicht das Ritz; aber ihre Mutter hatte gesagt, daß hier die wirklich feinen Leute absteigen würden. Doch der Teppich war abgetreten, das Polster eines Sessels zerschlissen, und von der Decke hing eine Spinnwebe. Claire wußte, daß sie notgedrungen in solchen Hotels wohnen mußten und es für ihre Mutter nicht minder notwendig war, an ihre kleine Lüge, daß dies tatsächlich das feinste Hotel am Ort sei, zu glauben.

»Ich empfehle mich, meine Liebe«, sagte ihr Vater George zu seiner plumpen Frau.

Claire wußte, wohin ihr Vater gehen würde, denn sie hatte ihn dabei beobachtet, wie er heimlich eine Tausendfrancnote aus der kleinen Schatulle nahm, die ihre Mutter verwaltete. Ihr Vater würde die Rennbahn aufsuchen und dort das Geld auf Nieten setzen, wie er es schon immer getan hatte. Stirnrunzelnd zog Claire ihre Handschuhe aus und warf sie auf die staubige Tischplatte.

Ihre Mutter sammelte sie sofort wieder auf. »Du kannst nicht so achtlos mit diesen teuren Sachen umgehen. So etwas bekommst du nicht wieder, solange du nicht verheiratet bist.«

»Wenn er sie überhaupt heiratet«, bemerkte Claires vierzehnjährige Schwester Sarah Ann, besser unter dem Namen »Brat« – »Fratz« – bekannt, die sich gerade intensiv mit Claires Schmuckkästchen beschäftigte.

Müde und gereizt von der stundenlangen Anprobe, bei der sie sich, mit Stecknadeln gespickt, ständig vor dem Spiegel hatte drehen müssen, schlug Claire den Deckel ihrer Schmuckkassette zu.

Brat lachte nur. »Ich werde einen Mann heiraten, der mich auf Händen trägt. Er wird alles tun, worum ich ihn bitte. Und er wird sehr, sehr reich sein. Ich heirate keinen armen Mann, selbst wenn er hübsche Beine hat.«

»Du wirst den Mann heiraten, den *ich* dir vorschlage«, sagte Arva, während sie ihre jüngere Tochter beim Ohr nahm und aus dem Zimmer bugsierte. Claire zuckte nur mit den Achseln, als sie die beiden aus dem Raum gehen sah; denn sie wußte, daß ihre Mutter niemals die von ihr so vergötterte jüngere Tochter wirklich bestrafen würde, egal, was diese auch anstellte. Binnen weniger Minuten würde das schlaue Kind ihre Mutter dazu bringen, sie mit Pralinen zu füttern und ihr irgendeinen bisher verbotenen Ausflug doch noch zu erlauben.

Claire trat ans Fenster und betrachtete die Bäume im kleinen Park vor dem Hotel. Die Blätter begannen sich gerade herbstlich zu färben, und sie dachte an ihr Heim in New York. Sowohl Paris als auch London unterschieden sich sehr von New York – beide waren so viel geruhsamer. Sie dachte an die neunzehn Jahre ihres Lebens, die sie in New York verbracht hatte, und an ihre Sommerferien im kühlen Maine. Sie hatte bis jetzt ihr sorgenfreies Dasein für eine Selbstverständlichkeit gehalten und gedacht, daß es sich niemals ändern würde. Sie war daran gewöhnt gewesen, ihrem Vater einen Abschiedskuß zu geben, wenn er das Haus verließ, um mit seiner Jacht in See zu stechen, einen wochenlangen Jagdurlaub anzutreten oder monatelang Grizzly-Bären und Berglöwen in der Wildnis des Westens zu jagen.

Sie hatte sich an den Ton ihrer Mutter gewöhnt, wenn sie ihren vielen, vielen Dienstboten in ihrem großen Haus in der Fifth Avenue Anweisungen gab, während sie die Räume wieder einmal für eine Party schmückte. Claire pflegte dann kurz unter der Tür stehen zu bleiben und die unzähligen Orchideen, die von den Wänden, den Kaminsimsen und den Decken hingen, zu betrachten, ehe sie sich auf den Weg zu einer Bibliothek oder einem Museum machte.

Die meiste Zeit hatten sich ihre Eltern nicht um ihre beiden Töchter gekümmert, weil sie meinten, die beiden seien bei ihren Gouvernanten gut aufgehoben. Doch Claire und Brat hatten bald herausgefunden, wie leicht sie ihre Aufseherinnen bestechen konnten, und deshalb hatten beide größtenteils ihr eigenes Leben geführt. Brat liebte wie ihre Mutter Gesellschaften und ging ins Erdgeschoß, wenn ihre Mutter dort eine Party gab. Die Gäste machten immer ein großes Aufheben von ihr, weil sie so hübsch sei.

Claire hingegen hatte für Gesellschaften nicht viel übrig. Sie verkroch sich lieber in eine Bibliothek oder ein Museum und plauderte mit Leuten, die auf einem Wissensgebiet fachkundig waren. Ihre Mutter sah es gar nicht gern, wenn Claire einen alten Professor zum Tee mitbrachte, der irgendeinen obskuren Zweig der Geschichte lehrte. Arva machte stets herablassende Bemerkungen, wieviel Kuchen diese mageren kleinen Männer beim Tee verdrücken konnten. »Ich mag eben intelligente Leute«, hatte Claire zu ihr gesagt.

Aber Arva wie George waren viel zu beschäftigt gewesen, um sich um ihre Töchter kümmern zu können, bis ihr Buchhalter eines Tages dieses furchtbare Gespräch mit ihnen führte. Danach, so schien es Claire, hatte sich ihr Leben über Nacht verwandelt.

Nun war das Haus in der Fifth Avenue weg, das Haus in Maine, und die Jacht ihres Vaters war verkauft worden. Ihr Besitz und ihr Lebensstil hatten sich gewissermaßen in Luft aufgelöst.

Es lag nun an Claire, neue Verhältnisse zu schaffen. Wenn sie Harry heiratete und Herzogin war, würde alles wieder so sein wie früher. Ihre Eltern würden bekommen, was sie sich am sehnlichsten wünschten, und ihre kleine Schwester würde die Chance erhalten, sich einen reichen Mann zu angeln, der sie auf Händen trug.

Während Claire aus dem Fenster schaute, lächelte sie. Für sie war das alles schrecklich gewesen; aber Harry hatte ihr die Sache wesentlich erleichtert. Das Sprichwort, daß man sich ebenso leicht in einen armen wie in einen reichen Mann verlieben konnte, hatte sich bewahrheitet. Es war gewiß nicht schwer für sie gewesen, sich in einen Herzog zu verlieben.

An ihrem dritten Tag in Paris trafen die Bücher ein, die Claire noch in London bestellt hatte. Sie las zwischen den Anproben und hörte den dauernden Ermahnungen und Fragen ihrer Mutter nur noch mit halbem Ohr zu. »Werden die Leute einen Knicks vor dir machen müssen, wenn du eine Herzogin bist? Werden sie auch vor *mir* einen Knicks machen müssen, weil ich die Mutter einer Herzogin bin? Wie werden die Leute mich anreden? Mit Majestät?« Claire gab es bald auf, ihr den Unterschied zwischen der Hocharistokratie und den Angehörigen der Königsfamilie zu erklären, und es tat ihr in der Seele weh, als sie ihrer Mutter eröffnen mußte, daß sie als Mutter einer Herzogin keinen Titel haben würde.

Die Bücher handelten alle von Harrys Familie, den Montgomerys. Sie las darin, wie alt diese Familie schon war und daß der schottische Zweig der Familie, der als Clan MacArran bezeichnet wurde, mindestens einmal eine Frau als Chefin gehabt hatte. Im frühen fünfzehnten Jahrhundert hatte einer von den Montgomery-Männern in den MacArran-Clan eingeheiratet, und dann hatten noch mehr Montgomerys MacArran-Frauen geehelicht und den Namen MacArran angenommen, bis die Montgomerys innerhalb der Familie fast ein selbständiger Clan waren. Im Jahre 1671 hatte Charles der Zweite die Familie mit einem Herzogtum belehnt. In den Büchern wurde viel über die Gründe spekuliert, die den König zu diesem Schritt bewogen hatten. Einige waren der Meinung, das wäre aus Anerkennung für jahrelange treue Dienste geschehen, aber es gab auch ein Gerücht, daß der Clanchef der MacArran sich damals bereit erklärt habe, eine sehr häßliche und sehr verschlagene Frau zu heiraten, die eine Halbschwester des Königs gewesen sein soll.

Aus welchen Gründen auch immer der Clan in den Herzogstand erhoben worden sein mochte: Es wurde damals viel darüber diskutiert, was für einen Namen die Familie in Zukunft tragen solle. Sollte die Familie auch weiterhin MacArran heißen, das Herzogtum jedoch Montgomery genannt werden, oder umgekehrt? Angeblich ließ man damals eine Münze diese Frage entscheiden. Und so war Harry jetzt der Herzog von MacArran, aber sein Name lautete Henry James Charles Albert Montgomery.

Während jener Tage in Paris glaubte Claire manchmal, zusammenbrechen zu müssen unter der Belastung der täglichen Anproben, Vorbereitungen und Empfänge, die ihre Mutter arrangierte, aber sie schöpfte immer wieder aus dem Gedanken Kraft, daß sie am Ende dieses Rummels Bramley erwartete.

Nachts konnte sie trotz ihrer Erschöpfung oft nicht schlafen, und dann las sie im Licht der Nachttischlampe die Bücher über Harrys Familie und die Romane von Sir Walter Scott, in denen er die Schönheit des schottischen Hochlandes und den Mut seiner Bewohner pries. Wenn Claire dann einschlief, träumte sie von Sumpfheiden und Armeen von Männern, die alle so gutaussehend wie Harry waren.

Als Claire mit ihrer Familie von Paris nach England zurückkehrte, wurde sie von Harry erwartet. Er geleitete sie zu seiner Kutsche mit dem herzoglichen Wappen am Wagenschlag und erklärte ihren Eltern und ihrer Schwester im herrschaftlichen Ton, daß er mit Claire allein nach London fahren würde. Claire hätte vor Freude weinen können bei der Aussicht, ein paar Minuten von den Ermahnungen ihrer Mutter verschont zu bleiben. Als sie in die Kutsche stieg, sah sie, daß Harry den Fahrgastraum mit rosa Rosen geschmückt hatte. Sie nahm den Champagnerkelch entgegen, den Harry ihr reichte, und lächelte ihn an. Sie wünschte sich plötzlich, daß er sie küssen möge. Sie wünschte sich, daß er sie in die Arme schließen und ihr alle Zweifel, die sie noch hatte, nehmen würde.

Aber Harry rührte sie nicht an.

»Ich habe dich vermißt«, sagte er lächelnd. »Hast du an mich gedacht?«

»Unentwegt«, erwiderte sie.

»Und was hast du die ganze Zeit gemacht, während du in Paris warst?«

»Kleider gekauft und gelesen. Und du?«

Harry lächelte ihr über den Rand seines Glases zu. Er würde ihr nicht erzählen, was er gemacht hatte, denn dann hätte er eine Reihe von Mätressen und Schauspielerinnen aufzählen müssen, mit denen er sich die Zeit vertrieben, und einige Pferde, auf die er zu viel Geld verwettet hatte. Aber da er eine sehr reiche Erbin heiraten würde, spielte es keine Rolle, wieviel Geld er verloren hatte.

»Ich habe an dich gedacht«, antwortete er, und die Art, wie er das sagte, brachte Claires Herz ein bißchen zum Flattern.

Um ihre Fassung wiederzugewinnen, blickte sie aus dem Fenster. »Meiner Mutter wird es nicht gefallen, daß ich allein mit dir bin.«

»Ich glaube, deine Mutter würde alles erlauben, solange das zu dem Ergebnis führt, daß ihre Tochter einen Herzog heiratet.«

Claire warf ihm einen überraschten Blick zu. »Ich heirate dich, weil ich dich liebe, nicht weil ich einen Herzog heiraten will.«

»Ist das so?« gab er lächelnd zurück. Wenn er so lächelte wie jetzt, vergaß Claire alles in der Welt bis auf ihn. »Und wie steht es mit der Geschichte, von der du dauernd sprichst? Und diesem Ort, den du ständig nennst – diesem Cull oder Call . . .«

». . . Culloden? Aber das war . . .«

»Ja, ja, der Ort einer großen Schlacht.« Er beugte sich vor, nahm ihre Hand in seine Hände und spielte mit ihren Fingern. »Wenn ich ans Heiraten denke, fallen mir andere Sachen ein als große Schlachten. Du wirst mir doch nicht täglich Geschichtsvorträge halten, wenn wir verheiratet sind, nicht wahr?«

Seine Finger lagen an ihrem Unterarm. Nur ein hauchdünner Spitzenstoff bedeckte noch ihre Haut. »Ich freue mich schon darauf, mit dir im Bett zu liegen«, sagte er sehr leise.

Claire hielt den Atem an, als er sich zu ihr neigte. Sie wußte, daß sie ihm solche Freiheiten nicht gestatten sollte, aber schließlich würden sie ja bald verheiratet sein. Dank mehrerer Bücher, die sie gelesen hatte – verbotener Bücher – hatte sie eine ungefähre Ahnung, was nach der Heiratszeremonie passieren würde.

Als Harrys Lippen sich auf Claires Mund legten, hörte sie auf zu denken. Wäre die Kutsche nicht plötzlich zum Stehen gekommen, hätte Claire nicht sagen können, was noch alles passiert wäre, aber als sie aus dem Gefährt stieg, hatte sich eine steile Falte auf der Stirn gebildet. Sie wünschte, sie hätte Harry genauso lieb, wenn er sie berührte, wie in jenen Momenten, in denen sie ihn nur anschaute oder an ihn dachte.

In den nächsten zwei Wochen hielt ihre Mutter sie so beschäftigt, daß sie keine Gelegenheit mehr bekam, mit Harry allein zu sein oder in Ruhe an ihn zu denken.

Am Ende dieser beiden Wochen kam Harry in das von Claires Familie gemietete Stadthaus, um Claire mitzuteilen, daß er London verließe und nach Schottland vorausfahren wollte. Claire wollte noch tausenderlei Dinge über seine Familie wissen und was man als Verlobte von ihr erwartete; aber sie bekam keine Chance, auch nur eine Frage zu stellen, weil ihre Mutter sie während dieses kurzen Treffens nicht zu Wort kommen ließ. Als Harry sich verabschiedete, küßte er Claire die Hand, während Arva ihm Lebewohl sagte, und dann war er auch schon fort. Claire hielt blinzelnd ihre Tränen zurück, als sie in ihr Zimmer ging. Es würde eine ganze Woche dauern, bis sie ihn wiedersah, und sie konnte es kaum erwarten, daß ihr neues Leben begann.

2

Claire schwang sich in mustergültiger Haltung aufs Pferd, hakte ihr rechtes Bein um den Knauf des Damensattels und nahm vom Stallknecht den Zügel entgegen. Sie war mit ihrer Familie am Vortag spätabends nach einer anstrengenden Reise in Bramley eingetroffen. Aus den drei Tagen, die sie für die Fahrt von London hierher benötigen sollten, waren vier geworden. Die Straßen waren mit Furchen und Schlaglöchern übersät gewesen, und sie hatten oft unfreiwillige Pausen einlegen müssen, weil Schafherden die Fahrbahn überquerten. Claires Mutter hatte sich unablässig beschwert, während ihr Vater und ihre jüngere Schwester Karten spielten, bis Claire fast einen Schreikrampf bekam. Keiner der drei schien die Wichtigkeit der Tatsache zu begreifen, daß sie Schottland zum erstenmal besuchten.

George Willoughby hatte nur kurz von seinen Karten aufgeblickt und bemerkt, daß die Landschaft ein bißchen zu karg sei für seinen Geschmack.

»Wie kannst du nur so etwas sagen?« hatte Claire entrüstet erwidert. »Die Heide blüht! Und weißt du denn nicht, was 1735 an dieser Stelle passiert ist? In jenem Jahr . . .«

Sie brach ab, als ihr Vater zu gähnen begann.

Ihre jüngere Schwester hatte Claire von oben bis unten angesehen und gesagt: »Ich wette, Harry weiß inzwischen über Bonnie Prince Charlie und alles, was sich sonst noch in Schottland zugetragen hat, bestens Bescheid. Oder bist du so mit dem Küssen beschäftigt gewesen, daß du nicht viel mit ihm reden konntest?«

Claire wollte in ihrem nervösen, gereizten Zustand ihrer Schwester einen leichten Hieb versetzen, aber das Kind konnte selbst in der engen Fahrgastzelle der Mietkutsche erfolgreich ausweichen.

»Ich wäre *sehr* froh, wenn ihr endlich aufhören würdet, euch zu streiten«, klagte Arva. »Ich bekomme Kopfschmerzen davon. Und du, Sarah, solltest aufhören, Harry Harry zu nennen. Du mußt ihn mit ›Mylord‹ anreden.«

»Mit ›Euer Gnaden‹«, verbesserte Claire seufzend ihre Mutter.

»Ich habe schon wieder gewonnen«, sagte Sarah zu ihrem Vater. »Mutter, meine teure ältere Schwester möchte dir begreiflich machen, daß Harry mit ›Euer Gnaden‹ anzusprechen ist. Sie will dir damit sagen, daß sie viele Bücher zu diesem Thema gelesen hat und deshalb alles weiß, was man überhaupt wissen kann. Du hingegen hast nie etwas gelesen, und deswegen weißt du nichts über Schottland oder über sonst irgend etwas.« Brat blickte ihre Mutter mit dem holden Lächeln eines Unschuldsengels an.

»So etwas habe ich nie behauptet«, entrüstete sich Claire. »Ich sagte lediglich . . .«

Aber Arva wollte ihrem ältesten Kind nicht zuhören. »Claire, ich weiß, daß du mich für ungebildet hältst. Du läßt dir keine Gelegenheit entgehen, mich spüren zu lassen, wie du über meine Bemühungen denkst, mir einen Platz in der Gesellschaft zu verschaffen. Ich bin aber deine Mutter, Claire, und ich glaube, einen Anspruch auf Respekt zu haben. Wir können nicht alle so viel wissen wie du. Wir können nicht alle . . .«

Während sich Claire die ihr sattsam bekannten Beschwerden ihrer Mutter anhörte, warf sie Brat einen finsteren Blick zu. Sie fragte sich zum millionsten Male, ob ihre Schwester schon so, wie sie war, auf die Welt gekommen oder gleich nach ihrer Geburt auf den Kopf gefallen sei. Gleichgültig, ob aus angeborenen oder erworbenen Gründen – Sarah Ann fand einen unheimlichen Spaß daran, ihrer älteren Schwester das Leben schwerzumachen.

»Du bist mit Geben dran, Brat«, sagte George liebevoll zu seiner jüngeren Tochter. Arva schien keine Ahnung von dem wahren Wesen ihrer jüngeren Tochter zu haben, aber George wußte genau, was das Kind tat. Und Claire regte sich oft schrecklich darüber auf, daß ihr Vater seine jüngere Tochter durchschaute und sogar an ihren durchtriebenen, hinterhältigen Machenschaften Freude fand. Ihn amüsierte das Kind, während sie sich nur über Sarah Ann ärgern konnte.

Es war schon fast Mitternacht, als die Familie Willoughby in Bramley eintraf. Im Licht der Mondsichel konnten sie natürlich keine Einzelheiten von dem Haus sehen, das eine von Claires zukünftigen Wohnungen sein sollte, aber sie konnten zumindest seine Größe erkennen. Riesig war gar kein Ausdruck dafür. Das Gebäude schien sich über viele Morgen Landes zu erstrecken. Es war ein hohes Haus, das mindestens vier Stockwerke besaß; aber gemessen an seiner Breite war seine Höhe geradezu gering. Wollte man von einem Ende ans andere gelangen, mußte man sich auf einen ausgedehnten Spaziergang einrichten.

Claire sah ihre Mutter an, die aus dem Fenster der Kutsche starrte. Die Größe dieser Anlage hatte etwas bewirkt, was nach Claires Ermessen bisher nichts auf Erden hatte fertigbringen können: Arva Willoughby war sprachlos.

Sie hielten ungefähr in der Mitte der Vorderfront an, und der Kutscher hämmerte an das Tor. Es schien eine Ewigkeit zu dauern, bis jemand öffnete. Das gab Arva Gelegenheit, sich so weit zu erholen, daß sie ihre Sprache wiederfand und ihre Meinung über die Tatsache ausdrücken konnte, daß keiner sie erwartete, um sie zu begrüßen.

»Ich denke, man hätte doch verlangen können, daß sie jemanden beauftragen, uns zu empfangen«, sagte Arva. »Schließlich soll meine Tochter die Herzogin werden. Halten sie uns etwa für Landstreicher, die eine Unterkunft suchen? Vielleicht ist Harrys Mutter wütend, weil sie keine Herzogin mehr ist, wenn meine Tochter diese Stellung einnimmt. Vielleicht ist sie ...«

Claire war am Ende ihrer Geduld und fauchte: »Sie wird Herzogin bleiben: Sie ist die Herzogin-*Witwe*; aber nichtsdestoweniger eine Herzogin.«

Arva schniefte. »Ich bin mir bewußt, daß ich nicht dieses umfassende Wissen habe wie du, meine Liebe, aber ich fürchte, ich hatte auch nicht so gute Voraussetzungen wie du, um es mir erwerben zu können. Aber schließlich habe *ich* dir diese Voraussetzungen verschafft, nicht wahr?«

»Mutter, ich ...«, begann Claire, hielt aber inne, als sich endlich das dicke Eichentor zu bewegen begann und ein älterer Mann im Morgenmantel sie aus verschlafenen Augen musterte.

Binnen weniger Sekunden hatte sich Arva in die Eingangshalle vorgearbeitet und gab dort Anweisungen, wie ihr Gefolge und ihr Troß unterzubringen sei. Sie hatte zwei Wagen voll Koffer und Kisten mitgebracht und eine zweite Kutsche, in der ihre Zofe, Georges Kammerdiener und Brats Gouvernante – eine schüchterne kleine Frau, die eine panische Angst vor ihrem jungen Zögling hatte – angereist waren. »Und meine älteste Tochter – meine Tochter, die Herzogin werden soll – braucht eine Kammerzofe. Ihr Mädchen« – sie sprach das Wort in einem so schneidenden Ton aus, daß jeder sofort wußte, was sie von dieser undankbaren Person hielt – »ist weggelaufen und hat einen Engländer geheiratet.«

Der Mann, den Claire für den Butler hielt, hörte sich Arvas Forderungen an, ohne auch nur einen Funken Interesse zu zeigen. »Ach, ja, über Geschmack läßt sich bekanntlich nicht streiten«, sagte er leise in seinem schottischen Akzent. Ob Claire nun die einzige war, die ihn gehört hatte, oder nicht – jedenfalls war sie die einzige, die lachte, und der Mann drehte sich zu ihr um und lächelte ein bißchen.

Trotz Arvas Forderungen und der Energie, mit der sie diese vorbrachte, dauerte es eine Stunde, bis man sie auf ihre Zimmer brachte. Claire zog sich aus und fiel auf das riesige Vier-Pfosten-Bett. Ehe sie sich zudecken konnte, war sie schon eingeschlafen.

Aber sie schlief nicht lange. Sie fror entsetzlich. Die Decke war dünn, und im Kamin brannte kein Feuer. Mit klappernden Zähnen stieg sie aus dem Bett und suchte nach dem Badezimmer. Da war keines. Und sie fand auch kein Licht.

Nachdem sie eine Weile im stockdunklen Zimmer herumgetappt war, bekam sie endlich eine Schachtel Streichhölzer und ein paar Kerzen zu fassen. Sie zündete eine davon an und hielt sie über den Kopf, um etwas sehen zu können. Doch sie sah nur das mächtige Bett und schwere Eichenholzmöbel. Da hing auch ein Gemälde, das so groß war wie ein Kleiderschrank, an einer Wand, und Claire erkannte eine Frau, die sie anzustarren schien. Die Frau auf dem Gemälde zeigte ein Lächeln, das Claire auf den Gedanken brachte, sie verstünde sie.

Claire öffnete die Tür von einem riesigen alten Kleiderschrank und lächelte, als sie sah, daß er mit Kleidern gefüllt war. Während sie geschlafen hatte, mußte jemand ihre Sachen ausgepackt haben. Aber dann bemerkte sie, daß die Kleider im Schrank gar nicht ihr gehörten. Sie nahm eines der Gewänder heraus. Dem Aussehen nach mußte es mindestens fünfzig Jahre alt sein.

Die Kälte ließ sie erschauern – dies war nicht die richtige Zeit für eine Besichtigungstour. Sie mußte etwas über ihr baumwollenes Nachthemd ziehen, sonst erfror sie noch.

Sie öffnete beide Türen des Kleiderschranks und machte sich auf die Suche nach einem wärmenden Kleidungsstück.

Da waren Männerkleider, Kindersachen und Kleider für Frauen, die zweihundertfünfzig Pfund wiegen mußten. Ganz hinten entdeckte sie ein Reitdreß. Ein guter langer, harter Ritt könnte vielleicht die Kälte aus ihren Knochen vertreiben, dachte sie. Die Jacke mutete ein wenig seltsam an mit ihren weiten Ärmeln und der hochgezogenen, mit einem Gürtel versehenen Taille, und Claire konnte auch sehen, daß das Kostüm ein bißchen zu kurz für sie war; doch es bestand aus Wolle und mußte ihr, wenn man von der Länge absah, auch passen.

Sie entdeckte Schubladen voller vergilbter, muffig riechender Unterwäsche, fand aber dennoch einiges, was ihre Haut vor der schweren Wolle des Reitkleides schützen würde. Da lagen auch einige Paare gestrickter Strümpfe bei der Unterwäsche.

»Schuhe«, murmelte Claire und fand allmählich Gefallen an diesem Abenteuer. Sie hatte sich als Kind immer gern mit den Sachen ihrer Mutter verkleidet, und dieses Spiel konnte sie nun wieder genießen.

Sie entdeckte auch Schuhe, wie sie das erwartet hatte, und es gelang ihr, die Füße in ein Paar hohe, mit Knöpfen versehene Stiefel zu zwängen, die vorn spitz zuliefen.

Als sie mit dem Ankleiden fertig war, betrachtete sie sich in dem alten Spiegel und kicherte über das Ergebnis. In dem dunklen Zimmer mit der hohen Decke und den Wänden, die aussahen, als wären sie mit rotem Brokat verkleidet, sah sie aus wie eine Figur aus der Vergangenheit. Als sie sich auf die Tür zubewegte, entdeckte sie einen zweiten Schrank, öffnete ihn und fand darin Handschuhe und ein paar Hüte. Sie setzte sich ein keckes kleines Hütchen, das aussah wie ein männlicher Miniaturzylinder, schräg auf den Kopf und steckte es mit einer Nadel fest, nahm ein Paar derbe Lederhandschuhe, die viel zu groß für sie waren, aus einem Fach und verließ das Zimmer.

Sie verfügte zum Glück über einen ausgezeichneten Orientierungssinn und erinnerte sich an den Weg durch drei Korridore und über zwei kurze Treppen zur Vordertür.

Die Eingangstür war nicht versperrt, und dem Rost am Schloß nach zu schließen, mußte sie schon seit mindestens hundert Jahren nicht mehr abgeschlossen worden sein.

In der Annahme, daß sich die Ställe hinter dem Haus befinden mußten, machte sie sich dorthin auf den Weg. Zehn Minuten später war sie noch immer unterwegs, ohne das Ende des Hauses erreicht zu haben. Selbst mit Handschuhen mußte sie immer wieder die Hände aneinander reiben, damit sie ein wenig warm wurden, und sie fürchtete, Frostbeulen an ihren Zehen zu bekommen. Als sie endlich an die Rückfront des Hauses kam, wandte sie sich nach links und wanderte weiter. Alles in allem brauchte sie eine halbe Stunde, bis sie zu den Ställen kam.

Am Horizont im Osten wurde der Himmel gerade ein wenig grau, und sie konnte eine brennende Laterne im Stall entdecken. Auch Stimmen hörte sie.

Ein junger Mann, der aus dem Stall kam, rannte fast in sie hinein. Er sah sie an, als hätte er ein Gespenst vor sich. In ihren altmodischen Kleidern mußte sie ja wirklich ein bißchen wie ein Gespenst aussehen, dachte Claire bei sich.

»Hallo«, sagte sie zu dem jungen Mann. »Kann ich ein Pferd haben? Ich würde gern ausreiten.«

Der Mann sagte nichts, nickte nur und ging rückwärts auf den Stall zu. Kurz darauf trat ein älterer Mann heraus und fragte sie, ob sie einen Männersattel haben wolle oder einen Damensattel und ob sie reiten könne.

»Ich kann alles reiten, was Sie haben«, erklärte Claire voller Selbstvertrauen.

Sie stand auf dem Kopfsteinpflaster des Hofes und wartete, während für sie ein Pferd gesattelt wurde. Nach und nach kamen alle Männer, die in den Ställen arbeiteten, heraus und starrten sie mit unverhohlener Neugierde an, bis Claire sich vorkam wie eine Zirkusreiterin, die eine Vorstellung geben sollte. Zweimal drehte sie sich um und lächelte die Männer schwach an.

Endlich wurde ihr das Pferd herausgebracht, und der ältere Mann half ihr in den Sattel. Er beobachtete sie kritisch, bis sie fest im Sattel saß, und trat dann vom Pferd zurück.

»Dort führt ein Pfad nach Osten«, sagte der Mann und deutete nach rechts. Claire nickte ihm zum Dank zu. Als sie sich in diese Richtung in Bewegung setzte, drehte sie sich um und winkte den Männern zu, die vor dem Stall standen und ihr nachschauten. Sie lächelten zurück, und einige von ihnen winkten ebenfalls.

Sobald sie auf offenem Gelände war, trieb sie das Pferd zu einer schnelleren Gangart an. Sie wagte nicht, es im Galopp gehen zu lassen, denn sie kannte den Weg nicht und mußte auf scharfe Biegungen und niedrig hängende Baumäste gefaßt sein.

Allmählich schob sich die Sonne im Osten herauf, so daß sie den Weg vor sich sehen konnte. Sie entdeckte einen Feldweg oder vielmehr die Fahrspuren von Pferdewagen, die hier zu verkehren pflegten. Soweit sie sehen konnte, drohten keine Gefahren auf diesem Weg.

»Komm, mein Junge«, sagte sie zu dem stattlichen Wallach, »laß uns warm werden.« Sie preßte dem Pferd die Fersen in die Flanken und das reagierte sofort – offenbar war es genauso froh wie sie, daß es sich bewegen konnte.

Claire senkte den Kopf und trieb den Wallach zu einem Tempo an, mit dem er ein Rennen hätte gewinnen können. Sie fühlte sich herrlich – so frei, wie sie sich seit ihrer Ozeanüberquerung nicht mehr gefühlt hatte. Plötzlich geschah alles auf einmal. Unter den Bäumen zu ihrer Rechten trat ein Mann hervor, als sie den Gipfel des kleinen Hügels erreichte. Er bewegte sich sehr rasch und schien aus irgendeinem Grund die Hufschläge des galoppierenden Pferdes auf der hartgebackenen Erde nicht gehört zu haben.

Der Wallach scheute, und Claire flog über seinen Kopf hinweg und landete hart auf ihrem linken Arm. Das Pferd lief nach links auf etwas zu, das wie ein Moortümpel aussah. Der Mann, der zunächst seinen Arm gehoben hatte, um sich vor den Hufen des scheuenden Pferdes zu schützen, ging auf die Frau zu.

»Kümmern Sie sich nicht um mich«, keuchte Claire, während sie sich aufzusetzen versuchte. »Fangen Sie das Pferd ein, ehe es in den Tümpel fällt.«

Der Mann stand einen Moment wie angewurzelt da, als verstünde er die Sprache nicht, in der sie mit ihm redete.

»Los«, drängte Claire und deutete auf das Pferd. Sie rieb sich den Arm und sah zu, wie der Mann den Stock, den er trug, fallen ließ und dem Pferd nachlief.

Nachzulaufen versuchte, dachte Claire. Der Mann hinkte. Er konnte sein rechtes Bein kaum heben, und die Art, wie er seine Schultern bewegte, brachte sie auf den Gedanken, daß ihm jeder Schritt weh tun mußte. Sie bekam Gewissensbisse, weil sie einen alten, verkrüppelten Mann ihrem Pferd nachschickte, aber dann spürte sie einen sengenden Schmerz in ihrem linken Arm und preßte ihn an ihre Brust.

Sie beobachtete, wie der Mann die Zügel des Pferdes zu fassen bekam und es beruhigte. Claire biß die Zähne zusammen, kam auf die Beine und wartete darauf, daß der Mann das Pferd zurückbrachte. Sie ging ihm bis zum Rand des Feldes entgegen.

Als sie nahe genug an ihn herangekommen war, um ihm ins Gesicht sehen zu können, erkannte sie mit Schrecken, daß er krank war. Er wandte sich dem Pferd zu, und sie konnte seine Augen nicht sehen, doch nur eine schwere Krankheit konnte schuld daran sein, daß seine Haut diese unangenehme grünlich gelbe Farbe angenommen hatte.

»Es tut mir ja so leid«, begann sie. »Hätte ich gewußt, daß Sie . . .« Sie brach ab. Was konnte sie zu ihm sagen? Hätte sie gewußt, daß er dem Tode nahe war, hätte sie ihn nie gebeten, ihr Pferd einzufangen?

Der Mann öffnete den Mund, um etwas zu erwidern, aber plötzlich verlor sein Gesicht die seltsame Farbe und wurde weiß wie Schnee. Seine Augen verdrehten sich, und seine Knie gaben nach.

Voller Entsetzen erkannte Claire, daß der Mann das Bewußtsein zu verlieren drohte. »Sir!« keuchte sie, aber er sank schon in sich zusammen.

Claire lief zu ihm und streckte den rechten Arm aus, um ihn aufzufangen. Er fiel schwer gegen sie. Sie taumelte unter seiner Last, den linken Arm, der höllisch schmerzte, seitlich weggestreckt. Sie spreizte beide Beine, um sich gegen sein Gewicht zu stemmen, und blickte sich nach einem Helfer um. Aber da war nur das Pferd, das friedlich graste.

»Was mache ich jetzt bloß«, fragte sie sich laut. Der Mann hing mit seinem ganzen Gewicht an ihr.

Mit großer Mühe gelang es ihr, sich auf den Boden niederzulassen. Sie versuchte mit dem Mann zu reden, nahm sogar zu einem Schlag auf seine Wange Zuflucht, aber als sie spürte, wie dünn er war, nur Haut über Knochen, wagte sie es nicht, dieses Mittel noch einmal anzuwenden.

Überhaupt schien der Mann kaum Fleisch auf den Rippen zu haben, war aber groß und breitschultrig, und sie konnte ihn nicht mit ihrem einen gesunden Arm auf den Boden legen. Schließlich gelang es ihr, erst ein Bein und dann das andere auszustrecken. Sie bettete seinen Kopf an ihre Brust und hielt seinen Körper zwischen ihren Beinen. Sie sprach ein stilles Gebet, daß jetzt niemand des Weges kommen und sie in diesem Zustand antreffen möge, und bot ihre ganze Kraft auf, um ihn mit einem Arm von sich wegzurollen und auf den Rücken zu wälzen.

Als er schließlich neben ihr lag, keuchte Claire vor Anstrengung. »Sir«, rief sie ein paarmal, aber er rührte sich nicht. Sie legte ihre Hand an seinen Hals und betete zu Gott, daß sie ihn nicht umgebracht hatte. Er lebte. Offenbar war er aus seiner Ohnmacht in einen tiefen Schlaf hinübergewechselt.

Claire, die noch immer neben ihm saß, seufzte. Was sollte sie nur tun? Sie wagte nicht, sich zu entfernen und ihn liegenzulassen. Ihres Wissens nach durchstreiften noch Wölfe die schottischen Wälder. Als sie den Mann wieder betrachtete, bemerkte sie, daß er zu zittern begann.

Sie stieß einen zweiten Seufzer aus und zog ihre alte verschossene Wolljacke aus, wobei sie darauf achtete, ihren verletzten Arm möglichst wenig zu bewegen. Nachdem sie die Jacke über ihm ausgebreitet hatte, strich sie ihm vorsichtig die schweißnassen Haare aus der Stirn.

Als sie ihn genauer betrachtete, kam er ihr beträchtlich älter vor. Sie schätzte ihn auf Ende Fünfzig oder Anfang Sechzig, und nach seiner Blässe zu urteilen, hatte er offenbar keine große Lebenserwartung mehr. Sie entdeckte zwei Narben auf seinen Wangen, eine auf jeder Seite – lange, schrecklich aussehende Narben –, und sie fragte sich, was für ein schlimmes Ereignis ihm widerfahren war, das so gräßliche Spuren hinterlassen hatte. Und dann zeichnete sie vorsichtig mit den Fingerspitzen die Narben nach.

Trotz seines Alters war sein Haar dicht und dunkel, und ein dicker Schnurrbart verdeckte fast seine Oberlippe. Seine Lippen waren noch immer voll.

»Du mußt in deiner Jugend recht hübsch gewesen sein«, flüsterte sie, während sie ihm wieder eine Strähne aus dem Gesicht strich. Sie betrachtete nun den Rest seines Körpers. Er war ziemlich groß, vermutlich noch größer als Harry, aber nicht so gebaut wie ihr Bräutigam. Er hatte nicht so kräftige Muskeln und war auch nicht so kompakt wie Harry, sondern eher schlankwüchsig, mit breiten Schultern und schmalen Hüften.

Nachdem Claire den Mann von Kopf bis Fuß gemustert hatte, mußte sie lächeln, denn der Fremde war so seltsam gekleidet wie sie selbst. Er trug ein altes Hemd – ein Hemd, das viel zu dünn war für diesen kalten Morgen –, und sie konnte sehen, daß er nichts darunter anhatte, denn die schreckliche gelbe Farbe seiner Haut schimmerte durch das dünne Gewebe. Seine Beine steckten in einer schmutzigen, speckigen Wildlederhose, die an etlichen Stellen zerrissen war. Das war eine Wildlederhose, die ein Gentleman vielleicht vor fünfzig, sechzig Jahren getragen haben mochte, wenn er in seinen Club ging. Doch eigenartigerweise waren die Stiefel, die er trug, die schönsten, die Claire jemals vor Augen gekommen waren. Sie kannte sich in solchen Dingen aus. Diese Schaftstiefel waren in der Tat von allerbester Qualität.

Vielleicht war der Fremde ein Gentleman, dem das Schicksal hart mitgespielt hatte, überlegte sie. Er fing wieder an zu schlottern; aber ihr ging es in dieser Hinsicht auch nicht besser. Sie blickte auf und sah, daß der Himmel sich mit grauen Wolken bedeckt hatte. Sie spürte, wie ein feiner Regen auf sie niederging. Das war kein Regen, wie sie ihn aus Amerika kannte – der sich mit Blitz und Donner ankündigte und dann auf die Erde herunterprasselte –, sondern ein fast lautloses, kaltes Nieseln, das eher einem sehr nassen Nebel glich. Sie rieb die obere Hälfte ihres verletzten Armes, um die Kälte zu vertreiben, doch das war ein vergebliches Bemühen. Sie konnte nichts anderes tun als darauf warten, daß der Mann wieder aufwachte, ehe sie sich beide eine tödliche Lungenentzündung holten. Sie fühlte sich fast so wie ein Schutzengel, der für das Wohlergehen dieses Mannes verantwortlich war, schob sich um ihn herum, lehnte sich gegen einen Baum und beobachtete den Nebelschleier-Regen. Vielleicht wurde ihr wärmer, wenn sie an ein prasselndes Kaminfeuer dachte . . . und das Haus, das ihre Familie im Sommer in Florida mietete . . .

Trevelyan öffnete die Augen und blinzelte, um seine Wimpern von einem feinen Wasserschleier zu befreien. Er lag einen Moment ganz still, während er sich an die Ereignisse zu erinnern versuchte, die dazu geführt hatten, daß er auf dem kalten, nassen Boden lag.

Ihm fiel ein, daß er aus dem Wald gekommen und dabei fast mit einem scheuenden Pferd zusammengeprallt war. Ein Mädchen war durch die Luft gesegelt. Er wollte auf die junge Frau zulaufen, aber sie hatte ihm auf autoritäre Art und Weise und mit einem breiten Akzent, der auf amerikanische Abstammung hindeutete, einen Befehl gegeben, als wäre er einer ihrer Stallburschen.

Es war nicht schwierig gewesen, das Pferd einzufangen, da diese Kreatur Menschen mit Nahrung und Unterkunft gleichsetzte, aber selbst dieses einfache Unterfangen war über seine Kräfte gegangen. In dem Augenblick, als er das

Mädchen erreicht hatte und ihm sagen wollte, was er von ihrem Verhalten dachte, hatte er gespürt, wie seine Knie nachgaben und es ihm schwarz vor Augen wurde.

Als er erwachte, fand er sich auf dem Boden wieder, und auf seiner Brust lag eine Jacke, die aussah, als gehörte sie einem Kind. Ein heftiges Niesen zu seiner Linken veranlaßte ihn, den Kopf zur Seite zu drehen.

Durchnäßt und zitternd vor Kälte lehnte das Mädchen an einem Baum. Während er in diesen ewig weinenden schottischen Himmel blinzelte, nieste sie dreimal hintereinander. Er war überzeugt, noch nie ein menschliches Wesen gesehen zu haben, das mit so großen unschuldigen Augen in die Welt blickte. Sie war fast noch ein Kind, dachte er bei sich. Sie rieb sich die Nase mit der Hand und sah dann zu ihm.

Sie war hübsch, aber er hatte schon schönere Frauen gekannt – wenn man sie überhaupt als Frau bezeichnen konnte. Er hätte ihr Alter auf vierzehn geschätzt, wäre da nicht ein prächtig entwickelter Busen gewesen, den die feuchte, dünne Bluse vorzüglich zur Geltung brachte.

»Sie sind aufgewacht«, sagte sie und blickte in seine ausdrucksvollen dunklen Augen. Und in diesem Moment wurde Claire klar, daß sie ihren ersten Eindruck, er wäre ein harmloser alter Mann, gründlich revidieren mußte. Sie hatte noch nie solche Augen gesehen: dunkel, bezwingend und zugleich erschreckend. Aus diesen Augen sprachen Intelligenz, Vielseitigkeit und Wissen. Er betrachtete sie so intensiv, daß sie das Gefühl hatte, er würde ihre Gedanken lesen. Sie runzelte die Stirn und sah zur Seite.

Trevelyan dachte, daß sie die arglosesten und unschuldigsten Augen hatte, die ihm bisher begegnet waren.

Er versuchte sich auf die Ellenbogen zu stützen, und als er sich bewegte, sprang sie sofort an seine Seite und beugte sich über ihn, um ihm zu helfen. Dabei berührte ihr schöner Busen eine Sekunde lang seine Wange. Als sie meinte, ihm ausreichend geholfen zu haben, richtete sie sich auf, und er lächelte sie an.

Claire runzelte abermals die Stirn. Er hatte sie auf eine Art angesehen, die ihr nicht gefiel. Er hatte sie – genauer gesagt, ihren Oberkörper – mit einem so teuflischen Lächeln angeblickt, daß sie ihm am liebsten eine Ohrfeige versetzt hätte. Er ist zu allen nur erdenklichen Schandtaten fähig, dachte sie. Er ist ganz anders als Harry. Diese dunklen gefährlichen Augen waren mit Harrys unschuldig blauen Augen nicht zu vergleichen.

Sie straffte ihre Schultern. Sie würde sich nicht von diesem Mann einschüchtern lassen.

»Was sucht ein Mann wie Sie bei diesem Wetter im Freien?« fragte sie wie eine Lehrerin, die einem ihrer Schüler einen Verweis erteilt. »Sie sollten zu Hause im Bett liegen. Haben Sie denn niemanden, der auf Sie aufpaßt? Eine Frau? Töchter?«

Er blinzelte die Regentröpfchen aus seinen Wimpern. »Ich bin spazierengegangen«, sagte er und runzelte die Stirn. »Und wie soll ich dieses ›ein Mann wie Sie‹ verstehen?«

»Ich wollte Sie nicht beleidigen. Ich meinte damit nur, daß es kalt und naß ist und Sie nicht gerade wie ein gesunder Mensch aussehen. Kann ich Sie allein lassen, bis ich Hilfe geholt habe?«

»Hilfe wofür?«

»Für Sie natürlich. Vielleicht können die Männer eine Tragbahre mitbringen und . . .«

Bei diesen Worten erhob sich Trevelyan so rasch wie möglich vom Boden . . . er wäre lieber gestorben, als sich anmerken zu lassen, wie schwindlig ihm bei dieser raschen Bewegung geworden war. »Ich kann Ihnen versichern, Miss, daß ich durchaus in der Lage bin, mich auf meinen eigenen Füßen fortzubewegen. Ich brauche keine Tragbahre.« Doch zu Trevelyans Verdruß und trotz all seiner eisernen Selbstbeherrschung spürte er, wie er auf seinen Beinen hin- und herschwankte. Die junge Frau schob zu seinem Entzücken ihren rechten Arm um seine Taille und legte sich seinen Arm um die Schultern.

»Wie ich sehe, brauchen Sie wirklich keine Hilfe«, höhnte sie. Sie fühlte sich viel besser, wenn sie ihm nicht ins Gesicht sehen mußte. Zumindest war es ihr gelungen, diesen selbstgefälligen Ausdruck aus seinem Gesicht zu wischen – diese anmaßende Miene, die anzudeuten schien, daß er jeden ihrer Gedanken kannte.

Er lehnte sich gegen sie. Sie reichte ihm kaum bis zur Schulter, aber er fand, daß sie genau die richtige Größe hatte. »Vielleicht brauche ich doch ein bißchen Hilfe«, sagte er mit absichtlich schwacher Stimme und unterdrückte mühsam seine Belustigung.

»Warten Sie – ich hole mein Pferd, damit Sie nach Hause reiten können.«

»Und was machen Sie, wenn ich reite?«

»Gehen«, erwiderte sie und fügte dann leise hinzu: »Vielleicht wird mir dann wärmer.«

Trevelyan lächelte. »Ich habe Angst vor Pferden. Es wird mir schwindlig darauf, verstehen Sie? Vielleicht könnten Sie ein Stück mit mir gehen – nur so lange, bis ich mich ein bißchen kräftiger fühle.«

Claire versuchte, keine Grimasse zu schneiden. Sie hatte keine Lust, für ihn die Krankenschwester zu spielen. Sie wußte, daß sie Mitgefühl für ihn empfinden sollte, denn er war offensichtlich krank und war vor ihren Augen in Ohnmacht gefallen. Aber sie empfand keine Sympathie für ihn. Er irritierte und ärgerte sie, obwohl sie nicht wußte, warum. Vielleicht war es gar nicht der Mann. Vielleicht plagten sie auch nur die Nässe, die Kälte und der Hunger. Inzwischen waren sicherlich schon alle Bediensteten im Haus auf den Beinen, und das Frühstück war längst vorbereitet. Heißer Kaffee, frische Brötchen und gebratener Speck. Und sie konnte ihre eigenen Kleider anziehen und . . .«

Trevelyan sah, wie sie das Gesicht verzog. »Sie brauchen nicht mit mir zu gehen«, sagte er und schob sie von sich. Er bückte sich, um ihre feuchte Jacke aufzuheben. »Bitte, erlauben Sie mir, Sie zu Ihrem Pferd zu begleiten. Ich komme schon allein zurecht.«

Sie sah zu ihm auf, aber nicht in seine Augen. Sie mied diese Augen und betrachtete statt dessen die Narben auf seinen Wangen und die Blässe seiner Haut. Sie wußte, daß sie ihm helfen mußte. Während sie die Arme in die feuchtklamme Jacke schob, war sie versucht, allein wegzugehen, aber ihr Gewissen erlaubte ihr nicht, einen Mann, der so krank war wie er, sich selbst zu überlassen. Wenn er noch einmal das Bewußtsein verlor, im Regen lag und sich eine Lungenentzündung holte, war das ihre Schuld.

»Nein«, sagte sie mit einem Seufzer. »Ich werde Ihnen zu einer Unterkunft helfen.«

Wieder legte sie den rechten Arm um seine Taille und wieder lehnte er sich schwer gegen sie. Er hinkte, um sie von der Notwendigkeit ihrer Hilfe zu überzeugen. Sie gingen den Fahrweg hinunter, und das Pferd trottete friedlich hinter ihnen her.

»Wer sind Sie?« fragte Trevelyan.

»Claire Willoughby«, schnaubte sie und verfluchte sich für ihre lächerliche Reaktion, aber die Berührung dieses Mannes störte sie. Sie flößte ihr ein seltsames Gefühl ein – Ärger und eine Ruhelosigkeit, die ihr nicht behagte.

»Und warum sind Sie, noch bevor es richtig hell war, in Kleidern, die Ihnen nicht passen, im halsbrecherischen Galopp durch die Gegend geritten, Claire Willoughby? Sind Sie vor Ihrer Gouvernante geflüchtet?«

Claire war viel zu sehr durchnäßt, zu hungrig und fror zu sehr, als daß sie höflich sein konnte. Zudem wurde ihr die Begleitung dieses Mannes von Minute zu Minute unangenehmer. »Ich würde gern wissen, warum einem Mann Ihres Alters, der offensichtlich bei schlechter Gesundheit ist, gestattet wird, sich ohne Aufsicht in den Wäldern herumzutreiben. Sind Sie vor Ihrer Krankenschwester geflüchtet?«

Trevelyan mußte bei ihren Worten ein paarmal schlukken. Er war daran gewöhnt, daß Frauen ihn anziehend fanden, und es gefiel ihm gar nicht, daß dieses hübsche kleine Ding in dieser Hinsicht eine Ausnahme bildete. Er beschloß, einen zweiten Versuch zu machen. »Ich vermute, daß Sie in Bramley wohnen. Warum?«

»Könnten Sie sich vielleicht etwas weniger schwer machen?«

»Ja, natürlich.« Er richtete sich ein bißchen auf, und für einen Moment hing er nicht mit seinem ganzen Gewicht an ihr, aber schon ein paar Sekunden später spürte sie wieder den vollen Druck seines Körpers an ihrer Seite. Trevelyan genoß das Gefühl der Berührung mit ihr so sehr, daß er daran dachte, sie auf einem Umweg nach Bramley zu bringen – durch den »Wild Wood«, an dessen Ende sich ein altes Gärtnerhaus befand, das mindestens fünf Meilen von dieser Stelle entfernt war.

»Wollen Sie mir die Antwort schuldig bleiben?« fragte er.

Claire merkte, daß der Mann, obwohl er zu glauben schien, daß sie soeben aus einem Mädchenpensionat entlaufen war, Spaß daran hatte, sich bei ihr anzulehnen. Schmutziger alter Mann, dachte sie bei sich, und bereute von Herzen, daß sie ihn nicht im Regen auf der Erde liegengelassen hatte. Im Augenblick hatte sie nur ein Ziel im Leben vor Augen, und das war, diesen Mann wieder loszuwerden. »Vielleicht sollten Sie mir erst sagen, wer Sie sind. Ist Ihr Haus weit weg von hier?«

»Nicht weit.« Er legte seine Wange auf ihren Scheitel. Sie hatte ein kleines Hütchen getragen, als er sie zum erstenmal gesehen hatte, aber das war verschwunden – jetzt schimmerte ihr dunkles feuchtes Haar im ersten Licht des Tages.

»Würden Sie das bitte unterlassen?« fauchte sie und zuckte zusammen, als sie einen sengenden Schmerz in ihrem Arm spürte.

»Sie sind verletzt«, sagte er mit einer Stimme, die sich von dem hilflosen Ton, den er bisher angeschlagen hatte, erheblich unterschied.

»Nein, das bin ich nicht. Ich habe mir lediglich den Arm verstaucht. Ich bin nur halbtot vor Hunger, bis auf die Haut durchnäßt und friere. Deshalb möchte ich so rasch wie möglich wieder zu Hause sein.«

»Und wenn sie erst einmal dort sind, frieren Sie noch mehr.«

»Das dachte ich mir«, murmelte sie.

»Was dachten Sie?«

»Daß Sie sich in dem Haus auskennen. Sie haben dort gewohnt, nicht wahr? Kennen Sie auch den Herzog?«

Es dauerte einen Moment, bevor er antwortete: »Ich kenne den Herzog ziemlich gut.«

Sie lächelte bei dem Gedanken an Harry. »Wir werden heiraten«, sagte sie leise.

Trevelyan schwieg eine Weile. »Ah, der kleine Harry. Ist er jetzt erwachsen? Als ich ihn zum letztenmal sah, war er noch ein Junge.«

»Er ist zu einem prächtigen Mann herangewachsen«, erklärte sie und räusperte sich dann verlegen. »Ich meine, er ist . . . er ist . . .«

»Ich verstehe. Wahre Liebe.«

Er sagte das in einem so zynischen Ton, daß Claire erbost erwiderte: »Sie sollten sich nicht über Dinge mokieren, von denen Sie keine Ahnung haben.«

»Aber in der wahren Liebe kenne ich mich doch bestens aus. Ich bin mindestens hundertmal verliebt gewesen.«

Claire knirschte mit den Zähnen, wenngleich sie wußte, daß sie keinen Grund hatte, sich über diesen Mann zu ärgern. »Ein Mensch erfährt in seinem Leben die wahre Liebe nur einmal – wenn er Glück hat. Ich bezweifle, daß die meisten Menschen sie überhaupt finden. Wenn sie hundertmal verliebt gewesen sind, dann glaube ich nicht, daß Sie jemals geliebt haben. Ich meine, nicht wirklich so, daß man es als wahre Liebe bezeichnen kann.«

»Sind Sie in den jungen Harry verliebt?« Er konnte seine Erheiterung nicht aus seiner Stimme heraushalten, und als er merkte, daß sie beleidigt zusammenzuckte, hätte er fast laut gelacht. »Wie jung Sie doch sind!«

»Und wie alt Sie doch sind«, fauchte sie.

Das ernüchterte ihn ein wenig. Vielleicht war er alt. Vielleicht hatte all das, was er in seinem Leben gesehen, getan und gehört hatte, ihn vor seiner Zeit alt gemacht. »Verzeihen Sie, Miss Willoughby, daß ich mich noch nicht vorgestellt habe«, sagte er. »Ich bin Trevelyan.«

Sie war nicht geneigt, ihm zu verzeihen. Er war ein zynischer alter Mann, und sie wünschte, sie hätte nicht das Mißgeschick gehabt, ihm zu begegnen. »Trevelyan wer?«

Aus irgendeinem Grund machte ihn das nachdenklich. »Nur Trevelyan. Das ist alles. Nichts sonst.« Er wußte, daß er ihre Gefühle verletzt hatte, und so versuchte er, einen Scherz zu machen. »Ich wurde geboren, bevor man den Menschen zwei Namen gab.«

Sie lachte nicht über seinen Witz. »Sind Sie auf irgendeine Weise mit der Familie des Herzogs verbunden?«

»Vielleicht bin ich der zweite Gärtner. Was denken Sie?«

»Ich denke, daß Sie möglicherweise Harrys Onkel sind oder vielleicht sein Vetter. Wer Sie auch immer sein mögen – ein Bediensteter der Familie sind Sie *nicht*.«

Das freute ihn mehr, als er ihr zeigen wollte. »Und was bringt Sie auf die Idee, daß ich kein Bediensteter bin?« Er hoffte, er würde von ihr hören, daß er trotz seiner offensichtlich angeschlagenen Gesundheit eine Haltung zeigte, die man fast königlich nennen konnte.

»Ihre Stiefel. Kein Arbeiter würde Stiefel von so guter Qualität tragen.« Unter keinen Umständen würde sie ihm sagen, daß er in keinerlei Hinsicht dem Bild entsprach, das man sich von einem Diener machte. Wenn er sich bei einem Arbeitgeber bewarb und ihn mit diesen dunklen, fragenden Augen ansah, würde er niemals angestellt werden. Oder vielleicht doch? überlegte Claire, aber niemals in einer untergeordneten Stellung.

»Oh«, sagte er, enttäuscht von ihrer Antwort.

Sie gingen eine Weile schweigend nebeneinander her, wobei Claire sich wieder wünschte, ihn loszuwerden. Sie mochte ihn nicht so nahe bei sich haben. »Ich bin eine Weile von hier fort gewesen. Vielleicht könnten Sie mir etwas Neues von meinen . . . Verwandten berichten.« Seine Zunge stolperte fast über das Wort »Verwandte«.

Claire schwieg noch immer und mühte sich auf dem schlüpfrigen Pfad ab, während sie ihn stützte.

»Kennen Sie sich in der Familie des Herzogs aus? Oder heiraten Sie in das Unbekannte hinein?«

»Tatsächlich weiß ich ziemlich viel über sie«, antwortete Claire, als habe Harry sie erschöpfend über seine Familie unterrichtet. Sie würde diesem Mann nicht erzählen, daß sie zwischen Kleideranproben und einigen Tanzveranstaltungen, die sie mit Harry besucht hatte, eine Menge Zeit darauf verwendet hatte, die Geschichte der Familie ihres zukünftigen Mannes nachzulesen.

»Ich glaube, es hat da in jüngster Zeit einige Todesfälle gegeben«, sagte er.

»Harrys Vater und der älteste Sohn starben vor einem knappen Jahr bei einem Bootsunfall. Mit dem Tod von Harrys Vater und seines ältesten Bruders wurde der zweite Sohn, Harry, Herzog. Bis dahin war er der Graf von . . .« Sie hielt inne bei diesem Gedanken und sah dann zu ihm auf. ». . . der Graf von Trevelyan.«

Er betrachtete ihre aufgerissenen Augen. »Sie brauchen mich gar nicht so anzustarren. Trevelyan ist ein in England weitverbreiteter Name, und ich kann Ihnen versichern, daß ich kein Graf bin.«

»Hmmm«, erwiderte sie nachdenklich, »das könnte stimmen. Harrys Bruder muß jünger gewesen sein als Sie.« Sie fuhr nach einer kurzen Pause fort: »Der zweite Sohn kam erst vor zwei Monaten ums Leben.«

»Er kam ums Leben? Sie meinten, er starb, nicht wahr?«

Wieder hörte sie aus seiner Stimme eine Belustigung heraus, die sie aufs äußerste reizte. Als ob er sie für eine dumme Gans hielte. »Ich glaube nicht, daß Sie darüber Witze machen sollten. Warum wissen Sie nicht über einen Mann Bescheid, der zu Ihrer Familie gehört?«

»Die Familie stand mir nie sonderlich nahe. Erzählen Sie mir von diesem Sohn, der ums Leben kam. Ich habe etwas aus Ihrer Stimme herausgehört, was ich nicht verstehen kann.«

Sie war verblüfft über seinen Scharfsinn. Sie öffnete den Mund, um zu sprechen, schloß ihn dann aber wieder. Sie sollte ihm nicht mitteilen, was sie wußte – andererseits wollte sie mit jemandem darüber sprechen. Sie hatte einmal versucht, mit Harry über seinen Bruder zu reden, aber Harry hatte rasch das Thema gewechselt. Sie konnte seinen Kummer über den Verlust dreier Familienmitglieder in so kurzer Folge verstehen. Zweimal hatte sie versucht, mit ihrem Vater darüber zu sprechen, aber er hatte ebenfalls nichts davon hören wollen.

Trevelyan stieß sie mit der Schulter an. »Heraus damit. Erzählen Sie mir, was Sie gehört haben. Alles Lügen, möchte ich wetten.«

»Es sind *keine* Lügen«, erwiderte sie in energischem Ton. »Ich habe meine Informationen aus allerbester Quelle und gedenke, in dieser Sache etwas zu unternehmen.«

»Was wollen Sie in welcher Sache unternehmen, und wer hat Ihnen diese Lügen erzählt?«

Seine Hand bewegte sich langsam über ihre Schulter, bis sie dicht über ihrem Busen lag. Sie stieß sie fort und sah ihn streng an. Er ignorierte ihren Blick.

Zum Henker mit ihm, dachte sie. Sie wollte kein Wort mehr zu ihm sagen, wollte nur noch von ihm weg, aber er hatte etwas an sich, das in ihr das Verlangen weckte, sich mitzuteilen. Und dazu kam noch ihre Sehnsucht, mit jemandem über das zu reden, was sie beschäftigte. Seit ihrer Abreise aus Amerika hatte sie keinen Menschen mehr, der sich mit ihr über die Dinge unterhielt, die sie las. Sie hatte in England niemanden getroffen, der an etwas anderem interessiert war als an der letzten Party.

»Der Prince of Wales hat es mir erzählt«, sagte sie und lächelte, als sein Grinsen verschwand.

»Der Prince of Wales hat Ihnen was erzählt?«

»Haben Sie schon mal von dem Forscher Captain Frank Baker gehört?«

Sie genoß mit einemmal seine volle Aufmerksamkeit. Er blieb stehen und starrte sie an. Es war schön, daß ihr endlich jemand so konzentriert und mit so großer Anteilnahme zuhörte. Das gab Claire das Gefühl, als ob sie mehr zu bieten habe als ihr Geld, ihr hübsches Gesicht und das, was sie auf einer Party anhatte.

»Ich habe von ihm gehört«, sagte Trevelyan leise. »Aber was weiß so ein unschuldiges Ding wie Sie schon über einen Mann wie ihn?«

»Wie können Sie sich anmaßen, ein solches Urteil über mich zu fällen?«, erwiderte sie in einem überraschend selbstgefälligen Ton. Es war ein herrliches Gefühl, daß es ihr gelungen war, ihm dieses überhebliche Grinsen aus dem Gesicht zu wischen. »Zu Ihrer Information – ich habe jedes Wort gelesen, das Captain Baker über seine Reisen und seine Erlebnisse in fünf Kontinenten geschrieben hat.«

Er starrte sie jetzt mit offenem Mund an. Er war ehrlich und gründlich schockiert über ihre Erklärung.

»*Alle* seine Schriften?«

»Alle«, erwiderte sie außerordentlich zufrieden.

Als sie sich wieder in Bewegung setzten, blieb er eine Weile stumm. »Ausgenommen die in lateinischer Sprache verfaßten Kapitel«, sagte er schließlich. »Nicht die Kapitel über . . .«

». . . über die sexuellen Gewohnheiten der Leute in anderen Ländern? Ich habe selbstverständlich die auch gelesen. Als ich sechzehn war . . .«

»Vor verdammt langer Zeit«, bemerkte er sarkastisch.

Sie fuhr fort, als hätte sie diese Bemerkung nicht gehört: »Ich sagte zu meiner Mutter, ich könne mich nicht als gebildet betrachten, solange ich keine gründliche Kenntnis der lateinischen Sprache besäße, und deshalb engagierte sie einen alten Mann als Tutor. Er war glücklicherweise der Meinung, daß Wissen in jedem Fall eine Bereicherung sei, und half mir, Captain Bakers lateinische Kapitel zu übersetzen. Es stehen ein paar sehr ungewöhnliche Wörter in diesen Kapiteln.«

»Ungewöhnlich, ja«, meinte er gedankenverloren und

gab sich dann einen Ruck. »Und was hat der Prince of Wales mit all dem zu tun?«

»Der Prinz erzählte mir, daß Harrys Bruder – der zweitälteste, der vor zwei Monaten ums Leben kam –, Captain Baker gewesen sein könne. Natürlich wüßte man das nicht so genau, weil Captain Baker große Anstrengungen unternommen habe, seine wahre Identität geheimzuhalten.«

»Ich habe gehört, daß er das nur getan hat, weil man ihn wegen einiger Verbrechen belangen wollte, und daß man ihn aufhängen würde, wenn man wüßte, wer sich hinter diesem Namen versteckt.«

»Das glaube ich nicht«, entgegnete sie heftig, drehte sich ihm zu und entzog sich ihm so rasch, daß er beinahe zu Boden gestürzt wäre. »Ich habe es nicht eine Sekunde lang geglaubt. Und Sie können unmöglich ein Wort seiner Schriften gelesen haben, wenn Sie so einem schrecklichen Gerücht Beachtung schenken! Es wurde von Männern in die Welt gesetzt, die ihm auch nicht annähernd das Wasser reichen können. Captain Baker war ein großer Mann.«

Dieser Trevelyan ging ihr gründlich auf die Nerven. Vielleicht war ihre Wut unberechtigt, aber deswegen ärgerte sie sich trotzdem. Sie war so zornig, daß sie, wäre er in diesem Moment tot vor sie gesunken, ihren Fuß auf seine Brust gesetzt, den Kopf in den Nacken geworfen und triumphierend gelacht hätte.

»War er das?« hörte sie ihn sagen.

»Würden Sie bitte damit aufhören, sich über mich lustig zu machen?« fauchte sie ihn an. »Nur Ignoranten wie Sie bringen es fertig, über etwas Witze zu machen, von dem sie keine Ahnung haben. Captain Baker war . . .« Sie brach ab, denn ihr gefiel dieses überhebliche Lächeln nicht, mit dem er sie ansah – als ob er allwissend und sie ein dummes Gänschen sei. »Ach, kommen Sie«, sagte sie und gab sich keine Mühe mehr, ihren Ärger zu verbergen. »Ich bringe Sie jetzt in Ihre Wohnung.«

Trevelyan legte seinen Arm wieder um ihre Schultern, und sie setzten sich erneut in Bewegung.

»Was meinten Sie damit, daß Sie vorhätten, etwas in dieser Sache zu unternehmen?«

»Wenn Harry und ich verheiratet sind, beabsichtige ich, Captain Bakers Biographie zu schreiben.«

Zu ihrem Verdruß schien das den Mann noch mehr zu erheitern.

»Tatsächlich? Haben Sie Harry schon von Ihrem Vorhaben unterrichtet?«

»Ja.« Sie wollte ihm jetzt nur noch mit einem schlichten Ja oder Nein antworten. Sie fand zwar nichts dabei, einem Fremden von ihrem Plan zu erzählen, aber was sich zwischen ihr und dem Mann, den sie liebte, abspielte, ging ihn nichts an.

»Ich verstehe. Sie wollen mir nicht sagen, was der junge Harry darüber denkt. Das Privatleben zweier Liebender ist ein heiliges Geheimnis, nicht wahr?« Er lächelte sie an, als sie ihm darauf die Antwort verweigerte. »Nun gut – dann erzählen Sie mir von diesem Captain Baker. Was hat er getan, daß Sie so eine hohe Meinung von ihm haben?«

»Er ist – war – ein Forscher. Nein, er war mehr als das: Er war ein Beobachter. Er suchte Orte auf, die noch kein gebildeter Mann vor ihm besucht hatte, beobachtete und zeichnete seine Erkenntnisse auf. Er war furchtlos bei seinen Reisen. Er war ein Mann, der alles über die Menschen auf diesem Planeten wissen wollte. Er war gut und freundlich und loyal zu seinen Freunden. Und als er starb, verlor die Welt einen großen Mann.«

Sie holte Luft und fuhr im erbitterten Ton fort: »Zu seinen Lebzeiten wurde er von der Welt nicht beachtet und nicht geschätzt. Ich beabsichtige, das zu ändern. Wenn ich erst einmal mit Harry verheiratet bin, will ich ein Buch über Captain Baker schreiben, das der Welt die Augen öffnen und ihr klarmachen soll, was für einen großen Mann sie verloren hat.« Sie schwieg einen Moment, um ihre Erregung ein wenig abklingen zu lassen, und stellte dann fest: »Ich glaube, daß sich der größte Nachlaß von Captain Bakers Papieren in Bramley House befindet.«

Trevelyan ging eine Weile stumm neben ihr her. »Sie haben vor, den jungen Herzog zu heiraten, um sich Zugang zu diesen Papieren zu verschaffen?«

Claire lachte. »Halten Sie mich wirklich für so gefühllos? Nein, ich heirate Harry, weil ich ihn liebe. Ich hatte diese Heirat schon in Betracht gezogen, bevor ich erfuhr, daß sein Bruder Captain Baker war . . .«

». . . sein könnte«, verbesserte er sie.

»Ja, daß sein Bruder Captain Baker sein könnte. Den Plan, Bakers Biographie zu schreiben, faßte ich allerdings erst, nachdem ich Harrys Heiratsantrag angenommen hatte.«

»Und wann werden Sie Ihren Plan ausführen?«

»Wie meinen Sie das?«

Er lächelte sie an. »Wie wollen Sie neben Ihren vielen Pflichten als Herzogin noch die Zeit finden, dieses Buch zu schreiben? Dafür sind doch umfangreiche Recherchen erforderlich, oder nicht?«

Sie lachte. »Das ist wahr. Dieser Mann hat eine Unmenge von schriftlichen Zeugnissen hinterlassen. Abgesehen von einem runden Dutzend Bücher, die er veröffentlichte und die ich alle gelesen habe, würde ich, wie mir Harry erzählte, einen großen Stapel Kisten mit Aufzeichnungen und Briefen von seinem älteren Bruder in Bramley House vorfinden, die dort verschimmeln. Captain Baker schrieb nicht nur Hunderte von Briefen an seine angeblichen oder tatsächlichen Verwandten, sondern auch an seine vielen, vielen Freunde, die er überall auf der Welt besaß. Es gab eine Zeit, wo er blind war und es *dennoch* fertigbrachte, zu schreiben. Er brachte zwei parallel zueinander verlaufende Drähte an beiden Seiten eines Bretts an und verband diese durch einen dritten horizontalen Draht, der ihm als Orientierungshilfe für die rechte Hand diente, wenn er auf dem Papier, das er auf dem Brett befestigte, schrieb. *Nichts* konnte ihn vom Schreiben abhalten.«

Mit jedem Wort, das sie sprach, wurde Trevelyans Miene düsterer. »Ich dachte, Sie verehren diesen Captain Baker! Ich dachte, sie sagten, er sei ein großer Mann!«

»Das war er auch.«

»Und dennoch beschweren Sie sich darüber, daß er zuviel schrieb?«

»Das habe ich nicht getan!«

»Sie sagten, daß er an jeden x-beliebigen schrieb und so seine Briefe zu einer Dutzendware machte. Sie sind mir eine schöne Biographin, wenn Sie eine so schnöde Meinung von ihm haben!«

»Schnöde Meinung? Dutzendware? Versuchen Sie etwa, mir Worte in den Mund zu legen? Ich halte ihn für einen großartigen Mann, bin jedoch realistisch genug, neben seinen Stärken auch seine Schwächen nicht zu übersehen.«

»Tatsächlich? Sind Sie Captain Baker etwa persönlich begegnet, daß Sie seine Schwächen kennen?«

»Nein, natürlich nicht, aber . . .« Sie suchte nach Worten, die ihm begreiflich machen konnten, was sie meinte. »Wenn Sie ein Buch lesen, das Sie lieben – ein Buch, das Ihnen nahegeht –, haben Sie das Gefühl, den Menschen zu kennen, der es schrieb. Der Verfasser wird Ihr Freund.«

»Und Sie haben also das Gefühl, den Verfasser dieser Bücher, die Ihnen nahegehen, auch in persönlicher Hinsicht zu kennen?« fragte Trevelyan steif.

Sie freute sich, daß er sich ärgerte und daß sie ihn aus seiner Reserve herausgelockt hatte. Männer wie er konnten sich nicht mit dem Gedanken anfreunden, daß es Frauen gab, die mehr sein wollten als eine Dekoration für ihr Wohnzimmer.

»Ja, das habe ich. Er war ein Mann, der viel Humor, große körperliche Kraft und eine große . . .« Sie hielt inne.

»Weiter! Fahren Sie fort! Erzählen Sie mir von diesem Mann, der über jeden Tadel erhaben ist und seine Leser mit seinen vielen Büchern langweilte«, forderte er sie mit grimmiger Stimme auf.

»Sie haben ein großes Talent, mir die Worte im Mund zu verdrehen«, erwiderte sie. »Er war sehr attraktiv.«

»Aha. Auf wen oder was wirkte er denn attraktiv? Auf papierfressende Insekten?«

»Auf Frauen«, sagte sie rasch, denn sie spürte, wie sie rot wurde.

»Sie meinen, er machte sie neugierig und ertränkte sie dann in einer Flut von Worten?«

Sie verzog das Gesicht. »Nein – er kannte sich aus. Was Frauen betrifft, meine ich.«

»In welcher Hinsicht kannte er sich denn mit Frauen aus?«

Sie blieb ihm die Antwort schuldig.

Er fand sein spöttisches Lächeln wieder, mit dem er sie anfangs bedacht hatte. »Ich sehe schon, daß Sie die ideale Biographin für einen Mann wie Baker sind. Sie werden im blumigen Stil und blütenreichen Passagen Ihren Lesern näherbringen, was Baker über Frauen in fernen Ländern schrieb. Oder beabsichtigen Sie etwa, diesen Aspekt seines Lebens auszuklammern und nur das zu berichten, was ihn salonfähig machen würde?«

»Ich habe nicht die Absicht, etwas zu unterschlagen, was zum Wesen dieses Mannes gehörte. Ich habe auch nicht vor, einen Mann wie Sie, den ich gar nicht kenne, mit Einzelheiten aus Captain Bakers Liebesleben zu delektieren.« Sie blieb stehen und rückte ein wenig von ihm ab. »Ich denke, Sir, daß wir jetzt genug über dieses Thema gesprochen . . .« Sie brach mitten im Satz ab, als sie ein Geräusch zu ihrer Linken hörte, sich in diese Richtung drehte und Harry auf sich zukommen sah. Er war noch ziemlich weit entfernt, aber an der Art, wie der Mann zu Pferde saß, wußte sie, daß der Reiter nur Harry sein konnte.

Trevelyan beobachtete sie interessiert und merkte, wie sich ihre Miene beim Anblick ihres Verlobten aufhellte.

»Es ist Harry«, flüsterte sie andächtig und mit verklärten Augen. Er sah, wie sie sich aus einem zornigen Hitzkopf in ein schmachtendes, einfältiges kleines Ding verwandelte. Sie bemerkte nicht einmal, was für einen peinlichen Eindruck das auf ihn machte und daß er sich fast angewidert von ihr abwandte.

»Sie haben meinen Namen noch nie gehört«, sagte Trevelyan, obwohl er nicht sicher war, ob sie ihn hörte, weil sie nur noch für ihren Verlobten Augen hatte. Dann trat er unter die Bäume, und im nächsten Moment schien der Wald ihn verschluckt zu haben. Nach ein paar Schritten blieb er im Schatten eines Baumes stehen und beobachtete sie.

Claire hob die lange Seite ihres Reitrocks an – jenen Teil, der dazu diente, die Beine einer Reiterin im Damensattel zu verhüllen – und lief Harry ein paar Schritte entgegen. Harry gab seinem Pferd die Sporen, als er seine Verlobte auf der Wiese neben dem Pferd entdeckte. Er sprang aus dem Sattel, bevor sein Pferd zum Stehen kam, legte seine kräftigen Hände auf Claires Schultern, und sie beugte sich zu ihm vor.

Er wirkte so frisch und so sauber auf sie – so schlicht und unkompliziert nach dem Mann, mit dem sie eben noch geredet hatte. Nein, korrigierte sie sich, Harry war kein schlichter, einfacher Mensch. Er war nur anders.

»Wo bist du gewesen?« fragte Harry. »Niemand konnte mir sagen, wo du bist, und ich habe mir Sorgen gemacht.« Er schob sie auf Armeslänge von sich weg und betrachtete sie. »Du bist ja naß bis auf die Haut!«

Sie lächelte und rieb die Wange an seiner Hand. »Ich konnte nicht schlafen. Es war so kalt in meinem Zimmer, und deshalb stand ich auf und ließ mir ein Pferd satteln. Es hat mich abgeworfen, als es scheute, und ich habe mich am Arm verletzt.«

Zu ihrer Überraschung zog Harry sie an sich, an seinen warmen Körper, und als er ihren linken Unterarm in seine starken Hände nahm und ihn drückte, biß sie die Zähne zusammen, weil sie sonst laut aufgeschrien hätte vor Schmerz.

»Er scheint aber nicht gebrochen zu sein. Offenbar ist er nur verstaucht.« Er küßte sie auf die Nasenspitze. »Wenn ich gewußt hätte, daß du ausreiten würdest, wäre ich mitgekommen.«

Sie schmiegte sich an ihn, und er legte die Arme um sie und drückte sie an sich. »Du bist so warm«, flüsterte sie. Und so unkompliziert und gut, dachte sie. Du bist so ganz anders als dieser andere Mann, dieser Trevelyan.

Er lachte. »Ich bringe dich jetzt ins Haus zurück, und dann lassen wir einen Arzt kommen, der deinen Arm untersucht. Du bleibst den ganzen Tag im Bett. Ich möchte nicht, daß du dich erkältest.«

»Kann ich auch ein Feuer im Kamin haben?«

»Ich werde dafür sorgen, daß es ein großes, prasselndes Freudenfeuer wird. Und notfalls plündern wir alle Betten im Haus, bis du so viel Decken hast, daß du nie mehr frierst.«

»Harry, ich liebe dich.«

Er beugte sich wieder zu ihr, offenbar in der Absicht, ihr einen Kuß zu geben. Doch Claire wich ihm aus, denn wenn sie ein bißchen Ahnung davon hatte, wie es auf der Welt zuging, so mußte sie damit rechnen, daß sie in diesem Moment beobachtet wurden.

Harry lachte nur, hob sie in den Sattel seines Pferdes und stieg hinter ihr auf.

Sie hörten beide nicht, wie Trevelyan sich durch den Wald entfernte.

3

Ein lautes Seufzen weckte Harry aus dem Schlaf. Widerwillig öffnete er die Augen. Im Raum herrschte ein unheimliches rötliches Licht, und am Fuß seines Bettes stand ein Ungeheuer. Es war mindestens einsachtzig groß, ganz in Schwarz gehüllt und hatte das scheußlichste Gesicht, das ihm in seinem Leben vor Augen gekommen war.

Benommen setzte sich Harry auf und schob den Kopf ein wenig vor, damit er das Monster, das so fürchterlich stöhnte, als wäre es erst vor kurzem getötet worden und auf die Erde zurückgekehrt, um die Lebenden zu erschrecken, besser in Augenschein nehmen konnte. Er gähnte. »Onkel Cammy, wenn du das bist, solltest du dich lieber wieder ins Bett legen. Sonst verschläfst du das Frühstück.«

Da hörte das Ungeheuer auf zu stöhnen, stieg vom Schemel am Fußende des Betts, trat an dessen Seite und nahm die Maske ab. Was die Vermummung nicht geschafft hatte, brachte die Demaskierung zustande: Harry war plötzlich hellwach.

»Bist du das wirklich?« flüsterte er. »Trevelyan?«

Trevelyan entfernte das schwarze Tuch, mit dem er sich verkleidet hatte, und grinste seinen jüngeren Bruder an. »Kein anderer.«

Harry setzte sich gerade und lehnte sich gegen das gepolsterte Kopfteil seines Betts. »Schenkst du mir einen Whisky ein? Er steht dort auf dem Tisch.«

Trevelyan füllte zwei Gläser bis zum Rand mit schottischem Malzwhisky, reichte eines davon seinem Bruder und setzte sich auf einen großen, reichbeschnitzten Eichenstuhl in der Nähe des Bettes. »Ist das alles, was ich bekomme? Ein ›Bist-du-das‹? Kein fettes Kalb zur Begrüßung? Keine Willkommens-Parade?«

Harry nahm einen kräftigen Schluck von seinem Whisky. »Weiß Mutter schon, daß du hier bist?«

Trevelyan leerte sein Glas auf einen Zug und füllte es zum zweitenmal. »Nein.« Er musterte Harry aus schmalen Augen. Nicht wenige Leute hatten die Eindringlichkeit beschrieben, mit der Trevelyan sie anzublicken pflegte. Alle, die ihm persönlich begegnet waren, hatte die Ausdrucksfähigkeit seiner Augen am nachhaltigsten beeindruckt. Sie waren schwarz, bezwingend und flammend im Zorn.

Harry trank nun ebenfalls sein Glas aus. Er haßte Szenen. Jeder Streit war ihm zuwider, und er wußte, daß die Rückkehr seines Bruders von den Toten zu heftigen Auseinandersetzungen in der Familie führen mußte.

»Sie sollte es aber erfahren«, murmelte er, als er Trevelyan sein Glas zum Nachfüllen hinhielt.

Trevelyan blickte auf sein halbleeres Glas hinunter. »Ich habe nicht die Absicht, lange zu bleiben. Nur so lange, bis ich zu Kräften gekommen bin und ein paar Sachen niedergeschrieben habe. Dann seid ihr mich wieder los.«

Harry begann nun die volle Bedeutung der Tatsache zu

ermessen, daß sein Bruder wider Erwarten doch nicht das Zeitliche gesegnet hatte. Er sah ihn im blaßroten Schein der Nachttischlampe an, und er hätte ebensogut einen Fremden betrachten können. Er war zwei Jahre alt gewesen, als Trevelyan aus dem Haus geschickt worden war, und in den Jahren danach hatte er ihn nur wenige Male gesehen. Trevelyan als schwarzes Schaf der Familie zu bezeichnen wäre noch eine Untertreibung gewesen.

»Du weißt natürlich«, sagte Harry bedächtig, »daß deine Rückkehr dich zum Herzog macht.«

Trevelyan schnaubte, um seinem Bruder zu signalisieren, was ihm dieser Titel bedeutete. »Glaubst du etwa, ich will seßhaft werden und neben anderen Schlössern dieses Monstrum von einem Haus verwalten? Wie viele von diesen Ungetümen hast du eigentlich?«

»Vier«, sagte Harry rasch. Er vermied es, seinen Bruder anzusehen, denn Trevelyan besaß die unheimliche Gabe, die geheimsten Gedanken eines Menschen zu lesen. Und wenn er sie nicht lesen konnte, zermürbte er sein Gegenüber so lange mit Fragen, bis dieser sie ihm preisgab.

»Nun komm schon – was geht in deinem englischen Schädel vor sich?« fragte Trevelyan im freundschaftlichen Ton.

»Du bist genauso englisch wie ich, und überdies bin ich ein halber Schotte.«

»Läufst du deswegen ständig in diesem verdammten Kilt herum? Frierst du dir deshalb den Hintern ab?«

»Du hast es erraten«, sagte Harry lächelnd und machte den Fehler, zu seinem Bruder aufzusehen.

»Du machst es des Mädchens wegen, nicht wahr?« fragte Trevelyan.

»Was weißt du von ihr?«

»Nur wenig«, gab Trevelyan geheimnisvoll zur Antwort.

Da brach Harry in ein Lachen aus. »*Du* bist das also gewesen! *Du* warst der alte Mann, dem sie begegnet ist. Du warst schuld daran, daß ihr Pferd scheute und sie abwarf. Du warst der kranke Alte, der vor ihr in Ohnmacht fiel.« Harry setzte sich noch gerader im Bett auf. Für ihn schien sein Bruder schon immer ein Erwachsener gewesen zu sein. Einer ihrer Onkel hatte gesagt, daß Trevelyan bereits erwachsen auf die Welt gekommen sei, sich die Kindheit ersparen wollte und sie deshalb übersprang. Es freute Harry nicht wenig, zu hören, daß sein älterer Bruder, als ›alter Mann‹ bezeichnet wurde.

»Du hättest sie erleben sollen«, fuhr Harry fort. »Sie scheint nicht gerade erbaut von dir gewesen zu sein und redete unablässig von dem ›alten Mann‹.«

Trevelyan stand auf und ging an die entfernte Seite des Zimmers. Aber sie hat dir nicht meinen Namen genannt, dachte er. »Weißt du, daß sie eine Biographie über mich schreiben möchte?«

Ein solches Selbstbewußtsein wie jetzt hatte Harry in der Gegenwart seines älteren Bruders noch nie empfunden. »Sie will über alles mögliche schreiben. Und alles lesen, was ihr vor die Augen kommt. Du bist der siebte oder achte Mann, glaube ich, über den sie ein Buch schreiben möchte, und nebenbei bemerkt, ist sie meines Wissens die dritte Frau, die vorhat, eine Biographie von dir zu verfassen.« Harry legte eine Pause ein. »Hast du ihr gesagt, wer du bist?«

»Nein. Ich erzählte ihr, daß ich der Familie nahestünde, und sie erwähnte daraufhin deinen toten Bruder, der ihres Erachtens nach ein ... ein übereifriger Briefschreiber gewesen sei.«

»Sie hält mit Ihren Ansichten nicht hinter dem Berg, nicht wahr?«

Trevelyan drehte sich zu Harry um, und er fixierte seinen jüngeren Bruder so scharf wie eine Schlange. Ein Mann, der behauptete, Captain Baker persönlich zu kennen, hatte Harry einmal erzählt, er könne beschwören, daß dieser jemanden stundenlang ansehen könne, ohne auch nur ein einziges Mal zu blinzeln.

»Du scheinst sie offenbar zu mögen.«

Harry zuckte mit den Achseln. »Sie ist ganz in Ordnung, obwohl sie eine echte Amerikanerin ist.«

»Und ungewöhnlich reizend«, fügte Trevelyan leise hinzu.

Harry stand auf. »Hör mal, Vellie – das soll doch wohl nicht bedeuten, daß du versuchst, sie mir wegzunehmen, wie? Sie ist *meine* Erbin.«

Trevelyan setzte sich wieder auf den Stuhl neben dem Bett und lächelte seinen Bruder an. »Eine Erbin ist sie also. Heiratest du sie wegen des Geldes?«

»Man möchte schließlich sein Dach über dem Kopf behalten, oder etwa nicht? Und Mutter . . .«

»Ach, ja, unsere teure Mutter.« Trevelyan hielt sein Glas ins Licht. »Wie geht es unserer Mutter?«

»So gut, wie es ihr nur gehen kann.«

»Und sie jagt bestimmt noch immer jeden aus ihrem Zimmer, schätze ich mal. Hat deine kleine Erbin sie schon kennengelernt?«

Harry nahm einen kleinen Schluck von seinem Whisky. »Noch nicht. Claire ist ja erst gestern hier eingetroffen.«

»Glaubst du, daß sie deine Braut mögen wird?«

»Ist das wichtig? Claire ist schließlich eine passende Partie.«

»Für einen Amerikaner.«

»Zumindest ist sie nicht eine von diesen lauten und taktlosen Amerikanerinnen, die ständig davon reden, wie man zu Geld kommt, und dauernd etwas verändern wollen und das dann als Fortschritt bezeichnen.«

»Man kann mit Fug und Recht behaupten, daß diese Familie jeder Veränderung abhold ist. In Großvaters Zimmer hängen seine Klamotten noch genauso in seinem Kleiderschrank wie damals, als ich als Neunjähriger dieses Haus verließ. Sag mal – läßt sich Mutter noch immer die Zeitungen bezahlen, die sie im Haus zum Lesen auslegt?«

»Es muß gespart werden. Mutter ist nicht schlecht, nicht wirklich.«

»Zu dir nicht«, bemerkte Trevelyan leise.

Nach einem kurzen Schweigen meldete sich Harry wieder zu Wort: »Was machen wir jetzt? Erzählen wir allen, daß der zweite Bruder aus dem Grab auferstiegen und der rechtmäßige Herzog ist? Hast du genug von deinen Wanderungen, was mich nicht wundern würde, wenn ich dich so anschaue, und erzählst der Welt, wer du bist?«

»Ich habe dir doch bereits erzählt, was ich vorhabe. Ich möchte mich erholen und schreiben. Das ist alles. Du kannst meinethalben der verdammte Herzog sein oder bleiben.« Er fixierte Harry wieder mit seinen hypnotischen Augen. »Ich möchte meine Expeditionen finanziert haben. Übrigens – woher, zum Henker, weiß der Prince of Wales eigentlich, daß Captain Frank Baker mit dem ehemaligen Earl of Trevelyan identisch gewesen sein könnte?«

»Vater hat es der Königin erzählt. Er meinte, sie sollte es wissen und dir ein paar Orden verleihen.«

Trevelyan lachte schallend. »Was sollte ich denn damit anfangen?«

»Sie verhökern und mit dem Erlös wieder eine deiner Reisen finanzieren?« schlug Harry vor und brachte seinen Bruder abermals zum Lachen. Harry leerte sein Glas und musterte seinen Bruder. »Ehrlich, Vellie, was *machen* wir jetzt?«

»Vellie«, flüsterte Trevelyan. »Es ist Jahre her, daß mich jemand so genannt hat.« Er lächelte seinem Bruder zu. »Wir machen gar nichts. Du fährst fort, dieses große Monument auf dem Hügel zum Gedenken deines toten Bruders zu errichten, und ich werde Captain Baker bleiben. Du heiratest deine Erbin, ziehst ein paar Kinder groß und verpaßt diesem Monstrum von Haus ein neues Dach.« Er legte eine kurze Pause ein. »Und du schickst mir Geld für meine Expeditionen.«

»Das wird nicht funktionieren. Zu viele Leute in der Familie wissen, wer du bist. Mutter weiß zum Beispiel, was du machst.« Harry runzelte die Stirn. »Und schau dich doch an! Du siehst mehr tot als lebendig aus. Kein Wunder, daß Claire dich für einen alten Mann gehalten hat. In diesem Zustand kannst du unmöglich Expeditionen in unbekannte Länder unternehmen, die fünf Jahre dauern. Denn dann liegst du spätestens in drei Jahren unter der Erde.«

»Um so besser für die Familie«, antwortete Trevelyan mit einiger Verbitterung und sah Harry fest in die Augen. »Du weißt so gut wie ich, daß ich eigentlich nie zu dieser Familie gehört habe. Alles, was ich jetzt brauche, ist ein Platz, wo ich mich so lange verstecken kann, bis ich wieder fest auf meinen beiden Beinen stehen kann, und dann verschwinde ich. Wenn bekannt wird, daß Captain Baker wider Erwarten doch noch unter den Lebenden weilt, wird das alle Gerüchte zum Verstummen bringen, daß er ein Angehöriger deiner Familie war. Der Earl of Trevelyan ist vor Monaten gestorben. Lassen wir ihn in Frieden ruhen.«

»Aber wenn Mutter erfährt, daß du noch lebst, wird sie . . .«

»Sag ihr, daß ein anderer die Identität von Captain Baker angenommen hat. Sag ihr irgend etwas. Mir ist es egal, was der alte Drachen denkt – falls sie überhaupt etwas denkt.«

Harry mochte seinen Bruder zwar nur oberflächlich kennen, kannte ihn aber gut genug, um zu wissen, daß es keinen Sinn hatte, ihn umstimmen zu wollen. »Wo wirst du wohnen?«

»In Charlies Zimmer.« Trevelyan grinste. »Ich bezweifle, daß mich dort jemand findet. Ich kann früh aufstehen und spät heimkommen, so daß mich niemand sieht, zumal dieses Haus sich ja nach Mutters Uhr richten muß.«

Harry ignorierte diesen Seitenhieb. »Hast du auch alles, was du brauchst? Du mußt dich von etwas ernähren!«

»Ich habe einen Mann, der mich versorgt und mir das Essen bringt. Ich hüte mich, ihn zu fragen, wo er es sich beschafft.« Er legte eine kurze Pause ein. »Wer ist das Kind?«

Harry lächelte bei dieser Bemerkung. »Du meinst, die kleine Schönheit?«

»Ich habe sie nur vom Fenster aus gesehen. Aber sie scheint vielversprechend zu sein.«

»Sie ist Claires kleine Schwester und ungewöhnlich hübsch. Dabei ist sie erst vierzehn. Kaum vorstellbar, wie sie erst mit achtzehn oder neunzehn aussehen wird. Sie ist ein bezauberndes Kind, aber aus irgendeinem Grund nennen ihr Vater und Claire sie ›Fratz‹. Ich wüßte niemanden, der diesen Namen weniger verdient als sie.«

»Ja, du bist ja auch schon immer eine Kapazität gewesen, was die Beurteilung von Charakteren betrifft, nicht wahr?«

Harry ignorierte diese Bemerkung. Trevelyans Groll auf die Familie war nicht sein Problem.

»Ich werde dich jetzt wieder deinem Schlaf überlassen«, sagte Trevelyan und bewegte sich auf die Tür zu.

»Halte dich von ihr fern«, empfahl Harry.

Trevelyan drehte sich, die Hand auf der Klinke, noch einmal um. »Ich will deine kleine Erbin nicht. In den Augen der jungen Frau habe ich Ehe und ewige Treue gelesen.«

»*Mich* wird sie heiraten.«

Trevelyan blickte seinen Bruder an, und in seinen Augen spiegelten sich Mitleid und Belustigung. »Dich, deine Schulden und deine Mutter, wolltest du wohl sagen«, erwiderte Trevelyan mit glitzernden Augen. »Schlaf gut, kleiner Bruder.« Damit verließ Trevelyan das Zimmer.

Als Claire am Ende ihres zweiten Tages in Bramley in ihr Bett stieg, zitterte sie vor Erschöpfung. Aber es war nicht die Erschöpfung, die von zuviel Arbeit herrührte, sondern die Erschöpfung eines Menschen, der den ganzen Tag über alles *falsch* gemacht hatte.

Gestern hatte sie auf Harrys Drängen hin den ganzen Tag im Bett verbracht. Sie war von der Dienerschaft verhätschelt und verwöhnt worden. Man brachte ihr das Essen auf silbernen Tabletts, und nichts auf der Welt war zuviel oder zu gut für sie gewesen. Alles in allem war es ein herrlicher Tag gewesen – ein Tag, wie ihn ihrer Vorstellung nach eine Herzogin verbringen mußte.

Aber dann hatte Harry ihr gestern abend erklärt, daß heute ihr wirkliches Leben auf Bramley anfangen würde und daß es gut für sie wäre, wenn sie heute seine Familie und ihre Lebensweise kennenlernen würde. Sie hatte ihm ein paar Fragen gestellt und erfahren, daß diese Anweisung von seiner Mutter kam. Sie hatte von ihm wissen wollen, wann er sie mit seiner Mutter bekanntmachen würde, aber Harry hatte vage zur Antwort gegeben, dies wäre bald der

Fall. Seine Mutter sei oft krank und verließe nie ihre Zimmer.

So war Claire heute morgen mit dem beglückenden Gefühl aufgewacht, daß sie nun endlich in Harrys Familie aufgenommen und daß sie den ihr zustehenden Platz an seiner Seite einnehmen würde.

Doch der Tag hatte schon falsch angefangen. Harrys Mutter hatte es selbst übernommen, eine Zofe für sie auszusuchen – jemand, der Claire helfen sollte, bis sie eine passende Dienerin finden konnte. Punkt acht Uhr war Claire von einer dünnen kleinen Frau geweckt worden. Ihr Haar war grau, ihre Haut war grau, und die Art, wie sie ihren Mund bewegte, wirkte auch grau. Claire sagte, sie wolle ihr rotes Kleid anziehen. Miss Rogers schniefte und kam mit Claires dunkelgrünem Kleid ins Schlafzimmer zurück.

Zunächst dachte Claire, die Frau habe sie nicht richtig verstanden. Doch nein, sie hatte sehr wohl verstanden. Miss Rogers meinte nur, das grüne wäre für den Vormittag besser geeignet. Claire hatte der Frau nachgegeben, weil sie glaubte, sie wüßte es besser.

Claire ging anschließend exakt drei Minuten vor neun zum Frühstück, und dort warteten mindestens zwanzig Leute darauf, das Eßzimmer betreten zu können. Claire war ziemlich erschrocken über die Menschenmenge, weil sie nicht gewußt hatte, daß außer ihrer Familie noch andere Gäste auf Bramley weilten. Sie hatte sich einen Weg durch die Menge zu Harry gebahnt und ihn gebeten, sie vorzustellen, aber Harry war gerade in ein Gespräch vertieft gewesen, das sich um ein Pferd drehte, das er an diesem Tag kaufen wollte, und hatte zu ihr gesagt, er kenne nicht einmal die Hälfte von diesen Leuten. »Verwandte vermutlich«, war alles, was sie aus ihm herausbekommen konnte.

Bevor Claire sich selbst vorstellen konnte, wurden die Türen zum Eßzimmer geöffnet, und all diese Leute strömten hinein, um ihre Plätze einzunehmen. Claire ließ man unter der Tür stehen, aber ein Mann in einer Livree hielt einen Stuhl für sie bereit. Harry saß am Kopfende des Tisches, und Claires Stuhl war von dem seinen sehr weit entfernt.

Da muß ein Mißverständnis vorliegen, dachte sie, stand auf und ging zu Harry. »Sie haben mir ziemlich weit unten einen Platz gegeben«, sagte sie.

Sie wurde sich nur zu sehr der Stille bewußt, die plötzlich am Tisch herrschte, als all diese fremden Leute und auch die Dienerschaft sich zu ihr umdrehten und sie ansahen. Ihre Mutter stand nie vor zwölf Uhr mittags auf, also saß sie auch nicht hier am Tisch, aber ihr Vater hatte ungefähr in der Mitte des Tisches an der gegenüberliegenden Seite Platz genommen.

Harry blickte verwundert zu ihr auf, als könne er nicht begreifen, worüber sie sich beklagte. »Hier bestimmt der Rang die Sitzordnung bei Tisch, und du bist eine Amerikanerin.«

Claire sah ihn wortlos an.

Harry, der offenbar nicht wußte, was ihr daran unverständlich war, versuchte es ihr zu erklären. »Wenn wir verheiratet sind und du die Herzogin bist, darfst du am Fußende des Tisches sitzen.«

»Oh«, hauchte Claire. Sie bemühte sich, mit hoch erhobenem Kinn wieder an ihren Platz zurückzukehren, der sich fast am Ende des Tisches befand – am unteren Ende, wo Amerikaner, die keinen Titel hatten, hingehörten. Und wenn sie verheiratet waren, würde es ihr immer noch nicht gestattet sein, in der Nähe ihres Gatten zu speisen.

Sobald sie sich gesetzt hatte, wurde der erste Gang – gebratene Würste – serviert. Sie beschloß, das Beste aus der Situation zu machen, wandte sich an den Mann, der neben ihr saß, und sagte: »Ein herrlicher Tag ist das heute, nicht wahr?«

Sogleich erstarb jede Bewegung am Tisch. Kein Besteck rührte sich mehr, und alle hoben den Kopf, um sie anzustarren. Sie beugte sich vor und warf Harry einen Blick zu. Er schüttelte kurz den Kopf zum Zeichen, daß das Reden bei Tisch nicht angebracht war.

Sie starrte auf ihren Teller und begann stumm zu essen. Als der zweite Gang – noch etwas Gebratenes – serviert wurde, erschien ein livrierter Lakai im Zimmer, verteilte Zeitungen an die Männer, und diese begannen zu lesen. Claire dachte, wenn sie schon nicht sprechen dürfe, dann wollte sie wenigstens lesen. Sie nahm sich deshalb eine Zeitung vom Tablett, als sie dem Mann zu ihrer Linken angeboten wurde.

Abermals erstarrten alle Anwesenden. Was habe ich denn *jetzt* wieder falsch gemacht? fragte sich Claire, sah sich in der Runde um und bemerkte, daß keine von den Frauen Zeitung las, sondern nur die Männer. Während sie ihren Unwillen über diese Absurdität zu verbergen versuchte, was ihr aber nicht ganz gelang, warf sie die Zeitung auf das Tablett zurück, das der Lakai neben ihr bereithielt.

Sie betrachtete die schweigenden Leute, die sich entweder auf ihr Essen oder ihre Zeitung konzentrierten, genauer. Am anderen Ende des Tisches entdeckte sie eine Frau, die ihren Blick erwiderte. Die Frau wirkte ein wenig hausbakken, aber Claire vermutete, daß sie mit ein bißchen Rouge und Puder und in einem modischeren Kleid bei weitem besser aussehen würde. Die Frau lächelte Claire an, und Claire lächelte zurück. Die Frau saß in unmittelbarer Nähe von Harry, also mußte sie auch einen hohen ›Rang‹ haben, dachte Claire.

Nach der nervtötenden Mahlzeit lief Claire durch den Korridor, um Harry noch zu erreichen, bevor er in irgendeinem Raum verschwand. »Könnte ich dich sprechen?«

Er runzelte die Stirn, fing sich dann aber wieder und führte sie in ein kleines Wohnzimmer. Er drehte sich zu ihr um und versuchte, seine Ungeduld zu verbergen. Inzwischen war sein Pferd gesattelt und wartete auf ihn.

»Könntest du mir erklären, was das bedeuten sollte?« forderte sie.

»Was was bedeuten sollte?« fragte er und sah auf die Uhr, die auf dem Kaminsims stand.

»Warum niemand beim Frühstück redet?«

»Mutter ist der Meinung, daß das Frühstück die wichtigste Mahlzeit des Tages ist und daß die Leute ihr Essen nicht richtig verdauen können, wenn sie reden.«

Claire runzelte die Stirn, weil es sich so anhörte, als leierte er einen auswendig gelernten Text herunter. »Man könnte doch schweigen, wenn deine Mutter mit am Tisch sitzt, aber die Leute reden lassen, wenn das nicht der Fall ist. Eine Mahlzeit ist viel angenehmer, wenn man sich dabei unterhalten kann.«

Er blickte sie mit einem nachsichtigen Lächeln an. »Aber Mutter ist die Herzogin.«

Claire sagte jetzt nicht: ›aber *du* bist der Herzog‹, sondern: »Ich verstehe. Sie beherrscht das Haus, auch wenn sie nicht anwesend ist.«

»Selbstverständlich. Jetzt muß ich aber gehen. Dein Vater und ich wollen uns heute ein paar Pferde anschauen.«

»Aber was hat es mit den Zeitungen auf sich?«

Einen Moment lang blickte Harry sie ratlos an. »Mutter ist nicht der Meinung, daß Frauen Zeitung lesen sollten.«

»Was *meint* denn Ihre Gnaden, was Frauen lesen sollten?« Claires Stimme troff vor Sarkasmus, aber Harry schien das nicht zu bemerken.

»Tatsächlich meint sie, daß Frauen nur sehr wenig lesen sollten. Sie behauptet, das mache sie unzufrieden. Jetzt muß ich aber wirklich gehen, Liebling.« Er hauchte ihr rasch einen Kuß auf die Stirn und ging zur Tür.

»Harry! Darf ich mitkommen?«

Harry, der ihr den Rücken zugedreht hatte, rollte mit den Augen. Als er sich zu ihr wandte, lächelte er. »Liebling, ich nähme dich gern mit, aber du würdest dich zu Tode langweilen. Außerdem reiten wir, und der Arzt sagte, daß du deinen Arm vorläufig nicht belasten darfst. Bleib du lieber hier im Haus und vergnüge dich.«

Claire versuchte ihre Enttäuschung zu verbergen. »Darf ich mir das Haus ansehen?«

»Natürlich darfst du das«, sagte er im Ton eines vielgeplagten Mannes. »Du kannst machen, was du willst. Aber der Ostflügel des Hauses ist bewohnt. Du solltest die Leute lieber nicht stören, und der Westflügel ist baufällig und gefährlich. Aber ich muß jetzt wirklich los. Ich sehe dich dann beim Dinner.« Damit verließ er das Zimmer, ehe sie ihm noch eine Frage stellen oder eine Bitte vortragen konnte.

»Ich kann machen, was ich will, ausgenommen reden, lesen, reiten oder mir das Haus betrachten, das eines Tages meins sein wird«, murmelte sie, verbot sich dann aber jeden weiteren Pessimismus.

Zumindest stand es ihr frei, das Haupthaus zu erforschen, wenn schon nicht die Flügel, und sie wußte, daß sie zu allererst die Bibliothek sehen wollte. Sie bat einen Lakaien, ihr den Weg zur Bibliothek zu zeigen, und sobald sie dem Raum näher kam, lächelte sie. Sie konnte ein Lachen aus diesem Raum hören und war glücklich über dieses Geräusch.

Aber sobald sie die Tür öffnete und den Raum betrat, verstummte dieses Lachen. Der Raum war voller Männer, die dicke Zigarren rauchten, Zeitung lasen oder sich unterhielten. Als die Männer sie sahen, erstarrten sie.

Claire brauchte nicht die Kombinationsgabe eines Detektivs, um zu begreifen, daß dies ein »für Frauen nicht erlaubter« Raum war. Sie zog sich zurück und wäre dabei fast auf den Lakaien geprallt.

»Ich glaube, was Sie suchen, ist der Goldene Salon, Miss.«

Sie lächelte ihn dankbar an und folgte ihm durch drei Zimmer. Das Haus war im Stil des schottischen Architekten Adam eingerichtet, und überall boten sich ihren Blicken exquisite Details dar. Die Wände waren mit Seidenbrokat verkleidet, der bereits brüchig war vom Alter, aber dennoch nichts von seinem Reiz verloren hatte. Hier und dort entdeckte sie Sessel, die offensichtlich reparaturbedürftig waren.

Der Goldene Salon verdankte seinen Namen zweifellos der Tatsache, daß er mit Blattgold überzogen war. Um die Spiegel rankten sich goldene Blätter, an der Decke befand sich vergoldeter Stuck – sogar die Möbel waren vergoldet.

Acht Frauen befanden sich im Raum, alle waren um ein kleines Feuer geschart und beugten sich über einen Stickrahmen. Eine offenbar notwendige Beschäftigung, wie Claire mit einem Blick auf die zerschlissenen Bezüge der Sessel feststellte.

Als Claire hereinkam, hatten die Frauen sich leise unterhalten, sie verstummten jedoch sofort, als sie ihrer ansichtig wurden. Claire hatte das untrügliche Gefühl, daß sie der Gegenstand ihrer Diskussion gewesen war. Niemand bemühte sich, sie in die Diskussion einzubeziehen, niemand schien auch nur im geringsten neugierig auf sie zu sein. Und so lächelte sie den Damen zu und ging im Zimmer umher – in der Hoffnung, die Ladies würden ihr Gespräch wiederaufnehmen. Aber das taten sie nicht, und so verließ Claire nach einer Weile den Salon.

Sie begab sich in ihr Schlafzimmer und sagte zu Miss Rogers, daß sie beschlossen habe, einen Spaziergang zu machen und ihr braunes Straßenkostüm und ihre festen Schuhe benötige. Schock zeigte sich bei diesen Worten auf dem grauen Gesicht von Miss Rogers.

»Was haben Sie denn?« fragte Claire müde. »Ist es mir nicht gestattet, spazierenzugehen?«

»Ihre Gnaden sind der Meinung, daß Ladies nicht morgens, solange noch der Tau auf dem Gras liegt, spazierengehen sollten. Sie müssen damit schon bis zum Nachmittag warten.«

»Ich habe nicht die Absicht, mein Vorhaben bis zum Nachmittag aufzuschieben. Ich möchte *jetzt* spazierengehen.«

Miss Rogers deutete mit einem Schniefen an, was sie über Claires Unverschämtheit dachte, und sie gab vor, weder das Kleid, das Claire tragen wollte, noch die Schuhe zu finden. Und so war Claire gezwungen, sich ihre Sachen selbst zusammenzusuchen und auch auf Miss Rogers Hilfe beim Anziehen zu verzichten.

Es war bereits halb zwölf, als es ihr gelang, das Haus zu verlassen. Sie stand vor der Tür, atmete tief die frische saubere schottische Luft ein und machte sich auf den Weg. Vielleicht war es der unterdrückte Groll auf sich selbst oder auf alle Leute, die sich in diesem Haus befanden – jedenfalls verbrachte sie mehrere Stunden damit, spazierenzugehen.

Obwohl das Haus selbst in vielerlei Hinsicht einer Auffrischung bedurfte, war der Park einfach himmlisch. Es gab einen wilden Garten, der offenbar so genannt wurde, weil er weitgehend natürlich geblieben war. In einem anderen Teil des Parks hatte man Bäume und Hecken in Form von Tieren zurechtgeschnitten, und Claire mußte lachen, als sie die Gebilde betrachtete. Die drei Blumengärten waren von Mauern umgeben, und im Obstgarten standen zwei reizende Gartenhäuschen, in denen man sich ausruhen konnte und einen herrlichen Blick auf die Hügel in der Ferne hatte.

Als Claire um halb vier Uhr nachmittags ins Haus zurückkam, war sie müde, hungrig und glücklich. Die Stunden im Freien und die Bewegung hatten ihr gutgetan.

Als sie in ihr Zimmer kam, erwartete sie Miss Rogers mit ihrem üblichen sauertöpfischen Gesicht. »Ich sterbe vor Hunger«, verkündete Claire vergnügt.

»Lunch gibt es von eins bis zwei.«

»Ja ich weiß, und es tut mir leid, daß ich ihn versäumt habe.« Sie fragte sich im stillen, ob der Lunch wohl ebenso entzückend verlief wie das Frühstück. »Lassen Sie mir etwas auf einem Tablett heraufbringen.«

»Ihre Gnaden erlauben es nicht, daß Essen aufs Zimmer gebracht wird, außer im Krankheitsfall. Die Dienerschaft hat auch ohne solche Extravaganzen genug zu tun.«

Claire lag die Antwort auf der Zunge, daß die Dienerschaft für ihre Arbeit bezahlt wurde, verkniff sich dann aber diese Bemerkung. »Dann sagen Sie eben den Leuten in der Küche, daß ich krank wäre, und lassen Sie ein Tablett für mich herrichten. Ich bin viele Meilen gegangen und hungrig.«

»Ich kann nicht gegen die Anweisungen Ihrer Gnaden verstoßen«, sagte Miss Rogers.

Einen Moment lang sahen sich die beiden Frauen an, und

Claire wußte, daß diese verschrumpelte kleine Person gewinnen würde, weil Claire keine Probleme in diesem Haushalt schaffen wollte. Claires Intuition warnte sie, daß man es Harry hintertragen würde, wenn sie die Regeln brach, und daß Harry von ihr enttäuscht sein würde.

»Ich werde mir mein Essen selbst besorgen«, sagte Claire wütend und stürmte an Miss Rogers vorbei aus der Tür. Zu Hause in New York, im Heim ihrer Eltern, hatte sie oft in der Küche gegessen, wenn sie von einem ihrer langen Spaziergänge oder einem Ausritt im Park zurückgekommen war.

Sie brauchte eine Weile, bis sie die Küche fand. Jeder Lakai und jede Zofe, die sie danach fragte, blickten sie an, als hätte sie etwas Obszönes gesagt. Als sie endlich die Küche erreichte, war sie verärgert und hatte Kopfweh vor Hunger.

Als sie vor der Tür anlangte, die die Quartiere der Dienerschaft vom Haupthaus trennte, hörte sie Gelächter, und lächelnd drückte sie die Tür auf. Die Männer, die mit hochgerollten Ärmeln das Silber putzten, starrten sie entsetzt an. Die Frauen, die das Geschirr abspülten, gafften mit offenem Mund. Als sie sich endlich bis zur Küche vorgearbeitet hatte und die Köchin auf einem Stuhl sitzen und ausgerechnet eine Zeitung lesen sah, hatte Claire das Gefühl, sie wäre ein Wesen von einem anderen Stern.

»Ich bin spazierengegangen«, erklärte sie mit so entschiedener Stimme, wie ihr das unter diesen Umständen möglich war. »Und ich würde gern etwas essen.«

Niemand sagte etwas, als hätte es ihnen allen die Sprache verschlagen.

»Ich habe Hunger«, sagte Claire aufgebracht.

In diesem Moment erschien der Butler und geleitete sie ruhig, aber entschieden aus der Küche.

»Wenn Sie gestatten, Miss, würde ich Ihnen empfehlen, sich stets auf dieser Seite der Tür aufzuhalten«, sagte er, als spräche er mit einem ungezogenen Kind. »Wenn Sie etwas wünschen, brauchen Sie es nur Miss Rogers zu sagen, und sie wird dafür sorgen, daß Sie es auch bekommen.« Damit ließ er sie stehen.

Claire fragte sich, ob es besser wäre, einen Wutanfall zu bekommen oder in Tränen auszubrechen. Sie gab keinem der beiden Impulse nach, sondern begab sich sehr leise und gesetzt in die Halle, wo sie sich nach einem Raum umschaute, in dem sie eine Sitzgelegenheit finden würde. Sie konnte nicht auf ihr Zimmer oder in den Goldenen Salon oder in die Bibliothek gehen.

Sie fand ein hübsches kleines Zimmer mit blauen Seidentapeten und ließ sich dort schwer auf einen Stuhl fallen. Sie überlegte, wann wohl die nächste Mahlzeit stattfinden würde.

»Ist Harry mit einer anderen Frau durchgebrannt?«

Claire blickte auf und sah ihre kleine Schwester unter der Tür stehen.

»Warum hast du keinen Unterricht?«

»Weil ich dafür gesorgt habe, daß die Gouvernante Kopfschmerzen hat. Was fehlt dir denn?«

»Nichts, was ein halbes Pfund Roastbeef nicht kurieren könnte.«

»Kein Problem. Ich besorge dir ein Sandwich.«

Claire ließ sich von Brats Hilfsangebot nicht täuschen. »Das kannst du nicht. Sie lassen dich nicht in die Küche.«

Brat lächelte nur, und ihr Lächeln wurde noch breiter, als Claires Magen laut knurrte.

»Wieviel?« fragte Claire. Sie wußte nur zu gut, daß Brat niemals daran denken würde, jemandem ohne Bezahlung einen Gefallen zu tun.

»Sag Mutter, daß ich schon zu alt bin für die Schule.«

Claire sah sie nur an.

»Ich möchte Löcher in meine Ohrläppchen gebohrt haben, und du kannst mir deine Ohrringe mit den Perlen und Diamanten geben.«

Claire schwieg noch immer.

»Also gut – zwanzig Shilling.«

»Ich habe kein Geld bei mir.«

Brat lächelte. »Ich weiß, wo du es versteckt hast. Ich besorge dir im Handumdrehen eine Mahlzeit.«

Nach wenigen Minuten kam Brat mit einem dick belegten Roastbeef-Sandwich, einer Schüssel mit Tomatensalat und einem großen Glas Milch zurück. Dies alles wurde von einem sehr hübschen jungen Lakai auf einem großen Silbertablett ins Zimmer getragen.

»Stell es dorthin«, sagte Brat zu dem Lakaien.

»Aber Ihre Gnaden gestattet nicht, daß in diesem Raum gegessen wird«, sagte der Mann mit leiser Furcht in der Stimme.

»Sie weiß es ja nicht«, erwiderte Brat und zwinkerte dem Lakaien zu. Er stellte das Tablett ab, drehte sich um und ließ die Schwestern allein.

»Wie hast du das nur zuwege gebracht?« fragte Claire mit vollem Mund. »Es gibt hier so viele Regeln.«

Brat blickte sie erstaunt an. »Man muß die Regeln doch nicht *befolgen*.«

Danach bemühte sich Claire nach bestem Vermögen, alle Regeln zu lernen, ehe sie gegen diese verstieß. Wenn Brat sich nicht nach den hier geltenden Vorschriften richtete und sie ungestraft brechen konnte, war dies für sie, Claire, nicht maßgebend, denn Brat versuchte ja auch nicht, einen guten Eindruck zu machen. Im Gegenteil – Brats Lebensphilosophie schien das Postulat zu enthalten, daß die Menschen sich bemühen sollten, sie zu beeindrucken – nicht umgekehrt.

Zum Tee trug Claire das Kleid, das Miss Rogers ihr vorgeschlagen hatte, und sie fand sich pünktlich im Goldenen Salon ein und setzte sich auf den Platz, den man ihr zuwies. Die Frauen am Tisch sprachen in gedämpftem Ton über Leute, die Claire nicht kannte; sie nahmen von ihrer Gegenwart überhaupt keine Notiz. Claire saß mit niedergeschlagenen Augen, die Hände im Schoß gefaltet, da. Als sie einmal aufsah, begegnete sie dem Blick der Frau mit dem hausbackenen Gesicht, die ihr beim Frühstück zugelächelte hatte. Das tat sie auch jetzt, und Claire gab das Lächeln zurück.

Claire zog sich zum Dinner ein zweitesmal um. Bei dieser Mahlzeit schien den Teilnehmern das Reden gestattet zu sein – doch die Diskussionen drehten sich ausschließlich um Hunde und Pferde, für die Claire sich nicht interessierte. Und so schwieg sie stumm.

Nach dem Dinner trennten sich die Männer von den Frauen und zogen sich in verschiedene Wohnzimmer zurück.

Nur durch Zufall gelang es Claire, Harry noch einmal zu sehen, ehe sie zu Bett ging. Er gähnte und sah so aus, als schliefe er schon halb.

»Kommen hier Frauen und Männer denn niemals zusammen?« fragte sie ihn.

Er grinste sie auf eine Weise an, die sie veranlaßte, einen Schritt vor ihm zurückzuweichen. »Sie machen Kinder, wenn es das ist, was du meinst.«

»Nein, ich meine, sprechen denn Frauen und Männer *niemals* miteinander? Bei mir zu Hause . . .«

»Liebling, das hier ist nicht Amerika. Du befindest dich in Schottland, und hier liegen die Dinge anders.« Er gähnte wieder herzhaft.

»Hast du die Pferde gekauft?«

»Hmmmm.« Er gähnte abermals. »Ich muß jetzt ins Bett. Ich sehe dich morgen früh, Liebling.«

»Beim Frühstück?« fragte sie, aber Harry entging ihr sarkastischer Ton.

»Ja, beim Frühstück. Gute Nacht.«

4

Claire blickte auf die Uhr, die sie an ihrem Busen festgesteckt hatte, und stampfte ärgerlich mit dem Fuß auf. Sie hatte es doch wieder getan und zum zweitenmal in vier Tagen den Lunch versäumt! Es war zwar erst zehn Minuten nach eins; aber sie wußte aus Erfahrung, daß man ihr nicht gestatten würde, sich an den Tisch zu setzen, nachdem der Herzog schon seinen Platz eingenommen hatte. Sie hatte versucht, mit Harry darüber zu reden und ihn zu fragen, warum seine Mutter all diese Vorschriften erlassen hatte, obwohl er doch die eigentlich wichtige Person in der Familie war. Aber Harry hatte nur erwidert: »So ist es eben. Und so war es schon immer.«

Nun wußte sie, daß sie sich für zwei Möglichkeiten entscheiden konnte – entweder hungrig auf ihr Zimmer zu gehen oder ihre jüngere Schwester aufzusuchen und ihr Geld zu geben, damit sie ihr ein Sandwich besorgte.

Aber Claire wollte weder das eine noch das andere. Sie mußte sich dazu erziehen, auf den Lunch zu verzichten und notfalls auch auf den Tee, um mehr Zeit für das zu gewinnen, was sie tun wollte.

Freilich wäre es hilfreich gewesen, wenn sie eine Vorstellung davon gehabt hätte, was sie überhaupt unternehmen sollte. Sie hatte in den vergangenen drei Tagen das Haupthaus erforscht, Gemälde und Möbel betrachtet und im Geist überschlagen, wieviel es kosten würde, die notwendigen Reparaturen ausführen zu lassen. Sie hatte viel Zeit damit verbracht, in den Gärten umherzuwandern. Sie hätte so leidenschaftlich gern die Bibliothek besichtigt und war eines späten Abends auf Zehenspitzen nach unten gegangen, in der Absicht, sich dort einzuschleichen. Zu ihrem Schrecken hatte sie aber selbst zu dieser späten Stunde dort noch einen alten Mann vorgefunden. Sie hatte einen kleinen Schrei ausgestoßen und war über die Treppe in den ersten Stock geflüchtet.

Hungrig von ihrem ausgedehnten Spaziergang und in dem Bewußtsein, daß es Stunden dauern würde, ehe die nächste Mahlzeit stattfand, wobei ihr auch die mißbilligenden Blicke der anderen Frauen vor Augen standen, wenn sie beim Tee über die belegten Brötchen und Plätzchen herfiel, trat sie mit dem Fuß heftig gegen die Hausmauer. Als das nichts half, setzte sie sich im Garten auf eine kleine Bank, legte das Gesicht in die Hände und war wohl zum tausendsten Male, seit sie hierhergekommen war, den Tränen nahe.

Aber während sie so mit gesenktem Kopf auf der Bank

saß, wurde sie auf etwas aufmerksam, das ihr wie eine Lücke in der Gartenhecke erschien. Ihre Neugierde war schon immer stärker gewesen als ihr Hunger, und so stand sie auf, um diese Lücke näher zu untersuchen. Da führte doch tatsächlich ein Pfad durch die Hecke, die den Westflügel umgab! Sie bahnte sich einen Weg durch die Sträucher, und nach ein paar Schritten erreichte sie eine Tür, die sich hinter den Büschen verbarg. Sie hatte schon jedes Tor ausprobiert – sowohl innerhalb wie außerhalb der Mauern – und sie alle verschlossen gefunden; doch sie wußte, ehe sie die Klinke niederdrückte, daß diese Tür nicht verschlossen sein würde. Sie war nicht nur unverschlossen, sondern darüberhinaus an den Angeln und Zapfen frisch geölt, so daß sie sich mühelos öffnen ließ.

Sie trat in das dunkle Innere des Westflügels und fühlte sich in die Vergangenheit zurückversetzt. Vor ihr ragte ein hoher, über zwei Stockwerke reichender, aus Feldstein errichteter Raum auf, der, wie sie wußte, ohne daß ihr das erst jemand zu sagen brauchte, vormals die Halle einer Burg gewesen sein mußte. An den Wänden hingen verblichene Gobelins, und am entfernten Ende befand sich eine Feuerstätte, auf der man eine ganze Rinderherde hätte braten können. Zerbrochene Stühle, Tische und Bänke waren über den Raum verteilt, und in einer Ecke lag ein Haufen Eisen – offenbar Waffen und Rüstungen.

Als sich ihre Augen dem Dämmerlicht angepaßt hatten, wanderte sie in diesem Raum umher, der so kalt war, wie das nur Feldsteine sein konnten, die man seit einem Jahrhundert oder länger nicht mehr beheizt hatte – und betrachtete die hier aufbewahrten Gegenstände. Sie geriet dabei in ein Netz von Spinnweben, was sie aber nicht störte, weil ihr Interesse an dem, was sie hier zu sehen bekam, viel größer war als ihre Angst vor Spinnen.

Von diesem Saal gingen zwei Wendeltreppen ab, und sie benützte eine davon, um in die höheren Stockwerke zu gelangen. Die Stufen waren abgewetzt von den Füßen, die hier wohl unzählige Male treppab, treppauf gelaufen waren, und schlüpfrig von der Kälte und der Feuchtigkeit, die sich auf den Steinen niedergeschlagen hatte.

Im Stockwerk darüber erforschte sie mehrere Räume. Einige von ihnen enthielten noch Reste von Möbeln. Sie entdeckte in einem dieser Gemächer ein Langschwert, hob es auf und trug es in das Licht der Fensterluke. Die Butzenscheiben aus altem, schlierigen Glas waren größtenteils zerbrochen, und Fledermäuse hatten sich hier eingenistet. Sie untersuchte das Langschwert und hörte wieder in ihrem Kopf die Dudelsäcke pfeifen. Was sie bisher in Bramley erlebt hatte, war weit von dem entfernt gewesen, was sie sich unter Schottland vorgestellt hatte, aber dieses Schwert, das sie nun in ihren Händen hielt, stimmte sie optimistisch, daß ihre Erwartungen sich vielleicht doch noch erfüllten.

Sie klemmte das Schwert unter den Arm, stieg in das nächsthöhere Stockwerk und betrat dort ein großes Gemach mit hohen Fenstern, durch die genügend Licht hereinkam, daß sie die Reste der Gobelins betrachten konnte, die hier einst die Wände geschmückt hatten. Sie gaben ihr eine Vorstellung davon, wozu dieses Zimmer gedient hatte – und wozu es wieder dienen könnte.

Sie schlug die Arme um den Oberkörper, um sich zu wärmen, und wirbelte im Zimmer herum. »Sobald ich verheiratet bin, werde ich diesen Flügel renovieren«, sagte sie laut. »Ich werde die Gemächer hier oben zu unserer Wohnung machen, und sie werden so herrlich aussehen wie vor zwei- oder dreihundert Jahren. Ich werde die Wände mit karierten Stoffen verkleiden und die Gobelins restaurieren lassen. Ich werde . . .«

Sie sagte nichts mehr, weil sie auf eine morsche Diele getreten war und der Boden unter ihr nachgab. Das Langschwert schlitterte durchs Zimmer. Sie schrie, als sie durch den Fußboden brach; war jedoch geistesgegenwärtig genug, ihre Arme zur Seite zu werfen, so daß sie nicht gänzlich durch das Loch rutschte und einen Stock tiefer auf den Steinen landete. Sie schrie zum zweitenmal – diesmal um Hilfe; verstummte aber sofort wieder. Wer könnte sie wohl durch meterdicke Steinmauern hindurch hören? Wer würde sie hier wohl finden? Niemand schien sie zu vermissen, wenn sie bei den Mahlzeiten fehlte. Würde es Tage dauern, ehe man sie hier entdeckte?

»Na, na!«

Sie blickte auf und sah den Mann, dem sie schon einmal begegnet war – den Mann, der sich Trevelyan nannte – unter der Tür stehen. Sogleich wurden in ihr wieder jene Empfindungen wach, die sie ihm entgegengebracht hatte, als sie sich zum erstenmal begegnet waren: Ihr gefiel die Art nicht, wie er dastand, die Schulter auf eine unverschämte Weise an den Türpfosten gelehnt. Ihr mißfiel der Ausdruck auf seinem von Narben gezeichneten Gesicht, das jedoch jünger wirkte, als sie es in Erinnerung hatte.

»Ich habe hier unten ein Geräusch gehört und hielt es für das Quietschen von Ratten. Doch wie ich sehe, handelt es sich nur um eine, wenn auch besonders große Ratte.«

»Glauben Sie, daß Sie Ihre häßlichen Bemerkungen vielleicht bis später aufheben und mir erst hier heraushelfen könnten?« Und wenn ich aus diesem Loch heraus bin, dachte sie, werde ich das Schwert gegen dich verwenden!

»Sie sehen mir aber kräftig genug aus, um sich selbst zu helfen. Haben Sie etwa vergessen, daß ich ein gebrechlicher alter Mann bin? Ich könnte einen Herzanfall erleiden, wenn ich Ihnen helfe. Vielleicht sollte ich lieber Ihren großen starken Herzog holen!«

Sie versuchte, sich an etwas festzuhalten, um sich selbst aus dem Loch herauszuziehen, aber da war nichts in ihrer Nähe, woran sie sich klammern konnte. »Harry ist unterwegs, um Pferde zu kaufen.«

»Das tut er ziemlich oft, nicht wahr?«

»Er will sich einen Rennstall zulegen.« Sie gab den Versuch auf, sich aus den geborstenen Dielen herauszuwinden, und blickte zu ihm hoch. »Allmählich bekomme ich Schmerzen. Könnten Sie mir *bitte* aus diesem Loch heraushelfen?«

Trevelyan machte ein paar Schritte auf sie zu, bückte sich, schob die Hände unter ihre Achseln und hob sie mühelos aus dem Loch. Einen Moment lang stand sie nahe, sehr nahe bei ihm. Sie berührte ihn zwar nicht, konnte aber seinen Atem auf ihrem Gesicht spüren. Als er auf sie heruntersah, begann ihr Herz zu pochen. Meine Wut auf ihn ist daran schuld, daß es so laut klopft, dachte sie, aber es fühlte sich etwas anders an als ein vor Wut hämmerndes Herz. Er schenkte ihr ein kleines Lächeln, als habe er etwas entdeckt, was er schon lange gesucht hatte, und wich ein wenig zurück.

Claire klopfte sich den Staub aus ihren Kleidern. »Vielen Dank. Ich hatte schon Angst, daß mich hier niemand entdecken würde und daß ich . . .«

Sie stockte, weil sie zu einem leeren Zimmer sprach. Er befand sich nicht mehr im Raum. Sie ging zur Tür und blickte die Wendeltreppe hinunter, doch da war niemand. Sie blickte in die andere Richtung und nahm gerade noch eine Bewegung wahr, als er hinter der Spindel der Wendeltreppe verschwand.

Gut, dachte sie. Sie wollte nicht in seiner Nähe sein. Sein Zynismus und seine Einstellung zum Leben stießen sie ab.

Doch dann erinnerte sie sich wieder daran, wie sie mit ihm geredet hatte. Es wäre schön, dachte sie, wenn sie mit jemandem reden könnte. Tatsächlich wäre es geradezu himmlisch.

Sie straffte ihre Schultern, raffte ein wenig ihre Röcke und folgte ihm die Wendeltreppe hinauf. Sie betrat einen Raum, der zwar kleiner war als jener darunter, aber immer noch groß genug, um sich darin wohl fühlen zu können, und sie konnte sehen, daß hier die besten Möbelstücke aus der ehemaligen Burg zusammengetragen worden waren. Ein noch heiler Gobelin hing an der einen Längswand, und an der anderen stand eine Chaiselongue, die mit gelber Seide überzogen war. Mehrere große Stühle mit Schnitzereien an den Lehnen, die bärtige Männer darstellten, waren im Raum verstreut. Und in der Mitte des Raumes standen – wie seltsam – elf kleine Tische, jeder mit einem Sessel davor und jeder mit Stößen von Papier, Notizbüchern, Federhaltern und Tintenfässern bedeckt.

Claire vergaß, wie kalt es hier war und wie sehr sie den Mann verabscheute, der diesen Raum bewohnte, und ging auf einen der Tische zu.

»Lassen Sie das!« befahl Trevelyan hinter ihr.

Schuldbewußt drehte sie sich zu ihm um. Er stand unter der Tür, eine Tasse nebst Untertasse in den Händen, und nippte an einer dampfenden Flüssigkeit. Der Hunger regte sich wieder in Claire, und auch das Frösteln stellte sich wieder ein. In einer Wand befand sich ein Kamin, in dem ein kleines Feuer brannte. Sie verließ den Tisch und stellte sich mit dem Rücken zum Feuer vor den Kamin. Vielleicht würde er ihr etwas zu essen anbieten. Sie bemühte sich, ein freundlicheres Gesicht zu machen, nahm das Kinn ein wenig zurück und lächelte.

Er zog die Brauen in die Höhe, als wüßte er, was sie in diesem Moment dachte, ging zu einem Tisch, setzte sich und begann zu schreiben. »Ich kann mich nicht erinnern, Ihnen eine Einladung geschickt zu haben. Sie müssen nicht hierbleiben, dürfen gern wieder gehen.«

Claire bewegte sich nicht von der Stelle. Trotz ihrer ehrlichen Antipathie gegen diesen Mann und seines feindseligen Gehabes fühlte sie sich seltsamerweise hier nicht halb so unwillkommen wie bei den Männern im Haupthaus, als sie versucht hatte, die Bibliothek zu betreten.

»Wohnen Sie hier?«

»Ich habe keine Zeit, mit kleinen Mädchen zu plaudern. Ich muß arbeiten.«

»Oh? Woran arbeiten Sie denn?«

»An etwas, das Sie doch nicht verstehen würden«, schnaubte er.

Sie verharrte dort, wo sie war, wärmte sich die Hände am Feuer und hatte ein fast unwiderstehliches Verlangen, nachzusehen, was auf den Tischen lag. Allein das Sortiment der Tische war schon eigenartig genug: zwei davon stammten aus der Zeit Jakobs des Ersten, zwei gehörten der Queen-

Anne-Stilepoche an, einer sah aus, als hätte man ihn aus dem Goldenen Salon gestohlen und zwei schienen eine ganze Weile im Regen gestanden zu haben.

Da der Mann an einem etliche Meter vom Kamin entfernten Tisch saß und ihr den Rücken zukehrte, beugte sie sich so weit vor, wie sie konnte, ohne einen Schritt machen zu müssen, den er vielleicht hören mochte, und versuchte die Papiere auf dem ihr am nächsten stehenden Tisch zu lesen.

In diesem Moment drehte er sich um und starrte sie an. Claire richtete sich rasch auf und tat so, als hätte sie nicht spionieren wollen. Sie versuchte ihre Neugierde mit einem kleinen Lächeln zu vertuschen, aber das Blut, das ihr in die Wangen stieg, verriet sie.

Er nahm seine Teetasse hoch, trank einen Schluck und stellte sie wieder auf die Untertasse zurück. »Warum sind Sie nicht beim Essen? Wird denn jetzt nicht drüben eine Mahlzeit serviert?«

»Ich habe wieder mal den Lunch versäumt.«

»Wieder mal? Ist Ihnen das schon öfter passiert?«

»Leider ja. Ich bin offenbar nicht in der Lage, meine Spaziergänge so einzuteilen, daß ich rechtzeitig zurück bin, um mich für den Lunch umzuziehen. Aber ich bin zuversichtlich, daß ich das noch lernen werde.«

Er ließ ein kurzes Schnauben hören – ein Schnauben, das seine Zweifel an ihrem Lernvermögen kundtat. »Bis dahin hungern Sie also«, sagte er und wandte sich wieder seiner Arbeit zu. »Das gehört vermutlich zu dem Lehrgeld, das Sie bezahlen müssen, wenn Sie Herzogin werden wollen.«

Claire machte ihm eine lange Nase, als er ihr wieder den Rücken zudrehte. Sie wußte, daß sie jetzt eigentlich gehen sollte, aber sie hatte keine Ahnung, was sie tun sollte, wenn sie jetzt ging. Sie mochte diesen Mann zwar nicht und wollte sich auch nicht in seiner Nähe aufhalten, aber der Anblick der Bücher und Papiere war faszinierend. Sie brachte es einfach nicht fertig, zu gehen.

Langsam und vorsichtig, damit sie ja kein Geräusch verursachte, streckte sie den Arm aus, um ein Papier von einem

Tisch zu nehmen. Kaum hatte sie das Papier in der Hand, als er auch schon schnaubte: »Legen Sie das hin!«

Erschrocken ließ sie das Papier zu Boden flattern. Sie stand einen Moment still und zitterte am ganzen Körper wie ein Kind. Er tat so, als beachtete er sie nicht, merkte aber sofort, wann sie eine Bewegung machte.

»Was schreiben Sie denn?« fragte sie.

»Wenn ich wünschte, daß Sie erfahren sollten, was ich schreibe, würde ich Sie zu einer Vorlesung einladen.« Er stand auf, begab sich zu einem anderen Tisch, setzte sich dort nieder und begann sofort wieder zu schreiben.

Claire wollte ihm sagen, daß er vergessen habe, seine Teetasse mitzunehmen, war aber so verzaubert von ihrem Anblick, daß sie meinte, noch nie eine so schöne Tasse gesehen zu haben wie diese. Sie dampfte noch, und sie ertappte sich dabei, daß sie sich auf den Tisch zubewegte, auf dem sie stand. »Ich hatte nicht die Absicht, Sie zu stören«, sagte sie. »Ich befand mich lediglich auf einem Spaziergang, als ich diese offene Tür in der Mauer sah und hineinging. Harry – Seine Gnaden, wollte ich sagen – gab mir die Erlaubnis, mir das Haus anzusehen.«

Mit dem Ende ihres Vortrags hatte sie auch den Tisch mit der Teetasse darauf erreicht und hielt sie bereits in der Hand, ehe sie so recht wußte, was sie tat. Sie war sich auch bewußt, daß Trevelyan sich auf seinem Stuhl herumdrehte und sie ansah, als sie die Hand auf die Tasse legte. Plötzlich regte sich der Trotz in ihr, und sie führte die Tasse an ihren Mund. Sie war es leid, jeden Mittag hungern zu müssen, ohne daß sich jemand darum kümmerte. Sie trank die noch halb gefüllte Tasse leer und war danach überzeugt, sterben zu müssen.

»Das war Whisky«, keuchte sie und preßte eine Hand an ihre Kehle.

»Schottlands bester«, meinte Trevelyan amüsiert.

Claire wankte auf ihn zu und versuchte sich an einem Tisch festzuhalten.

»Wenn Sie beabsichtigen, in Ohnmacht zu fallen, würde

ich die Chaiselongue dort drüben empfehlen – der Boden ist ziemlich hart.«

Obwohl ihr Hals und ihr Magen zu verbrennen schienen, gelang es ihr doch, ihm einen Blick zuzuwerfen, der ihm sagte, was sie darüber dachte, daß er ihr nicht zu Hilfe kommen wollte. Sie bekam endlich die Rückenlehne eines Stuhles zu fassen und sank darauf nieder.

»Ich ... das Zeug hätte mich umbringen können«, krächzte sie.

»Es ist zwar ein Verbrechen, einem Mann den Whisky zu stehlen, aber es wird selten mit dem Tode bestraft. Zumindest in den meisten Ländern nicht. Natürlich hat jeder Diebstahl auch seine moralischen Aspekte.«

»Würden Sie jetzt bitte still sein? Kann jemand an einer solchen Portion Whisky sterben?«

»Schwerlich.«

Er sah sie mit seinen ausdrucksvollen Augen unverwandt an, und nach einer Weile entspannte sie sich. »Du meine Güte«, stöhnte sie. »Ich glaube fast, es ist das erste Mal, daß mir warm wird, seit ich in dieses Land gekommen bin. Ich fühle mich ... mich ...« Ihre Stimme verebbte.

»Besoffen. Was Sie fühlen, ist ein Schwips.« Er klatschte zweimal in die Hände, und fast im gleichen Moment erschien ein Mann unter der Tür.

Claire riß trotz ihres momentanen Schwindelgefühls ihre Augen auf: Das war der größte Mann, den sie jemals gesehen hatte – sie schätzte ihn auf über einen Meter neunzig –, und er war mit einem eigenartigen weißen Gewand bekleidet. Er trug eine Tunika, die ihm bis zu den Knien reichte, und darunter eine Hose, die eng an den Knöcheln anlag. Sein Gesicht war dunkelbraun, und er hatte schwarze Augen, einen dünnen Mund und eine große Nase mit einem so scharfen Sattel, daß sie meinte, man könne damit Metall durchschneiden. Um den Kopf hatte er ein weißes Tuch geschlungen, in dessen Mitte ein Smaragd prangte, der mindestens zwei Zoll im Quadrat messen mußte.

»Oman«, sagte Trevelyan und zog dabei das ›O‹ und das

kleine ›a‹ gewaltig in die Länge, »ein Essen für unseren betrunkenen Gast.«

»Ich bin nicht . . .«, begann Claire, hielt dann jedoch mitten im Satz inne. Sie hatte tatsächlich das Gefühl, als würde sie im Raum schweben. »Wie hübsch das Feuer ist. Und wie hübsch die Tische. Weiß Harry eigentlich, daß Sie hier wohnen?«

Trevelyan drehte sich von ihr weg und tunkte seine Feder in ein Tintenfaß. »Ich habe die Erlaubnis Seiner Königlichen Hoheit dazu, wenn es das ist, was Sie meinen.«

Claire kicherte. »Nicht Seine Königliche Hoheit. Seine Gnaden, heißt das. Meine Mutter kann sich das bestimmt nie merken.«

Trevelyan drehte sich wieder zu ihr um. »Wie nennt Ihre Mutter denn unseren Harry?« Sein Blick war so eindringlich, als hätte er ein immenses Interesse daran.

»Wie es ihr gerade einfällt.« Claire mußte lachen, schlug sich mit der Hand auf den Mund und sagte: »Gestern nannte sie ihn ›Eure Herrlichkeit‹. Harry fand das sehr komisch. Er kann Spaß vertragen.«

»Die Perfektion in Person, wie?«

»Ja, ich glaube, das ist er«, sagte Claire andächtig. »Er ist freundlich und rücksichtsvoll.« Sie hielt ihren linken Arm in die Höhe. »Darunter befindet sich ein Verband. Harry sorgte dafür, daß ich einen ganzen Tag im Bett blieb, nachdem ich mir den Arm verstaucht hatte.«

»Allein?«

Claire versuchte sich von ihrem Stuhl zu erheben. »Ich werde keine Sekunde länger bleiben! Ich lasse mich doch nicht von Ihnen beleidigen!«

Aber als sie aufgestanden war, wurde ihr so schwindlig, daß sie sich wieder hinsetzen mußte. Trevelyan blickte von seiner Arbeit auf, als Oman unter der Tür erschien. »Essen gibt's dort drüben«, sagte er und tunkte seine Feder wieder ein.

Claire erhob sich abermals und bewegte sich auf unsicheren Beinen durch eine Tür in ein Schlafzimmer. Es war ein wunderschöner Raum – die Wände mit goldfarbenem Seidenbrokat überzogen, der Boden aus Steinplatten mit herrlichen Perserteppichen belegt, und in der Mitte des Raumes stand das erstaunlichste Bett, das ihr jemals vor Augen gekommen war. Es war gewaltig, mit zwei reich beschnitzten Bettpfosten am Fußende, die fast einen halben Meter im Quadrat messen mußten. Auch die Pfosten am Kopfende und das Kopfteil selbst waren geschnitzt, und das Bett mit rotem Seidensamt behängt.

Sie hatte gute Lust, auf das Bett zu springen, aber dann entdeckte sie auf einem Tisch an der Wand das Tablett mit dem Essen, und begab sich dorthin. Ein solches Menü hatte sie noch nie gesehen. Da war ein Schüsselchen mit einer weißen kremigen Substanz, ein Schüsselchen mit gekochten Kartoffeln, eines mit hauchdünnen Fleischscheiben, und in der Mitte des Tellers lag ein bißchen Grünzeug. Auch eine Schüssel mit Tomaten und Gurkenscheiben stand dabei. Dies war nicht die Art von Essen, an die sie gewöhnt war.

Sie setzte sich an den Tisch, nahm den Löffel und tauchte ihm in die weiße Soße. War das eine Suppe, oder sollte es sich vielleicht um Schlagsahne handeln? Sie roch daran.

»Die Creme wird Joghurt genannt«, rief Trevelyan von der Tür her. »Es ist fermentierte Milch.«

»Es sieht köstlich aus.«

Claire schob sich einen Löffel in den Mund. Die Creme schmeckte säuerlich, aber angenehm. Sie sah lächelnd zu ihm auf, und es schien ihm zu gefallen, daß ihr der Joghurt mundete. Er kam ins Schlafzimmer, setzte sich auf einen Stuhl an der Wand, nahm eine Pfeife und eine Büchse mit Tabak vom Fensterbrett, stopfte die Pfeife und zündete sie an.

Claire fiel heißhungrig über die verschiedenen Schüsseln her. »Was machen Sie hier?« fragte sie zwischen zwei Bissen. »Warum haben Sie elf Tische im anderen Zimmer? Wem gehörte dieses Zimmer früher? Sind Sie der einzige Bewohner dieses Flügels? Sind Sie sehr krank?«

Er blickte sie durch den blauen Dunst seines Pfeifenrauchs an. »Es mangelt Ihnen an Gesellschaft, wie?«

»Natürlich nicht – es müssen mindestens hundert Leute unter dem Dach dieses riesigen Hauses wohnen. Wie könnte es mir da an Gesellschaft mangeln?« Sie sah auf ihren Teller. Jetzt, da sie sich den Magen vollgeschlagen hatte, verlor sich dieses Behagen wieder, das der Whisky in ihr ausgelöst hatte.

»Und da ist immer noch Harry, nicht wahr?«

Sie legte ihre Gabel hin. »Ich denke, ich sollte jetzt besser gehen.«

»Das ist Charlies Zimmer.«

Sie sah ihn an. »Einem Charlie bin ich im Haus noch nicht begegnet.«

»Charlie, der Prinz.«

Claire stand einen Moment still. »*Bonnie* Prinz Charlie? *Dieser* Prinz Charlie?«

»Kein anderer. Er kam im Jahr . . .«

»1745.«

»Ich glaube, das war das Jahr, als er sich hier aufhielt. Natürlich haben ihn etliche aus meiner wie aus Harrys Verwandtschaft unterstützt, und so baten sie ihn, hier die Nacht zu verbringen. Was er dann auch tat.« Trevelyan deutete mit dem Stiel seiner Pfeife auf das Bett.

Claire betrachtete das Bett nun mit ganz neuen Augen. »Bonnie Prinz Charlie schlief in *diesem* Bett?«

»Er hat sogar ein paar Sachen in einer Schublade zurückgelassen.«

Langsam begab Claire sich zu dem kleinen Tischchen, das neben dem Bett stand, und öffnete die Schublade. Darin lag ein karierter Stoff, der, wie Claire wußte, in den Farben und dem Muster des Prinzen gehalten war. Sie hatte mehrere Kleidungsstücke aus diesem Stoff in Museen gesehen. Daneben lag ein vergilbtes, zusammengefaltetes Papier. Sie öffnete es vorsichtig und fand darin eine Locke hellbraunen Haares. Sie blickte zu Trevelyan hin. »Seins?«

»Ja«, sagte er und lächelte ein bißchen.

Behutsam legte sie Papier, Locke und Stoff wieder in die

Schublade zurück und schloß sie. »Diese Sachen gehören eigentlich in ein Museum.«

Trevelyan zuckte nur mit den Achseln und zog an seiner Pfeife.

Claire blickte das Bett einen Moment ehrfurchtsvoll an und tat dann, was sie schon immer hatte tun wollen, wenn sie einen wunderbaren Gegenstand in einem Museum betrachtete: Sie berührte es. Sacht strich sie mit den Händen über die Schnitzereien an den Pfosten und über die rote Plüschdecke.

»Das Bett ist nicht unbedingt zerbrechlich. Da ich jede Nacht darin schlafe, kann ich Ihnen versichern, daß es ziemlich robust gebaut ist.«

Claire sah ihn an, ob er scherzte, doch dann kletterte sie mit einem seligen Lächeln auf das Bett und streckte sich darauf aus. Sie blickte auf die Unterseite des gleichen Betthimmels, den auch Bonnie Prinz Charlie betrachtet hatte.

»Ich glaube, ich höre Dudelsäcke pfeifen«, sagte sie leise. »Das ist das *wahre* Schottland.«

Trevelyan beobachtete sie eindringlich. »Und wie stellen Sie sich das wahre Schottland vor?«

Sie stützte sich auf die Ellenbogen. »Für mich ist das wahre Schottland die Geschichte dieses Landes. Sind Sie Schotte?«

»Ein halber. Meine Mutter ist Engländerin.«

»Dann müssen Ihre Eltern sich gehaßt haben.« Sie legte sich auf die rote Plüschdecke zurück.

»Wie wahr«, sagte er. »Ich habe noch kein Ehepaar erlebt, das sich so sehr haßte wie meine Eltern.«

»Sie mußten sich ja hassen. Die Engländer haben die Schotten jahrhundertelang verfolgt. Wußten Sie, daß ein englischer König Schottenhammer genannt wurde?« Sie lächelte zum Betthimmel hinauf. »Aber niemand, absolut niemand, konnte die Schotten besiegen. Was die Engländer ihnen auch antun mochten – sie ergaben sich nicht. Und am Ende haben sie sogar gesiegt.«

Trevelyan zog wieder an seiner Pfeife. »Wenn wir Schotten so arm sind und die Engländer so reich – wie konnten wir da gesiegt haben?«

»Jakob der Erste natürlich. Elisabeth die Erste übertrug ganz England einem Schotten. Alle übrigen englischen Könige und Königinnen stammen von Schotten ab.«

Trevelyan stand auf, ging zum Bett und blickte auf sie hinunter. »Was für eine Romantikerin Sie doch sind. Reden Sie sich immer das ein, woran Sie glauben wollen?«

»Ich kenne die Geschichte und . . .«

»Pah!« sagte er. »Jakob der Erste verbrachte nur die ersten paar Monate seines Lebens in Schottland. Er war so englisch wie Ihr junger Herzog, und unsere gegenwärtige Königin, Victoria, ist mehr Deutsche als Engländerin.«

Claire wußte das natürlich ebensogut wie er, aber sie zog es vor, diese Tatsachen zu ignorieren. »Trotzdem . . .« Sie brach ab, als er das Zimmer verließ, legte sich auf das Bett zurück und lächelte. Es war angenehm, mit jemandem zu plaudern, der sich einigermaßen auskannte auf einem Gebiet, das sie beherrschte. Tatsächlich war es eine Freude, überhaupt mit jemandem über etwas reden zu können. Sie stand auf und ging in das angrenzende Zimmer. Er saß bereits wieder an einem der Tische und schrieb.

»Wie . . .?« begann sie, aber er drehte sich zu ihr um und sagte:

»Wenn Sie hierbleiben möchten, müssen Sie still sein. Ich kann es nicht leiden, wenn jemand schwätzt, während ich arbeite.«

»Wenn Sie mir sagen würden, woran Sie arbeiten, könnte ich Ihnen vielleicht dabei helfen.« Schon der Gedanke an eine Beschäftigung genügte, daß sie sich so wohl fühlte wie seit Tagen nicht mehr.

»Können Sie arabische Manuskripte lesen?«

»Nein, aber ich kann . . .«

»Dann sind Sie mir nicht von Nutzen. Gehen Sie dorthin und setzen Sie sich.« Er deutete mit dem Kopf auf eine gepolsterte Fensterbank. »Nehmen Sie sich ein Buch oder Papier und Feder.«

Claire ging zu der gepolsterten Bank, setzte sich darauf und blickte aus dem Fenster. Sie mußte den verrosteten Rahmen mit den primitiven Scharnieren öffnen, um etwas sehen zu können, denn das Glas war so alt und trübe, daß man nicht hindurchblicken konnte. Sie sah über die Gärten zum Wald und auf die mit Heidekraut bewachsenen Hügel dahinter.

Lange saß sie so da, atmete die süße, kühle schottische Luft ein und betrachtete die Hügel. Nach einer Weile drehte sie sich um und sah, daß Trevelyan sie anstarrte. Er schien ihre Gedanken lesen zu können, aber sie hatte keine Ahnung, was in seinem Kopf vorging.

Wie gewöhnlich erschrak sie über die Eindringlichkeit, mit der er sie ansah, und die grünliche Verfärbung seiner Haut. »Sind Sie sehr krank?« fragte sie leise.

»Ich bin es gewesen«, erwiderte er barsch. Offensichtlich war er nicht bereit, mit ihr über seine Gesundheit zu reden. »Lesen Sie auch hin und wieder oder gehören Sie zu jener Sorte von Mädchen, die sich dazu zu schade sind und ganze Tage mit Nichtstun verbringen können?«

»Sind Sie immer so übellaunig, oder nur bei mir?«

Er hätte fast gelächelt. »Ich bin zu allen gleich.«

»Ein schrecklicher Gedanke«, sagte sie leise.

Jetzt lächelte er wirklich, und sie bemerkte, daß er nicht so krank oder gar so häßlich aussah. Als sie den Mund öffnete, um etwas zu sagen, warnte er sie: »Kommen Sie mir ja nicht mit weiteren Fragen!« Dann stand er auf, und ging zu zwei schmalen Eichentüren, die in einer Wand eingelassen waren. Als er die Türen öffnete, sah sie, daß sich dahinter Bücher verbargen. Sie sprang von ihrer Fensterbank herunter und schlüpfte an ihm vorbei, um die Titel auf den Buchrücken besser lesen zu können. Sie bemerkte nicht, wie Trevelyan auf ihren Scheitel hinunterblickte. Er beugte sich vor, um den Geruch ihres Haars einzuatmen. Sie dufteten nach Sonne und Heidekraut, und er hatte Mühe, dem Verlangen, ihren Nacken zu küssen, zu widerstehen.

Claire wußte nicht, was mit ihr geschah, aber plötzlich

überlief sie eine Gänsehaut. Sie zuckte zur Seite, als hätte sie sich die Haut verbrannt. »Ich ... ich denke, ich sollte jetzt besser gehen.«

Er machte nun wieder dieses Gesicht, das sie immer so in Rage brachte. Unter seinem Schnurrbart wölbten sich die Lippen zu einem leichten Lächeln, als er ein Buch von einem Brett holte. »Ich dachte, Sie wollten etwas lesen. Ah, hier haben wir ja etwas. ›Das Wiederentdeckte Tibet‹. O nein, das ist ja in italienischer Sprache verfaßt.« Er wollte das Buch in das Regal zurückstellen, aber sie riß es ihm aus der Hand, wobei sie einen möglichst großen Abstand zu ihm einzuhalten versuchte.

»Zu Ihrer Information – ich kann italienische Texte lesen. Zufälligerweise kenne ich dieses Buch bereits. Sagte ich nicht, daß ich alle Bücher von Captain Baker gelesen habe?«

»Ja, das sagten Sie. Nun, es lohnt wohl nicht, diese Bücher ein zweites Mal zu lesen, nicht wahr?«

»Ich habe die Kapitel, die mir gefielen, mehrere Male gelesen.«

»Wie meinen Sie das – ›die Kapitel, die mir gefielen‹?«

»Warum fühlen Sie sich durch meine Worte persönlich angegriffen? Der Mann schrieb über alles, was er beobachtete. Einiges davon war ziemlich langweilig.«

»Was zum Beispiel?«

Er war einen Schritt näher gerückt; doch Claire stellte stirnrunzelnd den alten Abstand wieder her. »Seine Beschreibung von Fuhrwerken zum Beispiel«, sagte sie rasch. »Er pflegte sie zu vermessen und zählte dann alle Maße auf: den Durchmesser der Räder, die Länge der Wagen, die Größe der Sitzflächen und so weiter. Eine endlose Liste, die den Leser fast zur Verzweiflung bringt.«

Sie hatten wohl das Fassungsvermögen Ihres Gehirns überschätzt, wenn Ihnen diese Kapitel nicht gefielen«, versetzte er spöttisch. »Sie ...«

Sie drehte sich wieder zu ihm. Aus ihren Augen sprach eine solche Leidenschaft, daß Trevelyan unwillkürlich zusammenzuckte. Es waren die Augen eines Menschen, der an etwas glaubte, und da er schon lange jeglichen Glauben verloren hatte, konnte er sich zunächst diese Leidenschaft auf ihrem hübschen Gesicht nicht erklären. Er beobachtete, wie ihre Augen aufleuchteten vor Erregung und ihr Mund voller wurde. Wieso hatte er nicht gleich erkannt, daß sie eine Schönheit war? Warum hatte er nur die Oberfläche gesehen und nicht das starke Temperament, das darunter schlummerte? Er rückte wieder einen winzigen Schritt näher an sie heran.

»Das Wunderbare an seinen Büchern sind die Beschreibungen der Menschen«, sagte Claire im emphatischen Ton. »Er war ein großartiger Beobachter menschlicher Charaktere. Die Bücher der meisten Forscher sind in dieser Hinsicht langweilig. Sie schreiben über Entfernungen; und wenn sie auf etwas Interessantes stoßen, muß der Leser sich zumeist mit solchen dürftigen Schilderungen abfinden wie: ›Ich sah heute einen sehr ungewöhnlichen Volksstamm. Diese Menschen ernähren sich von Ameisen.‹ So etwas kann den Leser zum Wahnsinn treiben. Man möchte doch sofort wissen, ob sie die Ameisen braten oder kochen und ob sie sie züchten. Eine Unmenge Fragen fallen einem da sogleich ein. Doch Captain Baker stellt seine Leser immer zufrieden. Er berichtet dem Leser *alles.*«

»Einschließlich dem Durchmesser von Rädern und Fuhrwerken«, sagte Trevelyan fast automatisch, denn er war mehr von der Vortragenden als von ihrem Vortrag gefesselt.

Sie drehte sich mit einem ärgerlichen Kopfschütteln dem Bücherschrank zu. »Ich glaube nicht, daß Sie so etwas begreifen können.«

»Aber Captain Baker würde das zweifellos begreifen, und natürlich auch der junge Harry.« Trevelyan war schockiert über den eifersüchtigen Ton, den er aus seiner Stimme heraushörte. Zum Glück schien die kleine Amerikanerin ihn nicht bemerkt zu haben.

Sie bückte sich, um die Titel auf den Rücken der Bücher lesen zu können, die auf dem untersten Brett standen, und Trevelyans Blick wanderte über ihren Körper. Er sehnte sich so sehr danach, die Hände um ihre Taille zu legen, daß seine Finger zitterten.

»Ist Ihr fortgeschrittenes Alter daran schuld, daß Sie ständig auf Harrys Jugend anspielen? Mein Vater tut das auch immer bei jüngeren Männern. Es scheint ihm das Gefühl zu geben, ihnen überlegen zu sein.«

Sie richtete sich wieder auf und wäre dabei fast gegen Trevelyan geprallt. »Ich sehe in diesem Schrank nur Bücher von Captain Baker.» Sie drehte sich zu ihm um und lehnte sich ein wenig zurück, um ihm ins Gesicht schauen zu können. Sie sah ihm in die Augen, und einen Moment lang stockte ihr der Atem. Noch nie hatte ein Mann sie so angesehen. Sie fragte sich sogar, ob überhaupt ein Mann eine Frau jemals so angesehen hatte. Seine Augen, in denen zumeist ein spöttischer Funke tanzte, waren voller . . . Sie war sich nicht sicher, was aus seinen Augen sprach, aber Spott war es ganz gewiß nicht.

Sie trat einen Schritt zurück. »Ich glaube, daß auch Sie von diesem Mann fasziniert sind – habe ich recht?« sagte sie hastig. »Deswegen waren Sie wohl auch beleidigt, als ich ihn kritisierte.«

»Was tragen Sie denn da hinten auf Ihrem Rock?« fragte er leise.

Claire erwiderte mit einem kurzen, nervösen Lachen: »Eine Turnüre. Wo haben Sie denn gelebt, daß Sie nicht wissen, was eine Turnüre ist?«

»Ich habe viele Jahre im Ausland verbracht.«

»So muß es wohl sein.« Sie drehte sich abermals dem Bücherschrank zu und holte ein paarmal tief Luft, damit ihr Puls sich ein wenig beruhigte. »Ich möchte dieses Buch dort mitnehmen. Allerdings habe ich es mindestens schon zehnmal gelesen.«

Er nahm ihr das Buch aus der Hand, las den Titel ›Die Suche nach Pesha‹ und stellte es auf das Brett zurück. »Wenn Sie es bereits zehnmal gelesen haben, muß es Sie ja langweilen.«

»Es langweilt mich aber nicht. Ich . . .«

Er legte seine Hände auf ihre rechte Hand und hinderte sie daran, das Buch wieder an sich zu nehmen. »Ich habe etwas von ihm, das Sie bestimmt noch nicht kennen.«

Sie entriß ihm ihre Hand. »Aber es gibt nichts von ihm, das ich nicht ge . . .«

»Es ist ein Manuskript, das nie veröffentlicht wurde.«

Claire hielt den Atem an, drehte sich zu ihm um und lächelte. »Zeigen Sie es mir, bitte.«

Sie hat das offenste Gesicht der Welt, dachte Trevelyan. Man kann darin lesen wie in einem Buch. Und dieser Eifer, dieser Wissensdurst, die sich auf ihrem Gesicht spiegelten, wirkten ansteckend. Er hätte ihr gern mehr beigebracht, als sie aus Büchern lernen konnte. Nur widerstrebend trat er von ihr weg, ging zu einer Truhe, die an einer Wand stand, entnahm ihr ein handschriftliches Manuskript und gab es ihr.

›Der Duftende Garten‹, las Claire, ›übersetzt von Captain Baker‹. Sie sah zu ihm auf und lächelte dankbar, während sie das Manuskript gegen ihren Busen drückte wie einen kostbaren Gegenstand.

Trevelyan runzelte die Stirn. Sie lächelte so entzückt, wie ein Kind seinen Vater anlächeln würde, und er mußte sich zusammennehmen, daß er nicht die Beherrschung verlor. Sie war mit seinem Bruder verlobt. Sie war keine leichtfertige junge Frau, mit der er sich einen Nachmittag vergnügen konnte. Wenn er sie berührte, würde das schlimme Folgen haben und zu endlosen Komplikationen führen. »Setzen Sie sich wieder dort drüben hin und seien Sie still«, befahl er barsch. »Ich muß mein Pensum schaffen.«

Sie sagte kein Wort mehr, als sie zur Fensterbank zurückging und Platz nahm. Sie brauchte ein paar Minuten, bis sie Captain Bakers kleine Schrift entziffern konnte, doch sie erkannte schon nach wenigen Zeilen, was für eine Art von Buch Trevelyan ihr gegeben hatte. Es war die Übersetzung einer Abhandlung über die Kunst der Liebe.

Ein Kapitel handelte von der Schönheit der Frauen, und *alle* weiblichen Körperteile wurden beschrieben. Das darauffolgende Kapitel war der Beschreibung der Männer gewidmet, und dem schloß sich eines an, das die Stellungen beschrieb, die man beim Geschlechtsverkehr einnehmen konnte. Dies alles wurde durch kleine komische Geschichten abgerundet, die vom Ehebruch und allen möglichen Spielarten der sogenannten freien Liebe handelten.

Claire las das Manuskript, ohne auch nur einmal aufzublicken. So gegen fünf Uhr kam der große, schwarzäugige Mann im weißen Anzug herein und stellte ein Tablett mit Früchten, einer Art Brot und einen hohen Metellbecher vor sie hin. Sie aß davon, murmelte »Danke« und sah nicht ein einziges Mal von ihrer Lektüre auf.

An einer Stelle lachte sie laut.

Trevelyan erschreckte sie mit der Frage, was sie denn so komisch fände.

»Hier«, antwortete sie, »dieser Satz, daß alle kleinen Frauen es unter allen Umständen besser könnten . . .« Sie sah zu ihm hoch. »Sie wissen schon, besser als große Frauen. Hier steht, daß kleine Frauen besser geeignet wären als größere Frauen für . . . nun, Sie wissen schon . . . für die Liebe.«

Er sah sie an. Sie maß knapp über einsfünfzig und saß mit angezogenen Knien da. Er lächelte sie auf eine einladende Weise an.

Ihre Blicke kreuzten sich einen Moment, und in dieser Sekunde schossen ihr viele Bilder von sich paarenden Eheleuten durch den Kopf. Sie bewegte den Kopf hin und her, als wollte sie ihn von solchen Bildern befreien, und wandte sich dann wieder ihrer Lektüre zu. Sie las eine Reihe von Geschichten, die vom Verrat der Frauen an ihren Ehemännern handelten. Diese Episoden riefen bei ihr ein Stirnrunzeln hervor. Sie blätterte das Manuskript durch; konnte jedoch kein entsprechendes Kapitel über den Verrat der Männer an ihren Ehefrauen finden.

An einer Stelle stieß sie ein lautes »ha!« aus.

Trevelyan warf ihr einen Blick zu.

»Hier steht, daß Männer und Frauen niemals Freunde

sein können – daß dies ein Ding der Unmöglichkeit wäre. Ich glaube das nicht und meine, daß Captain Baker das auch nicht geglaubt hat. Er . . .«

»Es ist eine Übersetzung und kein Werk, das seine eigene Meinung wiedergibt. Das hätten Sie doch schon an der Tatsache erkennen müssen, daß es keine Größenangaben enthält – keinen Durchmesser von Wagenrädern.«

Sie ignorierte seine Bemerkung und setzte ihre Lektüre fort. Der große Mann im weißen Anzug reichte ihr ein winziges Glas mit einer Flüssigkeit. Sie trank davon und hustete.

»Vorsicht«, warnte Trevelyan.

»Ich glaube nicht, daß ich Whisky trinken sollte.«

»Und ich glaube nicht, daß Sie lesen sollten, was Sie gerade lesen.«

Sie lächelte ihn an. Er hatte recht. Dann zuckte sie mit den Achseln, nippte an dem Whiskyglas und vertiefte sich wieder in das Manuskript. Der Whisky wärmte sie.

Nach einer Weile hatte sie das Manuskript zu Ende gelesen, schlug es zu und sah aus dem Fenster.

»Nun?« fragte Trevelyan. »Ist es seiner würdig? Captain Baker, meine ich?«

Langsam drehte sie sich zu ihm um und blickte ihn an. Ihr schwirrte der Kopf von dem, was sie gerade gelesen hatte – von Dingen, die ihr bisher völlig unbekannt gewesen waren. Sie betrachtete Trevelyans dunkle Augen, seine breiten Schultern, seine Hände und die langen schlanken Finger. »Ich . . .«, begann sie und mußte sich dann räuspern. »Natürlich sollte es nur für einen privaten Kreis von Lesern aufgelegt werden«, fügte sie im geschäftigen Ton hinzu. »Aber ich denke, es könnte viel Geld einbringen.«

Trevelyan lächelte ein wenig gönnerhaft. »Was wissen Sie denn schon vom Geldverdienen?«

Claire gab sein gönnerhaftes Lächeln zurück. Vielleicht lag es am Licht, aber in diesem Moment sah er nicht so alt aus, wie er ihrer Meinung nach sein mußte. »Im Gegensatz zu der britischen Art, das Geld zu erben, müssen wir Amerikaner es uns verdienen. In Amerika kann ein Mann – oder eine Frau – mit nichts anfangen und Millionen verdienen. Es bedarf dazu nur harter Arbeit und Weitblick.«

»Aber Sie werden sich das Geld erheiraten, wenn Sie den jungen Herzog ehelichen.«

»Sie scheinen Ihre Familie nicht sehr gut zu kennen, sonst wüßten Sie, daß Harry keinen Penny besitzt.« Sie drehte sich wieder von ihm weg und setzte die Beine auf den Boden. »Ich danke Ihnen vielmals, Mr. Trevelyan, daß Sie mir das Manuskript geliehen haben. Es war außerordentlich interessant. Aber jetzt muß ich gehen. Es ist bestimmt schon spät, und ich . . .« Sie brach ab, als sie auf ihre Uhr blickte. »Kurz vor sieben! Ich werde das Dinner versäumen, wenn ich mich nicht spute.« Sie legte das Manuskript auf den nächstbesten Tisch, rief noch einmal »Danke« und rannte die Treppe hinunter.

Kaum war sie gegangen, als Oman schon im Zimmer erschien und Claires Tablett und Geschirr abräumte. Trevelyan blickte auf ihr leeres Whiskyglas und das Manuskript, das sie gerade gelesen hatte. »Sie mag Whisky und Bücher über Sex«, sagte er leise und lächelte.

»Sie ist eine Schönheit«, sagte Oman in seiner Heimatsprache – eine Sprache, die sich Trevelyan durch ein langes mühsames Studium angeeignet hatte.

»Sie gehört meinem Bruder«, sagte Trevelyan und wandte sich von Oman ab. »Sie gehört zu seiner Welt, nicht zu meiner . . .«

5

Nach einem langen und zugleich langweiligen Dinner forderte Harry Claire auf, mit ihm in den Garten zu gehen. Sie war sehr vergnügt, denn während des Dinners hatte sie nur an den Tag gedacht, der hinter ihr lag – und den Mann, mit dem sie ihn verbracht hatte. Das war ein so seltsamer Mann

– so ganz anders als die Männer, die sie kannte –, und er löste eine ganze Palette von Gefühlen in ihr aus! Eben hatte sie ihn noch gehaßt, und im nächsten Moment betrachtete sie seine ... Hände.

»Du hast heute bei Tisch besonders reizend ausgesehen«, sagte Harry. »Als befändest du dich in einer schönen Traumwelt. Wem habe ich das zu verdanken?«

»Oh«, log sie, »eigentlich niemandem. Ich mußte nur an etwas denken, was ich heute gelesen habe.« Sie war froh, daß sie, trotz der Kälte, die in den großen, zugigen Räumen des Hauses herrschte, eines von ihren gewagteren Kleidern zum Dinner angezogen hatte. Es ließ ihre Schultern und Arme frei. Wenn dieses Gewand ihr ein Kompliment von Harry eintrug, wollte sie dafür sogar gern ein paar Frostbeulen in Kauf nehmen.

»Dann hat man dich also endlich in die Bibliothek hineingelassen?«

Sie blieb stehen und blickte zu ihm auf. »Woher weißt du denn von dieser Geschichte?«

Er lächelte nur, legte ihre Hand auf seinen Arm und setzte seinen Weg durch den Garten fort.

»Harry, glaubst du, daß Männer und Frauen Freunde sein können?« fragte sie.

»Ja«, meinte er vorsichtig.

»Sind *wir* Freunde? Ich meine, können wir – du und ich – über Dinge reden?«

»Was versuchst du mir damit zu sagen?« fragte er mißtrauisch.

Sie holte tief Luft. »Darf ich, wenn ich Herzogin bin, die jetzt geltenden Regeln ändern? Darf ich den Leuten gestatten, auf ihren Zimmern zu essen und die Küchenräume aufzusuchen, wenn sie es möchten? Darf ich ihnen erlauben, bei den Mahlzeiten zu reden?«

Harry lachte vorsichtig. »Natürlich darfst du das. Wenn du Herzogin bist, darfst du machen, was du willst, Es ist dann dein Haus.«

»Darf ich den Westflügel umbauen lassen?«

Harry schwieg einen Moment. »Was weißt du vom Westflügel?« Als sie den Kopf senkte und ihm keine Antwort gab, blieb er abermals stehen und hob mit den Fingerspitzen ihr Kinn an, so daß sie ihm ins Gesicht schauen mußte. »Hast du Trevelyan wiedergesehen?«

Er lächelte über ihre betroffene Miene. »Ich sagte dir doch, daß ich alles weiß, was hier im Hause vorgeht. Du darfst niemandem von Trevelyan erzählen. Niemand außer uns beiden weiß, daß er hier ist«, sagte er mit fester Stimme.

»Warum?«

»Er hat seine Gründe. Hast du den Nachmittag mit ihm verbracht? Ist er der Grund, daß du den Lunch und den Tee versäumt hast?«

»Ich habe in seinem Zimmer gelesen.« Ihre Augen leuchteten. »Im Zimmer des Prinzen.«

»Magst du Trevelyan?«

»Ich weiß es nicht«, sagte sie ehrlich. »Er ist ein seltsamer Mann, nicht wahr?«

Harry lachte. »Seltsamer, als du dir vorstellen kannst. Trevelyan hat dich doch nicht angefaßt, oder?«

Claire blickte ihn entsetzt an. »Nicht auf die Weise, wie du das meinst. Er war ein perfekter Gentleman. Nun, nicht ganz perfekt. Er macht mich manchmal sehr wütend, aber er hat ein paar interessante Bücher.«

»Das kann ich mir vorstellen«, sagte Harry in sarkastischem Ton und runzelte die Stirn. Er befand sich in einer Zwickmühle. Schließlich konnte er Claire nicht ohne weiteres verbieten, sich mit Trevelyan zu treffen. Sie würde dann wissen wollen, warum sie ihn nicht sehen durfte, und wenn Harry ihr darauf die Antwort schuldig blieb, würde Trevelyan ihr vielleicht den Grund verraten. Harry traute seinem Bruder durchaus zu, daß er zu ihr sagte: »Mein kleiner Bruder hat Angst, daß du entdecken könntest, daß er gar kein Herzog ist.«

Harry blieb stehen und lenkte den Schritt zum Haus zurück. »Wir können nicht länger im Garten bleiben. Ich muß morgen schon sehr zeitig aus dem Haus und komm erst in ein paar Tagen wieder.«

»O Harry, können wir denn nicht mal einen Tag zusammen verbringen? Kannst du dir denn gar keinen Tag freinehmen von deiner Arbeit? Wäre es nicht möglich, daß du mich mitnimmst auf die Reise?«

»Nicht auf diese. Ich muß morgen schon in aller Frühe aufbrechen – lange, bevor du aufwachst.« Er legte eine Fingerspitze auf ihre Nase. »Aber vielleicht kannst du das nächste Mal mitkommen. Und ich verspreche dir, daß ich nach meiner Rückkehr mehr Zeit für dich haben werde.« Bei diesen Worten runzelte Harry erneut die Stirn. Er hatte geglaubt, die Phase der Brautwerbung sei abgeschlossen, aber dank Trevelyan sah er sich zu einer Nachbesserung genötigt.

Er lächelte auf sie hinunter. »Wie wäre es mit einem Kuß?« Er beugte sich vor, um seine Lippen auf ihre zu pressen. In diesem Moment schlang Claire die Arme um seinen Hals und drückte ihren geschlossenen Mund gegen seinen. Er fand ihren Kuß außerordentlich unbefriedigend; er mochte keine Jungfrauen und hatte auch keine Lust, eine Jungfrau in der Liebe zu unterweisen. Er mochte Frauen, die *ihm* etwas beibrachten.

Als Harry sie von sich wegschob, spitzte sie immer noch mit geschlossenen Augen die Lippen. Er sah sie düster an und sagte: »Ich fürchte, es ist gar keine so gute Idee, dich hier alleinzulassen. Ich denke, ich sollte mit Mutter reden, daß sie einen Hochzeitstermin für uns festsetzt.«

Claire lächelte ihn an, doch in diesem Augenblick fiel ihr das Manuskript wieder ein, das sie heute gelesen hatte, und all diese Geschichten von der nie enden wollenden Leidenschaft. Aber wo war die Leidenschaft zwischen ihr und Harry? Wo waren die Glocken und die Sirenenklänge? Aber vielleicht mußte man erst die Kunst des Küssens beherrschen, ehe die Leidenschaft sich einstellte.

Sie nahm die Arme von Harrys Hals und schob sittsam die Hand unter seinen Arm, als sie zusammen zum Haus zurückgingen.

Als Claire am nächsten Tag aufwachte, war es vier Uhr morgens, und sie fragte sich, ob Harry das Haus schon verlassen hatte. Leise, um Miss Rogers nicht zu stören, die im Ankleidezimmer schlief, stieg sie aus dem Bett und ging ans Fenster. Es war noch dunkel draußen, und sie konnte kaum etwas sehen. Sie stützte die Ellenbogen aufs Fensterbrett und blickte zum See hin, der sich in einiger Entfernung vom Haus befand. Da war ihr, als bewegte sich dort etwas. Vielleicht ein Reh, dachte sie, aber dann sah sie, daß es ein Mann war.

»Trevelyan«, sagte sie sich, denn ein anderer konnte es unmöglich sein. So schnell und leise, wie sie konnte, zog sie sich an.

Sie war noch im Unterrock, als sie sich sagte, daß sie diesem Mann nicht nachlaufen durfte. Das verbot sich bei jedem Mann – aber ganz besonders bei Trevelyan. Aber dann sagte sie sich, daß sie den Tag sonst wieder allein verbringen müsse, und die Angst vor dem Alleinsein war stärker als ihre Vernunft. Harry wußte schließlich, daß sie in seiner Abwesenheit ihre Zeit mit Trevelyan verbrachte, und er hatte keine Einwände dagegen erhoben. Sie steckte ihren Hut in den Haaren fest, als sie aus dem Zimmer lief und die Treppe hinunterhüpfte. Dann rannte sie aus dem Haus und machte sich auf die Suche nach Trevelyan.

Zwanzig Minuten später war sie der Verzweiflung nahe. Trevelyan war nirgends zu sehen, und sie konnte schwerlich nach ihm rufen, ohne von jemand anderem gehört zu werden.

Sie wollte schon wieder umkehren, als sie fast der Herzschlag traf, weil sie ihn keine zwanzig Zentimeter von sich entfernt hinter einer Hecke stehen sah. »Sie haben mir den Schrecken meines Lebens eingejagt«, keuchte sie. »Warum schleichen Sie denn hier in den Büschen herum?«

»Ich hatte den Eindruck, Sie würden nach mir suchen«, gab er zurück. »Entschuldigen Sie meine Anmaßung.« Damit drehte er ihr den Rücken zu und wollte sich entfernen.

Er wußte ganz genau, daß sie nach ihm gesucht hatte,

aber Claire wollte sich nicht die Blöße geben, dies einzuräumen. »Ich hatte nur Lust auf einen Spaziergang«, sagte sie. »Es ist ein so wunderschöner Morgen.« Sie blickte zu dem noch dunklen Himmel. »Und die Luft ist so kühl und erfrischend.«

»Na, dann wünsche ich Ihnen einen guten Morgen«, sagte er und stapfte davon.

Claire hätte ihn verfluchen können. Dieser unmögliche Mensch besaß nicht einmal den Anstand, sie ins Haus zu bitten! »In gewisser Weise habe ich Sie tatsächlich gesucht«, sagte sie.

Er drehte sich zu ihr um. »So? Und was wollten sie von mir? Noch mehr Bücher? Oder ist Ihnen noch etwas eingefallen, was Sie an Captain Baker auszusetzen haben?«

»Ich habe Sie vom Fenster aus gesehen und dachte, ich könnte Sie vielleicht auf Ihrem Spaziergang begleiten. Ich bemühe mich nämlich, den Aufgaben, die mich hier erwarten, gerecht zu werden. Vielleicht hätten Sie gern Gesellschaft – schließlich gehört es zu meinen Pflichten als zukünftige Herzogin, dafür Sorge zu tragen, daß meine Gäste sich wohl fühlen. Ich meine, ich darf damit nicht so lange warten, bis ich verheiratet . . .«

»Wie lange wird es Ihrer Meinung nach dauern, bis Sie mit Ihren Ausflüchten fertig sind? Zwei Stunden oder drei?«

Claire machte auf dem Absatz kehrt und ging zum Haus zurück.

»Also gut, kommen Sie meinetwegen mit«, sagte er zu ihrem Rücken. »Wenn Sie gut zu Fuß sind, heißt das. Ich veranstalte keine Ausflüge für Ladies.«

Sie drehte sich zu ihm um und betrachtete ihn von Kopf bis Fuß. Sie musterte seine breitschultrige Gestalt, an der kein Gramm überschüssiges Fett zu finden war, und seinen Spazierstock, den er offenbar brauchte. »Ich wüßte nicht, daß ich nicht dorthin gehen könnte, wo *Sie* hingehen.«

»Das werden wir ja sehen.«

Eine Stunde später hätte Claire ihre Prahlerei fast bereut – fast, aber nicht ganz. Trevelyan führte sie über steile, mit

Heidekraut bewachsene Hügel und reißende, kalte Bäche. Als sie zum erstenmal zu so einem Bach kamen, wartete sie darauf, daß er ihr ans andere Ufer half. Er ging jedoch weiter und blickte sich nicht einmal nach ihr um.

»Warten Sie!« rief sie ihm nach.

Er drehte sich um. »Was haben Sie denn?«

»Wie komme ich ans andere Ufer?«

»Zu Fuß«, antwortete er, drehte ihr wieder den Rücken zu und kletterte eine steile Böschung hinauf.

Claire hatte kein Verlangen danach, den Spaziergang mit nassen Füßen fortzusetzen, und sah sich nach ein paar Steinen, die ihr als Brücke dienen konnten, oder ein paar Brettern um.

»Wenn Sie Angst haben, versuchen Sie es doch damit!« Er blieb stehen und deutete auf einen Baumstamm, der in einiger Entfernung quer über dem Bach lag. Der Stamm war höchstens zehn Zentimeter breit.

»Ich bin doch keine Seiltänzerin«, rief sie.

Trevelyan zuckte nur mit den Achseln und drehte ihr wieder den Rücken zu. »Warten Sie!« rief sie noch einmal. »Leihen Sie mir Ihren Spazierstock?«

Trevelyan blickte von ihr auf seinen Spazierstock und lächelte. Irgend etwas schien ihn zu amüsieren. Er kam den Abhang herunter, watete bis zur Mitte des Baches und hielt ihr den Spazierstock hin.

»Sie könnten mich auch huckepack hinübertragen, wissen Sie das?«

»Was das auch immer sein mag«, gab Trevelyan zur Antwort.

Claire nahm den Spazierstock, und wäre dabei um ein Haar ins Wasser gefallen. Er hatte ein schier unglaubliches Gewicht. Sie hatte sich ihn bisher nicht so genau angesehen und angenommen, er bestünde aus Holz; aber jetzt entdeckte sie, daß er aus Eisen war und mindestens zwanzig Pfund wog.

Sie gab sich aber nicht die Blöße, ihm ihre Überraschung zu zeigen, und war fest entschlossen, den Bach auf diesem schmalen Baumstamm zu überqueren. Es gelang ihr auch, obwohl sie zweimal fast das Gleichgewicht verloren hätte und ihn verfluchte, weil er ihr nicht zu Hilfe kommen wollte. Aber als sie schließlich trockenen Fußes das andere Ufer erreichte, gab sie ihm mit einem selbstbewußten Lächeln seinen Spazierstock zurück.

»Ein schottisches Mädchen hätte keine Angst gehabt, sich die Füße naß zu machen«, war alles, was er sagte.

Claire streckte ihm die Zunge heraus, als er ihr wieder den Rücken zukehrte.

Sie wanderten noch eine Stunde, und als sie wieder zu einem Bach kamen, versuchte Claire gar nicht erst, mit trokkenen Füßen hinüberzukommen, sondern marschierte durchs Wasser, als wäre es gar nicht da.

»Warum gehen Sie eigentlich nicht mit dem Herzog spazieren?« fragte Trevelyan, als sie auf einem Hügel anhielten.

»Harry mußte geschäftlich verreisen. Er verließ heute morgen schon in aller Frühe das Haus.«

»Wohin wollte er denn verreisen?«

»Ich sagte Ihnen doch schon, daß er Geschäfte zu erledigen hat. Er hat viel Arbeit mit der Verwaltung seiner Besitztümer.«

Das schien Trevelyan unglaublich zu amüsieren. »Wahrscheinlich besucht er eine seiner Mätressen.«

»Wie bitte? Sie sollten sich schämen!«

»Wenn sich jemand schämen müßte, dann Harry.«

Darauf redete sie kein Wort mehr mit ihm, aber sie fragte sich dennoch, ob Harry vielleicht andere Frauen haben könnte. Die Ladies in London hatten ihn zweifellos gern gemocht, aber das bedeutete nicht, daß er sich noch immer mit ihnen traf. Sie warf Trevelyans Rücken einen finsteren Blick zu und schwor sich, ihn in Zukunft zu meiden. Er brachte sie nur auf schlimme Gedanken.

Aber eine halbe Stunde später, als es fast hell war und sie vor dem Westflügel des Hauses standen, mußte Claire an den langen Tag denken, der vor ihr lag und an dem sie Harry nicht einmal bei den Mahlzeiten sehen würde. Sie konnte natürlich ihre Mutter fragen, ob sie den Nachmittag mit ihr verbringen wollte. Oder sie konnte sich den anderen Mitgliedern des Haushalts vorstellen und . . . Und was? Mit ihnen über Hunde und Pferde reden?

Sie stand vor der Tür, die in den Westflügel führte, und blickte auf ihre Uhr.

»Haben Sie das Frühstück versäumt?« fragte Trevelyan und legte die Hand auf die Türklinke.

»Nein. Ich habe noch viel Zeit zum Umziehen«, erwiderte sie, machte aber keine Anstalten, sich zum Haupthaus zu begeben.

»Ist das Reden beim Frühstück noch immer verboten?«

»Ja«, erwiderte Claire düster und dachte an die lange, langweilige Mahlzeit, die sie drüben erwartete.

»Also gut«, sagte Trevelyan seufzend, »kommen Sie mit hinauf, und wir wollen sehen, was Oman für uns kochen kann.«

Claire bedachte ihn mit einem strahlenden Lächeln. Sie vergaß all ihre Vorsätze, diesen Mann zu meiden. Sie konnte nur noch an sein gemütliches Wohnzimmer, seine Bücher, das Kaminfeuer und Omans köstliche Speisen denken.

Sie betraten den ältesten Teil des Hauses und hatten gerade das Wohnzimmer erreicht, als Oman vom Schlafzimmer herüberkam und etwas in einer ihr fremden Sprache zu Trevelyan sagte.

Trevelyan drehte sich zu Claire um und flüsterte: »Harry ist dort drüben.« Er deutete mit dem Kopf auf die Schlafzimmertür.

Claire machte lächelnd einen Schritt auf die Tür zu, aber Trevelyan hielt sie am Arm fest.

»Das könnte ein Besuch sein, der mir gilt«, flüsterte er.

»Ich . . .«, begann Claire, aber Trevelyan hielt ihr mit einer Hand den Mund zu.

»Er könnte nicht allein sein«, wisperte Trevelyan.

Claire sah ihn mit großen Augen an, und Trevelyan nahm seine Hand von ihrem Mund. Er öffnete eine große Truhe.

»Hier hinein, bis ich herausgefunden habe, was er von mir will.«

»Ich werde doch nicht . . .«, begann sie, aber Trevelyan hob sie einfach auf seine Arme, ließ sie in die Truhe auf einige Sachen fallen, die sie unter anderen Begleitumständen gern untersucht hätte, schloß den Deckel und setzte sich im selben Moment auf die Truhe, in der Harry ins Zimmer kam.

»Wo, zum Teufel, hast du so lange gesteckt?« fragte Harry. »Ich warte schon seit einer halben Stunde auf dich. Und was habe ich da eben für eine Stimme gehört? Sie schien einer Frau zu gehören.«

»Das mußt du dir eingebildet haben. Wie komme ich zu der Ehre deines Besuchs?«

»MacTarvit treibt wieder sein Unwesen.«

»Wie viele sind es diesmal?«

»Sechs.«

»Und deine Mutter tobt natürlich. Ich bezweifle, daß sie den Gedanken, sich von sechs Kühen trennen zu müssen, ertragen kann.«

»Sie will, daß ich ihn von seinem Land jage.«

Trevelyan schwieg einen Moment. »Und du dachtest, ich könnte die schmutzige Arbeit für dich erledigen.«

»Vellie, du bist doch schon immer ein wortgewaltiger Mann gewesen. Ich dachte, du könntest mit dem alten Mann reden.«

»Niemand kann mit ihm reden. Das konnte noch keiner bisher. Wie steht es mit seinen Söhnen?«

»Die sind entweder tot oder ausgewandert. Der alte Mann ist der letzte, der von seiner Familie noch übrig ist.«

»Und nun will sie ihn von seinem Land jagen. Warum gibst du ihm nicht einfach Geld, damit er zu seinen Söhnen fahren kann?«

»Das würde er niemals tun. Und woher soll ich das Geld nehmen, das du ihm anbieten möchtest? Soll ich wieder eines von unseren Gemälden verkaufen?«

»Wie wäre es mit deiner kleinen Erbin?«

Bis zu diesem Moment hatte Claire sich in der Truhe still verhalten, dem Gespräch der beiden gelauscht und versucht, sich einen Reim darauf zu machen. Den Namen MacTarvit hatte sie schon einmal gehört, wußte aber nicht mehr, in welchem Zusammenhang. Und als Trevelyan sie nun mit einem höhnisch, zweideutigen Ton ins Spiel brachte, hatte sie Angst vor Harrys Antwort. Sie erkannte, daß Trevelyan den Keim des Zweifels in ihr Herz gesenkt hatte. Sie trat mit beiden Beinen gegen den Truhendeckel.

»Was, zum Teufel, hast du da in der Truhe?« fragte Harry, als er sah, wie der Truhendeckel sich bewegte und Trevelyan fast aus dem Gleichgewicht brachte.

»Ich zeige es dir, wenn du es sehen möchtest.«

»Nein, danke. Mich schaudert noch von den Sachen, die du von deinen anderen Reisen zurückgebracht hast.« Er sagte eine Weile nichts, weil Oman hereinkam und zwei Gläser Whisky auf einen Tisch in Trevelyans Nähe stellte. Als Oman gegangen war, meldete sich Harry wieder zu Wort. »Hast du keine Angst, daß dieser Mann dir eines Nachts die Kehle aufschlitzen könnte?«

»Oman? Die Leute, die du drüben im Haus beherbergst, erschrecken mich weitaus mehr als Oman. Da wir gerade von Schrecken reden – wann willst du heiraten?«

»Später«, antwortete Harry ausweichend.

»Und du meinst, daß deine kleine Erbin glücklich wird, wenn sie unter der Fuchtel der alten Hexe leben muß?« fragte Trevelyan im sarkastischen Ton.

»Mutter ist nicht so schlecht, wie du sie machst. Du hast ihr nie eine Chance gegeben. Was Claire anbelangt, so glaube ich, daß sie sich anpassen wird.« Harry trank sein Glas aus und stand auf. »Ich muß jetzt gehen.«

»Um eine deiner exotischen Damen zu besuchen?«

Wieder stieß Claire mit beiden Beinen gegen den Truhendeckel, doch diesmal beachtete Harry den Tumult nicht. »Ich werde mich im Süden nach einer Stute für sie umsehen, wenn es dich interessiert.«

»Für sie? Meinst du damit deine kleine Erbin?«

»Richtig.«

»Du willst Geschenke für sie kaufen? Sollte das ein Beweis von wahrer Liebe sein?« fragte Trevelyan spöttisch.

Claire wartete mit angehaltenem Atem auf Harrys Antwort.

»Ich mag sie. Sie hat sich zwar den Kopf ein bißchen zu viel mit Daten und Geschichte vollgestopft und macht sich etwas zu romantische Vorstellungen von der Welt, aber sonst ist sie ganz in Ordnung.« Und dann, weniger gemächlich, sondern mit einem warnenden Unterton: »Laß sie in Ruhe, hörst du?«

»Was sollte ein Mann in meinem Alter wohl mit ihr anfangen?« gab Trevelyan zurück.

»Ich sage es dir noch mal«, erwiderte Harry. »Laß sie in Ruhe.«

»Dann verrate mir mal – ist es das Mädchen oder ihr Geld, das du liebst?«

Claire, die die Gesichter der beiden Männer nicht sehen konnte, fand, daß Harry sich sehr viel Zeit nahm für eine Antwort. Und als sie ihn dann lachen hörte, wußte sie nicht, was das zu bedeuten hatte – ob er damit ausdrücken wollte, daß er sie gern hatte oder nur ihr Geld wollte.

6

»Nun?« sagte Claire, als sie aus der Truhe stieg. Trevelyan hatte sich nicht dazu bequemt, ihr den Truhendeckel zu öffnen oder ihr herauszuhelfen, als sie ihn hochhob, aber das störte sie nicht mehr. Sie gewöhnte sich allmählich an seine mangelnde Hilfsbereitschaft.

Er saß schon wieder an einem seiner Tische und schrieb. Sie trat vor ihn und sagte: »Was gedenken sie jetzt zu tun?«

»Würden Sie sich bitte hinsetzen? Sie stehen mir im Licht.«

Sie trat einen Schritt zur Seite, blickte ihn aber weiter mit funkelnden Augen an. »Harry hat Sie um einen Gefallen gebeten. Sie sind ihm verpflichtet und sollten etwas unternehmen.«

Trevelyan legte seine Feder weg und betrachtete sie. »Weil Sie bereit sind, diesem Mann Ihr Leben zu opfern, bedeutet das nicht, daß ich mich Ihrem Beispiel anschließe. Ich habe nicht die Absicht, etwas anderes zu unternehmen als das, was ich bereits tue. Möchten Sie frühstücken?«

»Natürlich möchte ich das.«

Sie folgte ihm ins Schlafzimmer, wo bereits zwei Teller mit dampfendem Rührei auf dem Tisch standen. Sie vermutete, daß sie im Schlafzimmer aßen, weil Oman im Wohnzimmer keinen Platz mehr für einen zusätzlichen Tisch finden konnte. Sie schob sich eine Gabel mit Ei in den Mund. »Wer ist dieser MacTarvit?«

»Schmeckt es Ihnen?«

»Ich habe solche Eier noch nie gegessen, und sie schmekken köstlich. Wer ist MacTarvit?«

»Curryeier. Ein indisches Gericht.«

Sie funkelte ihn an.

»Ein alter Mann. Seine Familie wohnt schon seit einer Ewigkeit auf diesem Land.«

Sie blickte auf ihren Teller. »Warum kommt mir der Name irgendwie vertraut vor?«

Trevelyan nahm einen Schluck aus seiner Teetasse – Claire fragte ihn nicht, ob es Tee oder Whisky war – und murmelte: »Tradition.«

»Wie bitte?«

Er sah sie aus schmalen Augen an. »Ich würde meinen, daß Sie mit Ihren romantischen Geschichtskenntnissen von dem Clan Ihres kostbaren Herzogs sehr rasch darauf kommen müßten, was die MacTarvits sind.« Damit hob er seine Teetasse, um ihr zuzuprosten.

Claire legte ihre Gabel weg und blickte ihn staunend an. »Die Whiskybrenner«, sagte sie atemlos.

Er gab ihr mit einem kleinen Lächeln zu verstehen, daß sie ins Schwarze getroffen hatte.

Claire erhob sich und ging ans Fenster. »Alle großen Clans hatten kleinere Clans unter sich, die für bestimmte Aufgaben zuständig waren. Einige kleinere Clans waren Barden, die Gedichte schrieben und die Geschichte der Clanfamilie auswendig lernten. Andere waren Dudelsackpfeifer.« Sie drehte sich um und sah ihn an. »Die MacTarvits brannten den Whisky.«

Abermals hob er seine Tasse zum Salut. »Ich beglückwünsche Sie zu Ihrem Gedächtnis.«

Sie setzte sich wieder an den Tisch und widmete sich erneut den Curryeiern. »Und nun ist dieser alte Mann der letzte seines Clans in Schottland. Der letzte Vertreter einer großen Tradition von Whiskybrennern. Der . . .«

»Sicherlich nicht der letzte Whiskybrenner in Schottland. Harry müßte nicht auf den Whisky verzichten, wenn MacTarvit hier das Feld räumt.«

»Aber wovon will MacTarvit dann leben?«

»Ich glaube nicht, daß sich Harrys Mutter, die Herzogin, dafür interessiert. Sie denkt nur an das Rindvieh, das ihr gestohlen wurde.«

»Aber was ist dann aus der Tradition geworden?« rief Claire im leidenschaftlichen Ton. »Hat denn keiner von euch Sir Walter Scott gelesen?«

Trevelyan mußte lachen, aber es war kein angenehmes, sondern ein sehr zynisches Lachen. Das Lachen eines Mannes, der alles wußte, alles gesehen hatte und sich über die Dummheit und Naivität seiner Mitmenschen amüsiert.

»Es ist mir gleichgültig, wie Sie über Sir Walter Scott denken, aber es *ist* Tradition, daß sich die Clans gegenseitig bestehlen. Wenn dieser Mann jahrelang den Whisky für die Familie gebrannt hat, kann ich mir vorstellen, daß er auch das Geld hat, sich die Kühe zu kaufen, wenn er das möchte.«

»Die Herzogin zahlt ihm nichts für seinen Whisky.«

Claire starrte ihn mit offenem Mund an.

»Ihre Gnaden hat eine schlechte Meinung von Whisky. Sie hält ihn für einen üblen und ungesunden Fusel, und deshalb bezahlt sie ihm nichts dafür. Sie bestellt ihn nicht bei ihm, und sie meint, wenn trotzdem etwas ins Haus kommt, muß sie es nicht bezahlen. Zudem hat sie diesen Mann schon immer gehaßt und möchte deshalb, daß er die Gegend verläßt.«

»Aber das Land gehört doch Harry!«

Er sah sie mit einem bösen kleinen Lächeln an. »Wenn Sie das glauben, wissen Sie gar nichts.«

Claire hatte inzwischen den Teller leergegessen, stand auf, ging zum Bett und strich mit der Hand über den Pfosten am Fußende. Dies war die Lagerstatt von Bonnie Prinz Charlie gewesen, und sie hatten eben über eine Familie gesprochen, die für den Clan seit vielen Generationen den Whisky gebrannt hatte, aber die Familie schien die Tradition nicht zu achten.

Sie drehte sich zu Trevelyan um. »Sie müssen etwas unternehmen.«

»Warum muß *ich* etwas unternehmen? Warum nicht Ihr kostbarer Harry?«

»Dies ist jetzt nicht die richtige Zeit, zu streiten. Irgend etwas muß geschehen, damit MacTarvit diesem Land erhalten bleibt. Sie können nicht einen Mann wegschicken, der seit Generationen dieser Familie treu gedient hat. Was würden Ihre Vorfahren wohl dazu sagen?«

»Meine Vorfahren würden vermutlich sagen: ›Seid froh, daß ihr ihn los seid.‹ Denn obwohl Sie zu glauben scheinen, daß er ein liebenswürdiger alter Mann ist, der von unserer Familie verfolgt wird, sind die MacTarvits in Wahrheit schon immer die unfreundlichsten, verbohrtesten und aufsässigsten Leute der Welt gewesen. Sie stellen zwar Whisky her, verkaufen ihn aber nicht. Wir müssen ihn uns mit Gewalt holen. Wir müssen ihn *stehlen*.«

»Wie er sich seine Nahrungsmittel von Ihnen stehlen muß.«

Trevelyan erhob sich. »Sie brauchen mich gar nicht so wütend anzufunkeln! Ich sehe nicht ein, warum ich mich auf den weiten Weg zu seinem Haus machen soll, wenn ich dort mit einer Gewehrkugel empfangen werde. Ich habe genug mit meiner Arbeit zu tun und bin nicht bereit, meine kostbare Zeit an einen übellaunigen alten Mann zu verschwenden.«

Sie folgte ihm ins Wohnzimmer. »Schlechte Laune ist doch Ihre starke Seite. Sie müßten sich eigentlich großartig mit diesem MacTarvit verstehen.«

»Aber ich versteh' mich nicht mit ihm. *Niemand* versteht sich mit ihm. Keiner ist jemals mit den MacTarvits ausgekommen. Der Himmel stehe dem Land bei, in das die Söhne des alten MacTarvit ausgewandert sind.«

»Vermutlich nach Amerika. Amerika schätzt Männer, die echte Männer sind.«

Trevelyan winkte wütend ab. »Ich gehe nicht zu MacTarvit – weder Ihnen noch Ihrem teuren Herzog zuliebe! Und jetzt setzen Sie sich dort drüben auf die Fensterbank und lesen sie etwas, wie es sich für ein braves Mädchen gehört. Oman wird Ihnen später etwas Leckeres zum Lunch servieren, und von mir bekommen Sie ein großes Glas Whisky.«

»MacTarvits Whisky?« schnaubte sie.

»Tatsächlich stammt der Whisky von ihm. Möchten Sie die Wunde von dem Streifschuß sehen, den mir MacTarvit mit einer Gewehrkugel am Bein verpaßt hat?«

»Wollen Sie damit sagen, daß Sie *diesen* Whisky von MacTarvit gestohlen haben?«

»Natürlich habe ich ihn gestohlen! Anders hätte ich ihn doch gar nicht bekommen. Das gehört zu den verdammten Traditionen, von denen Sie so schwärmen!«

»Sie brauchen nicht zu brüllen. Ich bin nicht schwerhörig. Wenn Sie ihn nicht besuchen wollen, werde ich es tun.«

»Sie würden sein Haus niemals finden. Nur Harry und ich wissen, wo er wohnt.«

»Und Sie wollen nicht zu ihm gehen? Sie wollen nichts unternehmen, um die Herzogin daran zu hindern, den alten Mann aus seinem Heim zu vertreiben?»

»Das zu verhindern ist nicht meine Sache. Ich bin hier

nur auf Besuch, wenn ich Sie daran erinnern darf. Ich möchte gesund werden, ein bißchen schreiben und dann wieder abreisen. Dieses Haus bedeutet mir nichts.«

Sie blickte ihn lange an. »Nach allem, was Harry für Sie getan hat? Nachdem er Ihnen diese beiden Zimmer überlassen und niemandem verraten hat, daß Sie hier Unterschlupf gefunden haben. Sie sind ein undankbarer Mensch, Sir.« Damit drehte sie sich der Treppe zu.

»Wo wollen Sie hin?«

»Den Tag mit anderen Leuten verbringen. Wenn Ihnen Ihre Zeit zu kostbar ist, um sie mit anderen zu teilen, dürfen Sie sie gern behalten. Ich werde Sie bestimmt nicht mehr belästigen.« Als sie die Treppe hinunterstieg, hörte sie ihn noch sagen: »Nun komme ich endlich zu meiner Arbeit«, und Claire setzte mit hocherhobenem Kopf ihren Weg fort und begab sich in den Garten.

Dort wanderte sie eine Weile umher, aber sie langweilte sich. Der gestrige Tag war so schön gewesen, als sie etwas zu lesen gehabt hatte und jemanden, mit dem sie reden konnte. Jetzt war sie wieder allein.

Sie setzte sich auf eine Bank und betrachtete den kleinen See, den ein Vorfahre von Harry vor ungefähr hundert Jahren angelegt hatte. Sie hatte das Gefühl, daß sie mit ihren Bemühungen, sich an ihren zukünftigen Stand zu gewöhnen, nicht recht vorankam. Sie wünschte sich, sie hätte mehr von der geselligen Natur ihrer Mutter und von ihrem Talent, sich jeden Fremden sogleich zum Freund zu machen.

»Da bist du ja!«

Claire blickte auf und sah ihre jüngere Schwester vor sich stehen. »Du trägst meine Ohrringe«, stellte Claire nüchtern fest.

»Was fehlt dir denn? Vermißt du deinen Liebhaber?«

»Wo hast du diese häßlichen Ausdrücke her? Und warum bist du nicht beim Unterricht?«

Brat öffnete den Mund, um etwas zu sagen; aber Claire winkte ab. »Erzähl mir bitte nicht, was du diesmal mit deiner bedauernswerten Gouvernante angestellt hast. Ich wundere mich, wie du es fertiggebracht hast, keine Analphabetin zu bleiben.«

»Ich kann mindestens so gut schreiben und lesen wie Mutter.«

Claire bedachte ihre Schwester mit einem vorwurfsvollen Blick, aber Brat lächelte nur und sagte: »Die Leute hier fragen sich schon, was du den ganzen Tag über treibst.«

»Oh, nicht viel«, erwiderte Claire. »Die meiste Zeit gehe ich spazieren.«

»Und du ißt nie etwas. Zumindest nicht am Tisch mit den anderen.« Brat beugte sich vor. »Dir hängt ein Essensrest zwischen den Zähnen.«

Claire drehte den Kopf zur Seite und entfernte ihn mit dem Fingernagel. »Hast du nichts anderes zu tun, als mich zu belästigen? Zum Beispiel die Ohrringe an den Platz zurückzulegen, wo sie hingehören?«

»Ich kann sie nicht eher abnehmen, bis meine Ohrläppchen verheilt sind.«

Claire schüttelte den Kopf. »Du bist viel zu jung dazu, dir schon Ohrlöcher stechen zu lassen. Wer, zum Kuckuck, hat sich dafür hergegeben?«

»In diesem Haus kann man alles bekommen, was man sich wünscht.«

»Wie soll ich das verstehen!«

Brat sagte mit vor Staunen glänzenden Augen: »Claire, das ist das seltsamste Haus auf der Welt, in dem die verrücktesten Leute wohnen. Du kennst doch diesen dürren kleinen Mann mit den langen Haaren, der dir beim Dinner gegenübersitzt?«

»Woher weißt du, wo ich beim Dinner sitze?«

»Ich weiß eine Menge. Egal – dieser Mann wohnt am entfernten Ende des Ostflügels und veranstaltet Theateraufführungen. Er ist der einzige Schauspieler und hat nie Zuschauer. Das Seltsame an ihm ist, daß er eine Zeile spricht, dann das Kostüm wechselt, wieder eine Zeile spricht, abermals das Kostüm wechselt und so fort, und da er jedesmal mindestens zwanzig Minuten zum Umziehen braucht, dauert ein Akt natürlich viele Stunden. Er bot mir an, mich an dem Stück zu beteiligen, aber wir haben uns dann furchtbar gestritten, als ich Elisabeth die Erste spielen wollte.«

»Und du hast vermutlich gewonnen.«

»Ja. Er wollte, daß ich mir die Haare abrasiere und eine rote Perücke trage, aber ich weigerte mich. Und du kennst doch diese beiden kleinen alten Ladies, die neben Vater sitzen? Das sind Diebinnen. Ehrlich. Sie schleichen in alle Zimmer und klauen Sachen. Du solltest sie mal beim Dinner beobachten – am Ende der Mahlzeit liegt kein silbernes Besteck mehr auf ihren Tellern, weil sie es in ihren Ärmeln versteckt haben.«

»Davon werden ihre Kleider bestimmt nicht sauberer.«

»Der Butler muß sich das Silberbesteck jede Woche aus ihren Zimmern holen, es sei denn, es kommen mehr Leute zum Essen, und er braucht es früher.«

»Und was macht Mutter den ganzen Tag?«

»Sie verbringt ihre Nachmittage mit zwei alten Eulen, die alles über jeden wissen. Sie erzählen Mutter den ganzen Klatsch über Herzöge, Earls und Grafen. Du solltest einmal *hören,* was sie ihr über den Prince of Wales erzählen.«

»*Du* solltest das aber *nicht* hören. Hast du wieder an der Tür gelauscht?«

»Wenn du gemein bist, verrate ich dir nicht, was ich über Harrys Mutter weiß.«

Claire tat so, als interessierte sie das nicht. »Ihre Gnaden, meinst du wohl.«

»Das kostet dich aber was.«

Claire stand auf.

»Also gut – ich sag's dir. Die alte Frau haßt alle ihre Kinder bis auf Harry. Er ist ihr Liebling und sie vergöttert ihn. Sie hat sich gefreut, daß ihre beiden älteren Söhne gestorben sind und Harry Herzog wurde.«

»Was für schreckliche Sachen du über sie sagst!«

»Ich wiederhole nur, was ich gehört habe. Weißt du, daß sie ein lädiertes Bein hat? Sie kann nicht sonderlich gut gehen, und man munkelt, daß ihre Kutsche umstürzte und ihr das Bein zerquetschte, als sie ihren Mann verlassen wollte. Harry wurde sechs Monate später geboren. Angeblich verehrt er seine Mutter und tut alles, was sie von ihm verlangt.« Brat blickte ihre ältere Schwester listig an. »Er würde sogar die Frau heiraten, die seine Mutter für ihn aussucht.«

Claire betrachtete ihre Schwester mit einem kühlen Lächeln. »Was für ein interessantes Haus. Ich sollte mich bemühen, diese Leute kennenzulernen. Ich möchte nicht, daß sie auf komische Gedanken kommen, was meine ständige Abwesenheit betrifft.«

»In diesem Haus könntest du beim Dinner lebendige Hühner essen, und sie würden das nicht für komisch halten.« Brat sprang von der Bank auf. »Ich muß jetzt gehen. Heute nachmittag soll ich irgendeine Frau spielen, die Marie Antoinette hieß.«

»Sei vorsichtig. Sie wurde enthauptet.«

Sarah Ann machte ein ernstes Gesicht. »Gut, daß ich es weiß. Ich werde aufpassen.«

Als Brat den Pfad hinunterlief, rief Claire ihr noch nach: »Und rühr meinen Schmuck nicht an!«

Brat winkte nur und rannte weiter.

Claire ging zum Haus, zog sich zum Lunch um und versuchte bei Tisch nicht die beiden alten Damen zu beobachten, die sich die Silberbestecke in die Ärmel schoben. Sie fragte den langhaarigen Mann, der ihr am Tisch gegenübersaß, nach seinen Stücken, und er lud sie sofort ein, an einer seiner Inszenierungen teilzunehmen. Er sagte, sie könne die Rolle von Anne Boleyn oder Catherine Howard übernehmen – beides Frauen, die Heinrich der Achte hatte köpfen lassen. Claire lehnte dieses Angebot mit einem höflichen Lächeln ab.

Nach dem Lunch begab sie sich in den Goldenen Salon und nahm dort neben ihrer Mutter Platz. Die drei Frauen, die sich noch im Salon befanden, warfen ihr immer wieder vielsagende Blicke zu, die zweifellos als Aufforderung zu verstehen waren, daß sie den Salon verlassen sollte, aber Claire kümmerte sich nicht darum.

»Claire, Liebes, könntest du mir meinen Schal holen? Ich finde es schrecklich kalt hier«, sagte ihre Mutter.

Mit einem Seufzer erhob sich Claire, begab sich in das Schlafzimmer ihrer Mutter, fand dort einen Schal und brachte ihn ihr. Später wollte ihre Mutter noch eine Decke für die Beine haben, und diesmal hatte Claire ein Einsehen und überließ die Damen ihrem Klatsch.

»Ich soll die Herzogin werden, aber niemand möchte etwas mit mir zu tun haben«, murmelte sie leise beim Hinausgehen vor sich hin.

Sie wanderte ungefähr eine Stunde ziellos im Mittelbau umher. Dann überlegte sie, daß der Ostflügel mehr oder weniger leer sein müsse, wenn sich die Bewohner in den Salons im Haupthaus aufhielten, und beschloß, sich diesen Teil des Hauses anzusehen.

Er bestand größtenteils aus einem langen Korridor mit geschlossenen Türen. An den Wänden hingen eine Menge Porträts von Frauen und Männern, offenbar alles Vorfahren von Harry, obschon keiner davon sein hübsches blondes Haar hatte. Sie waren alle dunkle Typen.

Am Ende des Korridors im Ostflügel kam sie zu einer halboffenen Tür. Vorsichtig schob Claire sie weiter auf und sah ein wunderschönes Zimmer mit blauen Seidentapeten und einen pfirsichfarbenen Teppich mit blauen Mustern. Das Licht, das durch die Fenster strömte, fiel – Wunder über Wunder – auf Bücher! Als würde sie von einem Magnet angezogen, ging sie zu dem Wandregal und las die Titel auf den Buchrücken. Sie nahm Sir Walter Scotts ›Waverly‹ in die Hand, aber als sie sich umdrehte, keuchte sie erschrocken, denn da saß eine Frau und beobachtete sie stumm. Es war die Frau, die sie schon bei den Mahlzeiten gesehen und die ihr ein paarmal zugelächelt hatte.

»Entschuldigen Sie. Ich wußte nicht, daß jemand im Zimmer war. Ich gehe wieder, wenn ich Sie störe.«

»Nein«, sagte die Frau leise, und Claire vermutete, daß sie sehr schüchtern war. »Bitte bleiben Sie.«

Claire nahm in einem Sessel Platz. »Das ist ein reizendes Zimmer.«

»Ja.«

»Kommen Sie oft hierher?«

»Sehr oft.«

Claire erkannte, daß diese Frau nicht sehr gesprächig war, und schlug das Buch auf, ertappte jedoch die Frau ein paarmal dabei, wie diese sie anstarrte. Claire schätzte sie auf Mitte Dreißig, doch angezogen war sie wie ein Schulmädchen – ganz in Rosa mit unglaublich vielen Rüschen. Das Kleid machte sie älter, als sie wirklich war, und das Haar hing ihr lang über den Rücken. Im Geist begann Claire die Frau anders zu kleiden, ihr das Haar im Nacken aufzustekken, ihr Ohrringe und ein schlichtes Kleid mit klaren Linien zu verpassen, das ihre Figur, die offenbar vorzüglich war, richtig zur Geltung brachte.

Claire rutschte unbehaglich im Sessel hin und her, als die Frau aufsah und merkte, daß Claire sie anstarrte. »Vielleicht sollten wir uns erst einmal vorstellen. Ich bin Claire Willoughby und mit dem Herzog verlobt.«

»Ja, ich weiß. Wir wissen alle, wer Sie sind.«

Sie sagte das sehr freundlich, aber Claire ärgerte sich über diese Antwort. »Jeder scheint hier alles über mich zu wissen, aber ich weiß gar nichts von den Leuten, die hier wohnen.« Und mit wachsender Enttäuschung fuhr sie fort: »Ich habe versucht, mich vorzustellen, aber die Männer wollen nicht mit mir reden und die meisten Frauen ebenfalls nicht. Meine Schwester weiß mehr über dieses Haus als ich, obwohl es mir eines Tages gehören soll. Ich habe keine Ahnung, wo jeder sich hier aufhält, und Harry scheint es ebenfalls nicht zu wissen. Das ist alles sehr enttäuschend.«

Die Frau lächelte über ihre Worte, und Claire dachte, sie könne mit ein bißchen Puder und Rouge sogar sehr hübsch aussehen.

»Ich bin Leatrice, Harrys Schwester«, sagte die Frau.

Claire vermochte ihren Schock nicht zu verbergen. »Seine Schwester? Ich hatte keine Ahnung, daß er eine Schwester hat! Oh, verzeihen Sie mir, daß ich mich nicht gleich vorgestellt habe. Ich . . .«

»Das ist schon in Ordnung. Es ist leicht, jemanden in diesem Haus zu übersehen. Ich . . .«

Sie brach ab, weil in diesem Moment eine Glocke über der Tür anschlug. Sofort verlor sich das Lächeln und jede Wärme schwand aus Leatrices Gesicht. »Entschuldigen Sie. Ich muß jetzt gehen. Mutter braucht mich.«

Ehe Claire auch nur den Mund aufmachen konnte, war Leatrice bereits aus dem Zimmer gegangen. Claire war sich nicht sicher, ob sie noch länger hierbleiben durfte, da dies, wie sie inzwischen annehmen mußte, Leatrices Privatzimmer war, doch die Verlockung der Bücher im Wandregal war zu groß, um ihr widerstehen zu können. Sie suchte sich einen bequemeren Sessel, schlug die Beine unter sich und begann ›Waverley‹ zu lesen.

Um fünf Uhr nachmittags ertönte ein Gong, und sie ging zum Tee, der von Männern und Frauen in getrennten Räumen eingenommen wurde. Es gelang ihr, einen Platz neben Leatrice zu ergattern, und sie versuchte mit ihr ein Gespräch anzufangen.

»Ist Ihre Mutter sehr krank?« fragte sie.

Bei Claires Bemerkungen hörten alle Gespräche auf, und die Blicke aller richteten sich auf Leatrice, die feuerrot anlief. Einen Moment später nahm sie ihre Teetasse hoch, sie schepperte auf der Untertasse, und Leatrice stellte verlegen Tasse und Untertasse auf den Tisch zurück und floh aus dem Zimmer.

Arva blickte ihre Tochter vorwurfsvoll an, und Claire fragte sich, was sie wohl verbrochen hatte.

Nach dem Tee ging Claire auf ihr Zimmer, setzte sich ans Fenster und starrte nach draußen. Brat hatte gesagt, Bramley wäre ein eigenartiges Haus, aber sie fand, daß dieses Wort den hier herrschenden Verhältnissen nicht annähernd gerecht wurde. Voller Sehnsucht dachte sie an ihr Heim in New York, wo sie durch den Park wandern und nach Belieben andere Leute und Häuser aufsuchen konnte. Sie dachte an ihre Freunde, die sie zu besuchen pflegten und mit denen sie sich den ganzen Nachmittag unterhalten konnte. Und sie dachte an die Bediensteten ihrer Familie, die zu ihr kamen, wenn sie nach ihnen rief, und taten, was sie von ihnen verlangte. Ehe sie nach Bramley gekommen war, hatte sie selten einen Gedanken an Mahlzeiten verschwendet. Wenn sie las und etwas zu essen haben wollte, hatte sie nur geläutet, und sogleich wurde ihr etwas auf einem Tablett ins Zimmer gebracht.

Nun wohnte sie in diesem riesigen Haus, war von vielen Leuten umgeben und fühlte sich zum erstenmal in ihrem Leben einsam.

Miss Rogers wählte das Kleid aus, das Claire zum Dinner tragen sollte, und Claire erhob keinen Widerspruch. Miss Rogers war immer noch verschnupft, weil Claire am Abend zuvor das schulterfreie Kleid angezogen hatte.

Das Dinner war, wie immer, lang und langweilig, und Claire versuchte nicht, sich am Tischgespräch zu beteiligen. Sie vermißte Harry, und sie vermißte ... Nein, sie vermißte sonst niemanden. Sie vermißte Trevelyan nicht, der sich ständig mit ihr anlegte, stets übellaunig war und schwierig im Umgang. Harry würde die Stute mitbringen, die er ihr kaufen wollte, und bis dahin war auch ihr Arm wieder gesund, und sie konnten zusammen ausreiten. Wenn Harry zurückkam, würde alles in Ordnung sein. Und wenn sie erst einmal verheiratet waren und sie die hier geltenden Vorschriften ändern konnte, würde alles besser werden.

Nach dem Dinner ging sie nicht gleich auf ihr Zimmer, weil sie wußte, daß Miss Rogers sie dort mit ihren üblichen Beschwerden und strafenden Blicken erwartete, sondern begab sich in den Garten. Es war kalt, aber sie trug ein Wollkleid und meinte, wenn sie rasch ginge, würde sie nicht frieren.

In dem Garten, dessen Hecken und Sträucher zu Tiergestalten umfunktioniert waren, kam Trevelyan plötzlich hinter einem Busch hervor. Sie preßte die Hand an die Kehle, sagte dann »guten Abend, Sir«, ging um ihn herum und strebte wieder dem Haus zu.

»Sie reden nicht mehr mit mir, wie?«

»Ich habe Ihnen nichts mehr zu sagen.« Sie ging weiter, und er hastete an ihre Seite.

»Haben Sie heute Ihre Mahlzeiten bekommen?«

»Ja, jede.«

»Und haben Sie einen interessanten Tag verbracht? Mit anregenden Gesprächen? Haben Sie über Politik geredet oder sogar etwas Neues über Ihren Bonnie Prinz Charlie erfahren?«

»Es ist kalt hier draußen, und ich gehe jetzt ins Haus.«

»Ich verstehe. Man hat Sie also wieder ignoriert.«

Sie drehte sich ihm zu. »Niemand hat mich ignoriert! Ich habe ein paar sehr interessante Leute kennengelernt. Einen Theaterautoren, der mich in seinem nächsten Stück berücksichtigen und eine Rolle für mich schreiben will. Ich hatte eine interessante Diskussion über den Prince of Wales und lernte Harrys Schwester kennen. Wir haben ein paar schöne Stunden miteinander verbracht.«

Trevelyan lachte laut.

Claire konnte nicht umhin, in sein Lachen einzustimmen. Wie herrlich war es doch, sich mitteilen zu können und jemanden zu haben, der einen verstand! »In diesem Haus wohnen wirklich seltsame Leute. Leatrice hat eine Glocke in ihrem Wohnzimmer, und wenn ihre Mutter läutet, muß sie springen. Ich frage mich, ob sie ihre Wohnung außerhalb der Mahlzeiten überhaupt verlassen darf.«

»Nein.«

»Wie schrecklich! Und sie zieht sich an wie ein Kind. Ich frage mich, wie alt sie ist.«

»Einunddreißig.«

»So jung noch? Sie sieht älter aus. Sie . . .« Claire hielt mitten im Satz inne, als sie sah, daß Trevelyan sich nur noch mühsam auf den Beinen halten konnte. Sie faßte ihn am Arm und führte ihn einen Pfad hinunter zu einer Bank. Inzwischen kannte sie sich schon recht gut im Garten aus.

Als er Platz genommen hatte, setzte sie sich neben ihn, und er lehnte sich ein wenig an sie.

Sie hätte jetzt gern den Arm um ihn gelegt, tat es aber nicht. Wenn sie die Bewohner des Hauses ›seltsam‹ fand, dann traf diese Bezeichnung besonders für Trevelyan zu. War er ihr eben noch wie ein Gelehrter erschienen, so verhielt er sich im nächsten Moment wie ein Krimineller. Er versteckte sich in einem Turmzimmer, als wollte er jeden Kontakt mit Menschen meiden, aber jedesmal, wenn sie das Haupthaus verließ, war er zur Stelle. Er wartete auf sie – anders konnte sie seine Verhaltensweise nicht deuten –, obwohl er sich bemühte, das mit spöttischen oder zynischen Bemerkungen zu verschleiern. Das änderte freilich nichts an der Tatsache, daß er sich – wie sie – mit jemandem austauschen mußte.

Sie merkte, wie er sich neben ihr entspannte. Sie fühlte sich zuweilen . . . nun, sie fühlte sich manchmal zu ihm hingezogen. Seine Augen hatten sie angesehen, als könnte sie nichts vor ihnen verborgen halten, und ihr war klargeworden, daß sie seine Gesellschaft meiden sollte. Doch in diesem Moment hegte sie mütterliche Gefühle für ihn, wollte ihn in die Arme nehmen und seine Stirn befühlen, ob er Fieber hatte. Am liebsten hätte sie ihn ins Bett gesteckt und ihm eine warme Suppe eingeflößt. Doch ihr Instinkt sagte ihr, daß ihm das nicht recht wäre. Sie setzte sich sehr gerade hin und tat so, als wüßte sie nicht, wie schwach er sich fühlte.

»Heute morgen«, begann sie behutsam, »habe ich mich zu Unrecht über Sie geärgert. Sie mußten tun, was Sie für richtig halten.« Sie seufzte. »Dennoch wünschte ich mir, daß dieser MacTarvit hier bleiben könnte, bis Harry und ich verheiratet sind. Dann könnte ich dafür sorgen, daß ihm kein Leid geschieht.«

»Sie versuchen also, die Rolle der Herzogin-Mutter zu übernehmen?« Trevelyans Stimme, die sonst so kräftig war, so voller Zuversicht, klang schwach.

»Natürlich. Harry sagt, wenn ich die Herzogin bin, kann ich tun und lassen, was ich will.«

Trevelyan lachte. »Die alte Dame würde eher sterben als ihre Macht abtreten.«

»Das deckt sich nicht mit dem, was Harry sagt.«

»Und Harry weiß alles besser, nicht wahr?«

Er hatte eine unnachahmliche Art, sie in Rage zu bringen. Sie vergaß ihre mütterlichen Gefühle, stand auf und blickte auf ihn hinter. »Ich hoffe, Sir, daß Sie jetzt wieder zu Kräften gekommen sind und ohne meine Hilfe in Ihr Quartier zurückgehen können. Ich wünsche Ihnen Glück und ein langes Leben. Gute Nacht.« Damit drehte sie sich von ihm weg und eilte ins Haus.

7

»Sie sind verstört«, sagte Oman, als er das Geschirr abräumte.«

»Frauen«, murmelte Trevelyan.

Oman lächelte. »Diese ist anders, nicht wahr?«

Trevelyan zog an seiner Pfeife. »Diese ist anders. Sie ist Feuer und Eis. Sie ist Frau und Kind. Sie weiß vieles und ist dennoch die Unschuld in Person.«

Er lehnte sich zurück und blies Rauchringe gegen die Decke. »Sie könnte gefährlich werden«, sagte er laut. Seit er ihre Bekanntschaft gemacht hatte, war es mit seiner Ruhe dahin. Eben noch hatte er den Wunsch, mit ihr zu schlafen, und im nächsten Moment wollte er ihr etwas, das er geschrieben hatte, vorlesen. Heute abend hatte er ihre Zärtlichkeit gespürt und war überrascht gewesen. Frauen, die so leidenschaftlich waren wie sie, hatten in der Regel nichts für einen Mann übrig, wenn er krank war. Aber sie hatte sich seiner angenommen. Sie konnte ebenso mütterlich wie temperamentvoll sein – wenn er daran dachte, wie sie seine Hände betrachtet hatte, trat ihm der Schweiß auf die Stirn. Er hätte ihr damals zu gern gezeigt, was er mit seinen Händen alles tun konnte.

MacTarvit, dachte er. Sie möchte den alten MacTarvit kennenlernen, will, daß *ich* den alten Mann daran hindere, Vieh zu stehlen. Als ob mich das etwas anginge, dachte Trevelyan. Was schert mich ihre verdammte Tradition?

Er blies noch mehr Rauchringe in die Luft und lächelte. Sie hatte sehr hübsch ausgesehen, als sie sich mit ihm wegen diesem alten Mann gezankt hatte. Ihr Haar, ihre Augen, ihr herrlicher Busen. »Harry weiß sie nicht zu schätzen«, sagte er laut. Harry weiß nicht, daß sie Verstand hat. Harry wußte nicht einmal, wie leicht man ihre Leidenschaft, die so dicht unter der Oberfläche schlummerte, wecken konnte, aber Harry hatte auch nicht genügend Interesse an ihr. Wenn sie zu mir gehören würde, dachte Trevelyan, würde ich mir die Zeit nehmen, ihr alles beizubringen, was sie nur lernen kann, und ich würde sie nicht tagelang allein lassen.

Er brach stirnrunzelnd seinen Gedankengang ab und stand auf. »Ich gehe jetzt zu Bett«, sagte er und achtete nicht auf den schockierten Blick, den Oman ihm zuwarf. Trevelyan legte sich niemals vor ein Uhr morgens schlafen – er meinte, er habe zuviel in seinem Leben zu tun, als daß er viel Zeit ans Schlafen vergeuden könne.

Trevelyan stand schon sehr zeitig am nächsten Morgen auf. Er verließ sein Wohnzimmer, ging die alte Wendeltreppe hinauf, öffnete eine Lukentür und kletterte auf das Dach. Er ging am Dachrand entlang und stellte fest, daß Harry mit seiner Bemerkung, daß das Dach dringend einer Reparatur bedürfe, recht hatte. Als er zu einer zweiten Lukentür kam, öffnete er diese und stieg eine schmale schmutzige Treppe hinunter. Offenbar hatte seit Jahren niemand mehr diese Treppe benützt, denn er fand dort einen Spielzeugsoldaten und hob ihn auf. Er hatte weder ihm noch seinen älteren Brüdern gehört. Harry war nicht erlaubt worden, mit seinen Halbgeschwistern zu spielen.

Trevelyan ging noch zwei Stockwerke tiefer, bis er zu einer kleinen Tür kam und sie öffnete. Wie er sich das gedacht hatte, hing vor ihm ein mächtiger Wandteppich.

Er trat hinter dem Gobelin hervor und befand sich in einem dunklen Zimmer. Er erschrak, als er dort eine kleine rundliche grauhaarige Lady vorfand, die ihn im Zwielicht beobachtete. Er hatte Mühe, in dieser Düsternis zu erkennen, wer sie war.

»Hallo, Tante May«, sagte er lächelnd. »Immer noch Schwierigkeiten mit dem Einschlafen?«

Sie studierte ihn einen Moment. »Du bist Vellie, nicht wahr? Du bist inzwischen ein Mann geworden.«

»Nein, Tante May. Vellie ist tot. Erinnerst du dich?«

»Ah, ja, er starb.« Sie fuhr fort, ihn zu betrachten. »Wer bist du dann?«

»Vellies Geist«, sagte er und kniff ein Auge zu.

»Als Geist solltest du in diesem Haus eine Menge Gesellschaft finden«, sagte sie und verließ das Zimmer.

»Nichts hat sich verändert«, murmelte Trevelyan, als er sich durch eine andere Tür in ein kleines Wohnzimmer begab und dort eine Tür in der Täfelung entdeckte.

Als das Haus noch eine Burg war, hatte es viele geheime Ein- und Ausgänge gegeben – damit die Familie einen Fluchtweg besaß, falls Gefahr drohte. Als dann spätere Generationen die Burg durch Anbauten erweiterten, hatten sie die Tradition, geheime Gänge, Treppen und Türen anzulegen, beibehalten. Im achtzehnten Jahrhundert war einer von Trevelyans Vorfahren darangegangen, das Ganze mit einer modernen schönen Fassade zu umgeben, hatte sich jedoch nicht die Mühe gemacht, das Innere umzubauen, oder es hatte ihm das Geld dafür gefehlt. Und so war das ganze Gebäude nun von Geheimgängen und -treppen durchzogen. Trevelyan und sein älterer Bruder, und manchmal auch Leatrice, hatten diese Gänge gründlich erforscht.

Er zündete eine Kerze an und stieg eine Treppe hinauf, öffnete leise eine Tür und betrat das Zimmer, das einst seinem Vater gehört hatte. Es war so, wie er gedacht hatte: niemand bewohnte dieses Zimmer. Er ging zu einer Truhe, die an einer Wand lehnte. Seine Hand zitterte ein wenig, als er sie öffnete, denn er konnte am ganzen Körper die Gegenwart seines Vaters spüren. Es war so, als könnte der Mann jeden Moment ins Zimmer kommen.

Trevelyan brauchte nicht lange zu suchen, um das Plaid des Clanchefs zu finden. Es war ein tiefblauer Tartan mit ein bißchen Rot und etwas Grün. Er lächelte, als er an Miss Claire Willoughby dachte. Wollen doch mal sehen, ob sie diesen Tartan identifizieren kann, überlegte er. Trevelyan glaubte nicht, daß dieses Muster in irgendeinem Buch zu finden war, denn das war der Tartan des Montgomery-Clans, und nur der Chef hatte das Recht, ihn zu tragen.

Er zog sich aus, behielt jedoch sein Hemd an, breitete dann das meterlange Tuch auf dem Boden aus und versuchte, das zu tun, was er so oft bei seinem Vater beobachtet hatte – sich in das Tuch einzurollen. Bei seinem Vater hatte das so leicht ausgesehen, aber Trevelyan mußte nun entdekken, daß es viel schwieriger war, als er es sich vorgestellt hatte. Kurze Zeit später verfluchte er alles, was schottisch war.

»Du darfst niemals den kleinen Kilt tragen«, hörte Trevelyan seinen Vater zu seinem ältesten Sohn sagen, während er, Trevelyan, im Durchgang stand und die beiden beobachtete. »Ein Clanchef muß seiner Verantwortung gerecht werden. Wenn die Clanchefs nicht die Tradition weiterführen, wird es niemand tun.«

Trevelyan bemühte sich nach Kräften, das Plaid zu wikkeln, wie er es bei seinem Vater gesehen hatte. Wenn man schon einen verdammten Rock anziehen mußte, warum konnte es dann nicht ein so kurzer sein, wie Harry ihn trug? Er lächelte über die Antwort: Er wollte ein Mädchen beeindrucken und wußte, daß es von einem langen Rock mehr beeindruckt sein würde als von einem kurzen.

Endlich hatte er den Stoff um die Taille gewickelt und dort mit einem Gürtel befestigt. Er warf das Tuchende über die Schulter und steckte es mit der Brosche seines Vaters fest. Er befestigte die Ledertasche mit dem Silberschmuck an der Hüfte, zog die dicken Socken und die Schuhe mit den Löchern an – Löcher, die dafür sorgten, daß das Wasser, das einem bei dem ewig nassen schottischen Boden in die Schuhe lief, abfließen konnte.

Als er fertig angezogen war, betrachtete er sich im Spiegel, und einen Moment meinte er, seinen Vater in diesem Tartan vor dem Spiegel stehen zu sehen.

Nun drehte Trevelyan sich um und verließ das Zimmer durch die gleiche Tür, durch die er hereingekommen war. Er stieg eine Treppe hinauf, überquerte einen Treppenabsatz und mußte sich bücken, als er in einen kurzen Tunnel schlüpfte. Er war sich nicht sicher, welche Zimmer Claire bewohnte. Aber, seine Mutter war keine sehr phantasiebegabte Frau und hatte ihr sicherlich ein drittklassiges Gästezimmer zugeteilt – die alte Hexe hatte bestimmt keine hohe Meinung von einer Amerikanerin.

Vorsichtig, um keine Geräusche zu verursachen, öffnete er die Geheimtür, und das Porträt seiner Urgroßtante bewegte sich mit ihr.

Inzwischen herrschte draußen schon ein graues Dämmerlicht. Er ging ans Fenster und zog den Vorhang zurück. Sie lag im Bett und schlief auf dem Bauch wie ein Kind. Er lächelte. In dem Bett herrschte ein Chaos. Sie hatte die Decken weggeschoben, und die meisten lagen auf dem Boden.

Er blickte auf sie hinunter und staunte über ihre Jugend. Sie war nicht nur jung an Jahren, sondern wirkte auch grenzenlos unschuldig.

Er setzte sich auf die Bettkante und strich ihr sacht die Haare aus der Stirn. Sie bewegte sich im Schlaf, wachte aber nicht auf. Der Ärmel ihres Nachthemds war bis zum Ellenbogen hinaufgeschoben, und er strich mit der Hand über die glatte Haut. Einen Moment lang war er erschrokken über sein Verlangen, mit den Händen jeden Zoll ihres Körpers zu berühren.

Nicht der Wunsch, ein hübsches kleines Ding wie Claire zu berühren, erschreckte ihn so, sondern daß er *sie* begehrte. Er wollte, daß sie ihn mit ihren großen blauen Augen mit all dieser flammenden Leidenschaft ansah, die er bei ihr beobachtet hatte, als sie über Bonnie Prinz Charlie gesprochen hatte.

Sie bewegte sich, hob ihren Kopf ein wenig und schenkte ihm ein halbes Lächeln. »Guten Morgen«, murmelte sie und drehte dann den Kopf auf die andere Seite.

Es dauerte einen Moment, bis sie sich ihm wieder zudrehte und ihn mit offenem Mund anstarrte.

»Guten Morgen«, sagte er vergnügt.

Sie setzte sich auf, zog die Decke, die sie nicht auf den Boden geworfen hatte, bis zum Kinn und flüsterte: »Was, in aller Welt, haben Sie in meinem Zimmer zu suchen?« Dann blickte sie zur Tür, die in das Ankleidezimmer führte.

Er legte den Finger auf die Lippen und stand auf.

Ihre Augen weiteten sich, als sie ihn vor sich stehen sah. »Oh, Trevelyan«, sagte sie in einem heiseren Flüsterton.

»Das ist der *philamohr*«, sagte er, den schottischen Namen für den großen Kilt gebrauchend.

Er hielt inne und lächelte sie an, nach Kräften bemüht, ihr nicht zu zeigen, wie sehr, ja wie ungemein erfreut er über ihre Reaktion war. Es hatte die Mühe gelohnt, sich in dieses Ding zu wickeln, wenn sie wußte, was es war, und wenn sie bei seinem Namen so seufzte. Er ging leise zum Ankleidezimmer und sah dort Miss Rogers züchtig und stramm auf ihrem schmalen Bett liegen. Er schnaubte verächtlich und schloß die Tür zum Ankleidezimmer wieder.

»Sie haben mir nicht gesagt, daß Sie Rogers als Zofe haben.«

Claire hatte Mühe, nicht die Kontrolle über ihre Gefühle zu verlieren, als sie Trevelyan in dieser uralten schottischen Bekleidung sah. Zu ihrem Erstaunen waren seine Beine nicht dünn, wie sie geglaubt hatte, sondern so muskulös wie die eines Mannes, der die meiste Zeit seines Lebens mit Wanderungen in rauhem Gelände verbracht hatte. Und er trug den Kilt mit der Anmut und Unbefangenheit eines Mannes, der dafür geboren wurde – als hätte er schon als Kind nichts anderes getragen. Wieder begannen die Dudelsackpfeifen in ihrem Kopf zu spielen, aber sie spielten die alten Melodien, nicht die neue, moderne Musik, die sie gehört hatte, als sie Harry im Kilt vor sich stehen sah. Sie erklärte sich das damit, daß Trevelyan älter war als Harry.

Claire schüttelte den Kopf, um ihn von derartigen Gedanken zu befreien. »*Miss* Rogers.«

»Ein Monster, nicht wahr? Als Kinder taten wir alles nur Erdenkliche, um sie zu erschrecken.«

»Ohne großen Erfolg, möchte ich meinen.« Der Faltenrock, der beim Wickeln des Plaids entstanden war, schwang um Trevelyans Beine, wenn er ging.

»Ohne jeden Erfolg.« Er beugte sich über sie, und Claire zuckte mit angehaltenem Atem vor ihm zurück. Er würde doch nicht versuchen, sie zu küssen, oder? Aber er versuchte nicht, sie zu küssen. Er flüsterte: »Sind Sie bereit, mit mir zu MacTarvits Haus zu gehen?«

Als er sich von ihr fortbewegte, blinzelte sie ein paarmal und betrachtete seine Lippen, die ihrem Mund noch so nahe waren.

»Sie wollen mich wirklich mitnehmen?« fragte sie wie ein zehnjähriges Kind.

»Wenn Sie sich rasch anziehen können. Ich mag nicht, wenn man mich lange warten läßt.«

Sie stieß ihn fast um, so rasch schoß sie aus dem Bett und verschwand hinter dem Wandschirm. »Meine Kleider!« flüsterte sie laut. »Sie müssen mir meine Sachen zureichen!«

»Kommen Sie heraus, und holen Sie sich die Sachen selbst!« erwiderte er schalkhaft. »Ich versichere Ihnen, daß ich Sie nicht vergewaltigen werde.«

Claire spähte um den Wandschirm und legte, während sie ihn betrachtete, die Hand auf den Mund, um ein Kichern zu unterdrücken. »Natürlich werden Sie das nicht tun.« Er hatte sich angehört wie der Schurke in einem Melodram, und Claire wußte, wie diese Stücke endeten: mit der Heldin als unverheiratete Mutter, die ihr Baby fremden Leuten überlassen mußte und einsam in einem Schneesturm starb. Dieser Trevelyan, der in einer uralten

Schottenkleidung im Zimmer umherging, war eine Bedrohung, aber der Mann, der sie mit einem lüsternen Grinsen ansah, war es nicht.

Immer noch amüsiert, trat sie in ihrem hochgeschlossenen Nachthemd hinter ihrem Wandschirm hervor, ging zum Kleiderschrank, holte ihr wollenes Kostüm und ihre derbsten Wanderschuhe mit den niedrigen Absätzen hervor. Sie zog sich rascher an, als sie es jemals in ihrem Leben geschafft hatte.

»Fertig?« fragte Trevelyan, erfreut darüber, daß seine Neckerei sie erheitert hatte.

»Nein«, flüsterte sie, »wir müssen Sie erst noch ordentlich anziehen.« Damit zog sie den sich bauschenden Stoff unter seinem Gürtel glatt und arrangierte ihn in sauberen kleinen Falten. Als sie damit fertig war, widmetete sie sich dem Faltenwurf über seiner Schulter. Sie sah ihm nicht in die Augen, als sie die Brosche feststeckte.

Trevelyan hielt den Atem an, als sie ihn berührte. Er fragte sich, was sie wohl tun würde, wenn er die Hände auf ihre Hüften legte und über ihre Schenkel strich. Wahrscheinlich würde sie fliehen, dachte er, oder schlimmer noch – ihn auslachen. Wie kommt ein Mann Ihres Alters dazu, an solche Sachen zu denken? hörte er sie im Geiste sagen.

»Sie dürften diese Brosche eigentlich nicht tragen, wissen Sie das?« sagte sie leise. Sie wollte sich nicht von ihm wegbewegen. Als sie ihn berührte, merkte sie, daß er gar nicht so mager war, wie sie geglaubt hatte. Er war nicht mager, und er war nicht fett.

»Was?« sagte er, und gab vor, ihr Flüstern nicht zu verstehen. Er beugte sich näher zu ihrem Mund.

»Das ist die Brosche des Clanchefs, und nur Harry sollte sie tragen. Diese Brosche ist das Abzeichen des Clanchefs.« Sie legte den Finger auf die Brosche.

»Ich werde daran denken«, sagte er und nahm ihre Fingerspitzen in seine. Er fragte sich, was sie wohl sagen würde, wenn er ihr die Wahrheit beichtete, daß er in Wahrheit der

Herzog war und der Chef seines Familienclans. Würde sie ihm in die Arme fallen und ihm sagen, daß sie ihn liebte, und daß sie sich nur getäuscht hatte? Trevelyan hatte niemals auf einen Titel oder sonst etwas zurückgreifen müssen, um eine Frau zu erobern, die er haben wollte, und das hatte er auch jetzt nicht vor.

»Fertig?« fragte er abermals, und sie entzog ihm ihre Fingerspitzen.

Sie lief zur Tür, aber er ging zu dem von der Decke bis zum Boden reichenden Porträt, nahm die Kerze und forderte sie mit einem Kopfnicken auf, ihm zu folgen. Er sah, wie ihr Gesicht aufleuchtete in der Erwartung eines Abenteuers. Ein Feigling schien sie nicht zu sein.

Claire folgte ihm die schmutzige, lange unbenützte Treppe hinunter, durch niedrige Tunnels voller Spinnenweben und endlich am Ende des Ostflügels durch eine Tür ins Freie.

»Wunderbar«, sagte sie, »einfach wunderbar.«

Er lächelte sie an. »Haben Sie Lust auf einen Spaziergang? Aber es ist ein weiter Weg bis zu MacTarvit.«

»Es macht mir Spaß, dorthin zu wandern«, erwiderte sie und sog die süße reine schottische Luft tief ein.

Zwei Stunden später wünschte sie fast, sie hätte sich nicht so begeistert von diesem Vorschlag gezeigt. Sie war Trevelyan bergauf, bergab gefolgt und hatte kleine Flüsse überwunden. Trevelyan hatte ihr ein Stück trockenes hartes Brot gegeben, das er in seiner Ledertasche aufbewahrt hatte, und zweimal hatte er ihr seinen schweren Stock geliehen.

»Warum tragen Sie einen Stock bei sich, der aus Eisen besteht? Würde einer aus Holz nicht den gleichen Zweck erfüllen?«

»Ich muß wieder zu Kräften kommen«, sagte er über die Schulter.

Sie wollte ihn nach seiner Krankheit fragen, tat es aber nicht, denn sie hatte bereits erfahren müssen, daß er es nicht mochte, wenn man sie erwähnte.

Nachdem sie drei Stunden gegangen waren, setzten sie

sich auf einen Felsblock, und Trevelyan holte Datteln aus seiner Ledertasche. Er runzelte die Stirn, als sie die Früchte heißhungrig verschlang. Sie beherrschte sich so weit, daß sie ihre Datteln erst kaute.

»Als ich gestern abend in mein Zimmer kam, lag eine Zeitung unter meinem Kopfkissen.«

»Und wer, glauben Sie, hat sie dort hingelegt?« fragte er.

»Zuerst dachte ich, Sie wären es gewesen, obwohl ich noch nicht wußte, daß es eine Möglichkeit für Sie gibt, unbemerkt in mein Zimmer vorzudringen.« Sie lachte über sein selbstgefälliges Grinsen. »Wissen Sie, wer es meiner Meinung nach gewesen sein kann?« Sie hielt inne. »Leatrice.«

Trevelyan blickte über die Hügel, wo das sanfte Purpur des Heidekrauts sich mit dem Graugrün der Felsen und Gräser vermischte. Er dachte an das lachende Mädchen, das er einst gekannt hatte, und das sich zu einer furchtsamen Frau entwickelt hatte, die nun auf ihrem Zimmer blieb und ihrer Mutter gehorchte wie ein Hündchen. »Lee würde so etwas tun. Es steckt etwas Rebellisches in ihr.«

»Es fällt mir schwer, das zu glauben.« Sie erzählte ihm, wie sie tags zuvor Leatrice mit irgend etwas beleidigt zu haben schien. »Und dabei habe ich sie nur gefragt, wie es ihrer Mutter ginge.«

»Es ist verboten, die Gebrechen der alten Dame zu erwähnen. Jedenfalls im größeren Kreis und mit lauter Stimme.«

Claire verzehrte die letzte von den Datteln und ging zum Bach, um daraus zu trinken. »Warum ist das Wasser braun?«

»Es fließt durch Torf«, gab er ungeduldig zur Antwort. »Das gibt dem Whisky den besonderen Geschmack. Guter schottischer Whisky kann nirgendwo sonst in der Welt gebrannt werden, weil es nur hier dieses mit Torf vermischte Wasser gibt. Sind Sie so weit, daß wir weitergehen können?«

Sie nickte. »Jedenfalls habe ich gestern abend die Zeitung gelesen, und sie werden nicht glauben, was ich darin entdeckte.«

»Daß sich die Campbells wieder erheben?«

»Seien Sie nicht so zynisch. Es steht Ihnen nicht, obwohl ich glaube, daß Ihnen dieser Zynismus angeboren ist. Kamen Sie in dem Glauben auf die Welt, daß die Welt schlecht ist, oder haben Sie diese Einstellung erst später erworben?«

Er drehte sich um und blickte sie mit zu Schlitzen verengten Augen an.

Claire lächelte süß. Sie fand Gefallen daran, seine rauhe Schale zu durchbohren. »Ich habe gelesen, daß Captain Bakers früherer Partner, Jack Powell, vor der Königlich Geographischen Gesellschaft einen Vortrag halten wird über seinen Einzug in Pesha.«

»Tatsächlich?« erwiderte Trevelyan leise. »Und haben Sie vor, sich seinen Vortrag anzuhören?«

»Sie machen wohl Witze? Ich persönlich glaube nicht, daß dieser Mann jemals in Pesha gewesen ist!«

Trevelyan blieb stehen, drehte sich zu ihr um und musterte sie eingehend. »Und worauf stützen Sie diese Annahme?«

»Auf meine Kenntnis von Captain Baker.«

Er drehte sich wieder von ihr weg, damit sie sein Lächeln nicht sah. »Tatsächlich?«

»Sie brauchen gar nicht zu lachen. Ich kann einfach nicht glauben, daß Captain Baker nicht bis Pesha gekommen ist.«

»Wir haben noch eine Stunde zu wandern. Warum erzählen Sie mir nicht, wie Sie zu *dieser* Schlußfolgerung gekommen sind? Vielleicht könnte dann die Zeit rascher vergehen, und Lachen ist gesund.«

»Ich sollte Ihnen gar nichts erzählen, nicht bei dieser Einstellung, die Sie haben, aber ich tue es trotzdem. Zunächst müssen Sie begreifen, was Pesha für Captain Baker bedeutete. Ich weiß, daß Pesha für den Rest der Welt nur der Name einer Fabel ist – ein Name, der exotische . . .« Ihre Stimme verebbte.

Er drehte sich wieder zu ihr um, lächelte auf seine ihr sattsam bekannte spöttische Weise und begann, rückwärts zu gehen. ». . . exotische Vorstellungen weckt? Wo die Wunschträume eines Mannes zur Wirklichkeit werden? Eine Stadt mit sagenhaften Reichtümern? Eine Stadt, in der es schöne Frauen in Hülle und Fülle gibt, die weder Korsetts noch Turnüren tragen. Eine Stadt . . .«

»Würden Sie mich jetzt bitte weiterreden lassen? Wie ich schon sagte, wollte Captain Baker diese Stadt besuchen. Er wollte der erste Fremde sein, der sie erreichte und ihre Existenz bewies. Allgemein leugnete man ihre Existenz und wollte sie in das Reich der Sage verweisen wie Atlantis. Captain Baker verbrachte drei Jahre seines Lebens damit, nach dieser Stadt zu suchen. Ich habe gelesen, wie krank und enttäuscht er war, als er von seiner ersten Reise zurückkehrte, ohne Pesha gefunden zu haben, aber er schwor, er würde noch einmal nach ihr suchen. Er glaubte, er würde sterben, wenn er es nicht schaffte, sie zu finden.«

»Und so *starb* er.«

»Aber er starb erst, als er seine zweite Reise abgeschlossen hatte und schon auf dem Sprung war, nach Hause zurückzukehren. *Ich* glaube, daß er in Pesha gewesen ist.«

»Powell behauptet, das wäre nicht der Fall. Er gibt an, Baker sei zu krank gewesen, um die Stadt betreten zu können. Er meinte, Baker sei im Lager geblieben, während er, Powell, allein in die Stadt gegangen sei.«

»Ha!« sagte Claire. »Sie kennen Captain Baker nicht so gut wie ich.«

»Tatsächlich?«

»Lachen Sie mich nicht aus. Captain Baker war ein sehr eitler Mann.«

Trevelyan sah sie überrascht an. »Was hat Eitelkeit damit zu tun?«

Sie seufzte. »Sehr viel sogar. Baker hatte nach seiner ersten Reise eine Menge hinzugelernt. Er hatte herausgefunden, daß er Hunderte von Meilen von Pesha entfernt gewesen war, und so kehrte er nach England zurück, um Geld für seine neue Expedition zu sammeln und seine Notizen auszuwerten.«

»Was hat das alles mit seiner Eitelkeit zu tun?«

»Denken Sie nach! Nachdem er so viel Arbeit in seine Vorbereitungen gesteckt und sich solche Mühe gegeben hatte, Pesha zu finden – ist es da wahrscheinlich, daß er sein Wissen einem anderen Mann überlassen hat?«

»Wenn er krank war und nicht selbst in die Stadt gehen konnte, wäre er dazu wohl bereit gewesen. Oder hätte er es lieber gesehen, daß niemand diese Stadt betrat, wenn ihm der Besuch der Stadt durch seine Krankheit verwehrt wurde? Halten Sie ihn für so egoistisch?«

»Nicht egoistisch. Er war . . .«

». . . eitel. Das sagten Sie bereits.«

»Warum stört Sie das? Ich sage doch nur, daß ich nicht glaube, daß Captain Baker nicht in Pesha gewesen ist. Ich denke, daß dieser Powell lügt.« Sie blickte ihn entgeistert an. »Oder halten Sie es für möglich, daß dieser Powell Captain Baker *ermordet* hat, um sich seine Notizen anzueignen?«

Trevelyan schnitt eine Grimasse und drehte ihr wieder den Rücken zu. »Eines Tages werde ich wohl noch Amerika besuchen müssen, um herauszufinden, was für eine Atmosphäre solch blühende Phantasie bewirkt.«

»Der Gedanke ist nicht so abwegig, wie Sie es darstellen.«

»Was würde Powell wohl damit erreichen, wenn er Bakers Notizen stiehlt und die Welt belügt?«

Sie war erstaunt über seine Bemerkung. »Prestige. Ehre. Orden von der Königin, von dem Geld, das er damit verdienen kann, ganz zu schweigen.«

»Unsterblichkeit, meinen Sie? Ist das nicht ein bißchen übertrieben?«

»Es ist keine Übertreibung. Der erste Mensch, der Pesha betritt und lebend aus der Stadt in unsere Welt zurückkehrt, wird der Menschheit immer im Gedächtnis bleiben.« Sie ballte die Hände an den Seiten zu Fäusten. »Wie *sehr* ich mir wünschte, ich hätte Captain Bakers Notizen lesen können! Er würde die *ganze* Geschichte von Pesha erzählen. Dieser Powell wäre dazu niemals fähig.«

»Weshalb nicht? Wenn er die Stadt gesehen hat, sollte er auch in der Lage sein, zu berichten, was er dort sah.«

»Aber er *hat* Pesha ja gar nicht gesehen. Er *kann* es nicht gesehen haben. Kein lebender Mensch kann diese heilige Stadt betreten, wenn er nicht so aussieht, sich so benimmt und so redet wie ein Peshaner. Nur Captain Baker hätte diese Leistung vollbringen können. Was ist denn dieser Powell anderes als ein gewöhnlicher Mensch?«

»Und Baker war kein gewöhnlicher Mensch?«

»Nein. Captain Baker war ein *großer* Mann, und die Aufgabe, bis nach Pesha vorzudringen, verlangte einen großen Mann. Aus dem wenigen, was ich über Powell gelesen habe, weiß ich, daß er lediglich fünf oder sechs Sprachen beherrscht.«

»Demnach ist er ein Halbgebildeter.«

»Müssen Sie über allem Ihren Spott ausgießen?«

»Ja«, erwiderte er wahrheitsgemäß. »Ohne Zweifel machte sich Ihr Captain Baker nie über etwas lustig.«

Sie dachte eine Weile darüber nach. »Ich glaube, Captain Baker war im Grunde ein kalter Mann. Das machte ihn ja zu so einem großartigen Beobachter. Er konnte unaussprechliche Grausamkeiten mitansehen und darüber berichten. Den meisten von uns gewöhnlichen Sterblichen wäre es schlecht geworden, oder sie hätten sich die Augen ausgeweint oder krampfhaft darum bemüht, das Verhalten der Wilden zu ändern. Aber Baker hat alles miterlebt und nie etwas dabei empfunden.«

»Ich denke, daß er vielleicht doch etwas empfand«, widersprach Trevelyan leise.

»Nein, Captain Baker war ein großer Mann und verdient es, im Gedächtnis der Menschheit weiterzuleben, aber ich bezweifle sehr, daß er ein Herz hatte für seine Mitmenschen.« Sie hob den Kopf. »Sehen Sie nur! Dort ist Rauch. Ist das MacTarvits Haus?«

»Ja«, sagte Trevelyan wie aus weiter Ferne, »das ist es.«

»Nun, dann wollen wir rasch weitergehen!«

Trevelyan war so mit dem beschäftigt, was sie über Captain Baker gesagt hatte, daß ihm gar nicht bewußt wurde, was sie tat. Die Schüsse peitschten durch die Luft, ehe er die

Gelegenheit fand, sie am Arm zu packen und zurückzuhalten.

8

Es ist verblüffend, wie zwei Menschen zwar das gleiche sehen, jedoch glauben, zwei vollkommen verschiedene Dinge wahrzunehmen. Als Claire Angus MacTarvit vor sich sah, in seiner ganzen Größe von einem Meter sechzig, gebaut wie ein Bulle, dem er tatsächlich ähnelte, wußte sie, daß sie endlich einen echten Schotten vor sich hatte – einen, der nicht einen Kilt trug, weil er damit Eindruck schinden wollte, sondern weil es ein Kleidungsstück war, das er *immer* getragen hatte wie seine Vorfahren vor ihm. Die MacTarvits hatten vermutlich auch den Kilt in der Zeit des Kleiderbanns nicht abgelegt, als England, wieder einmal darum bemüht, sich die Schotten untertänig zu machen, ihnen das Tragen von Kilts verboten hatte.

Trevelyan hingegen sah einen giftigen kleinen Mann, der niemals in seinem Leben etwas mit anderen geteilt oder ihnen geschenkt hatte – einen Mann, der fünfunddreißig oder auch hundertundfünf Jahre alt sein konnte. Es war unmöglich, sein Alter nach seinem Aussehen einzuschätzen, denn er war von dem Torf, den er zum Destillieren seines Whiskys verwendete, braun geräuchert. Er benützte Torfwasser für seinen Whisky; er trank dieses Wasser nicht, und ganz bestimmt hatte er auch noch nie darin gebadet.

Trevelyan drehte sich zu Claire um und wollte eine Entschuldigung für das Aussehen dieses schrecklichen kleinen Mannes aussprechen; doch was er jetzt sah, waren zwei Menschen, die sich auf den ersten Blick ineinander verliebt hatten. Claires Gesicht leuchtete auf, und sie trat mit ausgestreckter Hand auf den Mann zu: »Lord MacTarvit!«

»Lord MacTarvit«, wiederholte Trevelyan mit einem verächtlichen Schnauben. Niemand hatte seit Jahren den alten

Mann anders angeredet als schlicht und einfach »MacTarvit«. Aber er war ein Clanchef.

Trevelyan sah, wie das Gesicht des alten Mannes weich wurde und sich die lederartigen Runzeln zu einem lächerlichen Ausdruck entspannten, der ihn aussehen ließ wie einen Gnom. »Ach, Mädchen«, schnurrte der alte Mann wie eine Katze, nahm Claires Hand in seine Rechte und tätschelte sie mit der Linken. »Komm in meine bescheidene Hütte. Möchtest du einen Schluck probieren?«

»Von *Ihrem* Whisky?« fragte Claire und vermittelte dabei den Eindruck, als hätte sie jede Sorte Whisky, die es auf der Welt gab, probiert und seine bei weitem am besten gefunden.

Trevelyan schnitt eine Grimasse und folgte den beiden zu einer niedrigen, mit Reet gedeckten Hütte, aber MacTarvit verstellte ihm den Weg.

Als er Trevelyan ansah, hatten sich seine gnomenhaften Züge wieder zu seiner normalen wütenden Fratze verzogen. »Und was würden Sie wohl von mir wollen?«

»Wenn Sie glauben, ich würde das Mädchen mit einem Mann wie Ihnen alleinlassen, ist Ihr Verstand schon stärker eingetrocknet, als ich bisher angenommen habe.«

Diese Bemerkung schien dem alten Mann zu gefallen, und er trat beiseite, um Trevelyan passieren zu lassen; vertrat ihm dann jedoch auf der Schwelle zum zweitenmal den Weg.

»Ich dachte, Sie wären tot.«

Trevelyan warf ihm einen harten Blick zu. »*Sie* glaubt, ich wäre tot.«

MacTarvit runzelte bei diesen Worten die Stirn und stand einen Moment da, als müsse er darüber nachdenken, nickte dann und ging in seine Hütte. Trevelyan folgte ihm.

Von dem Augenblick an, in dem Trevelyan über die Schwelle von MacTarvits Haus trat, wurde er zum Beobachter. Sein Leben lang hatte er die Mitglieder seiner Familie die MacTarvits verfluchen hören. Sein Vater hatte sich endlos über die Diebereien der Familie beklagt und ihre Weigerung, zu kaufen und zu verkaufen, wie das alle anderen taten. Trevelyan war in dem Glauben aufgewachsen, daß es auf der Welt ohne die MacTarvits besser aussähe.

Aber jetzt saß er auf einem dreibeinigen Schemel an einer Wand, beobachtete die romantische junge Amerikanerin und den alten Mann und sah MacTarvit in einem ganz anderen Licht. Angus MacTarvit war ein Mann aus der Vergangenheit. Er war ein Überbleibsel aus einer anderen Zeit – einer Zeit, in der die Clans noch mächtig waren und sich gegenseitig bekriegten. MacTarvit stammte aus einer Epoche, in der Männer wegen ihres geschickten Umgangs mit Waffen und nicht ihrer guten Kontoführung wegen geschätzt wurden. Er war ein Mann, dessen Familie einer anderen jahrhundertelang gedient hatte, und versuchte verzweifelt, an den alten Lebensweisen festzuhalten.

»Warum gaffen Sie mich so an?« fragte MacTarvit Trevelyan im feindseligen Ton.

»Beachten Sie ihn nicht«, sagte Claire. »Er sieht jeden so an. Das gibt ihm das Gefühl, daß er alles besser weiß.«

Trevelyan schnaubte und sagte: »Jedenfalls besser als ihr beide.«

»Und jetzt verrate mir mal, Mädchen, was du hier treibst?«

»Ich soll den Herzog heiraten«, erwiderte sie vergnügt.

MacTarvit blickte zu Trevelyan hin.

»Sie soll Harry heiraten«, sagte Trevelyan leise.

Angus runzelte bei diesen Worten die Stirn, und Trevelyan wußte, daß er über die Sachlage nicht recht im Bilde war. MacTarvit hatte Trevelyan sofort erkannt. Und wenn er wußte, wer Trevelyan war, dann wußte er auch, daß er der älteste noch lebende Sohn der Familie und deshalb auch der Herzog war. Trevelyan lächelte, als er sah, wie verwirrt der alte Mann war, und dachte gar nicht daran, seine stumme Frage zu beantworten.

»Was hast du mit dem da zu schaffen?« fragte Angus und deutete mit seinem Glas auf Trevelyan.

Claire blickte Trevelyan einen Moment an. »Wir sind

Freunde«, sagte sie und lächelte. »Zumindest sind wir auf dem Weg dazu, Freunde zu werden.«

Trevelyan sah Angus mit einem selbstgefälligen Grinsen an. Der alte Mann grunzte und wandte sich Claire wieder zu. »Also haben sie dich hierhergeschickt, daß du mich von ihrem Land vertreibst, richtig?«

»Niemand hat mich geschickt. Ich habe darum gebeten, daß man mich zu ihnen bringt.« Sie holte Luft. »Ich bin gekommen, um Ihnen zu sagen, daß Sie, wenn ich die Herzogin bin, Ihr Leben lang hier wohnen können und sich nach Kräften bemühen dürfen, mir mein Vieh zu stehlen. Im Gegenzug werde ich Ihnen all Ihren Whisky stehlen, selbst den, den Sie eingelagert haben. Denn ich bin überzeugt, daß er in meinen Kellern besser reift als dort, wo Sie ihn jetzt versteckt haben.«

Trevelyan sah Claire ungläubig an. Er hatte erwartet, sie würde dem alten Mann sagen, daß sie Stehlen für schändlich hielt, und mit ihm Frieden schließen.

Auf Angus' altem Gesicht zeigte sich einen Moment Verblüffung. Dann gab er einen tiefen, kollernden Laut von sich, der vermutlich als Lachen zu verstehen war, nahm Claires Hand in seine, und einen Augenblick lang fürchtete Trevelyan, er würde einen Kuß auf ihre Finger drücken.

»Möchtest du etwas essen, Mädchen?«

In diesem Moment wäre Trevelyan beinahe an seinem Whisky erstickt. Selbst in einem Land, das in dem unrühmlichen Ruf stand, von Geizhälsen bewohnt zu werden, waren die MacTarvits wegen ihrer Knauserigkeit berüchtigt.

»Könnte sein, daß es dir nicht schmeckt, Mädchen«, sagte Angus. »Es ist eine bescheidene Kost.«

»Sie ißt alles und zu jeder Zeit«, warf Trevelyan ein, lehnte sich gegen die Wand und beobachtete, wie der alte Mann eine Mahlzeit für seinen Gast zubereitete. Er war sehr neugierig, womit Angus die Amerikanerin bewirten wollte.

MacTarvit ging zu seinem Herd, in dem ein mageres Feuer brannte, griff nach oben in den Kamin und holte ein Stück Käse hervor. Die Außenseite war schwarz von Ruß, aber als Angus ihn anschnitt, war er schneeweiß. Er schnipselte davon ein paar Scheibchen ab, legte sie in eine Pfanne, die er in die Nähe des Feuers stellte, damit der Käse schmolz. Danach ging er nach draußen und kam wenig später mit drei Fleischscheiben ins Haus zurück, die zweifellos von den gestohlenen Rindern stammten. »Ich schätze, Sie wollen auch was haben«, sagte er zu Trevelyan, und man konnte ihm ansehen, was für eine Überwindung ihn dieser Satz kostete.

»Mit Vergnügen«, erwiderte Trevelyan, statt dankend abzulehnen. Er beobachtete, wie Angus nun eine zweite Pfanne erhitzte und die drei Steaks briet. Als der Käse geschmolzen war, schüttete er ein bißchen dicke Sahne dazu und verquirlte sie mit dem geschmolzenen Käse. Als die Mischung Blasen zog, goß er noch einen reichlichen Schuß Whisky hinein, und die Mixtur begann zu dampfen.

Er holte einen Teller vom Kaminsims, der Sprünge hatte und am Rand angeschlagen war. Er war auch ein bißchen schwarz vom Ruß. Angus wischte ihn mit dem Ärmel seiner alten, speckigen Tweedjacke ab, legte ein Steak darauf und schüttete die Käse-, und Whisky-Soße darüber, bis das Fleisch davon bedeckt war. Anschließend holte er ein Messer und eine Gabel aus einem Krug, der ebenfalls auf dem Kaminsims stand, rieb beides am Ärmel seiner Jacke ab und reichte das Besteck Claire.

Trevelyan beobachtete sie und fragte sich, was die reiche Erbin jetzt wohl tun würde. Sie lächelte, als wäre Angus der Prince of Wales, schnitt ein Stück von ihrem Steak ab und sagte, als sie davon gekostet hatte: »Himmel, schmeckt das herrlich!«

Angus lächelte ein wenig dümmlich und nahm einen zweiten Teller vom Kaminsims. Er machte sich nicht erst die Mühe, den Ruß abzuwischen, sondern knallte sein Steak darauf, bedeckte es mit Soße, setzte sich auf einen Schemel Claire gegenüber an den Tisch und begann zu essen.

Trevelyan merkte, daß er sich sein Essen selbst holen mußte. Er holte einen schmutzigen Teller, und als er ihn sauberwischte, fing er einen Blick von Claire auf, der ihn veranlaßte, diese Tätigkeit einzustellen. Offensichtlich hielt sie es für einen Verstoß gegen die Etikette, wenn er seinen Teller säuberte. Er verzog das Gesicht und beugte sich über die beiden Pfannen. Das Steak, das Angus ihm übriggelassen hatte, war bei weitem das kleinste. Trevelyan schabte den letzten Rest Soße aus der Pfanne, nahm ein schmutziges Messer und eine rußige Gabel aus dem Krug, kehrte zu seinem Schemel an der Wand zurück und begann zu essen. Nach dem ersten Bissen betrachtete er Angus mit neuem Respekt. Das Steak war in der Tat köstlich.

»Es würde nicht halb so gut schmecken, wenn es nicht gestohlen wäre«, meinte Claire. »Und darf ich Sie jetzt etwas fragen, Mylord? Können Sie auch singen, ein Instrument spielen oder Gedichte vortragen?«

Trevelyan mußte bei ihrer Frage lachen. Der olle MacTarvit und singen! Das mußte sich anhören wie ein Ochsenfrosch.

Angus ignorierte Trevelyans Gegenwart und antwortete: »Ich kann ein bißchen was von Bobbie Burns auswendig.«

»Von meinem Lieblingsdichter!«

Eine Stunde lange beobachtete und hörte Trevelyan zu, wie MacTarvit die romantischen Gedichte von Schottlands geliebtem Robert Burns vortrug. Trevelyan hatte diese Gedichte natürlich gelesen. Sie hatten ihm nie viel bedeutet, aber jetzt, als er Angus sie vortragen hörte, änderte er seine Meinung. Binnen Minuten standen Tränen in Claires Augen.

»Bist du sicher, daß du eine Amerikanerin bist, Kind?« fragte Angus.

»Ich bin so schottisch, wie Sie es sind, Angus MacTarvit«, erwiderte sie mit dem gleichen schweren Akzent. »Es ist nur so, daß meine Familie lediglich ein Weilchen auf Besuch war in Amerika – nur die letzten ein- oder zweihundert Jahre.«

Der alte Mann lachte mit ihr. »Und was hast du jetzt noch für einen Wunsch, Mädchen?«

Trevelyan stand auf. »Wir müssen aufbrechen. Ich habe

noch zu arbeiten und . . .« Er hätte ebensogut zum Fenster hinausreden können, so wenig nahmen die beiden von ihm Notiz.

»Ich wünschte, jemand würde mir etwas auf dem Dudelsack vorspielen«, sagte Claire. »Seit ich in Schottland bin, habe ich noch keine Dudelsackmusik gehört.«

Trevelyan verdrehte die Augen, als die beiden einen Blick tauschten, der zu besagen schien, daß dies das größte Unglück sei, das einem Menschen in seinem Leben widerfahren könne.

»Ich werde mich sofort darum kümmern«, versprach der alte Mann und eilte aus seiner Hütte.

»Wir müssen zurück nach Bramley. Ich habe noch zu arbeiten und . . .«

»Dann gehen Sie«, unterbrach ihn Claire. »Ich bin sicher, daß Lord MacTarvit mich nach Hause bringen wird. Oder Sie können Harry heute abend, wenn er von der Reise zurückkommt, sagen, wo ich bin. Er kann mir dann einen Wagen schicken.«

Was sie sagte, machte Sinn, und Trevelyan wußte, daß ihre Sicherheit hier nicht gefährdet war. Dem Ausdruck auf MacTarvits Gesicht nach zu schließen, hätte er sie sicherlich mit seinem Leben verteidigt, was jedoch nicht heißen sollte, daß man sie allein das schottische Hochland bereisen lassen konnte. Soweit er Claire inzwischen kannte, würde sie vielleicht in einen Torfweiher fallen, essen bis sie platzte, oder sich sinnlos betrinken – aber daß sie hier in Gefahr war, glaubte er nicht.

»Ich bleibe«, sagte er.

Sie lächelte ihn an und schob ihren Arm unter seinen. »Es kann Ihnen nur guttun, wenn Sie ein bißchen aus Ihrem Turm herauskommen«, sagte sie, trat einen Schritt zurück und blickte ihn an. »Wissen Sie eigentlich, daß Sie jetzt viel besser aussehen als an dem Morgen, an dem wir uns kennenlernten? Ihre Haut hat nicht mehr diesen Stich ins Grüne.« Sie hob die Hand, legte sie unter sein Kinn und drehte sein Gesicht nach links und dann nach rechts.

Kaum hatte sie ihn berührt, wußte sie schon, daß sie das nicht hätte tun dürfen. Ihr war warm geworden vom Essen, dem Whisky und MacTarvits Gastfreundschaft, und Trevelyan fühlte sich nur allzu menschlich an. Es hätte eine geschwisterliche Geste sein sollen, mit der sie ihm sagen wollte, daß er mit jedem Tag hübscher aussah – aber als ihre Hand seine Haut berührte, sah er sie mit diesen seltsamen Augen so eindringlich an, daß sie zurückwich.

»Ich . . . ich denke, wir sollten mal nachschauen, was Lord MacTarvit für uns vorbereitet.«

Trevelyan lächelte. Er wußte genau, was sie in diesem Moment empfand. Und warum auch nicht? Sie war jung und gesund, und er, wenngleich sie ihn mehrmals einen »alten Mann« genannt hatte, stand in der Blüte seines Lebens. Grinsend verließ er mit ihr die Hütte. Ihm wurde schwindlig und er mußte sich am Türpfosten festhalten. Er stand einen Moment still, weil es ihn Überwindung kostete, die behagliche Wärme der Hütte aufzugeben und sich der Kälte auszusetzen, die er bis ins Knochenmark spürte. Malaria war eine Plage, die ein Mensch nie mehr loswurde.

Es war früher Nachmittag, als sie die Hütte verließen, und schon spät am Abend, als sie sich auf den Nachhauseweg machten. Während des ganzen langen Nachmittags saß Trevelyan auf der feuchten Erde und versuchte, sich mit dem Plaid seines Vaters so gut wie möglich gegen die frostige Luft abzuschirmen, und beobachete Claire, und die stetig wachsende Menge schottischer Männer und Frauen. Angus hatte irgendwo einen Dudelsackpfeifer aufgetan, und bald kamen noch zwei Pfeifer hinzu. Jemand legte zwei rostige alte Schwerter auf den Boden und ein junges Mädchen tanzte. Claire fragte das Mädchen, ob sie den Schwerttanz auch lernen könne.

Trevelyan lehnte sich gegen eine Wand und beobachtete, wie sich Claire mit flinken Füßen über den Schwertern bewegte. Sie begriff rasch die erforderlichen Schritte und Figuren, und zwei Stunden später tanzte sie schon recht passabel. Die drei Dudelsackpfeifer – Charmeure wie fast alle

Schotten – beschleunigten den Rhythmus, bis Claire sich so rasch bewegte, daß ihr die Röcke nur so um die Beine flogen.

Trevelyan war an die Rolle des Beobachters gewöhnt. Auf seinen vielen Reisen hatte er an zahllosen Veranstaltungen als Zuschauer teilgenommen und vieles gesehen. Er war, wie Claire einmal zu ihm gesagt hatte, Zeuge beispielloser Grausamkeiten geworden. Einmal hatten die Wilden, um seine Ankunft in einem afrikanischen Dorf zu feiern, einen Mann gekreuzigt. Er hatte Hunderte von Sklavenkarawanen gesehen. Die ›zivilisierte‹ Welt war entsetzt über die Barbarei der Sklavenhaltung, aber Trevelyan hätte entgegenhalten können, daß die Sklaverei im Vergleich zu dem, was sich in den Dörfern primitiver Stämme tagtäglich abspielte, ein Erholungsurlaub war.

Jemand sorgte dafür, daß Trevelyans Whiskyglas immer gefüllt blieb. Die Männer hier fingen schon morgens an, Whisky zu trinken, und hörten damit bis zum Abend nicht auf. Doch man begegnete nur selten einem betrunkenen Schotten, denn in dem kalten Klima des Hochlands brauchte der menschliche Körper viel Energie, um die nötige Wärme zu erzeugen, und daher wurde der im Whisky enthaltene Alkohol rasch abgebaut.

Trevelyan saß stundenlang an der Hauswand, nippte an seinem Whiskyglas und beobachtete die Leute, wie sie lachten und sangen. Es dauerte nicht lange, und andere kamen aus ihren Hütten und Weilern, die viele Meilen von MacTarvits Haus entfernt waren. Angeblich ist eine Entfernung von zehn Meilen für einen Schotten nur ein Katzensprung.

Er beobachtete Claire und glaubte fest, daß sie, wie sie Angus gegenüber behauptet hatte, ebenso schottisch sei wie er. Jedenfalls war sie wohl mehr schottisch als er oder Harry oder sonst jemand, der in Bramley House wohnte. Wie lang war es schon her, daß jemand von der Familie über die Grenze ihrer Besitztümer hinausgekommen war? Wenn Harry etwas brauchte – einen neuen Anzug oder ein Abenteuer –, fuhr er nach London. Der Rest der Familie zog von einem Landsitz zum anderen, und was das für ein Haus war, das sie gerade bewohnten, war ihnen herzlich gleichgültig. Es stimmte zwar, daß der Titel eines Herzogs von MacArran schottisch und der Träger des Titels zugleich Clanchef war, aber wie lange lag die Zeit schon zurück, in der der Familie diese Tatsache etwas bedeutet hatte? Trevelyans Vater hatte zwar viel von Tradition geredet, aber immer nur zu seinem Ältesten – dem Sohn, der einmal den Titel erben würde. Mit Trevelyan hatte er so gut wie gar nicht gesprochen – außer über sein schlechtes Benehmen, wenn er wieder mal etwas ausgefressen hatte. Der älteste Sohn war der Liebling seines Vaters gewesen, und Harry war der Liebling seiner Mutter. Um Trevelyan hatten sich beide wenig gekümmert, und er hatte, sich selbst überlassen, so viel Lebenserfahrungen sammeln wollen wie möglich und versucht, dabei nicht erwischt zu werden.

Doch am Ende war er doch dabei erwischt und aus dem Haus geschickt worden. Jahrelang war er nur noch zu Kurzbesuchen heimgekommen. Er war aus einem Familienmitglied zu einem Gast geworden, den keiner beachtete.

»Sie zittern ja«, sagte Claire und beugte sich über ihn. Ihr hübsches Gesicht war gerötet von der Anstrengung des Tanzens. Sie war ihm noch nie so reizend erschienen wie jetzt.

Trevelyan wollte nicht, daß ein hübsches Mädchen ihn bemutterte. »Vielleicht brauchen Sie eine Brille. Ich habe mich noch nie so wohl gefühlt wie heute.«

Claire lächelte ihn an und verkündete dann allen hier versammelten Leuten, daß sie müde sei, nach Hause müsse und einen langen Heimweg vor sich habe. Sie waren überrascht, zu hören, daß eine Lady zu Fuß ging. Aber sie meinte lachend: »Es ist ja nur ein Katzensprung.«

Sie streckte Trevelyan ihre Hand entgegen, um ihm vom Boden aufzuhelfen, aber er nahm ihre Hilfe nicht in Anspruch. MacTarvit blickte ihm nur kurz ins Gesicht und bot ihm dann ein Fuhrwerk an.

»Es muß schon Frost in der Hölle geben, ehe ich mich

nicht mehr auf eigenen Beinen fortbewegen kann«, meinte Trevelyan grollend und marschierte durch die Brombeersträucher davon.

Nachdem Claire sich von den Bauern verabschiedet hatte, lief sie ihm nach. »Das war sehr ungezogen von Ihnen. Die Leute waren sehr nett zu uns.«

»Nett zu Ihnen vielleicht, aber nicht zu mir.« Schon spürte er, wie seine Beine schwächer wurden. Er wünschte sich, er hätte das Angebot des alten Mannes angenommen und sich von ihm ein Fuhrwerk geliehen, aber er dachte nicht daran, noch einmal umzukehren und seine Schwäche vor all diesen Leuten zuzugeben. Und – was noch wichtiger war – er wollte vor Claire nicht charakterlos erscheinen.

Claire ging hinter Trevelyan und fragte sich, woran er dachte. Er hatte den Kopf gesenkt und die Schultern vorgeschoben und stützte sich schwer auf seinen eisernen Spazierstock. Sie wunderte sich, warum er behauptete, die Freundlichkeit dieser Leute habe nur ihr gegolten. Sie hatte mindestens viermal beobachtet, wie jemand ihn angestarrt und genickt hatte, als er ihn erkannte. Und drei von den älteren Frauen hatten darauf geachtet, daß Trevelyan immer mit Essen und Trinken versorgt war.

Während sie wanderten, stolperte er zweimal. Als sie ihn beim erstenmal stützen wollte, wies er sie mit einer Handbewegung ab. Beim zweitenmal ließ sie sich nicht mehr wegschubsen und legte den Arm um seine Taille. Sie merkte, daß er hohes Fieber hatte.

Sie sah zu ihm auf und entdeckte die grimmige Entschlossenheit in seinem Gesicht. Trotz seines Fiebers war er geblieben, weil sie noch nicht nach Hause hatte gehen wollen, und als Angus ihm sein Fuhrwerk angeboten hatte, hatte er das Angebot abgelehnt. Sein Stolz und seine Sturheit hatten ihm das verboten, dachte sie.

Er wollte sie von sich schieben, aber sie ließ sich das nicht gefallen. »Mir brauchen Sie nichts vorzumachen«, sagte sie. »Ich sehe doch, daß Sie nur stolpern, weil Sie krank sind. Vergessen Sie Ihren dummen Stolz, und hängen Sie sich bei mir ein, damit ich Sie heil nach Hause bringen kann.«

Einen Moment war Trevelyan unentschlossen, aber dann ließ er sich doch von ihr helfen. »Wir sind Freunde, nicht wahr?« meinte er belustigt.

»Ja, ich denke, das sind wir.«

»Was sind dann Sie und Harry?«

»Wir lieben uns«, sagte sie leise.

»Gibt es einen Unterschied zwischen Freundschaft und Liebschaft?« fragte er, als sie einen Bach durchquerten.

»Einen sehr goßen Unterschied.«

»Und was von beiden ist wichtiger?«

Sie dachte eine Weile nach. »Ich denke, man kann ohne Liebschaft leben, aber niemals ohne Freunde.«

9

Als sie schließlich die versteckte Tür des Westflügels erreichten, zitterte Trevelyan so heftig, daß Claire ihn kaum noch halten konnte. Sobald sie durch die Tür gegangen waren, rief sie Oman zu Hilfe. Der große Mann tauchte schon in der nächsten Sekunde auf der Treppe auf, schob den Arm unter Trevelyans Achsel und trug ihn mehr, als er ihn stützte, die Stufen hinauf.

Claire stand dabei, als Oman Trevelyan ins Bett brachte. Sie hatte noch nie so einen heftigen Anfall von Schüttelfrost erlebt und noch nie jemanden gesehen, der annähernd so krank gewesen war wie er. Trevelyan rollte sich zu einem Ball zusammen, und Oman breitete die Decke über ihm aus.

»Wird er wieder gesund werden?« fragte sie. »Er sieht nicht so aus, als würde er diese Krankheit überstehen.«

Oman zuckte mit den Achseln. »Wenn es Allahs Wille ist«, gab er zurück und verließ das Zimmer. Claire nahm an, er sei hinaufgegangen, um eine Medizin zu besorgen, aber als der Mann nicht zurückkam, ging sie ins Wohnzimmer und sah ihn dort in aller Ruhe eine Frucht verzehren, während er durch das Fenster den Mond betrachtete.

Claire wußte, daß sie Trevelyan unmöglich allein lassen konnte. »Ich möchte, daß Sie meine Schwester aufsuchen«, sagte sie so ruhig, wie es ihr möglich war. Sie hatte genug von Dienern, die nicht dienten. »Wissen Sie, wer meine Schwester ist? Das junge Mädchen?«

Oman sah sie an und nickte.

»Ich möchte, daß Sie zu ihr gehen und ihr den Auftrag geben, der Familie zu sagen, ich sei krank. Niemand soll erfahren, daß ich heute Nacht nicht in meinem Zimmer bin. Bringen Sie meine Schwester dazu, daß sie Harry sagt, ich sei zu krank, um ihn sehen zu könnnen . . .« Sie blickte zur Seite. Was sollte sie nur mit dieser schrecklichen Miss Rogers anstellen? Brat würde da schon etwas einfallen. »Sagen Sie meiner Schwester, daß *niemand* wissen darf, wo ich bin. Ich werde sie gut dafür bezahlen.«

Oman nickte noch einmal, ehe er das Zimmer verließ. Claire ging zu Trevelyan zurück. »Was kann ich für Sie tun?« fragte sie ihn.

»Mir ist kalt. So furchtbar kalt.«

Sie zögerte keine Sekunde, legte sich zu ihm ins Bett und hielt ihn in ihren Armen, um ihn zu wärmen. Sein Körper wurde von so starken Fieberkrämpfen erschüttert, daß sie selbst am ganzen Körper zitterte.

Sie drückte ihn an sich, strich über sein feuchtes Haar und redete beruhigend auf ihn ein, als wäre er ein Kind. Es war befremdend und anheimelnd zugleich, einen Männerkörper zu spüren. Er klammerte sich an sie, als hätte er Angst, sie könne ihn verlassen.

»Ruhig, mein Liebes«, flüsterte sie. »Schlaf jetzt, schlaf ein.«

Sie wußte nicht, ob er sie gehört hatte, aber ihre Worte schienen ihre Wirkung nicht zu verfehlen, und als sie seinen breiten Rücken streichelte, wurde er ruhiger.

Er barg sein Gesicht an ihrem Hals, legte sein Kinn auf

ihre Schulter, und dann, endlich, hörten die Schüttelkrämpfe allmählich auf. Sie strich über seine Schläfen, glättete sein schwarzes Haar und lächelte. Er kam ihr jetzt nicht mehr so groß vor, so verletztend durch seinen Zynismus und seinen sie erbitternden Glauben, daß die Welt schlecht sei. In diesem Augenblick erschien er ihr wie ein kleiner, einsamer Junge, der sie brauchte. Sie küßte ihn auf den Scheitel, als er sich an sie schmiegte.

Nach einer Stunde kam Oman zurück und sagte: »Erledigt.«

Claire, die Trevelyan an sich gedrückt hielt, blickte nur kurz zu ihm hoch. Aber als er ihren Blick zurückgab, erschrak sie. Etwas an ihm war verändert. Da er mit ihrer kleinen Schwester verhandelt hatte, hatte sie eine ungefähre Vorstellung davon, was sich abgespielt haben mußte.

»Wo ist denn Ihr Smaragd hingekommen?« fragte sie, als sie sah, daß er nicht mehr an seinem Turban steckte.

Oman zuckte nur mit den Achseln.

»Haben Sie ihr den Edelstein geliehen oder geschenkt?«

»Ich habe ihn ihr nur für die nächsten drei Tage geliehen. Der armselige Stein kann nur davon profitieren, daß er von einem so jungen und so schönen Geschöpf getragen wird.«

»Brat«, schnaubte Claire leise und blickte wieder auf den in ihren Armen schlafenden Mann hinunter. Egal, wie hoch der Preis gewesen sein mochte, den ihre Schwester für ihre Dienstleistung verlangt hatte – sie würde ihre Sache gut machen, wie Claire aus Erfahrung wußte. Zweifellos würde sich Brat entzückt daran machen, ein Lügengewebe zu fabrizieren, das die Leute im Haupthaus in den Glauben versetzte, Claire befände sich auf ihrem Zimmer und dürfe nicht besucht werden.

Gegen Mitternacht schlief Trevelyan tief genug, daß Claire sich aus seiner Umklammerung lösen konnte. Einen Moment lang stand sie an seinem Bett und blickte auf ihn hinunter. Sie war so erschöpft, daß sie über den Zustand der Müdigkeit längst hinaus war. Die beiden langen Fußmärsche, das stundenlange Tanzen und die Angst, die sie ausgestanden hatte bei der innigen Berührung mit so einer schweren Krankheit, wie Trevelyan sie hatte, waren so zermürbend gewesen, daß sie am liebsten in einem Federbett versunken wäre und sich nie mehr daraus erhoben hätte.

Er lag auf dem Rücken und schlief endlich fest, seine so bezwingenden Augen waren geschlossen. Sie beugte sich über ihn und strich ihm die feuchten Strähnen aus der Stirn. Sein Haar war zu lang, aber irgendwie stand ihm das. Oman hatte Kerzen im Zimmer angezündet, und während sie Trevelyans Gesicht berührte, betrachtete sie ihn genauer. Sie hatte zu ihm am Nachmittag gesagt, seine Haut habe diesen Stich ins Grünliche verloren, und das stimmte noch immer. Sie hatte nun eine gesunde Bräune.

Sie legte die Fingerspitzen auf die lange Narbe an seiner linken Wange, dann auf die Narbe an seiner rechten Wange und fragte sich, wie sie zustande gekommen waren. Neugierig setzte sie sich auf den Bettrand und tastete sein Gesicht ab. Hohe Wangenknochen. Ein kräftiges, energisches Kinn, mit schwarzen Bartstoppeln bedeckt. Sein dicker Schnurrbart fühlte sich weich an, und sie konnte nun sehen, daß er einen sehr sinnlichen Mund zur Hälfte verdeckte.

»Du meine Güte, Trevelyan – Sie sind ein sehr hübscher Mann«, flüsterte sie. Er hatte nicht Harrys blondes, gesundes gutes Aussehen, sondern – das Aussehen eines verwegenen Schurken. Trevelyan wäre die ideale Besetzung des schurkischen Draufgängers in einem Bühnenstück, und Harry die ideale Verkörperung des Engels. Vielleicht sollte sie das mal Brats Freund vortragen, der die Ein-Personen-Stücke inszenierte.

»Geht es ihm besser?«

Claire schrak zusammen, von Schuldgefühlen geplagt, daß man sie dabei ertappt hatte, wie sie Trevelyan berührte. Sie drehte sich zu Oman um. »Ich denke, er hat das Schlimmste überstanden. Leidet er öfter unter diesen Anfällen?« Claire fragte sich, ob Trevelyans Krankheit chronisch oder nur vorübergehender Natur war. Aber eigentlich wollte sie das lieber nicht wissen. Sie wollte nicht wissen, ob diese Anfälle von Schüttelfrost letztendlich zum Tode führten.

Oman antwortete nicht, sondern zuckte nur wieder auf eine Weise mit den Achseln, die bedeuten konnte, er wisse es nicht, es kümmerte ihn nicht oder es läge alles in Allahs Macht.

›Könnten Sie mir etwas heißes Wasser besorgen? Ich möchte ihn waschen.«

In wenigen Minuten kam Oman mit einem Krug voll heißen Wassers zurück, und Claire wusch Trevelyan das Gesicht und den Hals. Sie schlug die Decke zurück und löste den Gürtel, der das Plaid zusammenhielt. Sorgsam und mit einer gewissen Ehrfurcht entfernte sie die Brosche mit dem Wappen des Clanchefs, die das Plaid an der Schulter festhielt, und legte sie auf den Tisch neben dem Bett.

Trevelyan schlief wie ein Toter, und sie glaubte nicht, daß ihn irgend etwas auf der Welt wecken könne. Er rührte sich nicht einmal, als sie ihn zur Seite schob, um das Plaid unter seinem Körper hervorziehen zu können. Sein Leinenhemd war naß von seinem Schweiß. Sie knöpfte es zur Hälfte auf und wischte seine Brust, die mit getrocknetem Schweiß bedeckt war, mit einem feuchten Tuch ab.

Als sie ein Schlüsselbein erreichte, sah sie die erste Narbe. Sie wußte nicht, warum sie das überraschte, zumal ja sein Gesicht schon von Narben gezeichnet war – aber sie war dennoch überrascht. Sie knöpfte das Hemd weiter auf, und entdeckte zwei weitere Narben. Sie versuchte nicht länger, diskret zu sein, sondern löste alle Knöpfe und betrachtete ihn.

Seine Brust war hager und dennoch sehr muskulös. Trotz seiner momentanen körperlichen Schwäche war er offensichtlich ein Mann, der große Strapazen auf sich genommen hatte. Aber was sie besonders interessierte, waren die vielen weißen Narben über seinen Rippen. Sie fuhr mit den Fingerspitzen erst über die eine, dann über eine andere. Sie vermutete, daß es sich um Narben von Messerstichen handelte. Was hatte man nur mit ihm gemacht? überlegte sie.

Sie trat einen Moment vom Bett zurück und versuchte sich vorzustellen, wo er sich diese Narben zugezogen haben könnte. Plötzlich wollte sie das Hemd ganz entfernen, um zu sehen, was man ihm noch alles angetan hatte. Sie rief Oman zu sich. »Helfen Sie mir, ihn auszuziehen«, sagte sie und wich dem Blick des Mannes aus. Sollte er ihretwegen glauben, daß amerikanische Mädchen sich nichts dabei dachten, einen Kranken bis auf die Haut zu entkleiden.

Trevelyan stöhnte, als es Oman mit Claires Hilfe gelang, das Hemd von seinem Körper zu entfernen. Sie entdeckte noch mehr Narben auf seinem Rücken. Vier von ihnen in einer Reihe, die bogenförmig von der Wirbelsäule über die linke Schulter hinliefen. Sie sahen aus wie Narben von Klauen, als wäre er von einer großen Raubkatze angefallen worden.

Sie schickte Oman aus dem Zimmer und wusch Trevelyans Rücken. Dann ging sie zu einem Koffer, der an einer Wand stand. Sie fand ein frisches Hemd. Es war ein seltsames Hemd, aus feinem Baumwollstoff und mit kleinen braunen und weißen Figuren bedruckt, die offenbar Menschen darstellen sollten. Sie hatte viel Mühe, ihm das Hemd anzuziehen, und als es ihr endlich gelungen war, begann er wieder zu zittern. Ohne erst nachzudenken, legte sie sich wieder zu ihm, schmiegte sich an ihn, strich über seine Stirn und versuchte ihn zu beruhigen, als er sich in seinem Fieberanfall hin und her wälzte.

Trevelyan kam langsam zu sich. Er hatte Mühe, sich darauf zu besinnen, wo er sich befand. Einen Moment lang glaubte er, er wäre wieder in Pesha, und der Betthimmel über ihm gehörte zu Nyssas Lagerstätte.

Aber als er den Kopf zur Seite drehte und die steinernen Wände und das schwere Eichenholz – ohne goldenen Zierrat – sah, fiel ihm alles wieder ein. Auch wenn es ihm Mühe bereitet hatte, sich daran zu erinnern, wo er war, wußte er sogleich, daß sein Kopf auf einer festen weiblichen Brust ruhte. Er drehte sich um und sah, daß Claire ihn an ihren hübschen Busen drückte, und er spürte, daß sein Körper zwischen ihren Beinen lag. Sie schlief, aber als er sich bewegte, öffnete sie die Augen und lächelte ihn an.

Und so selbstverständlich, wie der Tag der Nacht folgt, legte er seine Hand auf ihre Brust und küßte ihren Hals.

Claire schloß einen Moment die Augen, als sie seine Lippen an ihrem Hals spürte. Ohne zu wissen, was sie tat, bewegte sie die Beine, und Trevelyan rollte sich auf sie. Sie spürte sein hartes Glied auf ihrem Körper. Er hatte sich in einer Sekunde zur anderen aus einem kranken Kind in einen leidenschaftlichen Mann verwandelt.

Seine Lippen bewegten sich von ihrem Hals zu ihrem Ohr. Er nahm das Ohrläppchen zwischen die Zähne, und Claire wölbte den Rücken, als seine Hand ihre Brust liebkoste und massierte.

Seine Hand strich über ihre Hüfte und über ihren Schenkel, bevor er ihr Kinn zwischen seine Finger nahm und ihren Kopf so drehte, daß sie ihn ansehen mußte. Es war fast so, als wollte er sie dazu zwingen, sich darüber klarzuwerden, daß sie kein krankes Kind, sondern ihn, Trevelyan, in den Armen hielt.

Sie war dem nicht gewachsen, was sie in seinen Augen las. Sie drehte den Kopf zur Seite. »Nein«, flüsterte sie.

Ohne ein Wort zu sagen, löste sich Trevelyan von ihr, und Claire stand auf. Ihre Hände und ihr Körper zitterten. Ich muß von hier weg, dachte sie und ging zur Tür.

»Wie lange bist du schon hier?« fragte er.

Sie blieb am Fußende des Bettes stehen. »Zwei Nächte und einen Tag«, antwortete sie, noch nicht fähig, ihr Zittern zu beherrschen.

»Und du hast mich ganz allein gepflegt?«

»Oman hat mir dabei geholfen.« Sie holte tief Luft, um sich zu beruhigen.

»Und was haben sie drüben im Haus zu deiner Abwesenheit gesagt? Harry muß sich Sorgen gemacht haben.«

Sie wußte, was er mit seinen Fragen bezweckte: Er redete von alltäglichen Dingen, damit sie ihn nicht verließ. »Niemand weiß, daß ich nicht in meinem Zimmer gewesen bin.

Meine Schwester hat allen weisgemacht, daß ich sehr, sehr krank sei und nicht gestört werden dürfe. Ich denke, sie hat erzählt, ich hätte die Pocken und die Cholera zugleich – oder eine andere sehr, sehr ansteckende Krankheit.« Sie sah ihn nun zum erstenmal richtig. Es war ihr nie aufgefallen, was für dichte Wimpern er hatte.

Er lächelte. »Was für eine bewundernswerte Person du bist, und was für eine reizende Schwester du hast.«

»Sie hat es nicht freiwillig getan. Sie ›borgte‹ sich Omans Smaragd für drei Tage und ließ mir durch ihn mitteilen, daß ich ihr mein Armband mit den Rubinen überlassen müsse.«

»Und du hast es ihr gegeben?«

»Natürlich. Mir hat nie viel an dem Armband gelegen. Ich mag keine Rubine. Sie sehen aus wie Blutstropfen. Smaragde sind mir weitaus lieber. Sie erinnern mich an das frische Grün der frühen Jahreszeit.«

Er schloß die Augen und legte sich in die Kissen zurück. »Vielen Dank.«

Sie spürte noch immer seine Lippen auf ihrem Hals. »Ich denke, es geht dir jetzt wieder besser. Oman sagte mir, daß du nach solchen Anfällen wieder gesund bist. Ich muß jetzt ins Haus.«

Er sah sie mit einem flehenden Blick an. »Bitte, geh nicht fort.«

Aus irgendeinem Grund war sie überzeugt, daß er das Wort ›bitte‹ nur selten gebrauchte ... »Ich ... ich kann nicht hierblieben.«

Er setzte ein kleines ›Ich-weiß-alles‹-Lächeln auf. »Mußt du jetzt gehen, weil ich dich geküßt habe?«

»Es hätte nicht sein dürfen«, sagte sie leise. »Wir sollten nicht ...«

»Ich hab' noch halb geschlafen. Du kannst mir deshalb doch nicht böse sein, oder?«

»Ich bin dir nicht böse. Ich bin ...«

»Oh, ich verstehe. Es ist wegen Harry. Du bist besorgt, weil dir meine Küsse besser gefallen als seine. Oder hat Harry dich noch gar nicht geküßt? Ich glaube mich daran erinnern zu können, daß er Pferde mehr liebt als Frauen und erfahrene Frauen mehr als Jungfrauen.«

»Zu deiner Information – ich *liebe* Harrys Küsse«, erwiderte sie erbost und trat an die Seite des Betts, der er das Gesicht zugewandt hatte. »Ich liebe alles an ihm. Er sieht jedenfalls besser aus als du – mit deinen schwarzen Augen und deinem narbenbedeckten Körper. Ich möchte wetten, daß Harry keine einzige Narbe hat.«

Trevelyan lächelte sie noch immer allwissend an. »Aber du kennst meinen Körper und seinen nicht«, sagte er so leise, daß sie ihn kaum verstehen konnte.

»Du bist abscheulich!«

Sie wandte sich wieder zum Gehen, aber er hielt sie am Handgelenk fest.

»Ich entschuldige mich«, sagte er. »Ich entschuldige mich dafür, daß ich versucht habe, mit einer schönen Frau zu schlafen, die in meinem Bett lag. Das war in der Tat abscheulich von mir. Ich entschuldige mich dafür, daß ich Harry beneide, dem alles, was er sich wünscht, in den Schoß zu fallen scheint. Du hast recht: Das ist verdammenswert an mir. In Zukunft werde ich versuchen, mich besser zu beherrschen.«

Sie funkelte ihn wütend an: »Das ist keine ehrliche Entschuldigung.«

»Aber das kann sie auch gar nicht sein, nicht wahr? Du kannst mich zwar verdammen, aber wie soll ich etwas bereuen, was ich am liebsten noch einmal tun würde?«

Claire mußte lachen. »Du bist wirklich abscheulich.« Sie wollte ihm ihre Hand entziehen, aber er ließ es nicht zu.

»Bleib bei mir. Rede mit mir«, bat er, und eine flüchtige Sekunde erkannte sie Aufrichtigkeit in seinen Augen und eine Bitte, die ehrlich gemeint war.

»Worüber?« In dem Moment, in dem sie das sagte, wußte sie, daß sie verloren war. Sie selbst hatte den Wunsch, bei ihm zu bleiben, aus ihrer Stimme herausgehört. »Ich muß . . .«, setzte sie wieder an.

»Warum willst du eine Herzogin sein?« fragte er.

»Was für eine komische Frage.« Sie zog nun heftiger an ihrer Hand und befreite sie aus seinem Griff. »Vielleicht sollten wir jede Frau auf der Welt mal fragen, ob sie eine Herzogin werden will, und ich möchte die Frau sehen, die das verneinen würde.«

»Selbst die Königinnen und Prinzessinnen nicht?«

»Ich denke, die Königinnen und Prinzessinnen würden *besonders* gern Herzoginnen sein. Prestige ohne jede Verantwortung.«

»Und das wünschst du dir – Prestige?«

»Ich wünsche mir Harry. Jetzt muß ich aber wirklich gehen.«

»Nein, nicht, bleib noch und ... erzähl mir eine Geschichte.«

»Du meinst ein Märchen?«

»Nein, eine *wahre* Geschichte. Erzähl mir von ...« Er suchte nach einem Thema. Nach irgend etwas, das sie zum Bleiben veranlaßte und sie in seiner Nähe festhielt. Sie gab ihm das Gefühl, als ob er wirklich geheilt werden könne – geheilt von all den Wunden, die ihm in seinem Leben zugefügt worden waren, nicht nur von einem Malariaanfall.

»Erzähl mir von deinen Eltern.«

Sie schwieg einen Moment. »Ich erzähle dir eine Liebesgeschichte – eine wahre Liebesgeschichte. Meine Mutter war einmal eine sehr schöne Frau.«

»So schön wie deine kleine Schwester?« Seine Blicke wanderten zu ihrem Busen, und seine Stimme wurde leise und verführerisch: »So schön wie du?«

»Möchtest du die Geschichte hören oder nicht?« schnaubte sie, drehte dann aber das Gesicht, das blutrot angelaufen war, zur Seite.

Er lächelte und lehnte sich in die Kissen zurück, offensichtlich geschmeichelt, daß seine Worte eine solche Wirkung zeigten. »Natürlich.«

»Du mußt mir bei deinem Leben schwören, daß du niemandem verrätst, was ich dir jetzt erzähle. Meine Mutter würde mich umbringen, wenn sie davon erführe. Tatsächlich brächte sie mich schon um, wenn sie wüßte, was ich von ihr weiß.«

»Ich schwöre«, sagte er und bemühte sich, ein ernstes Gesicht dabei zu machen.

»Mein Mutter erzählt den Leuten zu gern, daß sie aus einer alten angesehenen Familie in Virginia stammt, aber in Wahrheit hat sie ihre Kindheit in einer Holzhütte in den Smoky Mountains verbracht. Sie wuchs ohne Schulbildung auf und war bettelarm.«

»Aber sie war schön?«

»Sehr schön. Mit siebzehn verließ sie ihr Elternhaus und ging nach New York. Ich weiß nicht, woher sie das Geld für die Reise nahm. Brat behauptet, ihr Vater hätte am Tag zuvor ein paar Schweine verkauft und meine Mutter hätte, als ihre Eltern schliefen, das Geld gestohlen und sei nach New York gefahren. Aber ich bin bei den Geschichten, die mir meine Schwester erzählt, immer etwas skeptisch.

Auf jeden Fall verschaffte sich meine Mutter das Geld für die Reise und tauchte in einem teuren Kostüm in New York auf, wo sie einen Job in der Parfümabteilung eines eleganten Kaufhauses bekam. Und dort lernte sie meinen Vater kennen, verliebte sich in ihn, heiratete ihn, und die beiden lebten glücklich zusammen bis auf den heutigen Tag.«

»Ich verstehe«, sagte Trevelyan nach einer Weile. Sein Gesicht hatte nun nicht mehr diesen weichen, verführerischen Ausdruck, sondern wirkte konzentriert und angespannt, wie das immer der Fall war, wenn er ein Rätsel lösen mußte. »Die beiden haben sich die große amerikanische Freiheit, auf die dein Land so stolz ist, zunutze gemacht, erwarben ein riesiges Vermögen und machten aus dir eine reiche Erbin und Anwärterin auf einen Herzoginnen-Titel.«

»Das ist nicht ganz richtig.«

»Nein?« Er blickte sie mit Augen an, die, wie sie meinte, selbst eine Wand aus Metall durchbohrt hätten.

»Mein Großvater – der Vater meines Vaters – war auch unter dem Namen ›Der Commander‹ bekannt.«

Trevelyan hob überrascht den Kopf und blickte sie mit flammenden Augen an.

»Wie ich sehe, ist dir der Name nicht ganz unbekannt«, sagte Claire und lächelte selbstgefällig, weil es ihr gelungen war, ihn zu beeindrucken.

»Was für ein glücklicher Zufall, daß sich deine Mutter ausgerechnet in den Sohn eines so reichen Mannes verlieben mußte.«

»Ja. Aber du kannst mich meinetwegen auslachen, wenn ich dir jetzt sage, daß mein Großvater gar nicht daran dachte, das frischgebackene Ehepaar mit Geld zu versorgen. Jedenfalls nicht mit nennenswerten Beträgen. Sie bekamen jährlich zehntausend Dollar.«

»Sie nagten also am Hungertuch.«

»Für jemanden, der unter so reichen Verhältnissen aufgewachsen ist wie mein Vater, war das wirklich nur ein Almosen«, entgegnete sie rasch.

»Aber ihn und deine Mutter hat das nicht gestört. Schließlich hatten die beiden ja noch ihre Liebe.«

Sie ließ sich durch seinen Zynismus nicht aus der Ruhe bringen. »Als mein Großvater vor fünfzehn Jahren starb, hinterließ er ungefähr dreißig Millionen Dollar. Er . . .«

»Bei so einer Summe fallen ein paar Millionen mehr oder weniger ja nicht ins Gewicht.«

». . . vermachte meinem Vater zehn Millionen, meiner Mutter ebenfalls zehn – mein Großvater hatte stets das Recht der Frau auf Unabhängigkeit vertreten – und mir die restlichen zehn als Treuhandvermögen.«

»Und was bekam deine anbetungswürdige Schwester?«

»Sie war damals noch nicht auf der Welt.«

»Ich könnte mir vorstellen, daß auch so noch genügend Geld für sie übrigbleibt.«

Claire sagte nichts darauf.

Er studierte einen Moment lang Claires Gesicht. Sie hatte sich darangemacht, die Gegenstände auf dem Tisch neben dem Bett neu zu ordnen. »Und wo bleibt der Rest der Geschichte?« fragte er.

Sie wollte ihm nicht mehr verraten, als sie bereits gesagt hatte. Warum konnte er sich nie damit abfinden, eine Geschichte so zu akzeptieren, wie sie erzählt wurde? Warum mußte er immer wieder wühlen wie ein Hund, der unter der Oberfläche einen saftigen Knochen vermutet?

»Der Rest der Geschichte? Der ist rasch erzählt. Meine Eltern haben das geerbte Geld ausgegeben.«

Trevelyan machte ein Gesicht, das man nur mit dem Wort ›entsetzt‹ beschreiben konnte.

Claire lächelte schwach. »Mein Vater ist ein Freund schöner Dinge. Und seine Hobbies sind Pferde, Brandy und Seereisen auf seiner Jacht.«

Ein Faulpelz also, dachte Trevelyan. »Und deine Mutter? Wie brachte sie es fertig, ihr Erbe auszugeben?«

»Ich denke, sie wollte der Gesellschaft angehören, zu der sie als kleines Kind keinen Zutritt hatte. Und deshalb baute sie sich ein Haus und gab Gesellschaften.«

»Sie gab zehn Millionen Dollar für Parties aus?« fragte er ungläubig.

»Meine Eltern steckten auch noch eine Menge Geld in meine Erziehung, und ich hatte immer alles, was ich mir wünschte. Das gleiche gilt für Brat.«

Trevelyan brauchte eine Weile, um das Gehörte zu verdauen. »Und nun besitzt deine Familie also nur noch das Treuhandvermögen, das dein Großvater dir vermacht hat?«

»Ja.«

»Und welche Ansprüche kannst du darauf erheben?«

»Seit dem Tod meines Großvaters bekam ich jedes Jahr ein Viertel der anfallenden Zinsen ausbezahlt.«

»Das bedeutet, daß du in Wahrheit für deine Erziehung und deine Ausbildung selbst aufgekommen bist.«

Sie ignorierte diese Bemerkung. »Und wenn ich heirate, bekomme ich das Kapital.«

»Ich will die ganze Geschichte hören!« rief Trevelyan. »Heraus damit!«

»Ich bekomme das Geld nur unter der Voraussetzung, daß meine Eltern mit dem Mann einverstanden sind, den ich heiraten möchte. Mein Großvater hat diese Klausel in sein Testament geschrieben, weil er mit einer jüngeren Schwester schlechte Erfahrungen gemacht hatte. Er hatte ihr ein Vermögen geschenkt, und sie lachte sich einen Spieler an und heiratete ihn. Der Mann gab jeden Penny aus, den meine Tante besaß.«

»Und was machte deine Tante dann?«

»Nachdem das Geld weg war, kam sie zu meinem Großvater zurück und wohnte bei ihm.«

»Und ich vermute, daß dein Großvater ihr, solange sie lebte, keinen einzigen Penny mehr geschenkt hat.«

»Müssen Sie *immer* so zynisch sein? Als mein Großvater starb, konnte sie von den Zinsen der Summe, die er für sie angelegt hatte, noch recht passabel leben. Aber mein Großvater schwor sich damals, daß er nie mehr einem Gigolo zu Geld verhelfen würde.«

»Er wollte seine Leute gern unter seiner Fuchtel haben, wie?«

»Er knüpfte an das Erbe, das er meinen Eltern überließ, keine Bedingungen«, gab sie wütend zurück.

»Du hast also jetzt zwei mittellose Eltern und eine Schwester, die nicht einen Penny vom Vermögen ihres Großvaters bekommen hat. Wer kassiert dein Treuhandvermögen ein, wenn du einen Mann heiraten würdest, der deinen Eltern nicht genehm ist?«

»Ich weiß es nicht«, sagte sie leise.

»Ich schätze, Harry paßt deinen Eltern«, sagte Trevelyan.

»O ja. Meine Mutter sagt, sie könnte sich nicht mal mit hundert Millionen in solche Gesellschaftskreise einkaufen. Und mein Vater meint, Harrys Freunde hätten die richtige Lebensart.«

»Du meinst, sie verbringen ihre Tage damit, Tiere umzubringen, und ihre Abende mit gutem Essen und Brandy?«

»Harry muß dieses große Haus verwalten und noch drei andere dazu! Damit ist eine Menge Arbeit verbunden.«

»Meine teure kleine, ach so arbeitsbewußte Amerikanerin, darf ich dich aufklären, daß Harry seinen Besitz ebensowenig verwaltet wie ich? Er hat Angestellte, die das für ihn erledigen. Wenn hier jemand etwas verwaltet, dann Harrys Mutter.«

»Das ist nicht wahr! Harry muß fast täglich geschäftlich verreisen.«

»Harry versteht unter Geschäftsreisen etwas anderes als du. Harry besucht nur Geschäfte, um sich etwas zu kaufen. Hast du dir das Haus mal näher angesehen? Es ist mit Gemälden, Möbeln und allerlei Zierrat aus allen Stilepochen vollgestopft, und die Ställe mit Pferden und Equipagen. Die Herzöge dieses Hauses haben stets nur Frauen geheiratet, die reich waren, und ihre Zeit damit verbracht, Sachen zu kaufen und sich ein schönes Leben zu machen. Dazu ist Harry erzogen worden.«

»Willst du damit sagen –, daß Harry mich nur meines Geldes wegen heiratet?«

»Und heiratest du ihn nur, weil du eine Herzogin sein willst?«

»Nein, ich liebe Harry! Ich liebe dieses Haus und seinen Lebensstil. Ich liebe die Leute, die hier wohnen, und das Land!«

»Du liebst die Romantik. Du liebst das, was du für die Wahrheit *hältst.* Du liebst – wie ungemein passend – genau das, was sich deine Eltern wünschen, damit du eine Herzogin wirst, das Erbe deines Großvaters bekommst und deinen Eltern das Leben verschaffst, das sie führen wollen.«

»Ich mag dich nicht besonders.«

»Du magst Harry lieber?«

»Viel lieber. Er ist gütig und sanft und . . .«

». . . sieht so gut aus.«

»Ja«, bestätigte sie trotzig und reckte das Kinn in die Luft.

»Das gute Aussehen von Harrys Familie hat es Generationen von MacArran-Herzögen ermöglicht, reiche Frauen zu heiraten.«

Claire schwieg einen Moment. »Und waren diese reichen

Frauen, nachdem sie die MacArran-Herzöge geheiratet hatten, glücklich?«

»Größtenteils ja. Nach allem, was ich hörte, sollen die MacArran-Herzöge hervorragende Liebhaber und wider Erwarten ihren Frauen zumeist treu gewesen sein.«

»Mehr kann eine Frau doch nicht verlangen, oder?« sagte sie leise.

»Wenn ich eine Frau wäre, würde ich viel größere Ansprüche an einen Mann stellen«, gab er so laut zurück, daß man es im Nebenzimmer hören mußte.

Ihr gefiel die Wendung nicht, die das Gespräch genommen hatte. »Ich muß jetzt ins Haupthaus. Harry wird heute daheim sein, und ich möchte ihn sehen. Ich glaube, du bist jetzt wieder bei Kräften, und ich werde Oman sagen . . .«

Er langte nach ihrer Hand, als sie an ihm vorbeikam, und hielt sie einen Moment fest. »Geh nicht weg«, flüsterte er.

Claire sah ihm in die Augen, und nur eine kurze Sekunde vermochte sie ihm bis auf den Grund seines Herzens zu schauen. Einen winzigen Moment lang sah sie hinter seine kalte rauhe Schale und wußte, daß er einsam ist. Er ist so einsam wie ich, dachte sie. Und er ist genauso ein Außenseiter, wie ich es bin.

Der Moment war fast so rasch vorbei, wie er gekommen war, und dann war da wieder dieser spöttische Blick, der ihr jeden Zugang zu seinem Inneren verwehrte. Es war so, als wollte er keinem erlauben, hinter seine Maske zu schauen. Er schleuderte ihre Hand beiseite, als könne er es nicht länger ertragen, sie zu berühren. »Geh. Geh zu deinem Herzog. Harry möchte dir bestimmt das Pferd zeigen, das er für dich gekauft hat.« Trevelyan drehte sich auf die andere Seite und starrte die Wand an.

Claire traf rasch eine Entscheidung. Sie redete sich zwar ein, daß sie nur blieb, weil Trevelyan krank und pflegebedürftig war. Doch im Grunde ihres Herzens wußte sie es besser. *Sie brauchte* seine Gesellschaft, seinen raschen Verstand, der sie zum Denken anregte. Zugegeben – er machte sich über sie lustig, war ein Spötter und Zyniker, aber es war so viel Leben in ihm, und diese Vitalität steckte sie an und gab ihr ebenfalls das Gefühl, lebendig zu sein.

Ohne ein Wort zu sagen, verließ Claire das Zimmer, um mit Oman zu reden. Sie schrieb ein Billett, in dem sie Brat mitteilte, daß sie nicht vor dem Dinner ins Haus zurückkäme, und bat sie, Harry so lange hinzuhalten.

Als Claire in Trevelyans Schlafzimmer zurückkam und ihm sagte, sie habe es einrichten können, bis zum Abend bei ihm zu bleiben, fand er es nicht der Mühe wert, sich dafür zu bedanken. Einen Moment war sie versucht, ihre Entscheidung umzustoßen, aber der Gedanke, daß sie den Tag im Haupthaus mit Harrys Verwandtschaft verbringen sollte, war ihr so zuwider, daß sie fast alles getan hätte, um das zu vermeiden.

»Was sollen wir jetzt tun?« fragte sie. »Karten spielen?«

»Ich schreibe drei Stunden, und dann werde ich . . .«

»Dann steh auf, und ich gehe.«

Er hätte bei diesen Worten beinahe gelächelt, beherrschte sich aber. »Ich werde dich im Schach besiegen«, sagte er.

»Ja? Bist du davon so überzeugt?«

Später sollte Claire diesen Tag als einen der denkwürdigsten ihres Lebens im Gedächtnis behalten. Sie hatte einen Trevelyan erlebt, der mit anderen Dingen beschäftigt war, und einen Trevelyan, der sich in einem größeren Kreis von Menschen bewegte, aber es war für sie ein einmaliges Erlebnis, der einzige Gegenstand seiner Aufmerksamkeit zu sein.

Sie spielten Schach – gewissermaßen. Denn Trevelyan nahm sich nicht einmal die Zeit, auf das Schachbrett zu blicken. Sie teilte ihm mit, welche Figur sie wohin bewegt hatte, und er sagte sofort, ohne auch nur eine Sekunde zu zögern oder über seinen Zug nachzudenken, wohin er eine seiner Figuren ziehen wollte.

Und während sie spielten, unterhielten sie sich. Vielmehr – er stellte Fragen, und Claire antwortete darauf. Die Männer, mit denen sie bis jetzt in Berührung gekommen war, hatten nur über sich selbst reden wollen, aber Trevelyan war begierig darauf, alles über *sie* zu erfahren. Er wollte nicht nur wissen, wie sie in New York gelebt, was sie alles gelesen und gesehen hatte, sondern auch, was sie *dachte*.

Er fragte sie, wie sie über die Engländer dachte und in welcher Hinsicht sie sich von den amerikanischen Männern unterschieden. Er fragte sie nach ihrer Meinung über die englischen Frauen. Er fragte sie, wie sich die amerikanische Lebensweise von der britischen unterschied.

Claire mußte eine Weile nachdenken. »Ich verstehe die Einstellung der englischen Aristokratie zum Geld nicht. Wenn ein Amerikaner Geld braucht, verdient er es sich. Er findet einen Weg, Geld zu investieren oder etwas zu erfinden, oder er besorgt sich einen Job. Er tut etwas, für das er bezahlt wird.«

»Und ein Engländer macht das anders?«

»Ich weiß nicht, wie sich hier der einfache Mann Geld besorgt – ist es nicht seltsam, daß wir in unserer modernen Welt noch ein Klassensystem haben? –, aber ein Angehöriger der englischen Oberschicht scheint nicht einmal daran zu denken, sich sein Geld zu verdienen. Ich hörte neulich, daß der Graf von Irley fast bankrott sei, und jeder redete nur noch davon, daß er sein Land und seine Häuser verkaufen müsse. Ich erlaubte mir die Bemerkung, ich hätte gehört, daß das Land, das der Graf besitzt, sehr fruchtbar sein soll, und fragte, warum er es nicht bestellen ließe und daraus seinen Gewinn ziehe?«

Sie machte einen Zug auf dem Schachbrett und sah zu ihm auf. »Alle im Zimmer hörten auf zu reden und schauten mich an, als hätte ich etwas Obszönes gesagt.«

Trevelyan wandte den Blick nicht von ihr, während er ihr angab, welchen seiner Bauern sie wohin bewegen sollte. Er fand es nicht einmal der Mühe wert, seine Figuren anzufassen, als würde ihn das Spiel, das er selbst vorgeschlagen hatte, unglaublich langweilen.

»Und dennoch willst du in diese Oberschicht, wie du sie nennst, einheiraten?«

»Ich werde Harry heiraten, weil ich ihn liebe«, antwortete sie in einem Ton, der ihn wissen ließ, daß sie zu diesem Thema nichts mehr sagen wollte.

»Und was denken die Engländer über dich?«

Claire lachte. »Sie scheinen mich für eine Kreuzung zwischen einem Indianer und einem Varietemädchen zu halten. Ich schockiere sie ziemlich oft.«

»Das kann ich mir vorstellen. Ich glaube nicht, daß eine sittsame englische junge Dame ganze Tage in der Wohnung eines Mannes verbringen würde, wie du es getan hast.«

Sie nahm ihm diese Bemerkung nicht übel. »Wie wahr«, räumte sie ein. »Aber wir sind nie ohne Aufsicht, und du bist . . .« ›alt genug, um mein Vater sein zu können‹ wollte sie sagen; aber als Trevelyan eine Braue in die Höhe zog, blickte sie verunsichert zur Seite, errötete und sagte: »Könntest du mir verraten, wie alt du bist?«

Sie hatte schon mehrmals die Erfahrung machen müssen, daß Trevelyan zwar alles über andere wissen wollte, über sich selbst jedoch nie Auskunft gab. Er verriet ihr sein Alter nicht. Vielmehr fuhr er fort, sie über ihre Familie auszufragen. Er wollte wissen, warum ihre hübsche kleine Schwester Brat – ›Fratz‹ – genannt wurde.

»Sarah Anns Schönheit ist ihr Verhängnis«, erwiderte Claire nicht ohne Groll. »Sie ist schon hübsch auf die Welt gekommen, und seither ist wohl kein Tag vergangen, an dem ihr nicht jemand gesagt hat, wie reizend sie ist. Sie konnte gerade erst sprechen, als sie einem der reichen, dikken Freunde meines Vaters auf den Schoß krabbelte, auf den Diamanten, den er an seiner Uhrkette trug, zeigte, und ihn fragte, ob er ihr den Glitzerstein schenken würde. Der Mann schien das für einen köstlichen Witz zu halten, schenkte ihr den Diamanten und brachte sie so auf den Pfad des Verderbens. Seither meint sie, nichts für andere tun zu müssen, wenn sie nicht dafür bezahlt wird.«

»Das scheint mir aber eine für Amerikaner typische Einstellung zu sein.«

»Du nimmst dir das *Recht* heraus, mein Land zu kritisieren?« brauste sie auf. »Verglichen mit Amerika, ist das hier . . .« Sie hielt inne. Sie wollte ihm lieber nicht sagen, welche Meinung sie von seinem Land hatte.

Doch Trevelyan hatte eine fast unheimliche Begabung, Menschen zum Reden zu bringen. Er sah sie an und schien sie nicht eher aus dem Bann seines hypnotischen Blicks entlassen zu wollen, bis sie ihm verraten hatte, was sie über sein Land dachte.

Da begann sie, langsam und zögerlich zunächst, ihm ihre Eindrücke von England und Schottland zu schildern. »Es ist ein Land, das in der Vergangenheit lebt.«

»Aber ich dachte, du liebst die Traditionen dieses Landes. Du warst doch sehr angetan von dem alten MacTarvit. Und der arme Harry hat sich beinahe zu Tode gefroren, als er merkte, wie sehr du von seinem Kilt beeindruckt warst.«

Er warf einen vielsagenden Blick auf den Tartan, der über der Rückenlehne eines Stuhls hing. Auch er hatte einen Kilt getragen.

Zum erstenmal betrachtete Trevelyan die Konstellation auf dem Schachbrett und schien über den nächsten Zug nachzudenken. »Du bist also gar keine überzeugte Traditionalistin?«

»Ich liebe die Geschichte dieses Landes, weiß aber auch, daß die Zeit nicht stillstehen kann. Ohne Fortschritt stagniert ein Land wie ein Tümpel ohne Abfluß. Es muß Wachstum geben und Veränderungen, oder ein Land kann nicht überleben.«

»Ich verstehe nicht, wie du deine Vorliebe für Kilts mit deinen amerikanischen Überzeugungen, alles verändern zu müssen, in Einklang bringen kannst. Was ist falsch an den Dingen, wie sie sind? Du redest wie einer von diesen verdammten Missionaren, die die Menschen zu einer anderen Religion bekehren wollen. Die Religion, an die die armen Wilden glaubten, war wohl nicht gut für sie.«

Sie blickte ihn verwirrt an. »Ich habe nichts von Religion gesagt. Ich habe nicht einmal von Philosophie geredet, sondern von Badezimmern.«

Claire freute sich, daß sich dieser abgeklärte, immer die Distanz wahrende Ausdruck seiner Augen verlor und er sie entgeistert anstarrte.

Claire stand auf und trat ans Fenster. »Schau dir nur dieses herrliche Haus an. Betrachte die Menschen, die darin wohnen. Wir leben am Ende des neunzehnten Jahrhunderts. Es ist schon fast das *zwanzigste* Jahrhundert, aber dieses Haus hat nicht einmal sanitäre Einrichtungen.« Sie hob in gelinder Verzweiflung beide Hände. »Alle Bewohner dieses Hauses benützen Nachttöpfe. Das Badewasser muß eimerweise von den Bediensteten über Treppen heraufgeschleppt werden.« Sie sah zum Fenster und dann auf ihn zurück. »Ja, ich liebe die Geschichte dieses Landes. Würde ich hier an einer maßgeblichen Stelle sitzen ... ich weiß nicht, als was ... vielleicht als Regentin von Schottland, würde ich dafür sorgen, daß jeder Mann, jede Frau und jedes Kind dieses Landes die Geschichte seiner Vorfahren kennt. Es betrübt mich, daß so viele Schotten, die ich bisher kennenlernte, nichts von ihrer Geschichte wissen. Kaum ein Kind hat auch nur eine der alten Balladen gehört. Nur wenige von den Erwachsenen wissen von dem Blut, das in dem Bemühen, die Unabhängigkeit von den Engländern zu erringen, vergossen wurde.«

»*Was* hat das alles mit Badezimmern zu tun?«

»Eine Menge. Es ist zwar gut, wenn man die Vergangenheit seines Landes kennt, aber es ist nicht gut, in ihr zu leben. Es scheint, daß die Leute hier die Traditionen und Überlieferungen ihrer Vorfahren vergessen, aber die Lebensgewohnheiten behalten haben.«

»Ich hatte bisher den Eindruck, daß du an Schottland nichts auszusetzen hättest.«

»Obwohl du dich ständig über mich zu amüsieren pflegst, als wäre ich noch ein Kind, bin ich nicht blind für das, was sich in meiner Umgebung abspielt. MacTarvit wohnt in einer Hütte, die schon seinen Vorfahren vor dreihundert Jahren als Behausung diente.«

»Ich dachte, dir hätte dieses rußige Loch gefallen.«

»Es hat mir gefallen, aber die Armut der Leute, die sich dort versammelten, war mir zuwider. Lord MacTarvit stiehlt Kühe. Er riskiert es, sich bei Harrys Mutter unbeliebt zu machen, indem er sich nimmt, was er braucht, und zweifellos gibt er das meiste davon an seine Dorfbewohner weiter. Er . . .«

»MacTarvit und etwas verschenken? Ha!«

»Er hat drei Kühe gestohlen. Glaubst du, daß ein kleiner Mann das ganze Fleisch allein aufessen kann?«

»Vielleicht hat er sie nacheinander geschlachtet.«

Sie funkelte ihn an. »Unterstellen wir mal, es wäre so gewesen. Glaubst du, er kann eine ganze Kuh allein aufessen?«

Trevelyan lehnte sich zurück und betrachtete sie mit neuerwachtem Interesse. »Und was würde diese Menschen deiner Ansicht nach von dieser Armut befreien? Amerikanische Fabriken? Amerikanische Eisenbahnen, die durch dieses Hochland rollen? Willst du die Berge wegsprengen? Möchtest du, daß Ströme von Touristen ins Land kommen, die diese seltsamen Schotten in ihren karierten Röcken begaffen?«

Claire setzte sich hart auf den Stuhl. »Ich weiß es nicht«, murmelte sie.

Trevelyan sah sie lange an. »Was bekümmert dich das, was aus den Menschen wird, die hier wohnen? Du bekommst dein Geld und deinen Herzog. Was willst du noch mehr?«

»Du verstehst mich noch immer nicht, wie? Als Herzogin habe ich große Verantwortung. Es wird zu meinen Pflichten gehören, für das Wohlergehen dieser Menschen zu sorgen. Wenn sie hungern, muß ich dafür sorgen, daß sie zu essen bekommen.«

Trevelyan ließ ein häßliches kleines Lachen hören. »Du redest von einem Feudalsystem. Aber diese Leute pachten lediglich das Land von uns. Ein Herzog sitzt hier nicht mehr zu Gericht und entscheidet auch nicht über das Schicksal der Leute.« Er schob eine Braue in die Höhe. »Du möchtest die sanitären Einrichtungen des zwanzigsten Jahrhunderts haben und den Clan des sechzehnten Jahrhunderts.«

»Möglich«, sagte Claire leise. »Es scheint alles so kompliziert zu sein.«

Sie saß da und dachte eine Weile über dieses Problem nach, ehe sie lächelte. »Ich weiß nicht, wie ich das machen soll, was ich gern täte, weil ich mir nicht sicher bin, was ich möchte. Aber ich bin entschlossen, einen Versuch zu wagen.«

Er lachte, runzelte dann die Stirn. »Glaubst du, daß Harrys Mutter dir erlauben wird, das zu tun, was du tun möchtest?«

»O ja, natürlich. Harry hat mir gesagt, ich könnte tun, was mir beliebt.«

Trevelyan schnaubte ungläubig.

Claire betrachtete das Schachbrett und sah, daß er in der Zwischenzeit weitergespielt hatte – mit sich selbst als Gegner. »Hast du gewonnen oder verloren?« fragte sie ihn.

»Ich habe natürlich gewonnen«, erwiderte er mit funkelnden Augen.

Claire lachte, und für einen Moment waren sie sich nahe. Freundschaft, dachte Claire. Trotz einiger Vorkommnisse, an die sie lieber nicht erinnert werden wollte, wurden sie allmählich zu echten Freunden.

»Ich habe dir Dinge erzählt, die ich bisher noch keinem erzählt habe«, sagte sie leise. »Ich habe dir das Geheimnis meiner Mutter verraten und Meinungen, die ich bisher noch niemandem offenbarte.« Sie schwieg eine Weile. »Reichtum ist keine leichte Bürde. Es war nicht einfach, als Enkelin des ›Commanders‹ aufzuwachsen. In meinem Leben . . .« Sie hielt inne und hob die Hand. »Ich weiß, ich weiß – du wirst sagen: in deinem so kurzen Leben. Es stimmt, daß ich nicht sehr alt bin, aber ich habe sehr bewußt gelebt. Meine Eltern sind nicht . . .« Sie suchte nach einem Ausdruck, der sich nicht wie eine Beschwerde anhörte.

». . . immer so erwachsen gewesen, wie du es gern gesehen hättest«, kam ihr Trevelyan zu Hilfe.

»Ja, ganz genau. Es hat oft Zeiten gegeben, in denen ich das Gefühl hatte, ich wäre die Erwachsene.«

Aus allem, was Trevelyan bisher über ihre Eltern gehört hatte, hatte er den Eindruck gewonnen, daß sie die Reife von sechsjährigen Kindern besaßen. Er konnte sich vorstellen, wie sich diese reichen, verwöhnten Menschen in allen nur möglichen Belangen auf dieses junge Mädchen verließen: Zum Beispiel, daß sie jemanden heiratete, den sie sich als Schwiegersohn wünschten, damit sie das bekamen, was sie wollten. Sie hatten eine Chance im Leben bekommen, wie sie nur sehr, sehr wenigen Menschen vergönnt war, und sie sinnlos vertan. Und nun erwarteten sie von Claire, daß sie ihnen eine zweite Chance gab.

»Du hast mir von deinem Leben erzählt.«

»Ja.« Sie drehte sich um und blickte aus dem Fenster. »Es hat viele Menschen in meinem Leben gegeben, die meine Nähe suchten – aber weniger aus Zuneigung zu mir, sondern mehr aus dem Verlangen nach dem, was ich für sie darstellte.«

»Leute, die es auf dein Geld abgesehen hatten?« sagte er brutal.

»Ja, genau.«

Als sie sich nicht mehr dazu äußern wollte, versuchte er zu erraten, was sie ihm damit hatte sagen wollen. »Sollte das eine Frage an mich sein, ob ich auf dein Geld scharf bin?«

»Vielleicht«, flüsterte sie. »Ich schätze, ich werde jedesmal mißtrauisch, wenn Menschen nett zu mir sind.«

»Nur bei Harry nicht.«

Sie drehte sich zu ihm um, um ihm zuzulächeln, als er Harrys Namen erwähnte, doch im selben Moment konnte sie sich nicht mehr an Harry erinnern. Trevelyans dunkle Augen schienen das ganze Zimmer auszufüllen.

Sie sah auf die Uhr, die sie an ihrem Busen festgesteckt hatte. »Ich muß gehen. Es wird Zeit, daß ich mich zum Dinner umziehe, und ich möchte um keinen Preis die Überraschung mit dem Pferd versäumen oder die beiden alten Damen mit dem Silberbesteck.«

»Nun sag bloß nicht, daß die beiden alten Ladies noch am Leben sind!«

»Sie sind es und haben auch noch nicht die Lust am Stehlen verloren.«

Sie trat an sein Bett. »Du bist doch jetzt über den Berg, nicht wahr?«

»Ja, natürlich. Und wenn es nicht so sein sollte, habe ich ja Oman.«

»Da hast du aber eine große Hilfe! Er wollte dich einfach im Bett liegen lassen – ohne die geringste Pflege.«

»Ich muß zugeben, daß ich schon immer viel rascher gesund wurde, wenn ich mit einem hübschen Mädchen im Bett lag.«

Claire errötete bis unter die Haarwurzeln. »Du bist gräßlich. Ich möchte, daß du eine kräftige Mahlzeit zu dir nimmst und dann schläfst.«

»Jawohl, Madam«, erwiderte er im neckenden Ton.

Sie war schon an der Tür, als sie sich noch einmal zu ihm umdrehte. »Vellie, vielen Dank, daß du mein Freund bist.«

Seine Augen weiteten sich ein wenig, als sie seinen Namen aus der Kinderstubenzeit benützte, aber er äußerte sich nicht dazu. Wenn jemand einen Kranken so pflegt, wie sie es getan hatte, hatte er auch das Recht, seinen Pflegling so zu nennen, wie es ihm beliebte. Er schenkte ihr ein kleines Lächeln, und dann war sie schon aus dem Zimmer.

Claire rannte die Stufen der alten Wendeltreppe hinunter, doch im Parterre fiel ihr ein, daß sie Trevelyan hätte fragen sollen, ob er ihr eines von seinen Büchern leihen könnte. Also ging sie noch einmal hinauf und betrat sein Wohnzimmer. Oman war nirgends zu sehen, und als sie einen Blick ins Schlafzimmer warf, stellte sie fest, daß Trevelyan bereits eingeschlafen war.

Claire holte sich ein Buch aus dem Wandschrank und wandte sich wieder zum Gehen. Aber im letzten Augenblick kehrte sie nochmals um und betrachtete die elf Tische, die alle mit Schreibutensilien bestückt waren.

Schon seit dem Tag, als sie diese Tische zum erstenmal

gesehen hatte, war sie neugierig darauf, was Trevelyan zu schreiben hatte. Sie warf einen verstohlenen Blick zum Schlafzimmer, in dem es totenstill war, und trat an den ersten Tisch.

Da lagen viele Zettel – Berge davon. Sie waren mit der winzigsten Handschrift bedeckt, die ihr bisher in ihrem Leben begegnet war. Sie nahm einen von den größeren Zetteln vom Tisch und blickte darauf, konnte aber nicht klug aus den Schriftzeichen werden.

Nachdem sie noch einmal zur Schlafzimmertür gesehen hatte, trug sie das Papier ans Fenster und hielt es in das verlöschende Licht.

Soweit sie die Schrift zu entziffern vermochte, schien es sich dabei um die Beschreibung einer Stadtmauer zu handeln. Da waren Angaben über Höhe, Breite und das Material, das zum Bau der Mauer verwendet worden war. Auf der Rückseite des Zettels fand sie die Maße der einzelnen Steine und den Anfang einer theoretischen Betrachtung, wann die Mauern gebaut sein konnten.

Sie legte den Zettel auf den ersten Tisch zurück und ging zum nächsten. Darauf schienen sich nur Papiere zu befinden, die sich mit einer Übersetzung eines Gedichts aus einer ihr unverständlichen Sprache befaßten. Nichts, was sie bisher gesehen hatte, ergab einen Sinn, und so ging sie von einem Tisch zum anderen. Vier Tische waren offenbar ausschließlich für Übersetzungen reserviert, jede aus einer anderen Sprache. Ein Tisch enthielt Papiere, die sich mit China befaßten. Auf einem anderen Tisch lagen Schriften, die von der Goldsuche in Arabien handelten.

Erst als sie den siebten Tisch erreichte, dämmerte es ihr. Hier lag der Entwurf eines Alphabets der Peshanischen Sprache. Nicht daß sie diese Sprache erkannt hätte, aber sie entdeckte in der Nähe des Alphabets umfangreiche Notizen, welche die Laute dieser Sprache beschrieben. Und der Name Pesha fand sich überall.

Claire fühlte sich nicht sonderlich wohl, als sie zum ersten Tisch zurückkehrte und noch einmal die winzige

Schrift auf den kleinen Zetteln studierte. Sie hatte gelesen, daß Captain Baker oft Menschen besuchte, die kein Verständnis für die Handlung des Schreibens aufbrachten. Hätte er zugelassen, daß auch nur ein Bewohner dieser Städte ihn beim Schreiben beobachtete, hätte er sein Leben verwirkt. Also schrieb er oft auf winzige Zettel, die er im Nu verstecken konnte. Als sie Captain Bakers Bericht von seinen geheimen Aufzeichnungen gelesen hatte, hatte sie seinen Wagemut bewundert. Wäre auch nur einer dieser Zettel bei ihm entdeckt worden, hätte man ihn auf der Stelle getötet.

Sie nahm einen Zettel nach dem anderen vom Tisch und las davon so viele, wie sie konnte: Notizen über die Sprache und die Bewohner von Pesha, winzige Skizzen von Peshanern in ihren langen Gewändern, die Arme von oben bis unten mit Schmuck behängt, Aufzeichnungen über die Größe der Mauern und der Entfernungen zwischen ihnen.

Sie ging zum achten Tisch und erlebte den größten Schock ihres noch jungen Lebens, denn dort lagen Notizen über sie selbst, verfaßt in der, wie sie sofort erkannte, kräftigen, aber zugleich gestochen feinen Handschrift von Trevelyan. Hier fand sie jedes Gespräch aufgezeichnet, das sie bisher mit ihm geführt hatte. Sie überflog rasch die Seiten, die davon berichteten, wie sie versucht hatte, mit den Bewohnern von Bramley zurechtzukommen. Trevelyan beschrieb sie auf eine brillante Weise als wohlmeinendes, aber doch sehr naives Kind.

Unter den beschriebenen Seiten fand sie weitere Skizzen. Sie hatte schon Hunderte von Captain Bakers Illustrationen gesehen und kannte seinen Stil genau. Obenauf lag eine Skizze, wie sie Harry über einen Stuhl geworfen und ihm so einen Kirschkern aus dem Hals entfernt hatte. Sie war als mächtige, starke, einem Pferd nicht unähnliche Frau dargestellt und Harry als ein etwas schwächliches Männlein. Eine Zeichnung zeigte sie auf Trevelyans Fenstersitz, einen Apfel essend, die Nasenspitze dicht über einer Buchseite. Darunter stand: »Amerikanische Erbin lernt Captain Baker in lateinischer Sprache kennen.«

Da war eine dritte Skizze von ihr auf einem scheuenden

Pferd. Und wie sie die Reitgerte benützte, um einen alten kranken Mann dazu zu zwingen, ihr Pferd zu beruhigen. Auf einer anderen Skizze saß sie am Kopfende eines unglaublich langen Tisches, eine Adelskrone auf dem Kopf, flankiert von Harrys Verwandten, die alle perfekt karikiert waren.

Langsam, unendlich langsam, legte sie die Papiere auf den Tisch zurück und trat ans Fenster.

»Hast du gefunden, was du entdecken wolltest?« fragte Trevelyan hinter ihr.

Sie war nicht einmal erschrocken, als sie seine Stimme hörte. Sie drehte sich zu ihm um und sah, daß er eine lange, eigenartig geschnittene Robe trug und sie anlächelte, als erwartete er, von ihr dazu beglückwünscht zu werden, daß er sein Geheimnis so lange bewahrt hatte.

»Du bist Captain Baker«, sagte sie leise. Es war nicht mehr als ein Flüstern.

»Richtig.« Stolz sprach aus diesem Wort – und auch Erwartung.

»Ich muß gehen. Harry wird schon auf mich warten.«

Das Lächeln erlosch auf Trevelyans Gesicht. Er nahm ihren Arm, ehe sie die Tür erreichen konnte. »Mehr hast du nicht zu sagen? Obwohl du mich früher mit Fragen nach Captain Baker gelöchert hast?«

Sie sah ihn nicht an. »Ich habe nichts zu sagen.« So höflich, wie sie konnte, befreite sie ihren Arm aus seinem Griff und ging die Treppe hinunter.

»Werde ich dich morgen sehen?« rief er ihr nach.

Sie blieb auf der Treppe stehen und sah zu ihm zurück. »Nein.« Dann setzte sie ihren Weg nach unten fort.

»Ob du kommst oder nicht – es ist mir egal«, rief er ihr nach. Was für ein seltsames, außerordentlich merkwürdiges Benehmen für eine Frau, dachte er. Sie hatten sich kaum kennengelernt, und schon hatte sie ihm erklärt, was für ein großer Mann ... ja, *groß* war das Wort, das sie benützt hatte – Captain Baker doch sei, aber jetzt, da sie entdeckt hatte, daß sie sich im gleichen Zimmer mit diesem Mann befand, den sie für groß hielt, benahm sie sich so, als wäre er Gift.

Sein Kopf ruckte in die Höhe. Vielleicht hatte sie nur einen zu großen Respekt vor ihm. Das hatte er auch schon bei anderen erlebt, die von ihm gehört hatten und seine Werke kannten. Sie hatten vor Ehrfurcht kaum sprechen können.

Er lächelte und jagte dann, immer zwei Stufen auf einmal nehmend, die Treppe hinunter.

Er holte sie gerade noch an der Tür ein, die in den Garten führte, und hielt sie zurück. »Du hast keinen Grund, dich vor mir zu fürchten«, sagte er. »Du hast doch gesehen, daß ich ein Mensch bin wie jeder andere – ein Wesen aus Fleisch und Blut. Du darfst mich gern auch weiterhin besuchen.«

»Darf ich?«

»Ja«, erwiderte er. Ihm war die Ironie der Frage total entgangen.

Sie stand fast eine Minute reglos da und betrachtete ihn. »Die Narben auf deinen Wangen stammen von einer afrikanischen Lanze, nicht wahr? Sie traf dich an der linken Seite und trat auf der rechten wieder aus.«

Er nickte.

»Und die Narben auf deinem Rücken hast du von einem afrikanischen Löwen, der dich von hinten angefallen hat?«

Sein Lächeln wurde breiter. Es tat ihm in der Seele wohl, daß *diese* Frau so viel über ihn wußte. Zwar gab es nicht wenige Männer, die Kenntnis hatten von dem, was er in seinem Leben alles geleistet hatte, aber nur wenigen Frauen war es gestattet, seine Bücher zu lesen.

»Und die Messernarben auf deinem Rücken?« fragte sie.

Darauf gab er ihr nicht sogleich eine Antwort.

»Du bist ein Sufi-Meister«, sagte sie leise.

Er war *sehr* beeindruckt von den Kenntnissen, die sie über ihn besaß.

Claire sah ihn mit einem humorlosen Lächeln an. »Nun weiß ich, was andere nicht wissen. Du schreibst zwar, daß du die Würde eines Sufi-Meisters erlangt hättest, aber ein Kritiker meinte, du hättest unmöglich diese ... Weihen, würdest du es wohl nennen ... lebend überstehen können.

Es handelt sich dabei, wenn ich mich recht entsinne, um eine Zeremonie, in der du in Trance vesetzt worden bist und dir dann selbst Wunden . . .« Sie brach ab, weil sie nicht daran denken mochte, was er sich im Verlauf dieser Zeremonie angetan hatte, aber schließlich war er ein Gelehrter, wie es noch keinen vor ihm gegeben hatte. Es genügte ihm nicht, ein Thema gründlich zu recherchieren – er wollte selbst erleben, was er sah. Um ein Sufi-Meister zu werden, mußte er sich selbst in Trance versetzen und mit einem Messer, während er sang und tanzte, auf sich einstechen. Angeblich konnte der Sufi-Meister die Wunden seiner Jünger durch Handauflegen heilen.

Trevelyan gab ihr mit einer leichten Verbeugung zu verstehen, daß sie alles korrekt wiedergegeben hatte.

Claire blickte ihn noch eine Weile stumm an und legte dann die Hand auf den Türknauf.

Er legte seine Hand auf ihre. »Es spielt doch keine Rolle, was bisher zwischen uns gewesen ist. Du kannst mich immer besuchen. Ich werde dir . . .« Er lächelte. »Ich werde dir die peshanische Sprache beibringen.«

Sie zog ihre Hand unter seiner hervor. »Und was soll ich dir beibringen?«

»Ich weiß nicht, was du meinst. Ich beherrsche alle Sprachen, die du kennst. Ich . . .«

»Vielleicht kann ich dir noch etwas aus dem Leben einer amerikanischen Erbin berichten. Oder dir beschreiben, was eine Amerikanerin empfindet, die eine Herzogin werden soll.«

»Ich weiß nicht, wovon du sprichst!«

Sie mußte jetzt ihrem Ärger Luft machen. Sie hatte gehofft, sie könnte in den Garten flüchten, ehe sie explodierte.

»Wirst du ein Buch schreiben, in dem du deine Notizen auswertest, die auf dem Tisch liegen? Deine Beobachtungen und Betrachtungen meines Innenlebens? Werde ich Karikaturen von mir in allen Bücherläden der Welt wiederfinden?«

Es dauerte einen Moment, ehe Trevelyan begriff, wovon

sie redete. »Wie du bereits festgestellt hast, schreibe ich alles nieder, was ich beobachte.«

»Auch das, was deine Freunde dir im Vertrauen erzählen?« Sie lächelte bitter. »Jetzt, da ich dein Inkognito gelüftet habe, ist es mir unbegreiflich, warum ich nicht sofort erkannt habe, wer du bist. Die Narben. Die kalten Augen, die alles sehen und jeden sezieren, als wäre er ein biologisches Subjekt, das katalogisiert und mit einem Namen versehen werden muß. Gibst du mir jetzt einen lateinischen Namen, weil du mich entdeckt hast? *Americana bakera* vielleicht? Ich nehme doch an, daß du das Recht, mich identifiziert zu haben, für dich in Anspruch nehmen wirst, nicht wahr? Oder bin ich für dich nicht interessant genug?«

»Ich habe nichts getan, was dir erlaubt, dir ein solches Urteil über mich zu bilden. Ich . . .«

»Wirklich nicht? Du hast mich bei jeder Gelegenheit über mich und meine Familie ausgefragt. Du hast mich nach meinen Ansichten über Leute gefragt, die mir nahestehen.« Ihr Mund wurde schmal. »Du wolltest meine Meinung über Captain Baker hören.« Sie blickte ihn von oben bis unten an. »Du hast mich über dich selbst ausgefragt. Das war doch fast so, als würdest du an den Türen lauschen, nicht wahr, Captain Baker? Oder ist dir Trevelyan lieber? Oder möchtest du anonym bleiben wie bisher?«

Wieder langte sie nach der Türklinke, aber er vertrat ihr den Weg.

»Es war nicht meine Absicht, dich zu täuschen. Es gibt zwingende Gründe dafür, meine wahre Identität geheimzuhalten.«

»Damit du Leute aushorchen kannst?«

»Ich horche keine Leute aus.«

»Vielleicht sehen das die Bewohner von Pesha anders.« Sie konnte ihm ansehen, daß er immer noch nicht begriff, was sie meinte. »Laß dir etwas erklären, wie auch immer du dich nennst – ich bin keine Wilde im afrikanischen Busch, die dir als Studienobjekt zur Verfügung steht. Wenn ich nur daran denke, wie du mich in MacTarvits Hütte beobachtet hast! Und dann, wie ich hier ... wie ich dich hier gepflegt habe.« Sie rückte einen Schritt von ihm ab, als dürfte sie ihm nicht zu nahe kommen. »Ich bin keines von diesen Naturkindern, deren Bräuche und Gewohnheiten du für so faszinierend hältst. Ich bin eine Amerikanerin, eine sehr reiche Amerikanerin, und wenn du etwas über mich veröffentlichst, werde ich dich verklagen.«

Er blinzelte ein paarmal und gab ihr dann den Weg durch die Tür frei. »Ich werde nicht über dich schreiben. Leb wohl. Ich wünsche dir viel Glück mit deinem Herzog.«

Sie verabschiedete sich nicht mal mit einem Nicken, als sie an ihm vorbei durch die Tür ins Freie ging.

10

Als Claire in das Haupthaus kam, hatte sich die Familie bereits am Tisch zum Dinner niedergelassen. Sie bemühte sich gar nicht erst auf ihr Zimmer, um sich umzuziehen, sondern ging in dem schmutzigen Kleid, das sie nun schon drei Tage auf dem Leib trug, zum Speisesaal. Als sie die Hand auf den Türknauf legen wollte, vertrat ihr ein Lakai den Weg.

»Ihre Gnaden hat angeordnet, daß die Familie während des Dinners nicht gestört werden darf«, sagte er.

Claire blickte zu ihm auf. »Wenn ich hier Herzogin bin, werde ich mich daran erinnern, was Sie eben zu mir gesagt haben.«

Plötzlich öffnete der Lakai die Tür für sie.

Sie marschierte zu Harrys Sessel am Kopfende der Tafel. Sie waren gerade dabei, die Suppe einzunehmen. »Ich muß dich sprechen«, sagte sie.

Claire hielt sich nun schon lange genug auf der britischen Insel auf, um zu wissen, daß niemand, unter gar keinen Umständen, einen Engländer beim Dinner stören darf. Das war eine so eiserne Regel, daß keiner auch nur daran dachte, über sie nachzudenken. Man verletzte sie einfach nicht.

Harry war so schockiert, daß er nur dasaß und sie anstarrte.

»Ich muß dich jetzt sprechen. Sofort.«

Sie sah die anderen Leute am Tisch nicht an, war sich aber nur zu sehr bewußt, daß diese sie, schockiert über den Bruch der Etikette, anstarrten. Claire zweifelte nicht daran, daß sie in diesem Moment die Meinung, daß die Amerikaner Barbaren seien, bestätigte.

Harry legte seinen Löffel weg, schob seinen Sessel zurück und folgte ihr aus dem Zimmer. »Was ist passiert?« fragte er, denn er war überzeugt, daß nur ein Todesfall zu so einem unerhörten Verhalten führen könne.

»Ich muß mit dir reden.«

Harrys Herz begann zu pochen. Er glaubte nicht, daß ihre Neuigkeit etwas mit seiner Mutter zu tun haben konnte. Sicherlich hätte man ihn zuerst benachrichtigt, wenn sie der Schlag getroffen hätte. Die zweite Möglichkeit, die ihm einfiel, war, daß Claire die Verlobung auflösen wollte. Davor hatte er Angst. Wenn er seine kleine amerikanische Erbin verlor, wäre seine Mutter wütend – mehr als wütend wahrscheinlich.

Als sie den blauen Salon erreichten, war Harry auf das Schlimmste vorbereitet. Wenn etwas geschehen war, das in ihr den Wunsch geweckt hatte, das Verlöbnis rückgängig zu machen, würde er alles tun, um sie umzustimmen.

Er schloß die Tür hinter sich und lehnte sich dagegen. »Was ist los?«

Zu seiner Überraschung warf sich Claire an seine Brust und drückte ihn an sich. Es dauerte einen Moment, bis er begriff, daß keine Gefahr bestand. Er hielt sie auf Armeslänge von sich weg. »Was ist passiert?«

Sie fing an zu reden, aber so unzusammenhängend, daß er eine Weile brauchte, ehe er begriff, was sie sagte. Er hörte das Wort Trevelyan, und Harry hätte fast gelacht vor Erleichterung. War das alles, was sie störte? Sein Bruder konnte einen Heiligen zur Rage bringen. Sein Bruder hatte Männer – er mußte ihm fairerweise zugestehen, daß es meistens Männer waren – auf allen fünf Kontinenten vor den Kopf gestoßen.

»Was hat Vellie denn jetzt wieder angestellt?« fragte er und nahm seine Hände von ihren Schultern.

»Ich bin bei ihm gewesen.« Sie weinte nicht, aber er spürte, wie sie am ganzen Körper zitterte. Seiner Erfahrung nach hatte Trevelyan schon oft Menschen zum Zittern gebracht.

»Du bist bei ihm gewesen?« wiederholte Harry leise und dachte über diese Worte nach. »Hast du die Absicht, ihn zu heiraten?«

Claire löste die Arme von ihm. »Ihn heiraten? Hast du den Verstand verloren?«

Wieder wurde Harry von einem Gefühl der Erleichterung überschwemmt. »Wir werden abwarten und sehen, was passiert. Solltest du entdecken, daß du schwanger bist, werden wir eben früher heiraten als geplant. Ich werde das Kind als meines anerkennnen und . . .«

Sie sah ihn entsetzt an. »*Wovon* redest du eigentlich?«

»Wenn du bei ihm gewesen bist, dann . . .«

Plötzlich brach Claire in Gelächter aus. »O Harry, wie komisch du bist! Ich meinte damit doch nicht, daß ich mit ihm *geschlafen*, sondern nur in den letzten drei Tagen nicht krank in *meinem* Bett gelegen habe. Ich war bei Trevelyan, um ihn zu *pflegen*. Er hatte einen Malariaanfall.«

»Oman«, war alles, was Harry darauf sagte. Er wollte Claire nicht verraten, daß er von ihrem Kranksein gar nichts gewußt hatte. Er war erst vor ein paar Stunden von seiner Reise zurückgekommen, und sein erster Gedanke hatte dem Dinner gegolten. Er hatte zwar bemerkt, daß sie am Tisch fehlte, aber das war bei Claire nichts Ungewöhnliches. Er verstand die Amerikaner nicht und war auch nicht bereit, es zu lernen. Wenn Claire auf ihr Dinner verzichten wollte, hatte er nicht das Recht, ihr das zu verbieten.

»Er ist Captain Baker«, sagte sie wütend.

»Ja.«

»Ich will jetzt alles über ihn erfahren. Ich möchte wissen, was er hier tut und warum er sich hier versteckt.«

Harry hatte sie noch nie so erregt erlebt wie jetzt. Ihr Gesicht war gerötet, und ihre Augen glänzten. »Hast du dich in ihn verliebt, Claire?«

»Nein«, erwiderte sie, und er konnte in ihren Augen lesen, daß sie die Wahrheit sagte. »Ich habe mich nicht in ihn verliebt.«

Harry seufzte erleichtert, runzelte dann aber die Stirn. Wenn Frauen sagten, sie wollten ihn sprechen, so bedeutete das seiner Erfahrung nach zumeist, daß sie stundenlang redeten. Er öffnete die Tür, befahl einem Lakaien, ihm das Dinner im blauen Salon zu servieren, und gab Anweisungen, daß ihn niemand stören dürfe.

»Und jetzt, meine Liebe, erzähl mir, womit Vellie dich so aufgeregt hat!« Er wollte wissen, wieviel sein Bruder Claire erzählt hatte und wieviel sie über seinen Verwandtschaftsgrad wußte.

Sie begann mit einer wahren Redeflut. Harry hatte sie immer für ein kleines stilles, mundfaules Ding gehalten – nach seinem Verständnis eine ihrer besten Eigenschaften –, aber jetzt bombardierte sie ihn mit einer Fülle von Ausdrücken, die ihn auf erhebliche Lücken in seinem Wortschatz aufmerksam machten. Sie erzählte ihm, daß sie einige Tage mit Trevelyan verbracht hatte. Sie berichtete ihm von ihrem Besuch mit Vellie bei dem alten MacTarvit. Sie erzählte ihm von ihren gemeinsamen Spaziergängen, den Mahlzeiten und Vellies Büchern, die sie gelesen hatte.

Sie unterbrach ihre Erzählung nur, als das Dinner auf dem großen Tisch im Salon serviert wurde. Nachdem sich der Lakai zurückgezogen hatte, begann Harry zu essen, während Claire im Raum umherlief und weitererzählte.

»Du weißt ja nicht, was für eine Bedeutung Captain Baker für mein Leben hatte. Ich habe seine Werke studiert. Ich habe sein Leben studiert. Ich weiß eine Menge über ihn.«

Obwohl sie ihn mit einer Flut von Informationen überschüttete, blieb es Harry ein Rätsel, was, um Gottes willen, Trevelyan getan hatte, um ihr die Fassung zu rauben. War sie so empört, weil er sie belogen hatte? Oder weil er seine wahre Identität noch immer geheimhalten wollte?

Erst als sie ihm von der Entdeckung der Zeichnungen berichtete, die Trevelyan von ihr angefertigt hatte – von diesen schrecklichen Karikaturen, für die Vellie berüchtigt war –, begriff er. Als Harry zum erstenmal die Skizzen gesehen hatte, die Trevelyan von ihm gemacht hatte, war er beleidigt gewesen wie nie zuvor. Trevelyan hatte ihn als kleines Büblein mit Ringellocken dargestellt, das sich an seine Mutter klammerte. Manchmal hatte Vellie ihm das Gesicht seiner Mutter aufgesetzt oder der Gestalt seiner Mutter sein Gesicht.

Harry wollte Claire erklären, daß Trevelyan jeden karikierte. Harry hatte Zeichnungen gesehen, mit denen sich Vellie selbst karikiert hatte, und sie fast bösartig gefunden. Trevelyan stellte sich oft als Narr dar – als einen Mann, der stets den falschen Leuten vertraute und immer verraten wurde.

Aber etwas hielt Harry davon ab. Er hatte nicht gewußt, daß Claire so viel Zeit mit seinem Bruder verbrachte. Er hatte angenommen, daß sie tagsüber tat, was Frauen eben so machten. Es war ein Schock für ihn, entdecken zu müssen, daß sie tage- und nächtelang mit ihm zusammengewesen war und sich sogar von ihm die Geheimgänge hatte zeigen lassen.

»Trevelyan kann sehr grob sein«, sagte Harry mit vollem Mund. »Aber die Frauen mögen ihn in der Regel.«

»Ich mochte ihn auch. Ich betrachtete ihn als Freund, aber er hat mich nur benützt. Er studierte mich. Er schrieb über mich, als wäre ich eine von seinen Wilden, deren bizarre Gewohnheiten er beobachten und aufzeichnen muß.«

»Möchtest du nicht etwas von diesem Roastbeef haben? Es ist exzellent zubereitet.«

Claire setzte sich an den Tisch, und Harry legte eine Scheibe Roastbeef auf ihren Teller, aber sie rührte nichts an. »Kannst du mir verraten, was ihn so kalt, so gefühllos gemacht hat?«

Ihre Frage machte ihn betroffen. Trevelyan und gefühllos? Bei Gott – er kannte keinen zornigeren, gefühlsbetonteren Menschen als Trevelyan!

»Warum ist er hier? Warum hast du ihn bei dir aufgenommen?«

»Was hat er dir über seine Verwandtschaft mit der Familie erzählt?« Harry hielt den Atem an und wartete auf ihre Antwort. Trevelyan hatte zu ihm gesagt, daß er das Herzogtum nicht haben wolle, aber er brauchte nur seine Meinung zu ändern, und er, Harry, saß auf dem Trockenen. Er würde zwar etwas Geld von seiner Mutter bekommen, aber sonst nichts. Das bedeutete, er würde gar nichts haben, wenn er seine Erbin verlor – was er nicht zu tun gedachte.

»Er sagte, er sei ein Vetter – aber nicht welchen Grades.«

»Ja, er ist mit mir verwandt – wie auch all die anderen Leute, die in diesem Haus wohnen.«

»Und du sorgst für sie«, sagte Claire.

»Ich tue mein Möglichstes«, erwiderte Harry bescheiden.

Claire verließ ihren Platz am Tisch und begann wieder im Raum umherzuwandern. »Warum hält er seine Identität geheim?«

Harry nahm sich Zeit für die Antwort. »Er wurde, als er neun Jahre alt war, aus dem Haus geschickt.«

»Man schickte ihn auf ein Internat?«

»Nein. Soweit ich weiß, hat Trevelyan nie eine öffentliche oder private Schule besucht.«

»Warum schickte man ihn dann aus dem Haus?«

Harry zuckte leicht mit den Achseln. »Das passierte ein oder zwei Jahre nach meiner Geburt, und deshalb weiß ich es nicht so genau. Man erzählte mir, er sei ein schwieriges Kind gewesen, habe sich immer mit seinem älteren Bruder gestritten, und stets wäre Trevelyan der Anstifter gewesen.« Harry lächelte. »Als die beiden Jungen einmal mit ihrem Vater in Frankreich waren und dort eine Krankheit in der Stadt ausbrach – eine Seuche oder dergleichen, das weiß ich nicht genau –, kamen nachts Männer mit Karren, die die Leichen aufsammelten und wegbrachten. Trevelyan und sein älterer

Bruder bestachen einen dieser Kärrner, damit sie ihn auf seinen nächtlichen Runden begleiten durften. Man erzählte mir, daß in der Grube, in die sie die Leichen warfen, eine blaue Flamme gebrannt habe.«

»Ja, das paßt zu ihm. Er wurde von seinem Vater wegen solcher Jungenstreiche aus dem Haus geschickt?«

»Seine Mutter schickte ihn aus dem Haus. Sie brachte ihn bei ihrem Vater unter.« Harry schluckte. »Der alte Mann wurde auch ›der Admiral‹ genannt. Er soll ein großer Zuchtmeister gewesen sein, und man erhoffte sich von ihm, daß er Trevelyan ein wenig Disziplin beibrachte.«

»Aber das schaffte er nicht.«

»Nein. Trevelyan wollte nie etwas tun, wozu andere ihn zwangen. Ich glaube, es gab eine Menge Streit zwischen ihm und dem Admiral. Ich weiß, daß die beiden sich schließlich haßten. Als Vellie sechzehn war, verließ er den Admiral und trat in die Armee ein.«

»Als Frank Baker?«

»Ja. Der Admiral wollte, daß Trevelyan sich bei der Marine bewarb, aber Trevelyan mochte keine Schiffe und auch nicht das Meer. Am Ende kaufte sich Trevelyan selbst sein Offizierspatent bei der Armee. Und damit sein Großvater ihn nicht finden konnte, trat er unter einem anderen Namen in der Armee ein. Ich denke, daß seine Tarnung zunächst nur einer von seinen Jugendstreichen gewesen ist, später jedoch sehr wichtig für Vellie werden sollte. Er wollte seinem Großvater Paroli bieten. Der hatte nämlich prophezeit, daß aus Vellie nie etwas werden würde, daß er zu nichts tauge und auch ein Nichts wäre, wenn er sich nicht auf unseren Familiennamen berufen könne. Ich glaube, Vellie wollte seinen Großvater widerlegen.«

»Das ist ihm wohl auch gründlich gelungen. Captain Baker hat sich als großer Mann erwiesen.«

»Für einige vielleicht.« Harry runzelte die Stirn. Diese Frau gehörte *ihm, nicht* seinem Bruder. Er drehte sich auf seinem Stuhl um und lächelte sie an. Harry wußte sein gutes Aussehen zu nützen.

Claire kam an den Tisch und setzte sich neben ihn.

»Nun verrate mir mal, warum du so viel Zeit mit meinem ... Vetter verbracht hast. Gibt es denn nicht genügend Beschäftigung für dich hier im Haus?«

»Ich schätze, ich habe mich ein bißchen gelangweilt.« Sie blickte auf ihre Hände hinunter. Sie mochte in seinen Augen nicht als eine Frau dastehen, die sich beschwerte. Sie wollte nicht, daß Harry etwas Schlechtes von ihr dachte. »Nur ein bißchen gelangweilt.« Sie sah zu ihm auf. »O Harry, wann werde ich deine Mutter kennenlernen?«

»Wann immer du willst«, erwiderte er zuversichtlich. Doch insgeheim hatte er da seine Zweifel. Im Vergleich mit seiner Mutter war Trevelyan, was Sturheit anlangte, der reinste Waisenknabe.

»Harry, ich möchte mehr Zeit mit dir verbringen. Ich will, daß es mit uns wieder so wird, wie es in London gewesen ist. Ich möchte, daß wir gemeinsam etwas unternehmen, Ausflüge machen, miteinander reden. Ich möchte, daß wir uns als Liebespaar zeigen, was wir doch tatsächlich sind.«

»Ja, natürlich.« Darüber mußte er ein Wörtchen mit Trevelyan reden, dachte Harry. Er hatte Claire schließlich in London schon genug den Hof gemacht und gemeint, jetzt wieder sein eigenes Leben führen zu können. Er hatte seine Arbeit getan. Er war nach London gefahren, weil er gehört hatte, daß dort eine hübsche kleine amerikanische Erbin zu haben war, hatte sie kennengelernt und für sich gewonnen. Und nun mußte er, weil sich sein Bruder eingemischt hatte, weiter um sie werben.

»Und ich will etwas Zeit mit deiner Schwester verbringen.«

Harrys Miene hellte sich bei diesen Worten auf. »Mit Leatrice? Aber natürlich – du kannst mit ihr so viel Zeit verbringen, wie du möchtest. Sie mag solche Sachen, die auch dir gefallen.«

Sie rückte näher an ihn heran, um ihm ins Gesicht sehen zu können. »Und was sind das für Sachen, die mir gefallen?«

»Bücher. Geschichte. Und vor allem die Schotten.«

Sie lächelte, und Harry atmete erleichtert auf. Diese Frauen und ihre verdammten Liebesproben! Darin waren sich doch all seine Mätressen gleich: Es genügte ihnen nicht, daß ein Mann bei ihnen war – nein, sie wollten von ihm auch noch Beweise haben, daß er sie liebte!

»Ich weiß, daß Leatrice gern liest. Und was liebt sie sonst noch?«

Harry griff nach seinem Weinglas. Er hatte nur wenige Mahlzeiten in seinem Leben genossen, bei denen nicht jemand hinter seinem Stuhl gestanden hatte, der ihn bediente. Nun sah er sich in die besonders mißliche Lage versetzt, sich den Wein selbst einschenken zu müssen. »Du meinst, außer James Kincaid?«

Claire setzte sich auf seinem Schoß sehr gerade auf. »Wer ist James Kincaid?«

Harry hätte sich die Zunge abbeißen können. »Niemand. Es sollte nur ein Witz sein. Glaube mir, er ist ein Niemand. Vermutlich ist er bereits gestorben. Tatsächlich bin ich davon überzeugt, daß er schon tot ist.«

»Wer war er dann?«

Harry leerte sein Glas und streckte die Hand nach der Flasche in dem Silberkübel auf dem Ständer neben dem Tisch aus. Er konnte sie nicht erreichen, ohne Claire den Rücken zuzudrehen, aber er hielt es für klüger, das in diesem Moment nicht zu tun. Frauen in einem seelisch labilen Zustand kamen bisweilen auf die seltsamsten Ideen. Wenn er sich von Claire wegdrehte, um an die Weinflasche heranzukommen, mochte sie vielleicht denken, daß er den Wein mehr liebte als sie.

»Lee verliebte sich in ihn, als sie noch ein junges Mädchen war. Oder vielleicht hat sie ihn schon immer geliebt. Ich weiß es nicht. Ich war damals noch ein Kind, als es passierte.« Er konnte sich nicht daran erinnern, was passiert war, ehe seine Schwester sich zum ersten und letzten Male ihrer Mutter widersetzt hatte, aber er wußte sehr genau, was danach vor sich gegangen war. Es hätte ihn nicht gewundert, wenn es einige Zimmer in dem entfernten Teil des alten Hauses gab, in denen man noch heute das Echo von Leatrices Schreien hören konnte.

»Was geschah dann?«

»Eine Verbindung wäre absolut unpassend gewesen. Lee *ist* eine Herzogstochter, wie du weißt. Kincaid war . . .« Er sagte nichts mehr, weil Claires Gesicht diesen verklärten Ausdruck annahm, den alle Frauen bekommen, wenn sie eine Romanze zu wittern meinen.

»Kincaid ist – war, falls er inzwischen verstorben ist – die schrecklichste Person, die man sich vorstellen kann. Sehr wunderlich. Er wanderte umher und redete mit sich selbst. Er hatte ständig Papiere bei sich, die ihm aus den Taschen fielen. Die Dorfkinder pflegten ihm nachzulaufen und Spottlieder auf ihn zu singen. Mutter hatte recht, daß sie ihrer Tochter verbat, diesen Mann zu heiraten.«

»Aber Leatrice hat auch keinen anderen Mann geheiratet?«

Harry schüttelte den Kopf. Er wollte Claire nichts von dem Krieg erzählen, der damals zwischen Mutter und Tochter getobt hatte. Lee hatte gesagt, wenn sie nicht den Mann heiraten dürfe, den sie heiraten wollte, würde sie niemals in eine Ehe einwilligen. Mutter hatte gedroht, wenn Lee ihr nicht gehorchte und den Mann heiratete, den die Herzogin für sie aussuchte, würde sie Leatrice das Leben zur Hölle machen. Lee hatte erwidert: »Lieber das, als einen Mann zu heiraten, den ich hasse, wie du es getan hast, und so ein Leben zu führen, wie du es geführt hast.«

Das war die letzte störrische Reaktion von Lee gewesen. Harry wußte, daß seine Mutter Lees Widerstandsgeist schon lange gebrochen hatte, denn seine Mutter war, soweit Harry das zu beurteilen vermochte, stärker als jeder andere Mensch auf Erden.

Claire stand auf, und Harry griff sofort nach der Weinflasche. »Harry«, sagte Claire, »ich muß etwas zu *tun* haben. In Amerika war ich *immer* beschäftigt.«

Nach Harrys Meinung waren *alle* Amerikaner *immer* beschäftigt. Sie konnten sich offenbar nicht vorstellen, daß man auch mal stillsitzen und nichts tun mußte. Sie taten entweder immer etwas oder redeten davon, was sie demnächst tun würden. Er hatte von einer schrecklichen amerikanischen Frau gehört, die sich damit brüstete, ihre Gäste in knappen fünfzig Minuten durchs Dinner gejagt zu haben.

»Natürlich möchtest du etwas tun, Liebling. Wir brauchen doch alle Aufgaben, die uns beschäftigen. Das Leben eines Mannes ist nichts wert, wenn er in der Zeit, die er auf Erden weilt, nichts vollbracht hat.« Das hatte er mal irgendwo gelesen und freute sich, daß er es jetzt zitieren konnte. »Woran hast du denn gedacht?«

Claire blickte aus dem Fenster. Es war dunkel draußen; aber die Vorhänge waren noch nicht zugezogen. Sie konnte ihr eigenes Bild im Glas sehen und Harrys hübsche Gestalt, die sich auf dem Stuhl räkelte und Wein trank. Sie drehte sich zu ihm um.

»Ich möchte alle deine Güter besichtigen. Ich möchte, daß du mich deinen Aufsehern oder Vormännern oder wie du sie nennst, vorstellst. Ich möchte, daß du mir zeigst, wie dieser riesige Betrieb, den du leitest, funktioniert.«

Harry schenkte ihr ein schwaches Lächeln. Er würde einen Vormann von Bramley nicht erkennen, wenn er ihm im Salon begegnete. Er würde Charles bitten müssen, ihm in dieser Angelegenheit beizustehen. »Natürlich. Es wird mir ein Vergnügen sein, dir alles zu zeigen. Noch etwas?«

Vielleicht verlangt sie jetzt von mir, daß ich ihr den Mond vom Himmel herunterholen soll, dachte Harry. Wenn auch nur jemand in Zukunft eine Andeutung machen sollte, daß er sich die Millionen seiner Frau nicht *verdient* hätte, würde er diesen Hundesohn über den Haufen schießen.

Ihre Augen weiteten sich. »Harry, du *verwaltest* doch diesen Besitz und die Güter, die zu deinem Herzogtum gehören, nicht wahr?«

Oh, diese Amerikaner mit ihrer abscheulichen Arbeitsmoral, dachte Harry. Sie waren durch die Bank davon überzeugt, daß ein Mann arbeiten mußte – eine Ansicht, für die er keinerlei Verständnis aufzubringen vermochte. »Natürlich verwalte ich meinen Besitz. Das nimmt doch einen beträchtlichen Teil meiner Zeit in Anspruch. Hat jemand mit dir darüber gesprochen, weil du mich danach fragst?«

»Trevelyan sagte, du würdest deine Güter genausowenig verwalten wie ...« Sie lächelte. »Es ist nicht so wichtig, was er gesagt hat. Das Kapitel ist abgeschlossen. Nun beginnt mein neues Leben als Herzogin. Ich muß viel lernen und freue mich schon darauf. Könnten wir morgen in aller Frühe ausreiten? Ich möchte meine Arbeit damit beginnen, daß ich mir einen Überblick über deine Güter verschaffe. Ich meine, ich möchte mir alles aus dem Blickwinkel eines Arbeiters ansehen, verstehst du?«

»Ja, du kannst dir gerne meinen Besitz ansehen. Ich werde mit dir losreiten, sobald es hell wird. Oder möchtest du lieber erst ausschlafen, bevor wir aufbrechen?« fragte er hoffnungsvoll.

»Nein, ich brauche nicht viel Schlaf. Ich würde außerdem gern deine Mutter kennenlernen. Und ich möchte dich bitten, herauszufinden, ob dieser James Kincaid noch lebt und falls ja, wo er jetzt wohnt.«

Harry nahm einen kräftigen Schluck Wein, um nicht laut zu stöhnen. »Ich bin sicher, daß der Mann tot ist. Ich glaube, gehört zu haben, daß er von einer Kutsche überfahren wurde. Er hatte wohl nicht darauf geachtet, wo er hintrat. Meinst du nicht, daß es Zeit wäre für dich, auf dein Zimmer zu gehen, meine Liebe?«

»Ja, das sollte ich wohl. Harry, ich habe das Gefühl, daß jetzt alles gut werden wird. Ich weiß gar nicht, was ich mir dabei gedacht habe, diesem Mann so viel Zeit zu widmen, wenn ich sie mit dir hätte verbringen können. Morgen werde ich mein neues Leben beginnen.« Sie legte ihm die Arme um den Hals und küßte ihn auf die Stirn, während er ihren Arm tätschelte. Sie verließ das Zimmer.

Harry blieb sitzen, wo er saß, bis ein Diener kam, um das Geschirr abzuräumen. »Rufen Sie Charles zu mir.«

»Ich glaube, Mr. Sorenson hat sich bereits zur Ruhe gelegt, Sir.«

»Dann holen Sie ihn aus dem Bett!«, schnaubte Harry. »Er muß mir sagen, wer diesen Besitz verwaltet! Und wie er verwaltet wird.« Er trank noch mehr Wein und fragte sich, ob seine Vorfahren auch so hart für das Geld, das sie erheiratet hatten, gearbeitet hatten.

Als Claire am nächsten Morgen aufwachte, fieberte sie förmlich vor Erwartung. Schon der Gedanke, daß sie den Tag mit Harry verbringen konnte, genügte, um sie glücklich zu machen. Sie ging nach unten, wo man ihr jedoch sagte, daß Harry noch nicht aufgestanden sei, weil er sich am Abend zuvor um seine geschäftlichen Angelegenheiten habe kümmern müssen und deshalb sehr spät ins Bett gekommen wäre. Der Lakai versicherte Claire, daß Harry sonst immer schon vor den Vögeln aufstünde. Etwas schien den Mann an seiner Erklärung zu erheitern, denn es gelang ihm nicht, ein Feixen zu unterdrücken.

Sie wartete also unten in der Eingangshalle, bis Harry herunterkam, wunderschön angezogen und bereit für ihren Inspektionsritt. Er stellte ihr Mr. Charles Sorenson vor, den Verwaltungssekretär, der sie auf ihrer Tour begleiten würde. Claire war ein wenig unglücklich darüber, daß sie nicht allein sein konnten, schluckte aber ihre Enttäuschung hinunter und begab sich mit Harry zu den Ställen.

Es war das erste Mal, daß sie den Stall bei Tageslicht sah. Trevelyan war immer zu Fuß gegangen. Sie verbannte diesen Mann aus ihrem Bewußtsein. Sie tat alles, was sie konnte, um jeden Gedanken an Trevelyan – oder Captain Baker – zu blockieren.

Sie war überrascht, als sie sah, wie schön und wie reinlich die Ställe waren, und schockiert, als sie feststellte, daß es hier fließendes Wasser gab – im Haus gab es keine Versorgung mit fließendem Wasser. Als sie sah, wie liebevoll Harry von den Pferden begrüßt wurde, verstand sie fast, warum das so war.

Sie zeigte sich geziemend überrascht, als Harry ihr die hübscheste kleine Stute schenkte, die Claire in ihrem Leben gesehen hatte. Das Tier hatte zierliche Beine und schlanke Fesseln und wieherte leise an Claires Schulter. »Sie ist schön, Harry, wunderschön.«

Er lächelte und war froh, daß sie sich über das Geschenk freute. Er war ebenfalls sehr, sehr froh darüber, daß sie gestern abend nicht ihre Verlobung aufgelöst hatte, denn er hatte dieses Pferd und noch vier andere auf eine Rechnung schreiben lassen, die nach seiner Heirat beglichen werden sollte – nachdem er ihre Mitgift bekommen hatte. Er hatte zudem ein paar ziemlich gute Gemälde, etliches Porzellan und ein recht hübsches, aus dem fünfzehnten Jahrhundert stammendes antikes Silberbesteck gekauft.

Er half ihr auf das Pferd, und sie begannen ihre Besichtigungstour. Anfangs fragte Claire Harry nach allem aus, was sie wissen wollte, aber Harry gab mit einer Claire rührend erscheinenden Bescheidenheit ihre Fragen stets an Mr. Sorenson weiter. Sie bewunderte Harry dafür, daß er versuchte, seinem Angestellten das Gefühl zu vermitteln, daß seine Position nicht geringer wäre als die seines Herrn.

Sie ritten stundenlang über viele Morgen Landes und ließen etliche Meilen Landstraße hinter sich. Claire wurde mit Wildhütern, Pächtern und Pachteintreibern bekannt gemacht. Sie ritten durch Wälder und Gärten und Felder. Wo sie auch immer auftauchten, kamen Leute aus ihren Häusern, um sie zu betrachten, ihnen etwas zu essen anzubieten und Claire mit Sträußen aus Heidekraut und Blumen zu beschenken. Claire aß und trank von allem, was man ihr anbot, und band alle Sträuße auf ihrem Pferd fest. Die Kinder kamen heraus und lachten mit Claire, als sie ihr Pferd sahen, rannten dann davon, um noch mehr purpurrotes Heidekraut zu pflücken und an ihrem Reittier zu befestigen.

Claire genoß das alles sehr, aber es gab auch Momente, in denen es nicht so einfach für sie war, ihre gute Miene beizubehalten. Harry war nicht in der allerbesten Stimmung. Er wollte nichts von dem trinken oder essen, was die Bauern ihm anboten. Einmal sagte er: »Ich möchte mein Essen lieber auf einem Teller serviert haben.« Als die Kinder ihm

Blumen anboten, sagte er zu ihnen, sie sollten sich zum Teufel scheren. Claire versuchte ihn zu beruhigen. Ihr Vater empfand Kinder ebenfalls als Plage, und sie stellte nun fest, daß Harry seine Meinung teilte. Sie sah nichts Unrechtes darin.

Sie bemühte sich nach Kräften, ein paar andere Dinge auf dem Besitz zu übersehen. Die Ställe, in denen Harrys Pferde untergebracht waren, waren Prachtstücke aus Marmor und Mahagoni, die Namen seiner Pferde waren auf Messingschildern eingraviert. Doch die Häuser seiner Bauern – die Harry genauso gehörten wie die Pferdeställe – sahen noch immer so aus, wie sie schon ausgesehen haben mußten, als die Normannen zum erstenmal an Englands Küste landeten.

Sie fand natürlich auch ein paar solide Häuser darunter, und Claire freute sich über die Häuser, die mit Schiefer statt mit Stroh bedeckt waren und mit hübschen Kohleöfen beheizt wurden und nicht mit offenen Torffeuern ohne richtigen Rauchabzug. Aber als sie mit den Besitzern dieser Häuser sprach, war sie verwirrt. Sie fragte sie nach dem Ackerland, das sie bestellten – oder was sie überhaupt mit dem Land anstellten, das sie von Harry gepachtet hatten. Claires Großvater hatte etliche Farmen besessen und sie in sehr, sehr profitable Betriebe verwandelt. Aber hier sah sie Ackerland, das brachlag, und Pflüge, die in Scheunen verrosteten. Und sie entdeckte niemanden, der auf den Feldern arbeitete.

Sie fragte Harry, warum das so sei, und bekam die verwirrende Antwort, daß die Leute, die diese hübschen Häuser gepachtet hatten, Tierliebhaber seien. Sie konnte nicht verstehen, was Tierliebe mit einem landwirtschaftlichen Betrieb zu tun hatte.

Auch die bewaldeten Flächen erstaunten sie. Für sie war Holz ein sich regenerierendes Ernteprodukt. Man fällte Bäume und setzte neue; man verfuhr mit den Wäldern nicht anders als mit Getreide. Der einzige Unterschied bestand darin, daß Bäume länger brauchten, bis sie Profit brachten. Diese Wälder sahen aus, als hätte man zwanzig Jahre oder länger gar nichts unternommen, um sie zu pflegen. Das Unterholz wucherte wild und überall entdeckte man Brombeersträucher.

Sie fragte Harry, warum man die Bäume so beließ, wie sie waren, und was man unternahm, um Holz zu gewinnen. Mr. Sorenson erklärte ihr, daß das Unterholz Füchsen und Rebhühnern ein gutes Versteck bieten würde und Claire zeigte sich erstaunt, daß man auf diesem Besitz Füchse und Rebhühner züchtete.

Harry sah sie an, als hätte sie den Verstand verloren. »Die Füchse brauchen wir für die Jagd, und die Rebhühner werden geschossen. Wir verkaufen sie nicht.«

Claire begriff, daß sie wieder einmal wie eine Amerikanerin gedacht hatte. Sie hatte schon eine Fuchsjagd miterlebt und wußte daher, daß die Engländer gern auf bewegliche Ziele schossen.

Als sie zum Haus zurückkehrten, war es später Vormittag. Ein mürrischer Harry entfernte sich, um etwas zu essen, und Claire ging auf ihr Zimmer, um ein anderes Kleid anzuziehen. Sie hörte dieser schrecklichen alten Miss Rogers nicht zu, die sich wieder einmal über alles beschwerte. Miss Rogers war davon überzeugt, daß sich das Leben nach starren Terminplänen zu richten habe, und Claire hatte den Tagesablauf aus für Miss Rogers' unerfindlichen Gründen wieder einmal gründlich durcheinandergebracht.

»Lassen Sie mich in Ruhe«, sagte Claire zu ihr, aber als die alte Frau dort stehenblieb, wo sie war, drehte Claire sich zu ihr um und funkelte sie so wütend an, bis sie aus dem Zimmer ging.

Claire setzte sich in ihrer Unterwäsche an den Frisiertisch und betrachtete sich im Spiegel. Sie schien rein gar nichts von dem Leben ihres zukünftigen Gatten zu wissen. Sie verstand weder die Leute, die hier wohnten, noch das Land, das sie bewohnten.

Sie hatte hungrige Menschen gesehen, aber auch brachliegende Felder, auf denen man Getreide oder andere Früchte hätte anbauen können. Selbst die Brombeeren, die man hätte ernten und verkaufen können, verfaulten auf dem Boden. Sie hatte Pferde gesehen, die besser untergebracht waren als die Menschen.

Sie legte den Kopf in die Hände. Sie gehörte nicht zu den Menschen, die meinten, daß alle das gleiche haben sollten. Sie war das Kind ihres Großvaters. Sie glaubte an harte Arbeit und daran, daß jene, die am härtesten arbeiteten und die besten Ideen hatten, auch das meiste Geld machten.

Aber Geld brachte auch Verantwortung mit sich. Ihr Großvater hatte immer gesagt, daß die besten Ressourcen die menschlichen Arbeitskräfte seien, und er hatte sich stets um seine Arbeiter gekümmert und deswegen nie Probleme mit Streiks und Sabotageakten gehabt wie andere Arbeitgeber.

Claire versuchte sich einzureden, daß in Schottland alles anders sei, aber sofort standen ihr die zerlumpten Kinder vor Augen, die für sie Blumen gepflückt hatten. Das Wort ›Clan‹ bedeutete ›Kinder‹. Diese Leute waren der hier herrschenden Tradition nach Harrys Kinder, aber er benahm sich nicht so, als wäre er ihr Vater.

Sie versuchte sich dagegen zu wehren, Harry in einem schlechten Licht zu sehen. Sie *konnte* von Harry doch nur Gutes denken. Wenn sie ihn liebte, dann liebte sie ihn so, wie er wirklich war – nicht so, wie sie ihn haben wollte.

Sie stand auf und ging zum Schrank, um sich ein Kleid herauszuholen. Vielleicht wußte Harry es eben nicht besser – vermutlich hatte Trevelyan recht, und Harry war eben so erzogen worden. Diese Art, mit dem Land und den Leuten zu verfahren, war alles, was er kannte.

Nach dem Lunch wollte sie mit ihm reden. Vielleicht würde er ihr erlauben, ein paar Veränderungen vorzunehmen, sobald sie verheiratet waren. Sie sah keinen Grund, warum Bramley kein gewinnbringendes Unternehmen sein sollte. Sicher wünschte sich Harry das auch – er wußte nur nicht, wie er das anstellen sollte. Ja, das war der Grund. Sie war sich dessen sicher.

Sie nahm das Kleid aus dem Schrank und lächelte. Ja, das mußte der Grund sein.

11

»Ich möchte jedes Wort von dir wissen, das sie gesagt hat«, verlangte Eugenia, die Herzogin von MacArran, von ihrem jüngsten Sohn.

»Mutter«, sagte Harry im flehenden Ton, »ich bin überzeugt, daß Claire nicht die Absicht hatte . . .«

»Ich bilde mir meine Urteile schon selbst!«

»Sie ist Amerikanerin. Man muß nachsichtig sein.«

Eugenia fixierte ihren Sohn mit einem durchbohrenden Blick.

»Also gut«, sagte Harry düster. »Heute morgen nahm ich sie mit auf Besichtigungstour. Charles begleitete uns – oder sollte ich besser sagen, wir begleiteten ihn?« Harry hielt einen Moment inne. »Ich hatte keine Ahnung, daß auf dem Gut so viel los ist. Es war interessant – nicht, daß ich diese Tour wiederholen möchte –, aber sie war interessant. Ich muß allerdings zugeben, daß die Amerikaner schon seltsame Menschen sind.«

»Was hat sie gemacht?«

»Sie schien die Kinder zu mögen – die ganze rotzige Bande. Sie trank Milch aus Eimern, an denen Kuhdung klebte. Es ist ein Wunder, daß ihr davon nicht übel wurde.«

»Vielleicht solltest du solche Sachen nicht mehr zulassen, wenn ihr verheiratet seid.«

Harry zuckte mit den Achseln. »Ich glaube nicht, daß das noch wichtig ist, wenn wir erst einmal verheiratet sind. Dann verschwindet die ganze schmutzige Bettlerbande von unserem Land, nicht wahr?«

»Du hast ihr das doch wohl nicht gesagt, oder?« erkundigte sich Eugenia mit scharfer Stimme.

»Ich bin doch kein Idiot! Ich werde ihr doch nicht verraten, daß du vorhast, ihre hochgeschätzten Ackerbauern nach Amerika oder sonstwo hinzuschicken, ihre scheußlichen alten Häuser abzureißen und Schafe über das Land zu verteilen.«

»Ich weiß gar nicht, warum du das so sagst, als wäre es

etwas Schlimmes! Ich mache doch nur, was fast alle Landbesitzer schon getan haben.« Eugenias Stimme nahm einen traurigen Ton an. »Schließlich tue ich es ja nur für dich, Harry.«

»Ich weiß, Mutter, und ich bin dir dafür ja auch dankbar. Ich bin genauso froh wie du, wenn wir diese alten Häuser endlich los sind. Dann kann ich die Jagden auch über die Felder führen.«

»Und von den Schafen profitieren.«

»Nun sprichst du schon wie Claire.«

»Was soll das heißen?« schnaubte Eugenia. »Willst du damit sagen, daß *ich* deiner Amerikanerin, die sich in alles einmischt, ähnlich bin?«

»Nein, natürlich nicht. Ich meinte damit nur, daß Claire ständig von irgendwelchen Möglichkeiten, zu Geld zu kommen, redet. Sie will Bäume fällen, Getreide auf den Feldern anbauen, sie will sogar Brombeermarmelade verkaufen. Ich weiß nicht, was sie sonst noch alles vorhat – mir schwirrte schon der Kopf beim Zuhören.«

»Sie hat vor, die Leitung dieses Besitzes zu übernehmen«, sagte Eugenia leise. »Sie möchte mich von diesem Besitz vertreiben!«

»Ich wüßte nicht, daß sie so etwas gesagt hätte. Ich sehe nicht ein, warum meine Mutter und meine Frau nicht zusammenarbeiten könnten. Wenn ihr beide diesen Besitz in ein gewinnbringendes Unternehmen verwandeln wollt, warum arbeitet ihr dann nicht zusammen?«

Eugenia blickte ihren Sohn lange an, sah, wie er sich in seinem Stuhl räkelte und sich schon langweilte, wenn er nur das Wort Arbeit hörte. Wir und zusammenarbeiten, dachte Eugenia. Was Harry nicht begriff, war die Tatsache, daß sich zwei Frauen in einen Machtkampf verwickeln würden, und daß Eugenia entschlossen war, diesen zu gewinnen.

Eugenia ließ ein lautes Wimmern hören und legte die Hand an ihren Fußknöchel. Ihr linker Fuß war von einem dicken Lederstiefel mit extra hohem Absatz umschlossen.

Harry war sofort hellwach. »Hast du Schmerzen, Mutter? Möchtest du dich hinlegen?«

»Nein«, erwiderte Eugenia mit schwacher Stimme. »Ich habe keine Schmerzen, jedenfalls nicht größere als sonst – nicht mehr als jeden Tag seit deiner Geburt. Es ist das Herz, das mir jetzt weh tut. Wenn du heiratest, wirst du nicht länger mein Sohn sein.«

Harry ließ sich auf den Boden neben seiner Mutter nieder und legte den Kopf auf ihre Knie, wie er das schon tausende Male gemacht hatte. »Was redest du da für einen Unsinn? Ich könnte dich niemals vergessen.«

Sie strich über sein feines blondes Haar. »Es ist Tradition, daß sich die Mutter mit dem Tage, an dem sich der Sohn verheiratet, auf den Witwensitz zurückziehen muß. Wenn du verheiratet bist, wird mich deine hübsche kleine Frau an irgendeinen kalten Ort schicken. Ich werde nicht länger meine Sachen um mich haben, denn sie werden dann ihr gehören. Aber was am schlimmsten von allem ist, mein Liebling – ich werde dich nicht mehr jeden Tag sehen können.«

»Natürlich wirst du das. Ich reite jeden Tag meines Lebens dorthin, wo du dich dann aufhalten wirst.«

»Harry, mein liebes Kind, wie süß du doch bist. Aber es wird regnen und schneien, und dann wird es allerlei Dinge geben, die dich davon abhalten werden, deine arme alte Mutter zu besuchen.«

»Mutter, ich verspreche dir . . .«

»Du wirst ihr nicht erlauben, mich aus meinem eigenen Haus zu werfen, nicht wahr? In diesem Haus habe ich fast mein ganzes Leben verbracht.«

»Aber Mutter; Claire wird die Herzogin sein, und sie sollte . . .«

»Ich verstehe. Aber du bist natürlich der Herzog, und ich bitte dich doch nur um eine winzige Gefälligkeit.«

»Ja, es ist wirklich nur eine winzige Gefälligkeit.« Er drückte die Hand seiner Mutter, und sie strich ihm die Haare hinter den Ohren glatt. »Du darfst bleiben. Ich bin sicher, Claire hat nichts dagegen einzuwenden.«

Eugenia schwieg eine Weile. »Liebst du sie so sehr?«

»Ich mag sie. Obwohl . . .«

»Obwohl was?«

»In den letzten Tagen hat sie sich verändert.«

Eugenia spitzte die Ohren, und der Ton ihrer schmeichelnden Stimme veränderte sich: »Wie hat sie sich verändert? Was hat sie verändert?«

Es lag ihm schon auf der Zunge, ihr zu sagen, daß Claire sich über Trevelyan aufgeregt hatte, aber er tat es nicht. Daß er sich mit ein paar harmlosen Lügen bei der Frau, die er zu heiraten gedachte, in ein besseres Licht zu rücken versuchte, war eine Sache – eine ganz andere aber, seiner Mutter zu erzählen, daß ihr zweitältester Sohn von den Toten auferstanden war. Manchmal sorgte Trevelyan dafür, daß sich Harry über ihn ärgerte, aber er haßte seinen Bruder nicht, und das hätte er tun müssen, um den Verrat zu rechtfertigen, den er an Trevelyan geübt hätte, wenn er seiner Mutter von Trevelyans Anwesenheit erzählt hätte.

»Sie hat Mühe, sich der Lebensweise des Hauses anzupassen«, sagte Harry. »Ich vermute, daß sie in Amerika ein ganz anderes Leben geführt hat.«

»Was für ein Leben?«

»Ein sehr, sehr geschäftiges Leben.« Harry nahm die Hand seiner Mutter und küßte sie. »Ich glaube, du wirst sie mögen. Ich glaube, ihr beide werdet Freunde. Ihr seid die beiden Frauen, die ich am meisten auf der Welt liebe.«

Eugenia lächelte. »Schick sie morgen nachmittag zum Tee zu mir.«

12

Gegen fünf Uhr nachmittags, als es Zeit wurde für den Tee bei der Herzogin, war Claire ein nervöses Wrack. Sie hatte das Kleid angezogen, das fast gänzlich aus in Frankreich handgefertigten Spitzen bestand. Sie hatte es sich eigens für diese Gelegenheit gekauft – für das erste Treffen mit Harrys Mutter.

Miss Rogers eskortierte Claire bis zur Tür der Herzogin und ließ sie dort zurück. Claire sah noch einmal an sich hinunter, ob das Kleid auch richtig saß, kontrollierte zum hundertstenmal, ob sie das kleine Notizbuch und den Bleistift bei sich hatte, die sie zum Tee mitbringen sollte, holte noch einmal tief Luft und legte die Hand auf den Türknauf.

Sobald Claire das gewaltige Wohnzimmer betrat, dachte sie: Hier ist es also . . . hier ist der ganze Reichtum des Hauses untergebracht. Man mußte kein Kunstsachverständiger sein, um zu erkennen, daß die Gemälde an der Wand sehr alt und wertvoll waren. Sie sah Werke von Rubens, Rembrandt und Tizian. Auf den geschnitzten, mit Gold überzogenen Tischen standen wunderschöne, wertvolle Gegenstände. Wenn im übrigen Haus die Möbel schmutzig und abgewetzt aussahen, so war die Einrichtung dieses Raumes makellos sauber und im besten Zustand. Die Seidentapeten und -vorhänge waren neu, und wie Claires geschultes Auge sogleich erkannte, erlesen.

Mutter würde grün vor Neid werden, dachte Claire, während sie sich im Zimmer umblickte.

Doch Claires Blick wurde alsbald von den Wänden und dem Aubusson-Teppich abgelenkt und richtete sich auf die Frau, die in dem großen Lehnstuhl in der Nähe des silbernen Teetabletts saß. Es war eine kräftige Frau mit stahlgrauem Haar, das straff nach hinten gekämmt war. Claire dachte, daß diese Frau einmal sehr hübsch gewesen sein mochte, aber jetzt hatte sie so etwas Strenges an sich, daß es fast . . . nun . . . zum Fürchten war. Sie trug ein teures Kleid aus dunkelblauer Seide, das jedoch schon mindestens zehn Jahre aus der Mode war. Unter dem Kleid konnte Claire den schweren schwarzen Schuh am linken Fuß erkennen.

»Wie geht es Ihnen, Euer Gnaden?« fragte Claire, die Frau anlächelnd.

Die Herzogin erwiderte ihr Lächeln nicht. Sie forderte Claire auch nicht auf, Platz zu nehmen. Claire blieb dort stehen, wo sie gerade stand, und wußte nicht, was sie machen sollte. Sie sah, wie die Herzogin eine Tasse Tee einschenkte und trat vor, weil sie meinte, daß sie für sie bestimmt sei.

Die Herzogin bot ihr aber keinen Tee an. Sie hob die Tasse an ihre Lippen und trank.

Claire wich wieder einen Schritt zurück, verwirrt und peinlich betroffen.

»So, Sie beabsichtigen also, meinen Sohn zu heiraten.« Die Frau musterte Claire von Kopf bis Fuß. »Sind sie noch Jungfrau?«

Claire blinzelte ein paarmal. »Jawohl, Ma'am«, flüsterte sie. »Das bin ich.«

»Gut. Ich möchte nicht, daß mein Sohn gebrauchte Ware bekommt.«

Claire schluckte. Das war nicht die Art von Gespräch, die sie sich vorgestellt hatte. Sie machte einen Schritt auf einen Sessel zu, um dort Platz zu nehmen, aber die Hand der Herzogin, die die Tasse zum Mund führte, blieb plötzlich auf halbem Weg in der Luft hängen, und der entsetzte Blick, den die Gastgeberin Claire zuwarf, zwang sie unwillkürlich, sich wieder aufzurichten und ihr Vorhaben aufzugeben.

»Ich nehme an, daß Ihnen nichts fehlt – daß Sie Kinder bekommen können.«

»Ja, Ma'am«, flüsterte Claire. »Ich glaube, daß ich das kann.«

»Das Gebären von Kindern ist Ihre erste Pflicht als elfte Herzogin von MacArran. Sie müssen meinem Sohn eigene Söhne schenken. Es sollte ein Sohn im ersten Ehejahr geboren werden und ein zweiter im darauffolgenden Jahr. Danach hängt alles vom Wunsch meines Sohnes ab.«

Claire spürte, wie sie errötete. »Ich werde mein Möglichstes tun.«

Die Herzogin nahm eine Untertasse, legte ein kleines, mit Zuckerguß versehenes Törtchen darauf und aß. »Sich um meinen Sohn zu kümmern ist Ihre zweite Pflicht. Solange ich lebe, kümmere ich mich um ihn. Ich werde darauf achten, was er braucht, und daß er bekommt, was er sich wünscht. Aber ich bin nicht immer hier, und deshalb müssen Sie einen Teil meiner Verantwortung für ihn übernehmen.«

Claire dachte, als die Herzogin erklärte, daß sie nicht immer ›hier‹ sei, sie meinte damit, daß sie sich auf ihren Witwensitz zurückziehen würde – ein wunderschönes Haus, das Claire erst tags zuvor besichtigt hatte. Claire lächelte. »Ich bin niemals in der Lage, Sie in Harrys Leben zu ersetzen, und bin überzeugt, daß er Sie oft besuchen wird. Ich bin sicher, daß er . . .«

Die Herzogin warf Claire einen so wütenden Blick zu, daß sie unwillkürlich zurückwich – einen Blick, in dem sie fast Haß zu erkennen glaubte. »Mich besuchen? Wollen Sie damit sagen, mein Sohn würde mich aus seinem Haus werfen?«

»Nein, Ma'am«, stammelte Claire. »Ich nahm an, Sie möchten Ihren Witwensitz bewohnen.«

Die Herzogin schickte Claire nun einen Blick zu, aus dem der blanke Hohn sprach. »Sie wollen meine Zimmer haben, nicht wahr? Sie wollen nicht nur meinen Sohn, sondern auch meine Wohnung? Was verlangen Sie denn noch alles?«

In diesem Moment wünschte sich Claire nichts sehnlicher, als diesen Raum verlassen zu können und ihn nie wiederzusehen. »Ich hatte nicht die Absicht, Sie zu kränken«, murmelte sie leise mit gesenktem Kopf. Sie wollte Harrys Mutter nicht verärgern, wollte nicht, daß sie zu Harry sagte, die Frau, die er zu heiraten gedachte, wäre eine aggressive Amerikanerin.

Die Herzogin beobachtete Claire und gab dann einen Laut von sich, als sei sie von Claires Erklärung besänftigt. »Also gut«, sagte sie schließlich. »Es ist besser, wenn wir beide miteinander auskommen. Was nach Lage der Dinge gar nicht so einfach ist.«

Claire ließ den angehaltenen Atem entweichen und schenkte ihr ein zaghaftes Lächeln. »Ich denke, es wäre um Harrys willen gut, wenn wir Freunde würden. Er schätzt Sie sehr.«

»Natürlich tut er das«, schnaubte die Herzogin.

Claire spannte wieder die Muskeln an. Alles, was sie sagte, schien diese Frau zu beleidigen.

»Wollen wir nicht fortfahren, über Ihre Pflichten zu reden?« fragte die Herzogin. »Sie müssen lernen, wie Sie sich um meinen Sohn zu kümmern haben.«

»Ja«, sagte Claire. »Ich möchte gern mehr über Harry wissen. Er . . .« Die Herzogin schnitt ihr das Wort ab, ließ sie nicht weitersprechen, sondern befahl: »Öffnen Sie Ihr Notizbuch.«

Noch ehe Claire das kleine Notizbuch aufschlagen konnte, begann die Herzogin bereits im raschen Tempo zu diktieren:

»Wir werden mit den Erbsen anfangen. Mein Sohn ißt Erbsen zu Lamm- und Ochsenfleisch, jedoch nie zu einem Hühnergericht, solange es sich nicht um ein Frikassee handelt. Zu Hühnerfrikassee müssen *immer* Erbsen gereicht werden. Natürlich ißt er auch keine Erbsen zu einem Hammelbraten, aber zu gebratenem Lamm kann man sie servieren; jedoch nur, wenn das Lamm noch kein halbes Jahr alt ist. Erbsen können auch zu Kalbfleisch gereicht werden; jedoch nur im Frühjahr. Keine Erbsen zu Kalbfleisch im Winter, und schon gar keine Erbsen zu Fisch jeder Art! Natürlich gehören Erbsen auch nicht zu Wildgerichten, abgesehen von jungen gebratenen Tauben. Sollen wir jetzt mit den Karotten fortfahren?«

Während dieses Vortrags hatte Claire nicht einmal Zeit gefunden, ihren Mund aufzumachen, geschweige denn ihr Notizbuch aufzuschlagen. Aber bei dem Wort ›Karotten‹ bewegte sie sich zu einem Sessel, um dessen Rückenlehne als Auflage für ihr Notizbuch verwenden zu können, und begann so schnell, wie es ihr möglich war, mitzuschreiben. Aber es war bei weitem nicht rasch genug. Die Herzogin erteilte ihr Instruktionen für Gemüse-, Fleisch- und Wildgerichte und wie und wann sie Harry serviert werden konnten. Es war alles viel zu kompliziert, als daß Claire es hätte verstehen oder gar niederschreiben können.

Sobald die Herzogin mit dem Essen durch war, kam sie auf Harrys schlechten Rücken zu sprechen und wie Claire im Falle von Rückenschmerzen bei ihm zu verfahren habe. Die Behandlung umfaßte Zelte, die mit Dampf gefüllt werden mußten, heiße Handtücher und Umschläge mit aromatischen Kräutern.

Claire dürfe, fuhr die Herzogin im strengen Ton fort, bei Harry niemals die Stimme erheben, niemals mit ihm streiten und ihm niemals Ärger machen. Die Herzogin setzte ihr sodann auseinander, welche Spiele Harry beherrschte und welche nicht, und legte ihr nahe, Harry bei allen Kartenspielen gewinnen zu lassen. »Das Gewinnen macht ihm viel Freude«, sagte sie.

Als nächstes wies sie Claire auf die Farben hin, die Harrys Kleider haben müßten. Jedenfalls dürfte Harry nie, niemals Wollstoffe auf seiner zarten Haut tragen. Mit einem ärgerlichen Blick auf Claire erklärte die Herzogin, sie könne unter keinen Umständen billigen, daß Harry diese abscheulichen schottischen Kleider trug. Dieser wütende Blick sollte Claire darüber aufklären, daß die Herzogin ihr die Schuld dafür gab, daß Harry mit bloßen Beinen umherlief und sie ihn mit ihrer absurden Vorliebe für Schottenröcke fast umbrachte. Claire hörte sich eine Entschuldigung murmeln.

Die Herzogin kam anschließend auf Harrys Zeiteinteilung zu sprechen und was er wann am Tage tun oder nicht tun konnte. Sie verurteilte Claires Egoismus, weil sie ihn aus seinem warmen Bett gejagt hatte, um ihr den Besitz zu zeigen. »Mein Sohn ist ein Mann, der Menschen gern gefällig ist. Er liebt es, anderen ein Geschenk zu machen. Er wird immer das tun, worum man ihn bittet, denn er ist sehr großzügig. Doch heute morgen habe ich ihm angesehen, daß er fast krank war, weil er vorgestern schon in aller Frühe in unangemessener Kleidung in der Kälte herumreiten mußte.«

Claire hatte keine Ahnung, daß Harry eine so zarte Konstitution besaß und daß er sich so leicht erkältete oder einen schwachen Rücken hatte, und sie bekam Gewissensbisse, weil sie unaufmerksam gewesen war und das alles nicht bemerkt hatte. »Ich werde in Zukunft vorsichtiger sein«, murmelte sie.

»Ja, das kann ich Ihnen nur raten.«

Um sieben, nach den zwei längsten Stunden ihres Lebens, kam Harry ins Zimmer. Claire war so froh, ihn zu sehen, daß sie fast zu ihm gelaufen wäre und ihn umarmt hätte, aber der Gedanke an seinen schwachen Rücken hielt sie davon ab.

»Mutter«, sagte Harry munter, »ihr sitzt ja schon seit einer Ewigkeit zusammen.« Er trat zu ihr, gab ihr einen Kuß auf die Wange und setzte sich dann auf ihre Sesselehne.

Claire beobachtete von ihrem Standort hinter dem Sessel aus, wie das Gesicht der Frau weich wurde, als sie ihren Sohn ansah. Ihre Augen wirkten viel jünger, fast so verklärt wie bei einem Mädchen, das das Gesicht ihres Liebhabers betrachtet. Claire betrachtete Harry und bemerkte, wie zärtlich die beiden zueinander waren. Und als sie die beiden zusammen sah, wußte sie, daß sie für immer und ewig eine Außenseiterin bleiben würde.

Harry nahm einen Liebesknochen vom Gebäckteller, biß davon ab und blickte Claire an. Claire fragte sich, ob Liebesknochen auf ihrer Liste der für Harry erlaubten Backwaren standen oder nicht. »Warum stehst du denn?« fragte er.

Claire betrachtete die beiden – die alte Frau, die in dem Lehnstuhl saß, der ihr nun wie ein Thron erschien, und Harry, der mit gegrätschten Beinen auf der Armlehne hockte, wobei sein Kilt in die Höhe rutschte und seine kräftigen Beine zeigte – und hatte nur noch das schlichte Verlangen, davonzurennen. Die Herzogin betrachtete sie interessiert und wartete neugierig darauf, was für eine Antwort sie wohl auf Harrys Frage geben würde.

»Ich kann im Stehen besser schreiben«, erklärte Claire.

Die Herzogin hob eine Braue, um ihr eine gewisse Geistesgegenwärtigkeit zuzubilligen.

»Hmm«, meinte Harry kauend, mit dem Verstand nicht ganz bei der Sache. »Und was schreibst du?«

»Ich notiere Dinge, die dich betreffen«, erwiderte Claire und lächelte ihn an.

Harry beugte sich wieder zu seiner Mutter hinunter und küßte sie auf die Wange. »Mein geliebtes Mädchen – du wirst doch Claire nicht mit meinen ganzen Kinderkrankheiten gelangweilt haben, oder?«

»Ich habe nur versucht, mich um dein Wohlbefinden zu kümmern. Dafür sind Mütter schließlich da.« Sie warf ihm einen so liebevollen Blick zu, daß es Claire peinlich war, sie dabei zu beobachten. Er war zu persönlich, zu intim, als daß ein Dritter ihn hätte sehen dürfen.

Harry drehte sich nun mit einem Lächeln zu Claire um. »Du wirst vermutlich schreckliche Geschichten über meine Mutter hören«, sagte er, wobei er an Trevelyan dachte, »aber du mußt wissen, daß sie nicht wahr sind. Sie ist die gütigste und liebenswürdigste Person auf der Welt, und ich bin sicher, daß du sie mit der Zeit ebenso lieben wirst wie ich.«

Claire blickte die Herzogin an und sah das schlaue Lächeln auf ihrem Gesicht. Es war ein Ausdruck, der Claire sagte, daß sie ihren Sohn beherrschte und ihn immer beherrschen würde.

»Ich muß jetzt gehen«, sagte Claire. »Ich ... ich habe meiner Mutter versprochen, sie noch vor dem Dinner zu besuchen.« Ihr war plötzlich so, als würde sie explodieren, wenn sie noch eine Sekunde in diesem üppig ausgestatteten Raum verharrte.

Harry erhob sich von der Sessellehne. »Bleib, und ich werde frischen Tee bestellen. Du kannst Mutter alles von dem Pferd erzählen, das ich dir geschenkt habe. Du hast ihm noch nicht einmal einen Namen gegeben. Ihr beide könntet entscheiden, wie es heißen soll.«

»Ich muß jetzt wirklich gehen, vielen Dank, Euer Gnaden, für ... für alles.«

»Warte«, sagte Harry. »Ich begleite dich.«

»Nein, bitte nicht«, sagte Claire. »Ich muß gehen.« Sie hatte den Punkt erreicht, an dem es ihr egal war, ob sie eine Unhöflichkeit beging. Sie wußte so genau, wie das Atmen zum Leben gehörte, daß sie dieses Zimmer verlassen *mußte.*

Als sich die Tür hinter ihr schloß, hatte sie das Gefühl, endlich wieder Luft zu bekommen. Sie meinte, etwas Üblem und Schrecklichem entronnen zu sein. Als wäre sie aus einem bösen Traum erwacht und müßte aber feststellen, daß dieser Traum Wirklichkeit war.

Sie durfte jetzt nicht den Kopf verlieren. Sie mußte sich überlegen, wie sie damit fertig wurde. Viele Frauen hatten furchtbare Schwiegermütter. Scherze über schlimme Schwiegermütter gehörten zum allgemeinen Gedankengut. Auch Witze über Mütter, die an ihren Söhnen hingen wie Kletten, gab es reichlich. Ihre eigene Mutter hatte manchmal sarkastische Bemerkungen darüber gemacht, daß Männer stets ihre Mütter unter allen weiblichen Wesen auf Erden am meisten liebten und keine Ehefrau mit der Mutter eines Mannes konkurrieren könne.

Claire ging in ihr Zimmer zurück. So schrecklich war die Sache nun ja auch wieder nicht. Die alte Frau liebte ihren Sohn und wollte ihn angemessen verköstigt, bekleidet und versorgt wissen, wenn er krank wurde. Mehr hatte sie im Grunde ja nicht verlangt.

In ihrem Zimmer entdeckte Claire, daß Miss Rogers das Kleid für das Dinner herausgelegt hatte. Claire löste mit einiger Mühe die Knöpfe auf ihrem Rücken, weil Miss Rogers nirgendwo zu finden war. Miss Rogers hatte ihren eigenen Tagesplan und rückte davon kein Jota ab. Sie hatte auf die Minute genau festgelegt, wann Claire sich zum Dinner umziehen sollte, und deshalb ließ sie sich vorher auch nicht blicken. Wenn diese verrückte Amerikanerin es anders haben wollte, war das ihr Problem, aber Miss Rogers ließ sich ihr Leben nicht von einer Ausländerin durcheinanderbringen.

Claire nahm das Kleid vom Bett. Sie würde zum Dinner gehen und so tun, als wäre nichts geschehen. Sie würde Harry anlächeln und ihm sagen, was für ein Vergnügen es gewesen wäre, seine Mutter kennenzulernen. Und sie würde ihm raten, von jetzt ab keinen Kilt mehr zu tragen, weil er sich erkälten könne.

Claire legte das Gesicht in ihre Hände. Sie wollte nicht zum Dinner gehen, sich nicht diesen Leuten stellen, die sie zwar anstarrten, aber keine Anstrengung machten, mit ihr ins Gespräch zu kommen. Sie wollte auch Harry nicht sehen und sich nicht zu der Lüge zwingen, was für eine reizende Person seine Mutter wäre.

Sie wußte sofort, daß der Mensch, mit dem sie reden wollte, Trevelyan war. Nein, dachte sie, er war ja gar nicht Trevelyan, sondern der berühmte, schamlose, berüchtigte Captain Baker. Wenn sie zu ihm ging und mit ihm sprach – würde er eine Karikatur von ihr anfertigen, die sie zusammen mit der verkrüppelten Herzogin darstellte. Würde er sie abbilden, wie sie vor dieser Frau zu Kreuze kroch?

Nein, sie konnte nicht mit Trevelyan reden. Sie konnte ihm nicht vertrauen. Er hatte sie verraten. Er wollte nur, daß sie mit ihm redete, damit er auswerten konnte, was sie ihm anvertraute.

Mit wem konnte sie sonst noch sprechen? Mit ihren Eltern? Sie wurde fast blaß bei diesem Gedanken. Ihre Eltern, soweit Claire sie in der letzten Zeit überhaupt zu Gesicht bekommen hatte, hatten sich in das Leben in diesem großen Haus eingefügt, als wären sie hier geboren worden. Brat hatte ihr mitgeteilt, daß ihr Vater bereits überlegte, ob er an den Theaterstücken im Ostflügel teilnehmen sollte.

Aber es gab jemanden, dem sie sich anvertrauen konnte, dachte sie – jemand, der Verständnis für sie haben und ihr einen Rat geben könnte. Sie warf das Dinnerkleid auf das Bett und holte ihr Reitkostüm aus dem Schrank. Sie würde wieder einmal das Dinner versäumen und war überzeugt, daß man das Ihrer Gnaden hintertragen würde. Aber das störte Claire nicht. Sie mußte mit jemandem reden.

MacTarvits alte Hütte war nicht leicht zu finden, weil sie hinter Hügeln und Bäumen versteckt war, und Claire hatte Mühe, das Pferd durch das zähe Gestrüpp zu seinem Haus zu lenken. Aber wie bei ihrem ersten Besuch, als Trevelyan sie zu Lord MacTarvit gebracht hatte, schien der alte Mann sie erwartet zu haben. Er mußte Leute in den Hügeln versteckt haben, die ihm Ankömmlinge meldeten – vermutlich Kinder, dachte Claire. Das waren offensichtlich Vorsichtsmaßnahmen, um seinen kostbaren Whisky zu schützen, und sie fragte sich, wie es jemand fertigbringen mochte, den Whisky zu stehlen.

MacTarvit stand auf einem Hügel, seine alte Flinte quer vor der Brust, während der Wind mit seinem abgetragenen Kilt spielte. Als sie ihn erblickte, kamen ihr sofort die Tränen. Dieser Mann war bisher das einzige, was ihre Erwartungen von Schottland erfüllte. Alles, was sie sonst erlebte, war anders und verwirrend.

Als sie noch viele Meter von ihm entfernt war, stieg sie ab und rannte zu ihm. Angus wußte offenbar sofort, was er in diesem Fall tun mußte: Er lehnte seine Flinte an einen Felsblock und breitete seine großen starken Arme aus. Sie rannte zu ihm. Sobald sie mit ihm in Berührung kam, schien ein aufgestauter Fluß alle Hindernisse wegzuräumen: eine Flut von Tränen strömte ihr über die Wangen.

Angus drückte sie an sich. Sie weinte und weinte, und er stand nur da und hielt sie fest, so geduldig wie eine Eiche, mit der er Ähnlichkeit besaß.

Nach einer langen Zeit löste sie sich von ihm. »Es tut mir leid. Ich wollte nicht . . .«

»Ach, mach dir keine Gedanken«, beruhigte er sie.

Angus legte ihr den Arm um die Schultern und führte sie in seine Hütte, wo er sie in den einzigen Sessel – einen alten Lehnstuhl – setzte und ihr einen Krug gab, der die Größe eines kleinen Fasses hatte. Der Krug war bis zum Rand mit Whisky gefüllt. Dann stopfte er sich bedächtig seine Pfeife, setzte sich auf einen Schemel vor sein nie ausgehendes Feuer und sagte: »Nun erzähl mir mal, was dir fehlt, Mädchen.«

Claire wußte, daß sie zumindest den Versuch unternehmen sollte, zusammenhängend zu reden; aber sie bemühte sich gar nicht erst darum. »Niemand ist so, wie ich mir ihn vorgestellt habe. Alles ist anders und fremdartig, und ich fange schon an zu glauben, daß ich gar nicht existiere. Abgesehen von meinem Geld, meine ich. Jeder scheint nur an mein Geld zu denken.«

Angus war die Geduld in Person. Er schien keine anderen Interessen im Leben zu haben als sie. Sie fing an, ihm von dem gestrigen Tag zu erzählen, wie sie mit Harry die Ländereien besichtigt hatte, und während sie redete, begann sie nervös mit dem Bleistift auf einem uralten Stück Papier mit dem Aufdruck ›Bramley House‹ zu kritzeln, das seit Jahren in Angus' Hütte herumgelegen hatte. Bei jedem Wort, das sie sagte, machte sie einen wütenden Strich auf dem Papier.

Angus brachte sie dazu, ihm den Unterschied zwischen Amerika und Schottland zu erklären. Er gab keinen Kommentar zu ihren Schilderungen ab, sondern rauchte nur seine Pfeife und nickte.

Sie sagte ihm, wie vollkommen Harry war. »Vollkommen? Ist er das?« fragte Angus.

»Er ist es, aber seine Mutter.« Sie starrte in den Whiskykrug.

»Glaub ja nicht, du könntest mich mit Geschichten von dieser Frau schockieren, Mädchen.« Aus seiner Stimme sprach ein tiefer Groll.

Claire schilderte ihm ihr Zusammentreffen mit der Herzogin. »Sie wird keinen Deut ihrer Machtbefugnisse an mich abtreten, wenn ich Harry heirate. Sie wird nicht zulassen, daß sich auch nur *etwas* ändert. Sie wird jede Mahlzeit kontrollieren, jeden Atemzug, den jemand in diesem Haus macht. Es würde mich nicht überraschen, wenn ich entdeckte, daß sie sogar die Kleider jeden Tag für mich auswählt.«

»Und was sagt dein perfekter Harry dazu?«

Claire rutschte unruhig auf ihrem Lehnstuhl hin und her. »Was könnte er sagen? Sie ist seine Mutter, und er kann ihr nicht widersprechen.«

»Hat so ein artiges Mädchen wie du nie *seiner* Mutter widersprochen?«

Claire kicherte – sie hatte schon die Hälfte ihres Kruges ausgetrunken. »Höchstens ungefähr zweihunderttausendmal.«

Angus lächelte sie an. »Und trotzdem ist er perfekt.«

»Gestern hat meine kleine Schwester die seltsamste Bemerkung über Harry gemacht.« Noch während sie das sagte, wußte sie, daß sie bereits beschwipst sein mußte, sonst hätte sie das niemals einem anderen anvertraut. Brat sagte stets die schrecklichsten Sachen über Leute. Manchmal machte ihre Familie die Bekanntschaft von absolut netten Menschen, aber Brat erklärte diese Person für böse oder behauptete anderen Unsinn über sie. Natürlich war es unheimlich, wie oft sich ihre Urteile später als richtig erwiesen.

»Was hat deine Schwester über Harry gesagt?«

»Sie sagte, ich würde nie die Kontrolle über Harry haben oder ihn beeinflussen können. Spätestens drei Monate nach der Hochzeit mit ihm würde er nicht einmal mehr wissen, daß ich existiere. Er würde dafür sorgen, daß ich zwei Kinder in die Welt setze, einen Erben und einen weiteren Sohn, und dann seiner eigenen Wege gehen. Er würde zwar liebenswürdig und gut zu mir sein, aber sich niemals wirklich für mich interessieren.«

»Wie alt ist deine kleine Schwester?«

»Vierzehn, denke ich. Vielleicht ist sie aber auch schon vierzig.«

Angus nickte und versorgte sich mit Whisky. »Und wie steht es mit dem anderen?«

»Welchem anderen?« fragte sie, wußte jedoch genau, wen er meinte.

»Dem anderen Jungen. Dem Dunkelhaarigen, der dich hierherbrachte.«

»Oh«, sagte sie leise. »Trevelyan.«

»Ja, der.« Er beobachtete sie, während sie sich mit der Formulierung einer Antwort abzumühen schien. »Dieser Forschungsreisende.«

»Das wissen Sie?«

»Was hat er getan, daß du ihm jetzt böse bist?«

»Ich dachte, er wäre mein Freund«, begann sie und erzählte ihm dann, daß er die einzige Person in diesem Haus gewesen sei, die sich mit ihr unterhalten hatte. »Wir sprachen über alles. Ich konnte ihm alles sagen. Ich erzählte ihm Dinge, die ich noch keinem anderen Menschen anvertraut habe, und er verstand mich. Er hat nie ...« Sie hielt inne, denn so gelöst sie der Whisky auch gemacht hatte – sie wollte nichts sagen, was man als Treulosigkeit gegenüber Harry auslegen konnte. Sie *liebte* Harry.

»Er schrieb alles nieder, was ich ihm erzählte. Er studierte mich«, fuhr sie fort. »Er wollte mich in einem seiner verdammten Bücher verewigen. Ich bin kein Studienobjekt. Ich bin nur eine Frau, und Captain Baker kann ...«

»Ich dachte, du nanntest ihn Trevelyan?«

»Ja. Ich meine, so heißt er auch. Es ist sein Familienname. Aber er ist *Captain Baker.* Wissen Sie, was dieser Captain Baker alles geleistet hat?«

Angus betrachtete sie. Sie war mit einem vor Kummer verzerrten Gesicht zu ihm gekommen, aber nun sah sie ihn mit leuchtenden Augen an.

»Nein, ich weiß nichts von ihm. Warum erzählst du mir nicht, was er vollbracht hat?«

Claire nahm wieder einen Schluck und fing an, ihm von einem ihrer Lieblingsthemen zu erzählen – von Captain Frank Baker.

Sie erzählte ihm von seinen Reisen nach Afrika und in die arabische Welt. Sie erklärte ihm, was ein Sufi-Meister ist und wie er sich diesen Titel erworben hatte. Sie zählte ihm die Sprachen auf, die er beherrschte. »Er kann jede Sprache der Welt in zwei Monaten erlernen.«

Sie berichtete ihm, wie er es fertiggebracht hatte, als Blinder zu schreiben. Sie erzählte ihm, welche Risiken er in seinem Leben auf sich genommen und was er aus seinen Taten gelernt hatte. »Im Laufe der Jahrhunderte sind ganze Zivilisationen vom Erdboden verschwunden wie ... wie die Babylonier zum Beispiel.« Sie deutete mit ihrem Krug auf Angus. »Wir wissen nicht viel über die Babylonier, weil es damals keinen Captain Baker gab. Kein so brillanter, tapferer Mann wie Captain Baker reiste in dieses Land, beobachtete es und schrieb alles, was er sah, nieder.«

»Das klingt ja unglaublich. Hört sich für mich eher wie eine Sagengestalt an.«

»Vielleicht ist er das«, erwiderte sie. »Ich weiß es nicht. Ich glaube nicht, daß er ein Mensch wie jeder andere ist.« Sie betrachtete Angus. »Ich kann mir nicht vorstellen, daß Captain Bakers Mutter zu seiner zukünftigen Gattin sagen würde, daß er keine Erbsen zu gebratenen Tauben essen dürfe. Ich bezweifle, daß Captain Baker eine Mutter *hatte.*«

»Ich glaube, doch«, erwiderte Angus leise.

»Ich wette, sie starb bei seiner Geburt, und er ist allein erwachsen geworden.« Sie trank den Rest von ihrem Whisky. »Was, in aller Welt, soll ich jetzt machen?« Sie blickte Angus an, und der Kummer stand ihr wieder ins Gesicht geschrieben. »Ich sehe für mich nur zwei Möglichkeiten, für die ich mich entscheiden kann. Entweder Harry zu heiraten und dann unter der Fuchtel seiner Mutter zu leben. Das bedeutet, sie würde jeden Aspekt meines Daseins regeln, und ich würde wie ihre arme Tochter enden – eingesperrt in einem Zimmer, mit ein paar Büchern, die sie für mich ausgewählt hat. Ich frage mich, ob Ihre Gnaden mir erlauben würde, meine eigenen Kinder zu sehen.«

»Und die zweite Möglichkeit?«

Claire schwieg einen Moment. »Ich könnte meine Verlobung mit Harry lösen.«

»Würde dir das weh tun? Liebst du diesen Burschen denn so sehr?«

»Wenn ich nicht einen Mann heirate, den meine Eltern billigen, bekomme ich das Erbe meines Großvaters nicht.« Sie erzählte ihm nun von ihrem Großvater und seinem Testament.

Angus, der Mühe hatte, zu begreifen, wieviel Geld hundert Pfund waren, brauchte eine Weile, um sich von solchen gewaltigen Summen, die sie ihm genannt hatte, zu erholen. »Zehn Millionen Dollar. Und wieviel Geld wäre das etwa in englischen Pfund?«

»Runde zwei Millionen, schätze ich.«

Angus war froh, daß er schon auf seinem Schemel saß. »Und deine Eltern haben das alles ausgegeben?«

Diesmal versuchte sie nicht, sie zu verteidigen, wie bei Trevelyan.

Angus bewegte eine Weile seinen Kopf auf und nieder. »Und jetzt hast du also Angst, daß sie dir, wenn du nicht den Mann heiratest, den sie sich wünschen, deine ...«, er schluckte, »... deine zehn Millionen wegnehmen, sie ausgeben und daß du nicht einen Penny von deinem Erbe siehst und deine kleine Schwester so arm bleibt wie bisher?«

Claire wollte protestieren, daß sie das nicht wirklich befürchtete, aber sie hatte schon zuviel Whisky getrunken, um noch lügen zu können. »Ja, davor habe ich Angst. Meinen Eltern gefällt es hier. Mein Vater ist, seit wir in diesem Haus wohnen, jeden Tag unterwegs gewesen und hat irgend etwas geschossen, und meine Mutter hat inzwischen zwei Herzoginnen, vier Gräfinnen, einen Vicomte und drei Marquis kennengelernt. Sie haben ihr alle versprochen, wenn Harry und ich erst einmal verheiratet wären, sie auch mit der Königin oder Prinzessin Alexandra bekannt zu machen.«

»Und solche Dinge bedeuten deinen Eltern viel, wie?«

»Ja. Mein Vater hat keine Berufsausbildung. Ich bezweifle, daß er in seinem Leben auch nur einen Tag gearbeitet hat. Ich weiß, das klingt schrecklich, aber er ist inzwischen zu alt, um daran noch etwas ändern zu können. Er wüßte nicht, wie er es anstellen sollte, ein Bankier oder dergleichen zu werden. Und meine Mutter ...«

Angus sah sie an und wartete, daß sie mit ihren Erklärungen fortfuhr.

»... meine Mutter möchte wichtig genommen werden und das Gefühl haben, daß sie etwas darstellt. Ich glaube, man hat ihr in ihrer Jugend zu oft gesagt, daß sie ein Niemand sei.«

»Und was wünschst du dir, Mädchen?«

»Liebe«, sagte sie rasch und lächelte dann. »Und vielleicht eine Beschäftigung. Es fällt mir schwer, untätig zu sein.«

Angus sah sie an und lehnte sich an die Wand zurück. Er wußte, daß sie jetzt jeden Moment einschlafen konnte. »Wenn du ändern könntest, was hier im argen liegt – was würdest du zuerst tun? Sollen wir die brachliegenden Felder beackern? Würdest du eine amerikanische Fabrik eröffnen und Wagen herstellen oder dergleichen?«

Claire lächelte. »Nein. Zuerst würde ich Leatrice mit James Kincaid verheiraten.«

Angus ließ ein spöttisches Schnauben hören. »Und ich hatte gedacht, du würdest es ernst meinen. Du wünschst dir Liebe und sonst nichts.«

Claire lächelte mit geschlossenen Augen. »Mein Großvater sagte, daß der Eckpfeiler allen Reichtums und aller Macht die menschliche Arbeitskraft sei. Ich denke, der Eckpfeiler der Macht dieser Herzogin sind ihre Kinder. Sie beherrscht Leatrice und beherrscht bis zu einem gewissen Grade auch Harry. Wenn ich ihr einen dieser Leute wegnehmen könnte, würde ich das Fundament ihrer Macht schwächen. Wenn ihr die eigene Tochter entrinnen würde, könnten vielleicht andere ihrem Beispiel folgen. Vielleicht wäre das der Grundstein für ein Haus, in dem die Bewohner genauso viel Freiheit und Macht über ihr eigenes Leben besitzen wie seine Dienerschaft.«

Angus stand auf und blickte mit neuem Respekt auf sie nieder. Nach allem, was er über die Vorgänge in diesem Haus wußte, ergab das, was sie gesagt hatte, einen Sinn. Er sah, daß sie nun wirklich eingeschlafen war, ging zu einer Truhe, die an einer Wand stand, nahm das Plaid des MacTarvit-Clanchefs heraus und breitete es über sie aus. Als er ihr die Blätter mit den Zeichnungen vom Schoß nahm, schmiegte sie sich noch fester in den Lehnstuhl und schlief weiter.

Er betrachtete ihre Skizzen, gab ein schnaubendes Lachen von sich, legte sie auf ihren Schoß zurück, verließ die Hütte und machte sich zu Fuß auf den Weg zu dem großen Haus. Er würde ein paar Stunden brauchen, bis er es erreichte.

13

Als Oman Trevelyan meldete, daß ein alter Mann die Treppe heraufkäme, schickte Trevelyan seinen Diener aus dem Zimmer und widmete sich wieder seiner Schreibarbeit. Trevelyan bewunderte Angus, der die Treppe heraufstapfte. Er war nicht aus der Puste, obwohl er immer zwei Stufen auf einmal genommen hatte.

Trevelyan sah nicht von seiner Arbeit auf. »Was bringt Sie zu mir? Ich habe keine Rinder, die Sie stehlen können.«

Angus begab sich schweigend zu einem Tisch an der Wand, goß sich einen Whisky ein, setzte sich auf die Fensterbank und betrachtete Trevelyan.

Endlich legte Trevelyan seinen Federhalter weg und starrte den Alten an, dessen wettergegerbtes Gesicht in nachdenkliche Falten gelegt war.

»Heraus damit«, sagte Trevelyan.

»Das Mädchen hat die alte Frau kennengelernt.«

»Ah«, Trevelyan blickte wieder auf das Blatt, das vor ihm auf dem Tisch lag. »Das sollte die Kleine nicht weiter stören. Ihre Liebe für Harry . . .«

Angus unterbrach ihn mit einem Schnauben. »Sie empfindet keine Liebe für den Jungen. Sie glaubt, er wäre . . . vollkommen, wie sie sich ausdrückt. Gestern hat er ihr die Ländereien gezeigt.« Angus bewegte die Hand im Kreis, um anzudeuten, daß er damit den ganzen Grundbesitz von Bramley meinte. »Jung-Harry tat so, als würde er alle seine Pächter kennen. Gab vor, er würde den Besitz verwalten. Soweit ich weiß, hat er nicht mal alles *gesehen*, was Sie besitzen.«

»Was *ich* besitze?«

Angus starrte Trevelyan nur an.

Trevelyan warf zum zweitenmal seinen Federhalter hin, stand auf und stellte sich vor das Feuer. »Was erwarten Sie von mir? Soll ich ihr verraten, daß Harry nicht das ist, wofür sie ihn hält? Soll ich ihr sagen, daß mein kleiner Bruder so faul wie der Tag lang ist und daß er von seiner Mutter beherrscht wird?«

»Sie weiß schon ein wenig Bescheid über die Mutter.« Angus versuchte, ein Lächeln zu unterdrücken. »Die alte Hexe hat ihr einen Vortrag über Harrys Eßgewohnheiten und seine zarte Gesundheit gehalten.«

Trevelyan lachte laut. »Harry hat einen Magen wie ein Ochse und die Gesundheit von zwei Pferden.«

Angus schwieg eine Weile. »Sie könnten dieses Treiben beenden. Sie können ihnen sagen, daß Sie nicht tot sind.«

»Das will ich aber nicht«, erwiderte Trevelyan. Sein Mund wurde zu einem Strich. »Und Sie wissen auch verdammt genau, warum nicht. Die alte Frau würde mir das Leben zur Hölle machen. Sie hat doch, was sie will. Ihr kostbarer Harry ist der Herzog, und sie wird das Geld des Mädchens bekommen. Sie wird alles haben, was sie sich wünscht. Harry hat sich damit einverstanden erklärt, jede Expedition zu finanzieren, die ich unternehmen möchte, und das ist alles, was ich mir wünsche.«

»Und das Mädchen?«

»Sie ist nicht meine Sorge!« schrie Trevelyan förmlich heraus.

Angus sah ihn eine Weile an. »Ich habe Sie mit ihr zusammen gesehen. Sie konnten den Blick nicht von ihr abwenden. Sie haben sie beim Tanzen beobachtet und ihr beim Reden zugehört. Sie waren . . .« Er legte eine Pause ein und schien nach Worten zu suchen. »Sie waren stolz auf sie.«

Trevelyan drehte sich um, legte eine Hand auf den Kaminsims und blickte ins Feuer. »Sie hat Verstand. Sie ist in einem durch Reichtum verwöhnten Haus aufgewachsen, aber statt sich damit zu beschäftigen, was für ein Kleid sie zum Dinner anziehen soll, hat sie beschlossen, zu lesen und zu studieren. Sie hat sogar Latein gelernt, damit sie meine Bücher lesen kann.«

»O ja, die schmutzigen Kapitel Ihrer Bücher.«

»Was wissen Sie von den schmutzigen Kapiteln?«

»Der alte Priester aus dem Dorf hat mir die lateinischen Kapitel vorgelesen. Ich habe ihn dafür mit Whisky bezahlt, aber ich denke, er hätte sie mir auch ohne Bezahlung übersetzt. Sie mögen also dieses Mädchen, lassen es aber zu, daß sie Ihren Bruder heiratet. Kennen Sie das Testament ihres Großvaters?«

»Ich weiß davon. Und es geschieht ihr recht, wenn sie einen Mann heiratet, der in Wahrheit gar nicht der Herzog ist. Sie wünscht sich so sehr, eine Herzogin zu sein, daß sie bereit ist, sich an einen Mann zu verkaufen, den sie nicht . . .«

»Wollen Sie sagen, daß sie Harry nicht liebt? Er ist ein gutaussehender junger Mann. Sieht besser aus als Sie mit Ihrem finsteren Blick und dem verkniffenen Gesicht. Er ist ein stattlicher Bursche. Jedes Mädchen wäre stolz darauf, ihn für sich zu gewinnen. Ich möchte wetten, daß er ihr in ihrer ersten gemeinsamen Nacht ein Kind macht, und ich bezweifle, daß so ein feiner, kerniger Bursche wie Harry damit bis zur Hochzeitsnacht wartet.«

»Still!« brüllte Trevelyan.

Angus blickte ihn mit einem schlauen, zufriedenen Ausdruck auf seinem braunen Gesicht an. »Sie sagte, Sie hätten sie verraten – hätten ihr zugehört, damit Sie über sie schreiben könnten. Haben Sie wieder eine von Ihren netten Zeichnungen angefertigt?«

Zunächst wußte Trevelyan nicht, was er meinte. Seit Claire ihn vor ein paar Tagen so abrupt verlassen hatte, war er nach Kräften bemüht gewesen, nicht an sie zu denken. Er hatte versucht, sie nicht zu vermissen, allerdings mit geringem Erfolg. Zweimal hätte er sie fast angesprochen. Er hatte sich in den wenigen Tagen schon fast daran gewöhnt, daß sie bei ihm im Zimmer war. Er hätte ihr gern Passagen aus seinen neuen Arbeiten vorgelesen und sie gefragt, was sie darüber dachte. Er hatte sich gewünscht, noch mehr von ihrer Meinung über seine Schriften zu hören, weil sie, bevor sie gewußt hatte, wer er war, zu ihm gesagt hatte, daß seine Bücher stellenweise langweilig seien. Trevelyan meinte, nicht eitel zu sein, aber der Umsatz seiner Bücher war nicht so hoch, wie er seiner Meinung nach sein sollte, und vielleicht – möglicherweise – konnte sie, die seine Schriften vom Standpunkt des Lesers aus betrachtete, ihm helfen, etwas zu verbessern.

»Ja, ich glaube, ich habe ein paar Skizzen gemacht«, sagte er schließlich.

»Die Zeichnungen brachten sie auf den Gedanken, daß Sie sie nicht mögen.«

Trevelyan starrte den alten Mann an. »Daß ich sie nicht mag? Was haben ein paar Skizzen damit zu tun, ob ich sie mag oder nicht? Ich zeichne fast alle Menschen, die mir begegnen.«

»Vielleicht hat das Mädchen noch nichts von Ihren anderen Fähigkeiten gehört. Vielleicht weiß sie nicht, daß diese Zeichnungen und Ihr Mundwerk die Leute so wütend gemacht haben, daß sie auf Sie schossen, Sie verprügelten und mehr als einmal versuchten, Sie umzubringen. Aber das hat ja alles keinen Eindruck auf Sie gemacht. Vielleicht ist Claire der Meinung, es wäre nicht gerade höflich von Ihnen, sich über andere lustig zu machen.«

Trevelyan zuckte mit den Achseln, denn er verstand noch immer nicht. Es konnte doch unmöglich etwas so Geringfügiges wie diese Zeichnungen gewesen sein, das sie an jenem Tag so wütend gemacht hatte. Bestimmt war es die Entdeckung gewesen, daß er Captain Baker war. Er dachte, sie würde wieder zu ihm kommen, sobald sie ihre Scheu überwunden hatte. »Ich werde ihr sagen, daß diese Skizzen keine Bedeutung haben und daß sie wiederkommen soll. Ich wollte ihr damit nicht schaden.«

»Die Mädchen sind Ihnen schon immer nachgelaufen, nicht wahr?« sagte Angus. »Kein Mann hat das gemerkt. Aber die Mädchen mochten Sie lieber als Ihren älteren Bruder. Er war ein hübscher Teufel und sollte Herzog werden, aber die Mädchen haben sich eher für Sie interessiert.«

»Sie wissen gar nichts von mir. Ich habe von meinem zehnten Lebensjahr an nicht mehr hier gelebt.«

»Ich weiß mehr von Ihnen, als Sie ahnen, und ich möchte wetten, daß Ihre Mutter auch eine Menge über Sie weiß.« Angus schob eine Braue in die Höhe. »Und nun haben Sie vor, Harry die kleine amerikanische Erbin wegzunehmen.«

»Ich habe nicht diese Absicht.«

»Aber Sie haben mehr Zeit mit ihr verbracht als Harry.«

»Das ist nicht meine Schuld. Wenn ich mit ihr verlobt wäre, würde ich sie bestimmt nicht vernachlässigen.«

»Ja, Sie würden sie mit all dem verwöhnen, was sie liebt – mit Büchern und Worten, und Sie würden den Clanchef-Kilt tragen.«

»Sie wußte doch nicht, daß es das Plaid des Clanchefs war. Sie hat ihn noch nie zuvor gesehen.«

»Aber viele von Ihren Bauern kannten ihn. Viele von ihnen wußten, wer Sie sind, an jenem Tag, als Sie an meiner Hauswand saßen und die Leute beim Tanzen beobachtet haben. Sie tanzten für den Clanchef und seine Lady.«

»Sie ist nicht meine ...« Er senkte die Stimme. »Sie ist nicht meine Lady und sollte es niemals werden. Wir sind ... Freunde«, sagte er leise. »Mehr ist nicht zwischen uns, und mehr wird es auch niemals sein. Sie ist entschlossen, meinen Bruder zu heiraten und Herzogin zu werden.«

»Sie könnten ihr sagen, wer Sie sind. Ihre Eltern würden die Heirat billigen. Nach allem, was ich von ihnen hörte, wäre es ihnen egal, ob der Herzog hundert Jahre ist und auf Krücken daherkäme.«

Trevelyan sah ihn mit einem schiefen Lächeln an. »Sie würde mich heiraten, weil ich ein Herzog bin, aber ich will niemanden heiraten. Ich könnte nicht mehr reisen, wenn ich verheiratet wäre, und ich will nicht die Verantwortung für dieses Haus und deren Bewohner übernehmen. Und ganz bestimmt möchte ich keine Frau, die mich wegen meines Titels heiraten würde.«

Angus gab einen Laut von sich, der wie ein Lachen klang. »Wenn mir ein hübsches Mädchen sagen würde, daß sie mich heiraten möchte, weil ich der Clanchef der MacTarvit bin, würde ich mit ihr zur Kirche rennen.«

»Das ist eben wieder einer dieser Unterschiede zwischen Ihnen und mir. Ich will nicht heiraten, ich will nicht der Herzog sein, und ich möchte mich jetzt nicht mehr mit Ihnen unterhalten. Ich habe zu arbeiten.«

»Sie beabsichtigt, Ihre Schwester mit James Kincaid zu verheiraten.«

»Was?« Trevelyan sah ihn verblüfft an. »Wieso weiß sie von dieser Sache? Das liegt Jahre zurück.«

»Ihr Bruder hat ihr davon erzählt.«

»Und es paßt zu ihrem Geschmack für das Romantische, daß sie die beiden zusammenbringen möchte. Sie will sie genauso glücklich machen, wie sie mit Harry ist.«

Angus berichtete ihm, daß Claire die Kinder der Herzogin als Eckpfeiler in deren Leben betrachtete. »Das Mädchen hat das von ihrem Großvater gelernt. Ich denke, sie beabsichtigt, der alten Frau die Macht wegzunehmen.«

Trevelyan schüttelte den Kopf. »Dummes amerikanisches Kind! Sie weiß nicht, wovon sie spricht. Sie hat keine Ahnung von dem wahren Charakter dieser alten Frau. Claire ist unschuldig wie ein Kind. Sie träumt von einem idyllischen Leben mit Harry und der Aufzucht blonder Kinder, die sich einen Titel an den Namen hängen können. Sie weiß nicht einmal, daß es solche Menschen wie diese alte Frau gibt.« Sein Zynismus verwandelte sich in Bitterkeit. »Diese Frau würde jeden umbringen, der versucht, ihr entweder Harry oder ihre Macht wegzunehmen.«

»Aber ich glaube, das Mädchen will es wenigstens versuchen«, erwiderte Angus leise.

»Nun gut, sie wird es versuchen und scheitern. Sie hat nicht die jahrelange Erfahrung der alten Frau in solchen Machenschaften.«

»Was wird die alte Frau tun, wenn sie erfährt, daß das Mädchen versucht, sich gegen sie aufzulehnen?«

»Sie irgendwo einsperren. Was weiß ich? Es geht mich nichts an.«

Angus sagte nichts mehr, blieb aber auf der Fensterbank sitzen und starrte Trevelyan an.

Als Trevelyan wieder das Wort ergriff, war seine Stimme so leise, daß man ihn kaum verstehen konnte: »Die alte Frau wird sehr schnell dahinterkommen, was Claire vorhat, weil Claire sich nicht verstellen kann. Alles, was sie denkt und fühlt, spiegelt sich in ihren Augen. Und sie wird sich Harry anvertrauen.« Er schnaubte. »Ihrem vollkommenen Harry. Sie könnte es ebensogut der alten Frau ins Gesicht sagen. Harry wird niemals erkennen, daß dieses Vorhaben eine Bedrohung darstellt. Wenn Claire versucht, ihn als Helfer für ihren Plan zu gewinnen, Lee und Kincaid zu verheiraten, wird Harry das als eine lästige Arbeit betrachten, über die er sich bei seiner Mutter beschweren wird.«

»Aber die alte Frau wird es als das erkennen, was es ist.«

»Ja«, sagte Trevelyan. »Die alte Frau wird wissen, daß Claire versucht, ihr etwas von ihrer Macht zu nehmen. Und sie wird zurückschlagen.«

»Wie sie das bei dem kleinen Jungen getan hat, der ihr lästig wurde«, murmelte Angus.

Trevelyan war es nicht anzumerken, ob er gehört hatte, was Angus sagte. »Sie wird warten, bis Harry und Claire verheiratet sind. Himmel – vermutlich hat sie es eilig, den Hochzeitstermin festzusetzen. Nach so einem Versuch würde sie Claire nie mehr aus ihren Klauen lassen.«

»Und was wird sie mit dem Mädchen machen?«

»Ich kann es mir nicht vorstellen«, erwiderte Trevelyan leise. »Sie wird sie auf eine Weise quälen, wie es sich sogar die schlimmsten Stämme, bei denen ich gewesen bin, nicht ausdenken konnten. Sie wird Claires Willen und Geist brechen, wie sie Lees Geist gebrochen hat. Wußten Sie, daß Lee selbst ein kleiner Teufel gewesen ist? Sie war der Anführer bei einigen Streichen, die wir . . .«

Er brach mitten im Satz ab, weil Angus aufgestanden war und zur Tür ging.

»Wo wollen Sie hin?« schnaubte Trevelyan.

»Haben Sie nicht gesagt, daß Sie arbeiten müssen? Und ich muß zurück zu dem Mädchen. Sie könnte sich erkälten. Ich muß mich um sie kümmern.«

»Sie haben Claire in Ihrer schrecklichen Hütte allein gelassen? Sie könnte dort umgebracht werden! Sie könnte ...«

Angus lächelte ihn an. »Wir leben in Schottland, und das ist der sicherste Ort auf Erden. Hier gibt es keine afrikanischen Wilden – wir sind nicht in dieser Stadt, nach der Sie gesucht haben und die Sie nicht finden konnten.«

»Ich *habe* sie gefunden.«

»Nein, Junge, Sie sind gestorben.« Einen Moment lang blickten sich die beiden Männer in die Augen, bis Angus zur Seite schaute. »Ich muß zu dem Mädchen zurück. Sie bleiben hier und schreiben Ihre Bücher. Und wenn Sie wieder auf dem Damm sind, können Sie zu Ihren fremden Völkern in fernen Ländern zurückkehren. Überlassen Sie dieses Haus solchen Leuten wie Harry und seiner Frau und Mutter. Es geht Sie nichts an. Sie sind nicht der Herzog. Sie sind nicht der Clanchef. Sie heiraten nicht dieses Mädchen. Bleiben Sie hier in Ihrem Turm mit Ihrem Diener, essen, schlafen, schreiben Sie und halten Sie sich aus allem heraus. Es geht Sie nichts an.«

Damit drehte sich der Alte um und ging die Treppe hinunter. Trevelyan kehrte an den Tisch zurück und nahm seinen Federhalter hoch. Er arbeitete an seinem Buch über Pesha. Er würde der Welt erzählen, wie es gewesen war, als er, verkleidet als Eingeborener, diese geheime Stadt besucht hatte. Nachdem Jack Powell behauptet hatte, daß er Pesha besucht habe, würde Trevelyan dieses Buch veröffentlichen und die Wahrheit berichten – mit dem Gedanken, daß kein lebender Mensch ihm widersprechen konnte. Jack glaubte, er habe Trevelyan alle Notizen über Pesha geraubt, als er ihn krank zurückgelassen hatte, aber Trevelyan hatte viel mehr in seinem Kopf aufbewahrt, als er niedergeschrieben hatte.

Stunden vergingen, bis Oman leise das Zimmer betrat und Trevelyan ein flaches Päckchen überreichte.

»Was ist das?« fragte Trevelyan.

»Die amerikanische Lady hat mir das gegeben. Ich sollte es Ihnen überreichen.«

Es dauerte einen Moment, bis Trevelyan begriff, daß Oman Claire als Lady bezeichnete – in der Tat eine hohe Anerkennung. Er runzelte die Stirn, als er das Päckchen auswickelte, aber als er das erste Blatt Papier hervorzog, weiteten sich seine Augen.

Die Zeichnungen waren primitiv, von ungeübter Hand angefertigt, aber es war leicht zu erkennen, was sie darstellen sollten. Es waren Zeichnungen von ihm. Sie zeigten ihn als Straßenräuber, der gehenkt werden sollte. Sie zeigten ihn als kleinen Jungen, der sich von einer Kindergesellschaft abgesondert hatte, mit einem höhnischen Lächeln, als wollte er nicht an ihrer Feier teilnehmen, aber seine Augen wirkten einsam. Und sie hatte ihn als Mann dargestellt, der ganz allein in einem Turm saß.

Als Trevelyan sich die Zeichnungen zum erstenmal ansah, wurde er wütend. Wie konnte sich diese Amerikanerin, diese Miss Niemand, erdreisten, solche Zeichnungen von *ihm* anzufertigen! Wie konnte sie es wagen, ihn in einem so wenig schmeichelhaften Licht erscheinen zu lassen. Wie konnte sie ...

Er betrachtete die Skizzen zum zweitenmal, und dabei wich sein Zorn einem Gefühl des Gekränktseins. Oman, der so emotionslose Oman, der allen stets ein steinernes Gesicht zeigte, versuchte, nicht laut herauszuplatzen, als er die Zeichnung des Straßenräubers sah.

»Ich kann nichts Witziges daran erkennen«, schnaubte Trevelyan.

»Das trifft Sie genau. Schauen Sie doch hierhin, und das dort. Das sieht Ihnen so ähnlich.«

»Unsinn«, knurrte Trevelyan, während er Oman die Zeichnung aus der Hand riß. »Es ist ...« Er hielt inne, denn er erkannte in diesem Augenblick ein bißchen Ähnlichkeit zwischen sich und der Zeichnung. Gegen seinen Willen begann er zu lächeln. »Das könnte ich doch gar nicht sein«, sagte er, aber Oman hatte bereits das Zimmer verlassen.

Trevelyan nahm die Skizzen mit ans Fenster und studierte sie, und während er das tat, wurde sein Lächeln breiter. Wußte sie denn nicht, daß er der große Captain Baker war? Wußte diese kleine unverschämte Amerikanerin nicht, daß niemand über einen Mann mit seinen Verdiensten lachte? Er, Trevelyan, war derjenige, der sich über andere lustig machen durfte.

Er legte die Skizzen aus der Hand, ging zum Feuer und schob die Scheite hin und her. Claire ging ihn nichts an, und alles, was Angus ihm erzählt hatte, änderte daran nichts.

Aber jetzt erinnerte er sich daran, wie Claire ihn bei seinem Malariaanfall gepflegt hatte. Natürlich konnte sie die Anfälle weder verhindern noch die Genesung vorantreiben, aber sie war bei ihm geblieben und hatte sein Geheimnis bewahrt. Sie hatte niemandem erzählt, wer er war.

Er wälzte die brennenden Scheite noch ein paarmal um. Es ging ihn wirklich nichts an, wenn sie sich mit Harrys Mutter anlegen wollte. Harrys Mutter, dachte er und schnitt eine Grimasse. Die Frau war auch *seine* Mutter. Wenngleich er nie etwas anderes von ihr erfahren hatte als Vorwürfe und Mißhandlungen.

Er wußte, wie furchtbar die alte Frau sein konnte. Sie war zu allem fähig. Hatte sie nicht ihren zweiten Sohn aus dem Haus geschickt, damit er bei diesem alten Bastard, ihrem Vater, wohnen sollte? Sie hatte ihren eigenen Sohn weggeschickt, der gerade neun Jahre alt gewesen war – nicht auf einen Besuch, sondern für immer, damit er nie mehr an dem Leben seiner Familie teilhaben konnte, weil sie ihn für respektlos und unhöflich gehalten hatte. Trevelyan hatte keine zwei Wochen bei dem alten Mann gewohnt, als ihm bereits klar war, wie sehr seine Mutter ihn gehaßt hatte.

Und was würde die Herzogin mit Claire anstellen, wenn sie entdeckte, daß Claire versucht hatte, sich ihrer Position zu bemächtigen? Würde sie Claire zu einer Gefangenen machen, wie sie es mit Lee getan hatte? Und wer könnte Claire verteidigen? Harry sicherlich nicht. Ihm wäre der Rummel, der dabei entstehen mußte, lästig. Harry würde alles vermeiden, was seine Jagdtermine durcheinanderbrachte. Würden Claires Eltern sie verteidigen? Nach allem, was Trevelyan über sie gehört hatte, mußte er das bezweifeln. Sie hätten ja bekommen, was sie sich wünschten – selbst wenn das zu Lasten ihrer Tochter ging.

Also würde sich letztendlich an dem bestehenden Zustand nichts ändern. Die Herzogin könnte nach wie vor eine vollkommene und absolute Herrschaft über dieses Haus und dessen Bewohner ausüben – und seine Schwester und Claire wären die Gefangenen dieser Frau. Das Leben würde weitergehen wie bisher.

Trevelyan versuchte sich auszumalen, wie Claires Leben unter der Regierung der alten Frau aussehen würde. Jedenfalls könnte sie nie mehr in Angus MacTarvits Hütte sitzen und Whisky trinken oder mit den Bauern tanzen. Tatsächlich würden wahrscheinlich gar keine Bauern mehr *da* sein, mit denen sie tanzen konnte. Trevelyan hatte Harry zwar nicht danach gefragt, aber er vermutete, daß seine Mutter vorhatte, einen Teil von Claires Geld für den Kauf von Schafen zu verwenden. Und man konnte keine Schafe dort weiden lassen, wo Menschen wohnten.

Trevelyan starrte ins Feuer. Das alles ging ihn nichts an. Er war nur in dieses Haus zurückgekommen, um seine Gesundheit wieder herzustellen und zu schreiben. Wenn das erledigt war, würde er dieses Haus wieder verlassen, und wenn Harry sein Versprechen, seine Expeditionen zu finanzieren, einlöste, plante Trevelyan bis zum Ende des nächsten Jahres wieder in Afrika zu sein. Es gab noch so viel in Afrika, was er gern sehen wollte.

»Es berührt mich nicht«, sagte er laut. Dann betrachtete er noch einmal die Skizzen und rief im nächsten Moment Oman zu sich.

14

Harry schlief so fest, daß Trevelyan ihn wachrütteln mußte. Harry rollte auf den Bauch, starrte seinen Bruder böse an, drehte sich auf die andere Seite und schloß wieder die Augen.

»Ich will mit dir reden«, sagte Trevelyan.

»Schläfst du eigentlich nie?«

»Nicht, solange ich es vermeiden kann.« Als Harry die Augen nicht mehr öffnen und offenbar wieder einschlafen wollte, rüttelte Trevelyan ihn abermals an der Schulter. »Ich gehe nicht weg.«

Harry verzog das Gesicht und setzte sich ächzend auf. »Als Untergetauchter, der sich hier nur verstecken wollte, bist du ziemlich umtriebig. Was hast du jetzt für ein Problem?«

»Was ist zwischen Claire und deiner Mutter heute vorgegangen?«

Harry riß die Augen auf. Er schien ehrlich verwundert zu sein. »Nichts Ungewöhnliches. Claire sagte, sie wollte Mutter kennenlernen, und dieser Wunsch wurde ihr heute erfüllt. Sie haben zusammen Tee getrunken.«

Trevelyan betrachtete seinen Bruder lange. Er war immer erstaunt, wenn Menschen nicht bemerkten, was um sie herum vorging. Harry war zweifellos davon überzeugt, daß seine Mutter und seine Verlobte sich blendend verstanden hatten. Harry hatte vermutlich gar nicht bemerkt, wie Claire, MacTarvits Erzählung nach, im Zustand heillosen Entsetzens das Zimmer verlassen hatte.

»Was hat Claire dir davon erzählt?« fragte Harry.

»Ich habe sie nicht gesprochen.«

Harry lächelte. Er war froh, daß seine kleine amerikanische Erbin ihre Zeit nicht mehr mit seinem älteren Bruder verbrachte. »Woher weißt du dann, daß ihr etwas mißfallen haben könnte?«

»Ich habe davon gehört.«

Harry gähnte. Trevelyans Geheimnistuerei mochte vielleicht für den Rest der Welt faszinierend sein – ihn ödete sie nur an. »Falls das alles ist, was du mir sagen wolltest, würde ich jetzt gern weiterschlafen.«

»Wenn du Claire geheiratet hast, wirst du ... *sie*« – Trevelyan sprach dieses Wort im verächtlichen Ton aus – »in das Witwenhaus schicken?«

»Ich weiß nicht, warum du in dem Glauben verharrst, daß unsere Mutter ein Drachen sei. Sie ist eine schlichte, liebenswürdige Frau, und das war sie schon immer. Wenn du dir nur einmal die Mühe machen würdest, sie richtig kennenzulernen, würdest du das auch feststellen. Was nun deine Frage betrifft – nein, Mutter wird nicht in das Witwenhaus ziehen. Ich halte es für besser, wenn sie hierbleibt, wo ich ihr nahe sein kann. Sie ist behindert, wie du wohl weißt.«

»Sie beabsichtigt also, hierzubleiben, wo sie das Haus und Leatrice beherrschen kann.«

Gegen seinen Willen wurde Harry hellwach. Sein Bruder konnte selbst den Teufel zur Weißglut bringen. »Mutter ist kein *Monster*. Sie liebt ihre Tochter und möchte mit ihr einen Teil ihrer Zeit verbringen. Ist das ein Verbrechen? Lee ist glücklich.«

»Ist das deine oder Lees Meinung? Wann hast du zuletzt mit ihr gesprochen?«

»Jedenfalls später, als du mit ihr zum letztenmal geredet hast«, schoß Harry zurück. »Was denkst du dir eigentlich dabei, mitten in der Nacht hierherzukommen und zu versuchen, alles zu verändern? Du gehst als kleines Kind aus dem Haus, läufst deinem Großvater weg, läßt dich hier jahrelang nicht sehen und kommst zurück und meinst, jedem Befehle erteilen zu können? Wenn du das willst, mußt du auch vor alle hintreten und erklären, wer du bist.«

Trevelyan setzte sich in einen Sessel neben dem Bett und schwieg.

»Das habe ich mir gedacht«, sagte Harry. »Du willst zwar hier herumschleichen und das Kommando führen, aber dich dazu bekennen möchtest du nicht.«

»Deine kleine Amerikanerin will Lee mit James Kincaid verheiraten.«

Harry lachte. »Nun, dann soll sie es doch versuchen«, sagte er und legte sich in die Kissen zurück. »Claire steht es vollkommen frei, so viele Liebesverbindungen zu stiften, wie sie möchte. Frauen machen so etwas gern.«

»Du hast nicht die Absicht, ihr dabei zu helfen?«

»Ihr helfen? Alles, was sie tun muß, ist die beiden zusammenzubringen. Ich glaube, sie haben sich seit Jahren nicht mehr gesehen.«

»Und wie steht es mit deiner Mutter?«

Harry drehte sich mit wütendem Gesicht seinem Bruder zu. »Sie ist auch *deine* Mutter. Warum benimmst du dich ständig so, als wärst du aus einem Ei geschlüpft und hättest keine Mutter? Wenn Leatrice jemanden heiraten möchte, darf sie das tun. Sie ist keine Gefangene.«

Harry weigerte sich offenbar, an den Streit zu denken, den seine Mutter mit Lee wegen Kincaid gehabt hatte. Natürlich lag das schon Jahre zurück, und damals gab es einen Bewerber um Lees Hand, der der Herzogin zugesagt hatte. Nun glaubte Harry, es läge eine ganz andere Situation vor.

Als Trevelyan wieder sprach, war seine Stimme leise. »Lee *ist* eine Gefangene. Du siehst das nur nicht. Und wenn nicht bald etwas geschieht, wird auch deine kleine Braut eine Gefangene sein.«

»Du hast zuviel Zeit in der Sonne verbracht«, erwiderte Harry müde. »Ich werde Claire heiraten, und alles wird gut sein. Mutter sagte, daß ihr Claire gefällt und daß sie mir eine gute Frau sein würde. Ich glaube, die beiden werden Freunde. Ich hoffe, daß sie sich bald so nahestehen wie Mutter und Lee. Hättest du jetzt die Liebenswürdigkeit, mein Zimmer zu verlassen? Ich würde gern noch ein bißchen schlafen.« Harry zog die Decke höher und schloß die Augen.

Trevelyan blieb eine Weile dort sitzen, wo er war, und überlegte, was er seinem Bruder sagen konnte, um ihm die Situation begreiflich zu machen. Aber er wußte, daß es zwecklos war. Harry hatte noch nie etwas Arges an seiner Mutter zu erkennen vermocht.

Trevelyan hatte gehofft, seinem jüngeren Bruder etwas Vernunft beibringen zu können. Wenn er Harry davon überzeugen könnte, daß Claire seine Hilfe brauchte, hätte er, Trevelyan, mit klarem Kopf zu seiner Arbeit zurückkehren können – mit dem Wissen, daß er Claire für die Hilfe, die sie ihm hatte angedeihen lassen, entschädigt hatte.

Es war eine so gute Idee gewesen. So eine gute Idee, daß er nicht hoffen konnte, damit Erfolg zu haben, weil sein jüngerer Bruder nicht glaubte, daß etwas unternommen werden mußte. Harry war damit zufrieden, alles auf sich zukommen zu lassen.

Trevelyan dachte an Claire. Er erinnerte sich an ihr Tanzen und Lachen. Wenn sie Harry heiratete und in diesem Höllenpfuhl des Hasses leben mußte – würde sie dann so werden wie Leatrice? Ein Schatten ihrer selbst? Würde sie der Herzogin nachgeben und alles tun, was die alte Frau von ihr verlangte? Trevelyan dachte daran, wie Claire zu MacTarvit gesagt hatte, daß er damit fortfahren dürfe, Rinder zu stehlen, aber Trevelyan wußte, daß MacTarvit spätestens ein halbes Jahr nach der Hochzeit das Montgomery-Land verlassen würde.

Trevelyan lehnte sich in dem Sessel zurück. Er wollte in diese Geschichte nicht verwickelt werden. Er wollte in sein Zimmer zurück und schreiben. Er hatte so viel zu arbeiten. Ihn kümmerten diese Leute, die mit ihm verwandt waren, nicht. Er wollte nicht in die Angelegenheiten der Familie oder dieses Hauses verwickelt werden. Oder etwas damit zu tun haben. Ihm gefiel der Gedanke, daß sie ihn für tot hielten. Das verschaffte ihm eine Menge Freiheit.

Aber ein anderer Teil von ihm dachte an seine Schwester. Er hatte sie nicht gesehen, seit er zurückgekommen war – weder im Haus noch draußen. Nach allem, was Claire MacTarvit berichtet hatte, war Leatrice die unglücklichste Person, die Claire jemals begegnet war.

Er betrachtete Harry, der wieder schlief. Es war offensichtlich, daß sein kleiner Bruder nicht bereit war, Claire gegen die alte Herzogin zu unterstützen. Harry war zu bequem, um auch nur den Versuch zu unternehmen, etwas zu ändern. Warum sollte Harry die Konstellation verändern wollen, die für ihn ideal war?

Was sollte er, Trevelyan, tun? In sein Zimmer zurückkehren und dort bleiben? An seinen Schreibtisch zurückkehren und sich aus allem heraushalten? Zulassen, daß Harry seine Amerikanerin heiratete, und Claire dem Kampf mit ihrer Schwiegermutter überlassen? Claire war eine starke und gesunde junge Frau, und sie würde diese alte Hexe zumindest überleben. Dann konnte sie tun, was sie wollte.

Wieder kamen ihm die Skizzen, die Claire von ihm angefertigt hatte, in den Sinn. Er wischte sich mit der Hand über das Gesicht. Konnte er in zehn Jahren zurückkommen und diese glückliche junge Frau dabei beobachten, wie sie Tabletts in das Zimmer ihrer Schwiegermutter trug? Würde ihr hübscher Ehemann überhaupt bemerken, daß man den Geist seiner Frau gebrochen hatte?

Trevelyan stand auf und ging zur Tür. Vielleicht half es, wenn er mit Leatrice redete. Er wollte nichts unternehmen – nur mit ihr reden. Vielleicht war sie gar nicht so unglücklich, wie Claire meinte.

15

Leatrice, die in ihrem Bett wie in einem Kokon eingesponnen war, hatte zunächst keine Ahnung, was dieses knarrende Geräusch bedeutete. In ihrem schlaftrunkenen Zustand wußte sie nur, daß jede Störung von ihrer Mutter ausging. Was wollte die alte Frau jetzt wieder von ihr? Sollte sie ihr die Füße einreiben? Die Haare bürsten? Heißes Wasser holen? Einen Tee? Oder sollte sie ihr etwas vorlesen? Manchmal hatte Leatrice das Gefühl, daß die alte Frau sich noch spät nachts den Kopf zerbrach, womit sie ihre Tocher quälen konnte. Ihr Onkel James hatte einmal gesagt, daß Eugenia unmöglich schlafen könne, denn niemand, der so gemein sei wie sie, könne so etwas schaffen, ohne volle vierundzwanzig Stunden täglich daran zu arbeiten.

Leatrice schlug die Decke zurück und stieg mit noch geschlossenen Augen aus dem Bett. Erst als Licht durch ihre Lider sickerte, riß sie die Augen auf. Bei der Ostwand, neben der alten Geheimtür in der Täfelung, mit einer brennenden Kerze in der Hand, stand der Geist ihres toten Bruders. Leatrice preßte die Fingerknöchel gegen die Lippen, um nicht laut zu schreien, schlüpfte ins Bett zurück und wollte sich die Decke über den Kopf ziehen.

Der Geist lächelte sie an.

Leatrice bemühte sich, noch weiter von dem Gespenst fortzurücken. Und wenn ihr Leben davon abgehangen hätte – sie war nicht fähig, einen Ton von sich zu geben. Das Entsetzen lähmte ihr die Zunge.

»Ach, Mutt«, sagte der Geist, »ich bin es nur.«

Leatrice lag zitternd da und starrte den Eindringling an. Dann begann sie zu blinzeln. Er sah nicht wie ein Gespenst aus, sondern wie ein Mann aus Fleisch und Blut, der das Zimmer durch die alte Geheimtür betreten hatte. Sie setzte sich langsam auf, und er kam einen Schritt näher.

»Ich bin echt«, sagte er. »So echt und wirklich wie eh und je.«

Sie betrachtete den Mann genauer. Konnte er tatsächlich ihr Bruder sein? »Vellie?« flüsterte sie.

Er nickte einmal, dann war er bei ihr. Leatrice breitete beide Arme aus, und er begrub das Gesicht an ihrem Hals, während sie das Gesicht in seinem Haar barg.

Er *war* real. Oh, dem Herrn und allem, was ihr heilig war, sei gedankt – er war wahrhaftig lebendig!

Leatrice begann zu weinen. Erst waren es nur Tränen, die ihr lautlos von den Wimpern tropften, aber dann, als sie mit den Händen über seine Arme und über seinen Rücken strich, als müsse sie sich vergewissern, daß er tatsächlich da war, schluchzte sie.

»Ruhig, mein Liebes«, flüsterte er und drückte sie an sich.

Er war mit einer seltsamen Robe aus Seide bekleidet, zu der er ein Paar weiche Stiefel trug. Er benützte den großen Zeh des linken Fußes, um den rechten Stiefel auszuziehen, dann den großen Zeh des anderen Fußes für den zweiten Stiefel, kroch zu ihr ins Bett, streckte sich neben ihr aus und hielt sie in ihren Armen, als wäre er Bruder und Liebhaber zugleich. Und er ließ sie weinen. Nachdem sie bei seinen ersten Ermahnungen nicht aufgehört hatte, versuchte er nicht länger, ihren Tränen Einhalt zu gebieten, er hielt sie nur fest, während sie weinte und weinte und weinte.

Es dauerte lange, bis sich Leatrice so weit gefangen hatte, daß sie wieder sprechen konnte. Und als es ihr gelang, ihre Tränenflut zurückzuhalten, wurde sie nur von dem Gedanken beherrscht, wie gut es doch war, jemanden berühren zu können. Es waren Jahre vergangen, seit sie zum letztenmal einen warmen menschlichen Körper an ihrer Haut gespürt hatte. Sie lagen im Alter nur ein Jahr auseinander, und als Kinder hatten sie sich sehr nahegestanden. Ihr Bruder Alex war zu sehr mit sich selbst beschäftigt und sich als Titelanwärter zu gut gewesen, um seine Zeit an ein Mädchen zu verschwenden. Aber sie und Vellie waren Freunde gewesen.

Sie hatte ihn nicht mehr gesehen, seit er als Kind von neun Jahren aus dem Haus geschickt worden war. Das war der schlimmste Tag ihres Lebens gewesen. Die Vision von Vellie, ihrem innig geliebten Freund, ihrem Bruder, ihrem . . . ihrem Seelenvertrauten – wie er sich in der Kutsche umdrehte, die ihn zu seinem schrecklichen Großvater bringen sollte, und zu ihr zurückblickte, war ihrem Geist bis zum Tag ihres Todes unauslöschlich eingeprägt. Ihr Vater hatte gesagt, Vellie würde in ein paar Monaten wieder nach Hause kommen, aber Leatrice hatte in das strenge Gesicht ihrer Mutter geschaut und gewußt, daß ihrem Bruder die Rückkehr nicht mehr erlaubt wurde, jedenfalls nicht, um hier zu wohnen. Er hatte das unverzeihliche Verbrechen begangen, sich dem Willen seiner Mutter zu widersetzen. Er hatte sich gegen sie aufgelehnt und gelacht bei ihren Bestrafungen, Warnungen und Drohungen. Aber am Ende hatte die alte Frau gewonnen, denn Vellie war schließlich nur ein kleiner Junge und sie die Herzogin und seine Mutter gewesen. Ihr Vater hatte seinen Sohn Alex zum zukünftigen Herzog ausbilden müssen, und Leatrice dachte, daß ihr Vater vielleicht ein bißchen froh darüber gewesen war, daß man ihm Vellie abgenommen hatte, denn der zweite Sohn war vom Tag seiner Geburt an ein Problem gewesen.

»Bist du wirklich da?« flüsterte sie. Ihr Atem kam stoßweise, während sie versuchte, ihr Schluchzen unter Kontrolle zu bekommen.

»Wahrhaftig und wirklich.«

Seine Arme umschlangen sie, und ihr Rücken lag an seiner Brust, als er sie an sich drückte. Als er noch ein kleiner Knirps war, hatte ihn ihre Mutter für den kleinsten Verstoß gegen ihre Regeln mit der Peitsche bestraft. Leatrice dachte, daß ihre Mutter vielleicht immer so wütend gewesen war, weil ihr zweiter Sohn nicht weinen wollte. Er pflegte nach den Schlägen, die er von dieser Frau bekommen hatte, mit gestrafften Schultern und dem Hauch eines spöttischen Lächelns auf dem Gesicht davonzugehen, als wollte er sagen, daß sie ihm nicht weh getan habe. Doch nachts schlich sich dann Leatrice durch die Geheimgänge in sein Zimmer, kroch zu ihm ins Bett, und er kuschelte sich an sie und weinte. Er weinte und fragte: »Warum haßt sie mich so sehr?« Leatrice wußte ihm nie eine Antwort darauf zu geben.

»In den Zeitungen stand, du wärest tot. Du seist an einem Fieber gestorben und hättest Pesha nie erreicht. Du wärest schon zu krank gewesen, um es noch . . .«

Sein spöttisches Lachen schnitt ihr das Wort ab. »Es braucht mehr als ein Fieber, um mich umzubringen. Ich war eine Weile krank, vielleicht mehr tot als lebendig, aber ich kam wieder zu Kräften. Ich blieb dort, bis ich so weit war, daß ich ein verdammtes Boot besteigen konnte. Und dann fuhr ich nach Hause.«

Sie hielt eine seiner beiden Hände an ihr Gesicht und rieb

ihre Wange daran. Sie wußte, daß es schon Monate zurücklag, daß dieser Mann Jack Powell, Trevelyans Reisebegleiter, nach England zurückgekehrt war und der Welt verkündet hatte, daß er und er allein die geheime Stadt Pesha betreten habe. Powell hatte der Presse erzählt, daß Captain Baker zu krank gewesen sei, um die Stadt zu betreten, und deshalb dort zurückgeblieben sei. Powell behauptete, Captain Baker wäre so krank gewesen, daß man ihn den ganzen Weg bis zur Küste habe tragen müssen und daß er, als sie gerade das Schiff besteigen wollten, das sie nach England zurückbringen sollte, gestorben sei.

»Wo wohnst du?« fragte Lee.

Er zögerte, ehe er antwortete: »In Charlies Zimmer.«

Leatrice schwieg einen Moment. Als sie wieder das Wort ergriff, versuchte sie, einen unbekümmerten Ton anzuschlagen: »Bist du schon länger hier?«

»Ein paar Wochen.«

Sie verstand, was er damit sagen wollte. Er hielt sich schon eine Weile im Haus auf, hatte sie aber aus irgendeinem Grund nicht besuchen wollen. Sie fragte sich, ob es das erste Mal war, daß er sich in diesem Haus aufhielt.

»Was führt dich jetzt in mein Zimmer?« fragte sie, wieder bemüht um einen unbeschwerten, sorglosen Ton, als wären ihre Gefühle nicht verletzt.

Doch Trevelyan wußte genau, was sie in diesem Moment dachte – er hatte das stets gewußt –, und er lachte sie aus. Lachte auf eine Weise, die sie wütend machte.

Sie rückte von ihm weg, nahm ein Kissen und schlug damit auf ihn ein. »Wie konntest du mich in dem Glauben lassen, du seist tot? Hast du einen Begriff davon, wie sehr ich gelitten habe? Deine Briefe waren das einzige, was ich je in meinem Leben hatte. Ich habe *alle,* jede Zeile aufgehoben.«

Er lag auf dem Bett und grinste sie an. Sie hatte ihn viele Jahre nicht gesehen, aber sie hätte ihn an diesem Grinsen überall wiedererkannt. Es war dasselbe trotzige, Waschert-mich-der-Teufel-Grinsen des neunjährigen Jungen.

»Sie müssen ein Zimmer füllen.«

Sie lächelte. »Vier Schrankkoffer.« Sie streckte den Arm aus und berührte seine Wange. »O Vellie, bist du wirklich und wahrhaftig hier? Bist du sicher, daß du kein Geist bist? Tante May sagte, sie wäre deinem Geist begegnet.«

»Ich bin ihr einmal am frühen Morgen über den Weg gelaufen, als ich durch die Geheimgänge schlich. Ist denn keines von diesen alten Relikten inzwischen *gestorben*? Sie waren doch schon Fossile, als ich noch ein Junge war. Ich kann mir nicht vorstellen, wie alt sie inzwischen sind.«

»Mutter sähe es wohl gern, wenn sie sterben würden, davon bin ich überzeugt. Aber sie scheinen ihr diesen Gefallen nicht tun zu wollen. Onkel Cammy hat die Schwester von Harrys Verlobter für seine Theaterspiele eingespannt. Ich frage mich, ob sie sich um die Kostüme zanken.«

»Nach allem, was ich über Brat hörte, kann ich mir vorstellen, daß sie als Siegerin daraus hervorgeht.«

Leatrice sah ihn aus schmalen Augen an. Sie überwand allmählich den Schock über seine Rückkehr und begann zu begreifen, was sein Erscheinen hier bedeutete. »Was weißt du von dem Kind? Hast du Claire gesehen? Hast du mit Harry gesprochen?«

Trevelyan drehte sich auf den Rücken, verschränkte die Hände unter dem Kopf und sah zur Decke. »Was hältst du von Harrys kleiner Amerikanerin?«

Leatrice schlug ihm mit dem Kissen direkt ins Gesicht und versuchte, ihn noch einmal zu treffen, aber er entriß ihr das Kissen und hielt ihre Arme fest.

»Was ist denn in dich gefahren?«

»Du bist schon seit Wochen hier, hast Harry gesehen und vermutlich auch seine Verlobte, aber mich hast du in dem Glauben gelassen, du seist tot. Wie konntest du mir das antun? Ich habe dich mehr geliebt als jeder andere auf der Welt. Zweiundzwanzig Jahre lang habe ich dir mindestens einmal in der Woche geschrieben, manchmal sogar fünf- oder sechsmal pro Woche. Ich habe dir alles erzählt, was in meinem Leben passiert ist. Ich habe dir mein Herz ausgeschüttet. In all diesen Jahren bist du mein engster und manchmal mein *einziger* Freund gewesen. Aber dann gehst du weg, um dein geliebtes Pesha zu finden, und ich höre nichts mehr von dir. Mehr als zwei Jahre keine einzige Nachricht von dir, bis ich in der Zeitung las, du wärest tot. Ich habe das geglaubt! Weißt du, wie sehr ich um dich getrauert habe? Weißt du, wieviel ich um dich geweint habe? Und nun stelle ich fest, daß du gar nicht tot bist. Du bist nicht nur nicht gestorben, sondern lebst nur wenige Meter von mir entfernt, schleichst durch die Gänge und redest mit der schrulligen alten Tante May – redest mit Harry, der dich nicht einmal richtig kennt, wenigstens nicht so, wie *ich* dich kenne, und jetzt . . .«

Sie brach ab, als er sich aufsetzte, sich gegen das Kopfteil lehnte und sie in seine Arme zog.

»Ich dachte, es wäre besser für alle, wenn ich sie in dem Glauben ließ, ich sei tot.«

»Wie kann man nur so etwas Dummes sagen?« erwiderte sie und schniefte. »Wie konntest du denken, es wäre besser, wenn wir dächten, du seist tot?« Noch während sie diese Worte sagte, wußte sie schon die Antwort. Sie hatte bis zu diesem Moment nicht daran gedacht: Der Tod ihres ältesten Bruders machte Trevelyan zum Herzog.

Sie bewegte sich von ihm fort, um ihn anzustarren.

»Das Herzogtum«, flüsterte sie.

»Genau.«

Leatrice legte ihren Kopf an seine Schulter. Das änderte tatsächlich einiges. »Es wird Mutter nicht gefallen«, sagte Leatrice leise. »Es wird ihr nicht gefallen, daß Harry kein Herzog ist.«

»Ich will den Titel nicht haben«, sagte Trevelyan leise. »Ich wollte ihn nie. Harry ist ein vollendeter Herzog. Er schießt, er gibt Feste, und er kann im Oberhaus sitzen und dort mit den feinsten Lords sein Nickerchen machen. Ich würde nie in diese Rolle hineinwachsen. Ich möchte die Verantwortung des Titels nicht übernehmen.«

»Aber Vellie . . .«, begann sie.

Er zog ihren Kopf an seine Brust und strich über ihr Haar.

»Nein, ich will sie nicht und habe nicht vor, sie zu übernehmen. Harry sagte, er würde jede meiner Expeditionen finanzieren, und das ist alles, was ich mir wünsche. Ich habe in meinem Leben noch viel zu tun, und dazu gehört nicht, daß ich in einem unserer Häuser verschimmle, verheiratet mit der reichsten Erbin, die ich auftreiben konnte.«

Es war schon das zweitemal, daß er auf Claire anspielte. »Hast du sie kennengelernt? Hast du Claire kennengelernt?«

Trevelyan brauchte diesmal so lange für eine Antwort, daß Leatrice ihn ansah. Immer – schon als Kind – hatte er diese Augen gehabt. Zuweilen dachte sie, daß es Trevelyans Augen gewesen sein mußten, die ihre Mutter zo zornig gemacht hatten. Sie waren so zwingend, so glänzend und unerforschlich. Sie waren geheimnisvoll, wenn man ihn nicht so gut kannte, wie sie, Leatrice, ihn kannte. Als Trevelyan zwölf Jahre alt gewesen war, hatte ihr Vater ihm erlaubt, nach Hause zurückzukehren. Aber sein Aufenthalt war auf zwei Wochen begrenzt gewesen, denn Trevelyan war dabei erwischt worden, wie er nachts in den Keller der Kirche eingebrochen war. Er sagte, er habe dort nach einer Gruft gesucht. In der darauffolgenden Woche war Trevelyan auf eine Leiter geklettert und durch ein Fenster in den ersten Stock der Pension einer Witwe eingestiegen – in ein übel beleumdetes Haus, in dem angeblich unsittliche Dinge vorgehen sollten. Ihr Vater hatte seinem zweiten Sohn diesen zweiten Vorfall nicht verziehen und ihn zu seinem Großvater zurückgeschickt. Es hatte noch andere Besuche von Trevelyan in seinem Elternhaus gegeben, aber jedesmal hatte es Trevelyan fertiggebracht, seinen Vater so zu erzürnen, daß er ihn rasch wieder wegschickte.

Sie hatte ihn zwar nicht oft gesehen, als sie heranwuchsen, aber sie hatte unzählige Briefe von ihm erhalten, und er hatte ihr Hunderte von Photographien geschickt. Sie hatte Vellie heranwachsen sehen. Er hatte großen Spaß daran, sich zu verkleiden und sich dann in dieser Verkleidung ablichten zu lassen.

Nun blickte sie ihm in die Augen und entdeckte, daß er

ihr etwas verbarg. »Was hat dich dazu bewogen, zu mir zu kommen? Hattest du etwa gar nicht vorgehabt, mich zu besuchen? Hattest du dir vorgenommen, wieder abzureisen, ohne mich zu sehen?«

Die Antwort las sie in seinen Augen.

Sie widerstand dem Verlangen, ihm alle Schimpfwörter an den Kopf zu werfen, die sie kannte – und sie hatte, dank ihm, einen großen Vorrat davon in mehreren Sprachen.

Sie legte den Kopf an seine Schulter zurück. Es hatte keinen Zweck, ihn anzuschreien. Er war von den kräftigsten und besten Stimmen angebrüllt worden, und der Lärm hatte keine Wirkung bei ihm gezeigt. »Erzähl mir alles – von Anfang an –, und ich meine wirklich *alles*. Ich möchte nicht, daß du etwas ausläßt.«

»Es ist schon spät und . . .«

»Ich werde Mutter erzählen, daß du hier bist.«

Er kicherte, weil er wußte, daß das eine leere Drohung war. Sie würde es ihr niemals erzählen.

»Du hast mich dazu gezwungen«, sagte er lächelnd. »Ich kam in dieses Haus, um mich auszuruhen. Ich war sehr krank und brauchte einen Platz, wo ich mich verstecken und erholen konnte. Ich hatte nicht vor, jemandem zu verraten, daß ich hier bin. Ehrlich gesagt, wußte ich gar nicht, ob die Familie hier war. Ich dachte, daß ihr im Augenblick im Süden seid.«

Sie lehnte sich an ihn und lauschte, während er ihr von seiner ersten Begegnung mit Claire erzählte und von seiner Ohnmacht, nachdem er ihr Pferd eingefangen hatte. »Es war ein bißchen . . .«

». . . peinlich?« fragte sie mit einem Lachen in der Stimme. Sie kannte seinen Ruf. Als er jünger gewesen war – erst sechzehn –, hatte er ihr von seinen Abenteuern mit Frauen geschrieben: wie er mitten in der Nacht über die Mauer eines Mädchenpensionats gestiegen war und sich im Bett einer Schülerin versteckt hatte, als eine von den katholischen Schwestern kam, um nachzusehen, was das Kichern zu bedeuten hatte. Als er dann älter wurde, hatte er ihr immer weniger von solchen Abenteuern berichtet, aber Leatrice, die mit einem Drachen von einer Mutter, einem gleichgültigen Vater und zwei nicht minder gleichgültigen Brüdern hier eingesperrt gewesen war und ein Leben von unbeschreiblicher Einsamkeit geführt hatte, hatte ihn angefleht, ihr *alle* seine Abenteuer zu berichten.

»Claire ist sehr hübsch, nicht wahr?« sagte Leatrice, während sie ihn neugierig betrachtete.

»Es gibt viele Arten von Schönheit, Claire besitzt . . . Leben.«

Leatrice wußte, was er meinte. Claire bewegte sich behende, sprach die Dinge, die sie dachte, aus und schien ständig die Menschen zu beobachten. Sie war keine Person, die damit zufrieden war, nur in sich selbst hineinzuschauen.

»Und hast du sie verführt?«

Plötzlich erstarrte Trevelyan. »Sie ist mit Harry verlobt.«

Leatrice unterdrückte ein Lachen. »Eine Verlobung hat dich in Ägypten bei dieser hübschen kleinen Tänzerin nicht gestört. Und was hast du dir gedacht, als du in diesen Harem eingedrungen bist? Sind diese Frauen nicht mit einem anderen *verheiratet*?«

»Sie waren nicht mit meinem Bruder verheiratet.«

Leatrice lächelte. Denn trotz all seiner Abenteuer war seine Einstellung im Grunde genauso konventionell wie die anderer Männer.

»Und außerdem mochte sie mich nicht.«

Leatrice blickte ihn entsetzt an.

»Sie sagte, ich wäre alt und krank und schwach.«

Leatrice legte ihren Kopf wieder an seine Brust, damit er nicht sah, wie sie lachte. Aber er spürte, wie ihr Körper erschüttert wurde.

»Lach du nur, aber sie wollte wirklich nichts mit mir zu tun haben. Sie ist verrückt nach Harry. Sie spricht dauernd von ihm und hält ihn für vollkommen.«

»Harry?«

»Harry.«

Sie schwiegen, während sie diesen grandiosen Witz genossen. Dann fuhr Trevelyan fort und erzählte ihr von seinen anderen Begegnungen mit Claire. »Ich wußte, daß ich ihr hätte sagen müssen, daß sie gehen soll, aber sie wirkte so einsam. Sie kann dieses Haus nicht verstehen, und Harry ignoriert sie total.«

Leatrice verstand das Gefühl der Einsamkeit nur allzu gut. Obwohl das große Haus voller Leute war, gab es keine Kameradschaft. Zumindest nicht für sie. Sie wollte nicht in den Salons mit ihren Tanten zusammenhocken und mit ihnen über andere Leute schwatzen. Und sie konnte das Haus nicht verlassen, denn dann konnte sie ja nicht die Glocke ihrer Mutter hören, die sie zu sich rief.

»Ich weiß, wie sie sich fühlt.«

Sie lauschte wieder Trevelyans Bericht und dabei hörte sie mehr als nur seine Worte. Sie hörte etwas in seiner Stimme, das ihr verriet, daß er eine Schwäche für Claire hatte. Sie hörte ihn sagen, daß Claire alle Bücher von Captain Baker gelesen habe. »*Alle*«, sagte er, und dabei schwang Stolz in seiner Stimme mit.

Sie lauschte seiner Beschreibung jenes außerordentlichen Tages, den er mit Claire bei Angus MacTarvit verbracht hatte. Leatrice hatte seit ihrer Kindheit keinen von den MacTarvits mehr gesehen – seit jenem Tag nicht mehr, als sie mit Vellie wieder einmal durch die Büsche schlich, um Angus' Whisky zu stehlen, und von dem alten Mann erwischt wurde. Er hatte ihr große Angst eingeflößt damals. Aber er hatte ihr eigentlich nur gedroht und sie dann wieder laufenlassen. Vellie hatte nur gelacht und gesagt, der alte Mann mache nur einen großen Wirbel und sonst nichts.

Nun hörte Leatrice, daß Claire einen ganzen Tag mit dem alten Mann verbracht und mit den Bauern getanzt hatte. Leatrice hätte nicht mehr überrascht sein können, wenn Trevelyan ihr erzählt hätte, Claire habe sich mit den Feen im Hochmoor getroffen und zur Teestunde Nektar mit ihnen getrunken.

»Was hat sie denn sonst noch gemacht?« flüsterte Leatrice mit ehrfürchtiger Stimme.

Trevelyan lächelte. »Sie hat sich so an den Whisky gewöhnt wie ein Matrose, seltsame Speisen gegessen und sie köstlich gefunden, ihre Schwester bestochen, damit sie die Familie anlog und ihr die Möglichkeit verschaffte, mich während meines Fieberanfalls zu pflegen. Und sie brachte Harry dazu, mit ihr den Besitz zu besichtigen und sie seinen Arbeitern vorzustellen.«

Leatrice sah Trevelyan verwirrt an. »Wie konnte Harry das tun? Er würde keinen seiner Angestellten erkennen, wenn er über einen stolperte. Ich bezweifle, daß Harry den Namen seines eigenen Kammerdieners kennt, und der Mann betreut Harry nun schon seit zehn Jahren.«

»Offenbar hat unser schlauer kleiner Bruder Charles mitgenommen. Der alte MacTarvit erzählte mir, Claire hielte Harry für einen überaus bescheidenen Mann, weil er seinen Angestellten die meiste Zeit Auskunft geben ließ, wenn Claire ihn etwas fragte.«

Leatrice lachte, und da kam ihr zu Bewußtsein, daß sie schon sehr, sehr lange nicht mehr gelacht hatte. Das einzige Licht in ihrem Leben waren die Briefe ihres Bruders gewesen – Briefe, die ihr gestatteten, seine Abenteuer nachzuempfinden und sich damit wenigstens ein Leben aus zweiter Hand zu verschaffen. Er hatte ihr damals sehr wenig von ihrem Großvater geschrieben, nur hin und wieder erwähnt, daß sein Rücken wund war von der letzten Tracht Prügel des alten Mannes, und daß er mager war, weil er tagelang von Wasser und Brot hatte leben müssen. Doch zumeist waren seine Briefe voll von dem gewesen, was er beobachtete und unternahm.

»Was hat sie noch alles gemacht?«

Trevelyan holte tief Luft. »Sie hat sich mit unserer Mutter getroffen.«

»Die kann sehr charmant sein, wenn sie möchte.«

»Es scheint, daß sie das aber nicht sein wollte. Ich vermute, sie wußte mehr über Claire als Claire über sie. Ich denke, die alte Frau spürte Claires Macht.«

»Macht? Glaubst du, daß Claire irgendeine Macht besitzt?

Sie kam mir in dieser Hinsicht ziemlich unscheinbar vor. Sie versäumte eine Menge Mahlzeiten, und mein Zimmermädchen erzählte mir, daß die Rogers sie unter ihrer Fuchtel habe. Die Rogers hat sich damit im Speiseraum der Dienstboten gebrüstet. Ich glaube, daß die Rogers Mutter täglich informierte, was Claire treibt.«

»Ja, ich glaube auch, daß sie Claire verpetzt.« Trevelyan sah einen Moment nachdenklich vor sich hin. »Du hast mich gefragt, ob Claire Macht besäße. Ich glaube, sie hat eine Macht, ohne etwas davon zu wissen. Sie ist ja nicht viel mehr als ein Kind. Ihre Macht liegt darin, daß sie ein Gefühl für ihre Mitmenschen hat.«

»Das hört sich aber nicht gerade nach Macht an«, erwiderte Leatrice zynisch. Die Erfahrungen ihres Daseins sagten ihr, daß man tat, was man konnte, um zu überleben.

»Du hättest sie bei MacTarvit sehen sollen«, sagte Trevelyan. »Sie brachte den alten Mann dazu, daß er ihr aus der Hand fraß. Und die Bauern verehrten sie. Sie brachten ihr einen solchen Respekt entgegen, wie ihn keiner von unserer Familie seit vielen Jahren empfangen hat.«

Leatrice rückte wieder ein Stück von ihm weg und sah ihn an.

»Vellie, du bist in sie verliebt.«

Er zog sie wieder an sich. »Was für ein lächerlicher Gedanke! Sie ist ein Kind, sie liebt Harry, sie will eine Herzogin sein und . . .« Er unterbrach sich, um mit einem Lachen fortzufahren: »Nein, meine teure kleine Schwester, ich bin nicht in sie verliebt. Ich will nur ein bißchen Rache nehmen . . .«

»An Mutter?« fragte Leatrice schnell.

»An wem sonst?«

»Ich werde dir helfen«, sagte Leatrice, ohne auch nur zu fragen, was er vorhatte. »Mord? Sollen wir ihr ein exotisches Gift unter ihr Essen mischen?«

Trevelyan lachte. »Nein, nicht etwas so Drastisches und relativ Schmerzloses. Wenn Harry Herzog ist, hat unsere Mutter sich vorgenommen, die Herrschaft über dieses Haus und all die anderen aufrechtzuerhalten bis zu dem Tage, an dem sie stirbt.«

»Selbstredend hat sie das. Hat jemand denn geglaubt, daß sie etwas anderes beabsichtigt? Und sage mir bloß nicht, daß deine Amerikanerin dachte, *sie* würde die Herzogin sein!«

»Sie ist nicht *meine* Amerikanerin. Sie gehört Harry. Aber Claire glaubt wirklich, daß sich ihre Schwiegermutter diskret auf ihren Witwensitz zurückziehen und sie, Claire, die Herzogin sein würde. Claire plant bereits, die Mahlzeiten nicht mehr einer so strikten Regelung zu unterwerfen, daß sich jeder pünktlich im Speisezimmer einzufinden hat.« Er legte eine Pause ein. »Sie hat vor, das Geld, das sie nach ihrer Heirat erben wird, selbst zu verwalten, die Häuser der Bauern zu reparieren, die Felder bestellen zu lassen und noch andere amerikanische Maßnahmen, die Geld bringen, einzuführen.«

»Du meine Güte«, hauchte Leatrice. »Hat sie sich das wirklich vorgenommen? Harry hätte ihr doch sagen können ...«

Trevelyan unterbrach sie ärgerlich: »Harry hat sie belogen und ihr nur erzählt, was sie hören wollte. Er hat ihr erzählt, sie könne tun, was sie wollte, sobald sie verheiratet sind.«

Leatrice seufzte. »Aber Harry bildet sich vermutlich auch ein, daß sie es tun kann. Er macht ja auch nur das, was *er* will. Und er hält Mutter für einen Engel. Er kann nicht verstehen, warum andere Menschen nicht seiner Meinung sind.«

»Genau.«

»Arme, arme Claire«, sagte Leatrice voller Mitgefühl. »Ich kann mir vorstellen, daß sie daran gewöhnt ist, das zu tun, was sie sich in den Kopf setzt. Ihre Mutter ist eine schreckliche Frau. Sehr gewöhnlich. Sie belegt Harry mit den seltsamsten Namen, nennt ihn Euer Ehren und Eure Heiligkeit. Die Tanten machen sich gnadenlos lustig über sie. Ich glaube, sie füttern sie mit falschen Informationen und lachen sich hinter ihrem Rücken kaputt.«

Trevelyan runzelte die Stirn. »Und ihr Vater?«

»Fauler als Harry.«

»Du meine Güte«, rief Trevelyan ungläubig. »Ich hatte den Eindruck, sie hätte ihre Familie im Griff, aber jetzt sehe ich, daß es noch schlimmer ist, als ich dachte.« Er legte die Hände auf Leatrices Schultern und schob sie auf Armeslänge von sich weg. »Mutt, ich denke, es wird Zeit, daß wir etwas unternehmen. Wir können uns nicht einfach zurücklehnen und zuschauen, wie das Mädchen von diesem Haushalt verschlungen wird.«

Leatrice entzog sich mit ängstlichem Gesicht seinem Griff. Es war eine Sache, sich den Spaß zu machen, von einer Rache an ihrer Mutter zu reden, aber jetzt sah sie ihm an, daß er es ernst gemeint hatte. »Nein, Vellie, wir sind keine Kinder mehr, die Streiche machen können. Damals hatte ich noch keinen Begriff davon, was Bestrafung bedeutet, aber jetzt weiß ich, was auf mich zukommt. Ich habe bisher Mutters Bestrafung überlebt und mir ein wenig Freiraum verschafft. Ich möchte ihn nicht verlieren.«

»Aber hier ist eine Chance, ihr etwas anzutun. Das ist die Chance, auf die wir immer gewartet haben.«

»Du vielleicht, aber ich nicht. Du hast doch erlebt, was sie mit dir tat, als du ihr Mißfallen erregtest. Sie schickte dich weg, und du bist nie mehr zurückgekommen. Und mit mir . . .« Ihre Stimme brach.

»Sie hat dir etwas viel Schlimmeres angetan als mir. Sie hat deinen Geist gebrochen.«

Leatrice wußte, daß das eine Beleidigung größter Art war, und so faßte sie seine Worte auch auf. Sie riß sich von ihm los und baute sich neben dem Bett auf. »Du hast dich nicht geändert, wie? Immer darauf aus, in Schwierigkeiten zu geraten. Immer das machen, was du nicht tun solltest. Du hast deine Kindheit damit verbracht, Prügel einzustecken, zu hungern und in Zimmern eingesperrt zu werden, aber daraus hast du offenbar nichts gelernt. Du hast nie etwas gelernt, nicht wahr?«

»Nein«, sagte er leise. »Ich habe nie etwas gelernt. Ich

habe immer nur zurückgeschlagen. Egal, was sie mir antaten – ich schlug zurück. Und nun bin ich erwachsen und tue, was ich will. Aber du bist noch immer das verängstigte kleine Mädchen, das in seinem Zimmer eingesperrt ist. Du bist einunddreißig Jahre alt, hast keine Familie und kein eigenes Heim. Alles, was du hast, sind die Briefe eines Bruders, den du kaum gesehen, und eine Glocke, die dein Leben beherrscht.«

Sie wollte ihn anschreien und ihm sagen, daß er fortgehen solle – daß sie wünschte, er käme nie wieder, um sie aufzuregen. Sie wollte ihm klarmachen, daß ihr Leben gut war und daß sie alles hatte, was sie brauchte und sich wünschte, aber sie konnte es nicht. Sie konnte ihn nicht belügen, weil er die Wahrheit ohnehin wußte.

Aber noch etwas anderes hielt sie von einer Lüge ab, nämlich der Hoffnungsschimmer, den sie plötzlich sah. Fast ein Jahr lang, nachdem man ihr Vellie weggenommen hatte, hatte sie ihren Mut aufrechterhalten. Doch Trevelyan war der Kämpfer gewesen, nicht sie. Sie brauchte nicht lange, um zu begreifen, daß sie nur ein Gefolgsmann gewesen war und immer sein würde. Als Vellie ein Jahr weggeblieben war, hatte Leatrice nicht länger den Versuch unternommen, etwas anderes zu tun als das, was ihre Mutter von ihr verlangte. Als sie zwanzig war, hatte sie versucht, sich ihrer Mutter zu widersetzen, aber sie hatte den Kampf verloren und seither keinen neuen Anlauf mehr gewagt.

»Was hast du vor?« Sie konnte nicht verhindern, daß ihre Stimme bebte vor Angst.

»Dich mit James Kincaid zu verheiraten«, antwortete Trevelyan.

Leatrice sah ihn blinzelnd an. »Was?«

Trevelyan lächelte ihr zu. »Es war die Idee der Amerikanerin. *Harrys,* nicht *meiner* Amerikanerin. Sie sagte zu MacTarvit, das erste, was sie unternehmen wolle, sobald sie verheiratet sei, wäre, dich mit der Liebe deines Lebens zu vereinigen. Sie denkt, wenn sie ein paar Pfähle aus dem Machtfundament der alten Frau herauslösen könne, würde sie ihre Herrschaft schwächen. Ich weiß nicht, ob das heißen soll, daß sie damit die Macht deiner Mutter über Harry oder den Haushalt oder über Claire brechen könne, aber das ist es, was sie tun möchte. Ich dachte, ich sollte dich lieber erst fragen, ob es dir sehr gegen den Strich ginge, Kincaid zu heiraten.«

Leatrice öffnete den Mund, um etwas zu sagen, aber keine Worte kamen heraus. Sie setzte sich auf den Bettrand, blickte ihren Bruder an, wollte wieder etwas sagen und schloß abermals den Mund. Sie sah einen Moment zur Seite. Dann, als sie auf ihn zurückblickte, lächelte sie. »Sind diese Amerikaner nicht die seltsamsten Geschöpfe?«

In Trevelyans Augen blitzte der Schalk auf. »Hätte ich das geahnt, hätte ich auf Pesha verzichtet und Amerika erforscht.«

Leatrice lachte. »James heiraten? Ich habe ihn seit Jahren nicht mehr gesehen. Oder an ihn gedacht. Was macht er jetzt?«

»Keine Ahnung, aber ich könnte mir vorstellen, daß er immer noch an diesem einen Buch arbeitet.«

Er sagte das mit all der Verachtung und dem Spott, den ein fruchtbarer Autor für jemanden übrig hat, der jahrelang an einem einzigen Buch schreibt. »Worum ging es gleich wieder? Ach, um einen Tudor, glaube ich. War es nicht Heinrich der Achte und seine Frauen?«

»Es war Heinrich der Siebte, und es ging um seine Wirtschaftspolitik«, schnaubte Leatrice. »Und du kannst aufhören, dich über James lustig zu machen. Um eine Biographie zu schreiben, bedarf es einer gründlichen Quellenforschung. *Du* brauchst ja nur irgendwo hinzureisen und kannst dann darüber schreiben. Er muß viele Stunden am Tag mittelalterliche Manuskripte lesen. Und er muß diese Manuskripte erst mal *finden*, ehe er sie ...« Sie funkelte ihn wütend an. »Was amüsiert dich denn so?«

»Du hast seit Jahren nicht mehr an ihn gedacht, nicht wahr? Wie weit ist er denn mit seinem Buch?«

Leatrice blickte zur Seite und errötete. »Als ich das letzte

Mal von ihm hörte, war er gerade beim sechsten Jahr von Henrys Regentschaft«, sagte sie leise.

»Und worum geht es in seinem Buch gleich wieder? Ich weiß nicht, ob ich dich vorhin richtig verstanden habe. Er schreibt über die Frau Heinrichs des Sechsten?«

»Du!« rief sie, ehe sie ihm ein Kissen ins Gesicht schleuderte.

Trevelyan fing es in der Luft auf. »Jahrelang habe ich in deinen Briefen nur von James Kincaid gehört. Du hast mir, soweit ich mich erinnere, jeden Atemzug beschrieben, den der Mann in seinem Leben gemacht hat. Ich fing schon an zu glauben, er wäre ein Gott. Jedenfalls habe ich noch nie einen solchen bewundernswerten Mann wie ihn getroffen. Auf meinen Reisen bin ich ja, weiß Gott, vielen Menschen begegnet, doch keinem, der auch nur annähernd an den großen James Kincaid heranreichen würde. Es fiel schwer zu glauben, daß es der gleiche Bursche war, der nur ein paar Meilen von Bramley entfernt wohnte und uns aus seinem Garten jagte, weil unsere Stimmen angeblich die Vögel erschreckten.«

Leatrice mochte Trevelyan jetzt nicht ansehen.

»Aber du hast schon seit Jahren nicht mehr an ihn gedacht, wie? Ich fragte mich stets – schon als Kind –, warum wir immer an Kincaids Haus vorbeigingen. Erinnerst du dich noch, wie wir uns hinter Bäumen versteckten und Erdklumpen auf ihn warfen?«

»Ich habe so etwas nie getan.«

Trevelyans Gesicht verlor sein Lächeln, und er langte nach unten und nahm ihre Hand. »Warum hast du ihn nicht geheiratet? Hat er sich denn nicht erklärt?«

»Doch. Er fragte mich schon, als ich sechzehn war. Und hat mich gefragt, als ich siebzehn war und achtzehn.« Sie seufzte. »Aber er hat mich nicht mehr um meine Hand gebeten, als ich zwanzig war.« Ihre Stimme senkte sich. »Und wenn ich jetzt mit Mutter in der Kutsche ausfahre und ihm zufällig begegne, blickt er zur Seite. Er haßt mich.«

»Zweifellos hat unsere teure Mutter . . .«

Leatrice stand auf. »Ja!« sagte sie. »Ja, ja, ja. Es war die schlimmste Szene meines Lebens, und ich möchte nicht mehr daran denken. Nun bist du hier, Vellie, von den Toten zurückgekehrt und sagst mir, daß du mich mit James verheiraten möchtest.«

»Nicht ich. Harrys Amerikanerin.«

Leatrice holte tief Luft und sah einen Moment auf ihre Hände hinunter. Sie kannte nur zu gut die unbarmherzige Härte, mit der ihre Mutter Ungehorsamkeit strafte; diese Amerikanerin kannte sie nicht. Nicht auszudenken, was ihre Mutter machen würde, wenn sie, Leatrice, noch einmal versuchte, sich gegen ihren Willen aufzulehnen, und sich nicht durchsetzen konnte.

Aber wenn sie es noch einmal versuchte und Erfolg damit hatte ... Sie mochte nicht daran denken, was das für sie bedeuten konnte. Sie konnte dieses Haus verlassen – weg von dieser entsetzlichen Glocke, weg von den ständigen Forderungen und Beschwerden ihrer Mutter ...

Sie sah Trevelyan an: »Was muß ich tun?«

16

Als Claire am dritten Abend nach ihrem Zusammentreffen mit ihrer zukünftigen Schwiegermutter auf ihr Zimmer ging, passierten zwei Dinge auf einmal. Der Butler kam zu ihr und brachte ihr ein Kuvert auf einem silbernen Tablett, und das lebensgroße Porträt in Claires Zimmer schwang zur Seite und Brat, mit Spinnweben in den Haaren und auf den Schultern erschien.

»Hallo«, rief Brat dann, freudig überrascht.

Claire wollte sie zurechtweisen, aber das mochte sie nicht vor dem Butler tun. Sie versuchte sich so zu benehmen, als käme Brat regelmäßig durch dieses Porträt auf Besuch in ihr Zimmer. Sie nahm das Kuvert vom Tablett, das der Butler ihr hinhielt, und riß es auf.

Ich werde gefangengehalten. Bitte, helfen Sie mir. Im alten Sommerhaus. Kommen Sie sofort.

Leatrice

Claire las die Botschaft dreimal, ehe sie begriff, was auf dem Papier stand. Sie sah den Butler an, aber sein Gesicht glich einer ausdruckslosen Maske. Claire wußte, daß sie zuerst einmal Miss Rogers loswerden mußte, die sich in diesem Moment im Ankleidezimmer befand. Und sie mußte Brat wegschicken.

»Kann ich Ihnen behilflich sein, Miss?« fragte der Butler.

»Miss Rogers ...«, war alles, was Claire über die Lippen bringen konnte.

Der Butler verneigte sich. »Ich werde dafür sorgen, daß Miss Rogers den Abend über beschäftigt ist«, sagte er und ging zum angrenzenden Ankleidezimmer.

»Oh!« sagte Claire, »und ...« Sie sah zu dem Geheimgang, wo Brat stand.

Der Butler gestattete sich ein leises Lächeln. »In diesem Haus lernt man, eine Menge Dinge nicht zu sehen.« Mit diesen Worten ging er aus dem Zimmer.

Brat rief: »Dieses Haus ist unglaublich. Ich fand einen Gebäudeplan. Vielmehr hat dieser alte Mann ihn mir gegeben, den ich vorher noch nie gesehen habe. Er sitzt im Rollstuhl, und angeblich soll er vier von seinen Frauen getötet haben, bevor die fünfte auf ihn schoß. Aber jetzt wohnt er am anderen Ende des ...«

»Ich habe jetzt keine Zeit für deine Geschichten. Du mußt in dein Zimmer gehen und dort bleiben.«

Brat sah ihre Schwester an. »Was steht in diesem Brief?«

Claire zog ihr Reitkostüm aus dem Schrank, und Brats Augen weiteten sich. Sie nützte diesen Moment aus, Claire das Billett aus der Hand zu reißen. »Ich möchte mit!«

»Kommt überhaupt nicht in Frage. Du gehst auf dein Zimmer und sagst keinem etwas davon. Ich weiß nicht, was diese Nachricht bedeuten soll, bin aber entschlossen, das herauszufinden.«

»Warum hat Harrys Schwester *dir* diese Botschaft geschickt? Warum nicht Harry?«

Claire, die sich gerade das Reitkostüm anzog, hielt einen Moment nachdenklich inne. »Das ist eine gute Frage. Aber ich weiß keine Antwort darauf. Und nun verschwinde. Und erzähle keinem etwas von den Geheimgängen.«

Brat stand mitten im Zimmer, blickte ihre Schwester an und holte tief Luft: »Wenn du mich nicht mitnimmst, werde ich Mutter verraten, daß du außer Harry noch einen anderen Mann triffst. Und Vater werde ich erzählen, daß du gemein zu mir gewesen bist. Und Harry wird erfahren, daß es im Staub der Geheimgänge Fußspuren gibt, die zu deinem Zimmer führen. Und den anderen . . .«

»Also gut«, sagte Claire. Sie hatte jetzt keine Zeit, sich mit ihrer Schwester zu streiten. »Du kannst mitkommen; aber du mußt im Hintergrund bleiben und alles tun, was ich dir sage. Hast du mich verstanden?«

»Natürlich.« Brat sah ihre Schwester an. »Hast du eine Ahnung, wo das alte Sommerhaus ist?«

Claire mußte ihr darauf keine Antwort geben, denn in der nächsten Sekunde wurde kurz an ihre Tür geklopft, und Harry kam herein. »Claire, hast du auch so etwas bekommen?« fragte er und wedelte ihr mit einem Zettel vor dem Gesicht herum, der offenbar die gleiche Nachricht enthielt wie Claires Brief. Er sah Claire mit gerunzelter Stirn an, aber dann entdeckte er Brat, und sogleich verwandelte sich sein Unwillen in ein strahlendes Lächeln. »Hallo, Sarah! Du wirst von Tag zu Tag hübscher.«

»Ja, nicht wahr?«

Claire stöhnte. »Harry«, schnaubte sie, so daß er sich ihr wieder zuwenden mußte, »ich erhielt tatsächlich die gleiche Botschaft wie du. Wir müssen sofort zum Sommerhaus.«

Harry schien die Wichtigkeit der Botschaft nicht erkennen zu können. Tatsächlich benahm er sich so, als schickte ihm seine Schwester täglich einen Brief, in dem sie ihm mitteilte, daß sie eine Gefangene sei. »Ich finde es ärgerlich, daß man uns mit so etwas noch abends belästigt. Wer hält sie deiner Meinung nach gefangen?«

Claire blieb stehen, die Reitstiefel in der Hand. Brat warf Claire einen Blick zu, der besagte, daß Harry ihrer Meinung nach nicht die intelligenteste Person auf Erden sei, doch Claire nahm diesen Blick nicht zur Kenntnis. »Ich habe keine Ahnung, aber es sieht so aus, als wollte deine Schwester uns beide dort haben – oder derjenige, der sie gefangenhält, wünscht, uns beide zu sehen. Harry, könntest du so lange aus dem Zimmer gehen, bis ich mich umgezogen habe? Ich treffe dich in zehn Minuten unten in der Halle.«

»Natürlich«, sagte er und verließ das Zimmer.

Brat hatte es sich inzwischen auf Claires breitem Bett bequem gemacht. »Ich wette, ihr führt tagsüber recht interessante Gespräche. Harry hat einen Verstand wie ein Feuerofen.«

»Würdest du einen Moment zu reden aufhören? Ich verstehe nicht, warum ihr diese Botschaft so leicht nehmt. Es könnte sich um etwas Lebensbedrohliches handeln.«

»Das glaube ich nicht. Wenn es so wäre, stünde eine Lösegeldforderung in dem Brief, und man hätte sie dem alten Drachen gestellt.«

Claire hielt einen Moment beim Zuknöpfen ihres Reitkleides inne. »Wem?«

»Dem alten Drachen. Der Hexe. Der meistgehaßten Frau von Schottland, England und vielleicht auch Irland.«

»Hilf mir, das auszuziehen«, sagte Claire, die sich bemühte, das zu verstehen, was Brat da eben zu ihr gesagt hatte. »Und hör bitte auf zu reden.«

Claire war in wenigen Minuten ausgehbereit und begab sich sofort in die Halle. Harry saß im Sessel des Hallenportiers und schlief schon halb. Sie mußte ihn an der Schulter rütteln, damit er auf sie aufmerksam wurde. Er hatte einen Lakaien zu den Ställen geschickt, wo sie gesattelte Pferde erwarteten – und auch drei Männer mit Laternen, die schon im Sattel saßen.

Claire machte ein paar vergebliche Versuche, Harry diskret auf die Notwendigkeit der Geheimhaltung hinzuweisen. Sie meinte, Leatrice könnte Schaden nehmen, wenn sie in das Sommerhaus stürmten. Aber Harry sah sie nur an, als wäre sie nicht ganz bei Verstand, und gab seinen Männern den Befehl, loszureiten.

Brat, die auf einen ungebärdigen Wallach stieg, bedachte Claire mit einem verständnisinnigen Lächeln. »Nicht gerade eine Rettungsaktion nach Western-Manier, wie?«

»Harry ist Schotte«, erwiderte Claire. »Solche Sachen werden hier anders geregelt.«

»Harry ist Engländer«, berichtigte Brat, während sie ihr Pferd antrieb. Sie hatte keine Mühe, das mächtige Tier zu beherrschen. Ihr Vater hatte Sarah Ann schon auf ein Pferd gesetzt, ehe sie gehen konnte. Claire war eine exzellente Reiterin, aber mit Brat konnte sie sich nicht messen.

Zu sechst galoppierten sie die Allee hinunter. Claire hoffte, daß eine Geheimhaltung nicht nötig war, denn davon konnte keine Rede sein. Man mußte sie schon aus einer Entfernung von sechs Meilen hören können. Sie hoffte, Leatrice war nicht ernsthaft in Gefahr und daß sie einem Schwindel aufsaßen.

Als sie einmal in einer Reihe hintereinander reiten mußten, um einen Heckenpfad zu passieren, drehte sich Brat zu Claire um und sagte: »Ich mag diese Familie.«

Claire schnitt nur eine Grimasse und trieb ihr Pferd voran.

Als sie endlich das Sommerhaus erreichten, war Claire nicht auf das vorbereitet, was sie erwartete. Die Fenster waren mit Brettern vernagelt, und an der Tür befand sich ein Riegel, der von außen zugeschoben war, aber aus dem Schornstein des kleinen Gebäudes quoll Rauch.

»Öffnet die Tür«, befahl Harry, ohne vom Pferd zu steigen.

In diesem Moment erschien der Vikar, ein stattlicher Mann, der dank der Tatsache, daß er auf einem Pferd ritt, das zu klein für ihn war, noch größer wirkte, als er ohnehin schon war. Seine Soutane bauschte sich über einem enormen Bauch, und er hatte einen Schnurbart, der ihm bis auf die Brust hinunterhing. »Was ist hier los?« dröhnte der Mann. »Man hat mich von einem warmen Feuer und einem guten Essen hierhergesprengt! Was hat das alles zu bedeuten, Harry?«

Harry schielte den Mann an und versuchte sich zu erinnern, wer er war. »Ich weiß es nicht«, war alles, was Harry dann sagte, ehe er einen Lakaien mit einem Nicken aufforderte, den Riegel der Gartenhaustür zurückzuschieben.

Im Innenraum befanden sich zwei Menschen – beide splitternackt. Der eine, ein gutaussehender Mann Anfang Vierzig, versuchte den nackten Körper von Leatrice vor den Leuten abzuschirmen, die vor der Tür erschienen. Leatrice kauerte hinter dem Mann auf dem Boden.

Sobald es Claire gelang, den ersten Schock dieses Anblicks zu überwinden, wollte sie Brat daran hindern, in den Raum zu sehen. Sie hätte ebensogut versuchen können, eine Hummel mit einem Zwirnsfaden festzubinden. Brat war in Sekundenschnelle von ihrem Pferd herunter, stand dann zwischen den Türpfosten und starrte die beiden hemmungslos an. Claire bemühte sich, ihr es nicht gleichzutun.

Im nächsten Moment wurde die allgemeine Erstarrung von der dröhnenden Stimme des Vikars durchbrochen. Er beschwor den Zorn Gottes auf die beiden herunter, die sich der Unzucht sündig gemacht hatten.

Harry stieg endlich vom Pferd, ging in das Gebäude und gab seiner Schwester sein Jackett, damit sie ihre Blöße bedecken konnte. »Was haben Sie zu Ihrer Rechtfertigung zu sagen, Kincaid?« herrschte er den Mann an, der versuchte, seine Scham mit den Händen zu bedecken.

Bei dem Namen Kincaid begriff Claire die Situation. MacTarvit, dachte sie, und bemühte sich, nicht zu lächeln. Er hatte diese Szene arrangiert.

Im Hintergrund tobte der Vikar noch immer und drohte den beiden Sündern an, daß das Höllenfeuer sie verschlingen würde. Claire dachte voller Liebe an MacTarvit. Sie war überzeugt, daß er die beiden Liebenden zusammengebracht, sie eingesperrt und ihnen die Kleider weggenommen hatte. Und er hatte es wohl auch so eingerichtet, daß der Vikar zur Stelle war.

»Sie müssen heiraten«, hörte Claire sich laut sagen. Es war nicht einfach für sie, sich gegen die dröhnende Stimme des Vikars durchzusetzen, der noch immer die ewige Verdammnis auf die Liebenden herunterbeschwor.

Claire sah Harry an. »Du bist ihr Vormund und kannst Trauzeuge sein. Sie müssen auf der Stelle getraut werden.«

Harry sah sie betroffen an. »Ich bin nicht sicher, ob Mutter . . .«

»Ihre Seelen sind in Gefahr«, rief der Vikar. »Sie werden ohne das heilige Sakrament der Ehe verdammt bis in alle Ewigkeit.«

Claire betrachtete Leatrice. Mit ihrem langen Haar, das ihr über die Schultern flutete, und den nackten Beinen unter Harrys Jackett sah sie viel, viel besser aus als in ihren Rüschenkleidern, die sie sonst zu tragen pflegte. Claire hob fragend eine Braue, und Leatrice sah sie mit einem kleinen Lächeln an und nickte.

»Harry, sie *müssen* sofort getraut werden! Jetzt auf der Stelle. Du kannst nicht erwarten, daß all die Leute, die diese Szene beobachtet haben, Stillschweigen bewahren. Dein Name und die Familienehre werden befleckt.«

»Ich weiß nicht . . .«, murmelte Harry.

Claire merkte, daß die Macht, die seine Mutter über ihn besaß, selbst in diesem Moment noch sehr stark war. »Harry, ich verstehe das ja«, sagte sie leise, aber dennoch vernehmbar für die Diener, die mit großen Augen das Geschehen verfolgten. »Wenn du nicht die Autorität hast, einen Mann, der deine Schwester entehrt hat, dazu zu zwingen, sie zu ehelichen, verstehe ich das. Ich bin überzeugt, daß alle Anwesenden dafür Verständnis aufbringen.«

»Ich denke, ich habe – ich habe schon die Autorität dazu. Aber . . .«

»Wir sollten wohl besser wieder gehen«, meinte Claire. »Aber ich bete zu Gott, daß deine Schwester kein Kind bekommt.« Sie betrachtete die Männer, die an der Wand standen und alles begierig in sich aufnahmen. »Wir müssen sie alle schwören lassen, daß sie das, was sie gesehen haben, geheimhalten. Niemand darf erfahren, was sich heute abend abgespielt hat.« Doch der Ton ihrer Stimme ließ keinen Zweifel daran, daß sie nicht an die Möglichkeit glaubte, diesen Skandal vertuschen zu können. »Kommen Sie mit, Leatrice. Sie können auf meinem Pferd reiten.«

Harry gab einen Seufzer von sich, den man eine halbe Meile weit hören konnte. »Also gut«, sagte er und wandte sich an den Vikar. »Trauen Sie die beiden.«

Claire spürte, wie ein leises Triumphgefühl sie durchrieselte, und sie überlegte, wie sie MacTarvit für das, was er arrangiert hatte, danken konnte. Der Vikar forderte einen der Bediensteten auf, Kincaid sein Jackett zu leihen, und begann mit der Trauungszeremonie. Claire war so begeistert von der Wendung, die die Dinge genommen hatten, daß sie nicht auf die Worte des Vikars achtete. Sie sah ihre Schwester an und bemerkte, daß Brat den Vikar mit nachdenklich gefurchter Stirn betrachtete. Claire sah von Leatrice auf Kincaid und dann wieder auf den Vikar. Und in diesem Moment kreuzten sich ihre Blicke.

Er mochte zwar seine Gestalt, seine Stimme und sein Auftreten verändern können; aber die Augen verrieten ihn. Und der Blick, den Trevelyan ihr unter seinen buschigen Brauen hervor zuwarf, strotzte nur so vor arroganter Selbstzufriedenheit. Sie gab ihn wütend zurück.

Claire stand die »Trauung« mit zusammengepreßten Zähnen durch. Nach der Zeremonie küßte Harry pflichtgemäß seine Schwester, schüttelte James Kincaid die Hand und ging zu seinem Pferd. Claire konnte sich denken, daß er sich nicht gerade auf den Moment freute, in dem er seiner Mutter erzählen mußte, was heute abend geschehen war.

Claire trödelte nun noch im Sommerhaus herum, selbst dann noch, als sich zwei von den Bediensteten ein Pferd teilten, um Leatrice und James die Möglichkeit zu bieten, auf dem anderen Tier zu reiten. Claire sah zu, wie der

›Vikar‹ auf sein kleines Reittier stieg und davonritt. »Reite mit Harry zurück«, sagte Claire mit gepreßter Stimme zu ihrer Schwester.

»Und was machst du?«

»Das geht dich nichts an. Du müßtest schon lange im Bett liegen.«

»Du auch. Du willst diesen Mann besuchen, nicht wahr?«

»Warum, in aller Welt, sollte ich zu dieser späten Stunde noch einen Mann besuchen wollen? Ich möchte die Nachtluft genießen. Reite du mit Harry.«

»Ich werde alle deine Juwelen verstecken und Mutter von den Büchern erzählen, die du in dem Geheimfach in deinem Koffer aufbewahrst.«

»Du bist wirklich der abscheulichste Fratz, der mir jemals begegnet ist. Ich *kann* dich *nicht* dorthin mitnehmen, wo ich hingehen will. Es ist außerordentlich wichtig, daß das geheim bliebt.«

»Hat das etwas mit dem Mann zu tun, den du so oft im Westflügel besuchst?«

Claire funkelte sie an.

»Ich brauche Mutter doch nur zu erzählen, daß es da noch einen anderen Mann gibt, und sie wird . . .«

»Halt den Mund und steig auf dein Pferd.«

Brat sah sie mit einem strahlenden Lächeln an. Das tat sie immer, wenn sie erreicht hatte, was sie wollte.

Es war kein langer Ritt zum Westflügel. Als Claire vom Pferd stieg, sah sie Brat an und versuchte ihre Schwester noch einmal dazu zu bewegen, ins Haupthaus zurückzukehren. Vergeblich natürlich. Sie war zu wütend auf Trevelyan, um sich jetzt auch noch über ihre Schwester ärgern zu können.

Sie stieg rasch die alte Wendeltreppe hinauf und bemerkte, daß in regelmäßigen Abständen brennende Fackeln an den Wänden angebracht waren, als ob Trevelyan einen Gast erwartete.

Sie ging durch das Zimmer mit den Schreibtischen. Brat folgte ihr auf den Fersen und sah sich mit großen Augen im

Zimmer um. Da hingen Kleider, Masken und Speere von Trevelyans Reisen an den Wänden. Und Oman trat am Durchgang zum Schlafzimmer zur Seite und lächelte Brat an, als sie an ihm vorbeiging. Das Kind erwiderte sein Lächeln mit einem Grinsen.

Trevelyan befand sich in seinem Schlafzimmer. Er stand vor einem Spiegel, vor sich eine Schüssel mit Wasser, und versuchte seinen falschen Bart zu entfernen. Er hatte bereits die Soutane abgelegt und die Watte, mit der er einen Bauch vorgetäuscht hatte. Er trug eine eng anliegende Kniehose aus Rehleder und ein weites Leinenhemd; seine Beine waren von den Knien hinunter nackt. Die Kniehose im Stil des achtzehnten Jahrhunderts mußte aus den Koffern eines Vorfahren stammen.

Er drehte sich um und lächelte Claire an, als sie ins Zimmer kam. Sein Blick verriet ihr, daß er ein Lob für das erwartete, was er im Gartenhaus vollbracht hatte.

»Wie konntest du das nur tun?« fragte sie ihn wütend. »Du bist genausowenig ein Geistlicher wie ich. Die beiden sind nicht verheiratet.«

Er ließ ein kurzes Lachen hören und blickte dann hinter sie. »Ist das deine schöne kleine Schwester?« Er ging an Claire vorbei und studierte Sarah Ann einen Moment. »Man hat mir berichtet, was für ein bezauberndes Kind Sie sind, aber man hat mir nicht mal die Hälfte der Wahrheit gesagt.« Er nahm Brats rechte Hand und küßte erst den Rücken und dann die Innenfläche.

»Trevelyan!« schnaubte Claire ihn an. »Was denkst du dir eigentlich dabei? Sie ist noch ein Kind.«

»Sie ist im Begriff, sich zu einer Frau zu entwickeln«, erwiderte er, ohne Brats Hand loszulassen. Brat sah ihn mit großen Augen an, als würde sie sich ihm jeden Moment an den Hals werfen.

Claire entriß Trevelyan die Hand ihrer kleinen Schwester.

Trevelyan zwinkerte Brat zu, kehrte zu dem Spiegel zurück und zerrte wieder an seinem falschen Bart. »Was hast du vorhin gesagt?«

»Daß du dich so benommen hast, als hättest du das Recht, die beiden zu trauen. Die beiden gehen heute abend in Mr. Kincaids Haus, in der Meinung, sie wären verheiratet. Sie sind es aber nicht.«

»Ist das alles? Verdammt!« fluchte er, als mit dem Bart auch ein Stück Haut abzugehen drohte. »Ich bin ein Sufi-Meister, wenn ich dich daran erinnern darf. Möchtest du mein Diplom sehen? Es ist viereinhalb Meter lang und sehr hübsch.«

»Ja«, sagte Claire unwillkürlich, bevor sie nachdachte. »Ich meine, nein. Wir müssen sie rechtmäßig trauen lassen und sie zu echten Eheleuten machen.« Sie konnte nicht eine Sekunde länger zusehen, wie er sich mit seinem falschen Bart abmühte. »Setz dich hin und laß mich das machen«, sagte sie und deutete dabei auf einen Stuhl am Fußende des Bettes.

Trevelyan nahm gehorsam Platz, und Brat kletterte auf das Bett, legte sich auf den Bauch, stützte das Kinn auf die Hände und starrte Trevelyan an, der nur ein, zwei Meter von ihr entfernt war. Claire goß heißes Wasser in die Schüssel, tauchte ein Tuch ein, wrang es aus, und legte es dann über den falschen Schnurrbart auf Trevelyans Gesicht.

»Wir müssen ihnen einen richtigen Geistlichen besorgen. Sie müssen ordnungsgemäß verheiratet sein.«

»Religion ist Ansichtssache«, murmelte Trevelyan unter dem Tuch.

»Das ist sie nicht«, widersprach Claire.

»Ich schätze, es kommt darauf an, wie sie Gott interpretieren.«

Sie nahm das Tuch wieder von seinem Gesicht und schälte behutsam den falschen Bart von der Haut. »Womit hast du den angeklebt?«

»Mit einer Tinktur, die Oman zubereitet hat.« Als ihm der Bart entfernt worden war, drehte er sich Brat zu, die ihn beobachtete wie eine Schlange ihre Beute.

»Claire«, sagte Brat ernst. »Ich glaube, er ist vermutlich der hübscheste Mann auf dieser Welt.«

»Was für ein entzückendes, intelligentes Kind«, sagte Trevelyan.

Claire stöhnte und richtete einen strengen Blick auf ihre kleine Schwester. »Sag ihm so etwas *bloß* nicht. Er ist nicht das, wofür du ihn hältst. Er ist anders als die anderen Männer. Er ... er wandert um die Welt und hintergeht die Frauen. Er hat weder ein Herz noch eine Seele. Deswegen kann er so tun, als wäre er ein Geistlicher und als würde er jemanden trauen. Für ihn ist das alles ein Witz. Das ganze Leben ist ein Witz für ihn. Er nimmt nicht teil am Leben; er beobachtet es nur.«

Diese Rede schien weder auf Trevelyan noch auf Brat eine Wirkung zu haben. Sie fuhren fort, sich gegenseitig anzusehen.

»Sie sind der Forschungsreisende«, sagte Brat schließlich.

»Ich habe einiges gesehen.«

»Ja, ich las Ihre ...«, begann Sarah.

»Brat!« sagte Claire, aber ihre Schwester zuckte bei dem scharfen Ton ihrer Stimme nicht einmal zusammen. Sie schien die Augen nicht von Trevelyans Blick wenden zu können. Claire stellte sich zwischen die beiden. »Meine Schwester hat nie etwas in ihrem Leben gelesen. Sie jagt ihren Gouvernanten einen solchen Schrecken ein, daß sie nie etwas von ihr verlangen. Sie ...«

»Ich habe die schmutzigen Kapitel gelesen, die in deinen Büchern auf Lateinisch geschrieben sind. Claire hat diese Kapitel übersetzt, und ich ... äh ... ich habe die Übersetzungen gefunden.«

Claire drehte sich zu ihrer Schwester um und sah sie entsetzt an.

Brat beugte sich vor, um Trevelyan nicht aus den Augen zu verlieren. »Was ist Infibu ...?«

»Infibulation?«

»Ja, was ist das?«

»Warum kommst du nicht hierher und setzt dich auf meinen Schoß, du hübsches Kind, damit ich dir alles erzählen kann, was du wissen willst?«

Als Brat Anstalten machte, sich zu erheben, drehte Claire ihr den Arm so heftig auf den Rücken, daß sie einen Schmerzensruf ausstieß. »Hör auf damit, Trevelyan. Sie ist noch ein kleines Mädchen.«

»Natürlich ist sie das«, gab Trevelyan im sarkastischen Ton zurück und sah Claire an. »Bist du hergekommen, um dich bei mir zu beklagen? Ich weiß nicht, wieso ich auf diese Idee gekommen bin – aber ich dachte, du würdest vielleicht zu mir kommen und mir danken. MacTarvit erzählte mir, daß du Lee und Kincaid zur Ehe verhelfen willst, und jetzt sind sie verheiratet.«

»Sie sind nicht *wirklich* verheiratet. Sie leben nur zusammen. Morgen mußt du zu den beiden gehen und ihnen die Wahrheit sagen.«

»Ich werde nichts dergleichen tun. Ich bin genauso qualifiziert, Menschen miteinander zu verheiraten wie irgendwer sonst. Mehr als ein anderer, möchte ich behaupten. Ich bezweifle, daß einer der durchschnittlichen Landpfarrer das durchgemacht hat, was ich durchmachte, um dieses Diplom zu erwerben.«

»Darum geht es doch gar nicht.«

»Dann erklär mir, worum es geht.«

»Sie müssen ordnungsgemäß verheiratet sein. Von einem Mann getraut, der die Weihen einer richtigen Religion bekommen hat.«

Trevelyan lachte nicht mehr. Er stand auf, ging zum Waschständer und wusch sich das Gesicht. Du bist eine kleine prüde Person«, sagte er. »Es gibt viele Religionen, und der Sufismus ist nur eine davon. Leatrice und Kincaid sind richtig verheiratet.«

»Und was bedeutet das: richtig verheiratet?«

»Es bedeutet genau das, was ich sagte. An einigen Orten ist die Ehe eine sehr flexible Angelegenheit. Die Lebensart der westlichen Welt würde den Menschen an jenen Orten absurd erscheinen. Allein die Idee, daß man mit einer Person für immer verheiratet bleibt, ist schon lächerlich.« Er trocknete sich das Gesicht ab, ging zu dem mächtigen

Schrank, der fast die ganze Seitenwand einnahm, und öffnete ihn. Claire hatte noch nie in diesen Schrank geschaut. Er war mit Schuhwerk gefüllt: weichen Stiefeln, steifen Stiefeln, Lederstiefeln, bemalten Stiefeln, bestickten Wildlederstiefeln.

»Oooh«, machte Brat, sprang auf und stellte sich neben ihn.

Trevelyan sah mit einem bewundernden Lächeln zu ihr hinunter.

»Darf ich ein Paar davon anprobieren?«

»Sie dürfen tun, was Ihnen gefällt«, erwiderte er mit schmeichelnder Stimme.

»Hör auf damit!« schrie Claire förmlich. »Sie ist ein Kind.«

Trevelyan zog ein Paar Stiefel aus dem Schrank und setzte sich, um sie anzuziehen. »In einigen Ländern wird ein vierzehnjähriges Mädchen schon als zu alt für eine Heirat betrachtet. Die Männer mögen sie gern jung haben, um sie nach ihren Vorstellungen zu erziehen. Wenn ein Mann eine Frau haben will, die ihm in allem widerspricht, was er sagt, kann er es ihr beibringen.« Er sah Claire an und hob eine Braue. »Ich habe noch von keinem Mann gehört, der sich so eine Frau wünscht, aber mir sind schon viele seltsame Dinge begegnet.«

Er zog einen Stiefel an. »Könntest du mir etwas erklären? Bevor du wußtest, daß ich Captain Baker bin, konntest du nicht genug Gutes über ihn sagen. Ich hörte von dir, daß er ein großer Mann sei, dem die Welt viel zu verdanken habe. Du hast geglaubt, daß Captain Baker – und *nur* Captain Baker – Pesha betreten haben kann, weil kein anderer Manns genug sei, um diese Leistung zu vollbringen. Aber jetzt, da du weißt, daß ich Captain Baker *bin*, scheine ich dir nichts recht machen zu können. Meine Zeichnungen, die du einst geliebt hast, verabscheust du jetzt. Du scheinst nicht mehr zu denken, daß meine Bücher erbauend sind – nun sind sie zu schmutzig, als daß deine frühreife kleine Schwester sie lesen dürfte. Und du meinst, daß ein Sufi-Meister nicht ausreichend legitimiert wäre, um eine schlichte Trauungszeremonie zu vollziehen.«

Sie sah von ihm weg, denn alles, was er sagte, stimmte. »Helden sind nicht wirklich«, sagte sie schließlich.

Er zog den zweiten Stiefel an und stampfte mit beiden Beinen auf den Boden auf. »Oh, ich verstehe; jetzt bin ich ein verdammter Held.«

»Fluch nicht in Gegenwart meiner Schwester.«

Er baute sich vor Claire auf und funkelte sie zornig an. »Ich werde, verdammt noch mal, fluchen, wenn ich das, zur Hölle, möchte. Du bist diejenige, die Lee mit Kincaid verheiraten wollte, und ich habe das für dich arrangiert. Ich habe sie ins Gartenhaus gelockt, sie dort eingesperrt und bin dann auf den verdammten Speicher gekrochen und habe ihre Kleider mit einem Haken an einer Stange zu mir hochgezogen. Du findest nicht einmal ein Wort des Dankes für diese gelungene Aktion. Im Gegenteil – du beschwerst dich nur.«

Als Claire nichts sagte und ihn mit einem eigensinnigen Blick bedachte, ging Trevelyan zu einer Truhe und riß den Deckel auf. Er kramte eine Weile darin herum und brachte eine Mappe mit Papieren zum Vorschein. »Wenn es dir nicht gefällt, daß Leatrice von einem Sufi-Meister getraut wurde – welche Religion würdest du dann vorziehen?«

Er zog ein paar Dokumente aus der Ledertasche. »Eine englische Religion? Hier habe ich Diplome, die mir bescheinigen, daß ich in vier englischen Religionen religiöse Handlungen vornehmen darf. Oder wäre dir eine amerikanische Religion lieber? Amerikanische Diplome sind am leichtesten zu bekommen. Dort muß man nur jemandem sagen, daß man ›berufen‹ ist, und schon wird man als einer der ihren betrachtet.«

Er warf ihr etliche Zertifikate vor die Füße und sah dann wieder in die Ledermappe. »Oder möchtest du eine Religion aus Indien haben? Oder aus Arabien? Ich habe hier ein paar afrikanische Diplome. Das sind recht interessante Dokumente. Eine davon ist auf Rinde geschrieben und zwei auf

Tierhäute. Ich denke nicht, daß du gern von mir wissen möchtest, was man als Tinte verwendete, um diese Diplome auszufertigen.«

Er warf den restlichen Inhalt der Mappe vor Claires Füße und sah sie an. »Sind das genügend Religionen für dich? Scheine ich nun ausreichend qualifiziert zu sein, eine Heiratszeremonie zu vollziehen?«

Sie blickte auf die Papiere hinunter, bückte sich aber nicht, um eines davon aufzuheben. »Aber du glaubst nicht an eine von diesen Religionen«, sagte sie leise.

Trevelyans Augen sahen sie flammend an. »Ich glaube an *alle.*«

Jetzt erst wurde sie richtig wütend. »Du hast Harry wie einen Narren aussehen lassen«, fauchte sie. »Du wußtest, daß Harry nichts gegen seine Mutter unternehmen wollte.«

»Ach, das stört dich also. Es gehört nicht viel dazu, Harry als Narren erscheinen zu lassen.«

Claire hob eine Hand, um ihm eine Ohrfeige zu versetzen, aber er faßte nach ihrem Handgelenk und hielt es fest, während ihre Blicke sich kreuzten. Ihr Herz klopfte ihr bis zum Hals hinauf.

Er schleuderte ihren Arm weg, als würfe er etwas fort. »Geh jetzt. Ich weiß nicht, warum ich dachte, du wärst anders. Du bist genau wie alle. Du liest meine Bücher gern, hörst gern von anderen Ländern und den fremden Bräuchen, aber wenn es darauf ankommt, bist du genauso in dein Korsett eingeschnürt wie all die anderen *Ladies.*« Er betonte das letzte Wort, als wäre es unrein.

»Das ist nicht wahr«, flüsterte sie. »Ich glaube an das, was Captain Baker gesehen und getan hat. Ich denke, er ist . . .«

»Nicht *er.* Ich, *ich* bin Captain Baker. Er ist kein Held. Er ist ein Mann aus Fleisch und Blut, der liebt und haßt und . . . und Stiefel gern hat und hübsche Mädchen, egal, in welchem Alter sie sind, und . . .« Er unterbrach sich und wandte sich ab. Als er wieder sprach, war seine Stimme leise. »Geh jetzt. Verschwinde, ich muß arbeiten. Sag Leatrice, sie soll sich . . .«, er schluckte. » . . . sich einen Mann einer richtigen, wahren, von Gott sanktionierten Religion besorgen, der sie traut. Sag ihr, daß eine Heiratszeremonie, die von einem Ungläubigen durchgeführt wird, nicht gut ist.« Als er sie ansah, waren seine Augen zwei Feuerbrände. Sie waren so heiß, daß Claire einen Schritt zurückwich. »Komm nie mehr hierher. Ich möchte dich nicht wiedersehen.«

Claire nickte stumm. Sie streckte ihre Hand nach Sarah Ann aus, die hinter ihr stand, und ging hinaus.

»Er ist nicht so wie irgend jemand sonst in der Welt, nicht wahr?« sagte Brat, als sie draußen waren.

»Nein«, flüsterte Claire, »das ist er nicht.«

»Ich denke, du solltest lieber Harry heiraten. Harry ist viel leichter zu lenken.«

Claire knirschte mit den Zähnen. »Harry hat seine Mutter.«

Brat blickte zu den Fenstern von Trevelyans Wohnung. »Harry und seine Mutter sind zusammen nicht das, was *er* ist.«

17

Claire benahm sich zwei Wochen lang artig. Sie sagte sich, daß sie sich wegen Captain Baker zum Narren gemacht hatte und nun anfangen mußte, ihr Leben als zukünftige Herzogin ernster zu nehmen. Während dieser zwei Wochen fand sie sich zu jeder Mahlzeit im Speisesaal ein. Sie zog sich zum Frühstück ein reizendes konservatives Kleid an und redete am Tisch mit niemandem, weil man das so von ihr erwartete. Um zehn Uhr zog sie sich um und unternahm einen gemütlichen Ausritt, begleitet von einem Stallburschen. Sie kam von ihrem Ausritt pünktlich nach Hause, zog sich zum Lunch um, ließ die stundenlange Mahlzeit über sich ergehen und lauschte den Männern und Frauen bei Tisch, die sich über Hunde und Pferde unterhielten. Nach dem Lunch las sie ein Buch, das von der

Herzogin persönlich genehmigt worden war, oder sie versuchte sich nach bestem Vermögen an einer Stickerei, obwohl sie sich offenbar nicht auf die Muster zu konzentrieren vermochte. Um vier Uhr zog sie ein Teegewand an und ging nach unten, um mit Harrys uralten Verwandten Tee zu trinken. Sie bemühte sich, mit ihnen Konversation zu machen, aber sie schauten sie zumeist nur schweigend an. Nach dem Tee zogen sich die Ladies auf ihre Zimmer zurück, um zu ruhen. Claire tat sich schwer, ihnen nicht nachzurufen: »*Wovon* ruht ihr euch aus? Und *für was*?« Gehorsam legte sie sich in ihrem Zimmer auf ihr Bett, schloß die Augen und versuchte, still liegenzubleiben. Nach der Nachmittagsruhe begann sie die langwierige Prozedur des Umkleidens für das Dinner. Sie trug nicht eines von ihren tief ausgeschnittenen, schockierenden modischen Kleidern zum Dinner, sondern die konservativsten. Nach einem dreieinhalb Stunden währenden Dinner ging sie auf ihr Zimmer und zog sich für den Abend zurück.

Am Ende der zweiten Woche war sie überzeugt, daß sie den Verstand verlieren würde. Sie hatte Visionen von sich selbst, wie sie schreiend durch das Haus rannte und sich die Haare ausriß. Jetzt verstand sie, warum die anderen Bewohner des Hauses so exzentrisch waren. Als sie eines Abends den beiden alten Damen wieder dabei zusah, wie sie sich die silbernen Bestecke in die Ärmel schoben, fragte sich Claire, wie man sich fühlte, wenn man ein Dieb war. Sie nahm ihre Salatgabel hoch und schob sich deren Griff in den Ärmel.

Als das Besteck in ihrem Ärmel verschwand, spürte sie ein Paar Augen auf sich ruhen, sah auf und merkte, daß der Butler sie anstarrte. Claire fuhr zusammen und legte die Gabel auf den Tisch zurück.

Am nächsten Morgen stellte sie Harry zur Rede. »Ich muß etwas zu *tun* haben.«

»Du kannst tun, was dir gefällt«, sagte er, während er seine Reithandschuhe überstreifte.

»Darf ich mitkommen?« In den letzten paar Tagen hatte sie Harry nur bei den Mahlzeiten gesehen, aber nicht mit ihm gesprochen. Jeden Tag war er mit ihrem Vater und ein paar anderen Männern, die aus London zu Besuch gekommen waren, auf der Jagd gewesen.

Harry runzelte kurz die Stirn und versuchte zu lächeln. Er glaubte nicht daran, daß Frauen für die Jagd taugten. Sie neigten zur Unruhe. »Natürlich darfst du das. Aber du mußt dich an die Jagdregeln halten.«

Claire versprach ihm das. Sie wäre mit allem einverstanden gewesen, solange sie nur der Routine des Hauses entwischen konnte. Sie versprach Harry, daß sie ruhig sein und ihn bei der Jagd nicht ablenken würde.

Aber kaum saß sie auf dem Pferd und ritt neben Harry her, schien es, als würde die Wortflut einer Woche aus ihr herausströmen – so versessen war sie darauf, mit jemandem zu sprechen. »Harry«, sagte sie so leise, daß die anderen sie nicht hören konnten, »ich wollte dich schon lange fragen, wie deine Mutter die Neuigkeit von Leatrices Heirat aufgenommen hat. Ich habe nicht einmal ein geflüstertes Wort darüber gehört.«

Sie sah zur Seite, damit er nicht bemerkte, wie sie die Lippen zusammenpreßte. Sie hatte in den letzten Tagen mehr als nur ein Flüstern gehört, aber wenn sie näherkam, verstummte das Getuschel sofort. Zweimal war sie versucht gewesen, Brats Beispiel zu folgen und das Ohr an die Tür zu legen und zu lauschen.

Harry sah sie überrascht an. »Mutter wünscht ihrer Tochter alles Glück der Welt. Sie sagte, wenn sie gewußt hätte, daß Lee heiraten wollte, hätte sie ihr eine schöne Hochzeit ausgerichtet. Aber so, wie Lee sich selbst entehrt hat, sieht sich Mutter nicht dazu ermuntert, Lees Fehlverhalten auch noch mit einer Apanage zu belohnen.«

Wieder mußte Claire zur Seite blicken. Die Herzogin hatte die Situation geschickt für sich ausgenutzt. Claire fragte sich, ob Leatrice und ihr frischverheirateter Gatte genügend Geld zum Leben hatten.

»Du weißt nicht, wer der Mann gewesen ist, der die Trauung vollzogen hat, oder?« fragte Harry.

»Warum willst du das wissen?« Claire versuchte einen unbekümmerten Ton anzuschlagen.

»Mutter hat mich danach gefragt. Ich denke, sie hat jemanden beauftragt, Nachforschungen anzustellen.« Harry lächelte. »Ich glaube nicht, daß Mutter besonders glücklich ist über diesen Mann. Mutter ist überzeugt, sie hätte Lee die Heirat ausreden können, wenn dieser Mann nicht sofort die Trauung vollzogen hätte.«

Claire schenkte Harry ein schwaches Lächeln und wandte wieder das Gesicht ab. Sie wußte mit einemmal, daß alle Eindrücke, die sie damals von der Herzogin empfangen hatte, richtig gewesen waren. Diese schreckliche alte Frau hätte Leatrice gern als Dienerin behalten und wollte sie nicht von dieser Pflicht entbinden.

Claires nächster Gedanke galt Trevelyan. Was würde die Herzogin machen, wenn sie entdeckte, daß Trevelyan die Zeremonie durchgeführt hatte? Claire hatte nur ein Zusammentreffen mit dieser alten Frau erlebt, aber sie glaubte nicht, daß die Herzogin der Typ war, der so leicht verzieh. Was würde sie tun, wenn sie herausfand, daß sich einer ihrer Verwandten im Westturm versteckte und dabei geholfen hatte, ihr wegzunehmen, was sie als ihr Eigentum betrachtete?

Im nächsten Moment ruckte Claires Kopf hoch. Was würde die Herzogin machen, wenn sie entdeckte, daß Claire an dem Komplott, ihr Leatrice wegzunehmen, beteiligt gewesen war?

»Claire?« fragte Harry. »Ist dir nicht gut? Du siehst so blaß aus. Vielleicht solltest du besser zum Haus zurückreiten?«

»Nein, mir geht es gut. Wirklich«, murmelte Claire und lächelte. Um keinen Preis wollte sie in dieses Haus und dessen öde Langeweile zurück.

Acht Stunden später dachte sie voller Verlangen an die stille Friedlichkeit des Hauses. Harry hatte sie zu etwas gebracht, das er einen Schießstand nannte – ein auf drei Seiten geschlossener, mit einem Dach versehener Unterstand –, und ihr bedeutet, still zu sein und kein Wort zu sagen. Es gab nichts, worauf man sich setzen konnte, und so mußte sie auf dem feuchten Boden Platz nehmen. Harry und ein Mann, der nichts anderes tat, als Harrys Schrotgewehre ständig nachzuladen, befanden sich am anderen Ende des Schießstandes und schossen den ganzen Tag auf Vögel.

Zehn Minuten, nachdem sie in diesem Unterstand angelangt waren, begann es zu regnen – kein Wolkenbruch, sondern ein ständiges Nieseln, das durch die Decke drang. Claire war binnen kurzem bis auf die Haut durchnäßt.

Harry fragte sie, ob sie nicht doch nach Hause zurückkehren wollte, aber Claire verneinte. Sie versicherte ihm, daß alles herrlich sei und daß ihr das bißchen Regen nichts ausmache. Sie wußte, daß er sie nie mehr mitnehmen würde, wenn sie sich schon beim ersten Mal wie ein Feigling benahm . . .

Um eins gab es einen kalten Lunch, und dann setzte Harry das Schießen fort. Er trug einen Tweedanzug, und sie konnte sehen, daß er ebenfalls durchnäßt war, aber das schien ihm nichts auszumachen – ja, er schien es gar nicht zu bemerken. Claire dachte daran, was die Herzogin ihr über Harrys zarte Gesundheit erzählt hatte, aber er schien so robust zu sein wie ein Büffel.

Claire saß in einer Ecke des Schießstandes, während der Boden unter ihr und um sie herum von Minute zu Minute nasser wurde, zog die Knie an den Leib und schlang die Arme darum. Um sie herum dröhnten ständig die Schrotgewehre. Sie fragte sich, ob sie sich nicht von einem Tag Aufenthalt in einem regendurchlässigen Schießstand eine lebenslängliche Taubheit holen konnte.

Sie mußte niesen, und Harry drehte sich mit wütendem Gesicht zu ihr um. »Claire, wenn du nicht still sein kannst, mußt du nach Hause. Du erschreckst die Vögel mit deinem Niesen.«

»Wie kann ein Niesen die Vögel erschrecken, wenn tausend Schrotgewehrschüsse es nicht tun?« fragte sie, bevor sie nachdachte.

Sie sah, wie Harry und sein Gehilfe einen Blick wechselten, der zu besagen schien: »Das hat man nun davon, wenn man eine Frau auf die Jagd mitnimmt.«

Es war schon fast dunkel, als Harry endlich aufbrach. Claire hätte vor Erleichterung heulen mögen. Ihr war so kalt, daß sie Mühe hatte, aufzustehen, zumal ihr Wollkleid mindestens einen halben Zentner mehr wog als am Morgen. Auch roch es wie ein nasser Hund.

»Ich glaube nicht, daß dir das Spaß gemacht hat«, meinte Harry. »Ladies haben noch nie Spaß an der Jagd . . .«

»Es war ein wunderschöner Tag für mich«, entgegnete Claire und unterdrückte ein Niesen. »Ein mich bereicherndes Erlebnis.«

Harry legte ihr den Arm um die Schultern und drückte sie kameradschaftlich an sich. »Ich kenne zwar ein paar englische Mädchen, die gern auf die Jagd gehen, aber mir ist noch kein amerikanisches begegnet, das daran Gefallen fand. Ich habe dich heute gern bei mir gehabt. Du bist ein angenehmer Jagdgenosse. Morgen geht es nach Norden zum Rebhuhnschießen. Und in ein paar Wochen werden wir auf Hirschjagd gehen. Aber du mußt still sein, wenn wir uns an Hirsche heranpirschen. Da geht es anders zu als heute.« Er drückte noch einmal ihre Schultern. »Claire, ich denke, wir beide werden ein perfektes Paar abgeben. Ich habe mir immer eine Frau gewünscht, die mit mir auf die Jagd geht. Ich war ein wenig besorgt, daß du dich zu sehr in Büchern vergraben würdest. Aber jetzt sehe ich, daß meine Sorge unbegründet war. Wenn wir verheiratet sind, können wir viele Tage zusammen erleben. Solche Tage wie heute.«

Claire nieste, und er klopfte ihr auf die Schulter. »Laß uns nach Hause reiten, damit du dir etwas Trockenes anziehen kannst. Morgen gehen wir auf Rebhuhnjagd.«

Harrys Miene hellte sich plötzlich auf, und er legte ihr die Hände auf die Schultern und drehte sie zu sich um. »Ich habe eine prächtige Idee! Ich werde dir ein Paar Schrotgewehre zur Hochzeit schenken. Deine eigenen Gewehre. Mit Silbergravur. Ich werde noch heute nach London schreiben und jemanden kommen lassen, der sie dir anpaßt. Die Schäfte müssen genau die richtige Größe für dich haben.« Er lächelte glücklich. »Ich freue mich immer mehr auf unsere Hochzeit.«

Claire bemühte sich nach Kräften, sein Lächeln zu erwidern, aber ihre Zähne klapperten zu sehr.

»Komm«, sagte Harry. »Wir werden dich mit einem hübschen heißen Tee versorgen.«

Claire dachte voller Verlangen an MacTarvits gemütliche warme Hütte und seinen wärmenden Whisky. »Ja«, sagte sie, »Tee wäre jetzt wunderbar.«

Eine halbe Stunde später war Claire wieder in ihrem Zimmer, und Miss Rogers beschwerte sich ohne Ende über Claires nasse Kleider.

»Sie erwarten doch hoffentlich nicht von mir, daß ich dieses Kostüm rette?« Die kleine graue Frau zog die Nase kraus über Claires Reitkostüm. »Das war eine gute Qualität, wenn auch französisch im Schnitt; aber jetzt ist es ruiniert. Natürlich sind wir Engländer und sogar diese Schotten nicht so mit Geld gesegnet wie ihr Amerikaner, daß wir es zum Fenster hinauswerfen können. Soweit ich weiß, könnt ihr Amerikaner es euch sogar leisten, gute Kleider wegzuwerfen, wenn ihr sie nur einmal getragen habt. Ich kann dazu nichts sagen. Ich habe meine Pflichten, und das ist alles. Es steht mir nicht zu, meine sogenannte Herrschaft zu kritisieren. Obwohl es einen schon wundert, daß jemand aus einem Land, das noch vor wenigen Jahren von Wilden bewohnt wurde, nun etwas Besseres ist als eine Engländerin – aber wer bin ich, daß ich mir darüber Gedanken machen darf? Ich meine nur, es ist ein Jammer . . .«

»Miss Rogers!« sagte Claire so fest, wie es ihre klappernden Zähne erlaubten. »Würden Sie den Lakaien Bescheid sagen, daß man mir ein Bad herrichten soll?«

»Um diese Tageszeit?«

»Ja, um diese Tageszeit.«

Miss Rogers schniefte. »Ich bin sicher, daß es für jemanden in Ihrer Position nichts bedeutet, wenn die Dienstboten Ihretwegen mehr arbeiten müssen. Wir sind ja ein Nichts für sie. Wir . . .«

»Gehen Sie!« befahl Claire, während sie mit vor Kälte steifen Fingern versuchte, ihr Reitkostüm aufzuknöpfen.

Es klopfte an der Tür, und der Butler erschien mit einem silbernen Tablett. Darauf stand der Tee unter dem Teewärmer. Etwas Warmes zu trinken, dachte Claire, aber sie war nicht allzu begeistert darüber, weil sie wußte, daß die Küchenräume so weit von den Wohnräumen des Hauses entfernt waren, daß das Essen, wenn es seine Empfänger erreichte, in der Regel kalt war. Aber lauwarmer Tee war immer noch besser als gar nichts.

»Rogers«, sagte der Butler im strengen Ton, »Sie werden unten verlangt.«

Claire war sehr froh, daß diese schreckliche kleine Frau sich nicht mit dem Butler anlegte, sondern das Zimmer ohne Widerrede verließ. Als Claire allein war mit dem Butler, streckte sie eine vor Kälte zitternde Hand nach dem Teewärmer aus.

Doch unter dem Teewärmer befand sich keine Teekanne auf dem Tablett, sondern ein kurzes breites Glas, das mit einer Flüssigkeit gefüllt war, die nur Whisky sein konnte. Sie sah den Butler erstaunt an, und er gab ihren Blick mit dem Hauch eines Lächelns zurück.

»MacTarvit?« fragte sie.

»Sein bester. Fünfundzwanzig Jahre alt.«

Claires Hand zitterte, als sie das Glas vom Tablett nahm. »Ich liebe Sie«, flüsterte sie dem Butler zu.

»Viele junge Damen haben das getan«, erwiderte er lächelnd.

Claire versuchte, an dem Glas zu nippen, aber als sie diese willkommene Wärme im Magen spürte, wuchs ihr Verlangen danach. Sie setzte das Glas an den Mund und leerte es auf einen Zug. Dann trat sie einen Schritt zurück und hielt sich an einem Bettpfosten fest, um nicht die Balance zu verlieren. Der Butler starrte sie verblüfft an.

»Ich habe gehört, daß Sie eine Schottin sind«, sagte er, und Bewunderung schwang in seiner Stimme mit. »Jetzt glaube ich es.«

In diesem Moment ging die Tür auf, und eine wütende Miss Rogers stürmte herein. »Niemand hat mich unten verlangt«, sagte sie.

Der Butler zog in aller Ruhe den Teewärmer über das Glas auf seinem Tablett und drehte sich zu der Frau um. »Dann habe ich mich möglicherweise geirrt. Läuten Sie nach einem Bad für Ihre Herrin.«

Das war ein Befehl, und Miss Rogers ging gehorsam zum Klingelzug und zog einmal daran.

Claire, die sich immer noch am Bettpfosten festhielt, lächelte dem Butler zu, als er die Tür erreichte. Sie war sich nicht sicher – aber sie glaubte, daß er ein Auge zukniff, ehe er den Raum verließ.

Anderthalb Stunden später hatte sie gebadet und sich ein warmes Wollkleid zum Dinner angezogen. Harry erwartete sie auf dem Korridor vor ihrem Zimmer, und er bot ihr seinen Arm an. Claire wußte, daß sie ihm heute eine Freude gemacht hatte. Zum erstenmal, seit sie sich kennengelernt hatten, unterhielt er sich mit ihr. In der Regel hatte er nicht viel zu sagen, aber heute abend dafür um so mehr – und jedes Wort drehte sich um die Jagd.

Er sprach vom Töten der Vögel und Enten und Hirsche. Er redete davon, daß er nach Indien reisen würde, um Tiger zu jagen, und nach Afrika, um Elefanten zu schießen. »Und du, Liebling, sollst mich auf all diesen Jagden begleiten.«

Beim Dinner bot er ihr Leatrices Platz zu seiner Rechten an, und während der ganzen langen Mahlzeit sprach er über ihr zukünftiges gemeinsames Leben. Er sagte, daß er ihr das Schießen und die Jagd mit der Hundemeute beibringen würde. Er redete von ›blooding‹, und wie Claire seinen weiteren Ausführungen entnehmen konnte, bedeutete das, daß er ihr die Stirn mit dem Blut eines armen getöteten Fuchses beschmieren wollte. »Das klingt für mich alles wunderbar«, murmelte sie und konnte ihr Fischgericht nicht zu Ende essen.

Nach dem Dinner, als sich die Männer und Frauen getrennt hatten – die Frauen nahmen im Salon ihren Kaffee ein und die Männer in der Bibliothek ihren Port –, brachte Harry Claire zu ihrem Zimmer.

Er legte ihr die Hände auf die Schultern und sah ihr in die Augen. »Ich mag dich lieber, als ich dachte«, flüsterte er. »Du warst mir heute eine gute Gesellschafterin.«

»Aber ich habe doch den ganzen Tag nicht ein Wort geredet. Ich saß nur im Regen und nieste.«

»Du wirst dich daran gewöhnen. Sobald du deine eigenen Schrotgewehre hast, wird dir die Jagd noch mehr Spaß machen als heute. Es gibt nichts, was sich mit dem Erlegen eines Tieres vergleichen läßt.« Er küßte sie. »Und was das Schweigen angeht – ich mag es, wenn eine Frau still ist. Frauen, die zu klug sind, können einen langweilen. Dem Himmel sei Dank, daß du nicht so bist.«

»Wie wahr«, sagte sie leise. »Für klug halte ich mich nun wirklich nicht.«

Harry hörte keinen Sarkasmus aus ihrer Stimme heraus. »Gut«, sagte er und küßte sie wieder auf die Stirn. »Nun möchte ich, daß du dich ausruhst. Vergiß nicht, daß wir morgen auf die Rebhuhnjagd gehen.«

Claire nickte und begab sich in ihr Zimmer. Als Miss Rogers ihr beim Ausziehen half, war sie taub für ihre Beschwerden. Tatsächlich war es ihr Verstand, der mit Taubheit geschlagen zu sein schien. Schrotflinten, dachte sie. Tote Vögel. Tote Tiger. Tote Elefanten. Captain Baker hatte in zwei Büchern, die von seinen Reisen in Indien handelten, über Elefanten geschrieben. Sie schienen ziemlich nette Tiere zu sein und sehr nützlich.

Als Miss Rogers sich zurückgezogen hatte, setzte sich Claire an ihren Frisiertisch und cremte ihr Gesicht ein. Ihre Haut war rauh und spröde vom Regen und der Kälte. Langsam massierte sie die Creme in die Haut und betrachtete sich im Spiegel.

Die Herzogin, dachte sie. Sie würde Harry heiraten und Herzogin werden.

Sie durfte nicht weiter denken, sagte sie sich, als sie sich erhob und zum Bett ging. Dank ihrer Erschöpfung und der Kälte dieses Tages schlief sie rasch ein.

Sie wurde noch vor Morgengrauen von einer wütenden Miss Rogers geweckt, die sie davon unterrichtete, daß sie sich anziehen müsse, weil die Männer schon sehr früh zur Jagd aufbrechen würden.

Claire zog das Reitkostüm an, das noch feucht vom gestrigen Tag war, und begab sich wortlos auf den Weg nach unten. Die Männer saßen bereits im Sattel und warteten auf sie. Harry strahlte vor Glück und schlug ihr auf die Schulter, als sie auf ihr Pferd gestiegen war.

Sie verbrachte wieder einen Tag in einem Schießstand, in einer Ecke kauernd, während der Regen auf sie niederging. Ab und zu schenkte Harry ihr ein Lächeln und erzählte ihr von den herrlichen Schrotgewehren, die er ihr zur Hochzeit schenken würde.

Als Claire ins Haus zurückkam, erwartete sie ein heißes Bad und eine Teekanne auf einem Tablett mit einer Tasse und einer Untertasse. Als Miss Rogers in das Zimmer kam, trank sie gelassen aus ihrer Tasse Whisky.

Am dritten Tag war sie wieder vor dem Morgengrauen auf den Beinen. Als sie nach unten kam, informierte sie Harry, daß sie heute Kaninchen und Schnepfen jagen würden. Das bedeutete, daß Claire im kalten Nieselregen über sumpfiges Land gehen und zusehen mußte, wie die Männer ein paar Hundert Kaninchen erschossen. Harry versprach ihr als zusätzliches Hochzeitsgeschenk einen eigenen Hühnerhund.

Als Claire am Abend das Haus erreichte, fror sie so sehr, daß ihre Glieder gefühllos waren. Harry hatte davon gesprochen, daß sie am nächsten Tag Rehe jagen würden. Claire fürchtete, der Tod eines dieser sanftäugigen Geschöpfe, die sie manchmal auf dem Hochland sah, würde sie zum Weinen bringen.

Sie cremte sich das Gesicht ein, ging ins Bett und versuchte einzuschlafen. Ein lautes Geräusch ließ sie zusammenfahren. Im Zwielicht, das im Zimmer herrschte, sah sie, wie sich das große Porträt an der Wand bewegte, und wußte, daß sich die Tür zum Geheimgang öffnete.

Sie vergaß ihre Erschöpfung, sprang aus dem Bett und rannte zur Geheimtür. »Trevelyan!« keuchte sie.

Doch unter der Geheimtür stand nicht Trevelyan, sondern ihre Schwester mit einer Kerze in der Hand.

Claire drehte sich von ihr weg. »Du solltest im Bett sein«, sagte sie müde und begab sich zu ihrem eigenen Lager zurück.

Brat schloß die Geheimtür, stellte die Kerze auf den Nachttisch und kletterte auf das Vier-Pfosten-Bett. »Du bist eine Jägerin geworden, wie ich hörte.«

»Eine regelrechte Diana«, murmelte Claire und schnitt bei Brats ratlosem Blick eine Grimasse. »Wenn du dich jemals dazu bequemt hättest, ein Buch aufzuschlagen, würdest du wissen, daß Diana die Göttin der Jagd ist.«

Brat lächelte ihre Schwester an. »Ich wette, Harry weiß alles über Götter und Göttinnen. Ist es das, worüber ihr den ganzen Tag redet? Oder versucht ihr herauszufinden, wer von euch beiden bessere Kenntnisse in der französischen und italienischen Sprache hat? Vielleicht diskutiert ihr auch über Politik und Religion. Oder hältst du ihm Vorträge über die Geschichte Schottlands? Vielleicht sprecht ihr ja auch über all die Dinge, die du hier verändern möchtest, wenn du erst einmal Herzogin bist.«

Claires Lippen wurden schmal. »Würdest du jetzt *bitte* in dein Bett gehen?«

»Worüber redest du nun die ganze Zeit mit Harry?«

»Das geht dich zufälligerweise nichts an.«

Brat streckte sich am Fußende des Bettes aus. »Hast du inzwischen mit Captain Baker gesprochen?«

»Nein, das habe ich nicht, und ich habe es auch nicht vor. Um die Wahrheit zu sagen – ich war so beschäftigt, daß ich nicht einmal an ihn gedacht habe.«

Brat drehte sich auf den Rücken, verschränkte die Hände hinter dem Kopf und blickte zum Betthimmel hinauf. »Ich dachte, Trevelyan wäre der ungewöhnlichste Mann, den ich jemals in meinem Leben getroffen habe. Hast du all die Sachen gesehen, die er in seinem Zimmer hat? Er muß viel in der Welt herumgekommen sein.«

»Wenn du hier nicht nur deine Zeit damit verbracht hättest, an fremden Türen zu horchen, sondern ein paar von Captain Bakers Büchern gelesen hättest, würdest du ganz genau wissen, wie viele Orte er auf der Welt besucht und was er alles gesehen hat. Er ist ein großer Mann.«

»Warum warst du dann so böse auf ihn, als er Harrys Schwester getraut hat?«

Claire öffnete zweimal den Mund, um etwas zu sagen, schloß ihn jedoch wieder. »Du würdest es doch nicht verstehen«, sagte sie schließlich.

»Es war wohl wegen deiner Bemerkung, daß er ein Held ist, nicht wahr? Er war für dich ein Held, aber dann hast du gesehen, daß er ein ganz gewöhnlicher Mensch ist, nicht wahr?«

»Er ist weit davon entfernt, ein gewöhnlicher Mensch zu sein. Er ist . . .« Sie sah ihre Schwester scharf an. »Du mußt jetzt ins Bett.«

»Hast du mit Harry genauso viel Spaß wie mit Captain Baker?«

»Natürlich. Was für eine lächerliche Frage. Harry ist der Mann, den ich liebe. Ich möchte so viel Zeit mit ihm verbringen, wie ich kann. Captain Baker interessiert mich nicht. Er ist Harrys Verwandter, und ich muß nett zu ihm sein.«

»Du bist bloß nett zu ihm gewesen, als du ihn drei Tage gepflegt hast, wie?« Brat sah sie schlau von der Seite an. »Hast du ihm alle seine Kleider ausgezogen?«

»Hinaus!« sagte Claire. »Mach, daß du von hier verschwindest.«

Aber Brat rührte sich nicht von der Stelle. »Vorsicht, oder du wirst noch diesen alten Drachen wecken«, sagte sie und meinte damit Miss Rogers. »Hast du gehört, was passiert ist, nachdem Leatrice geheiratet hat?«

Claire wollte ihrer frühreifen Schwester sagen, daß sie

das nicht interessierte, aber das konnte sie nicht. »Nein«, sagte sie leise, »ich habe nichts gehört.«

»Die alte Hexe, die Herzogin, hätte fast der Schlag getroffen. Jedenfalls hatte sie einen Anfall. Sie soll Schaum vorm Mund gehabt haben.«

»Das ist schwer zu glauben.« Claire mochte ihre Schwester nicht zum Klatschen ermuntern, wollte aber dennoch alles wissen. »Harry sagte . . .«

»Harry weiß nichts davon. Er war auf der Jagd.« Brat warf Claire einen belustigten Blick zu. »Als Harry von der Jagd zurückkam, gurrte die alte Dame wieder. Das tut sie natürlich immer, wenn Harry in ihrer Nähe ist. Aber ich habe gehört, daß sie demjenigen, der für Leatrices Eheschließung verantwortlich ist, den Tod androht. Ich glaube, sie versuchte ihre Tochter für irgend etwas zu bestrafen, und meinte, die Strafe sei noch nicht verbüßt.«

»Ich bin sicher, daß die Gerüchte, die du gehört hast, falsch sind.«

»Hmmm«, machte Brat. »Wenn Harry zwischen dir und seiner Mutter zu wählen hätte – für wen, glaubst du, würde er sich wohl entscheiden?«

»Ich werde diese Frage nicht beantworten.« Claire wollte nicht daran denken, wie die Antwort ausfallen würde.

Brat schwieg einen Moment. »Vermißt du Trevelyan?«

»Natürlich nicht. Ich bin den ganzen Tag beschäftigt.«

Brat lachte. »In der Küche sagen sie, daß dein Reitkostüm nie trocken wird. Es riecht so grauenhaft, daß sie es von anderen Kleidern getrennt in einem Raum aufhängen müssen.«

»Dann werde ich eben ein anderes kaufen.«

»Und dann noch eines und wieder eines. Du wirst eine Menge Reitkostüme brauchen, wenn du Harry heiratest. Glaubst du, du wirst dein ganzes Leben mit ihm auf der Jagd verbringen?«

»Nein, natürlich nicht. Ich werde . . .« Claires Stimme verebbte, als sie versuchte, sich auszudenken, was sie nach ihrer Heirat tun würde.

»Glaubst du, daß Captain Baker jemals heiratet?«

»Absolut nicht! Männer von seiner Sorte heiraten *nie*. Oder wenn doch, lassen sie ihre Frauen irgendwo weinend zurück, während sie ausziehen, um andere Orte zu erforschen und . . . und andere Frauen.«

»Bist du sicher?«

»Ich kenne ihn sehr gut. Ich habe alles gelesen, was er geschrieben hat, und alles, was über ihn geschrieben wurde. Ich kenne ihn sehr, sehr gut.«

»Es war nett von ihm, Leatrice auf diese Weise zu helfen. Er riskierte eine Menge dabei. Ich möchte nicht wissen, was die alte Hexe ihm angetan hätte, wenn er im Gartenhaus entlarvt worden wäre.«

»Es war nicht seine Gutmütigkeit, sondern . . .« Claire schnitt eine Grimasse. »Ich weiß nicht, warum er es getan hat – sicherlich will er darüber schreiben.«

»Ich dachte, du hättest gerade gesagt, daß er über alles schreibt. Hast du die Zeichnungen gesehen, die er von dir angefertigt hat?«

»Ja.« Claires Kopf ruckte in die Höhe. »Wann hast du sie gesehen?«

»Gestern vormittag. Ich war bei ihm und . . .«

»Du hast *was* gemacht? Ihn besucht?« Claire packte ihre Schwester am Arm. »Nach diesen vulgären Sachen, die er zu dir sagte? Ich traue ihm nicht. Ich kann dich nicht mit ihm alleinlassen . . .«

»Er ist ein sehr netter Mann und faßt mich niemals an, wenn es das ist, was dir Sorgen macht.«

Claire ließ den Arm ihrer Schwester los und lehnte sich in die Kissen zurück. »Nein – das würde er wohl nicht. Er ist ein ehrenwerter Mann – auf seine eigene seltsame Weise.« Und nach einer Pause: »Wie geht es ihm?«

Brat sah einen Moment nachdenklich zum Betthimmel hinauf. »Ich glaube, du fehlst ihm.«

Claire setzte sich kerzengerade auf. »Tatsächlich? Hat er das gesagt? Natürlich ist es mir gleichgültig . . . aber was bringt dich auf die Idee, daß er mich vermißt?« Claire dachte, selbst wenn man sie auf eine mittelalterliche Streckfolter spannte, würde sie nicht zugeben, wie sehr ihr Trevelyan gefehlt hatte. Er war natürlich ein unmöglicher Mann, mürrisch, zynisch, nörglerisch, und er stellte sie oft als dumm und kindlich hin, aber, bei Gott, wie sehr gab er ihr das Gefühl, lebendig zu sein! In Trevelyans Nähe war jeder Nerv in ihrem Körper lebendig. Er brachte sie dazu, ihren Verstand zu benützen, er förderte Dinge in ihr ans Tageslicht, von deren Existenz sie gar nichts gewußt hatte. Er hatte in ihr den Glauben geweckt, daß sie mit ihrem Leben etwas anfangen könne – daß das, was sie empfand und dachte, Wert haben und etwas bewirken könne.

»Er hat nicht gesagt, daß du ihm fehlst«, antwortete Brat. »Aber ich merke es ihm an.«

»Oh«, sagte Claire und lehnte sich in die Kissen zurück. »Ich habe ihn keineswegs vermißt. Ich bin recht glücklich mit Harry gewesen. Er will mir Schrotflinten kaufen. Sie haben silberne Schäfte, oder jedenfalls sind sie irgendwo aus Silber. Und vielleicht kauft er mir auch noch einen Hund.«

Brat lachte. »Du solltest dich mal sehen, wenn du von der Jagd zurückkommst. Du siehst aus wie eine ersäufte Ratte und scheinst die unglücklichste Person auf der Welt zu sein. Jeder kann das sehen – nur dein kostbarer Harry nicht. Er ist so dumm . . .«

Brat rollte sich vom Bett herunter, als Claire ihr an die Gurgel fahren wollte. Lachend wich sie aus. »Du bist so komisch, daß ich fast vergessen hätte, weshalb ich herkam. Erinnerst du dich an diesen Mann Jack Powell?«

»Der Mann, der behauptet, er sei in Pesha gewesen, während in Wirklichkeit Trevelyan derjenige war, der Pesha besucht hat?«

»Ja, der. Es stand heute ein Artikel in der Zeitung, daß Powell in Edinburgh einen Vortrag halten und den Beweis liefern würde, daß er – nicht Captain Baker – in Pesha gewesen sei. Die Zeitung nannte diesen Beweis un . . . un . . .«

»Unwiderlegbar?«

»Richtig. Niemand kann ihn anzweifeln.« Brat gähnte. »Sieht so aus, als ob dein Captain Baker nicht als der Entdekker von Pesha in die Geschichte eingehen wird.«

»Aber er *hat* Pesha entdeckt. Nur er hat die Stadt besucht, nicht dieser Powell. Sie können doch nicht . . .«

Brat gähnte abermals. »Ich dachte, das wäre dir egal. Du gehst doch mit Harry auf die Jagd. Ich schätze, ich gehe jetzt besser ins Bett. Vellie sagte, daß er vielleicht heute abend zu mir kommt und mir eine Geschichte vorliest.«

»Du hast kein Recht, ihn so zu nennen. Und was für eine Geschichte will er dir denn vorlesen?«

»Habe ich ›vorlesen‹ gesagt? Er *erzählt* mir Geschichten. Wunderbare Geschichten, die alle von Pesha handeln. Du solltest ihn dazu bringen, daß er sie dir auch erzählt. Also dann – gute Nacht. Bis morgen.« Brat grinste. »Wenn du dein nasses Wollzeug anhast, wirst du mir hoffentlich nicht böse sein, wenn ich dir nicht zu nahe komme.« Brat nahm ihre Kerze auf, schob das Porträt zur Seite und verschwand im Geheimgang.

Claire verharrte einen Moment regungslos im Bett, ehe sie sich umdrehte und mit der Faust in die Kissen schlug. Trevelyan war ein schrecklicher Mann. Wirklich und wahrhaft schrecklich. Brat hatte gefragt, ob sie meinte, Trevelyan würde jemals heiraten. Er? Die Frau, die Trevelyan so liebte, daß sie ihn heiraten wollte, wäre zu einem elenden Leben verdammt. Sie würde einsam sein, weil er sie verlassen und allein auf die Reise gehen würde. Und während seine Frau zu Hause saß und sich schreckliche Sorgen um ihn machte, würde er . . . er all die Sachen mit Frauen anstellen, die er in seinen Büchern beschrieben hatte.

Sie trommelte noch ein paarmal mit den Fäusten auf ihre Kissen ein und versuchte sich dann zum Schlafen hinzulegen. Aber sie konnte die Augen nicht schließen.

Helden, dachte sie. Es war eine Sache, einen Mann aus der Ferne anzuhimmeln, aber eine ganz andere, ihm im Leben zu begegnen.

Am nächsten Tag, angetan mit ihrem Reitkostüm, das nie mehr trocken zu werden schien, ging Claire wieder mit Harry auf die Jagd. Sie marschierte mit ihm und seinem Gehilfen über sumpfiges Land, kletterte einen steilen, mit Heidekraut bewachsenen Hügel hinauf und kam schließlich zu einem hübschen Waldgelände. Sie hatte während des langen Fußmarsches kein Wort zu Harry gesagt, denn er hatte ihr eingeschärft, daß sie absolutes Stillschweigen bewahren müsse.

Als sie in den Wald eindrangen, flüsterte Harry seinem Begleiter etwas zu, und Claire blickte um sich. Nicht weit von ihr entfernt standen ein prächtiger Rehbock und drei Ricken. Claire lächelte beim Anblick dieser reizenden Szene. Sie beobachtete die sanften, liebenswürdigen Geschöpfe, die so ruhig und unbekümmert beisammenstanden.

In der nächsten Sekunde ging Harrys Gewehr neben ihr los, und der Rehbock sank zu Boden. Die drei Ricken flüchteten in den Wald.

Harry und sein Gehilfe waren begeistert und sprachen aufgeregt davon, daß das Tier mit einem Schuß erlegt worden war. Claire beobachtete, wie sie auf das große Tier zugingen, und sah, daß der Rehbock ein wenig den Kopf hob. Er lebte noch.

Sie rannte auf das Tier zu, lief an Harry und dem anderen Mann vorbei. Doch ehe sie den Rehbock erreichen konnte, dröhnte Harrys Gewehr zum zweitenmal, und der Kopf des Rehbocks fiel auf den Boden.

Das war zuviel für Claire. Sie war zu erschöpft von den Jagden der letzten Tage, zu krank von dem Anblick toter Vögel und Tiere, die sie zu Hunderten hatte sterben sehen. Sie stand wie angewurzelt da und starrte auf den mächtigen Rehbock, der vor wenigen Minuten noch so lebendig und schön gewesen war. Nun lag er tot auf dem Boden. Und wofür? Harry brauchte das Tier nicht als Nahrungsquelle. Er hatte es getötet, weil Töten für ihn ein *Sport* war. Er hatte das Tier getötet, weil es ihm Spaß machte.

»Ein großartiger Schuß, nicht wahr?« sagte Harry hinter ihr.

Claire drehte sich mit flammenden Augen zu ihm um. »Wie konntest du nur?«

»Wie konnte ich was?« Er war ehrlich verwirrt.

Als sie seine Verständnislosigkeit bemerkte, brach etwas in Claire entzwei. Sie ballte die Hände zu Fäusten und trommelte damit gegen seine Brust. »Du hattest kein Recht, das Tier zu töten. Nicht das geringste Recht! Es war schön, und es gab keinen Grund, es zu erschießen. Du . . .«

Harry fing ihre Hände ein. »Liebling, das sind die Nerven. Das gibt sich. Da kannst du ganz beruhigt sein. Ich weiß, daß ich bei meinem ersten Bock auch ein wenig aufgeregt war.«

Sie wich ein wenig vor ihm zurück und bemerkte, daß ihm überhaupt nicht bewußt war, was sie beschäftigte. »Tust du denn überhaupt nichts *Nützliches*?« schrie sie. »Kannst du nichts anderes tun als töten?«

Harry erstarrte. »Ich bin kein Amerikaner, wenn es das ist, was du meinst.«

Claire wich einen Schritt zurück und schlug sich mit der Hand vor den Mund, damit ihr kein Wort mehr entschlüpfte. Ihre Augen füllten sich mit Tränen. Wie hatte sie so etwas nur zu dem Mann sagen können, den sie liebte? Sie drehte sich um und lief weg.

Sie rannte den Hügel hinunter und über die Felder. Und als sie ihr Pferd erreichte, stieg sie so rasch wie möglich auf, legte das eine Bein fest um das Horn des Damensattels, trieb das Pferd an und galoppierte zum Haus zurück.

Sie betrat das Haus durch den Haupteingang und wurde von ihrer Mutter begrüßt, die inmitten von mindestens hundert Kartons und Kisten stand, die alle Londoner Etiketten trugen.

»Komm und schau dir die herrlichen Sachen an, die ich gekauft habe, Liebes«, sagte ihre Mutter. »Sieh mal – einen Fächer mit Diamanten darauf.«

Claires Augen waren voller Tränen, so daß sie überhaupt

nichts sehen konnte. Sie schüttelte nur den Kopf und rannte die Treppe hinauf in ihr Zimmer. Sobald sie sich in ihrem Schlafzimmer befand, verriegelte sie die Tür zum Korridor und die zum Ankleidezimmer, in dem sich die grauenhafte Miss Rogers meistens aufhielt.

Als sie allein war, warf sie sich aufs Bett und löste sich in einem Strom von Tränen auf. Sie war sich nicht so ganz im klaren, warum sie weinte, und sagte sich, daß sie der Tod des Rehbocks so erschüttert hatte. Aber tief in ihrem Inneren wußte sie, daß es noch einen weiteren Grund für ihre Tränen gab.

Ein paarmal an diesem Tag klopfte jemand an ihre Türen, aber Claire öffnete sie nicht. Sie weinte nur.

Brat befand sich im Stall, als Harry von der Jagd zurückkam. Sie tat so, als wäre sie zufällig dort, aber tatsächlich hatte Cammy Hufschläge gehört und Claire in Tränen aufgelöst zum Haus kommen sehen. Brat war zu den Ställen gelaufen, um zu erfahren, was passiert war. Sie wurde allmählich sauer auf ihre ältere Schwester. Trotz ihrer Intelligenz war Claire nicht sehr gut im Überlegen, was sie eigentlich tun *wollte*. Claire wurde von dem Gebot regiert, was sie tun *sollte*. Sie *sollte* Harry lieben, deswegen tat sie es auch.

Harry kam in den Stall, und Brat sah ihm an, daß er wütend war, und beobachtete ihn schweigend. Sie hatte noch niemandem anvertraut, wie schön sie Harry fand. Ihr gefiel Trevelyans Aussehen sehr, aber Trevelyan war kein Mann, mit dem eine Frau – und Brat betrachtete sich als Frau – leben konnte. Mit Harry hingegen konnte man sein Leben verbringen. Die arme Claire war nur zu dumm, um zu wissen, wie man Harry behandeln mußte.

»Hat sie Sie wieder mal im Stich gelassen, wie?« sagte Brat und Harry drehte sich erschrocken zu ihr um. Brat lächelte ihn an und biß in einen großen roten Apfel.

»Was machen Sie hier?«

»Ich habe auf Sie gewartet«, sagte Brat im verführerischen Ton.

Harry sah sie an und gab ein schnaubendes Lachen von sich. »Sie sollten besser wieder in Ihr Kinderzimmer gehen.«

Brat kicherte nur und ging an ihm vorbei. Sie schwang dabei ihre Hüften, wie sie es bei anderen Frauen beobachtet hatte – Claire tat so etwas niemals. Claire meinte, eine Frau könnte sich einen Mann angeln, indem sie sich mit ihm unterhielt. Brat blieb ungefähr zehn Schritte vor Harry stehen und sah über die Schulter auf ihn zurück. Er beobachtete sie, wie sie es erwartet hatte. »Kommen Sie mich besuchen?« fragte sie. Dann warf sie ihren Apfel weg und rannte zum Haus zurück.

Harry stand einen Moment da und starrte der jungen Frau nach, von der er gedacht hatte, sie sei noch ein Kind. Dann schlug er mit der Reitpeitsche gegen die Stallwand. »Zur Hölle mit ihnen allen«, dachte er und ging zum Haus.

Die Geheimtür öffnete sich, und Brat kam herein. Sie stellte sich ans Bett und starrte eine Weile auf Claire hinunter. »Du hast dich mit Harry gestritten?«

Claire schniefte. Sie lag auf dem Rücken. »Ich weiß nicht.«

»Harry ist der Ansicht, daß du dich mit ihm gestritten hast. Er ist nach Edinburgh geritten. Er hat nicht einmal gepackt und nur mit seiner Mutter geredet. Er stieg auf sein Pferd und haute ab. Nur fünf Lakaien sind bei ihm. Die anderen sollen mit dem Gepäck später nachkommen.«

Claire weinte wieder. »Er hat einen Rehbock geschossen, und ich habe mich darüber aufgeregt.«

Brat spielte mit den Quasten am Bettpfosten. »Ich glaube nicht, daß Harrys Besuch bei seiner Mutter sehr angenehm verlief.«

»Ich würde mich nicht wundern, wenn er die Verlobung lösen will«, sagte Claire. »Ich war heute schrecklich zu ihm.«

»Vielleicht möchte Harry sie lösen, aber ich glaube nicht, daß unsere Mutter dir erlauben wird, mit Harry zu brechen. Weißt du, wieviel sie bereits eingekauft hat in deinem Namen? Im Namen der neuen Herzogin von MacArran?«

»Ich will es nicht wissen«, sagte Claire.

Brat ging zu der Geheimtür. »Ich muß jetzt gehen. Ich hoffe, du fühlst dich bald besser.« Sie legte eine Pause ein. »Und ich hoffe, du entschließt dich endlich.«

»Zu was?«

Brat antwortete nicht darauf, sah ihre Schwester nur mit einem kleinen Lächeln an und verschwand hinter dem Porträt.

Claire drehte sich auf den Bauch und begann wieder zu weinen. Nun hatte sie nicht nur Harry, sondern auch ihre Mutter verärgert. Und jeder im Haus war darüber informiert, daß sie sich mit Harry gestritten hatte. Aber Liebende stritten sich doch manchmal. Nur wußte Claire, daß ihr Streit mit Harry kein gewöhnlicher Streit zwischen Liebenden war.

Er war also nach Edinburgh geritten, und sie blieb sich nun in diesem Haus selbst überlassen. Sie würde keine Gesellschaft haben, nichts, mit dem sie ihren Verstand beschäftigen konnte, niemanden, mit dem sie reden konnte, bis er zurückkam.

Sie schluchzte heftiger, weil sie wußte, daß sie und Harry nie richtig miteinander redeten. Wenn Harry zurückkam, würde sie ihren Streit begraben müssen. Sie würde ihm sagen müssen, wie leid es ihr tat, und dann würde sie . . . was? Ihre Tage mit der Jagd verbringen und zusehen, wie noch mehr Tiere getötet wurden? Würde sie schließlich hundert Reitkostüme und sechs Dutzend Schrotgewehre besitzen? Würde sie in zehn Jahren noch immer von ihrer Schwiegermutter zum Tee bestellt werden – zu einem Tee, bei dem sie sich nicht einmal setzen durfte?

Jede dieser Überlegungen ließ ihre Tränen reichlicher fließen.

18

Claire wurde von jemandem, der an ihrer Schulter rüttelte, geweckt. Sie konnte kaum die Augen aufmachen, so geschwollen waren sie von dem vielen Weinen am Tag zuvor. Das Zimmer war dunkel bis auf das Licht der Kerze, die der Mann über sie hielt. In ihrem Kopf war ein lautes Pochen.

Es gelang ihr, die Augen wenigstens so weit zu öffnen, daß sie den weißen Schimmer von Omans Kleidung sah. Einen Moment lang war sie zu benommen, um darauf zu reagieren, aber dann war sie plötzlich hellwach.

»Was ist passiert?« fragte sie und versuchte sich aufzusetzen. Aber ihre Muskeln schienen zu schwach dafür zu sein. Sie hatte noch immer ihr feuchtes Reitkostüm an.

»Man hat auf ihn geschossen«, sagte Oman. »Jemand hat versucht, ihn zu töten.«

Claires Augen weiteten sich. »Trevelyan?« flüsterte sie, und Oman nickte. Claire war in der nächsten Sekunde aus dem Bett, aber sobald ihre Füße den Boden berührten, fing sie an zu schwanken und griff sich an den Kopf. Es war lange her, seit sie etwas gegessen hatte. Sie blickte zur Uhr, die auf dem Kaminsims stand. Es war ein paar Minuten nach Mitternacht.

»Hat er nach mir geschickt?« fragte sie. »Wie schlimm ist er verletzt? Ich bin sicher, er wird keinen Arzt kommen lassen, nicht wahr? Wird er wieder gesund?«

Auf all ihre Fragen antwortete Oman nur mit: »Kommen Sie!« und ging zur Geheimtür.

Claire folgte ihm durch die Geheimgänge aufs Dach. Sie dachte nicht daran, was sie tat, sondern folgte Oman mechanisch, während ihr Herz bei jedem Schritt laut klopfte.

Als sie Trevelyans Schreibzimmer erreichten, waren die ersten Worte, die sie hörte, von einem Wutschrei begleitet: »Wo, zum Henker, bist du gewesen? Ich hätte hier verbluten können!«

Claire lächelte erleichtert. Ein Mann, der so laut schreien konnte, lag noch nicht auf dem Totenbett.

Sie ging in sein Schlafzimmer. »Ich sehe schon, daß der Blutverlust deinem Temperament nichts anhaben konnte. Nun laß mich sehen, was man dir angetan hat.«

Er starrte sie an, als sie an sein Bett trat. Die Schulter seines Leinenhemds war mit Blut durchtränkt, doch seine Gesichtsfarbe war gut, und er sah alles in allem gesund genug aus.

»Was machst du hier?« Seine Stimme klang feindselig.

Das beantwortete die Frage, ob er nach ihr gerufen hatte oder nicht. »Ich hörte, daß du Hilfe brauchst, und ich kam, um sie dir zu geben.« Sie streckte den Arm nach seiner Schulter aus, aber er wich zurück und stöhnte vor Schmerzen.

»Ich brauche dich nicht.«

»Dann werde ich einen Arzt rufen.« Sie bewegte sich zur Tür.

»Nein!« rief er scharf.

Sie drehte sich um und sah ihn an. »Entweder der Arzt oder ich. Eine andere Wahl hast du nicht.«

Er schwieg und legte sich in die Kissen zurück, als wollte er sich ergeben.

Claire ging zu ihm. Neben dem Bett hatte Oman auf einem Tisch chirurgische Bestecke ausgelegt und Bandagen aus Baumwolle und eine Schüssel mit heißem Wasser bereitgestellt. Sehr behutsam schnitt Claire Trevelyans Hemd von der Schulter und betrachtete die Wunde. Sie war sauber bis auf das Blut – sie sah keine Schmauchspuren, kein Pulver, keinen Sand oder Schmutz in der Wunde. Gott sei Dank – es war ein glatter Durchschuß: die Kugel hatte die Muskeln im Oberarm durchschlagen und zum Glück den Knochen verfehlt.

Sie tupfte das Blut von der Wunde und seiner Brust. »Wer hat auf dich geschossen?« fragte sie leise.

»Könnte eine Reihe von Leuten gewesen sein. Ich habe in meinem Leben schon etliche verärgert.«

»Du? Das mag ich kaum glauben.«

Er öffnete die Augen und sah sie an. Ein schwaches Lächeln spielte um seine Lippen. »Du hast geweint«, stellte er fest.

»Als ich hörte, daß du verletzt bist, öffneten sich bei mir alle Schleusen. Ich habe auf dem ganzen Weg hierher ununterbrochen geweint.«

Er lehnte sich in die Kissen zurück, während sie seinen Arm bandagierte. »Ich hörte, daß Harry dich zum Weinen gebracht hat. Er hat einen Rehbock geschossen, und du warst sehr wütend auf ihn.« Er sah sie an, und fuhr mit leiserer Stimme fort: »Er hat seiner Mutter gesagt, daß er dich nicht heiraten kann.«

Claires Hände hielten einen Moment inne. »Sagte er das?« Sie versuchte, nicht mit bebender Stimme zu sprechen; aber es gelang ihr nicht. »Du solltest nichts auf solches Geschwätz geben. Wer hat auf dich geschossen? Einer von den Jägern? Manche sind miserable Schützen. In den letzten Tagen habe ich viele Tiere gesehen, die nur verwundet waren.«

Trevelyan sah sie eindringlich an, während sie die Wunde versorgte. »Was hast du in diesen zweieinhalb Wochen gemacht, seit wir uns zuletzt gesehen haben?«

»Ist es schon so lange her? Es kommt mir vor, als sei es erst gestern gewesen, daß ich in diesem Zimmer saß, Whisky trank und mich mit dir unterhalten habe. Es kann doch erst ein paar Stunden her sein, daß ich mit den Bauern tanzte und . . . und . . . Angus MacTarvit.«

Schon der Klang dieses Namens war zuviel für sie. Sie setzte sich auf einen Stuhl, schlug die Hände vor das Gesicht und begann erneut zu weinen.

Trevelyan lehnte sich gegen die Kissen und betrachtete sie. Sein Gesicht zeigte keinerlei Gemütsbewegung; aber er wußte genau, was ihr fehlte. Er wußte es, weil er damit gelebt hatte. Er wußte sehr wohl, was dieses Haus mit einem Menschen machen konnte. Entweder paßte man sich an, oder man verkümmerte.

In den langen, unendlich langen zweieinhalb Wochen, seit er sie zuletzt gesehen hatte, war er von ihrer schönen kleinen Schwester auf dem laufenden gehalten worden. Sarah Ann war täglich in seine Wohnung gekommen und hatte ihm erzählt, was Claire tat und was die Leute im Haupthaus über sie und andere klatschten. Er hatte gehört, daß Claire sich bemühte, so zu sein, wie Harry es sich vorstellte. Und er hatte gehört, daß Claires habgierige Mutter bereits das Vermögen ausgab, das Claire bei ihrer Heirat erben sollte – bei ihrer Heirat mit der ›richtigen‹ Person.

»Ich sterbe vor Hunger«, sagte er so laut, daß er ihr Weinen übertönte. »Ich glaube, Oman hat etwas gekocht. Vielleicht könntest du mir etwas zu essen bringen.«

Claire schniefte und sah sich nach einem Taschentuch um. Als sie keines fand, schneuzte sie sich in ein Stück von den Baumwollbandagen. Sie verließ das Schlafzimmer. Oman wartete schon mit einem großen Tablett, auf dem zwei bis zum Rand gefüllte Teller und zwei große Gläser Whisky standen. Claire wollte ihm das Tablett abnehmen, aber er winkte sie zur Seite und folgte ihr ins Schlafzimmer und stellte das Tablett am Fußende des Bettes ab. Dann zog er sich zurück.

Claire langte nach einem Stück gebratenem Huhn, aber Trevelyans Stimme sorgte dafür, daß ihre Hand zurückzuckte: »Ich kann nichts essen, solange du das Zeug da anhast. Deine Kleider riechen schlimmer als eine Ziege. Öffne die Tür da drüben, hol dir einen Kaftan aus dem Schrank und zieh ihn dir an. Schau mich nicht so an! Ich möchte dich nicht belästigen! Ich möchte nur mein Dinner ohne diesen Gestank genießen.«

Claire hatte nicht den Mut, ihm den Gehorsam zu verweigern. Sie öffnete die linke Tür seines Kleiderschranks und sah darin eine Vielzahl von Gewändern. Darunter war ein blauer Kaftan. Sie nahm ihn heraus. Trevelyan deutete auf einen Wandteppich. Sie ging dorthin und entdeckte dahinter eine Tür zu einem Raum, der offenbar ein Ankleidezimmer war mit einer Toilette mit einem Abfluß ins Freie.

»Und zieh dieses Korsett aus«, kam Trevelyans dröhnende Stimme aus dem Schlafzimmer. »Ich kann es nicht ertragen, ständig hören zu müssen, wie du nach Luft ringst.«

Claire dachte daran, zu protestieren, aber sie tat es nicht, und in der nächsten Sekunde riß sie an ihren Kleidern, um sich so rasch wie möglich von diesem verhaßten Jagdkostüm zu befreien. Sie legte auch ihr Korsett ab. Doch dann merkte sie, daß ihre Unterkleider ebenfalls feucht waren, und zog sich bis auf die Haut aus. Sie kam sich dekadent und geradezu sündig vor, als sie den weichen Seidenstoff über ihren bloßen Körper zog. Sie nahm die Nadeln aus ihrem Haar und versuchte es mit den Fingern zu kämmen.

Sie strich mit den Händen über die seidene Robe, die mit kleinen grünen Schmetterlingen bestickt war, und hatte das Gefühl, daß sie zum erstenmal seit vielen Tagen wieder atmen konnte. Im Haus und bei Harry hatte sie sich benehmen müssen – aber bei Trevelyan war alles anders. Nichts, was sie tat oder sagte, schockierte ihn. Sie trat hinter dem Wandteppich hervor und hatte die Genugtuung, zu sehen, wie Trevelyans Hand, die einen Bissen zu seinem Mund führen wollte, mitten in der Luft hängen blieb. Seine Augen weiteten sich, als sein Blick von ihrem Gesicht zu ihren bloßen Füßen wanderte.

Claire spürte, wie sie errötete, und sie sah auf ihre Hände.

»Komm her und nimm an meiner Seite Platz«, sagte Trevelyan mit der süßesten Stimme, die man sich vorstellen konnte. »Setz dich auf meinen Schoß, wenn du möchtest.«

Claire lachte, und die Peinlichkeit, die sie noch eben empfunden hatte, war verschwunden. Sie setzte sich an das Ende seines Bettes, nahm einen kräftigen Schluck von ihrem Whisky und aß. Das Gericht, das Oman gekocht hatte, war so anders als alles, was sie in den letzten beiden Wochen ›genossen‹ hatte. Auf ihren Teller lag etwas Scharfes, etwas Mildes, etwas Kaltes und etwas Knuspriges.

»Erzähl mir, woran du gerade schreibst«, bat sie mit vollem Mund. »Jedes Wort. Erzähl mir alles, was du inzwischen gedacht und getan hast. Und ich möchte wissen, wer auf dich geschossen hat. Oman sagte, jemand hätte versucht, dich umzubringen.«

»Er übertreibt. Ich bin sicher, es ist so, wie du vorhin gesagt hast – ein Jäger, der zu diesen miserablen Schützen gehört.«

Sie aß ein Stück Huhn mit Mandeln. »Aber ich dachte, du verläßt nur am frühen Morgen und nach Einbruch der Dunkelheit das Haus.«

»Stimmt.«

Es dauerte einen Moment, bis Claire begriff. »Willst du damit sagen, daß jemand nach Einbruch der Dunkelheit auf dich geschossen hat?«

»Ich mag Hühnerfleisch, das so zubereitet ist – du nicht?«

»Trevelyan, ich verlange eine Antwort!«

»Wie kommt es, daß du bei Harry so friedfertig bist und bei mir so aggressiv? Man sollte doch denken, daß du mit mir – einem Mann mit frischer Schußwunde – sanfter umgehen würdest.«

Sie lachte. »Ich liebe dich nicht. Ich muß mich bei dir nicht verstellen.« Ihre Augen weiteten sich, sobald diese Worte ihr über die Lippen gekommen waren. »Ich meinte es nicht so, wie es sich anhörte.«

Trevelyan nahm einen Schluck von seinem Whisky und sah sie an. »Was würdest du zu mir sagen, wenn *ich* dich bäte, mit mir auf die Jagd zu gehen?«

»Ich soll im Regen sitzen und zusehen, wie du Tiere abschlachtest? Du hast wohl den Verstand verloren.«

»Aber mit Harry sitzt du im Regen und siehst dem Schlachten von Tieren zu.«

»Könnten wir nicht das Thema wechseln? Wer war deiner Meinung nach im Dunklen unterwegs. Hast du den Schützen gesehen?«

»Ich habe weder jemanden gesehen noch gehört.« Er fuhr mit seiner Mahlzeit fort.

»Du scheinst nicht daran zu glauben, daß man dich wirklich umbringen wollte, nicht wahr?«

Er brauchte so lange für eine Antwort, daß Claire wußte, daß er sie belog, als er erwiderte: »Ich bin sicher, es war ein Unfall.«

Claire spürte einen kalten Schauer über ihren Rücken laufen; jetzt war sie überzeugt, daß jemand versucht hatte, Trevelyan umzubringen. »Jack Powell«, sagte sie leise.

»Lächerlich. Jack hatte keinen Grund, mich zu hassen. Soweit ich weiß, hält er mich immer noch für tot.«

»Brat erzählte mir, daß ein Artikel in der Zeitung stand über Powell. Er soll in Edinburgh sein und einen unwiderlegbaren Beweis dafür liefern, daß er – und nur er allein – Pesha besucht hat.«

Diese Neuigkeit schien Trevelyan nicht wenig zu erschrecken. »Hat in der Zeitung auch gestanden, um was für einen Beweis es sich handelt?«

»Nein«, sagte sie gedehnt. »Was hat er deiner Meinung nach für einen Beweis?«

Trevelyan nahm sich Zeit und trank langsam seinen Whisky. »Etwas, von dem ich annahm, es sei verlorengegangen.«

»Etwas, das du aus Pesha mitgebracht hast?«

»Ja.«

»Wir werden nach Edinburgh fahren und uns diesen Beweis besorgen. Wir werden ihn diesem Mann Powell stehlen. Was ist das überhaupt für eine Sache.«

»Die Perle des Mondes.«

Sie lehnte sich an den hinteren rechten Pfosten des Bettes – des Bettes von Bonnie Prinz Charlie – und seufzte. »Die Perle des Mondes. Das klingt exotisch und wertvoll. Morgen früh werden wir gleich . . .«

»*Wir* werden nichts dergleichen tun. Du gehst jetzt in dein Zimmer, damit ich ein wenig ruhen kann. Und wenn du nicht schlafen kannst – warum schreibst du dann nicht einen langen Brief an den Mann, den du liebst, und bittest ihn um Verzeihung? Wie ich hörte, bestellt deine Mutter bereits Kleider im Namen der neuen Herzogin von MacArran. Du mußt deine Pflicht tun und einen Mann, der nicht viel anderes tut als Tiere umbringen, heiraten, damit du die Kleiderrechnungen deiner Mutter bezahlen kannst.«

Claire setzte ihren Teller ab. »Ich hatte vergessen, wie grob du sein kannst.« Sie stand auf. »Ich denke, ich gehe jetzt besser und lasse dich schlafen. Wenn noch jemand auf dich schießt, solltest du einen Arzt rufen.«

»Werde ich tun.«

Claire blickte auf den seidenen Kaftan hinunter, den sie aus dem Schrank genommen und angezogen hatte. »Ich werde mich umziehen und . . .«

»Behalte ihn. Und geh. Ich hatte vergessen, was für ein humorloses kleines prüdes Ding du bist.«

Claire verließ mit erhobenem Haupt das Zimmer. Aber als sie ins Schreibzimmer kam, sah sie Oman auf der Fensterbank sitzen. Sie legte den Finger an die Lippen, zum Zeichen, daß er still sein sollte, und gab ihm mit einer Handbewegung zu verstehen, daß er ihr folgen sollte.

Sie ging die Wendeltreppe hinunter und trat ins Mondlicht. Oman befand sich kurz darauf neben ihr. Sie blickte zu dem hochgewachsenen Mann auf. »War es ein Mordversuch? Oder ein Unfall?«

»Es war ein Mordversuch.«

Claire seufzte und staunte, wie groß ihre Angst war – und ihre Empörung. Wie konnte jemand auch nur daran denken, der Welt einen so großen Mann wie Captain Baker zu rauben? Er war so jung und hatte noch so viel zu tun.

»Trevelyan sagte mir, daß Powell etwas aus Pesha besitzt, das Perle des Mondes genannt wird. Wissen Sie, was das ist?«

Oman nickte.

»Ich vermute, daß dieses Schmuckstück sehr wertvoll ist. Würde Trevelyan versuchen, es Powell wegzunehmen?«

»Wenn Powell die Perle besitzt, wird der Captain sie ihm wegnehmen.«

Claire holte tief Luft. Sie hatte das geahnt. Der Schock, den die Nachricht, daß Powell dieses Ding in seinem Besitz hatte, bei ihm ausgelöst hatte, war so groß gewesen, daß ihr sofort der Verdacht gekommen war, er würde versuchen, sich diese Perle zurückzuholen. »Wann wird er nach Edinburgh aufbrechen?«

»Jetzt«, erwiderte Oman, drehte sich um und ging zur Tür.

Claire rührte sich ein paar Sekunden nicht vom Fleck und betrachtete die Sterne. Ihr Verstand sagte ihr, daß sie Trevelyan auf gar keinen Fall begleiten konnte. Sie war mit einem anderen Mann verlobt, und sie war eine Frau, die genau wußte, was sie wollte und sich dementsprechend verhielt. Sie liebte Harry, und sie würde ihr Leben als Herzogin von MacArran verbringen.

Andrerseits schuldete sie Trevelyan aber auch etwas. Er *hatte* ihr bei ihrem Komplott, Leatrice mit James Kincaid zu verheiraten, geholfen. Auch wenn diese Verbindung offenbar nichts verändert hatte: Trevelyan hatte ihr geholfen. Er hatte es zwar nicht auf eine korrekte Weise getan, aber das stand auf einem anderen Blatt.

Und Trevelyan war zudem Harrys Vetter. Würde Harry nicht wollen, daß sie einem Mitglied der Familie half, falls es Hilfe brauchte? Gehörte es nicht zu den Aufgaben einer Herzogin, für alle Mitglieder seiner Familie zu sorgen? Sie konnte nicht etwas für ihre eigene Familie tun und Harrys Familie vernachlässigen. Wenn Harry hier gewesen wäre, hätte er Trevelyan zweifellos geholfen. Er würde wahrscheinlich auf seinem stattlichen Hengst nach Edinburgh reiten und diesen Powell zwingen, ihm die Perle des Mondes herauszugeben. Ja, natürlich würde Harry das tun.

Sie sah Oman an. »Bringen Sie ihn dazu, daß er mit einer Kutsche reist und auf mich wartet. Ich finde mich so rasch wie möglich bei den Ställen ein.«

Sie drehte sich dem Haupthaus zu, wobei ihr im gleichen Moment der Gedanke kam, daß sie nicht wußte, wie sie unbemerkt in das Haus gelangen konnte. Sie konnte es nicht durch den Haupteingang betreten, ohne von jemandem gesehen zu werden, und der einzige Zugang zu den Geheimgängen, den sie kannte, befand sich in Trevelyans Turm.

Oman schien ihr Dilemma zu ahnen. Er ging um das Haus herum und führte sie bis zum Ostflügel. Dort befand sich, ebenfalls hinter Sträuchern versteckt, eine kleine Tür in der Mauer. Oman öffnete sie. Claire wollte ihm sagen, daß sie keine Kerze bei sich habe, doch Oman deutete nur auf eine Nische in der Wand, in der sich kleine Kerzen und Zündhölzer befanden. Sie zündete eine dieser Kerzen an und sah über die Schulter, um sich bei Oman zu bedanken, aber er war bereits fort.

Claire hatte keine Ahnung, wo sie sich befand oder wie sie durch die Geheimgänge zu ihrem Zimmer gelangen konnte. Sie sah auf den Boden, ob sie Spuren im Staub des Geheimgangs entdecken konnte. Sie war nicht überrascht, eine Unmenge Fußspuren auf dem Boden zu sehen, und sie schienen alle von einem Menschen zu stammen, der die Größe von Brats Füßen hatte.

Claire folgte den Spuren und überlegte, wo ihre Schwester wohl in diesem Moment sein mochte. Sie kam zu einer Tür und sah, daß der Bereich vor der Tür zu oft benützt worden war, um Staub ansammeln zu können. Vorsichtig öffnete sie die Tür. Sie ging geräuschlos auf.

Ein Lichtstrom, der so hell wie die Sonne zu sein schien, traf sie, und sie hörte eine Stimme, die nur ihrer Schwester gehören konnte.

»Ich will *nicht*!« rief Brat.

Claire trat in den Raum und sah sich einer kleinen, schreiend bunt dekorierten Bühne mit vergoldetem Zierrat gegenüber. In der Mitte der Bühne standen ihre Schwester in einem schockierend kurzen Kleid aus bunter Seide, und ein großer, sehr dürrer, mit Lumpen bekleideter Mann. Sie drehten sich beide um, als sie Claire bemerkten.

»Was machst du denn hier noch mitten in der Nacht?« fragte Claire. »Und was für ein schockierendes Kostüm trägst du da?«

»Ich bin Salome, und ich sollte jetzt eigentlich tanzen; aber er sagt, wir hätten dafür keine Zeit.«

Der dürre große Mann machte eine großartige Verbeugung vor Claire. »Camelot J. Montgomery – zu Ihren Diensten, Madam.«

Claire sah sich im Raum mit den roten Plüschsesseln vor der Bühne um und richtete den Blick wieder auf die beiden seltsam bekleideten Gestalten. Sie öffnete den Mund zu einer Frage. Aber sie hatte jetzt keine Zeit dafür. Sie wandte sich an ihre Schwester. »Ich brauche dich.«

»Kannst du den Weg zu deinem Zimmer nicht finden?« erwiderte Brat lächelnd. »Ich verlange aber etwas für meine Führung. Und wenn wir schon von Kostümen sprechen – was trägst *du* denn da?«

Claire ignorierte die letzte Frage. »Ich brauche dich nicht nur als Führerin, und ich bezahle dir alles, was du verlangst.«

Brat lächelte vergnügt. »Ich sehe dich später wieder, Cammy«, rief sie über die Schulter und führte Claire in den Geheimgang.

Claire hatte keine Ahnung, wie sich Brat in diesem Labyrinth zurechtfinden konnte. Die Gänge schienen sich in alle Richtungen zu verzweigen wie ein Labyrinth; aber sie kamen schon bald bei der Tür an, die in Claires Schlafzimmer führte.

»Du hast ihn gesehen, nicht wahr?« fragte Brat, sobald sie sich in Claires Zimmer befanden. Claire brauchte nicht erst zu fragen, wenn sie mit ›ihn‹ meinte.

»Hilf mir beim Anziehen. Ich fahre mit ihm nach Edinburgh.«

Brat riß die Augen auf. »Du läufst von Harry weg?«

»Natürlich nicht. Trevelyan ist in Schwierigkeiten. Jemand hat heute nacht auf ihn geschossen, und ich denke, es ist dieser Mann Powell gewesen. Trevelyan fährt nach Edinburgh, um sich die Perle des Mondes zurückzuholen.«

Brat sah ihre Schwester mit einem schlauen Lächeln an. »Weißt du, was die Perle des Mondes ist?«

Claire, die gerade ein wollenes Reisekleid aus dem Schrank nehmen wollte, drehte sich zu Brat um.

»Weißt du es?«

»Vielleicht. Wie lange wirst du wegbleiben?«

»Ich habe keine Ahnung. Ein paar Tage, nicht länger.«

»Wirst du die Nacht mit Vellie verbringen?«

»Ich sagte dir doch, daß du ihn nicht so nennen sollst.«

Brat grinste. »Weil es *dein* Name für ihn ist?«

Claire war gerade damit beschäftigt, sich ihre Unterwäsche anzuziehen. »Hilf mir beim Verschnüren des Korsetts und rede nicht so viel.«

Brat half ihrer Schwester. »Was hast du mit Harry vor?« fragte Brat.

»Was meinst du damit? Ich habe gar nichts vor. Wir hatten einen Streit, das ist alles.«

»Und nun brennst du mit einem anderen Mann durch.«

Claire hielt einen Moment beim Ankleiden inne. »Ich brenne ganz gewiß nicht mit einem anderen Mann durch, wie du das nennst. Trevelyan hat mir bei Leatrice geholfen. Das weißt du – du warst ja selbst dabei. Nun braucht Trevelyan meine Hilfe, und ich habe vor, sie ihm zu gewähren. Außerdem ist Trevelyan nicht wirklich ein *Mann,* sondern er ist ... er ist eine Institution. Er ist ein Gelehrter. Er gehört der Welt, und es ist meine Pflicht als Bürger dieser Welt, ihm zu helfen.«

»Unsinn«, sagte Brat. »Du *magst* ihn. Du himmelst ihn an. Wenn er in deine Nähe kommt, leuchtet dein ganzes Gesicht auf.«

Claire schloß die letzten Knöpfe an ihrem Kleid. »Ich glaube, du hast ihn mit Harry verwechselt. Ich liebe Harry. Ich himmle Harry an, und wenn mein Gesicht aufleuchtet, dann für Harry. Trevelyan und ich sind Freunde, oder vielleicht sind wir gar keine Freunde, da er dazu neigt, sich über mich lustig zu machen ...«

»Du sprichst von diesen Zeichnungen. Er zeichnet alle Menschen, die ihm begegnen. Du solltest mal sehen, wie er mich gezeichnet hat. Er machte mein Gesicht sehr alt, aber mein Körper ist ...« Brat grinste. »Du hast noch nie so eine Figur gesehen, wie er sie mir gegeben hat. Und er hat Cammy mit mir zusammen gezeichnet und Tante May und mich und die beiden diebischen Tanten. Du solltest erst mal seine Karikaturen von Harry und seiner Mutter sehen!«

Claire, die gerade ihre Reisetasche packte, hielt einen Moment still. »Er zeichnet alle?«

»Ja, und er schreibt auch über jeden. Oman sagt, er mußte noch zwei Tische in sein Wohnzimmer stellen, damit Vellie über unsere Familie schreiben kann. Oman sagt, Vellie wäre im Augenblick von Amerikanern fasziniert.«

Claire legte ihre Haarbürste und ihre Cremetiegel in die Reisetasche, und legte eine große Flasche von MacTarvits Whisky dazu. Seit ihrer ersten Jagdexpedition hatte der Butler sie laufend mit Whisky versorgt. »Ich denke, du redest mit zu vielen Leuten. Ich glaube, dieses Haus hat einen schlechten Einfluß auf dich.«

»Dieses Haus und seine Bewohner sind ideal für mich.« Brat lächelte. »Kannst du dasselbe von dir behaupten? Paßt du hierher? Oder paßt du besser zu den Leuten, die in diesen gräßlichen weißen Hütten wohnen? Paßt du zu Harry oder zu Trevelyan?«

Claire ließ die Bügel ihrer Reisetasche zuschnappen. Sie hatte nicht die Absicht, ihrer Schwester darauf eine Antwort zu geben. »Ich denke, du weißt, was du während meiner Abwesenheit zu tun hast. Du mußt nach deinem besten Vermögen lügen – das kannst du ja verblüffend gut. Vielleicht solltest du Romanschriftstellerin werden. Das Lügen fällt dir unglaublich leicht. Nun komm her und gib mir einen Kuß. Ich werde dich eine Weile nicht sehen.«

Brat küßte ihre Schwester rasch auf die Wange, und dann, einem Impuls folgend, umarmte sie sie stürmisch. »Sei vorsichtig. Ich möchte nicht, daß man dich erschießt. Es gibt in diesem Haus ebensoviel schlimme wie gute Dinge.«

»Wenn du damit Harrys Mutter meinst – vor der bin ich sicher. Davon bin ich überzeugt. Schließlich will sie ja mein Geld haben.«

»Eine Menge Leute wollen dein Geld haben.«

Claire war bereits an der Tür. »Du einbegriffen. Trag nicht meinen ganzen Schmuck auf einmal.«

Brat stand da und starrte auf die Tür, durch die ihre Schwester soeben gegangen war. »Ich möchte dein Geld nicht«, flüsterte sie. »Ich möchte, daß du aufhörst zu weinen.« Sie drehte sich um und ging zu der Kassette, in der sich Claires Schmuck befand, und nahm eine mit Rubinen besetzte Halskette heraus. »Und vielleicht möchte ich nicht immer die Arme in der Familie sein«, flüsterte sie und hielt die Kette ins Licht.

»Nein«, sagte Trevelyan im Inneren der Kutsche und schlug mit dem Stock gegen die Wagendecke.

Die Kutsche bewegte sich nicht, und Claire stieg ein. »Ich fahre mit, das ist mein letztes Wort. Du kannst mich nicht davon abhalten, auch wenn du das ganze Haus aufweckst und allen Leuten zeigst, daß du hier bist.«

»Die Hälfte dieser Hausbewohner weiß bereits, wo ich bin. Dank der vielen Leute, die bei mir aus- und einmarschieren, gibt es ja gar keine Möglichkeit, meine Anwesenheit geheimzuhalten.«

Claire ließ sich auf die Sitzbank ihm gegenüber nieder und bemerkte, daß er zum erstenmal perfekt nach der geltenden Mode gekleidet war. »Es gibt mehr als nur einen Grund für mich, dich zu begleiten. Ich kann dich beschützen.«

Trevelyan ließ ein spöttisches Lachen hören. »Du und mich beschützen? Du kannst dich selbst ja nicht mal vor einer verkrüppelten alten Frau schützen.«

Dieser Pfeil tat weh, und Claire blickte zur Seite.

Trevelyan schwieg einen Moment. »Nun gut – vielleicht kann sich *niemand* vor ihr schützen. Aber du mußt mir nicht helfen. Jack Powell war nicht derjenige, der mich umzubringen versuchte.«

»Wer war es dann?« Noch während sie ihn das fragte, steckte Trevelyan den Kopf durch das Wagenfenster und befahl Oman, loszufahren. Als sich die Kutsche in Bewegung setzte, lehnte sich Claire in das Polster zurück und lächelte ihn an.

Trevelyan betrachtete sie eine Weile. Es war ziemlich dunkel, und das einzige Licht, das in die Kutsche drang, kam von den beiden Kutscherlaternen. »Du fährst nicht meinetwegen mit, sondern weil du dich sonst zu Tode langweilst.«

»Ich langweile mich nicht. Nun ja – ein bißchen. Da Harry jetzt fort ist . . .«

»Da Harry jetzt fort ist, bist du frei. Du kannst dich aus dem Haus schleichen, ohne daß es jemandem auffällt. Selbst wenn Harry hier wäre, würde er vermutlich deine Abwesenheit nicht bemerken. Ich hörte, er möchte dir Schrotgewehre zur Hochzeit schenken.«

»Es wäre mir sehr lieb, wenn wir nicht über Harry und mich sprechen würden. Warum erzählst du mir nicht, wie du die Perle des Mondes gefunden hast? Ist es eine sehr große Perle?«

»Die Perle des Mondes ist kein Objekt, sondern eine Person. Genauer gesagt, eine weibliche Person. Sie ist das Oberhaupt der Pesha-Religion.«

»Du meinst, eine Art Priesterin?«

Trevelyan sah sie mit einem schiefen Grinsen an. »Eher eine Prinzessin. Oder möglicherweise eine Göttin.«

Claires Lider zuckten.

Trevelyan lächelte. »Willst du, daß Oman die Kutsche anhält, damit du aussteigen kannst? Du siehst mir nicht so aus, als würde dir die Idee, eine Frau zu retten, gefallen. Wäre es dir lieber, es würde sich um die größte Perle der Welt handeln? Ich würde meinen Hals nicht für eine Perle riskieren, auch wenn sie so groß wäre wie ein Haus.«

Claire versuchte die Neuigkeiten zu verarbeiten. Es machte für sie gewiß keinen Unterschied, ob sie nun statt eines seltenen Juwels eine Frau retteten. »Sie muß ja sehr verehrungswürdig sein. Hast du sie aus Pesha herausgebracht, um der Welt zu beweisen, daß du dort gewesen bist?«

»Nein. Nyssa kam freiwillig mit. Sie verließ die Stadt mit mir, weil sie es so wollte. Nyssa macht immer, was sie will.«

»Ich verstehe. Ich schätze, dieses Recht hat sie sich verdient. Sie muß schon sehr lange Priesterin gewesen sein.«

Trevelyan antwortete nichts darauf.

»Warum wird sie die Perle des Mondes genannt? Hat sie vielleicht perlmuttfarbenes Haar?«

Trevelyan lächelte sie ihm Dunklen an. »Sie wird so genannt, weil man glaubt, daß sie die schönste Frau der Welt sei.«

»Oh«, war alles, was Claire darauf erwidern konnte. Sie blickte in die nachtdunkle Landschaft. »Ist sie schon lange Priesterin?«

Als Trevelyan nichts antwortete, blickte sie ihn an. Er gab ihren Blick mit einem wissenden Lächeln zurück. »Schön«, sagte Claire im wütenden Ton. »Du brauchst mich nicht auszulachen. Ich möchte alles wissen. Ich will die Geschichte von Anfang an hören. Wie bist du zu dieser perfekten Schönheit gekommen, und warum fahren wir jetzt mitten in der Nacht los, um sie zu holen?«

»Du kannst jederzeit aussteigen.« Er lachte, als sie ihm einen bösen Blick zuwarf. »Also gut, ich werde dir alles erzählen. Es ist ein peshanisches Ritual, das schon seit Jahrhunderten praktiziert wird. Alle fünfzig Jahre verlassen die Priester von Pesha die von Mauern umfriedete Stadt, begeben sich in das offene Land, suchen dort nach der schönsten jungen Frau. Sie bemühen sich, Mädchen zu finden, die ungefähr vierzehn oder fünfzehn Jahre alt sind, und bringen sie in die Stadt. Die Leute wählen daraufhin die hübscheste unter ihnen aus und machen sie zu ihrer Priesterin.«

»Oh, ich verstehe. Und sie ist dann ihr Leben lang ihre Oberpriesterin, bis sie stirbt und sie sich eine neue erwählen.«

»Nicht ganz so. Sie erlauben ihr, fünf Jahre Priesterin zu sein, und dann töten sie sie. Fünfundvierzig Jahre später halten sie nach einer neuen Priesterin Ausschau.«

»Sie machen – was?«

Trevelyan zuckte mit den Achseln. »Das ist ihre Religion. Jede Religion hat ihre eigenen Gesetze.«

»Aber dieses Gesetz ist scheußlich. Ich hoffe, du hast dagegen protestiert.«

Trevelyan lachte. »Ich war ein Ungläubiger, der sich ohne Begleiter in einer heiligen Stadt befand. Ich sah mich nicht in der Lage, mich auf den Marktplatz zu stellen und den Leuten den Buddhismus zu predigen.«

»Das Christentum.«

»Was? O ja, richtig. Die wahre Religion. Wußtest du eigentlich, daß alle Menschen glauben, ihre eigene Religion wäre die einzig wahre?«

Sie lächelte. »Du kannst meinetwegen den Zyniker spielen, solange du willst, aber du hast sie gerettet. Wann sollte sie sterben?«

»In diesem Jahr.«

Claire ließ einen Seufzer hören. »Aber du hast sie von diesem schrecklichen Ort weggebracht und ihr das Leben gerettet.«

»Nicht ganz. Nyssa und ihre Dienerinnen pilgerten durch die Straßen, und als sie gerade an mir vorbeikam, fiel ich ihr ohnmächtig vor die Füße. Ein Malariaanfall. Aber Nyssa dachte, ich sei beim Anblick ihrer Schönheit in Ohnmacht gefallen. Sie ließ mich in ihre Gemächer tragen, und als sie entdeckte, daß ich nicht am ganzen Körper dunkelhäutig war, versteckte sie mich.«

»Und sie verließ mit dir die Stadt. Hat denn niemand versucht, sie aufzuhalten?«

»In den fünf Jahren, in denen diese Mädchen Priesterinnen sind, ist ihnen alles erlaubt, was sie wollen. Man gibt ihnen alles, was sie verlangen. Nyssa wollte mit mir die Stadt verlassen, und das tat sie auch.«

Claire lehnte sich zu ihm vor. »*Warum* wollte sie die Stadt mit dir verlassen?«

Trevelyan zeigte ihr wieder dieses schiefe Grinsen. »Habe ich dir schon erzählt, wie wir unser Nachtlager über einem Nest mit stechenden Ameisen errichtet haben? Sie kamen nachts aus ihrem Versteck und fielen über uns her, bevor jemand aufwachen und Alarm schlagen konnte. Sechs Männer lagen danach mit schwerem Fieber darnieder und . . .«

»Wie fand diese Frau heraus, daß du nicht am ganzen Körper dunkelhäutig bist?«

»Sie schaute nach«, sagte er schlicht. »Eifersüchtig?«

»Das ist doch absurd. Ich war nur neugierig. Du solltest dieses Prinzip ja kennen. Die Neugierde scheint ja auch die beherrschende Kraft deines Lebens zu sein.«

»Nyssa war auch neugierig.«

Sie blickte aus dem Wagenfenster. »Hat sie sich in dich verliebt? Ist das der Grund, weshalb sie mit dir die Stadt verließ?«

»Ich glaube, sie wollte die Welt sehen. Sie ist in einem Dorf aufgewachsen, und Pesha ist ja nicht die ganze Welt.«

»Wobei man nicht vergessen darf, daß sie noch im gleichen Jahr umgebracht werden sollte.«

»Ich bin sicher, daß das ebenfalls zu ihrem Entschluß beigetragen hat.«

»Sie hat also mit dir die Stadt verlassen und ist mit dir quer durch das Land gereist. Aber dann bist du gestorben, oder Powell glaubte, daß du stirbst, und er hat dir all deine Aufzeichnungen und die Perle des Mondes weggenommen. Ist das richtig?«

»Mehr oder weniger ja.«

Als Claire wieder das Wort ergriff, war ihre Stimme nicht viel mehr als ein Flüstern. »Willst du sie jetzt retten, weil du sie liebst? Warst du deshalb so aufgeregt, als du gehört hast, daß sie bei Powell ist?«

»Ich war aufgeregt, weil ich dachte, daß Powell sie vielleicht gegen ihren Willen festhält. Auf der Rückreise von Pesha hat Jack Nyssa auf eine Weise angesehen, als wäre sie seine Beute – etwas, das man in einem Museum zur Schau stellt. Ich wäre nicht damit einverstanden, daß man Nyssa irgendwo in einem muffigen Salon als Gefangene hält.« Er sah Claire mit einem durchbohrenden Blick an. »Manche Frauen können so etwas vertragen, andere jedoch nicht.«

Sie ignorierte seine letzte Bemerkung. »Wie hast du sie denn betrachtet?«

»So oft, wie möglich«, sagte er grinsend und runzelte die

Stirn. »Was ist mit dir los? Wenn jemand unserem Gespräch zuhören würde, käme er auf den Gedanken, daß wir ein Liebespaar sind und du vor Eifersucht platzt – wegen einer Sache, die Monate zurückliegt.«

»Das ist lächerlich. Natürlich bin ich *nicht* eifersüchtig. Ich bin ... ich interessiere mich für Captain Baker, das ist alles. Vielleicht schreibe ich ja wirklich deine Biographie, obwohl du noch nicht tot bist. Deswegen möchte ich alles, was du getan hast, wissen. Es würde meine Leser ungemein interessieren, zu erfahren, ob du eine schöne junge Frau aus der heiligen Stadt entführt hast, weil du sie liebst. Den Lesern gefiele so eine Geschichte von dem hübschen jungen Forschungsreisenden und der schönen Jungfrau.«

»Als du mich kennengelernt hast, sagtest du, ich sei alt und häßlich. Übrigens ist Nyssa keine Jungfrau – weit entfernt davon.«

»Oh? Ausschweifend also?«

»Du brauchst wirklich nicht so überheblich zu sein. Wenn du wüßtest, daß du nur noch fünf Jahre zu leben hättest, könnte sich deine Einstellung ändern.«

»Ich bin sicher, daß ich genau das täte, was ich jetzt tue. Ich würde den Mann heiraten, den ich liebe, und glücklich mit ihm leben.«

»Schweigend am Frühstückstisch sitzen – in einem Haus, in dem du die Bibliothek nicht betreten darfst.«

»Hör auf damit! Ich kann es nicht mehr ertragen, daß du dich über Harry und mich mokierst. Hast du diese Nyssa geliebt?« Sie schrie diesen Satz förmlich heraus.

»Wenn du mir die Wahrheit sagst, verrate ich sie dir auch.«

Claire wandte sich ab. Was für ein ekelhafter Mann. Er konnte einen zum Wahnsinn treiben. Kein Wunder, daß jemand auf ihn geschossen hat – daß jemand ihn umzubringen versuchte. »Macht dir dein Arm zu schaffen?«

»Ich habe Schlimmeres überstanden.«

Sie lächelte ihn an, und mit einemmal spürte sie keinen Ärger mehr. Manchmal, wenn sie mit ihm zusammen war, vergaß sie, daß er Captain Baker war. Sie vergaß fast alles, was er geleistet und geschrieben hatte – alles, was er wußte. »Erzähl mir von deiner Reise nach Pesha.«

»Damit du es in deiner Biographie verwerten kannst?« erwiderte er grollend.

»Weil ich es hören möchte. Brat sagte mir, du hättest ihr Geschichten von Pesha erzählt. Was ist dort wirklich passiert? Hat Powell zusammen mit dir die Stadt betreten?«

»Nein, ich war allein in der Stadt.« Sie lächelte, weil sie recht gehabt hatte mit ihrer Vermutung, daß Powell keinen Anteil an dieser Leistung hatte.

Sie beobachtete ihn eingehend. Er wurde ihr allmählich so vertraut, daß sie schon in seinem Gesicht zu lesen vermochte. Seine dunklen, fast schwarzen Augen schienen sich nie zu verändern, aber sie wußte, daß er sich über ihre Fragen freute. Und dann, ganz plötzlich, wurde die Atmosphäre prickelnd. Er war ein Mann und sie eine Frau, und sie saßen sich allein gegenüber.

Claire wußte nicht, warum – aber das Herz begann ihr in der Brust zu flattern. Sie sah aus dem Wagenfenster. »Erzähl mir eine Geschichte«, flüsterte sie.

Sie sah Trevelyan nicht an, als er einen tiefen Seufzer von sich gab.

»Wo soll ich anfangen?«

»Drei Tage, bevor du Pesha betreten hast.« Sie holte tief Luft. Sie *mußte* ihn zum Reden bringen. »Welche Kleider hast du damals getragen? Wie hast du dich verkleidet? Wie hast du die peshanische Sprache gelernt? Wie sehen die Frauen in Pesha aus?«

Trevelyan war ein guter Geschichtenerzähler, hatte das Gespür eines Schauspielers für Pausen und wußte, wie man der Zuhörer neugierig machte. Er erzählte ihr, daß er einen Mann gefunden hatte, der einmal als Sklave in Pesha gewesen war, und daß er diesen Mann auf die Reise mitgenommen hatte, als er nach der heiligen Stadt suchte. Von diesem Mann hatte er die Sprache von Pesha gelernt.

Als Trevelyan erzählte, wie er die Stadt betreten hatte,

hielt Claire den Atem an. Obwohl sie den Ausgang der Geschichte kannte, war Trevelyan so spannend, daß sie beim Zuhören um sein Leben bangte. Sie konnte aus seiner Beschreibung der Stadt schließen, daß sie nicht aus Gold gemacht war, wie die Sage von Pesha behauptete, sondern daß es eine kleine, von Mauern umschlossene Stadt war – so antik, daß man es kaum glauben mochte, mit alten steinernen Häusern und noch älteren Männern.

»Und wie steht es mit den Frauen?« fragte sie.

»Die einzigen Frauen in der Stadt waren Nyssa und ihre acht Jungfrauen. Die Jungfrauen dienen der Perle des Mondes als Priesterinnen und werden nach deren Tod zu ihren Familien zurückgeschickt. Solange diese Dienerinnen sich in Pesha aufhalten, dürfen sie keinen Umgang mit Männern haben.«

»Umgang?«

»Nicht mit einem Mann schlafen. Keinen Geschlechtsverkehr mit Männern haben«, erwiderte er.

»Aber Nyssa durfte das?« fragte Claire rasch. »Sie durfte Geschlechtsverkehr mit einem Mann haben, meine ich?«

»*Nyssa* darf alles, was sie möchte. Willst du mehr über die Stadt wissen, oder bist du nur an Nyssas Liebesleben interessiert? Vielleicht ist deine Faszination die Folge deines eigenen unfruchtbaren Liebeslebens.«

»Ha!« rief Claire. »Fahr mit deiner Geschichte fort.«

Er erzählte ihr, wie Nyssa ihm das Leben gerettet hatte. Wenn man ihn als Fremdling entlarvt hätte, wäre er auf der Stelle getötet worden. Er hatte sich in ihren Privatgemächern aufgehalten, die mit den seit vielen Jahrhunderten zusammengeraubten Schätzen gefüllt waren: Schwerter, die man den Spaniern im Mittelalter abgenommen hatte, Juwelen, die einst die Kreuzfahrer um den Hals getragen hatten. Trevelyan beschrieb ihr die prächtigen Seidenstoffe, die Möbel und Gemälde. »Nur das Beste ist gut genug für ihre Priesterinnen.«

»Bis man sie umbringt«, sagte Claire. »Töten sie sie mit einer scharfen Axt? Ich hoffe sehr, daß sie wenigstens in der

Methode der Hinrichtung rücksichtsvoll sind gegenüber einer Frau, die sie fünf Jahre als Priesterin verehrt haben. Ich möchte nicht hören, daß man sie auch noch foltert.«

»Du solltest nicht über Sachen reden, von denen du keine Ahnung hast.« Er preßte die Zähne aufeinander, bevor er mit dem Bericht fortfuhr.

Mit Anbruch der Dämmerung hielten sie vor einem Gasthof und ließen sich ein Frühstück schmecken. Claire gähnte.

»Warum bleibst du nicht hier und schläfst, während ich in die Stadt fahre und Nyssa hole?« sagte Trevelyan.

Claire lächelte auf eine Weise, die keinen Zweifel daran ließ, daß sie ihn keine Sekunde aus den Augen lassen würde.

Trevelyan seufzte. »Also schön, dann beeil dich, daß du mit dem Frühstück fertig wirst. Wir haben noch einen langen Weg vor uns.«

19

Sie waren bis drei Uhr nachmittags unterwegs, und Trevelyan erzählte ihr während der ganzen Fahrt von Afrika und China und den Orten, die er noch besuchen wollte. Nur einmal ärgerte sie sich, als er ihr von einem afrikanischen Dorf berichtete, dessen Häuptling ein großes Verlangen hatte, zu erfahren, was für eine Art von Kind die Verbindung von Schwarz und Weiß hervorbringen würde. Der Häuptling ließ fünfundzwanzig junge Frauen aus seinem Dorf versammeln und bat Captain Baker, sie zu befruchten.

»Was hast du getan?«

»Ich tat das einzig unter diesen Umständen Mögliche.«

Claire lächelte. »Du hast nein gesagt.«

Trevelyan zwinkerte. »Unser Aufbruch am nächsten Morgen verspätete sich um eine Stunde.«

Es dauerte ein paar Sekunden, ehe Claire begriff, was er ihr damit sagen wollte. Sie hätte ihn gern noch viel gefragt, aber sie zwang sich dazu, den Mund zu halten.

Um drei Uhr hielten sie wieder vor einem Gasthof, und Trevelyan mietete zwei Zimmer. »Wir sind nahe bei der Stadt und Powells Haus. Wir werden jetzt bis Mitternacht schlafen.«

Claire weigerte sich, zu Bett zu gehen, bis er ihr geschworen hatte, sie zu wecken und nicht zurückzulassen, wenn er sich zu Powells Haus begab. Nachdem sie von Trevelyan dieses Versprechen erhalten hatte, ging sie auf ihr Zimmer. Sie war so müde, daß sie Mühe hatte, sich auszuziehen. Sie streifte das Nachthemd über, fiel quer über das Bett, zu erschöpft, um noch die Decke über sich zu breiten.

Als sie erwachte, merkte sie, daß es draußen noch dunkel war, aber eine helle Lampe im Zimmer brannte. Sie rieb sich die Augen und sah sich um. Auf einem Stuhl am anderen Ende des Raumes saß Trevelyan, einen Skizzenblock in der Hand, und von einem Haken in der Decke hing ihr Turnürrahmen herunter.

Claire rieb sich abermals die Augen. Trevelyan fertigte eine Skizze von ihrem Turnürgestell an.

»Hast du gut geschlafen?« fragte er, ohne von seinem Zeichenblock aufzusehen.

»Was denkst du dir eigentlich dabei?« Sie sprang aus dem Bett und riß den Rahmen vom Haken.

»Ein interessantes Ding ist das. Es gibt einige Stämme in Afrika, die etwas Ähnliches tragen; aber dort sind sie aus Gras geflochten. Sie sehen eher einem Korb als einem Drahtkäfig ähnlich. Natürlich kann man mit wenigen Kniffen dieses Grasgebilde in ein Gefäß verwandeln, mit dem man Wasser transportiert. Aber ich kann mir beim besten Willen nicht vorstellen, daß dieses Gebilde zu etwas Nützlichem zu gebrauchen wäre.«

»Ich gehöre nicht zu einem deiner *Negerstämme,* die du studieren kannst.« Sie stand mit flammenden Augen vor ihm.

Er sah auf ihr Nachthemd und lächelte. »Ich würde gern mehr von dir studieren als nur deine Unterkleider.« Er sah zum Bett hin. »Wir könnten unseren Besuch bei Powell um ein paar Stunden verschieben. Um etliche Stunden.«

Claire wich zurück. »Du solltest nicht mitten in der Nacht in mein Zimmer kommen. Du hättest anklopfen müssen.«

»Wie schnell kannst du reisefertig sein? Und zieh dieses Ding da nicht an.« Er wies mit dem Kopf auf das Turnürgestell. »Wir müssen vermutlich durch ein Fenster steigen, und damit bleibst du im Fensterrahmen stecken.«

»Ich *muß* dieses Gestell tragen. Mein Kleid ist so geschnitten, daß es darüberpaßt. Ohne dieses Gestell würde das Kleid hinten auf dem Boden schleifen.«

Trevelyan maß sie mit einem kalten Blick. »Trag es nicht«, sagte er mit funkelnden Augen, drehte sich auf dem Absatz um und verließ das Zimmer.

Eine halbe Stunde später erschien Claire im Gastzimmer. Sie trug ihr dunkelgrünes Kostüm und das Turnürgestell, das den Stoff im Rücken bauschte. Ihre trotzige Miene schien Trevelyan zu sagen, daß sie bereit war für einen Streit, den sie auch zu gewinnen trachtete.

Er wollte etwas sagen, reichte ihr aber nur eine Pastete und meinte: »Wenn du nicht in das Haus kommst, geschieht es dir recht. Und jetzt brechen wir auf.«

Doch er mußte noch eine Weile auf Claire warten, die mit dem ältesten Sohn des Wirts vereinbarte, ein Päckchen für sie zuzustellen. Trevelyan fragte sie nicht, was sie mit diesem Jungen zu verhandeln habe, und sie war nicht gewillt, es ihm aus freien Stücken zu sagen.

Es dauerte nicht lange, bis sie Powells hübsches kleines Stadthaus mit seiner hellrot angestrichenen Tür in Edinburgh erreicht hatten.

»Werden wir wirklich einbrechen?« wisperte Claire.

»Ja.« Trevelyan sah auf sie hinunter. »Du brauchst ja nicht mitzumachen, wenn du nicht willst.«

Claire schüttelte den Kopf, holte tief Luft und folgte Trevelyan zur Hinterfront des Hauses. »Und was machen wir jetzt?« fragte sie, als sie dort angelangt waren.

»Wir warten auf Omans Signal.«

Claire setzte sich auf den Rand einer kleinen Veranda und schwieg. Nach wenigen Minuten hörte sie ein so lautes Getöse, daß sie zusammenfuhr. Das hörte sich an, als würden ein paar Kanonen vor dem Haus losgehen.

»Jetzt!« rief Trevelyan und warf mit einem Stein das nächstgelegene Fenster ein. Bevor Claire sich darüber Gedanken machen konnte, was eigentlich vor sich ging, hatte Trevelyan sie schon hochgehoben und schob sie durch den Fensterrahmen.

Claire schlängelte sich durch die Öffnung, blieb jedoch mit ihrer Turnüre an der Quersprosse hängen. Sie wagte nicht, auf Trevelyan zurückzublicken, bewegte sich wieder ein Stück aus dem Rahmen heraus, griff sich auf den Rükken und zog das Turnürgestell nach oben, so daß es in sich zusammenfiel. Dann drückte sie es flach an ihren Rücken und schob sich durch die Fensteröffnung.

Sobald sie sich im Haus befand, dauerte es nur Sekunden, bis Trevelyan neben ihr stand. Sie standen in einem Vorratsraum hinter der Küche, und sie konnten den Lärm auf der Straße hören. In ihrer Nähe hasteten Menschen – Dienstboten vermutlich – zur Vorderfront des Hauses.

Trevelyan nahm Claire bei der Hand und ging mit ihr zielstrebig durch die dunklen Räume und den Flur, bis sie zu einer schmalen Treppe gelangten. Offenkundig kannte er das Haus gut. Sie gingen ins Obergeschoß und mußten sich zweimal in eine dunkle Wandnische drücken, damit sie nicht gesehen wurden. Claire sah einen Mann – offenbar Powell – aus einem Zimmer kommen und durch den Korridor laufen, während er sich hastig einen Morgenmantel über das Nachthemd streifte.

Während der Lärm auf der Straße andauerte, führte Trevelyan Claire den Korridor hinunter, bis sie vor einer Tür anlangten, die verschlossen war. Trevelyan zögerte nicht lange und brach die Tür auf, indem er sich mit voller Wucht dagegen warf.

Als sie das Zimmer betraten, kam es Claire so vor, als beträten sie ein anderes Land. Der große Raum war mit gazeartigen Seidenvorhängen ausgestattet, die in allen Pastellfarben schillerten. Sie schienen miteinander zu verschmelzen, und in der Luft hing der Duft von Sandelholz und Jasmin. Trevelyan schien seine Umgebung gar nicht zu bemerken, während Claire mit offenem Mund in der Tür stehenblieb. Der Boden war mit kostbaren handgeknüpften Seidenteppichen bedeckt, die in mehreren Schichten übereinanderlagen, und durch die transparenten Seidenbahnen, die von der Decke herabhingen, konnte Claire Berge von mit Seide bezogenen Kissen sehen.

Trevelyan schob die Gazevorhänge zur Seite und bahnte sich einen Weg in den Raum. Claire folgte ihm. Er blieb so abrupt vor ihr stehen, daß sie fast auf ihn geprallt wäre. Sie schielte an ihm vorbei, um zu sehen, was ihn so plötzlich zum Anhalten gebracht hatte.

Auf einem dicken Kissen kniete, die Hände zum Gebet gefaltet, den Kopf leicht gesenkt, das reizendste Geschöpf, das auf dieser Erde lebte. Claire sah nur das Profil, aber die feinen Züge und deren Perfektion beeindruckten sie zutiefst. Lange, rußschwarze Wimpern lagen auf honigfarbenen Wangen. Die kleine, wunderschön geformte Nase senkte sich in einer perfekten Linie zu dem geschwungenen Mund.

Claire trat hinter Trevelyans Rücken hervor und starrte die Frau an. Sie war zierlich – zierlicher noch als Claire –, aber das transparente Gewand, das sie trug, verhüllte kaum ihre feinen weiblichen Rundungen. Sie verharrte so regungslos auf ihrem Kissen, daß Claire sich nicht sicher war, ob sie lebte.

Plötzlich ertönte wieder ein Knall auf der Straße, gefolgt von lauten Rufen, und dieses Getöse holte Claire in die Gegenwart zurück. »Wir müssen von hier weg«, beschwor sie Trevelyan im Flüsterton, der regungslos dastand und die Frau anstarrte. Als er keine Anstalten machte, die Frau anzusprechen, rückte Claire einen Schritt auf sie zu, aber Trevelyan streckte eine Hand aus und hielt sie am Arm fest.

»Sie betet«, sagte er.

Claire wartete noch ein paar Sekunden. Wenn man sie in Jack Powells Haus ertappte, würde man sie vermutlich ins

Gefängnis werfen. Oder würde Powell nur auf sie beide schießen?

Endlich, nach einer Ewigkeit, wie es Claire vorkam, hob die Frau den Kopf, drehte sich um und sah Trevelyan an. Claire hatte nur ein paar Sekunden Zeit, die Frau von vorn zu betrachten, und ihr stockte der Atem, so überwältigend war deren Schönheit. Ein perfekt geformtes ovales Gesicht, wunderschöne mandelförmige Augen, eine feine Nase und ein sanfter Mund. Claire haßte sie auf der Stelle.

Ihr Haß wuchs in der nächsten Sekunde noch an, als die Frau mit einer Stimme, die so klang, als hätte jemand ihre Stimmbänder mit Honig beträufelt, »Frank!« sagte und sich in Trevelyans Arme warf.

Er drückte sie an seine Brust. Ihre zierlichen Füße, die in juwelengeschmückten Pantoffeln steckten, berührten den Boden nicht. Sie küßte ihn – küßte sein Kinn, seinen Hals, küßte überhaupt alles an ihm, was für sie erreichbar war, während sie ihm ununterbrochen etwas in einer weichen, schmelzenden Sprache zuflüsterte, das sich wie ein gesprochenes Liebeslied anhörte.

»Wir müssen weg von hier«, drängte Claire abermals. Sie schien nicht zu bemerken, daß Trevelyan den Küssen der Frau auszuweichen versuchte. Er war weitaus mehr daran interessiert, Claires Reaktionen auf die Liebkosungen dieser schönen Frau zu beobachten. Die beiden hörten sie offenbar nicht, und Claire dachte, Trevelyan einen Stoß in die Rippen geben zu müssen, damit er endlich etwas unternahm. Sie boxte Trevelyan in die Rippen und versetzte ihm gleichzeitig einen Tritt gegen das Schienbein.

Er ließ ein Grunzen hören und fragte: »Warum hast du das getan?«

»Wir müssen weg von hier«, zischte Claire.

Trevelyan nickte, sagte etwas in der fremden Sprache zu der Frau, die ebenfalls nickte und fortfuhr, seinen Hals zu liebkosen.

»Trevelyan!« fauchte Claire, »wir müssen verschwinden!«

Trevelyan lächelte Claire an, als hätte sie ihm soeben etwas gesagt, was ihm eine große Freude bereitete, und stellte Nyssa auf den Boden. Erst in diesem Moment schien die Frau wahrzunehmen, daß sich Claire im Zimmer befand.

Nyssa trat einen Schritt zurück und betrachtete Claire eingehend von Kopf bis Fuß.

Claire rührte sich nicht von der Stelle, aber ihre Augen fingen vor Zorn an zu lodern.

Nyssa umrundete Claire und blieb hinter ihr stehen. Sie machte eine Bemerkung zu Trevelyan, und er antwortete ihr.

»Was hat sie gesagt?« fragte Claire.

»Nyssa meint, daß dein Hinterteil aussieht wie der Hökker eines Kamels. Ich sagte ihr, daß du einen Drahtkorb trägst, damit sich dein Hinterteil nach außen wölbt, aber daß ich nicht annehme, daß du aussehen möchtest wie ein Kamel.«

Claire funkelte ihn wütend an.

Nyssa kam nun wieder hinter Claires Rücken hervor, stellte sich neben Trevelyan und redete auf ihn ein.

»Was sagt sie jetzt?« fragte Claire.

»Wollen mal sehen, ob ich das auch angemessen übersetzen kann. Sie sagt, deine Hüften wären so breit wie die einer Kuh, und deine Haut hätte die gleiche Farbe wie die Unterseite eines Frosches – oder es könnte auch die Unterseite einer Eidechse gemeint gewesen sein. Ich habe noch Schwierigkeiten mit der peshanischen Sprache – und dein Busen wäre so gewaltig wie ein Berg. Obwohl sie hinzusetzte, daß dein Busen vermutlich so unecht sei wie dein Hinterteil. Sie meint, daß deine Augen zu rund und zu vertrauensselig sind. Und . . .«

»Sag ihr, daß alles an meinem Busen echt ist und daß sie eine Brust wie ein Knabe hat.«

»Oh?« meinte Trevelyan mit offenkundigem Interesse. »Nicht das kleinste Polster vorne?«

Sie blitzte ihn zornig an. »Könnten wir jetzt von hier verschwinden und . . .und sie mitnehmen?«

»Und was sollen wir dann mit ihr machen?« fragte Trevelyan, der sich anscheinend über alles königlich amüsierte. »Sie in einer Kurve aus der Kutsche werfen?«

Claire lächelte ihn an. »Ich hatte eher daran gedacht, sie auf eines der vier Räder zu flechten. Sie ist so platt, daß sie wohl kaum ein Rumpeln verursachen würde.«

Trevelyan lachte, und dann sagte Nyssa wieder etwas zu ihm. Er übersetzte: »Sie möchte, daß du für sie packst. Sie sagt, daß Powell ihr keine Dienerin erlaubt habe und du ihre Dienerin werden könntest.«

»Tatsächlich? Sag ihr, das Angebot wäre so großzügig, daß ich es nicht anzunehmen wage und daß ich, eine gewöhnliche Sterbliche, nicht würdig sei, die Gewänder der Perle des Mondes anzufassen.«

Trevelyan lachte abermals und redete dann leise mit Nyssa. Sie antwortete ihm in der Pesha-Sprache, und Claire sah, wie Trevelyan die Stirn runzelte und den Kopf schüttelte. Er redete nun etwas heftiger auf sie ein, und sie antwortete ihm nicht weniger laut. So ging es eine Weile hin und her, bis Nyssa mit dem Fuß aufstampfte.

»Was hat sie denn?« fragte Claire.

Trevelyan sprach wieder mit Nyssa, zuckte dann mit den Achseln und sagte: »Sie will ihren Becher haben. Und ich möchte ihn, verdammt noch mal, nicht für sie holen.«

»Was für einen Becher?«

Trevelyan wollte es ihr sagen, aber in diesem Moment legte ihm Nyssa die Hand auf den Arm und blickte mit flehenden Augen zu ihm auf. Claire wurde noch wütender, als sie sah, wie weich Trevelyans Gesicht mit einemmal wurde. So hatte sie ihn bisher noch nie erlebt. Dann blickte er sie an. »Es ist ein goldener, mit Edelsteinen besetzter Becher. Sie hat ihn aus Pesha mitgebracht und weigert sich, ohne den Becher wegzugehen.«

»Wo ist er?«

Trevelyan zuckte mit den Achseln. »Unten in einem Schrank.«

Es lag Claire auf der Zunge zu sagen: »Damit ist die Sache erledigt.« Wenn diese Frau, die sich die Perle des Mondes nannte, nicht ohne ihren Becher mitgehen und Trevelyan ihr den Becher nicht holen wollte, dann würden sie sie eben hier lassen. Zu schade. Claire hatte sich bereits auf die lange Kutschfahrt mit dieser Frau gefreut.

Trevelyan sah Claires Gesicht an, was sie dachte. »Jack hat sie als Gefangene in diesem Zimmer festgehalten. Er erlaubt ihr nicht, es zu verlassen – er läßt sie nicht mal ein paar Schritte im Garten spazierengehen. Sie hat seit Wochen die Sonne nicht mehr gesehen. Ich glaube, Jack hat vor, sie auszustellen wie ein exotisches Tier.«

Claire musterte Nyssa erneut. Sie hatte ungefähr die gleiche Größe und das gleiche Alter wie sie, aber im Aussehen waren sie grundverschieden. Claire war auf eine robuste, gesunde Art hübsch mit ihrer pfirsichfarbenen Haut und ihrer schlanken Figur, während Nyssa eine exotische Erscheinung war – mit dunkler Hautfarbe und zierlichem Körperbau. Nyssa stand ganz nahe bei Trevelyan und lehnte sich an ihn, als ob sie bei ihm Schutz suchte.

»Also gut«, sagte Claire. »Wir nehmen sie mit.«

Trevelyan drehte sich um, lächelte Nyssa an und sagte etwas zu ihr. Nyssas dunkle Augen flammten vor Zorn, und sie setzte sich, die Arme vor der Brust verschränkt, auf das Kissen vor dem Altar. Trevelyan sagte wieder etwas zu ihr, bückte sich und hob sie hoch. Nyssa begann zu schreien. Trevelyan hielt ihr den Mund zu, aber sie biß ihm in die Hand, so daß er sie fast auf das Kissen hätte zurückfallen lassen.

»*Ich* werde den Becher holen«, sagte Claire und ging zur Tür.

Trevelyan faßte sie am Arm. »Ich weiß, wo er ist«, sagte er mit düsterer Stimme. »Du bleibst bei ihr. Pack ein paar Sachen für sie zusammen. Wenn ich zurückkomme, gehen wir.«

Trevelyan ließ Claire mit Nyssa allein. Claire sah Nyssa an. Nyssa lächelte. Perfekte Zähne. Natürlich, dachte Claire, es wäre ja zuviel verlangt gewesen, jetzt zu erwarten, daß ihre Zähne schwarz und verfault seien. Claire gab Nyssas

Lächeln nicht zurück. »Wenn Sie etwas mitnehmen wollen, sollten Sie jetzt lieber packen. Denn meine Sachen werden Ihnen sicherlich nicht passen. Besonders oben herum wären Ihnen meine Kleider viel zu weit«, bemerkte sie spitz.

Nyssa lächelte abermals, und als hätte sie Claires Aufforderung verstanden, erhob sie sich von ihrem Kissen und ging zu einer geschnitzten, vergoldeten Truhe, die an einer Wand stand. Sie nahm einige Gewänder heraus und stopfte sie in eine große Tasche mit wunderschönen Stickereien. Als das erledigt war, nahm sie eine kleine Statue von ihrem Altar, ließ sie in die Reisetasche fallen und setzte sich wieder auf das Kissen. Sie deutete auf ein zweites Kissen, aber Claire kam der Aufforderung nicht nach. Es war schwierig für sie, sich in Gegenwart einer Person wohl zu fühlen, die ihre Haut mit dem Bauch eines Frosches verglichen hatte.

Claire betrachtete das Zimmer und die transparenten Seidenschals. Sie schob sie beiseite und blickte aus dem Fenster. Sie wollte sehen, was auf der Straße vor sich ging. Aber da waren Gitter vor dem Fenster, und alles, was sie sehen konnte, war die Seitenwand des Nachbarhauses.

Es schien eine Ewigkeit zu dauern, bis Trevelyan ins Zimmer zurückkam und einen goldenen, über und über mit Edelsteinen besetzten Becher unter seinem Jackett hervorholte. Es war kein sehr hübscher Becher, vermutlich seiner historischen Bedeutung wegen wertvoll und nicht als Kunstwerk. Claire nahm den Becher und hielt ihn ins Licht. Einige der Juwelen hatten einen modernen Schliff, andere waren unbearbeitete Rohlinge. Und die Fassungen dieser Edelsteine waren durchwegs roh. »Nicht gerade schön, wie?« sagte Claire.

Nyssa sprang auf, riß Claire den Becher aus der Hand und maß sie mit einem wütendem Blick.

»Könnten wir von hier verschwinden?« sagte Trevelyan. »Ehe ihr euch in die Haare geratet? Oman kann die Leute auf der Straße nicht mehr länger hinhalten.«

Claire wollte sich an Trevelyans Fersen heften, aber Nyssa schob sich an ihr vorbei und hängte sich an seinen Rücken wie eine Klette, so daß Claire den Schluß des kleinen Zuges bilden mußte. Als Claire etwas sagen wollte, legte Trevelyan den Finger an die Lippen, um ihr zu bedeuten, daß sie still sein sollte.

Die beiden Frauen folgten Trevelyan die Treppe hinunter und mußten sich zweimal verstecken, damit sie nicht von den Leuten gesehen wurden, die ins Haus zurückströmten. Jetzt war es ruhig auf der Straße. Trevelyan entriegelte die Tür an der Hinterseite des Hauses und hielt sie für die beiden Frauen auf. Als Claire an ihm vorbeikam, flüsterte er: »Ich möchte nicht, daß du mit deinem Kamelhöcker noch einmal steckenbleibst.«

Claire hielt es für überflüssig, ihm darauf zu antworten.

Die drei machten einen Umweg durch mehrere Gassen und Straßen, bevor sie wieder zu Oman stießen, der auf dem Kutschbock saß, als wäre nichts gewesen. Doch seine in der Regel makellos weißen Kleider waren zerrissen und geschwärzt von dem Pulver des Feuerwerks, und er hatte eine Wunde auf der Wange. Nyssa begrüßte Oman mit offenkundiger Freude und sagte Dinge zu ihm, die den großgewachsenen Mann zum Lächeln brachten.

Sobald die drei in der Kutsche saßen, ließ Oman die Peitsche über den Pferderücken knallen. Nyssa saß neben Trevelyan, und Claire den beiden gegenüber.

Claire wußte nicht, warum – aber sie war sehr, sehr wütend. Sie lehnte sich gegen das Rückenpolster und schloß die Augen. Sie sagte sich, daß sie nicht das geringste Interesse daran hatte, zu erfahren, was Trevelyan mit dieser Frau tat, aber sie lauschte jedem Wort, das die beiden wechselten. Sie konnte sie zwar nicht verstehen, bildete sich jedoch ein, daß es geflüsterte Liebesbeteuerungen wären. Und warum auch nicht? Warum sollte diese Frau nicht in einen Mann verliebt sein, der ihr das Leben gerettet hatte?

»Möchtest du, daß wir anhalten, damit du schlafen kannst? Oder sollen wir weiterfahren?« fragte Trevelyan.

Claire tat überrascht. »Redest du mit mir? Ich dachte

schon, ich hätte mich in Luft aufgelöst oder sei im Polster verschwunden.«

»Nyssa schläft.«

»Das erklärt alles«, erwiderte Claire giftig. »Vermutlich hast du ihr bereits alle deine Geschichten erzählt. Schließlich konntest du auf der langen Rückreise von Pesha viel Zeit mit ihr verbringen.«

»Nyssa ist keine gute Zuhörerin«, sagte Trevelyan leise. »Nicht viele Frauen sind an dem interessiert, was ich getan habe. Nicht so wie du.«

Claire war nicht mehr gar so aufgebracht wie bisher. »Das überrascht mich. Sie scheint *großes* Interesse für dich zu haben.«

»Im Bett vielleicht, aber sonst nicht. Ich habe in meinem Leben die Erfahrung gemacht, daß die Menschen nicht gern etwas lernen. Sie möchten zwar liebend gern etwas erfahren und anderen erzählen, was sie wissen, aber sie mögen den Prozeß des Lernens nicht wie du.«

»Im Bett?« flüsterte Claire.

»Gütiger Himmel, Frau, ich habe dir gerade ein großes Kompliment gemacht, und du antwortest mit Eifersucht?«

»Kompliment?« fauchte Claire. »Was für ein Kompliment? Nyssa ist doch diejenige, die du liebst.«

Selbst in der dunklen Kutsche konnte sie seine Augen sehen. Sie glitzerten. »Du täuschst dich.«

Claire wandte sich ab und schloß die Augen. »Es geht mich nichts an, was du machst. Wir haben den Zweck unserer Reise erfüllt, und ich bin froh darüber. Jack Powell wird den Beweis nicht liefern können. Vielleicht kannst du deiner . . .deiner Geliebten etwas Englisch beibringen, damit sie der Königlichen Geographischen Gesellschaft erzählen kann, wie du sie sowohl vor Powell als auch von ihrem Schicksal in Pesha gerettet hast. Wenn du nichts dagegen hast, möchte ich jetzt ein wenig schlafen.«

Claire fand aber keine Ruhe. Sie machte zwar die Augen zu, war sich aber zu sehr bewußt, wie sich die Frau auf der Sitzbank gegenüber an Trevelyan schmiegte. Es war ihr zwar ein Rätsel, warum sie das so erboste, aber sie sagte sich, daß sie sich über das schlechte Benehmen von Captain Baker ärgerte. Nyssa und er waren nicht verheiratet und planten offenbar auch nicht, eine Ehe zu schließen, aber sie waren zweifellos ein Liebespaar.

Die Sonne ging auf, und sie hielten an, um die Pferde zu wechseln. Nyssa erwachte und wie ein Kind war sie erfrischt und ruhelos. Als sie weiterfuhren, vertrieben sich Nyssa und Trevelyan die Zeit mit einem Spiel, und Trevelyan fragte Claire, ob sie die Regeln kennenlernen und mitspielen wollte. Aber Claire lehnte ab. Sie schaute den beiden zu und beobachtete, wie sie miteinander lachten.

Einmal warf Nyssa Claire einen Blick zu und sagte dann etwas zu Trevelyan. Trevelyan wandte sich Claire zu. »Nyssa meinte, daß du alt und verbittert aussiehst, wenn du die Stirn so in Falten legst. Das bekäme deinem Gesicht nicht, und du würdest bald Falten bekommen.«

»Ich runzle ja gar nicht die Stirn. Ich mache mir bloß . . .« Claire war um eine Erklärung verlegen.

Nyssa sagte nun wieder etwas zu Trevelyan. »Sie meint, daß du sehr eifersüchtig auf sie bist.«

»Das ist lächerlich. Hast du ihr nicht gesagt, daß *ich* darauf bestanden habe, dich zu begleiten? Daß du mir empfohlen hast, zu Hause zu bleiben?«

»Ich habe ihr eine Menge erzählt. Über Harry und deine bevorstehende Heirat mit ihm. Und ich habe ihr von deiner Familie und deiner kleinen süßen Schwester berichtet.«

»Ich frage mich, *was* genau du ihr erzählt hast. Hast du ihr verraten, daß meine Schwester schöner ist als sie?«

Trevelyan lächelte. »Nein, das habe ich nicht. Ich möchte meinen, daß sie mir das nicht glauben würde.«

»Sie ist eitel, nicht wahr? Eitel und nicht sonderlich intelligent, dem törichten Spiel nach zu schließen, das ihr beide gespielt habt. Kann sie lesen?«

»Das bezweifle ich.«

Claire schniefte zufrieden und sah zur Seite. Sie war entschlossen, die beiden keines Blickes mehr zu würdigen.

Als sie in Bramley ankamen, war es ein Uhr morgens, und Claire wußte, daß sie sich sofort zu Bett begeben sollte. Sie hoffte, daß Brat keine Mühe gehabt hatte, ihre Abwesenheit zu vertuschen. Aber als Oman ihr aus der Kutsche half, sah sie Nyssa und Trevelyan an, die im Dunklen nahe beieinanderstanden. Sie wollte die beiden nicht alleinlassen und dachte ununterbrochen daran, daß Nyssa neben Trevelyan in Bonnie Prinz Charlies Bett liegen würde.

»Ich sterbe fast vor Hunger«, verkündete Claire. »Ich weiß, wie spät es ist, Oman – aber meinen Sie, wir finden im Turm noch etwas zu essen? Ich *muß* unbedingt noch einen Happen zu mir nehmen.« Sie spürte Trevelyans Blick, aber sie wich ihm aus.

Als Oman nickte, hob Claire den Kopf und folgte ihm in den Westflügel. Nyssa und Trevelyan schlossen sich ihr an.

Sobald Claire in Trevelyans Schreibzimmer kam, ging sie zum Fenster, setzte sich auf die Bank und blickte nach draußen. Sie wollte noch immer nicht Trevelyan ansehen und ihm von den Augen ablesen, was er wußte. Sie sollte jetzt eigentlich in ihrem eigenen Zimmer sein, aber ihr stand noch immer das Bild vor Augen, wie diese Frau Trevelyan küßte.

Oman servierte ein kaltes Abendbrot im Schlafzimmer. Claire nahm Nyssa gegenüber Platz, war jedoch sehr überrascht, als sich Trevelyan auf dem Stuhl neben ihr niederließ. Damit er sie betrachten kann, wenn sie ißt, dachte Claire und beugte den Kopf tief über ihren Teller.

Nyssa sagte etwas zu Trevelyan.

»Sie möchte wissen, ob du noch Jungfrau bist«, sagte Trevelyan.

Claires Kopf zuckte in die Höhe. »Sag ihr, daß sie das nichts angeht. Sag ihr, daß es in meinem Land eine Unhöflichkeit ist, so etwas zu fragen.«

Nyssa erwiderte etwas darauf.

»Sie sagt, es wäre auch in ihrem Land eine Unhöflichkeit, aber als Perle des Mondes könne sie tun und lassen, was ihr beliebt. Sie fragt, ob ...« Er brach ab und redete mit Nyssa.

Die beiden sprachen ein paar Minuten miteinander. Oman, der gerade servierte, machte ein geschocktes Gesicht, als Claire zu ihm aufsah.

»Was redet sie jetzt über mich?« fragte Claire.

»Nichts Wichtiges«, murmelte Trevelyan.

»Ich möchte die Wahrheit wissen. Ich will, daß du mir verrätst, was sie über mich sagt.«

Trevelyan sah erst Nyssa und dann Claire an. »Sie sagt, daß du aussiehst wie eine Jungfrau und daß es eine Schande wäre, weil du noch nicht ...«

»Weil ich noch nicht was?«

»Nichts«, murmelte Trevelyan wieder und schob sich einen Bissen in den Mund.

»Ich will es aber hören!« Claire war den Tränen nahe. Sie hatte die beiden stundenlang beobachtet und war jede Sekunde dieser Reise wütend gewesen. Sie war müde und konnte nicht mehr klar denken. »Verrate mir, was sie sagt.«

Trevelyan blickte Claire eindringlich an und sagte mit leiser Stimme: »Nyssa meint, es wäre zu schade, daß du glaubst, deine Jungfrauenschaft bewahren zu müssen. Ihrer Meinung nach sei Captain Baker ein großartiger Liebhaber und nur zu empfehlen.«

Claire sah Nyssa an, die ihr in ihrer transparenten Robe gegenübersaß, ein leichtes Lächeln auf ihrem hübschen kleinen Gesicht, und Claire war wütend. Wie kam diese Person dazu, anzunehmen, daß sie, Claire Willoughby, keine Erfahrung in solchen Dingen besaß?

»Sag ihr, ich wäre keine Jungfrau und hätte schon einige Liebhaber gehabt.«

»Ich werde ihr nichts dergleichen sagen.« Trevelyan klang schockiert.

Claire funkelte ihn an. »*Du* tust so, als hättest du Skrupel? Du mit deinen fünfundzwanzig Frauen in einer Nacht? Du scheust vor einer kleinen Lüge zurück? Sag ihr, ich hätte bis zu einem Dutzend Liebhaber in einer Nacht gehabt.«

Trevelyan zwinkerte belustigt. »Das sind zu viele.«

»Oh, tatsächlich?« Claire runzelte die Stirn. »Wie viele sind eine eindrucksvolle Zahl?«

»Ein Mann, der dich die ganze Nacht wachhielt.«

»Nur einer?«

Trevelyan lachte. »Ein guter.«

»Schön, dann sag ihr das, und daß ich den besten Liebhaber der Welt gehabt hätte.«

»Und wer könnte das sein? Harry?«

»Laß Harry aus dem Spiel!« Claires Entschluß, Nyssa die Meinung zu sagen, geriet ins Wanken, und sie starrte auf ihren Teller.

»Ich werde ihr sagen, daß wir beide ekstatische Nächte verbracht haben«, sagte Trevelyan leise, »und daß du mir von allen Frauen, die ich gehabt habe, die größte Wonne bereitet hast.«

Claire sah zu ihm auf, und ihr lief ein Schauer über den Rücken, als sie seinem Blick begegnete. »Würdest du das für mich tun?«

Er zeigte ihr das sanfteste Lächeln, das man sich vorstellen konnte, und Claire gab sein Lächeln zurück. »Danke«, sagte sie, und einem Impuls folgend, beugte sie sich zu ihm, um ihm einen Kuß auf die Wange zu geben. Sie wollte die Narbe auf seiner rechten Wange küssen, aber er bewegte den Kopf, so daß sie ihn statt dessen leicht auf den Mund küßte.

Als ihre Lippen sich berührten, war es, als ging ein elektrischer Schlag durch ihren Körper. Sie zog ihren Kopf sofort zurück, legte die Hand auf ihren Mund und starrte Trevelyan entsetzt an.

Trevelyan wirkte überrascht. Den Bruchteil einer Sekunde war dieser beherrschte Ausdruck verschwunden, und sie sah, daß er von dem flüchtigen Kuß genauso schokkiert war wie sie.

Claire vergaß alle ihre Lügen, mit denen sie Nyssa zu beeindrucken gedachte. Sie stand auf. »Ich muß gehen«, sagte sie in einem fast flehendem Ton. »Oman, würden Sie mich liebenswürdigerweise durch die Geheimgänge zu meinem Zimmer bringen?« Claire fingerte an ihrem Rock herum. Sie mußte irgend etwas tun, um Trevelyan nicht ansehen zu müssen.

»Du brauchst nicht durch die Geheimgänge zu gehen. Ich bringe dich zum Lieferanteneingang«, sagte Trevelyan mit heiserer Stimme.

Claire wollte protestieren, schien jedoch kein Wort über die Lippen bringen zu können. Schweigend folgte sie ihm die Wendeltreppe hinunter. Sie war schon so oft mit ihm gegangen – neben ihm, hinter ihm –, aber diesmal war es so, als wäre die Luft elektrisch geladen.

Trevelyan hielt ihr die Tür auf, und sie traten in die kühle, mondhelle Nacht. Claire erschauerte und rieb sich die Arme, und warf Trevelyan einen Blick zu. Er starrte sie an. Seine Augen glichen zwei brennenden Kohlen. Sie wandte sich ab, und er setzte sich in Bewegung.

Sie folgte ihm, und während sie gingen, betrachtete sie seine hohe schlanke Figur. Sie hatte ihn einmal für zu mager, zu alt und zu krank gehalten, um ihn als hübsch bezeichnen zu können. Aber nun konnte sie sehen, daß nichts, absolut nichts an ihm mangelhaft war. In diesem Moment erschien er ihr als der schönste Mann auf Erden.

An der Hinterfront des Hauses blieb er abrupt stehen und drehte sich zu ihr um. »Geh durch diese Tür und dann durch die erste Tür rechter Hand. Dort ist eine kleine Treppe, die in den ersten Stock führt. Ich denke, von dort aus findest du den Weg zu deinem Zimmer.«

Sie nickte, und er drehte sich um.

»Trevelyan«, rief sie ihm nach.

Er blieb stehen und wandte sich ihr zu. Sie standen vielleicht anderthalb Meter voneinander entfernt, aber für Claire bedeutete diese Distanz nichts. Sie spürte seine Nähe und die Wärme seines Körpers.

»Was dort oben passiert ist. Das mit Nyssa, meine ich. Ich hätte das nicht tun sollen.«

»Was hast du denn getan?«

Seine Stimme war tief und rauh und schien kleine Schauer durch ihren Körper zu jagen. Claire versuchte zu lächeln.

»Der . . .Kuß. Er bedeutet nichts. Ich hab' mich nur über Nyssa geärgert. Und ich wollte mir ihre lächerlichen Behauptungen nicht gefallen lassen.«

Er sagte kein Wort.

»Du willst dich dazu nicht äußern?« fragte sie ein wenig gereizt.

Er antwortete nicht.

»Ich denke, ich sollte jetzt wohl lieber ins Haus gehen.«

Er sagte noch immer nichts.

»Dann wünsche ich dir eine gute Nacht«, murmelte sie.

Mit einem knappen Kopfnicken drehte er sich von ihr weg und ging.

Obwohl sie wußte, daß es falsch war, hörte sie sich »Vellie« flüstern. Es war das leiseste Flüstern der Welt, so leise und sacht, daß der Wind in den Bäumen über ihr es vollkommen übertönte.

Aber Trevelyan hörte es. Eben noch schien er Meilen von ihr entfernt gewesen zu sein, und im nächsten Moment nahm er sie in die Arme und preßte seinen Mund auf ihre Lippen.

Lust, dachte sie. Sie hatte gehört, daß sie zu den sieben Todsünden gehörte, aber noch nie zuvor Lust empfunden. Nun, als seine Lippen auf ihren lagen, wußte sie, daß sie sich in ihm vergraben – sich in ihm verlieren wollte. Sie bewegte den Kopf, nicht ahnend, woher sie wußte, was sie jetzt tun mußte. Aber sie wußte es. Und sie spürte die Süße seiner Zunge.

Ihr Körper wölbte sich vor, als sie sich gegen ihn preßte. Ihre Brüste schmerzten, als sie gegen seine harten Rippen gedrückt wurden. Er schob seinen Schenkel zwischen ihre Beine und Claire stöhnte. Ihre Fingerspitzen fühlten sich geschwollen an und sehnten sich danach, ihn zu berühren.

Sie war sich im klaren, daß dies das einzige Mal war, wo sie ihn berühren konnte. Danach würde sie ihn nie mehr so nah spüren. Sie konnte sich einen Fehler verzeihen, jedoch niemals zwei. Sie wollte diesen Moment genießen.

Ihre Hände bewegten sich über seinen Rücken. Wie hatte sie jemals meinen können, er wäre dürr und alt? Sie strich über seine Arme und spürte die Muskeln, tastete über seine Brust und Hüften. Dann wanderten ihre Hände noch tiefer hinunter, obwohl sie wußte, daß sie das nicht sollten. Gott mochte ihr helfen, sie wußte, das durfte nicht sein – aber ihre Hände strichen ihm über das Gesäß.

Im nächsten Moment drehte sie den Kopf von ihm weg. »Aufhören«, flüsterte sie. »Bitte, bitte – ich kann das nicht mehr ertragen.«

Trevelyan ließ sofort von ihr ab. Einen Moment standen sie sich gegenüber und sahen sich in die Augen.

Claire wußte, daß er nur auf eine Einladung von ihr wartete. Wenn sie ihn abermals berühren würde, gäbe es kein Halten mehr für sie. Das Blut rauschte in ihren Ohren, und ihr Atem kam in harten Stößen, aber sie besaß genügend Macht über sich, die Hände an den Seiten zu halten.

Und dann – nach einem langen Moment – drehte er sich um und ging davon. Diesmal rief sie ihn nicht zurück, sondern ging langsam die Treppe hinauf.

Brat schlief in ihrem Bett. Claire streckte die Hand aus, um das Kind zu wecken, zog sie dann aber wieder zurück. Der Lebensunterhalt ihrer Schwester hing von ihr, Claire, ab.

Claire setzte sich auf den Schemel vor ihren Frisiertisch und sah sich in dem großen Raum um. Dies war ein Zimmer im Hause eines Herzogs – in dem Haus des Mannes, den sie heiraten sollte, aber sie hatte einen anderen Mann geküßt und den Kuß genossen.

Und was würde geschehen, wenn sie ihren niederen Instinkten nachgab? Sie würde Harry verlieren. Ihre Eltern würden niemals die Zustimmung zu einer Verbindung mit einem Mann wie Trevelyan geben, und damit würde Claire das Geld verlieren, das ihr Großvater ihr hinterlassen hatte. Und was dann?

Claire legte das Gesicht in die Hände. Ihre Eltern waren

gut zu ihr gewesen, und sie verdankte ihnen viel. Aber sie war keine Närrin. Wenn sie Harry heiratete, würde das Geld ihr zufallen und sie hätte die Kontrolle darüber. Sie konnte es anlegen und ihren Eltern eine Apanage überlassen, damit sie sich ihre Wünsche erfüllen konnten. Sie konnte eine Mitgift für ihre Schwester einplanen und dafür sorgen, daß Sarah Ann einen guten, zuverlässigen Mann heiratete – einen Mann wie Harry. Einen Mann, der Gemälde und Pferde kaufte, dachte Claire bei sich und begann zu weinen. Nun verriet sie sogar den Mann, den sie liebte, und das alles nur, weil sie einen anderen geküßt und dabei Wollust empfunden hatte.

»Was fehlt dir denn?«

Claire fuhr zusammen, als Brat die Hand auf ihre Schulter legte. »Nichts«, sagte Claire und trocknete sich die Augen. »Ich bin nur müde, denke ich. Du solltest jetzt besser in deinem Bett weiterschlafen.«

Sarah Ann rührte sich nicht von der Stelle. »Es ist Trevelyan, nicht wahr?«

»Nein, natürlich nicht. Warum sollte ich wegen Trevelyan weinen? Es ist nur die Müdigkeit. Ich möchte jetzt gern allein sein.« Claire blickte nicht auf, bis Brat das Zimmer verlassen hatte. Dann zog sie sich aus.

Nyssa empfing Trevelyan unter der Tür seines Wohnzimmers mit offenen Armen, aber er schob sie beiseite. Er nahm eine Flasche Whisky von der Anrichte, goß sich ein Glas ein und trank den Whisky wie Wasser.

»Was ist passiert?« fragte Nyssa.

»Nichts ist passiert«, schnaubte er.

Sie beobachtete ihn, als er sein Glas erneut füllte und austrank. »Es umgibt dich.«

»Was?«

»Das Begehren.«

Er maß sie mit einem kalten Blick.

»Ich kann es spüren, fast sehen: Du bist von Begehren umgeben, aber es gilt nicht mir.«

»Unsinn. Du hast dir zu viele romantische Geschichten angehört.« Er ging zu dem Tisch, auf dem einmal seine Notizen über Claire gelegen hatten. Da war nun ein Schachbrett mit Steinen aufgebaut. Er bewegte eine weiße Figur, dann eine schwarze.

»Diese Frau bedeutet dir viel.«

»Du bist verrückt. Ich sagte dir doch, daß sie Harry heiraten soll.« Er sah sie mit heißen Augen an. »Ich begehre viele Frauen. Vielleicht ist sie eine von ihnen. Sie ist nicht mehr als das.«

»Dieses Verlangen, das du für diese Frau empfindest – wie unterscheidet es sich von den Gefühlen anderen Frauen gegenüber?«

Trevelyan hob die weiße Königin an. »Würden die Gefühle für alle Frauen, die ich gehabt habe, in eines zusammenfließen, käme es dennoch nicht dem Verlangen gleich, das ich für sie empfinde.«

Nyssa schwieg eine Weile. »Dann mußt du zu ihr gehen.«

Trevelyan wischte mit dem Unterarm über das Schachbrett und fegte die Figuren auf den Boden. »Und ihr Liebhaber werden? Soll ich sie lieben, dann zurücktreten und zusehen, wie sie Harry heiratet? Soll ich hierbleiben und warten, bis Harry aus dem Haus geht, und mich dann zu ihr schleichen?«

»Es hat dir doch noch nie etwas ausgemacht, der Liebhaber einer verheirateten Frau zu sein. Du hast selbst gesagt, daß verheiratete Frauen es dir besonders angetan haben, weil sie dir ihre Wonnen schenken und ihren Ehemännern ihr Leid.«

»Ich möchte auch ihr Leid haben«, sagte er leise.

»Was?«

»Ich möchte auch ihr verdammtes Leid!« brüllte Trevelyan. »Ich möchte *alles* von ihr haben. Sie . . .« Er beruhigte sich ein wenig.

»Sie ist was?«

»Sie nimmt mir meine Einsamkeit. Wenn sie bei mir ist, bin ich nicht einsam.« Er starrte Nyssa eine Weile an und schenkte ihr dann ein halbherziges Lächeln. »Es gibt auch andere Frauen. Es gibt Frauen, die nicht glauben, daß der Sinn des Lebens darin besteht, eine Herzogin zu sein.«

Nyssa schnaubte: »Du gibst so leicht auf. Sie ist nicht mit Harry verheiratet, aber du benimmst dich so, als ob sie es wäre. Du wartest, bis sie zu dir kommt. Ich habe dich noch nie so erlebt. Stets bist du derjenige gewesen, der etwas unternimmt. Erinnerst du dich an die hübsche kleine Frau in dem Dorf? Du wolltest sie haben und hast ihr nachgestellt. Warum ist diese so anders?«

»Es genügt, daß diese anders ist.«

»In welcher Hinsicht ist sie anders?«

Nyssa wartete auf seine Antwort. Sie hatte viel Zeit mit diesem Mann verbracht, und sie kannte ihn gut, aber der Captain Baker, den sie kannte, und der Mann, den sie erlebt hatte, seit er zu ihr gekommen und sie aus Powells Haus herausgeholt hatte, waren nicht derselbe Mann. Der Captain Baker war ein Beobachter – ein Mann, der sich nicht engagieren wollte und sich von niemandem und nichts rühren ließ. Aber diese amerikanische Frau berührte ihn sehr. Er konnte den Blick nicht von ihr wenden. In der Kutsche hatte sie alles getan, um ihn von dieser Frau abzulenken, aber seine Aufmerksamkeit hatte stets nur Claire gegolten.

»Du liebst sie«, flüsterte Nyssa erstaunt. »Du bist in sie verliebt.«

»Ja, ich liebe sie. Ich liebe ihren Verstand und ihren Körper. Ich liebe ihren Sinn für Humor. Ich liebe ihre Gedanken. Ich liebe die Art, wie sie denkt, und das, was sie sagt.« Er gab einen Laut von sich, der eine Mischung aus Hoffnungslosigkeit und Verzweiflung war. »Ich liebe selbst ihren Geruch.« Er drehte sich Nyssa zu, und zum erstenmal sah sie, was nur wenige gesehen hatten: Sie sah den kleinen Jungen in ihm. »Ich liebe sie, wie ich noch nie jemanden oder etwas geliebt habe. Würde sie meine Liebe erwidern, würde ich ihr alles geben, was sie von mir verlangt.«

Nyssa sank auf den Stuhl und wandte ihren Blick ab. Sie glaubte nicht, daß sie das Recht hatte, das zu sehen, was er ihr gerade gezeigt hatte. »Du würdest ihr sagen, daß du Harrys älterer Bruder bist?«

»Ja«, sagte er schlicht. Nun hatte er wieder das Gesicht eines Mannes, der auf der Hut war. Er schenkte Nyssa ein Lächeln – ein Lächeln, das sie tausendmal gesehen hatte und das besagte, daß ihn niemand und nichts bekümmerte. »Ah, nun, so ist das Leben. Man kann nicht immer gewinnen. Möchtest du Karten spielen oder lieber mit mir ins Bett gehen?«

Nyssa lächelte nicht. »Du solltest zu ihr gehen«, sagte sie leise. »Du solltest ihr zeigen, daß du sie liebst.« Nyssa schenkte ihm nun ein strahlendes Lächeln. »Du solltest sie dazu bringen, daß sie sich zwischen dir und deinem Bruder entscheiden muß.«

Trevelyan wollte dagegen protestieren, aber dann stellte er sein Whiskyglas ab. »Ja«, sagte er leise. »Ich werde sie zwingen, sich zu entscheiden.«

Nyssa sagte noch etwas, aber Trevelyan hörte sie nicht mehr. Er war bereits auf dem Weg nach draußen – auf dem Weg zu Claire.

20

Sobald Brat im Geheimgang untergetaucht war, riß Claire die Nadeln aus ihrem Haar und bürstete es, als wäre es ihr Feind.

Es ging sie natürlich nichts an, ob Trevelyan die Nacht mit einer anderen Frau verbrachte. Es war ohne Bedeutung für sie. Trevelyan war Captain Baker, und Captain Baker war ein Mann, der in der ganzen Welt für seine Abenteuer mit Frauen bekannt war.

Sie zog an den Bändern ihres Kleides, hakte das Turnürgestell los und zog ihre Unterröcke aus. Sie stellte sich, mit Korsett und Unterwäsche bekleidet, vor den Spiegel und drehte sich im Kreis. Dann legte sie die Hände vors Gesicht.

Es spielte keine Rolle, was ein Mann wie Captain Baker tat. Es ging sie nichts an.

Sie entledigte sich nun mit einer Heftigkeit, die an Gewalttätigkeit grenzte, ihrer Unterwäsche und streifte sich ihr weißes Nachthemd über den Kopf. Sie stieg ins Bett, löschte die Lampe und schloß die Augen.

Sie fürchtete, sie würde wieder zu weinen beginnen, doch kaum hatte sie die Augen geschlossen, als sie auch schon eingeschlafen war. Sie schlief und träumte. Sie schien sich in einem heißen Land zu befinden, an einem Ort voll wuchernder grüner Pflanzen und bunter Vögel. Da lauerten Gefahren, und sie hatte Angst. Sie blieb stehen, als sie hörte, daß sich im Dschungel etwas bewegte. Sie wußte, daß sie wegrennen sollte, aber sie brachte es nicht fertig. Sie blieb wie angewurzelt stehen und starrte mit entsetzter Faszination auf die Bewegungen der Pflanzen. Die Bewegungen kamen näher, und als sie meinte, jeden Moment schreien zu müssen, teilten sich die Pflanzen, und Trevelyan stand vor ihr.

In ihrem Traum wußte Claire nicht, ob sie nun erleichtert oder noch ängstlicher war als zuvor.

Claire öffnete erschrocken die Augen. Über ihr, eine Kerze haltend, stand Trevelyan. In seinen Augen brannte ein Feuer, und er starrte sie an.

Claire zögerte keinen Moment. Es war so, als wäre das die Fortsetzung ihres Traumes. Sie streckte ihm die Arme entgegen.

Trevelyan stellte die Kerze ab und sank in ihre Arme. Er bedeckte ihr Gesicht mit Küssen, strich mit den Händen über ihre Arme und hob sie über ihren Kopf, um sie dort festzuhalten.

»Ich möchte dich sehen«, sagte er, und die Art, wie er das sagte, jagte heiße Schauer durch ihren Körper. Mit einer Geschicklichkeit, die von langer Übung zeugte, entfernte er ihr Nachthemd. Als sie nackt war, drehte Trevelyan sich von ihr weg. Er nahm die Kerze wieder auf und hielt sie in die Höhe, so daß er sie ansehen konnte. Er betrachtete ihre Brüste, die sich hoben und senkten und ihre schmale Taille. Er fuhr mit der Hand an ihrer Hüfte entlang und über ihren Schenkel hinunter.

Er musterte ihr Gesicht.

Claires Atem kam in kurzen Stößen, und sie fühlte sich heiß. Trevelyan küßte sie. Sie schloß die Augen und ließ die Empfindungen, die seine Küsse auslösten, durch ihren Körper strömen. Sie konnte seine Liebkosungen bis zu den Zehen spüren.

Als er die Lippen von ihrem Mund löste, öffnete sie die Augen und sah ihn an. Er lächelte. Es war ein Lächeln, das sie noch nie zuvor bei ihm gesehen hatte, und mit diesem zärtlichen Lächeln sah er aus wie ein kleiner Junge. Nicht die Spur von Zynismus, mit dem sie sich gewöhnlich bei ihm konfrontiert sah, oder von der Härte, die ihn sonst zu umgeben pflegte, war zu sehen. Seine Augen waren voller Güte und Zärtlichkeit.

»Trevelyan«, flüsterte sie.

Er legte die Fingerspitzen auf ihre Lippen, nahm sie wieder fort und küßte sie. Claire hörte auf zu denken. Wenn er sie so ansah, schien sie keinen Gedanken mehr fassen zu können.

Er fing an, ihren Körper mit Küssen zu bedecken. Langsam und genießerisch, als hätte er unendlich viel Zeit. Ohne jede Hast. Er bewegte seine Lippen über ihren Hals zu ihrer Brust und nahm die Brustspitze in den Mund.

Claire wölbte den Rücken und fuhr mit den Händen in sein Haar. Es war weich und dicht.

Während sein Mund sie liebkoste, berührten seine Hände die ihren. Claire war noch nie zuvor so berührt worden. Sie war in einem Haus aufgewachsen, in dem körperlicher Kontakt eine Seltenheit gewesen war, und bevor sie Harry kennengelernt hatte, war sie noch nie geküßt worden. Doch nun berührte Trevelyan sie, als wollte er ihren Körper verzaubern und jede Berührung so lange wie möglich in die Länge ziehen und auskosten. Seine Hände wanderten langsam über ihre Brüste und zu ihren Schenkeln.

Er küßte ihre Schenkel, ihre Waden und zuletzt ihre Füße. Seine kräftigen Hände streichelten den Spann ihrer Füße.

Claire stützte sich auf die Ellbogen und sah ihn an. Er war in voller Bekleidung.

Trevelyan lächelte, als wüßte er, was sie in diesem Moment dachte, und strich mit den Händen über ihre Brüste, ihren Hals, bis sie schließlich ihren Kopf festhielten.

Und dann sah er ihr in die Augen. Nein, er schaute nicht nur, er studierte sie, als suchte er etwas. Er drehte ihr Gesicht ins Licht der Kerze und betrachtete sie noch eingehender.

»Noch nicht«, flüsterte er schließlich, und dann, ehe Claire ihn fragen konnte, was er meinte, küßte er sie wieder.

Claire glaubte zu vergehen. Trevelyan brachte sie dazu, daß sie alles vergaß. Seine Zärtlichkeiten schienen ihren ganzen Körper zu durchdringen, und als er sich auf sie legte, stöhnte sie leise. Sie hatte noch nie von der Wonne gehört, die das Gewicht eines Mannes auf dem weiblichen Körper auszulösen vermochte. Er war so groß und sie so klein, aber er fühlte sich himmlisch an. Als man ihr davon erzählt hatte, was Männer und Frauen im Bett miteinander taten, hatte sie Angst gehabt, daß der Mann eine Frau erdrücken könne.

Sie rieb ihre Schenkel am Stoff seiner Hose, als er sie wieder küßte. Sie wußte, daß er sie das Küssen lehren wollte – daß er sich Zeit nahm und ihr zeigte, was man mit Mund und Lippen alles machen konnte. Er knabberte sacht an ihren Lippen und strich mit der Zunge darüber. Er drehte ihr Gesicht auf die eine und dann auf die andere Seite. Er führte ihr die tiefen, die sanften und die leidenschaftlichen Küsse vor.

Wie stets, wenn sie etwas lernen sollte, war sie von einer raschen Auffassungsgabe. Zunächst war sie passiv und überließ ihm die Rolle des Lehrers, aber kurze Zeit später schob sie ihn von sich, und er wußte sofort, was sie ihm damit sagen wollte. Er rollte sich von ihr, zog sie jedoch mit sich, bis sie auf ihm lag, und seine Küsse erwiderte. Sie probierte es auf diese und jene Weise und begann bei seinen Augen, küßte seine Schläfen und biß sacht in sein Ohrläppchen.

Trevelyan gab einen Wehlaut von sich, als sie ein bißchen fester zubiß, und rollte sie auf den Rücken. »Du möchtest spielen?« meinte er schelmisch, legte das Gesicht an ihren Hals und knurrte. Claire kicherte und schob ihn von sich.

Trevelyan knabberte in gespieltem Zorn an ihren Schultern und an ihrem Hals, bis er bei ihrer Brust anlangte. In wenigen Augenblicken schien er sich aus einem ruhigen, unendlich geduldigen Mann in einen stürmischen Liebhaber zu verwandeln.

Claire reagierte prompt auf seine Leidenschaft. Sie zerrte an seinem Hemd, wollte seine Haut auf ihrer spüren. Trevelyan entledigte sich in wenigen Sekunden seiner Kleider, obwohl sich sein Mund nicht einen Moment von ihrem Körper löste. Sie hörte einmal das Zerreißen von Stoff.

Er preßte wieder seinen Mund auf ihre Lippen, und dieser Kuß drückte all das Verlangen aus, das beide empfanden.

Als er nackt war und sie seine warme Haut zum erstenmal auf ihrer spürte, keuchte sie, grub die Fingernägel in seine Schultern und strich über seinen Rücken. Sie drückte ihre Schenkel gegen seine und spürte, wie behaart und rauh sie waren, dieser Kontrast regte sie noch mehr an.

Es war ein Schock, als Trevelyan in sie drang. Ein Schock und ein Schmerz. Sie wollte sich von ihm lösen, aber er küßte sie auf den Mund, um ihren Schrei zu ersticken.

»Lieg still«, raunte er. »Der Schmerz ist gleich vorbei.«

Sie tat, was er verlangte aber nicht, weil sie ihm glaubte. Sie war in diesem Moment überzeugt, daß sie in zwei Teile gerissen würde.

Er liebkoste zärtlich ihren Hals, während seine Hand mit ihrer Brustwarze spielte. Plötzlich zwang sie etwas, ihm im uralten Rhythmus zu begegnen.

»Vellie«, flüsterte sie.

»Ja, mein Herz, ich bin hier.«

Sie bewegte ihre Hüften ein bißchen. Unbeholfen. Trevelyan legte die Hand auf ihre Hüfte, um sie bei der nächsten Bewegung zu leiten. Es tat nicht weh. Tatsächlich fand sie Gefallen daran.

Trevelyan drückte sie an sich, während er sich aus ihr zurückzog.

»Nein!« rief sie und griff nach ihm. »Verlaß mich nicht.«

Trevelyan gab einen seltsamen Laut von sich – halb Lachen, halb Stöhnen – und versicherte ihr, daß er lieber sterben würde als sie zu verlassen.

Claire mußte unwillkürlich lächeln, während sich ihre Arme fester um ihn spannten. Plötzlich riß sie die Augen auf, als er wieder in sie drang. »Oh«, sagte sie, überrascht von diesem Gefühl. »Du meine Güte!«

Trevelyan hob den Kopf, um sie anzusehen, und lächelte. »Ich glaube, du findest so rasch Geschmack daran wie an dem Whisky.«

Danach sagten sie beide nichts mehr. Trevelyan bewegte sich langsam, und Claire lag fast regungslos unter ihm und genoß diese vollkommen neuen Empfindungen. Vielleicht bin ich gestorben und befinde mich im Himmel, dachte sie.

Irgendwann begann sie sich ebenfalls zu bewegen. Trevelyan hielt ihre Hüften fest und leitete sie so, daß ihre Bewegungen miteinander harmonierten. Sie war erstaunt, wie gut sie zusammenpaßten.

Ihre Augen weiteten sich noch mehr, als sie spürte, wie die Glut in ihr wuchs. Sie klammerte sich an ihn und hob ihre Hüften noch höher.

»Trevelyan«, sagte sie, und da war eine Spur von Angst in ihrer Stimme. Sie sah ihn an und bemerkte die Anspannung auf seinem Gesicht, als versuchte er das, was geschah, zu verhindern. Die Welle der Leidenschaft erfaßte sie und schwemmte sie fort.

Als ein Feuerball in ihrem Innern dann explodierte, wußte Claire, daß dies das wunderbarste Erlebnis ihres Lebens war. Ihre Finger gruben sich in Trevelyans Rücken.

Sein Gesicht war an ihrem Hals verborgen, und sie spürte seine feuchten Haarsträhnen auf ihrer Haut.

Sie lagen lange so beisammen, hielten sich fest umschlungen, bis Claire sich von ihm löste. Sie wollte ihn anschauen.

Seine Augen waren geschlossen, und er wirkte sehr jung – wie ein Junge. »Wie alt bist du?« fragte sie.

Er lächelte mit geschlossenen Augen. »Dreiunddreißig.«

Sie streichelte über seine Schläfen und schob ihm die Strähnen aus dem Gesicht. »Ich glaube nicht, daß wir das hätten tun sollen«, sagte sie leise.

Er öffnete sofort die Augen, sie waren flammend und zornig. »Wenn du damit sagen willst, daß wir Harry verraten haben, dann solltest du wissen, das Harry in diesem Moment mit seiner Mätresse in Edinburgh zusammen ist.«

Claire war erschrocken über den Ärger in Trevelyans Stimme. »Bist du auf Harry eifersüchtig?«

»Wegen seiner verdammten Mätresse? Sie ist fünfundvierzig Jahre alt, verheiratet und hat zwei Kinder, von denen eins Harry bemerkenswert ähnlich sieht.«

In diesem Moment konnte Claire nicht über eine solche Neuigkeit nachdenken. Harry schien weit weg zu sein. Sie küßte Trevelyans Augenlider. »Ich möchte jetzt nicht darüber nachdenken. Ich will gar nichts denken.« Ein Teil ihres Bewußtseins registrierte, daß es nicht richtig war, mit einem Mann zu schlafen, während sie mit einem anderen verlobt war, aber sie war dennoch glücklich, mit Captain Baker – dem Mann, den sie seit vielen Jahren als Helden verehrt hatte, zusammenzusein.

Sie fuhr mit den Fingerspitzen über die Narben auf seinen Wangen und erinnerte sich an jedes Wort, das er darüber geschrieben hatte – wie und wo diese Narben entstanden waren. Sacht berührte sie die anderen Narben an seinem Körper. An seinen Schienbeinen waren die langen Narben von den Schnitten, die er sich selbst beigebracht hatte, um die Beine, die bei Malariaanfällen heftig angeschwollen waren, von dem Druck des aufgestauten Blutes zu befreien.

Sie saß neben ihm, berührte und betrachtete ihn. Sie war neugierig, wie ein nackter Mann aussah, und besonders neugierig auf das Aussehen *dieses* Mannes.

Als sie sein Gesicht betrachtete, merkte sie, daß ihre Neugierde bei ihm ein Stirnrunzeln hervorgerufen hatte.

»Schaust du mich an? Oder überlegst du, was du der Welt von Captain Baker berichten willst?«

Sie streckte sich neben ihm aus. »Ich weiß es nicht«, antwortete sie aufrichtig. »Du bist mir in so vielerlei Gestalt erschienen. Als ich dich kennenlernte, hielt ich dich für einen alten Mann. Für einen schwachen, kranken Mann. Dann hielt ich dich für einen Zyniker – einen von diesen Leuten, die die Welt als einen üblen Ort ansehen und sich dazu entschlossen haben, unglücklich zu sein. Dann entdeckte ich, daß du der berühmte Captain Baker bist. Und jetzt – . . .«

»Und jetzt?«

»Jetzt weiß ich nicht, wer du bist.«

»Laß es mich dir zeigen«, sagte er, und seine Augen waren von einer flammenden Eindringlichkeit. »Laß es mich dir zeigen, wer ich bin. Gib mir die Zeit dafür, bis Harry zurückkommt. Das ist alles, worum ich dich bitte. Harry wird vermutlich in vier, fünf Tagen nach Hause kommen. Dann kannst du zu ihm zurückgehen. Aber bis dahin verbringe ich jede Minute mit dir.«

Claire zog die Decke über ihre nackten Brüste. »Ich . . .ich weiß nicht. Da sind Miss Rogers und die Herzogin. Ich denke, Harrys Mutter weiß bereits zuviel von dem, was ich tue, und da ist meine eigene Familie zu berücksichtigen. Meine Mutter . . .«

»Ich werde mich um die Rogers und die Herzogin kümmern. Was deine Eltern betrifft, so scheinen sie sich wenig darum zu kümmern, was ihre Töchter machen.«

Als Claire ihn ansah, wußte sie, daß sie sich nichts sehnlicher wünschte, als mit ihm zusammen zu sein. In diesem Moment hielt sie es für möglich, daß sie einfach weglief und alles zurückließ, was ihr wichtig war. Ihre Wangenmuskeln zuckten. »Und was ist mit deinem perfekten Smaragd vom Nil?«

Er lächelte. »Mit der Perle des Mondes.«

»Es ist schwer für mich, mich an ihren Namen zu erinnern«, erwiderte sie steif. »Ich fürchte, daß ich nicht deine . . .Erfahrung mit ihr gehabt habe. Wird die Welt in deinem nächsten Buch von ihr lesen?«

»Natürlich. Das ist es doch, was meine Leser schätzen. Wollen mal sehen, ob ich mich darauf besinnen kann, was ich über sie geschrieben habe. Ich habe mich natürlich zuerst mit ihr befaßt – lange bevor ich diese langweiligen Kapitel über die Maße der Wagenräder und dergleichen geschrieben habe. Ich denke, ich habe sie folgendermaßen geschildert: ›Nyssa war ganz Frau, ganz Feuer, ganz Leidenschaft. Sie war eine wunderbare Geliebte. Sie stellte jedesmal aufs Neue meine Männlichkeit auf die Probe, wenn ich mit ihr zusammentraf.‹«

Claire schwang ein Bein aus dem Bett, aber Trevelyan faßte sie am Arm und zog sie zurück. Sie mochte ihn weder ansehen noch mit ihm sprechen, verschränkte die Arme vor der Brust und starrte zum Betthimmel.

»Eifersüchtig?« fragte er amüsiert.

»Du kannst mein Zimmer verlassen. Und du brauchst auch nicht wiederzukommen.«

Er küßte ihren Hals und ihren ganz und gar spröden Mund. »Es dürfte dich doch gar nicht berühren, was ich mit Nyssa tat – oder tue. Du liebst doch Harry. Oder hast du das vergessen?«

»Du lachst mich schon wieder aus!« fauchte sie. »Harry behandelt mich wenigstens wie eine Erwachsene. Du lachst über mich, als wäre ich ein Kind.«

»Du bist ein Kind«, sagte er leise. »Du bist das schönste erwachsene Kind auf der Welt.«

Sie war sich nicht sicher, ob sie sich über diese Worte freuen sollte oder nicht. »Ich bin nicht so hübsch wie deine Mondperle oder so hübsch wie meine kleine Schwester.«

Er küßte ihren Mundwinkel. »Du weißt nicht einmal, was

ich mit Schönheit meine.« Er lehnte sich zurück. »Hast du jemals in deinem Leben wirklich eigensüchtig gehandelt?«

Sie wußte nicht, warum sie diese Frage störte. Er stellte sie so, als müßte ein Mensch, der etwas Gutes tat, stets leiden. »Ich habe viele selbstsüchtige Dinge getan. Zu Hause in Amerika habe ich mir sehr viel herausgenommen.«

»Du hast von den monatlichen Zuwendungen aus dem Treuhandvermögen deines Großvaters gelebt. Sag mal – hast du deinen Eltern jemals Geld geliehen?«

»Nur ein paarmal«, schnaubte sie, und als er auf diese allwissende Art lächelte, wäre sie am liebsten aufgesprungen. »Ich mochte dich nicht, als ich dich zum erstenmal sah, und ich mag dich noch *immer* nicht.«

Er wandte sich ihr zu und legte sich halb über sie. »Was gefällt dir nicht? Daß ich dich so sehe, wie du bist? Daß ich dich nicht nur als eine schöne kleine amerikanische Erbin sehe, deren Geld das wichtigste Ding auf der Welt ist? Oder stört es dich, daß ich deine Eltern so sehe, wie sie sind? Oder vielleicht liegt es daran, daß ich ein Realist bin und du eine Romantikerin? Vielleicht glaubst du, du würdest Harry lieben, weil er so romantisch ist wie du. Er denkt, seine Mutter wäre gut, weil er sie für eine gute Frau halten möchte. Er denkt, er wäre in dich verliebt, weil er in dich verliebt sein will.«

»Laß Harry aus dem Spiel! Harry ist ein guter, freundlicher Mensch.«

»Ja, das ist er. Harry hat keinen zornigen Knochen im Leib. Er ist nicht fähig, jemandem weh zu tun.«

»Im Gegensatz zu dir! Du verletzt jeden. Du verletzt jeden, der dir nahekommen will.«

In diesem Moment veränderte sich Trevelyans Ausdruck, und er wandte sich von ihr ab. »Ja«, sagte er, »das ist wahr.«

Sie lag neben ihm, berührte ihn nicht, wütend über das, was sie beide gesagt hatten. Sie hätte ihn nicht in ihr Bett lassen dürfen. Sie hätte ihm sagen müssen, daß er gehen solle, als er in ihr Zimmer gekommen war. Doch statt dessen hatte sie ihn willkommen geheißen.

Sie spürte, wie er sich bewegte, als wollte er aufstehen, und sogleich drehte sie sich zu ihm und schlang die Arme um seinen Leib. »Geh nicht weg, Vellie«, sagte sie. »Ich bin es so leid, allein zu sein.«

Er drückte sie fest an sich, und in gewisser Weise war dieses Festhalten noch intimer als ihr Liebesakt. »Du fühlst es auch, nicht wahr?«

»Was?« Sie preßte ihre Wange an seine Brust.

»Die Einsamkeit.«

Sie wollte sagen, daß jemand, der so berühmt war wie Captain Baker, niemals einsam sein konnte, weil er in der ganzen Welt Freunde haben mußte. Doch in diesem Augenblick fühlte sich der Mann in ihren Armen nicht wie Captain Baker an. Dieser Mann fühlte sich wie jener Trevelyan an, der in Ohnmacht gefallen war, als sie ihn zum erstenmal gesehen hatte, der sie mit Whisky bekanntgemacht und ihr Bücher zum Lesen gegeben hatte.

Claire hob ihm ihr Gesicht entgegen, damit er sie küssen konnte, und danach sagten sie nichts mehr.

Als Claire erwachte, sah sie ihre kleine Schwester auf einem Stuhl neben dem Bett sitzen. »Du hast geschlafen wie eine Tote«, verkündete Brat.

Claire drehte sich um, um auf die andere Seite des Bettes zu blicken. Doch da war niemand.

»Er ist fort.«

Claire setzte sich auf und hielt sich dabei die Decke vor den nackten Körper. »Ich weiß. Harry ist gestern abgereist. Er ist nach Edinburgh geritten in . . .in einer geschäftlichen Angelegenheit.«

Brat ließ ein kleines Lachen hören. »Die Rogers hat sich das Bein gebrochen.«

Claire keuchte erschrocken: »Sie hat was?« Trevelyan hatte zu ihr gesagt, er würde sich um Miss Rogers kümmern. Er konnte ihr doch nicht das Bein gebrochen haben – oder doch?

»Gestern abend legte sie sich in ihrem kleinen Zimmer in ihr Bett und heute morgen wachte sie im Zimmer des Butlers auf und hatte einen Gipsverband an einem Bein. Der Gips reicht ihr von der Hüfte bis zu den Zehen. Sie hatte auch schreckliche Kopfschmerzen und sie kann sich an nichts erinnern, was in der Nacht passiert ist. Der Butler sagte ihr, sie wäre schlafgewandelt, die Treppe hinuntergefallen und habe sich dabei das Bein gebrochen. Der Arzt kam und hat es ihr eingegipst, während sie geschlafen hatte. Der Butler sagt, der Arzt hätte Rogers eine schreckliche Medizin gegeben, damit sie alles vergessen kann, was ihr zugestoßen ist.«

Claire schnitt eine Grimasse. »Und woher hatte dieser Arzt so eine Medizin?«

Brat lächelte: »Ich glaube, die hatte er aus Pesha.«

Claire lachte. »Ich kann mir gut vorstellen, daß sie aus Pesha stammen könnte.«

Brat musterte ihre Schwester mit einem eindringlichen Blick. »Wer ist diese Frau, die bei Vellie wohnt? Ich habe sie heute morgen nicht gut sehen können, dafür war es noch zu dunkel. Aber sie schien mir außerordentlich hübsch zu sein. Sie ging ganz nahe bei ihm, hatte sich seinen Arm um die Hüften gelegt und . . .«

Brat sah ihre Schwester erstaunt an, als Claire aus dem Bett sprang. Sie hatte Claire noch nie zuvor nackt gesehen. Sie war erstaunt, daß ihre Schwester sich so vergessen konnte, sich in diesem Zustand vor ihr zu zeigen.

»Hilf mir beim Ankleiden«, befahl Claire. »Ich muß . . . muß . . .«

»Trevelyan retten?« fragte Brat schlau.

»So etwas ähnliches«, erwiderte Claire.

Keine zwanzig Minuten später stürmte sie die Treppe zu Trevelyans Turm hinauf. Sie wußte nicht, was sie dort zu finden meinte; aber sie hatte genügend Zeit gehabt, sich ein paar grauenhafte Dinge auszumalen. Sie war darauf gefaßt, diese schreckliche Nyssa auf Trevelyans Schoß sitzend vorzufinden. Statt dessen saß Trevelyan allein an einem seiner Tische, schrieb und konzentrierte sich, wie es seine Gewohnheit war, auf seine Arbeit. Er sah nicht einmal auf, als

Claire den Raum betrat, sondern streckte nur stumm die Hand mit einem leeren Whiskyglas in ihre Richtung aus. Er dachte wohl, Oman wäre ins Zimmer gekommen.

Claire ging zum Tisch an der Wand, wo sich die Whiskyflasche befand, und füllte das Glas. Als sie ihn einschenkte, sah er zu ihr hin.

»Ich dachte, du würdest noch schlafen«, sagte er leise.

Claires Hand zitterte, als sie die Flasche auf den Tisch zurückstellte. Ihre Blicke trafen sich – Trevelyans Augen waren fast schwarz, so eindringlich war sein Blick, während Claire ihn mit fragenden und scheuen Augen ansah, weil ihr alles, was sie während der Nacht gemacht hatten, in diesem Moment gegenwärtig war – und in der nächsten Sekunde lagen sie sich in den Armen und küßten sich mit einer Leidenschaft, als wären sie Jahre und nicht wenige Stunden voneinander getrennt gewesen. Trevelyan hob ihre Röcke an und zog sie auf seinen Schoß, während er die Schnur am Bund der Hose lockerte, die er unter seiner seidenen Robe trug.

Claire war geschockt, als sie begriff, was er vorhatte. Sie wollte protestieren, aber er preßte seinen Mund auf ihren, und ihr Widerstand brach zusammen. Sie legte ihm die Arme um den Hals und begann ihn voller Verlangen zu küssen.

Dabei nahm sie zunächst die Stimme der Frau nicht wahr, die sich zu ihrer Linken vernehmen ließ. Wenn Trevelyan sie hörte, ließ er es sich nicht anmerken. Er küßte Claire und schob drei ihrer Unterröcke auf die Seite.

Claire wollte Trevelyan von sich schieben. Die Frau sagte wieder etwas. »Trevelyan!« rief Claire im strengen Ton, stemmte beide Hände gegen seine Brust und versuchte, von seinem Schoß zu rutschen.

Trevelyan sagte etwas mit leiser Stimme. Claire konnte es nicht verstehen; erkannte jedoch, daß er die Pesha-Sprache verwendete. Sie hörte die Frau lachen und etwas erwidern.

Claire gab Trevelyan einen gewaltigen Stoß vor die Brust. Er ließ sie los, und sie landete mit einem lauten Plumpsgeräusch auf dem Steinboden. Claire blickte auf und sah Nyssa zwei Tische von ihnen entfernt im Zimmer stehen. Die Frau sah im frühen Morgenlicht sogar noch schöner aus als in der Nacht zuvor. Sie trug ein Gewand aus gelber Seide, die ihre braunen Augen fast golden erscheinen ließ. Claire erinnerte sich an jedes Wort, das Trevelyan über Nyssa als Geliebte gesagt hatte. Hatte er sie, Claire, mitten in der Nacht verlassen, um sich zu dieser Perle der Schönheit zu legen? Wenn er in einer Nacht fünfundzwanzig Frauen geliebt hatte, wurde er doch mit zweien spielend fertig.

Claire stand auf und ging zur Tür. »Ich muß jetzt gehen«, sagte sie.

Trevelyan faßte sie beim Rock, ehe sie auch nur einen Schritt machen konnte. »Du mußt nirgendwo hingehen.«

Nyssa meldete sich wieder zu Wort, und Trevelyan gab ihr Antwort.

»Was hat sie gesagt?« fragte Claire steif.

»Nichts von Belang.«

»Was hat sie gesagt?« begehrte Claire im lauteren Ton zu wissen.

Trevelyan seufzte schwer. »Sie sagte, daß die Farbe deines Kleides für dich falsch ist. Daß sie dich blaß macht und fade.«

Nyssa meldete sich erneut zu Wort, und Claire drehte sich zu ihr um und funkelte sie an.

»Übersetze!«

»Claire, mein Herz . . .«, begann Trevelyan und seufzte wieder. »Sie sagte, daß du zu schwer wärest für deine Größe und Männer dicke Frauen nicht mögen.«

Claire knirschte mit den Zähnen. »Sag ihr, daß Männer keine flachbrüstigen, dürren Frauen mögen, wie sie eine ist. Sag ihr, daß man in meinem Land, in Amerika, wo zivilisierte Menschen wohnen, von Frauen verlangt, daß sie etwas Fleisch auf den Knochen haben.«

»Claire . . .«, flehte Trevelyan.

Claire sah ihn nun mit flammenden Augen an. »Du willst

es ihr nicht sagen, wie? Hast du die Nacht mit ihr verbracht? Bist du zu ihr gegangen, nachdem du mich verlassen hast?«

»Als ich dich verließ, habe ich mir deine Zofe vorgenommen. Ich hatte gar keine *Zeit* für eine andere Frau.«

»Und nur der Mangel an Zeit hat dich davon abgehalten, nicht wahr? Hättest du Zeit gehabt, hättest du mit ihr geschlafen.«

»Das hätte ich nicht«, bekannte Trevelyan wahrheitsgemäß. »Nyssa verlangt mir zuviel ab. Sie raubt mir meine letzten Kräfte.«

Claire schnaubte vor Entsetzen. »Ich schätze, neben ihr bin ich eine alte Jungfer. Ein Wallach, verglichen mit einem Hengst.«

»So war es nicht gemeint. Ich wollte damit sagen, daß ich . . .«

Plötzlich war das alles für Claire zuviel. Sie schlug die Hände vors Gesicht und brach in Tränen aus. »Ich mache dir das nicht zum Vorwurf. Sie ist die schönste Frau, die ich in meinem Leben gesehen habe, und ich habe kein Recht, dir vorzuschreiben, was du tun sollst. Du kannt natürlich das tun, was du möchtest.«

Die Hände, die sich nun nach ihr ausstreckten, gehörten nicht Trevelyan. Es waren kleine, sehr tröstliche Hände, und sie zogen Claire an eine schmale Schulter. »Ich würde alles dafür geben, so einen Busen wie du zu haben«, sagte Nyssa auf Englisch mit einem lieblichen, weichen Akzent. »Und ich glaube, meine Haut ist zu dunkel. Wie hältst du deine so hell?«

»Ich gehe nicht oft in die Sonne«, schluchzte Claire, löste sich von Nyssa und blickte sie an. Anschließend faßte sie Trevelyan ins Auge und sagte: »Du hast dich schon wieder über mich lustig gemacht!«

Trevelyan sah ein bißchen aus wie ein Mann, der in einer Klemme saß. Er öffnete den Mund, um etwas zu sagen, aber Nyssa kam ihm zuvor: »Ich bat ihn, es keinem zu verraten. Auf der Rückreise von Pesha hat er mich in der englischen Sprache unterrichtet.« Nyssa nahm Claires Hände in ihre.

»Frank erzählte mir, ich hätte es dir zu verdanken, daß er mich gerettet hat. Ich mag Jack Powell nicht. Er wollte eine Gefangene aus mir machen. Er beabsichtigte, mit mir in der Welt herumzureisen und mich den Leuten zu zeigen. Ich hatte niemanden, der mir helfen konnte, weil ich glaubte, Frank sei tot.« Nyssa lächelte Claire an. »Willst du mir meinen kleinen Scherz verzeihen? Es gefiel mir so sehr, dich um Frank kämpfen zu sehen. Ich habe noch nie jemanden oder etwas erlebt, das seinen Geist vom Schreiben ablenken konnte.«

Claire blickte Trevelyan fragend an: »Ich habe dich von deiner Arbeit abgelenkt?«

Trevelyan zuckte mit den Achseln. »Hin und wieder. Wenn ich den Vikar spielen und Menschen retten oder an einer Mauer sitzen und zusehen mußte, wie du tanzen lernst. Oder dich in die Häuser alter Männer bringen und beobachten mußte, wie du mit ihnen flirtest. Ich mußte auch noch deine kleine Schwester unterhalten und . . .«

Claire lächelte ihn an. »Warum geht ihr beiden Kinder nicht nach draußen und spielt zusammen?« murmelte Trevelyan.

Beide lachten – Claire und Nyssa.

»Was soll er jetzt für uns tun?« fragte Nyssa. »Wollen wir ihn dazu bringen, daß er uns Geschichten erzählt? Oder soll er mit uns hinausgehen in die Sonne?«

»Wir befinden uns in Schottland«, bemerkte Trevelyan im grollenden Ton. »Da gibt es keine Sonne. Und falls du es inzwischen vergessen haben solltest – meine Anwesenheit in diesem Haus hat geheim zu bleiben.«

Claire blickte zwischen Nyssa und Trevelyan hin und her und wurde sich dabei bewußt, wie ungewöhnlich gut die beiden sich kannten. Das machte sie noch eifersüchtiger als der Gedanke, daß Trevelyan mit dieser Frau geschlafen hatte. »Ich muß zurück ins Haus«, sagte Claire. »Sie werden mich dort vermissen.« Sie drehte sich um und ging zur Treppe.

Trevelyan folgte ihr, sagte aber kein Wort, bis sie im

Stockwerk darunter angekommen waren – in dem Stockwerk, wo Claire in den morschen Fußbodenplanken stekkengeblieben war. Trevelyan faßte sie am Arm und drehte sie zu sich herum. »Du hast keinen Grund, auf Nyssa eifersüchtig zu sein. Sie bedeutet mir nichts.«

»Aber sie ist so schön, und du hast das Bett mit ihr geteilt.« Sie konnte ihn nicht ansehen, weil sie nicht wollte, daß er die Tränen in ihren Augen bemerkte.

»Ja, das habe ich.« Er legte eine Pause ein, ehe er mit zorniger Stimme fortfuhr: »Verdammt noch mal! Ich mag mit ihr geschlafen haben, aber ich habe nie behauptet, daß ich sie liebe!«

Sie wußte nicht, was er meinte, und es dauerte einen Moment, ehe sie begriff, daß er damit auf ihre Beteuerung, sie würde Harry lieben, anspielte. *Liebte* sie Harry? Wie konnte sie Harry lieben und sich wünschen, mit Trevelyan zusammenzusein? Wie konnte sie den einen Mann lieben und mit dem anderen die Nacht verbringen? Aber Trevelyan hatte gesagt, daß er mit hundert – möglicherweise tausend – Frauen geschlafen hatte, aber er schien einen Unterschied zu machen zwischen einer sexuellen Beziehung und Liebe.

Trevelyan sah die Verwirrung auf ihrem Gesicht, legte die Arme um sie, und Claire barg das Gesicht an seiner Brust. »Sollen wir machen, was Nyssa vorschlug, und den Tag im Freien verbringen?«

»Wir drei?«

»Ja, wir drei«, sagte er. »Nein, wir vier. Wir werden deine kleine Schwester ebenfalls einladen.«

Claire schluchzte: »Meine *schöne* kleine Schwester. Ich werde die Häßliche sein.«

Trevelyan lachte leise, legte die Hand unter ihr Kinn und hob ihr Gesicht zu seinem empor. »Du wirst die bei weitem Schönste für mich sein. Weißt du, daß ich anfange zu glauben, daß du das schönste Wesen bist, das mir jemals begegnet ist?«

»Wirklich?« Sie sah ihn mit tränennassen Augen an.

»Wahrhaftig.« Er küßte sie sanft, dann wurde sein Kuß

fordernder, leidenschaftlicher. Er legte die Hand an ihre Hüfte und zog ihre Röcke in die Höhe. »Warum trägst du nur so verdammt viele Kleider?«

»Trevelyan, wir können das hier nicht machen. Es sind Leute in der Nähe und . . .«

Er schnitt ihr das Wort mit einem Kuß ab. »Zum Teufel mit den anderen.«

»Aber hier ist kein Bett«, murmelte sie.

Trevelyan antwortete mit einem tiefen, so verheißungsvollen Lachen, daß Claire ein Kribbeln auf der Kopfhaut spürte. Sie dachte nicht mehr viel, als er ihr linkes Bein anhob, es sich um die Hüften legte und zwei Schritte machte, bis sie mit dem Rücken an der Wand lehnte. Er drang mühelos in sie ein, und Claire keuchte erschrocken. Sie hatte bereits vergessen, wie sich diese neue Erfahrung anfühlte.

Sie legte den Kopf in den Nacken, und Trevelyan bedeckte ihren Hals mit heißen Küssen, während er ihre Hüften mit beiden Händen festhielt und sie bei ihrem raschen, verstohlenen Liebesakt leitete.

Claires Leidenschaft wuchs ins Unermeßliche. Ihr Gewicht wurde von ihm getragen, und sie spürte seine Stöße, bis sie am liebsten vor Wonne aufgeschrien hätte. Doch seine Lippen auf ihrem Mund erstickten jeden Laut, bis sie schließlich gleichzeitig den Höhepunkt erreichten.

Sie klammerte sich erschöpft an ihn. »Trevelyan«, flüsterte sie an seinem Hals.

»Ja«, erwiderte er, »sag es mir.«

Claire schüttelte den Kopf. Sie wollte nicht einen Ton sagen, aus Angst, ihm zuviel preiszugeben.

Er hielt sie fest, beide voll bekleidet, doch auf eine so intime Weise miteinander vereinigt. »Gönne mir die Tage mit dir«, sagte er. »Gib mir diese wenigen Tage – das ist alles, worum ich dich bitte. Keine Versprechungen. Kein Bedauern. Lebe für den Augenblick – nur für den Augenblick. Denk nicht an morgen oder an das, was sonst noch jemand von dir verlangt. Kannst du das?«

Sie nickte an seinem Hals. Was für eine ungewöhnliche

Vorstellung, nur für den Augenblick zu leben – nur an sich selbst zu denken. Für eine unbekannte Zahl von Tagen konnte sie bei Trevelyan bleiben und brauchte nicht daran zu denken, was ihre Eltern von ihr verlangten und was sie in der Zukunft tun mußte. Sie konnte aufhören, sich Sorgen über die Zukunft ihrer Schwester zu machen. Sie brauchte nicht an Harrys schreckliche Mutter zu denken. Sie konnte lachen und mit jemandem über Dinge reden, die sie interessierten, statt so zu tun, als hätte sie Gefallen an Pferden und Hunden oder am Schießen.

»Du rührst Nyssa nicht an«, sagte sie. Als er nichts sagte, blickte sie ihm ins Gesicht.

»Nicht eine Berührung? Nicht einmal ein paar Küsse?«

Zum erstenmal erkannte sie, daß er sie neckte. »Es genügt, daß ich dir erlaube, sie anzuschauen. Und auch keine Bemerkung an meine Schwester, daß sie auf deinem Schoß sitzen dürfe.«

»Nur, wenn du schon auf meinem Schoß sitzt«, sagte er mit rauher Stimme.

»Ich denke, mir würde es sogar gefallen, auf deinem Schoß zu sitzen.« Sie küßte ihn, dann löste er sich von ihr und stellte sie vor sich hin. Sacht schob er ihr eine verirrte Haarsträhne hinter das Ohr.

»Vellie?« sagte sie. »Gibt es viele Arten, in denen man . . .man das machen kann?«

Seine Augen schimmerten hell, als er sie ansah. »Viele.«

»Ich vermute, du hast sie alle ausprobiert«, sagte sie bitter.

»Ich habe nur geübt für den Ernstfall.«

Sie sah zu ihm auf und lächelte. »Ich werde dir deine Tage geben. Nein, ich werde mir selbst diese Tage schenken. In den Tagen, die uns vergönnt sind, werde ich nur an die Gegenwart denken, nicht an die Zukunft oder die Vergangenheit. Nicht an deine oder meine Vergangenheit.«

Er streichelte ihre Wange. »Meine Vergangenheit braucht dich nicht zu bekümmern.« Er nahm sie bei der Hand und führte sie zur Treppe.

»Es ist deine Zukunft, die mich jetzt bekümmert. Was hast du mit Nyssa vor?«

»Das einzige, was ich mir für die Zukunft vorgenommen habe, ist, dir jede Nuance der Liebe zu zeigen.«

Claire blinzelte ihm zu. »Ich bin schon immer gern in die Schule gegangen.«

Er lachte.

21

Sie hatten vier Tage für sich, bevor Harry zurückkam. Die vier himmlischsten Tage, die Claire bisher in ihrem Leben verbracht hatte. Mehr als das – es waren Tage, wie sie sie sich nicht einmal in ihren Träumen hatte vorstellen können.

Soweit sie es beurteilen konnte, schlief Trevelyan nie. Wenigstens nicht besonders lange. Vermutlich kam er mit drei, vier Stunden Schlaf pro Nacht aus. Er verbrachte viele Stunden im Bett mit ihr, liebte sie und hielt sein Versprechen, ihr alles zu vermitteln, was er selbst beherrschte.

Aber der Liebesakt selbst war nur der kleinste Teil ihres Liebesspiels. Die Dinge, die er tat, bevor er sich mit ihr vereinte, trieben sie fast zum Wahnsinn. Er verwendete Worte, um sie darauf vorzubereiten. Er erzählte ihr erotische Geschichten, die keineswegs vulgär waren – sie beinhalteten alle eine kleine lustige Lehre.

Einmal erzählte Trevelyan ihr eine dieser Geschichten, während sie in Bonnie Prinz Charlies Bett lag und zusah, wie er sich auszog. Er brauchte unendlich lange für jedes Kleidungsstück, während er ihr die Geschichte der Liebesaffäre zwischen einer schönen Prinzessin und dem Ratgeber des Königs, ihres Vaters, erzählte. Wären sie beide dabei erwischt worden, hätte der Vater sie beide umgebracht. Aber der Ratgeber war gerissen und brachte es fertig, daß der König ihm erlaubte, die Prinzessin zu heiraten.

Trevelyan erzählte die Geschichte so bedächtig, beschrieb

in allen Einzelheiten, was die Prinzessin und ihr Liebhaber im Bett miteinander machten. Als Trevelyan so weit ausgezogen war, daß er zu Claire ins Bett kommen konnte, öffnete Claire bereitwillig die Arme. Aber er blieb neben dem Bett stehen und gähnte.

»Ich denke, ich werde ein wenig schreiben«, sagte er, hob seinen Seidenkaftan auf, schlüpfte hinein und verließ das Schlafzimmer.

Claire war erstaunt. Wie konnte er ihr so eine Geschichte erzählen und sie dann allein lassen? Sie hatte sich vorgenommen, seine Gefühlsrohheit zu tadeln, als sie wütend aus dem Bett stieg, sich eines seiner Gewänder überwarf und in sein Schreibzimmer stürmte. Er schrieb in aller Ruhe an einem Tisch, offenbar vollkommen unberührt von der Leidenschaft, die Claire in diesem Moment empfand.

Sie öffnete den Mund, um ihm zu sagen, was sie von ihm hielt, aber dann sah sie, wie seine Hand, die den Federhalter hielt, zitterte. Sie wußte, daß er genauso aufgewühlt war wie sie.

Sie ging ganz dicht an ihn heran und flüsterte: »Zeig mir, wie ich auf deinem Schoß sitzen soll.« Er ließ den Federhalter sofort fallen, griff mit seinen starken Händen nach ihr und zog sie zu sich. Er hielt sie, liebkoste sie, trug ihr Gewicht, während sie sich liebten.

Ihre Nächte waren mit Liebeswonnen und ihre Tage mit vielen anderen Freuden ausgefüllt. Trevelyan hatte so viel in seinem Leben gesehen und war nicht nur bereit, davon zu sprechen, sondern auch darzustellen, was er gesehen hatte. Er zeigte ihr Tänze aus Afrika und Spiele aus Indien. Er versuchte ihr Volkslieder aus einigen Ländern vorzutragen, aber er konnte keine reine Melodie singen. Claire gelang es, aus den Bruchstücken von Texten und Melodien, einige dieser Lieder zu rekonstruieren.

Sie wanderten zusammen, redeten und lachten. Er zog sie in die Büsche und küßte sie. Er hatte eine Art, ihren Nacken zu küssen, daß sie vor Verlangen bebte.

Er erlaubte ihr, zu lesen, was er gerade schrieb. Einmal,

als Claire eine kleine Kritik äußerte, kam es zu einem Streit zwischen ihnen. Oder zumindest wurde es zu einem Streit, als Claire Trevelyan dazu zwang, wieder mit ihr zu reden. Nach ihrer Bemerkung war er einfach ohne ein Wort fortgegangen. Er sagte nichts, als sie ihn etwas fragte und als sie ihn küßte. Er sagte noch immer nichts, als sie ihm eine Einladung ins Ohr flüsterte.

Sie warf ihm daraufhin vor, daß er kindisch sei, und er drehte sich ihr mit einem so wütenden Blick zu, daß sie unwillkürlich einen Schritt zurückwich. Er gab ihr nun zur Antwort, daß sie die Kindische wäre. Daraufhin wollte sie weglaufen und sich irgendwo verstecken; aber sie zwang sich dazu, sich gegen ihn zu verteidigen. Sie sagte ihm, daß sein ›Alter‹ einer seiner gewichtigsten Fehler sei, daß er einer altmodischen Generation angehöre und keine modernen Ideen habe. Sie machte auch Captain Baker den Vorwurf, ein rückständiger Schotte zu sein.

Er erklärte ihr schroff, was er von Amerika hielt, und sie konterte damit, was sie von eigensinnigen Männern dachte, die keinen vernünftigen Rat annehmen wollten.

Nyssa und Brat gelang es schließlich, den Streit zu beenden. Claire und Trevelyan hatten sich so laut angeschrien, daß man es draußen hören konnte. Nyssa und Brat liefen die Wendeltreppe herauf, stellten sich an die Wand und hörten den beiden eine Weile zu, bis Nyssa in die Hände klatschte. Sie forderte Brat auf, die Treffer zu zählen, damit sie den Sieger dieses Streits ermitteln konnten. Wer von den beiden die bissigste Bemerkung machte, sollte gewinnen. Sie und Brat schrieben Trevelyan vier Punkte gut, als er eine abfällige Bemerkung über Claires Eltern machte. Claire konterte mit der Behauptung, daß Trevelyan gar keine Eltern habe; daß seine Eltern ihn vermutlich gar nicht haben wollten. Nyssa erklärte diese Spitze zum Siegtreffer, als Trevelyan wortlos aus dem Raum stampfte.

Claire setzte sich auf das Sofa, noch ganz benommen von dieser Auseinandersetzung, die sie soeben mit Trevelyan gehabt hatte. Es war doch gar nicht ihre Absicht gewesen, ihm Vorwürfe zu machen. Wie konnte sie nur so häßliche Dinge zu ihm sagen? Und das alles nur wegen seiner Bücher? Sie hatte kein Recht dazu, seine Berichte zu kritisieren. Sie hatte nur *ihre* Meinung kundgetan. War es nicht möglich, daß die Mehrheit seiner Leser eben gerade das, was sie kritisierte, mochten?

Nyssa setzte sich neben Claire und legte den Arm um sie. »Du solltest ihm lieber nachgehen. Er ist wie ein verwundetes Tier, wenn er gekränkt ist. Er wird nicht so leicht darüber hinwegkommen.«

Claire behagte es gar nicht, daß Nyssa so viel über Trevelyan wußte – Dinge, von denen sie, Claire, keine Ahnung hatte. Doch Claire hatte keine Zeit, sich in diesem Moment Gedanken darüber zu machen. »Wohin ist er wohl gegangen?«

»Zum alten Sommerhaus«, antwortete Brat. »Dort geht er oft hin.«

Claire verließ den Westflügel und machte sich auf den langen Weg zum Sommerhaus. Bis dahin waren es mindestens zwei Meilen, und sie wußte, daß Trevelyan ein schnelles Tempo vorlegen würde. Seit er wieder zu Kräften gekommen war, konnte sie kaum mit ihm Schritt halten.

Er saß auf einer Bank auf der Veranda des kleinen Sommerhauses und blickte zu den Hügeln. »Was willst du?« fragte er grollend.

Sie setzte sich neben ihn, berührte ihn aber nicht. »Wir haben uns ein paar schlimme Sachen an den Kopf geworfen.«

Er fand es nicht der Mühe wert, ihr darauf eine Antwort zu geben.

Claire spürte, daß sie ihn sehr verletzt hatte. Es war ihr nur nicht klar, womit sie ihn so tief getroffen hatte. War er denn so empfindlich, was seine Schriften anlangt? »Ich mag deine Bücher«, sagte sie. »Sie haben mir schon immer gefallen. Ich mag sie *alle*. Ohne Ausnahme.«

Er sah sie an, als wüßte er nicht, wovon sie eigentlich sprach.

»Deine Bücher, erinnerst du dich? Deswegen haben wir uns doch gestritten.«

Er sah wieder zu den Hügeln hinüber. »Tatsächlich? Vielleicht sollte ich ein paar sachliche Details weglassen. Vielleicht sollte ich zwei Bücher schreiben – eines für Leser, die sich für meine Forschungsergebnisse interessieren, und eines für die Masse, die unterhalten werden möchte. Für die Masse berichte ich alles über Nyssa und die anderen schönen Frauen, mit denen ich es zu tun hatte.«

»Ich denke, die Welt kann auf so ein Buch verzichten«, erwiderte sie steif.

»Vielleicht«, brummte Trevelyan ohne große Anteilnahme.

Claire saß eine Weile schweigend bei ihm. Sie hatte bereits gelernt, daß Trevelyan zwar stundenlang reden, aber auch ebensogut schweigen konnte. »Wenn das, was ich an deinen Büchern kritisierte, dich nicht aufregt – warum bist du dann so wütend auf mich?«

Er sah sie verständnislos an. »Ich bin nicht wütend auf dich. Du hast deine Meinung und ich meine.«

»Aber du *bist* wütend auf mich gewesen. Du bist aus dem Zimmer gestürmt und hierher gelaufen. Du bist vor Wut fast geplatzt.«

Trevelyan sah sie an, als hätte sie den Verstand verloren; und Claire machte ihre erste Erfahrung mit bedeutenden Männern. »Ich habe nichts dergleichen getan. Ich wollte nur frische Luft schnappen.«

Claire hätte ihm jetzt am liebsten wieder lautstark die Meinung gesagt, wußte jedoch, daß das nichts nützen würde. Im nächsten Moment begriff sie, daß er ihr etwas verschweigen wollte. Daß da etwas war, was sie nicht wissen sollte.

»Was möchtest du mir nicht sagen?« fragte sie leise.

Trevelyan stand auf und trat an den Rand der Veranda. »Ich habe keine Ahnung, was du meinst. Ich habe dir mehr von meinem Leben erzählt als irgend jemandem sonst.«

»Das mag stimmen, aber du hast mir nur von Captain Baker erzählt. Du hast mir nie von deinem Leben erzählt, bevor du Captain Baker wurdest. Wo bist du aufgewachsen? Wie nahe bist du mit Harry verwandt?«

»Ich fange an zu frieren. Ich denke, wir sollten besser wieder zurückgehen.« Er drehte sich zu ihr um und sah sie an. »Oder möchtest du lieber hierbleiben? Wir könnten ins Sommerhaus gehen und . . .«

»Du wirst mir deinen Körper schenken, aber nicht deine Geheimnisse. Du weißt alles, was es über mich zu wissen gibt, erzählst mir aber nichts von dir. Du teilst dein Privatleben nicht mit mir.«

»Ich teile alles, was ich teilen kann, mit dir.«

»Du teilst alles, was du teilen *willst* mit mir.« Sie drehte sich auf dem Absatz um und ging davon.

Er holte sie ein, als sie sich erst wenige Schritte vom Sommerhaus entfernt hatte und hielt sie fest.

»Bleib bei mir«, sagte er. »Geh nicht fort.«

Sie sah in diese Augen – diese unergründlichen Augen – und fragte sich, was sich dahinter verstecken mochte. Sie wollte sich von ihm losreißen, wußte aber, daß er sie brauchte. Sie lehnte sich an ihn, und er umarmte sie.

»Also gut – ich bleibe.«

Er küßte sie auf den Scheitel und hielt sie lange fest. Schließlich sagte er: »Du bist also der Ansicht, daß ich einige von meinen Maßangaben in meinen Büchern lieber weglassen sollte?«

»Warum läßt du mich nicht die Stellen, die ich meine, ankreuzen?«

»Soll das heißen, daß ich dir erlauben soll, meine Bücher zu korrigieren? Dir? Einem bloßen Kind?«

Sie stritten sich auf dem ganzen Weg zum Haus. Claire merkte jedoch, daß er sich nicht ernsthaft entrüstete, sondern sie nur necken wollte. Trotzdem hatte sie im Verlauf ihrer ersten Auseinandersetzung in seinem Schreibzimmer etwas gesagt, was ihn wirklich getroffen hatte.

In ihren kostbaren vier Tagen war dieser Streit der einzige Mißklang in einer sonst ungetrübten Beziehung. Die übrige Zeit verbrachten sie damit, sich zu lieben und mit Nyssa und Brat zusammenzusein. Am Morgen nach ihrer ersten Liebesnacht, als Claire eingewilligt hatte, ihre Zeit mit Trevelyan zu verbringen, hatte sie diese schöne junge Frau nicht mit einbeziehen wollen. Welche Frau wünschte sich wohl, eine andere Frau, die so schön war, daß man ihr den Namen »Perle des Mondes« gab, und von einer ganzen Stadt voller Männer verehrt worden war, neben sich zu haben? Das konnte nur Verdruß bringen.

Und Claire war sich nicht nur Nyssas Schönheit bewußt, sondern hatte auch die häßlichen Behauptungen nicht vergessen, die Nyssa über sie gemacht hatte: Zum Beispiel, daß sie eine Haut habe wie die Unterseite eines Frosches. Und auch Trevelyans Bemerkung war ihr im Gedächtnis haften geblieben, daß Nyssa mehr Frau sei, als er bewältigen könne. Claire hätte jede Wette abgeschlossen, daß sie in keiner Beziehung an Nyssa heranreichte.

Doch Claire hatte nicht mit Nyssas Verhalten gerechnet. Nyssa richtete sich nicht nach Claires geheimen Wünschen. Sie schien nur ein Ziel im Leben zu verfolgen – das zu tun, was sie wollte und wann sie es wollte. Trevelyan sagte, als Priesterin von Pesha habe sie nur eine Pflicht zu erfüllen: sich zu vergnügen. Und dieser Pflicht kam Nyssa in vorbildlicher Weise nach. Sie lachte, sie sang und sie tanzte. Sie neckte Trevelyan und brachte ihn zum Lachen. Und wenn Claire es nicht mehr ertragen konnte, begann Nyssa sie zu necken. Sie fragte Claire, ob ihr Trevelyans Launenhaftigkeit nicht auf die Nerven ginge, bewunderte dann Claires Haar und fragte, ob sie es bürsten dürfe. Wer kann einem Menschen schon böse sein, der einem das Haar bürstet? Nyssa flocht Claires Haar zu dicken Zöpfen und schmückte sie mit drei von ihren mit Juwelen besetzten Kämmen. Danach führte sie Claire in Trevelyans Schlafzimmer und überredete sie dazu, sich eines von dessen reich bestickten Seidengewändern anzuziehen.

»Und jetzt nehmen wir uns dein Gesicht vor«, sagte Nyssa.

Claire wollte protestieren, aber ihre Neugierde war größer als ihr Widerwille. Sie sah fasziniert zu, wie Nyssa ihre Reisetasche öffnete und eine schwarze Substanz hervorholte, die aussah wie Holzkohle. Nyssa bat Oman, ihr ein Kohlenbecken zu bringen, und setzte den schwarzen Klumpen in Brand. Dann nahm sie eine Schüssel und hielt sie mit der Öffnung nach unten eine Weile über die brennende Substanz. Claire mußte ihren Protest gewaltsam unterdrükken, als Nyssa auf den Ruß, der sich in der Schüssel niedergeschlagen hatte, spuckte und den Stiel der Haarbürste dazu verwendete, daraus eine Paste zu formen. Dann trug sie die schwarze Paste geschickt auf Claires Lidern und Wimpern auf. Anschließend holte sie eine Schachtel mit Puder und eine Dose mit Rouge und verrieb beides auf Claires Gesicht. Dann bemalte sie noch Claires Lippen mit Rouge und drückte ihr, als sie mit ihrer Arbeit fertig war, einen kleinen Spiegel in die Hand.

Claire war überzeugt, daß sie aussehen müsse wie ein Zirkusclown, aber das stimmte nicht. Nyssa war eine Expertin im Schminken. Claire hatte noch nie so hübsch ausgesehen wie jetzt.

»Geh zu Frank«, sagte Nyssa. »Es wird ihm gefallen.«

Verlegen trat Claire über die Schwelle von Trevelyans Schreibzimmer. Wenn er nicht anderweitig beschäftigt war, saß er stets an einem seiner Tische und schrieb.

Claire stand ein paar Minuten bei ihm und mußte sich dreimal räuspern, ehe er sie bemerkte. Er sah sie an und musterte sie gründlich, nahm dann ihr Kinn in die Hand und drehte ihren Kopf nach links und nach rechts. Dann sagte er etwas in der Pesha-Sprache zu Nyssa, gab Claire einen Kuß und widmete sich wieder seiner Arbeit.

Claire war ein wenig enttäuscht und ging zu Nyssa zurück. »Was hat er gesagt?« flüsterte sie.

»Er sagte, daß du bereits vollkommen wärest und ich vielleicht eine Aufbesserung nötig hätte – du aber nicht.«

»Das hat er gesagt?« Claire lächelte entzückte, lief zu Trevelyan zurück und küßte ihn heftig auf den Mund. Trevelyan war ein wenig verwundert darüber, denn was er tatsächlich zu Nyssa gesagt hatte, war keine Lobeshymne auf Claires Schönheit gewesen, sondern eine Kritik an Claires Make-up, das Nyssa zu dick aufgetragen habe.

Nachdem Nyssa Claire dazu überredet hatte, eines von Trevelyans Gewändern anzuziehen, fragte sie Claire, ob sie ihre amerikanischen Kleider einmal anprobieren dürfe. Nyssas kleine Brüste füllten natürlich bei weitem nicht Claires Oberteil aus, und deshalb nahm Claire ein paar Socken von Trevelyan zu Hilfe.

Vergnügt stolzierte Nyssa anschließend vor Trevelyan und Oman auf und ab, die sie beide über Gebühr bewunderten.

Während dieser Modenschau kam Brat ins Zimmer. Sie sah Nyssa zum erstenmal bei Tageslicht und aus nächster Nähe. Und von diesem Augenblick an war die Luft elektrisch geladen.

Eben noch hatte Nyssa mit einem strahlenden Lächeln ihr seltsames Gewand und ihren falschen Busen bewundert, doch jetzt starrte sie Brat mit leicht geöffnetem Mund an. Claire wußte sofort, daß Nyssa bisher noch nie einem weiblichen Wesen begegnet war, das es, was die Schönheit betraf, mit ihr hatte aufnehmen können. Aber Brat stand ihr in nichts nach. Die beiden jungen Schönheiten, die eine dunkel, mit schwarzem Haar und schwarzen Augen, die andere mit hellbraunem Haar, blauen Augen, rosa Lippen und einer Haut wie Elfenbein, starrten sich lange an.

Claire warf Trevelyan einen Blick zu und sah, daß er sich in seinem Stuhl zurückgelehnt hatte und die beiden jungen Frauen gespannt beobachtete.

Brat war die erste, die sich bewegte. Sie ging zu Nyssa, blickte ihr in die Augen, ballte die Rechte zur Faust und schlug sie Nyssa ins Gesicht, worauf diese zu Boden stürzte.

»Brat!« schrie Claire ihre Schwester an, die Nyssa betrachtete, als wäre sie ihr schlimmster Feind. Claire eilte zu Nyssa, um ihr vom Boden aufzuhelfen, und sah dabei zu

Trevelyan, damit er sie dabei unterstützen sollte. Doch Trevelyan lächelte nur und rührte sich nicht.

»Das tut mir ja so leid«, beteuerte Claire, während sie Nyssa vom Boden aufhalf. Und dann zu ihrer Schwester: »Sarah Ann, ich verlange, daß du dich sofort bei ihr entschuldigst!«

Doch Brat dachte gar nicht daran, sich zu entschuldigen. Sie betrachtete Nyssa mit harten Augen, als hätte sie einen unverzeihlichen Fehler begangen.

Claire trat vor ihre Schwester und sagte: »Entweder entschuldigst du dich jetzt bei ihr, oder du bekommst es mit mir zu tun!«

Plötzlich lachte Nyssa und Claire drehte sich verwirrt um.

»Deine Schwester war noch nie mit einer Frau zusammen in einem Zimmer, die hübscher ist als sie«, erklärte Nyssa.

Brat sagte nichts dazu und funkelte Nyssa böse an.

Trevelyan zuckte mit den Achseln und sah Claire an. »Du bist mit Reichtum gesegnet, deine Schwester mit Schönheit. Bist du schon mal einer jungen Frau begegnet, die mehr Geld besitzt als du?«

Claire sah ihn an, als hätte er den Verstand verloren. »Was hat das alles mit meinem Geld zu tun? Meine Schwester hat gerade jemanden geschlagen, der ihr nichts getan hat, und . . .«

Sie sprach den Satz nicht zu Ende, weil Nyssa an ihr vorbeiging und Brat die rechte Hand hinstreckte. »Ich werde dich schminken wie deine Schwester. Und ich habe ein blaues Seidengewand, das wunderbar zu deinen Augen paßt. Und ein Paar seidene Pantoffeln mit aufgenähten kleinen Spiegeln.«

Brat verharrte noch ein paar Sekunden an ihrem Platz, ehe sie Nyssa ins Schlafzimmer folgte.

Von diesem Moment an waren Nyssa und Brat unzertrennlich. Nicht weil die beiden sich mochten oder jemals ein freundliches Wort füreinander hatten, sondern weil sie offenbar glaubten, daß eine die andere nicht aus den Augen lassen durfte. Claire hatte den Eindruck, daß Nyssa sich über dieses Spiel, das die beiden miteinander trieben, amüsierte, während Brat es ziemlich ernst nahm.

Zunächst war Claire über die Feindseligkeit, die Brat Nyssa entgegenbrachte, zutiefst besorgt, aber Trevelyan nahm die Sache nicht ernst. »Solange Nyssa ihren Spaß daran hat, ist es in Ordnung.« Sie verstand seine Antwort genausowenig wie das, was sich zwischen Nyssa und ihrer Schwester abspielte. Nyssa, die so alt war wie sie, benahm sich, als wäre schon der Gedanke, für etwas Verantwortung übernehmen zu müssen, tödlich für sie. Das Vergnügen, erzählte sie Claire, wäre ihre einzige Aufgabe im Leben.

Einmal versuchte Claire, mit Trevelyan über Nyssas Zukunft zu sprechen, aber Trevelyan weigerte sich, sich auf dieses Thema einzulassen. »Sie ist nicht so wie du«, schnaubte er. »Kannst du nicht begreifen, daß die Menschen in anderen Ländern auch anders leben als du? Du beklagst dich schon darüber, daß sich die Lebensart der Engländer von der amerikanischen unterscheidet, und die schottische von der englischen. Du hast ja keine Ahnung, wie groß die Unterschiede zwischen unserer Lebensart und jenen in den entfernteren Teilen der Welt sind!«

Claire konnte nicht verstehen, warum er sich so ereiferte, weil sie gewagt hatte, mit ihm über Nyssas Zukunft zu sprechen. Aber dies war noch das kleinste Rätsel, das Trevelyan ihr aufgab. Manchmal sah er sie mit den Augen eines Liebenden an, aber dann schien er sich wieder erst darauf besinnen zu müssen, wen er vor sich hatte, wenn sie ins Zimmer kam und er von seiner Arbeit aufblickte. Sein Konzentrationsvermögen war unheimlich. Oft schrien Brat und Nyssa sich gegenseitig an, aber Trevelyan schrieb weiter, als wäre er taub. Als Brat sich einmal mit Nyssa um einen besonders schönen roten Seidenkaftan stritt, rüttelte Claire Trevelyan an der Schulter, weil er zwischen den beiden jungen Frauen vermitteln sollte. Doch Trevelyan runzelte nur die Stirn und sagte, ohne von seiner Arbeit aufzusehen: »Wenn sich die beiden die Köpfe einschlagen, wird ihnen das leid tun. Aus dieser Erfahrung werden sie mehr lernen, als ich ihnen beibringen könnte.« Und Claire mußte ihm, wie sich zeigte, recht geben.

Am Morgen des vierten Tages kam Oman ins Zimmer und überreichte Claire einen Brief. Ein Mann auf schaumbedecktem Pferd habe ihn soeben überbracht, sagte er. Claire klopfte das Herz bis zum Hals, als sie den Brief entgegennahm. Hatte Harry inzwischen erfahren, daß sie mit Trevelyan ein Verhältnis hatte? Stammte der Brief von ihm?

Trevelyan hatte aufgehört zu schreiben und sah sie gespannt an. »Er ist vom Prinzen von Wales«, sagte Claire, als sie das Wappen auf dem Umschlag sah. Nyssa und Brat kamen aus dem Schlafzimmer, um zuzuschauen, wie sie den Brief öffnete. Claire las ihn rasch durch und sah Trevelyan an. »Der Prinz von Wales hat eine königliche Verfügung erlassen, die sich auf MacTarvits Whisky bezieht.«

»Der Prinz will seinen Whisky *beschlagnahmen*?« fragte Brat verwundert.

Claire lächelte. »Nein, der Prinz erklärt in diesem Brief, daß MacTarvits Whisky der beste sei, den er jemals getrunken habe, und er möchte, daß es alle Welt erfährt.« Claires und Trevelyans Blicke kreuzten sich. »Sie wird ihn jetzt nicht von ihrem Land vertreiben können«, sagte Claire. »Nicht, wenn der Prinz seinen Whisky haben möchte.«

Trevelyan sah Claire lange an. Sie konnte ihm nicht vom Gesicht ablesen, was er in diesem Moment dachte. »Das wird ihr gar nicht gefallen«, sagte er schließlich. »Du mischst dich zu sehr in ihr Leben ein.«

Claire drehte sich von ihm weg, denn seine Worte und der Ernst, mit dem er sie vorgebracht hatte, jagten ihr Angst ein. »Sollen wir zu Angus MacTarvit gehen und ihm von dem Brief erzählen?«

»Ja!« rief Nyssa. »Laßt uns sofort aufbrechen, und du wirst mir unterwegs erzählen, wie du zu diesem Brief gekommen bist!«

Trevelyan gab Oman mit einem Nicken zu verstehen, daß er mit Nyssas Vorschlag einverstanden war, und eine halbe Stunde später waren alle mit einer Kutsche unterwegs zu

MacTarvits Haus. Trevelyan hatte das Plaid angezogen, das, wie Claire inzwischen wußte, der Kilt des Clanchefs der MacArrans war. Claire hatte ihm zum wiederholten Male gesagt, daß er diesen Kilt eigentlich nicht tragen durfte. Er hatte ihr zur Antwort gegeben, daß ihm Harrys Kilts zu kurz wären, und Claire hatte die beißende Ironie seiner Bemerkung nicht überhören können. Nyssa, die Claire gegenübersaß, war eine strahlende Erscheinung in goldbraunem Gewand, und Brat, die sich nicht von ihrer Freundin/Feindin übertrumpfen lassen wollte, trug einen blauen Kaftan und einen Blumenkranz im Haar. Nur Claire hatte sich nicht herausgeputzt und trug ein schlichtes rotes Kleid. Sie hatte fast Angst, daß die Bauern die anderen für Wesen von einem anderen Stern halten könnten.

Nyssa sagte etwas in ihrer Sprache zu Trevelyan und er lächelte.

Claire blickte Nyssa an. »Übersetz mir das bitte!«

Trevelyan tat das für sie, weil Nyssa das Gesicht abgewendet hatte und zum Fenster hinaussah.

»Sie sagte, du sähest mit deinem Gestell am Hintern am seltsamsten von uns allen aus.«

»Mit meiner Turnüre?« brauste Claire auf. »Ich möchte, daß du ihr erklärst, daß dies die geltende . . .« Sie hielt inne, weil alle lachten und Claire von ihrer Heiterkeit angesteckt wurde. Sie betrachtete Trevelyan lachend. »Wenigstens hast du dich heute nicht wie George Washington angezogen.«

Trevelyan lächelte.

Sie waren noch ungefähr eine Meile von MacTarvits Haus entfernt, als die Straße zu Ende war und sie zu Fuß weitergehen mußten. Angus erwartete sie bereits auf seinem Hügel, jedoch ohne sein Gewehr, und hinter ihm war ein gutes Dutzend seiner Dorfbewohner versammelt, als hätten sie die Kutsche schon von weitem gesehen und sich auf dem Hügel zu ihrer Begrüßung eingefunden. Aber es schien ihnen allen die Sprache zu verschlagen, als sie diese so prächtig ausstaffierte Gesellschaft den Hügel heraufklettern sahen.

Angus, der bisher noch nie um Worte verlegen gewesen war, blickte mit großen, staunenden Augen zwischen Brat und Nyssa hin und her, bis Trevelyan merkte, daß Claire sich bemühte, vor diesen Leuten kein gekränktes Gesicht zu machen, Angus beim Arm faßte und sagte: »Kommen Sie mit, alter Mann! Claire hat Ihnen etwas mitzuteilen.«

Angus führte ihn und Claire in seine Hütte. Claire nahm auf dem einen Stuhl Platz, und sie und Trevelyan warteten geduldig, bis Angus ihnen ein Glas Whisky eingeschenkt hatte. Als jeder mit einem Glas versorgt war und Angus sich auf einen Schemel neben den Herd gesetzt hatte, sagte er: »Was bringt euch denn heute gleich in solchen Massen hierher?«

»Das«, antwortete Claire und überreichte ihm den Brief des Prinzen von Wales.

Angus nahm ihn in die Hand und betrachtete ihn, schien aber seinen Inhalt nicht zu verstehen. Plötzlich wurde Claire bewußt, daß Angus nicht lesen konnte, und sagte: »Der Prinz von Wales hat einen königlichen Schutzbrief für Ihren Whisky ausgestellt.«

Angus sah Trevelyan an, als suchte er bei ihm eine Erklärung.

»Wir sind vor kurzem in Edinburgh gewesen«, ergriff Trevelyan das Wort, »und der Prinz besuchte zu dieser Zeit gerade die Königin auf Schloß Balmoral. Claire schickte ihm eine Flasche von Ihrem Whisky, und er hat ihm geschmeckt.«

Angus runzelte die Stirn und sah Claire an. Sie ahnte, daß er den Zusammenhang noch immer nicht begriffen hatte. »Sie werden jetzt von einem Prinzen beschützt – von einem Mann, der eines Tages der König Ihres Landes sein wird. Er hat Sie zu seinem Hoflieferanten bestellt. Das bedeutet, daß er nie zuläßt, daß Sie jemand daran hindert, Ihren Whisky zu brauen. Gegen diesen Schutzbrief ist selbst eine Herzogin machtlos. Das bedeutet auch, daß Leute in der ganzen Welt auf Ihren Whisky aufmerksam werden und ihn kaufen wollen – besonders die Amerikaner. Die Amerikaner lieben alles, was schottisch ist. Es werden reiche Amerikaner zu Ihnen kommen und mit Ihnen über den Preis Ihres Whiskys feilschen. Amerikaner zahlen gern überhöhte Preise, damit sie sich zu Hause vor ihren Freunden damit brüsten können, wieviel sie das, was sie von ihrer Reise mitgebracht haben, gekostet hat.«

Angus wandte sich wieder an Trevelyan.

»Leider ist alles wahr, was sie sagt.«

Hätten sie an einem Tisch gesessen, hätte Claire ihm einen Tritt gegen das Schienbein gegeben.

Sie merkte Angus an, daß ihn diese Neuigkeit aufregte. Er stand auf und drehte ihnen den Rücken zu. Dann sagte er mit einer Stimme, die merkwürdig zittrig wirkte: »Ich habe die alten Sitten und Bräuche geliebt. Meine Familie ist ihnen immer treu geblieben.«

Claire holte tief Luft. »Sie brauchen die Bestallung zum Hoflieferanten ja nicht anzunehmen. Ich weiß nicht, ob bisher schon jemand so eine Ernennung zurückgewiesen hat, aber ich bin sicher, daß Sie es können. Sie müssen Ihren Whisky nicht verkaufen. Sie können auch so weiterleben wie bisher.«

Angus drehte sich mit einem wütenden Gesicht zu ihr um. »Ablehnen? Sehe ich wirklich so dumm aus? Meinst du, ich möchte meine alten Tage damit verbringen, mir in dieser Hütte den Hintern abzufrieren? Meine Kinder sind ausgewandert, weil es hier keine Arbeit für sie gab. Ich habe versucht, meinen Whisky in Edinburgh zu verkaufen, aber die ...«, er deutete mit dem Kopf in die Richtung, wo Bramley lag, » sie hat mein Fuhrwerk überfallen und meine Flaschen zerschlagen lassen.«

Er grinste Claire an. »Ein paar von den alten Sitten sind in Ordnung. Du wirst mich nie dazu bringen, daß ich meinen Kilt ausziehe, aber auf gestohlenes Rindfleisch kann ich gern verzichten. Ich wünschte, ich hätte im Winter auch mal ...« Sein Kopf ruckte hoch. »Ich möchte im Winter auch mal Orangen essen!«

Er setzte sich auf seinen Schemel und starrte auf den Boden. »Wenn es hier Arbeit gibt, könnte meine Familie vielleicht wieder nach Hause kommen. Ich habe vier Jungs – alles feine, prächtige Kerle. Sie sind in Amerika und zwei von ihnen sind verheiratet.« Angus sah Claire an, und Tränen standen ihm in den Augen. »Einer meiner Söhne hat ein Kind. Ich habe meinen Enkel nie gesehen und glaubte auch nicht, daß ich ihn jemals sehen würde.«

Claire fürchtete, sie würde auch im nächsten Moment zu weinen anfangen. Trevelyan beobachtete sie eindringlich. Und er wandte den Blick nicht von ihr ab, als sie ihn anstarrte. Nach einer Weile stand er auf, hielt Claire wortlos seine Rechte hin und ging mit ihr zur Tür. Angus schien gar nicht zu bemerken, daß sie seine Hütte verließen.

Claire folgte Trevelyan ins Freie. Sie konnten die Klänge von Dudelsackpfeifen hören, die neben der Hütte spielten. Claire wollte in diese Richtung gehen, aber Trevelyan zog sie zum Wald hin. »Was hast du vor?« fragte Claire, aber er gab ihr keine Antwort.

Als sie sich im Schutz der Bäume befanden, wo man sie nicht sehen konnte, drehte Trevelyan sich zu ihr um, nahm ihr Gesicht zwischen seine Hände und küßte sie, wie er sie noch nie zuvor geküßt hatte. Es war kein Kuß der Leidenschaft; es war ein Kuß der . . . Liebe, dachte Claire.

Trevelyan trat einen kleinen Schritt zurück und betrachtete sie, als wollte er sich jeden ihrer Züge ins Gedächtnis einprägen.

»Das war etwas sehr Gutes, was du für ihn getan hast«, sagte er leise.

Aus irgendeinem Grund war Claire dieses Kompliment peinlich. »Ich habe nicht mehr für ihn getan als jeder andere an meiner Stelle auch getan hätte. Ich kenne den Prinzen und dachte, daß er vielleicht eine Kostprobe von MacTarvits Whisky nehmen würde, wenn ich ihm eine Flasche davon schickte. Ich hatte den Eindruck, daß er mich mochte, als wir uns in London kennenlernten.«

Trevelyan sah sie noch immer auf seine sonderbar eindringliche Weise an. Doch dann lächelte er und sagte: »Ich glaube, Nyssa hat inzwischen ein kleines Fest arrangiert. Sollen wir zu ihnen gehen und sie beim Tanzen beobachten?«

Claire wußte, daß es so einen Tag wie diesen in ihrem Leben nie mehr geben würde. Als sie zu dem Platz vor seiner Hütte kamen, zapfte dort Angus gerade zwei große Fässer seines Whiskys an und verteilte ihn an jeden – ohne einen Penny dafür zu verlangen.

»Das Ende der Welt ist nahe«, raunte Trevelyan Claire ins Ohr.

Als Claire Angus zum ersten Mal besucht hatte, hatte sie sich bemüht, ein paar schottische Tänze zu lernen. Heute waren es Nyssa und Brat, die sich im Schwerttanz übten. Und die beiden hübschen jungen Frauen konnten es so gut, daß Claire sich lieber auf die Rolle der Zuschauerin beschränkte. Sie staunte, wie behende die Füße der beiden über die Klingen der Schwerter auf dem Boden glitten.

Als Brat einmal über den Saum ihres Kleides stolperte, fragte Nyssa, ob sie nicht ein paar schottische Kleider anziehen könnten. Eine von den Frauen bot ihr einen langen, selbstgewebten Rock an, aber Nyssa deutete auf einen jungen Mann und sagte, sie wolle so eine Kleidung haben. Sie wurde von einigen darauf hingewiesen, daß Frauen nicht so einen kurzen Schottenrock tragen würden, bis Trevelyan sich einmischte und erklärte, daß Nyssa das, was sie sich wünschte, auch bekommen müsse. Angus ging mit den beiden jungen Frauen in seine Hütte und lieh ihnen zwei Kilts in der dunklen Farbe des MacTarvit-Clans. Er schien sie seit vielen Jahren sorgsam verwahrt zu haben, und man konnte dem alten Mann anmerken, daß sie ihm viel bedeuteten. Als Nyssa einen der Kilts entgegennahm, küßte sie Angus auf die wettergegerbte Wange. Brat, die sich von Nyssa nicht ausstechen lassen wollte, drückte ihm einen Kuß auf die andere Wange, und Angus strahlte, daß man seine Zahnlükken sah.

Als die hübschen jungen Frauen wieder aus Angus' Haus kamen, mit den kurzen Kilts bekleidet, so daß man ihre nackten Beine sehen konnte, gab es vorwurfsvolle Blicke von den Frauen und einige lüsterne Blicke von den Männern. Trevelyan ging zu Brat und Nyssa, bot ihnen seinen Arm an und geleitete sie zu dem Tanzplatz, wo die Dudelsackpfeifer sie erwarteten. Plötzlich gab es niemanden mehr, der die beiden jungen Frauen mit scheelen oder kritischen Blicken musterte.

Als Trevelyan zu Claire zurückkam und die Musik wieder zu spielen begann, sagte sie zu ihm: »Es ist so, als wäre dein Wort hier Gesetz.« Sie sah zu ihm auf. »Die Leute meinten, Mädchen dürften keine Männerkilts tragen, bis du Ihnen durch dein Verhalten gezeigt hast, daß du damit einverstanden bist. Und sofort akzeptierten das die Leute. Warum?«

Trevelyan zuckte nur mit den Achseln. »Die beiden tanzen sehr gut – findest du nicht auch?«

Claire merkte, daß er nicht bereit war, auf ihre Frage einzugehen. Sie hielt sich fortan im Hintergrund und beobachtete, wie Trevelyan sich unter die Leute mischte und mit ihnen redete. Er schien die Namen der meisten von ihnen zu kennen, erkundigte sich nach ihren Verwandten und wie es allen ginge.

Um die Mittagsstunde sah sie, wie Trevelyan mit zwei Jungen sprach, die kurz darauf in Richtung Bramley davonliefen.

»Wo wollen die beiden denn hin?« fragte Claire Trevelyan, aber er faßte sie nur unter das Kinn und meinte, daß das eine Überraschung werden sollte.

Erst bei Sonnenuntergang fand sie dann heraus, was für eine Überraschung er sich ausgedacht hatte. Trevelyan hatte dafür gesorgt, daß die Bauern des Dorfes – es waren mehr als hundert – in Bramley verköstigt wurden und sich anschließend ein Theaterstück von Brats Freund Cammy anschauen durften.

Trevelyan bestieg ein Pferd, das ein Stalljunge aus Bramley für ihn gebracht hatte, und streckte Claire die Hand entgegen, um sie vor sich aufs Pferd zu heben.

Als sie vor ihm im Sattel saß, lehnte sie sich zurück und

spürte die Kraft dieses Mannes. Sie mochte kaum glauben, daß es der gleiche Mann war, den sie damals, als er ihr Pferd eingefangen hatte, für einen schwachen, müden Greis gehalten hatte.

Trevelyan ritt mit ihr durch den Wald, weg von den vielen Leuten, die inzwischen nach Bramley strömten.

»Ich glaube nicht, daß dein Aufenthalt in Bramley noch ein Geheimnis ist«, sagte Claire.

»Nein, das ist es nicht mehr.«

Sie hatte erwartet, daß er ihr noch eine Erklärung abgeben würde; aber das tat er nicht und sie drängte ihn auch nicht dazu. Er würde ihr nicht mehr sagen, als er ihr verraten wollte.

»Hast du manchmal das Gefühl, daß es Momente eines vollkommenen Glücks gibt?« fragte sie ihn. »Daß es Augenblicke gibt, von denen du dir wünschst, sie gingen nie zu Ende?«

»Nein«, antwortete er. »Ich bin immer neugierig, was als nächstes passiert.«

Sie lächelte im Dunklen und schmiegte sich an ihn. In diesem Moment wollte sie nicht an die Zukunft denken.

Sie ritten so langsam durch die Abenddämmerung, daß sie die Tür zum Ostflügel des Hauses gleichzeitig mit den Gästen aus dem Dorf erreichten. Claire stand im Durchgang und sah die gedeckten Tische in einem großen Wohnzimmer, von dessen Existenz sie bisher noch nichts gewußt hatte. Camelot J. Montgomery zappelte vor Aufregung. Er würde zum erstenmal Zuschauer bei einem seiner Theaterstücke haben.

Claire beobachtete, wie die Gäste sich vorsichtig, fast auf Zehenspitzen, den Tischen mit den Schüsseln und Platten voller Speisen näherten.

»Ist es nicht so, wie du es gern haben möchtest?« fragte Trevelyan sie. »Entspricht das deinen Vorstellungen von deinen Pflichten, wenn du hier einmal Herzogin sein solltest? Ist das nicht die Verwirklichung des Gleichheitsgebotes, an das ihr Amerikaner glaubt?«

»Möglich«, erwiderte sie und sah mit besorgter Miene zu ihm auf. »Was wird Harrys Mutter tun, wenn sie davon erfährt?«

Trevelyan zuckte mit den Achseln. »Sie wird nichts anderes tun als bisher. Zerbrich dir darüber nicht den Kopf. Setz dich an einen der Tische und iß.«

Claire ließ sich von ihm zu einem der Tische führen. Sie versuchte zwar, ihre Besorgnis für sich zu behalten, aber sie konnte nicht verhindern, daß sie unablässig an die alte Frau denken mußte und daran, wie ihre ›Rache‹ ausfallen würde.

Nachdem die Gäste aus dem Dorf gegessen hatten, gingen sie in Cammys kleines Theater, das nur Platz für die Hälfte der Leute bot. Der Rest stellte sich an den Wänden auf und betrachtete ehrfurchtsvoll den vergoldeten Zierrat der Bühne. Als sich der Vorhang hob, dachte Claire, sie würde die seltsame Inszenierung von einem von Cammys Stücken sehen, aber statt dessen erblickte sie Nyssa, die ganz allein auf der Bühne stand.

Sie war wunderschön in dieser reichbestickten roten Robe, die mit Diamanten geschmückt war. Hinter dem Vorhang begann nun eine Flöte eine unheimliche Weise zu spielen.

Claire merkte, daß Trevelyan, der neben ihr stand, zusammenzuckte. Als sie ihn ansah, blickte er mit geweiteten Augen zur Bühne hin. Ihm schien Niyssas Auftritt keineswegs zu behagen.

»Was hat sie vor?« fragte Claire leise.

Er wandte sich ab, damit sie sein Gesicht nicht sehen konnte. Sie spürte, daß ihm das, was Nyssa offenbar im Sinn hatte, sehr zu schaffen machte. »Sag mir, was dich so beunruhigt!« flüsterte sie. »Und wer spielt denn da auf der Flöte?«

Langsam drehte sich Trevelyan ihr wieder zu. Dann drückte er sie an sich, daß sie mit dem Rücken an seiner Brust lehnte. »Sie wird jetzt tanzen«, raunte er ihr mit heiserer Stimme ins Ohr. »Einen uralten, rituellen Tanz von großer Bedeutung.«

»Und was bedeutet er?« fragte Claire.

»Es ist der heilige Tanz des Todes. Alle jungen Priesterinnen lernen diesen Tanz«, flüsterte er ihr ins Ohr.

Claire beobachtete Nyssa. Sie warf ihre rote Robe ab, und darunter trug sie ein dünnes Schleiergewand, das ihren schönen goldfarbenen Körper kaum verhüllte. Obwohl Nyssas Kostüm herausfordernd und sogar unschicklich wirkte, gab es doch kein Murmeln unter den Zuschauern. Jeder schien zu begreifen, daß ihnen ein Schauspiel geboten werden sollte, das nichts Komödiantisches an sich hatte.

Nyssas Tanz, wenn man ihn überhaupt als solchen bezeichnen konnte, bestand aus langsamen, stilisierten Bewegungen, die nicht spontan waren, sondern einstudiert wirkten – voller Anmut und perfekt in der Ausführung. Ihr liebliches kleines Gesicht war todernst, während sie zu dieser Flötenmusik mit einer Konzentration tanzte, als hätte jeder Schritt, jede Geste eine schicksalhafte Bedeutung.

»Mir gefällt das nicht«, murmelte Claire, der diese klagenden Flötentöne unheimlich waren. Sie wollte sich von Trevelyan entfernen, aber er hielt sie fest.

»Nyssa ist von ihrer Religion überzeugt. Sie glaubt daran mit ihrem ganzen Herzen und ihrer ganzen Seele«, flüsterte ihr Trevelyan ins Ohr.

Claire sah ihr wieder zu, aber sie bekam eine Gänsehaut. Und als Nyssa schließlich mit einer letzten anmutigen Bewegung auf den Boden sank, als würde sie sterben, hielten die Zuschauer den Atem an.

Nyssa schien eine Ewigkeit in der Stellung zu verharren, und man hörte nicht einmal ein Räuspern unter den Zuschauern. Dann kam plötzlich Brat auf die Bühne gelaufen, beugte sich über Nyssa und nahm sie in die Arme. Nyssa öffnete die Augen, und ihr Lachen hallte durch den Raum. Erst in diesem Moment begannen die Leute zu klatschen.

Claire wollte sich erleichtert zu Trevelyan umdrehen, aber er hielt sie fest. »Schau dorthin«, sagte er, und in dieser Sekunde begann die Flöte wieder hinter der Bühne zu spielen. Diesmal war es eine schnelle, aufregende Melodie. Nyssa schob Brat lächelnd beiseite und fing erneut zu tanzen an. Und dieser Tanz hatte offensichtlich nichts mit dem Tod zu tun.

»Und was für eine rituelle Bedeutung hat dieser Tanz?« fragte Claire nicht ohne Sarkasmus.

»Es ist das Ritual der Zeugung«, erwiderte Trevelyan, den Lärm der Zuschauer übertönend, die jetzt Nyssas Darbietung mit Jubel und Klatschen begleiteten.

Claire sah über die Schulter und bemerkte, daß Trevelyan Nyssas Darbietung mit dem gleichen Entzücken verfolgte wie alle Männer im Raum. »Ich brauche ein wenig frische Luft«, sagte sie und mußte den Satz zweimal wiederholen, ehe er sie hörte. Er sah mit einem verständnisinnigen Lächeln auf sie hinunter, nahm ihre Hand und führte sie in die kühle Abendluft.

Er zog sie in einen dunklen Winkel an der Hauswand und küßte sie.

»Waren diese Küsse für mich oder für Nyssa?« fragte sie, als sie wieder Atem holen konnte.

»Ist das so wichtig?«

»Nein«, meinte sie lachend. »Eigentlich nicht.« Sie fuhr ihm mit beiden Händen in die Haare und gab ihm seine Küsse zurück.

Als sie nach einiger Zeit die Augen wieder öffnete, sah sie Oman, der geduldig, mit halb gesenkten Lidern, neben ihnen stand. Claire zog Trevelyan an den Haaren. Er hörte nicht auf, sie zu küssen, sagte nur etwas leise in einer fremden Sprache zu Oman.

Oman antwortete ihm in der gleichen Sprache und tauchte in der Dunkelheit unter.

»Was hat er gesagt?« fragte Claire. Trevelyan liebkoste ihren Hals, und sie konnte nicht mehr klar denken.

»Was hat Oman zu dir gesagt?« wiederholte sie nach einiger Zeit.

»Harry ist zurückgekommen«, murmelte Trevelyan und küßte sie noch inniger.

Es war, als hätte jemand einen Eimer mit kaltem Wasser

über Claire ausgeschüttet. Sie schob Trevelyan von sich und sah ihn an: »Hast du mir nichts zu sagen?«

»Ich möchte jetzt lieber nicht reden«, murmelte er. Aber als sie auf seinen Kuß nicht reagierte, sagte er: »Laß uns in den Garten gehen.« Er faßte nach ihrer Hand und zog sie mit sich.

Claire folgte ihm, weil sie glaubte, er wollte mit ihr reden. Aber kaum waren sie dort angelangt, als er sie wieder an sich zog und zärtlich wurde.

»Laß das!« rief sie und stieß ihn mit beiden Händen von sich. Er stand im hellen Mondlicht und sah sie verdutzt an. »Du kannst doch nicht so tun, als wäre nichts geschehen! Hast du nicht gehört, was Oman zu dir sagte?«

Plötzlich veränderte sich seine Miene. Es war, als hätte sich ein Vorhang über sein Gesicht gesenkt und als würde er keinem – auch ihr nicht mehr – erlauben, in ihn hineinzublicken.

»Ich habe es gehört.«

Claire trat auf ihn zu, aber diesmal wich er zurück. Sie ließ die Hände sinken. »Was sollen wir jetzt machen?« fragte sie leise.

»Wir haben die Freiheit, uns selbst zu entscheiden. Wir können tun und lassen, was wir wollen.«

»Was soll das heißen? Hast du das irgendwo gelesen – oder steht das in deinen Büchern?«

»Es ist eine Tatsache.« Seine Miene wurde noch verschlossener.

Sie schlug die Hände vor das Gesicht. »Trevelyan, bitte, mach das nicht mit mir. Bitte, schließ mich jetzt nicht aus. Was soll ich nur tun? Was sollen *wir* tun?«

Als er ihr keine Antwort gab, hob sie den Kopf. Er starrte sie an. Er war so groß, so dunkel, so weit von ihr entfernt. Das war nicht der Trevelyan, der mit ihr gescherzt und gelacht hatte. Nun war er wieder der Captain Baker ihrer Kindheitsphantasie – ein Mann, der für sie so wenig greifbar war wie eine Sagengestalt.

»Ich war nur eine unter vielen für dich, nicht wahr? Diese

letzten vier Tage bedeuten mir alles. Ich bin noch nie in meinem Leben so glücklich gewesen. Ich habe so viel mit dir geteilt. Nein, ich *dachte*, daß ich so viel mit dir teilen würde. Ich hatte noch nie jemanden, mit dem ich so reden konnte wie mit dir. Mit dir kann ich über das sprechen, was ich gelesen habe, was ich denke, was ich mir erhoffe. Ich konnte alles mit dir machen, was ich mir wünschte, aber ich war ein Nichts für dich.«

Sie drehte sich um und wollte davonlaufen, aber er hielt sie zurück. »Warum denkst du, daß du mir nichts bedeutest?« fragte er leise.

Sie wandte sich ihm wieder zu. »Oman sagte«, erwiderte sie heftig, »daß Harry wieder nach Hause gekommen sei. Und du schweigst. Es ist dir egal, daß ich nun wieder zu ihm zurückkehren muß. Daß ich dich und alles, was wir in diesen wenigen Tagen zusammen erlebten, verlassen muß. Du hast bekommen, was du wolltest, und jetzt bin ich nur noch eine Zeile in deinem Buch. Oder widmest du amerikanischen Erbinnen möglicherweise sogar ein ganzes Kapitel? Vielleicht verdienen ja nur Frauen wie deine Perle des Mondes mehr Beachtung.«

»Was verlangst du von mir?«

Sie schüttelte den Kopf. »Wenn du es nicht weißt, kann ich es dir nicht sagen.« Sie wandte sich wieder zum Gehen, aber er ließ es nicht zu.

»Sag mir, was du von mir erwartest! Willst du, daß ich dich bitte, mit mir statt mit Harry zu leben? Wäre es dir lieber, wenn ich dich bäte, deinen Traum vom Dasein einer Herzogin aufzugeben und statt dessen mit mir in einer Hütte am Rande eines Urwalds zu wohnen?«

Claire schwindelte der Kopf. Da war diese Sehnsucht, die sie dazu drängte, mit Trevelyan zu gehen – dieses Verlangen, ihr Leben mit ihm zu verbringen. Und da war die Stimme, die zu ihr sagte, daß die letzten vier Tage, die sie mit ihm verbracht hatte, nur eine schöne Illusion gewesen waren. Es gab so viel, was sie nicht von ihm wußte. Er stellte Fragen, weigerte sich aber, ihr Auskunft über sich selbst zu geben.

»Ich kenne dich nicht«, sagte sie mit gequälter Stimme.

»Du kennst mich so gut wie niemand sonst.«

Sie blickte ihn an. »Begreifst du nicht, daß ich damit nicht das meine, was wir zusammen im Bett gemacht haben? Ich spreche von Liebe.«

»Ich auch.«

Claire drehte den Kopf zur Seite. Sie wollte jetzt nicht weinen.

Trevelyan legte die Hände auf ihre Schultern, und sie rieb ihre Wange daran.

»Ich weiß nicht, was ich machen soll«, klagte sie. »Sag mir, was ich tun soll.«

Er schwenkte sie herum, daß sie ihr Gesicht nicht mehr vor ihm verstecken konnte, und blickte ihr in die Augen. »Du mußt deine Entscheidung schon selbst treffen. Ich kann sie dir nicht abnehmen. Niemand kann das Leben eines anderen Menschen führen.«

Das war nicht das, was sie von ihm hören wollte. Warum konnte er nicht so sein wie andere Männer und ihr sagen, daß er sie liebte? Daß er sie haben wollte? Warum konnte er nicht zu ihr sagen, daß er sie oder Harry oder sie beide töten würde, wenn sie es wagte, Harry auch nur noch einmal anzusehen?

»Ist es das, was du dir wünschst?« fragte er, als hätte sie ihre Gedanken laut ausgesprochen. »Möchtest du, daß ich dich über den Rücken meines Pferdes werfe und von hier wegbringe? Möchtest du, daß ich dich entführe und mitnehme auf meine nächste Reise? Und wenn ich das täte – wie lange würde es dauern, bis du mich haßt? Wenn du einen Brief von deiner Schwester bekommst, in dem steht, daß deine Eltern inzwischen jeden Penny ausgegeben haben und mittellos dastehen? Oder würdest du mich schon hassen, wenn ich mich auf eine Expedition begebe, dich zurücklasse und du dir Gedanken darüber machst, was ich wohl tun werde, wenn ich nicht mit dir zusammen bin?«

»Ich weiß es nicht«, erwiderte sie ehrlich.

Seine Finger gruben sich in ihre Schultern. »Liebst du

mich?« forschte er. »Mich? Nicht Captain Baker, nicht einen Mann, den du zu kennen glaubst, weil du seine Bücher gelesen hast – sondern mich, Trevelyan?«

Sie zögerte, und er nahm die Hände von ihren Schultern.

»Natürlich liebe ich dich. Ich hätte diese Sachen, die ich mit dir gemacht habe, nicht tun können, wenn ich dich nicht lieben würde. Ich habe so etwas noch nie mit einem anderen gemacht. Wie hätte ich mit dir ins Bett gehen können, obwohl ich mit einem anderen Mann verlobt war, wenn ich dich nicht liebte? Wenn meine Eltern das entdeckt hätten, wenn Harry es wüßte, hätte ihnen das sehr weh getan. Ich könnte es nicht fertigbringen . . .«

Da beugte er sich zu ihr hinunter, daß seine Nase fast ihr Gesicht berührte, und seine Augen waren dunkel vor Zorn. »Ich bin mit zahllosen Frauen ins Bett gegangen. Ich habe mit ihnen Dinge getrieben, die du dir nicht einmal vorstellen kannst, aber ich habe nicht eine von diesen Frauen geliebt – nicht so, wie ich dich liebgewonnen habe.«

Claire erschrak über die Heftigkeit, mit der er auf sie eingeredet hatte. Sie wußte, daß nun der Moment der Wahrheit gekommen war.

»Du fragst mich, ob ich dich liebe. Woher soll ich das wissen? Ich kenne dich doch gar nicht. Du kapselst dich von mir ab. Ich weiß mehr von Captain Baker als von Trevelyan. Wie nahe bist du mit Harry verwandt? Warum behandeln dich die Bauern mit solchem Respekt? Ich weiß nie, was du denkst und was du fühlst. Du behauptest, mich zu lieben. Wie lange weißt du das schon? Seit vier Tagen? Seit einer Woche?«

Sie sah ihn an und wartete wie schon so oft vergeblich auf eine Antwort.

»Ich muß meine Entscheidung selbst treffen, sagst du. Wie kann ich darüber entscheiden, ob du mich haben möchtest? Ob ich mit dir gehen und mein Leben mit dir verbringen soll? Wie kann ich denn wissen, ob du dir das wünschst? Du hast mir nie gesagt, daß du mich haben willst! Du hast mir nichts gesagt. Gar nichts! Wenn ich nicht ein so neugieriges Wesen wäre, hätte ich wohl nie erfahren, daß du Captain Baker bist. Ich glaube nicht, daß *du* es mir gesagt hättest.«

Als er ihr nun antwortete, klang seine Stimme so gereizt wie zuvor: »Bedeuten dir Worte so viel? Wenn es Worte sind, die du verlangst, dann kannst du sie haben. Ich liebe dich. Ich liebe dich so sehr, wie ich noch keine andere Frau geliebt habe. Wahrscheinlich liebe ich dich schon fast so lange, wie ich dich kenne. Ich wünschte mir, du würdest mit mir von hier fortgehen. Noch heute abend und ohne einen Blick zurückzuwerfen. Ich weiß nicht, was in der Zukunft passieren wird. Ich bin sicher, daß ich ein miserabler Ehemann sein würde, der auf Reisen geht und dich jahrelang allein läßt. Ich bin launisch und ein egoistischer Bastard, der dich oft zum Weinen bringen würde. Ich weiß nicht, ob ich dir versprechen kann, daß ich nie eine andere Frau anschauen werde. Ich glaube, daß die Monogamie für mich eine schwierige, wenn nicht gar unmögliche Lebensform ist. Aber ich werde mich trotzdem bemühen, dir nie weh zu tun.«

Claire wußte, daß sie die Arme um ihn schlingen und mit ihm davonreiten sollte. Hatte er denn nicht genau das vorgeschlagen, was sie sich wünschte? Wie viele Frauen hatten wohl das Glück, daß ein Mann wie der große, der berühmte, der weltbekannte Captain Frank Baker sich in sie verliebte?

Aber Claire schlang ihm nicht die Arme um den Hals. Wenn sie jetzt mit ihm davonritt, würde sie ihrer Familie den Rücken zukehren. Sie wußte, daß sich Trevelyan über ihre Eltern lustig machte und sie als wertlose Menschen betrachtete. Aber sie waren ihre Familie. Vielleicht genügte er sich selbst, aber konnte sie das auch von sich behaupten? Hatte er sie nicht vorhin auf die Konsequenzen hingewiesen? Konnte sie so einfach weggehen in dem Bewußtsein, daß sie ihre Schwester damit zu einem Leben in Armut verurteilte?

Trevelyan, der sie keine Sekunde aus den Augen gelassen hatte, drehte sich um.

»Warte!« rief sie rasch und stellte sich ihm in den Weg. »Ich ... ich weiß nicht, was ich tun soll. Ich möchte mit dir fortgehen, aber ...«

»Wenn du mit mir fortgehen wolltest, würdest du es tun.« Und dann wurde sein Gesicht plötzlich weich, und er lächelte sie an. »Dein junger Herzog wartet wahrscheinlich schon auf dich. Du solltest jetzt besser zu ihm gehen.«

Sie wich einen Schritt zurück. »Es wäre dir egal, wenn ich jetzt zu Harry ginge?«

»Ich versuche nicht, das Leben anderer Menschen zu beeinflussen. Wenn du dich entschieden hast, kannst du mich ...« Er blickte zum Haus. »Ich werde noch ein paar Tage hierbleiben. Gute Nacht, Miss Willoughby.«

22

Claire weinte sich an diesem Abend in den Schlaf. Sie hätte vielleicht den ganzen Vormittag geschlafen, wenn Harry nicht in ihr Zimmer gekommen wäre. Da Miss Rogers' Bein noch immer eingegipst war, obwohl es gar nicht gebrochen war, blieb Claire sich selbst überlassen. Sogar Brat, die oft zu ihr ins Zimmer gekommen war, ließ sich an diesem Morgen nicht blicken. Sie war vermutlich bei Nyssa, Trevelyan und Oman, dachte Claire verbittert. Sie legte sich das Kissen über den Kopf und versuchte, wieder einzuschlafen.

Um zehn Uhr riß ein wütendes Klopfen an ihrer Tür sie aus ihrem Dämmerzustand, aber sie scherte sich nicht darum. Es war ihr egal, wer da draußen stand oder wer sie zu sprechen wünschte.

Als sie nicht aufstand, um die Tür zu öffnen, wurde sie von draußen aufgemacht. Lustlos sah Claire zu, wie Harry ins Zimmer kam. Er hatte die Arme voller Blumen und eine Ledertasche in der Hand.

Der Anblick des hübschen jungen Mannes munterte

Claire keineswegs auf. Sie lag im Bett, blinzelte ihn an und empfand nicht den Funken eines Glücksgefühls.

Harry sah einen Moment auf sie hinunter, legte dann seine Fracht am Fuße des Bettes ab und ging zum Fenster, um die Vorhänge zurückzuziehen. Claire schloß einen Moment geblendet die Augen und setzte sich auf. Sie machte sich nicht die Mühe, ihre Blöße zu bedecken.

Harry nahm auf einem Stuhl neben dem Bett Platz und betrachtete sie. Es war nicht schwierig, zu erkennen, daß sie geweint hatte.

»Ich muß mich bei dir entschuldigen«, sagte er.

Claire winkte mit beiden Händen ab. Sie öffnete den Mund, um etwas zu sagen, aber plötzlich kamen ihr die Tränen, und ihre Stimme versagte.

Harry wollte ihr ein Taschentuch reichen, aber das Tuch, das auf dem Nachttisch lag, war bereits naß. Er ging zur Wäschekommode und öffnete hastig Schubladen, bis er einen Berg sauberer Taschentücher entdeckte. Er gab ihr ein halbes Dutzend davon, und Claire schneuzte sich laut die Nase.

»Ich bin zu dir gekommen, um mich zu entschuldigen«, begann Harry von neuem, und als Claire etwas sagen wollte, hob er die Hand, daß sie ihn nicht unterbrechen sollte.

Er verschränkte die Hände auf dem Rücken und ging im Zimmer auf und ab. »Ich glaube nicht, daß ich dich wirklich geschätzt habe, bevor ich nach Edinburgh abgereist bin. Claire, meine Liebe, ich will aufrichtig zu dir sein. Meine Mutter hat mich nach London geschickt, damit ich dir den Hof mache. Sie hatte davon gehört, daß sich dort eine reiche amerikanische Erbin aufhalten würde, die noch zu haben sei, und – nun, da ist das schadhafte Dach, die vielen Verwandten, die wir ernähren müssen und . . . ehrlich gesagt, wir brauchen das Geld.«

Er unterbrach seine Wanderung durchs Zimmer und blickte sie an. »Es gehörte nicht viel dazu, dich zu erobern.«

Claire schluchzte bei diesen Worten. Sie war in der Tat eine leichte Beute. Offenbar verliebte sie sich in jeden Mann, den sie kennenlernte.

Harry setzte sich wieder auf den Stuhl neben ihrem Bett und nahm ihre Hand in seine Hände. »Ich warb erst deines Geldes wegen um dich, aber dann habe ich mich in dich verliebt.«

Claire mußte noch heftiger weinen, und Harry küßte ihre Fingerspitzen.

»Ich war so wütend auf dich, als ich letzte Woche nach Edinburgh reiste. Ich hatte begriffen, daß dir das Jagen keine Freude macht und daß du nur mitgekommen bist, weil ... Ich konnte mir nicht denken, aus welchem Grund du mich begleitet hast. Ich mußte einsehen, daß du die Jagd haßt. Du sahst immer so unglücklich aus und so ... naß, wenn wir nach Hause kamen.«

Harry lächelte sie an. »Weißt du, wo ich die letzten vier Tage verbracht habe?«

Claire schüttelte den Kopf und schneuzte sich abermals. Natürlich hatte Trevelyan ihr erzählt, wo Harry gewesen war, aber sie wußte nicht, ob sie ihm das glauben konnte.

Harry grinste. »Ich habe mich von meiner Mätresse verabschiedet.«

Claire hob den Kopf und sah ihn an.

»Ja«, sagte Harry. »Ich war so wütend auf dich, daß ich dachte, ich sollte ein paar Tage bei einer Frau verbringen, die ehrlich und treu ist und mich nicht belügt.

Als ich in Edinburgh ankam, ging ich sofort zu Olivia und erzählte ihr alles von dir.« Harry kicherte. »Ich dachte, Livie würde mich umarmen und sagen, was für eine schreckliche Frau du seist – aber weißt du, was sie gemacht hat?«

Claire schüttelte den Kopf.

»Sie lachte. Ich dachte, sie würde jeden Moment platzen. Zuerst machte mich das so wütend, daß ich fast wieder gegangen wäre; aber dann sagte Livie zu mir: ›Sie muß dich sehr liebhaben.‹«

Claire blickte Harry mit großen Augen an.

»Ja, das war es, was sie sagte – jede Frau, die ihre Tage damit verbringen würde, mit mir im Regen auf dem

Schießstand zu sitzen, müßte mich lieben.« Er seufzte. »Livie ist noch nie mit mir auf die Jagd gegangen. Egal. Livie meinte, wenn sie dein Geld hätte und sich damit jeden Mann kaufen könne, den sie haben wollte, würde sie nicht einmal für den Prinzen von Wales im Regen sitzen.«

»Scheint eine nette Frau zu sein«, murmelte Claire.

»Das ist sie. Sie würde dir gefallen. Ich meine, wenn du sie kennenlernen könntest, aber ich schätze, das kannst du nicht.« Er schwieg einen Moment und sah sie an. »Claire, warum hast du geweint?«

Bevor Claire ihm eine Antwort geben konnte, strömten wieder Tränen über ihre Wangen.

Harry stand auf und stellte sich vor das große Porträt, das den Eingang zu den Geheimgängen bildete. »Es ist wegen Trevelyan, nicht wahr?«

Claire schwieg, und Harry blickte auf sie zurück. Zum erstenmal sah Claire, wie dieses hübsche Gesicht sich mit Ärger überzog. »Du brauchst mir nicht zu antworten. *Alle* Frauen verfallen ihm. *Jede* Frau auf dem Antlitz dieser Erde. Wo er auch hinkommt – die Frauen lieben ihn alle. Sie wollen alle mit ihm leben.« Er sah auf den Boden. »Wirst du auch mit ihm gehen?«

»Ich ... ich glaube nicht.«

Harry blickte sie scharf an. »Aber du würdest gern mit ihm gehen, nicht wahr?«

Claire konnte ihm darauf keine Antwort geben. *Wollte* sie das wirklich? Wollte sie sich einem Mann anvertrauen, der so zynisch war wie Trevelyan? Wollte sie mit einem Mann leben, der so viel erlebt hatte? Wollte sie einen Mann haben, der so selbständig und kalt war wie er?

Harry merkte, wie sie mit sich rang und ging zu ihr. Er nahm ihre Hände wieder in seine und bedeckte sie mit Küssen. »Claire, sag mir, daß ich noch eine Chance habe. Bitte, sag mir, daß ich noch nicht aus dem Rennen bin. Ich werde dich nicht darum bitten, mit mir auf die Jagd zu gehen. Ich werde dich um nichts bitten, was du nicht tun möchtest. Ich weiß, daß ich nicht so aufregend bin wie

Trevelyan, aber ich kann dir einiges bieten, was er dir nicht bieten kann.«

Er hob die Ledertasche vom Bett auf. »Schau dir das an. Während ich in Edinburgh war, habe ich alle Schulden deiner Mutter bezahlt. Sie hat einen Haufen Kleider für sich bestellt. Ich mußte einen Gainsborough verkaufen, um ihre Schulden begleichen zu können. Das Gemälde ist schon seit Jahren im Besitz unserer Familie, aber du warst mir dieses Opfer wert.

Und hier – ich habe von meinen Anwälten Geld für deine kleine Schwester anlegen lassen, das treuhänderisch verwaltet wird. Das ist eine Methode, um deine Eltern daran zu hindern, ihr Geld auszugeben. Ich habe auch ein neues Testament aufgesetzt. Darin steht, daß deine Schwester, wenn wir verheiratet sind, einen meiner Landsitze in Cotswolds erbt. Sie erhält diesen Landbesitz und alle Einnahmen aus diesem Besitz.«

Claire nahm die Papiere in die Hand, aber die Buchstaben verschwammen ihr vor den Augen.

»Und schau dir dieses Papier an. Das ist ein Vertrag, der die Ausgaben deiner Eltern beschränkt. Sie bekommen eine Apanage. Sie werden immer gut versorgt sein, solange ich dein Ehemann bin, aber sie können dein Kapital nicht angreifen.«

Er holte tief Luft und reichte ihr ein weiteres Papier. »Und das hier beschränkt *meine* Ausgaben. Wenn wir verheiratet sind, sollst du die Kontrolle über dein Geld bekommen. Du wirst ein Mitspracherecht haben, wie es ausgegeben werden soll. Du kannst mit den Häusern der Bauern machen, was du willst. Ich weiß, daß dir meine Bauern am Herzen liegen. Du kannst Bramley und meine anderen Besitztümer in ein amerikanisches Unternehmen umwandeln, wenn du das möchtest.«

Er legte ihr das letzte Papier auf den Schoß.

»Claire, ich liebe dich. Ich weiß, daß ich nicht so bin wie Trevelyan. Daß ich dir nie die Aufregungen bieten könnte, die er dir bietet. Aber ich kann dir und deiner Familie eine gesicherte Zukunft verschaffen. Ich kann ihnen ein Heim bieten. Ihr werdet euer Leben lang gut versorgt sein. Und ich werde so gut zu dir sein, wie ich kann, Claire.«

Claire saß in dem großen Bett und betrachtete die Papiere. Das ist es, was ich will, dachte sie bei sich. Sie hatte sich Liebe und Sicherheit für sich und ihre Familie gewünscht, und hier war beides im Überfluß.

Harry nahm die Blumen vom Fußende des Bettes und überreichte sie ihr. Es waren gelbe Rosen – ihre Lieblingsblumen.

Er beugte sich über sie und küßte ihre tränennasse Wange. »Claire, ich bin nicht so aufregend wie Trevelyan, nicht so belesen und so heroisch. Ich habe in meinem Leben nicht viel geleistet und nur alltägliche Dinge gesehen und erlebt, aber ich denke, ich kann von mir behaupten, daß ich einen besseren Ehemann für dich abgeben würde als er. Ich bin viel ausgeglichener als er.« Er lächelte. »Ich glaube, von mir behaupten zu können, daß es sich mit mir leichter leben läßt als mit ihm.« Er küßte ihr wieder die Hand. »Würdest du mir bitte noch eine Chance geben? Ich werde sie diesmal nicht so leichtfertig verspielen.«

Claire schenkte ihm ein schwaches Lächeln. Sie wußte, daß ihr in dieser Sache eigentlich gar keine Wahl blieb. Sie konnte ihre Familie nicht im Stich lassen. Sie konnte nicht mit Trevelyan durchbrennen. Trevelyan hatte zu ihr gesagt, sie würde ihn hassen, wenn sie eines Tages einen Brief von ihrer Schwester bekäme, in dem stand, daß sie und ihre Eltern mittellos seien. Was würden ihre Eltern anfangen, wenn ihr Vermögen aufgebraucht war?

»Natürlich werde ich dich heiraten«, flüsterte sie. »Aber ich muß dir beichten, daß ich . . .«

Harry legte ihr den Finger auf die Lippen, um sie am Weiterreden zu hindern. »Ich möchte nicht hören, was zwischen dir und Trevelyan gewesen ist. Vielleicht sollten wir beide vergessen, was in diesen letzten vier Tagen geschehen ist. Ich hätte dich nicht alleinlassen sollen. Ich hätte nicht so wütend auf dich sein dürfen. Es war alles meine Schuld. Ich übernehme dafür die volle Verantwortung.«

Seine Worte brachten Claires Tränen wieder zum Fließen. Sie verdiente einen so guten Menschen wie Harry nicht. Er hatte alles getan, was in seiner Macht stand, um ihr Freude zu bereiten, und sie saß hier und heulte, weil sie ihn heiraten sollte.

»Ich werde dich jetzt allein lassen, und du kannst dich anziehen. Ich habe Anweisung gegeben, daß uns der Lunch in der Bibliothek serviert wird. Von jetzt an gehört die Bibliothek dir. Du kannst dort kommen und gehen, wann du willst.«

Er küßte sie wieder auf die Wange. »Bitte, iß mit mir.«

Sie drückte das Taschentuch an die Augen und nickte.

Er stand auf und ging zur Tür. »Ich freue mich auf die gemeinsame Zeit.«

Harry machte die Tür hinter sich zu und begab sich sofort zu den Gemächern seiner Mutter. Als er in ihr Wohnzimmer kam, hatte sein Gesicht jede Milde verloren.

»Nun?« fragte Eugenia.

»Ich habe alles gemacht, was du von mir verlangt hast.«

»Du hast ihr alle diese Papiere gezeigt?«

»Alle.«

Eugenia blickte zu ihrem Jüngsten hoch. »Schau mich nicht so an, Harry. Ich habe das alles nur für dich getan.« Zum erstenmal in ihrem Leben entdeckte Eugenia Kälte in den Augen ihres jüngsten Sohnes. Sie war daran gewöhnt, diesen Ausdruck auf den Gesichtern ihrer anderen Kinder zu sehen, aber Harry hatte sie bisher immer nur mit liebevollen Augen betrachtet.

»Und du wirst deinen Teil unseres Handels erfüllen?« fragte er.

»Natürlich. Und nun, mein Liebling, bleib hier bei mir, damit wir zusammen essen können. Ich habe einen Lachs zubereiten lassen, wie du ihn am liebsten ißt.«

Harry brauchte eine Weile, ehe er antwortete: »Nein. Ich glaube nicht, daß ich mit dir essen möchte. Ich werde den

Lunch mit Claire einnehmen.« Dann machte er kehrt und ließ sie allein im Zimmer zurück.

Claire verbrachte den Tag mit Harry. Sie war ihm keine gute Gesellschafterin. Sie starrte ständig aus dem Fenster, weil sie hoffte, einen Blick auf Trevelyan zu erhaschen. Sie schwieg, als Harry ihr von seiner Reise nach Edinburgh erzählte, aber sie mußte sich anstrengen, ihm die Rolle einer interessierten Zuhörerin vorzuspielen. Wie groß war doch der Unterschied zwischen seiner und Trevelyans Konversation!

Sie zwang sich, die beiden nicht ständig zu vergleichen. Harry war der Mann, den sie heiraten würde. Vielleicht war er nicht so interessant wie Trevelyan, aber schließlich gab es nur einen Captain Baker auf dieser Welt. Es war nicht fair, einen gewöhnlichen Mann wie Harry mit einer weltberühmten Persönlichkeit wie Captain Baker zu vergleichen.

»Entschuldigung. Ich habe nicht gehört, was du eben sagtest.«

Er langte über den Tisch und nahm ihre Hand in seine. »Wenn du darauf wartest, daß Trevelyan zu dir kommt, wartest du vergeblich. Er ist kein Mann, den man besitzen kann.«

»Aber er sagte, daß er mich liebt.« Claire weinte vor Verzweiflung.

Harry lehnte sich zurück, und sie war überzeugt, daß sie ihn zutiefst verletzt hatte. »Sagte er das?« fragte Harry mit leiser Stimme. »Ich kann mich erinnern, daß er das schon einmal gesagt hat.«

Claire sah zur Seite und versuchte sich blinzelnd von ihren Tränen zu befreien. Sie konnte nur noch an Trevelyan denken. Wenn er sie liebte – warum kam er dann nicht zu ihr? Wie konnte er zulassen, daß sie ihre Zeit mit einem anderen Mann verbrachte? War er mit Nyssa zusammen? Hatte er sie bereits durch eine andere Frau ersetzt?

Harry hatte gütigerweise ein privates Souper für sie beide in der Bibliothek servieren lassen, aber Claire hatte keinen

Appetit. Sie stocherte auf ihrem Teller herum. Harry machte ein paar Versuche, eine Konversation in Gang zu bringen, aber nach ein paar einsilbigen Antworten blieb er stumm.

Nach dem Souper war Claire so müde, daß sie sich kaum zu ihrem Zimmer hinaufschleppen und auskleiden konnte. Aber als sie im Bett lag, konnte sie nicht schlafen. Sie lag regungslos da und starrte zum Betthimmel.

Als sich das Porträt an der Wand bewegte, sprang sie aus dem Bett und rannte zu ihm. »Vellie!« rief sie mit hoffnungsvoller Stimme. Er *war* zu ihr gekommen.

Aber es war nicht Trevelyan, sondern ihre Schwester. Brat. Claire drehte sich um und begab sich lustlos wieder zu ihrem Bett.

»Du solltest um diese Zeit längst schlafen«, sagte sie, aber mehr aus Gewohnheit als aus ehrlicher Fürsorge.

Zu Claires Verdruß kletterte Brat zu ihr ins Bett und umarmte sie heftig.

»Was ist geschehen?« flüsterte Brat. »Ich verstehe nichts mehr.«

Claire hätte nicht geglaubt, daß ihre kleine Schwester anschmiegsam sein konnte.

»Ich werde Harry heiraten«, sagte Claire. Sie wollte das Kind nicht belügen.

»Aber du liebst Trevelyan, und er liebt dich.«

Claire holte tief Luft. »Manchmal besteht eine Ehe nicht nur aus Liebe. Manchmal muß man andere Dinge dabei berücksichtigen.«

»Damit meinst du mich, nicht wahr? Du wirst Harry heiraten, damit du das Geld bekommst und verhindern kannst, daß ich arm bin.«

»Was für eine absurde Idee. So etwas mache ich nicht. Harry ist ein reizender Mann. Ich habe eingewilligt, ihn zu heiraten, weil ich ihn liebe. – Ich bin sicher, Harry und ich werden zusammen ein sehr angenehmes Leben führen. Ich möchte dieses Haus und die anderen, die Harry gehören, renovieren. Ich werde sie auf den Stand des neunzehnten Jahrhunderts bringen. Wir werden überall Badezimmer einbauen lassen. Das wird dir gefallen, nicht wahr? Du lebst doch gern hier, oder? Du sagtest, daß du dieses Haus und alle, die darin wohnen, magst.«

Sarah Ann holte tief Luft. »Ich liebe auch dich. Und ich liebe Trevelyan, und ich liebe Nyssa.« Und ich liebe Harry, dachte sie, aber das sagte sie nicht. Seit Harry zurückgekommen war, sah er fast so traurig aus wie Claire. Sarah Ann wußte, daß sich beide zu dieser Ehe zwangen. Aber warum? Das war es, was sie nicht verstand.

»Seit wann ist denn das der Fall? Ich dachte, du würdest Nyssa hassen. Sie kann zuweilen sehr grausame Sachen über andere sagen.«

»Aber sie meint sie nicht so. Sie ist . . . ich weiß nicht, aber ich glaube, ich mag sie, weil sie glücklich ist. Ich kenne nicht viele glückliche Menschen.«

»Ich bin glücklich«, sagte Claire.

»Nein, das bist du nicht. Du bist nicht glücklich, und Trevelyan ist nicht glücklich. Auch Harry ist niedergeschlagen. Mir gefällt es hier nicht mehr. Ich will nach Hause. Ich will nach New York zurück.«

Claire strich ihrer Schwester über den Kopf. »Wir haben kein Zuhause mehr in New York«, sagte sie leise. »Wir haben auch Vaters Jacht nicht mehr oder das Häuschen auf dem Land. Alles, was wir haben, sind die Millionen Dollar, an die wir nicht herankommen können, solange ich nicht verheiratet bin. Und ich muß einen Mann heiraten, der mir hilft, auf dieses Geld aufzupassen.«

»Ich glaube nicht, daß mir dieses Geld Spaß macht. Du solltest Trevelyan heiraten.«

Claire zwang sich zu einem Lächeln. »Und von hier weggehen und irgendwo in einer Hütte leben? Sollte ich dich mitnehmen? Möchtest du von Kokosnüssen leben und nie ein hübsches Kleid tragen?«

»Ist Trevelyan sehr arm?«

»Ich weiß es nicht«, sagte Claire mit einer gewissen Bitterkeit. »Er hat mir nie etwas von sich erzählt. Ich weiß im Grunde gar nichts über ihn.«

»Aber du weißt alles über Harry, was man über ihn wissen kann, nicht wahr?«

Claire seufzte. »Ich fürchte, das stimmt. Ich denke nicht, daß Harry ein sonderlich komplizierter Mensch ist.«

»Ich verstehe nichts mehr«, sagte Brat. »Ich hatte gedacht, daß ich alles begriffen habe, aber jetzt verstehe ich nichts mehr.«

»Ich glaube, das nennt man Erwachsen-werden. Warum machst du jetzt nicht die Augen zu und schläfst ein bißchen?«

Sarah Ann schmiegte sich fester an ihre Schwester und schloß die Augen. Aber sie schlief genauso wenig wie Claire.

23

»Du solltest diese Smaragde tragen«, sagte Brat, als sie in Claires Kassette nach einem passenden Schmuck suchte.

Claire schenkte ihrer Schwester ein schwaches Lächeln. Sie bemühte sich nach Kräften, sich wie ein normaler Mensch zu benehmen und ein glückliches Gesicht zu machen, aber sie war keine gute Schauspielerin. »Die Smaragde würden herrlich dazu passen.« Claire hatte Sarah Ann erlaubt, für sie ein Kleid zum Dinner auszuwählen, und Brat hatte ihr prächtigstes Ballkleid aus dem Schrank geholt. Claire wußte, daß sie beim Dinner ein bißchen lächerlich aussehen würde, aber das war ihr egal. In den zwei Tagen, die seit ihrem letzten Treffen mit Trevelyan vergangen waren, schien ihr alles gleichgültig geworden zu sein. Sie ging mit Harry spazieren und verbrachte ihre ganze Zeit mit ihm. Sie versuchte sich einzureden, daß sie mit dem Entschluß, Harry zu heiraten, die richtige Entscheidung getroffen hatte. Aber jedesmal, wenn ein Zweig knackte oder jemand ins Zimmer kam, fuhr Claire zusammen.

Trevelyan sitzt wahrscheinlich an einem seiner Tische

und ist sich gar nicht bewußt, daß ich hier bin, dachte sie verbittert. Das ist es, was er unter seiner ›Liebe‹ für mich versteht.

Sie blickte in den Spiegel über der Frisierkommode und lächelte ihrer Schwester zu. Arme Brat, dachte sie. In den letzten zwei Tagen hatte Claires Depression sie sehr mitgenommen. Claire war sich früher nie bewußt gewesen, wie wichtig sie für ihre kleine Schwester war. Aber bei einem Vater, der sich entweder damit beschäftigte, Tiere zu töten oder mit seiner Jacht auf dem Meer herumzusegeln, und einer Mutter, die nicht viel anderes tat als eine Party nach der anderen zu organisieren, war Claire die einzige Familie, die Brat hatte.

»Nyssa hat heute morgen gesungen«, erzählte Brat.

Claire, die sich gerade die schwere Kette mit den Smaragden umlegen wollte, hielt mitten in der Bewegung inne. »Wann hast du Nyssa gesehen?« flüsterte sie.

»Ich sehe sie oft. Ich glaube nicht, daß sie jemals schläft. Sie sagt, sie will nichts versäumen, und der Schlaf wäre wie ein kleiner Tod.«

Claire schloß die Kette mit den in Gold gefaßten Smaragden, die alle so groß waren wie ein Daumennagel. Vorn hing ein besonders großer, wie eine Träne geformter Smaragd, der ungefähr anderthalb Zoll lang war. Dieser große Smaragd wurde ›der Moment der Wahrheit‹ genannt und war dafür berühmt, seinem Träger Glück zu bringen. Dieser Schmuck war das erste, was ihre Mutter sich gekauft hatte, als sie ihr Geld von ihrem Schwiegervater bekommen hatte. Claire war sich sicher, daß der Schmuck verkauft werden würde, sobald sie verheiratet war, und der Erlös für ein neues Dach für Bramley verwendet werden mußte. Smaragde, die sich in Blei verwandelten.

»War Nyssa allein?« fragte Claire und tat so, als wäre ihre Frage nicht von Belang.

Brat schwieg einen Moment. »Trevelyan ist immer bei ihr.«

»Er schreibt nicht?«

»Nein. Ich habe ihn kein Wort mehr schreiben sehen seit ... seit der Nacht, in der Nyssa für die Bauern tanzte. Seit dem Abend, als Harry zurückkam.«

Claire nickte und versuchte, ein geschäftiges Gesicht zu machen, während sie ihre Schmuckkassette in den Schrank stellte. Trevelyan hatte nicht lange gebraucht, seine Liebe zu Claire zu überwinden und sich der schönen kleinen Perle des Mondes zuzuwenden.

Claire stand auf und drehte sich zu ihrer Schwester um. »Wie sehe ich aus?«

Brat lächelte. »Schön. Ich glaube, du bist viel hübscher als Nyssa.«

Claire lachte bei dieser Bemerkung und streckte die Arme nach ihrer Schwester aus. »Was für eine liebenswürdige Lügnerin du doch bist. Nun schau, ob du Cammy oder jemand anderen finden kannst. Ich muß zu Harry hinunter.«

»Ich wette, Vellie würde dich gern in diesem Kleid sehen. Und dein Haar ist so schön. Hat er deine Smaragde schon einmal gesehen? Vielleicht würde er sie gern zeichnen und in seinen Büchern verewigen. Vielleicht solltest du sie ihm zeigen ...«

»Nein«, sagte Claire schnell und küßte Brat auf die Stirn.

Harry erwartete sie am Fuß der Treppe. Seit seiner Rückkehr aus Edinburgh vor zwei Tagen, hatte Claire den Eindruck, daß er Angst hatte, sie aus den Augen zu lassen. Soweit sie das beurteilen konnte, war er nicht eifersüchtig auf die Zeit, die sie mit Trevelyan verbracht hatte, und sie hatte oft das Gefühl, als wäre er lieber draußen mit ihrem Vater und den anderen Männern auf der Jagd, aber er blieb bei ihr. Wenn Claire sich nicht so elend gefühlt hätte, hätte sie ihm ein paar Fragen gestellt. Aber in ihrem gegenwärtigen Zustand war ihr eigentlich alles egal.

»Du siehst schön aus«, sagte Harry leise und betrachtete sie von Kopf bis Fuß.

Claire lächelte ein wenig und dachte, daß Harry ein bißchen zu klein war, ein bißchen zu blond, seine Augen zu hell waren und sein Haar nicht die richtige Länge hatte. Mit anderen Worten – warum war er nicht Trevelyan?

Harry bot ihr seinen Arm. »Ich möchte dir etwas zeigen«, sagte er und führte sie zur Hinterfront des Hauses, vorbei am Speisezimmer, vorbei an dem Goldenen Salon. Er führte sie in den Ballsaal – einen Raum, den Claire bisher nur einmal gesehen hatte. Sie war damals entsetzt gewesen über den Zustand dieses Raumes, der offenbar seit Jahren nicht mehr benützt worden war. Die Stühle an den Wänden waren schmutzig und die Polster zerrissen. Und von der Decke hingen Spinnweben.

Aber nun, im Licht des frühen Abends, konnte sie den Schmutz oder die abgenützten Stühle nicht sehen; denn der Saal war von Hunderten von Kerzen erleuchtet und alles schimmerte in einem goldenen Licht. In einer Ecke des Raumes saßen sechs Männer mit Violinen.

Als Harry sie in den Saal führte, nickte er den Männern zu, und sie begannen einen Walzer zu spielen. Sie waren kein sehr gutes Orchester – tatsächlich war es ziemlich grauenvoll. Claire lächelte Harry an, als er die Arme öffnete, um sie auf die Tanzfläche zu führen.

Als einer der Männer eine besonders schrille falsche Note kratzte, verzog Claire amüsiert das Gesicht. Harry beugte sich vor und küßte sie sacht auf die Wange. »Sie waren die besten, die ich in so kurzer Zeit auftreiben konnte.«

Harry war ein guter Tänzer, und sie wirbelten im Saal herum.

»Ich werde versuchen, dir ein guter Ehemann zu sein«, sagte Harry.

Claire konnte die Stimme eines anderen Mannes hören, der sagte, daß er vermutlich der miserabelste Ehemann der Welt sein würde.

Sie tanzten, bis Claire fast schwindlig wurde, aber sie lächelte ununterbrochen, und Harry lachte.

Es war kurz vor Sonnenuntergang, und die Fenster des Ballsaals erglühten in einem roten Licht, als Claire in Harrys Armen aufblickte und Trevelyan in der Saaltür stehen sah. Auf einmal hüpfte ihr Herz vor Freude. Er *war* zu ihr gekommen!

Doch ein Blick auf sein Gesicht genügte, und sie wußte, daß das Gefühl, das sich darauf spiegelte, nicht Eifersucht war, weil er sie mit einem anderen Mann zusammen sah. Er wirkte auch nicht so, als wollte er sie dazu auffordern, mit ihm davonzureiten. Sie konnte nicht erkennen, was seine Miene ausdrückte.

»Komm mit«, sagte Trevelyan zu ihr.

»Ich glaube nicht, daß ich das kann«, antwortete Claire. Ihr gefiel die Art nicht, wie er mit ihr redete.

Trevelyan warf Harry einen fordernden Blick zu, und Harry schob Claire zu Trevelyan. »Geh mit ihm.«

»Warum haben die Leute immer das Gefühl, ihm gehorchen zu müssen?« fragte Claire. Sie war verletzt. Sie hatte Trevelyan seit ihrer Auseinandersetzung im Garten nicht mehr gesehen. Er hatte keinen Versuch unternommen, mit ihr Kontakt aufzunehmen. Er hatte gewußt, daß sie sich ständig in der Gesellschaft eines anderen Mannes befand, aber ihn schien das nicht zu stören.

Trevelyan war mit zwei langen Schritten bei ihr und umfaßte ihren Arm.

»Du tust mir weh. Ich möchte nicht mit dir gehen.«

»Nyssa verlangt nach dir«, sagte er.

Claire wehrte sich gegen seinen Griff. »Tagelang beachtest du mich nicht – trotz allem, was du mit mir gemacht hast – und nun verlangst du, daß ich wegen deiner Mätresse mit dir gehen soll? Ich werde *nicht* mitkommen.«

Da hob Trevelyan sie auf seine Arme und trug sie aus dem Saal. Claire blickte hilfesuchend auf Harry zurück, aber Harry bewegte sich nicht von der Stelle.

»Wenn du glaubst, du kannst diese Taktik bei mir verwenden, damit ich meinen Entschluß ändere, hast du dich geirrt. Ich werde Harry heiraten und meiner Familie ein Heim verschaffen. Ich werde nicht mit dir fortgehen, egal, was du zu mir sagst oder mit mir machst. Wenn du mich von hier fortträgst, werde ich einen Weg finden, wieder zurückzukommen. Du kannst mich nicht . . .«

»Halt den Mund«, sagte er.

»Du kannst nicht mit mir reden wie mit einer . . .«

Er blieb stehen und sah sie mit der ganzen bezwingenden Gewalt seiner dunklen Augen an, so daß sich Claire unwillkürlich an den Hals griff. »Was ist los?« flüsterte sie. »Was ist passiert?«

Er gab ihr keine Antwort und ging weiter.

Claire bekam es mit der Angst zu tun. Sein Blick sagte ihr, daß etwas Schlimmes geschehen war. Sie drehte den Kopf zur Seite und schaute auf den Garten. Auf einem kleinen Hügel in der Nähe, im hübschesten Teil der Anlage, befand sich ein niedriges dreiwandiges Zelt, das mit Nyssas bunten Schleiertüchern geschmückt war. Darin befanden sich viele Kissen, und Nyssa ruhte darauf, angetan mit ihrem reichbestickten roten Gewand.

Claire wollte etwas zu Trevelyan sagen, aber dann sah sie neben dem Zelt zwei großgewachsene Männer, beide von sehr dunkler Hautfarbe, beide nur mit einem Lendenschurz bekleidet. Die Körper der beiden Männer waren mit blauen Streifen bemalt, und Federn steckten in ihren langen Haaren. Einer der beiden blies auf einer Flöte. Er spielte diese grauenhafte Melodie, die den Tod bedeutete.

»Was macht sie dort?« fragte Claire. »Wer sind diese beiden Männer?«

»Nyssa wird sterben«, sagte Trevelyan leise.

Claire war sich nicht sicher, ob sie richtig gehört hatte. Sie wand sich in seinen Armen. »Sie wird was?«

»Sterben. Ihre Zeit ist gekommen.«

Claire blinzelte. Es dauerte einen Moment, ehe sie begriff, was er zu ihr gesagt hatte. Bedeutete das, daß ihre fünf Jahre als Oberpriesterin der Religion von Pesha abgelaufen waren und sie nun sterben würde?

»Setz mich ab«, befahl sie. »Ich kann schneller laufen, als du gehen kannst. Wir werden sie daran hindern.«

»Wir werden sie nicht daran hindern.«

Wieder brauchte Claire etwas Zeit, um ihn zu verstehen. Sie wurde steif in seinen Armen. »Bist du wahnsinnig geworden? Das ist Schottland, keines dieser heidnischen Länder!«

Er blieb wieder stehen und funkelte sie wütend an. »Du wirst Nyssa nicht sagen, daß du ihre Religion nicht für den wahren Glauben hältst! Sie hat dich zu sich gebeten, weil sie dich gern hat. Sie will Abschied von dir nehmen.«

Claire hatte das Gefühl, das alles nur zu träumen. Oder hatte Trevelyan tatsächlich den Verstand verloren? »Das ist lächerlich! Setz mich sofort hier ab!«

Sie waren so nahe an das Zelt herangekommen, daß Trevelyan Nyssas Gesicht sehen konnte. Sie nickte ihm zu, und er stellte Claire auf den Boden.

Claire wollte zu Nyssa rennen, tat es aber nicht. Sie zog ihr Kleid glatt, nestelte an ihrer Smaragdkette, drückte die Schultern durch und ging ins Zelt. Sie lächelte Nyssa an. »Was höre ich da vom Sterben?« fragte sie lächelnd. »Es ist ein schöner Tag heute, und der morgige soll noch schöner werden.«

Nyssa erwiderte ihr Lächeln. »Ich wollte dir Lebewohl sagen.«

»Lebewohl? Wie absurd. Warum fahren wir beide morgen nicht nach London? Ich werde Harry dazu bringen, daß er morgen mit uns nach London fährt. Kennst du Harry eigentlich schon?«

Nyssas Lachen perlte über sie hin. »Für mich wird es kein Morgen mehr geben.«

Claire betrachtete die beiden Männer, die sich links und rechts neben dem Zelt aufgebaut hatten. Sie sahen zum Fürchten aus. Claire ließ sich auf eines der Kissen nieder, beugte sich zu Nyssa und flüsterte: »Schottland ist ein freies Land. Hier kann dir nichts passieren. Aber wenn du glaubst, daß du vor diesen beiden Männern dort nicht sicher bist, werde ich dich nach Amerika bringen. Und ich werde für dich sorgen, solange du lebst.«

Nyssa küßte sie auf die Wange. »Du bist gut zu mir gewesen. Ich werde mich für dich einsetzen im Lande hinter dem Tod. Dort werde ich in großer Gunst stehen, weißt du? Ich werde immer schön bleiben.«

Claire nahm Nyssas Hand in ihre Hände. »Du wirst auch in diesem Land immer schön sein, egal, wie alt du wirst. Nyssa, dieses ganze Spiel ist wirklich absurd. Steh auf und komm mit mir ins Haus.«

»Nein«, antwortete Nyssa. »Ich möchte hier sterben. Das ist ein schöner Fleck, oder nicht?«

Claire sah Nyssa an, dann die beiden Männer neben dem Zelt und schließlich Trevelyan, der nur zwei Schritte von ihr entfernt war. »Würdest du sie bitte zur Vernunft bringen?«

Trevelyan sah Nyssa mit unendlich traurigen Augen an und schüttelte den Kopf.

In diesem Moment begriff Claire, daß Nyssa wirklich sterben wollte. Sie drückte Nyssas Hand ganz fest und sagte: »Nyssa, hör mir zu. Du befindest dich nicht in Pesha. Das hier ist ein anderes Land, und da gibt es Gesetze. Wir können die Behörden verständigen und diese beiden Männer einsperren lassen. Die Behörden können verhindern, daß sie dir mit dem Tod drohen.«

»Aber mich bedroht doch niemand«, sagte Nyssa mit weicher Stimme und immer noch lächelndem Gesicht. »Es ist mein freier Wille. Ich habe diesen Entschluß schon vor langer Zeit gefaßt.«

»Ja, ja«, erwiderte Claire ungeduldig. »Aber das geschah, als du noch in einem anderen Land weiltest. Jetzt befindest du dich in Schottland und . . .«

»An meinem Entschluß ändert sich nichts, egal, wo ich mich aufhalte. Ich bin immer noch die Perle des Mondes, und ich habe geschworen, daß ich nach dem Ablauf von fünf Jahren sterben werde.«

Claire fing an zu schwitzen. »Aber du bist doch nicht mehr in Pesha. Du brauchst dich nicht mehr nach den grausamen Gesetzen jenes Landes zu richten. Du bist frei und . . .«

Nyssa entzog Claire ihre Hand und streichelte ihre Wange. »Du weißt nicht, wie es in meinem Land zugeht. Ich lachte, als Frank mir erzählte, du würdest die schottischen Bauern für arm halten. Du weißt nicht, was Armut ist. Du kennst die wirkliche Armut nicht. Du hast noch keinen Menschen verhungern sehen.«

»Natürlich nicht, und in Amerika wirst du eine solche Armut nie mehr erleben.«

Nyssa legte ihre Finger auf Claires Lippen. »Ich bin in einer solchen Armut aufgewachsen. Meine Mutter brachte zwei Kinder zur Welt und starb mit siebzehn. Ich habe bereits zwei Jahre länger gelebt als sie.«

»In Amerika beträgt die Lebenserwartung . . .« Sie hielt inne, als sie einen Blick von Trevelyan auffing, der sich neben Nyssa niedergekniet hatte.

»In meinem Land ist es eine große Ehre, zur Perle des Mondes erwählt zu werden. Für ein Mädchen meiner Klasse gibt es keinen anderen Weg, dem hoffnungslosen Kampf um das tägliche Brot entrinnen zu können. Und wenn ein Mädchen zur Priesterin geweiht wird, kann sie sich acht andere junge Frauen aussuchen, die ihr dienen. Alles in allem werden neun junge Frauen von diesen schrecklichen Nöten befreit. Meine auserwählten Freundinnen hatten fünf Jahre genug zu essen – ebenso wie ich. Das ist die größte Ehre, die sich ein Mädchen erhoffen kann. Ich hatte das große Glück, Priesterin zu werden.«

Claire musterte Nyssa mit einem gönnerhaften Blick. »Ja, ich bin sicher, daß es für dich eine große Ehre war, aber du bist dem allen entronnen. Es ist dir gelungen, diesen gräßlichen Ort zu verlassen, und nun kannst du tun und lassen, was du willst.«

Nyssa legte den Kopf in den Nacken und blickte Trevelyan an. »Sie will es nicht verstehen, nicht wahr?«

Trevelyan schüttelte den Kopf.

»Ihr beide wollt nicht verstehen«, rief Claire. »Ihr verhaltet euch so, als ob diese heidnische Religion einen sittlichen Wert hätte! Für mich ist so etwas unfaßbar! Junge, schöne Frauen werden umgebracht zu Ehren irgendeines Idols. Ich kann nicht begreifen, daß ihr . . .«

Sie hielt inne, weil Trevelyan ihre Schulter umfassen wollte, aber Nyssa legte ihm die Hand auf den Arm und sagte leise: »Nein.« Dann hob sie den Kopf und sah die beiden Männer neben dem Zelteingang an. »Laßt uns allein«, befahl sie ihnen und gab auch Trevelyan mit dem Kopf ein Zeichen, sich zu entfernen.

Als die drei Männer sich bis zum Fuße des Hügels zurückgezogen hatten und die Flötenmusik verstummte, holte Claire tief Luft. »Jetzt bist du außer Gefahr«, sagte sie. »Wenn wir laufen und . . .«

»Nein!« unterbrach Nyssa sie im scharfen Ton. »Kannst du dich nicht bemühen zu verstehen? Niemand zwingt mich, es zu tun. Ich tue es, weil ich daran glaube.«

Claire spürte, wie ihr Ärger zunahm: »Du willst sterben, damit du immer eine Schönheit bleibst? Ich möchte bezweifeln, daß ein verwesender Leichnam einen schönen Anblick bietet.«

»Ich tue es, weil ich daran *glaube.*«

»Aber dein Glaube ist ein *Irrtum*!« schrie Claire.

»Er ist anders, das ist alles, und ich schäme mich für dich, weil du anzunehmen scheinst, ich würde mein Leben für eine körperliche Schönheit hingeben. Seit Jahrhunderten stirbt alle fünfzig Jahre die Perle des Mondes und gewährleistet die Sicherheit meiner Stadt. Wird diese Tradition durchbrochen, geht Pesha zugrunde.«

Claire seufzte erleichtert. »Es ist nicht der Tod dieser Frauen gewesen, der Pesha schützte. Die Stadt blieb so lange unentdeckt, weil keine Straßen dahin führten. Eines Tages werden Züge nach Pesha fahren. Und das wird noch zu deinen Lebzeiten geschehen.«

»Nicht zu meinen Lebzeiten, weil ich heute sterben werde.«

Claire sah sich in ihrer Hoffnung enttäuscht. »Pesha ist bereits entdeckt«, sagte sie rasch. »Dein Tod wäre also sinnlos. Captain Baker hat die Stadt gefunden. Wenn er Pesha betreten konnte, werden viele andere es ebenfalls können. Königin Victoria wird Hunderte von Soldaten nach Pesha schicken. Das kannst du nicht verhindern. Und ganz gewiß kann dein Tod diese Entwicklung nicht aufhalten.« Claires Miene hellte sich wieder auf. »Du könntest um die Welt reisen und den Menschen von deiner Religion berichten. Du sprichst so gut Englisch. Du kannst zur Bildung der Menschheit beitragen. Du kannst . . .«

Claire verstummte, weil Nyssa Trevelyan ein Zeichen gegeben hatte, nun wieder zu ihr zu kommen. Trevelyan trat zu Claire, faßte sie um die Taille und drückte sie an sich.

»Laß mich los!« rief Claire und versuchte, ihn gegen das Schienbein zu treten. »Laß mich los und hol jemanden zu Hilfe. Sie will sich von diesen Wilden umbringen lassen. Du mußt das verhindern!«

»Nein«, raunte Trevelyan ihr ins Ohr. »Es ist Nyssas Wille, zu sterben.«

Claire wehrte sich nun nicht länger gegen Trevelyans Griff. Sie drehte den Kopf zur Seite, damit sie ihm ins Gesicht schauen konnte. »Das hast du also damit gemeint, als du zu mir sagtest, Nyssa dürfe tun und lassen, was sie möchte? Du hast das schon seit Monaten gewußt, nicht wahr? Du hast schon immer gewußt, daß sie sterben will!«

»Ich wußte es, als sie in Edinburgh nach ihrem Becher verlangte.«

»Becher? Was für einen Becher?« Claires Stimme wurde schrill. »Was für einen Becher!«

Trevelyan deutete mit dem Kopf auf Nyssa. Einer der beiden dunkelhäutigen Männer goß gerade eine Flüssigkeit in diesen primitiv gearbeiteten Becher, den Trevelyan ihr aus einem Schrank in Jack Powells Haus in Edinburgh geholt hatte. Einen Moment lang war Claire wie gelähmt, während Trevelyans Arm sich noch fester um ihre Taille legte. Sie konnte nicht glauben, was sie sah und gehört hatte.

Als Nyssa den Becher an den Mund führte, schrie Claire entsetzt auf und wehrte sich verzweifelt gegen Trevelyans Griff. Sie stieß und trat nach ihm, versuchte ihn mit Nägeln und Zähnen dazu zu bewegen, sie freizugeben; aber er hielt sie eisern fest.

Erst als Nyssa den Becher geleert hatte, ließ Trevelyan Claire los. Sie stürzte zu Nyssa und steckte ihr den Finger in den Hals. Und die ganze Zeit über schrie sie: »Helft mir! So helft mir doch!« aber keiner der drei Männer tat ihr den Gefallen. Sie standen nur da und schauten ihr zu.

Nyssa erbrach sich nicht, und das Gift blieb in ihrem Körper.

Claire hielt Nyssas Körper in ihren Armen und spürte, wie er schlaff wurde. »Nyssa!« rief Claire, dann noch einmal lauter: »Nyssa!« Claire schüttelte sie.

Trevelyan zog Claire von dem leblosen Körper weg. »Die beiden werden sich jetzt um sie kümmern.« Und der Mann mit der Flöte begann wieder diese grauenvolle Melodie zu spielen.

Claire war wie vor den Kopf geschlagen. Sie war soeben Zeugin eines Selbstmordes geworden. Eine junge Frau, die sie liebgewonnen hatte, hatte sich umgebracht. »Du hättest das verhindern können«, flüsterte sie. »Du wußtest, daß sie das tun wollte. Du hörtest, wie dieser Mann die Flöte im Theater spielte.«

»Ja«, erwiderte Trevelyan leise. »Ich wußte, daß ihre Zeit gekommen war. Wenn die Perle des Modes ihren Totentanz aufführt, wird sie drei Tage später sterben.«

Claire sah Nyssa an. Wenn es überhaupt möglich war, sah sie im Tode noch schöner aus als im Leben. Claire drehte sich zu Trevelyan um. »Wie konntest du das zulassen?« Und mit noch lauterer Stimme: »Du hättest es verhindern können. Du hättest etwas dagegen unternehmen können!«

»Ich entscheide nicht über das Leben anderer Menschen«, erwiderte er mit blitzenden Augen.

Claire wußte, daß er damit sowohl ihre Beziehung wie auch Nyssa meinte. »Es berührt dich nicht, wie? Dir liegt nicht genug an mir oder an Nyssa, nicht wahr? Du läßt sie sterben, weil du dir nichts aus Menschen machst.«

Hinter ihr war die Flöte verstummt. Claire drehte sich um, und als sie die beiden Männer mit ihrer gräßlichen blauen Bemalung auf ihren dunklen Körpern auf Nyssa zugehen sah, wurde ihr übel bei dem Gedanken, daß sie Nyssa nun anfassen würden. Es waren diese Männer und deren primitive Religion, die so ein einfältiges Mädchen wie Nyssa dazu überredet hatten, für ihren Glauben zu sterben.

»Laßt sie in Ruhe!« schrie Claire die beiden Männer an. »Rührt sie nicht an! Habt ihr nicht gehört? Ihr sollt sie nicht anfassen!«

Die beiden Männer blieben vor Nyssa stehen. Sie verstanden zwar Claires Worte nicht, aber den Ton, in dem sie sie gesprochen hatte. Einer der beiden wollte den Becher aufheben, aber Claire kam ihm zuvor. Sie betrachtete die ungeschliffenen Rubine in den primitiven Fassungen, und sie haßte diesen Becher. Sie sah einen Felsblock in der Nähe.

Wie eine Schlafwandlerin ging sie auf den Felsblock zu, den Becher in der ausgestreckten Hand. Sie hob den Arm, um ihn zu zerschmettern, aber Trevelyan faßte nach ihrem Handgelenk und hielt es fest.

»Das kannst du nicht machen«, sagte er leise. »Es war Nyssas Wunsch, daß der Becher ihrem Volk zurückgegeben wird.«

»Damit er wieder jemandem den Tod bringen kann?« fauchte Claire ihn an.

Trevelyan hielt noch immer ihren Arm fest und blickte ihr in die Augen. »Ja, der Becher ist älter, als wir es uns vorstellen können.« Er betrachtete den Becher mit traurigem Blick. »Für jede Perle des Mondes, die daraus getrunken hat und starb, bringen sie einen Rubin am Becher an.«

Voller Entsetzen starrte Claire den Becher an, den sie in der Hand hielt, und die vielen, unglaublich vielen Rubine, die daran befestigt waren. Sie öffnete die Finger, um dieses abscheuliche Gefäß auf den Felsen fallen zu lassen, aber Trevelyan fing ihn auf, ehe er den Stein berührte.

Claire wich einen Schritt zurück. »Du hast das alles gewußt und es dennoch geschehen lassen«, flüsterte sie.

Hinter ihr wandten sich die beiden Männer erneut Nyssa zu. »Nehmt eure schmutzigen Hände von ihr!« schrie sie und stellte sich zwischen sie und Nyssa.

Trevelyan trat zu ihr. »Sie werden sie nun in ihre Obhut nehmen.«

Claire sah zu ihm auf. In ihren Augen spiegelte sich Abscheu und der Haß, den sie in diesem Augenblick für ihn empfand.

Trevelyans dunkle Augen veränderten sich nicht. Er betrachtete Nyssa. »Sie müssen eine Zeremonie durchführen. Anschließend wird der Körper verbrannt, und die Asche wird nach Pesha zurückgebracht. Es ist eine lange Reise für die beiden und . . .«

Claire konnte seine Kälte nicht länger ertragen. Sie drehte sich um und trommelte mit beiden Fäusten gegen seine Brust. »Ich hasse dich! Hast du gehört! Ich hasse dich! Du hast sie umgebracht. Du hättest sie ebensogut erschießen können. Du hast sie getötet!«

Trevelyan machte keine Anstalten, ihre Hände festzuhalten. Er versuchte nur zu verhindern, daß sie ihm mit den Fäusten ins Gesicht schlug. Er stand vor ihr und erlaubte ihr, ihre Wut an ihm auszutoben. Und als Claire ihre Kräfte verbraucht hatte und sich abwandte um zu weinen, rührte er sie nicht an.

Die beiden dunkelhäutigen Männer trugen Nyssas leblosen Körper weg. Und einer von ihnen hielt diesen scheußlichen Becher in der Hand.

Claire hob ihre Röcke an und rannte den beiden Männern nach. »Ihr könnt nicht noch so einen Rubin für Nyssa anbringen!« rief sie dem Mann mit dem Becher zu.

Der Mann drehte sich nicht einmal zu ihr um.

»Rubine stehen für Blut! Nyssa war nicht nur eine von diesen vielen Frauen, die ihr getötet habt. Nyssa war etwas Besonderes!« Claire zog an der Smaragdkette, die sie um den Hals trug, und versuchte den großen Solitär abzureißen, der daran befestigt war, aber sie war zu schwach dazu. Sie war verzweifelt. Die Männer trugen Nyssa fort!

Trevelyan trat wieder neben sie. »Was willst du tun?« fragte er leise.

»Geh weg!« schrie Claire und zerrte an dem großen Smaragd. »Nyssa möchte einen Smaragd für ihr Leben haben. *Diesen* Smaragd. Er wird der ›Moment der Wahrheit‹ genannt. Sie kann keinen Rubin bekommen. Ich hasse Rubine. Ich habe Rubine noch nie gemocht.« Sie fing wieder an zu weinen.

Trevelyan schob ihre Hände von ihrem Hals fort. Und mit einer heftigen, kurzen Drehung löste er den tränenförmigen Smaragd von der Kette und lief mit langen Schritten den beiden dunkelhäutigen Männern nach.Claire folgte ihm und hörte, wie er mit den beiden sprach. Sie schüttelten nur den Kopf.

»Sie *müssen* den Smaragd annehmen«, beharrte Claire.

Trevelyan diskutierte mit den beiden, und Claire merkte, wie sein Unmut wuchs. Die beiden Männer hörten ihm schweigend zu. Doch dann schüttelten sie wieder die Köpfe.

Trevelyans Stimme nahm nun einen beschwörenden Ton an. Er deutete auf Claire. Doch noch immer schienen sich die Männer nicht bereitzufinden, Claires Wunsch zu erfüllen. Plötzlich senkte Trevelyan die Stimme und sagte etwas, das nur eine Drohung sein konnte. Der Mann, der den Becher hielt, streckte endlich die Hand aus und nahm den Smaragd entgegen. Anschließend setzten sich die beiden wieder in Bewegung.

Trevelyan drehte sich zu Claire um. »Sie werden den Smaragd am Becher anbringen. Sie haben sich deiner Meinung angeschlossen, daß diese Perle des Mondes etwas Besonderes war.«

Er schwieg einen Moment, während er sie ansah, und hielt ihr dann seine Hand hin.

Aber Claire konnte sie nicht ergreifen. Sie konnte nicht vergessen und ihm ganz gewiß nie verzeihen, daß er soeben den Tod einer Frau zugelassen hatte. Sie drehte ihm den Rücken zu und ging den Hügel hinunter.

»Ich denke, sie wird jetzt schlafen«, sagte Claire zu Harry, als er auf Brat hinuntersah. Sarah Ann hatte sich so schrecklich aufgeregt, als sie von Nyssas Tod erfahren hatte, daß man einen Arzt hatte rufen müssen. Er hatte ihr Laudanum gegeben.

»Du siehst aus, als könntest du ebenfalls etwas Schlaf gebrauchen«, sagte Harry. Er war die ganze Zeit bei Sarah Ann und Claire geblieben, bis der Arzt eingetroffen war. Einmal hatte er Sarah Ann an sich gedrückt, sie auf seinem Schoß gewiegt und sie beruhigt, als sie laut schluchzte.

Claire versuchte zu lächeln, was ihr jedoch nicht gelingen wollte. Die letzten Tage, und besonders die letzten Stunden, waren über ihre Kräfte gegangen.

Harry nahm ihren Arm, führte sie zu einem Sessel und gab ihr ein Glas mit MacTarvits Whisky.

»Er ist fort, mußt du wissen«, sagte Harry leise.

Claire sah ihn an. »Wer?« fragte sie, aber sie wußte genau, wen er meinte.

»Trevelyan ist vor ein paar Stunden abgereist. Er und sein Diener.«

Claire nickte. Zweifellos war er wegen Nyssa so lange in Bramley geblieben. Er hatte auf ihren Todestag gewartet, um für seine nächste Eroberung frei zu sein – für sein nächstes Opfer, über das er schreiben konnte.

»Gut«, sagte Claire. »Ich bin froh, daß er fort ist.«

»Ich denke, daß du zu hart mit ihm ins Gericht gehst.«

Claire sah Harry wütend an. »Er hat sie umgebracht. Er stand da und sah zu, wie sie starb. Du hättest ihn sehen sollen. Er machte keine Anstalten, ihren Tod zu verhindern. Ihr Tod ließ ihn kalt. Ich bin sicher, daß er vorhatte, darüber in einem seiner verdammten Bücher zu schreiben.«

»Ich bin mir nicht so sicher, daß Vellie . . .«

»Nenne ihn nicht so! Er ist Captain Baker, der Mann, der alles gesehen, alles getan und nichts dabei empfunden hat. So stellte ich ihn mir vor, ehe ich ihn kennenlernte, und nun bin ich sicher, daß er auch so ist. Ich möchte nie mehr etwas von ihm hören.«

Harry runzelte die Stirn und sah auf sein Whiskyglas hinunter. »Wie du willst«, sagte er leise.

24

Als Claire das Klopfen an ihrer Tür hörte, meinte sie, es sei der Lakai, der ihre Koffer nach unten tragen sollte. Seit Nyssas Tod waren vier Tage vergangen, und sie hatte beschlossen, daß es Zeit war, Harrys Haus zu verlassen. Harry hatte versucht, mit ihr über einen Heiratstermin zu sprechen, aber Claire war zu niedergeschlagen gewesen, um darüber nachzudenken. Sehr zum Leidwesen ihrer Eltern hatten sowohl Claire wie Sarah Ann Trauerkleider angelegt. Doch in den letzten paar Tagen hatten ihre Eltern über vieles geklagt. Weder ihre Mutter noch ihr Vater wollten Bramley verlassen.

»Ich sehe nicht ein, warum du nicht hier heiraten kannst«, sagte Arva. »Ich mag dieses Haus, und ich möchte hierbleiben.«

Claire hatte zu ihr gesagt, daß sie abreisen müßten und nicht länger in diesem Haus bleiben könnten. Arva hatte sich beschwert, daß ihre beiden Töchter wie Nonnen aussähen in ihren schwarzen Kleidern. Und daß es ein Wunder wäre, daß der Herzog Claire noch immer heiraten wollte.

»Es gibt Hunderte von schadhaften Dächern in Großbritannien«, hatte Claire erwidert. »*Jeder* möchte mich heiraten.« Arva hatte verlangt, daß sie diese Bemerkung näher erläutern solle, aber Claire fand es nicht der Mühe wert, ihr diesen Gefallen zu tun.

Als Claire die Tür öffnete, stand nicht der Lakai, sondern Leatrice im Flur. Claire lächelte. Leatrice sah wunderbar aus. Ihre Wangen waren gerötet, und sie trug ein sehr hübsches, schlichtes blaues Kleid.

Leatrice trat vor und küßte Claire auf die Wange.

»Sie sehen blendend aus«, sagte Claire. »Die Ehe bekommt Ihnen.«

»In der Tat. Ich hatte ja keine Ahnung, wie sehr sie mir bekommen würde. James und ich haben so viele gemeinsame Interessen.«

Claire lächelte. »Ich freue mich sehr für Sie.« Ihr wollte

nicht mehr einfallen, was sie noch zu Leatrice sagen konnte, und sie wandte sich wieder ihrem Koffer zu. »Ich bin froh, daß ich Sie noch sehe, bevor ich abreise.«

Leatrice trat zu Claire und legte ihr die Hand auf den Arm. »Ich bin hier, um mit Ihnen zu reden. Harry hat mir geschrieben.«

»Wie freundlich von ihm.«

Leatrice legte Claire die Hände auf die Schultern und drehte sie zu sich herum. »Harry macht sich große Sorgen um Sie. Er sagt, es würde ein großes Unrecht geschehen.«

»Ich kann mir nicht vorstellen, was das sein könnte.«

Leatrice musterte Claire mit einem harten Blick, und ihre Augen erinnerten Claire an Trevelyan.

»Ich muß jetzt wirklich weiterpacken. Ich habe noch so viel zu tun. Meine Familie hat eure Gastfreundschaft zu lange ausgenützt. Viel, viel zu lange.«

»Ich möchte Ihnen etwas von Trevelyan und meiner Mutter erzählen«, sagte Leatrice.

Claire hielt einen Moment die Hände still, ehe sie sich wieder mit ihrem Koffer beschäftigte. »Ich habe wirklich keine Zeit mehr zu verlieren. Der Lakai wird jeden Moment hier sein, und ich muß den Koffer fertig haben.«

»Niemand kommt, um Ihre Koffer abzuholen. Ich habe ihnen gesagt, daß sie warten sollen.«

»Aber ich *muß* abreisen«, erwiderte Claire. »Ich kann nicht mehr hierbleiben. Ich muß weg. Ich muß . . .« Ihre Stimme verebbte, weil sie wußte, daß es sinnlos war, mit Leatrice zu streiten. Sie wollte hören, was Leatrice ihr zu sagen hatte, und gleichzeitig fürchtete sie sich davor. Im Grunde war ihr nur noch eines wichtig: dieses Haus zu verlassen, das so viele gute und gleichzeitig so viele schreckliche Erinnerungen für sie barg.

Langsam ging Claire zu einem Stuhl, setzte sich und blickte Leatrice erwartungsvoll an.

Leatrice holte tief Luft. »Ich wollte hier nie mit meiner Mutter zusammen wohnen und niemals diese feige alte Jungfer sein, die Sie kennengelernt haben. Aber Haß kann genauso stark sein wie Liebe. Vielleicht sogar stärker. Der Haß kann die Menschen genauso zusammenhalten wie die Liebe. Meine Mutter und ich – wir haben uns gehaßt.«

»Ich glaube nicht, daß Sie das von Ihrer Mutter sagen sollten«, bemerkte Claire.

»Ich sage lediglich die Wahrheit. Ich wußte etwas über meine Mutter, was niemand sonst wußte, und sie haßte mich deswegen.«

Claire schwieg.

»Sie haben etwas für mich getan, was ich Ihnen niemals zurückzahlen kann. Sie haben mir etwas gegeben, das den Haß ersetzen kann, der mein Leben beherrschte.«

»Liebe.« Da war ein zynischer Ton in Claires Stimme.

»Ja.« Leatrice lächelte. »Das klingt melodramatisch, nicht wahr? Ich denke, da Sie mir geholfen haben, sollte ich auch Ihnen helfen. Ich möchte Ihnen etwas über meine Mutter erzählen.«

»Das müssen Sie nicht.« Claire war ein wenig bange vor dem, was sie über diese schreckliche Eugenie hören würde. Sie dachte, daß sie alles glauben würde, was man ihr von dieser Frau berichtete.

»Ich *will* Ihnen diese Geschichte erzählen. Ich bin es leid, diese Last noch länger mit mir herumzuschleppen.« Leatrice holte tief Luft. »Als meine Mutter eine junge Frau war, war sie sehr schön und voller Leidenschaft.« Sie lächelte über den ungläubigen Blick, den Claire ihr zuwarf. »Ja, das ist schwer zu begreifen, nicht wahr? Aber es stimmt. Sie verliebte sich wahnsinnig in einen hübschen jungen Mann, der als Offizier in der Marine diente. Sie liebte ihn mehr als irgend jemanden oder irgend etwas sonst auf der Welt. Sie verehrte ihn.«

Leatrice seufzte. »Unglücklicherweise war dieser junge Mann ein Niemand. Er stammte aus einer kleinbürgerlichen Familie und besaß keinen Penny Vermögen. Aber Mutter war das egal. Alles, was sie haben wollte, war dieser junge Mann.

Doch dann geschah etwas, das ihr Leben veränderte.

Mutter ging zu einem Ball, und da ihr junger Offizier ebenfalls diesen Ball besuchte, war sie glücklich und voller Erwartungen. Und der junge Herzog von MacArran – mein Vater – verliebte sich in sie. Der Herzog war ein temperamentvoller Mann, und so ging er am nächsten Tag zum Vater meiner Mutter und bat ihn um die Hand von Miss Eugenia Richmond.«

Leatrice legte eine Pause ein. »Mein Großvater war ein schrecklicher Mann. Ich glaube nicht, daß er auch nur einen Funken Güte oder Mitgefühl in sich hatte. Er war der Meinung, es gäbe nur eine Methode, wie man etwas machen mußte – seine. Er erzählte seiner Tochter von dem Heiratsantrag und nannte ihr dann den Termin, den er für die Hochzeit festgesetzt hatte. Er fragte seine Tochter nicht einmal, was sie von dieser Verbindung hielt. Meine eigensinnige Mutter erzählte ihrem Vater, daß sie vorhatte, ihren jungen Offizier zu heiraten. Mein Großvater wurde nicht einmal wütend. Er sagte seiner Tochter lediglich, wenn sie das Angebot des Herzogs nicht annehmen und sich nicht so betragen würde, als liebte sie diesen Mann, wollte er dafür sorgen, daß der junge Offizier umgebracht würde. Der alte Mann wollte nichts riskieren und erlaubte meiner Mutter nicht, sich dem Herzog anzuvertrauen. Er sorgte dafür, daß sie sich selten sahen und nie ohne Aufsicht waren. Das regte den Appetit meines Vaters nur noch mehr an. Er glaubte, daß die Frau, die er heiraten würde, bescheiden und von sanfter Gemütsart sei.«

Leatrice preßte die Lippen aufeinander, bevor sie fortfuhr: »Sie heiratete meinen Vater, aber bei der Hochzeit beschloß sie, da sie ihre Wut nicht an ihrem Vater auslassen konnte, sich an dem Mann zu rächen, den sie geheiratet hatte. In der Hochzeitsnacht erzählte sie meinem Vater, daß sie ihn haßte und immer hassen würde.«

Leatrice hielt inne und holte tief Luft. »Ich denke, daß mein Vater zuerst meinte, er könne ihre Zuneigung gewinnen und seine Frau dazu bringen, ihn zu lieben, aber er mußte bald feststellen, daß sie denselben Starrsinn besaß wie ihr Vater. Sie haßte ihren Ehemann so sehr, wie sie ihren jungen Offizier liebte.«

Leatrices Gesicht zeigte nun eine zornige Röte. »Sie gebar meinem Vater drei Kinder. Ich glaube, daß ich, die jüngste von den dreien, nicht geplant war. Ich denke, daß die beiden miteinander stritten und mein Vater sich anschließend wütend in das Zimmer meiner Mutter begab. Neun Monate später wurde ich geboren. Nach jener Nacht hatten meine Eltern meiner Ansicht nach nicht mehr viel miteinander zu tun. Ich glaube, fortan führte jeder sein eigenes Leben.«

Leatrice schwieg einen Moment und schien nachzudenken. Dann fuhr sie im ruhigeren Ton fort: »Doch dann, als ich ungefähr drei Jahre alt war, trat der Offizier wieder in das Leben meiner Mutter. Ich glaube, daß sie der Zufall wieder zusammenbrachte, aber sie entdeckte, daß sie ihn immer noch so sehr liebte wie vor ihrer Hochzeit. Er hatte nie geheiratet. Er sagte ihr, daß er nur sie geliebt habe und sie immer lieben würde.

Meine Mutter hatte das Gefühl, daß sie ihrem Mann nichts mehr schuldete. Sie hatte ihm die beiden Söhne geboren, die er von ihr haben wollte, und so beschloß sie, ihn zu verlassen.«

Leatrice holte tief Luft. »Und uns. Sie beschloß, ihren Ehemann und ihre Kinder zu verlassen, weil sie uns genauso haßte wie ihren Gatten. Wir waren dunkel wie alle Montgomerys, und der Mann, den sie liebte, war blond. Meine Mutter schmiedete nun ein Komplott mit ihrem Liebhaber und bereitete alles vor. Sie entfernte heimlich Schätze aus dem Haus – Dinge, die man verkaufen konnte –, denn sie wußte, daß sie nicht einen Penny bekommen würde, wenn sie sich von meinem Vater scheiden ließ. Und ihr Offizier war noch immer so arm wie früher.

Der Tag, an dem sie uns und ihren Mann verlassen wollte, brach an, und alles verlief wie geplant. Meine Mutter konnte sich, ohne daß jemand dies bemerkte, aus dem Haus schleichen und traf sich zehn Meilen von Bramley entfernt mit ihrem Liebhaber, der sie mit einer Kutsche erwartete. Sie waren noch nicht weit gekommen, als ein Hund über die Straße lief, der Kutscher die Kontrolle über die Pferde verlor und der Wagen umstürzte. Der Liebhaber meiner Mutter starb auf der Stelle, desgleichen der Kutscher. Doch meine Mutter war unter dem Wagen festgeklemmt, und es dauerte mehrere Stunden, bis man sie entdeckte. Ihr Bein war zerschmettert.«

Leatrice legte wieder eine Pause ein. »Sechs Monate später kam Harry auf die Welt. Mein Vater wußte, daß das Kind nicht von ihm sein konnte, und inzwischen hatte er auch von den Familienschätzen erfahren, die seine Frau heimlich aus dem Haus geschafft hatte.

Als Harry eine Woche alt war, ging mein Vater in das Zimmer meiner Mutter, warf einen Blick in die Wiege, warf einen Packen Rechnungen auf ihr Bett und verließ ihr Zimmer. Die Rechnungen stammten alle vom Liebhaber meiner Mutter. Er hatte Pferde und Kleider gekauft und Wetten abgeschlossen und als Sicherheit dafür angegeben, daß er die Herzogin von MacArran heiraten würde.«

Leatrice blickte Claire an und bemerkte, wie sie sie mit geweiteten Augen anstarrte. »Ich glaube, daß der Geist meiner Mutter unter all dem gelitten hat. Es war zuviel für sie, daß sie ihren Liebhaber und ihre Beweglichkeit verloren hatte und obendrein noch erfahren mußte, daß der Mann, den sie all die Jahre über so sehr geliebt hatte, ein Schuft gewesen war. Sie empfand nur noch Haß und Liebe. Sie haßte alles und jeden, der etwas mit dem Namen MacArran zu tun hatte, und sie schenkte ihre ganze Liebe ihrem hübschen blonden Sohn.«

Leatrice hielt inne, während Claire das, was sie soeben gehört hatte, zu verdauen versuchte.

»Wenn Harry nicht der Sohn deines Vaters ist, dann hat er auch kein Recht auf den Titel«, sagte Claire leise.

»Nicht das geringste Recht.« Leatrice sah Claire so eindringlich an, daß Claire sich wieder an Trevelyans Augen erinnert fühlte.

»Hat dein Vater Harry in seinem Testament enterbt?«

»Mein Vater war ein guter Mann, und er hätte so etwas nie getan. Er mochte Harry. Er liebte alle seine Kinder; doch sein Favorit war sein ältester Sohn, Alex. Ich denke, daß er einen Fehler machte, als er Alex so viel Zeit widmete, denn mein anderer Bruder und ich waren zu sehr uns selbst überlassen. Alex hatte meinen Vater und Harry meine Mutter, während ...« Sie hielt inne und starrte Claire an »... Vellie und ich nur uns hatten.«

Claire warf Leatrice einen erstaunten Blick zu, wollte etwas sagen, tat es dann aber doch nicht. Plötzlich ergab alles einen Sinn. Sie verstand Trevelyans Feindseligkeit gegenüber der Herzogin und die Haltung der Bauern ihm gegenüber.

»Wissen denn alle Leute in diesem Haus, daß Trevelyan der Herzog ist?«

»Die meisten. Als Kind wurde er fortgeschickt, um beim Vater meiner Mutter zu leben.« Leatrice schluckte. »Vellie wurde als Kind sehr schlecht behandelt.«

Zu viele Gedanken gingen Claire gleichzeitig durch den Kopf. Sie wußte, daß er ihr sehr wenig von sich erzählt hatte, aber sie hatte nicht die Tiefe seiner Täuschung erkannt. Er hatte zu ihr gesagt, daß er sie liebte, aber er hatte sie nicht genug geliebt, um ihr etwas über sich zu erzählen. Wenn er ihr verraten hätte, daß *er* der Herzog war, hätten ihre Eltern eine Heirat mit ihm sofort befürwortet. Claire hätte die Kontrolle über das Geld ihres Großvaters erhalten, und alle ihre Probleme wären gelöst gewesen.

Aber er hatte es ihr nicht gesagt. Er hatte nichts von sich mit ihr geteilt.

Claire stand auf und fing wieder an zu packen.

»Sie haben nichts dazu zu sagen?« fragte Leatrice. »Ich habe Ihnen soeben erzählt, daß der Mann, den Sie lieben, der Herzog ist, und der Mann, den Sie zu heiraten gedenken, überhaupt nicht mit der Montgomery-Familie verwandt ist.«

»Wie heißt er? Wie heißt Trevelyan wirklich?«

»John Richmond Montgomery. Der Titel seiner Kindheit war Graf von Trevelyan, und Trevelyan schien zu ihm zu passen. Ich habe ihn Vellie genannt, da ich Trevelyan nicht aussprechen konnte.«

Leatrice umfaßte Claires Arm. »Ist das alles?«

Als Claire Leatrice anssah, flammten ihre Augen vor Zorn. »Er hat mir nicht einmal seinen Namen verraten. Nicht einmal etwas so Einfaches hat er getan. Er fragte mich, ob ich ihn liebte, ob ich mein Leben mit ihm verbringen würde, aber er konnte mir nicht einmal seinen Namen sagen.« Sie sah auf ihren Koffer.

»Sie verstehen das nicht. Vellie ist . . .«

». . . ein kalter Mann«, ergänzte Claire. »Ich liebte ihn. Ich verliebte mich in ihn trotz seiner schlechten Launen und seiner pessimistischen Lebensansichten. Ich verzieh ihm, daß er mir nicht verraten wollte, daß er Captain Baker ist. Ich verzieh ihm, daß er mich auslachte und mich als Studienobjekt für seine Bücher mißbrauchte. Ich vergab ihm alles und liebte ihn, aber er versteht nicht, Liebe mit Liebe zu entgelten.«

Leatrice öffnete den Mund, aber Claire ließ sie nicht zu Wort kommen. »Er stand dabei und sah zu, wie Nyssa starb, ohne auch nur einen Versuch zu unternehmen, ihren Tod zu verhindern. Er stellt sich immer neben die ganze Welt und beobachtet ihr Treiben. Er sagte mir, er würde mich lieben, aber das stimmt nicht. Er verwechselt Vergnügen mit Liebe. Das ist nicht das gleiche. Er hat unzählige Frauen auf der ganzen Welt ›geliebt‹, und ich war dumm genug, anzunehmen, daß ich für ihn etwas anderes wäre.«

»Sie sind für ihn etwas anderes«, sagte Leatrice. »Vellie hat bisher noch zu keiner Frau gesagt, daß er sie liebt.«

»Würden Sie aufhören, ihn bei diesem absurden Namen zu nennen? Er ist ein erwachsener Mann. Nein, er ist kein Mann, er ist . . . eine Maschine. Er reist um die Welt, beobachtet und schreibt. Ich bezweifle, daß er jemals irgend etwas in seinem Leben wirklich empfunden hat.«

Leatrice schwieg einen Moment.

»Ich möchte, daß Sie seine Briefe lesen«, sagte sie schließlich.

»Nein«, erwiderte Claire. »Ich muß fort. Plötzlich kann ich dieses Haus nicht mehr ertragen.«

Leatrice legte wieder die Hand auf Claires Arm. »Ich weiß, daß wir nicht fair zu Ihnen gewesen sind. Mutter hat Harry nach London geschickt, damit er um Sie wirbt. Sie wurden Ihres Geldes wegen hierhergebracht; aber Sie haben uns allen mehr gegeben, als wir uns für Geld kaufen könnten, Claire. Denn dank Ihnen habe ich jetzt James. Und Harry hat endlich erkannt, was für ein Mensch seine Mutter wirklich ist.« Leatrice senkte die Stimme: »Mutter hat jemanden beauftragt, auf Vellie zu schießen.«

Claires Hände hielten in der Bewegung inne.

»Ich sagte Ihnen doch, daß sie nicht mehr richtig ist im Kopf. Sie wollte das Herzogtum für ihren kostbaren Harry haben, und als sie hörte, daß ihr zweitältester Sohn von den Toten auferstanden ist, nahm sie an, daß er den Titel übernehmen wollte.«

Claire sah Leatrice mit einer Mischung aus Entsetzen und Ungläubigkeit an.

»Meine Familie ist nicht so wie Ihre. Der Haß meiner Mutter hat uns alle zerstört. Aber ich denke, daß ihre Macht über uns nun gebrochen ist. Jemand schrieb an Harry in Edinburgh, was sie Trevelyan antun wollte. Mutter wußte, daß Sie viel Zeit mit Vellie verbrachten, und sie fürchtete, daß Sie Trevelyan heiraten könnten und ihm Ihr Geld zufallen würde. Sie hatte Angst, daß Vellie es sich doch noch anders überlegen und er seinen Titel beanspruchen könnte. Harry kam zurück und versuchte, Sie erneut für sich zu gewinnen, weil er um das Leben seines Bruders bangte.« Leatrice lächelte. »Harry hat seinen älteren Bruder immer verehrt. Harry ist viel zu faul, um selbst etwas zu unternehmen, und so waren Vellies Taten gewissermaßen für ihn ein Ersatz für seinen mangelnden Unternehmungsgeist. Ich glaube, Harry würde für seinen älteren Bruder sein Leben hingeben.«

»Er würde möglicherweise sogar eine Frau heiraten, die er nicht liebt, um seinen Bruder zu retten.«

»Er war im Begriff, das zu tun, bis er sah, daß Vellie Sie liebte.«

Dafür hatte Claire nur ein Schnauben übrig.

Leatrice blickte sie traurig an. »Ich wünschte, ich könnte Sie davon überzeugen, und dazu bringen, Trevelyan so zu sehen, wie er wirklich ist.«

»Sie hätten ihn sehen sollen, wie er dabeistand und zusah, wie eine junge Frau einen Becher mit Gift austrank. Nein, das wünsche ich keinem. Wenn Trevelyan mir vertraut hätte ... wenn er mich genug geliebt hätte, um etwas von sich mit mir zu teilen ...« Claire seufzte. »Jetzt ist es zu spät, und es spielt auch keine Rolle mehr. Ich nehme an, es gibt einen Grund dafür, warum Trevelyan nicht den ihm zustehenden Herzogtitel beansprucht. Ich schätze mal, daß er den Titel nicht haben möchte und Harry erlaubt, auch weiterhin als Herzog von MacArran zu fungieren.«

»Ja«, sagte Leatrice. »Trevelyan möchte nur Captain Baker sein. Ich bezweifle, daß er noch einmal zu uns zurückkommt nach allem, was geschehen ist.«

»Nein, ich glaube, daß er ...«

Claire beendete den Satz nicht, weil sich die Tür zu ihrem Zimmer öffnete und Harry hereinkam. Ihm folgten vier Lakaien, die schwere Koffer trugen. »Stellt sie dorthin«, befahl Harry.

Als die Lakaien gegangen waren, drehten sich Harry und Leatrice zu Claire um und schauten sie an. In diesem Moment begriff sie, was diese Koffer enthielten. Sie wußte, daß es die Briefe von Trevelyan waren. Es war einmal ihr größter Wunsch gewesen, die Privatbriefe von Captain Baker lesen zu können. Aber jetzt sah sie die Koffer an, als wären sie mit Kobraschlangen gefüllt.

Sie wich einen Schritt zurück und schüttelte den Kopf. »Ich muß weg von hier.«

Harry lehnte sich gegen die Tür. »Du wirst nicht eher abreisen, bis du sie gelesen hast. Jeden *einzelnen.*«

Claire sah die beiden an. Harrys hübsches Gesicht war eine Maske grimmiger Entschlossenheit; während Leatrices

Augen sie anzuflehen schienen. »Es wird nichts nützen. Wenn ich einen Haufen Briefe lese, wird das nichts ändern. Trevelyan beansprucht den Herzogtitel nicht, meine Eltern werden daraufhin die Ehe nicht befürworten, und ich werde das Geld meines Großvaters verlieren. Und ich denke nicht daran, meine Schwester einem ungewissen Schicksal zu überlassen.«

»Du wirst nicht abreisen«, beharrte Harry.

Leatrice ging zum ersten Koffer und öffnete ihn. Darin lagen sauber gebündelte Briefe – Hunderte von ihnen. »Er fing an, mir zu schreiben, als er zum erstenmal aus dem Haus geschickt wurde – als er neun Jahre alt war. Soll ich Ihnen von diesem Tag erzählen?«

»Nein«, sagte Claire mit fester Stimme. »Ich möchte kein Wort davon hören.«

Aber Leatrice tat es trotzdem. Und als sie fertig war, begann Claire die Briefe zu lesen.

25

Der Herzog von MacArran bittet um die Erlaubnis, Miss Claire Willoughby seine Aufwartung machen zu dürfen, stand in Handschrift auf dem Kärtchen zu lesen.

Claire las es und ließ es auf das silberne Tablett fallen, das der Butler ihr hinhielt. »Teilen Sie Harry mit, daß ich mit Packen beschäftigt bin«, sagte sie zu dem Butler und drehte sich von ihm weg.

Der Butler rührte sich nicht von der Stelle.

»Nun?« sagte Claire und sah ihn an. Ihre Geduld war zu Ende, und sie hatte es nun wirklich eilig, Bramley zu verlassen.

»Es ist der echte Herzog, der darum bittet, Sie besuchen zu dürfen«, sagte der Butler.

Es dauerte einen Moment, bis Claire begriff.

»Trevelyan?«

Der Butler nickte kurz.

»Richten Sie ihm aus, es wäre alles gesagt worden, was wir uns zu sagen hatten. Ich habe zu tun. Sagen Sie ihm, daß ich genug habe von der Familie Montgomery und daß ich weder ihn noch jemanden von seiner Verwandtschaft jemals wiedersehen möchte.«

»Vielleicht wäre es Madam lieber, ihm das alles selbst zu sagen.«

Claire wollte darauf antworten, daß ihr nichts was mit Trevelyan zu tun hatte, lieb sein könne. Aber sie änderte ihren Entschluß.

»Wo ist er?«

»Im blauen Schlafzimmer. Es war das Zimmer seines Vaters.«

Claire nickte und gab dem Butler mit der Hand ein Zeichen, daß sie bereit war, ihm dorthin zu folgen. Ich werde ihm sagen, was ich von ihm halte, und ihn dann für immer verlassen, überlegte sie. Ich möchte keinen von seiner Familie mehr sprechen oder noch einmal sehen. Wichtiger noch – ich möchte auch Captain Baker nicht mehr sehen oder etwas von ihm hören.

Der Butler öffnete die Tür zu einem großen Schlafzimmer, das einmal sehr schön gewesen sein mußte. Doch nun war die Seide an den Wänden zerschlissen und der tiefblaue Behang des Betthimmels schmutzig.

Trevelyan stand mit dem Rücken zu ihr im Zimmer und sah aus dem Fenster. Ausnahmsweise war er so angezogen, wie es sich gehörte. Kein besticktes Seidengewand. Er trug einen perfekt sitzenden Morgenrock. Sein Haar war geschnitten und auf die korrekte Länge gebracht. Wenn sie ihm noch nie begegnet wäre, hätte sie ihn für einen hübschen jungen Gentleman gehalten.

»Ich bin hier«, sagte sie hinter seinem Rücken. »Was willst du von mir?«

Er drehte sich um und sie sah, daß er müde war, als hätte er überhaupt nicht geschlafen. Seit Nyssas Tod war fast eine Woche vergangen, und nichts, was seither gesagt worden war, hatte Claires Zorn mildern können. Jede Sekunde in dieser Woche hatte ihr Nyssas lachendes Gesicht vor Augen gestanden. Und sie konnte noch immer Brats Entsetzungsschreie hören, nachdem sie ihrer Schwester mitgeteilt hatte, daß Nyssa gestorben war. Claire erinnerte sich auch noch an den Rauch, den sie gesehen hatte – sicherlich der Rauch von dem Feuer, mit dem man Nyssas Leichnam verbrannt hatte.

Trevelyan ging auf sie zu. Claire blieb stehen, wo sie war, aber als er die Hand ausstreckte, um ihre Wangen zu berühren, drehte sie das Gesicht zur Seite. Seine Hand sank hinunter, dann drehte er sich um und ging ans Fenster zurück.

»Leatrice sagte mir, daß sie dir von unserer Mutter erzählt hat.«

»Ja«, erwiderte Claire mit kalter Stimme. »Mir wurde das große Familiengeheimnis offenbart.«

»Und du hast meine Briefe an meine Schwester gelesen.«

»Auch das.«

»Und was hältst du davon?«

Claire brauchte einen Moment, bis sie antworten konnte. Es hatte lange gedauert, all diese Briefe zu lesen, und darin hatte sie einen Mann gesehen, der zu einer großen Liebe fähig war. Sie hatte gelesen, wie er überall in der Welt den Tod erlebt hatte. Wäre sie tatsächlich Captain Bakers Biographin gewesen, hätten ihr diese Briefe die Möglichkeit verschafft, ein Buch von großer Kraft zu verfassen. Aber sie wußte nun, daß sie niemals diese Biographie schreiben würde.

»Ich fand die Briefe außerordentlich interessant.«

»Aber weder die Briefe noch die Geschichte von meiner Mutter haben dich dazu gebracht, mir zu verzeihen?«

»Nein. Ich kann Nyssa nicht vergessen.« Und mit leiserer Stimme fügte sie hinzu: »Ich kann nicht vergessen, daß du mir so wenig von dir selbst gegeben hast.«

Er sah sie einen Moment an und drehte sich dann wieder zum Fenster um.

»Als ich noch ein Kind war, hielt mein Großvater es für eine gute Erziehungsmaßnahme, daß ich nie das bekam, was ich mir wünschte. Wenn ich sagte, mir würde ein bestimmtes Brot schmecken, dann sorgte er dafür, daß ich dieses Brot nie mehr bekam. Wenn ich sagte, ich hasse Karotten, wurden mir dreimal am Tag Karotten vorgesetzt. Seither ist es für mich schwierig gewesen, um das zu bitten, wonach ich mich am meisten sehnte.«

»Ja«, erwiderte Claire ärgerlich, »ich habe von deiner Kindheit mehr gehört, als ich darüber wissen möchte. Ich bin überzeugt, daß sie grauenvoll war. Ich bin sicher, daß du eine Mutter gehabt hast, die dich haßte und einen Vater, der nicht wußte, daß du überhaupt am Leben bist. Dein Großvater war grausam zu dir. Du hast mehr als genügend Gründe für deine Launenhaftigkeit und dein mürrisches Wesen. Du hast jede Berechtigung dazu, dich selbst zu bemitleiden.«

Trevelyan drehte sich um und blickte sie mit geweiteten Augen an.

»Was erwartest du von mir?« fuhr sie mit kalter Miene fort. »Mitgefühl? Reicht dir denn dein Selbstmitleid nicht? Du hast das Mitgefühl deines Bruders und deiner Schwester und, soweit ich es beurteilen kann, das Mitgefühl fast aller Bewohner dieses Hauses. Armer Jonny. Armer kleiner Graf, den niemand jemals liebte. Natürlich scheint niemand auf den Gedanken gekommen zu sein, daß du, wenn du dich betragen und auch an andere und nicht nur an dich selbst gedacht hättest, nicht so oft bestraft worden wärest. Ich kann mir vorstellen, daß es dir eine Genugtuung war, deinem Großvater zu sagen, daß du Karotten haßt. Hast du gelernt, ihn zu belügen und ihm zu sagen, daß du das liebst, was du haßtest?«

Trevelyan starrte sie an und blinzelte. Er wirkte schokkiert, aber allmählich breitete sich ein Lächeln über sein Gesicht aus. »Tatsächlich lernte ich das. Die Köchin buk einmal einen Mandelkuchen, der himmlisch schmeckte. Nach dem ersten Bissen spuckte ich ihn aus und sagte, das wäre das scheußlichste Gebäck, das ich jemals gegessen hätte. Mein Großvater ließ mir daraufhin monatelang nach jeder Mahlzeit Mandelkuchen vorsetzen, bis ich widerstrebend zugab, daß er mir anfing zu schmecken. Heute noch feiere ich jeden Sieg am liebsten mit Mandelkuchen.«

Claire lächelte nicht. »Soll mich das amüsieren? Ich gewinne daraus eher den Eindruck, daß du ausgezeichnet zu deinem Großvater gepaßt hast. Natürlich bist du es am Ende gewesen, der obsiegte, nicht wahr? Du hast ihn verlassen, als du es wolltest, und hast getan, was dir gefiel. Letztendlich hast du ja immer genau das gemacht, was du tun wolltest, nicht wahr? Niemand hat dich jemals daran gehindert oder dich auf irgendeine Weise beeinflußt.«

»Meine Mutter . . .«

»Ha!« rief Claire. »Du kannst mich jetzt nicht belügen. Ich weiß zuviel über dich. Ich denke, wenn ich mehr Zeit mit dieser Frau verbracht hätte, hätte ich erkannt, daß sie deine Mutter ist. Ihr seid euch im Charakter zu ähnlich. Ihr seid beide die personifizierte Selbstsucht. Sie verwendete ihre verlorene Liebe als Ausrede, und du benützt . . .«

»Ja«, sagte er leise, »was benütze ich?«

»Was gerade verfügbar ist. Kann ich jetzt gehen? Du hast versucht, mein Mitgefühl zu gewinnen, und das ist dir nicht gelungen. Ihr alle habt versagt in eurem Bemühen, den armen, unerwünschten Herzog zu bedauern.«

Trevelyan ging zu einem Lehnstuhl und nahm Platz. »Habe ich in meinem Bemühen, dich dazu zu bringen, mich zu lieben, versagt?«

»Nein. Ich habe dich eine Weile geliebt, aber das war, bevor ich dich kannte.«

Trevelyan seufzte. »Also wirst du Harry heiraten und ein paar blonde Kinder auf die Welt bringen.«

Sie holte tief Luft. »Nein, ich habe nicht die Absicht, Harry zu heiraten. Ich glaube, dafür bin ich zu romantisch veranlagt. Ich möchte einen Mann heiraten, den ich liebe. Ich weiß, das wird schwierig sein, seit ich . . .«

»Seit du was?«

Sie blickte ihn trotzig an. »Dich geliebt habe. Jemanden wie dich geliebt habe«, sagte sie leise. »Die Erinnerung daran wird nur schwer zu verdrängen sein.«

Er lächelte ironisch. »Ich danke dir, daß du wenigstens einen guten Faden an mir findest.«

Sie schwiegen einen Moment.

»Hast du mir nun gesagt, was du mir sagen wolltest?« erkundigte sich Claire. »Ich habe noch zu packen.«

»Claire«, sagte Trevelyan leise. »Ich liebe dich. Ich liebe dich schon lange. Ich . . . ich glaube, daß ich dich brauche.«

Claires Lippen wurden schmal. »Ja, du brauchst mich. Ich bin die einzige Person auf der Welt, die du nicht einschüchtern kannst. Ich habe keine Angst vor dir. Ich kusche nicht, wenn du mich wütend ansiehst oder anschreist. Wie erfrischend – und empörend – das für dich sein muß. Der große Captain Baker, der Mann, der Menschen zum Zittern bringen kann, wenn er sie nur anschaut, kann eine neunzehnjährige Amerikanerin nicht das Fürchten lehren.«

Trevelyan lächelte. »Wie recht du hast. Von dem Moment an, in dem ich dich kennenlernte, hast du mich herumkommandiert. Das erste, was du zu mir sagtest, als wir uns zum ersten Mal begegneten, war ein Befehl. Du hast mich bei jeder Gelegenheit wissen lassen, was ich falsch mache. Du hast meine Bücher kritisiert, meine Kleider, was ich zu dir sagte und wie ich es sagte. Weißt du eigentlich, wie gut wir zusammenpassen?«

Claire drehte sich von ihm weg, damit er die Tränen nicht sehen konnte, die ihr in die Augen stiegen. Trevelyan war die einzige Person auf Erden, die so neugierig war wie sie – die lernen wollte, wie die Welt beschaffen war und was in ihr vorging.

Er stand auf und stellte sich hinter sie – dicht genug, um sie berühren zu können, aber er hielt sich zurück.

»Ist deine Liebe für mich vollständig tot?«

»Nein«, gestand sie ihm ehrlich. »Ich denke, ich werde mit meiner Liebe zu dir beerdigt werden, aber ich will nicht mit dir leben. Ich will nicht mit einem Mann zusammensein, der sich außerhalb des Lebens stellen und nicht daran teilnehmen möchte.«

»Ich habe daran genügend Anteil, indem . . .«

Sie drehte sich wütend zu ihm um. »Nein, das tust du nicht! Du machst Ausflüchte. Du sagst, du liebst mich, könntest mich aber nicht an meinem Vorhaben hindern, einen anderen Mann zu heiraten. Du schützt Gründe vor, warum du nicht deinen rechtmäßigen Platz als Herzog einnehmen möchtest, aber die Wahrheit ist, daß du, wenn du Herzog wärst, dich mit anderen Menschen auseinandersetzen müßtest wie zum Beispiel den Pachtbauern und deiner Mutter. Es ist viel einfacher für dich, dich nicht zu engagieren in der Welt, sondern sie zu beobachten.« Sie holte tief Luft. »Weißt du, was ich glaube? Als du mich fragtest, ob ich dich heiraten würde, wolltest du mich im Grunde gar nicht haben. Du hast mir prophezeit, daß ich dich in ein paar Jahren hassen würde – nur damit ich dich nicht heirate.«

Er sagte einen Moment lang nichts, stand nur da und sah sie an. »Was kann dich davon überzeugen, daß ich dich liebe? Was würde dich zu dem Glauben bekehren, daß ich für immer bei dir sein möchte?«

Claire ließ ein häßliches Lachen hören. »Zeig mir, daß du nicht dabeistehen und zuschauen kannst, wie eine junge Frau stirbt. Zeig mir, daß du ein menschliches Wesen bist und daß du der Mann bist, der diese Briefe geschrieben hat. Ich habe diesen Mann nicht gesehen.«

Trevelyan ging zu einem Wandteppich an der Längsseite des Zimmers und zog ihn zurück. Claire hörte, wie sich eine Tür öffnete.

Claire hörte ihre Stimme, bevor sie Nyssa sah.

»Du hast mich zu lange warten lassen«, klagte Nyssa. »Ich bin ganz blau gefroren. Du . . .« Nyssa brach ab, als sie Claires Gesicht und ihre vor Staunen geweiteten Augen sah. »Du hast es ihr nicht gesagt?« fragte Nyssa. »Wie konntest du ihr das nur antun?«

»Ich bin nicht dazu gekommen«, sagte Trevelyan und lächelte. »Sie hat mir keine Gelegenheit gegeben. Du bist mein Geschenk für sie.«

Claire machte auf dem Absatz kehrt und ging auf die Tür zu, aber Trevelyan hielt sie auf.

»Ich dachte, das Geschenk würde dir Freude machen.«

»Ich soll mich darüber freuen, daß du mich zum Narren gehalten hast? Wie mußt du über mich gelacht haben, als ich die Männer anflehte, einen Smaragd auf dem Becher für eine junge Frau anzubringen, die gar nicht gestorben war.«

Trevelyans Gesicht wurde hart. »Nimmst du stets nur das Schlimmste von mir an?«

Claire riß sich von ihm los und marschierte zur Tür.

Nyssa verstellte ihr den Weg. »Ich habe es gründlich satt«, sagte sie zu Claire. »Dieser Mann ist verrückt vor Liebe nach dir. Du mußt ihm verzeihen.«

Claire funkelte Nyssa an. »Ich glaubte, daß du tatsächlich Selbstmord begangen hast. Ich wußte nicht, daß es nur ein Scherz war, aber schließlich ist mir ja nie etwas über ihn erzählt worden.«

Nyssa lachte. »Aber ich *bin* doch gestorben. Die Perle des Mondes starb, wie sie sterben sollte. Frank beschloß, mich wieder vom Tode zu erwecken und mich zu fragen, ob ich es mir nicht anders überlegen möchte.«

Claire runzelte die Stirn, und Nyssa zog sie zu einem Stuhl. »Komm, ich werde dir alles erzählen.«

Claire ließ es sich gefallen, daß Nyssa sie auf den Stuhl niederdrückte, und hörte sich Nyssas Geschichte an. Sie würdigte Trevelyan, der mit dem Rücken zu ihnen am Fenster stand, keines Blickes.

Nyssa erzählte ihr, daß sie mit der Absicht, zu sterben, das Gift getrunken hatte – zumindest glaubte sie, daß es sich um Gift handelte; Trevelyan hingegen hatte den Verdacht gehabt, es wäre nur ein Mittel, das sie in einen tiefen Schlaf versetzen sollte. Als die Männer aus Pesha so beharrlich darauf bestanden, anschließend Nyssas Leiche zu verbrennen, kam ihm der Gedanke, daß es vermutlich das Feuer sein würde, das sie wirklich töten sollte. Trevelyan wußte, daß die beiden Peshaner nur Boten waren und vielleicht gar nicht wußten, daß das Getränk kein Gift, sondern nur ein Betäubungsmittel enthielt. Trevelyan gab den beiden genügend Goldstücke, um sie dazu zu bringen, sich von Nyssas leblosem Körper zu trennen. Und er gab ihnen Asche von MacTarvits Herd, die sie nach Pesha zurückbringen konnten.

Trevelyan und Angus bemühten sich drei Tage, Nyssa aus der Betäubung zu wecken. Nyssa erzählte von diesen übelschmeckenden Aufgüssen, die sie ihr eingeflößt hatten, während sie immer nur schlafen wollte. Trevelyan hatte sie dazu gezwungen, ständig in der Hütte umherzugehen. Er hatte drei Tage nicht geschlafen, weil er fürchtete, daß Nyssa die Besinnung verlieren und nie mehr aufwachen würde.

Nyssa erzählte, daß Trevelyan gesagt hatte: »Wenn Claire wünscht, daß Nyssa am Leben bleiben soll, dann hole ich sie von den Toten zurück.«

»Ich bin gestorben, wie die Perle des Mondes sterben sollte«, sagte Nyssa. »Und nun darf ich leben, wie ich leben möchte. Frank sagt, daß ich hier bei seiner Familie bleiben kann, solange ich will.« Sie drehte sich um und blickte Trevelyans Rücken an. »Darf ich jetzt gehen?«

Trevelyan nickte, und Nyssa verließ das Zimmer.

Claire verharrte noch einen Moment auf ihrem Stuhl, stand dann auf und ging zu Trevelyan. »Warum hast du das getan? Warum hast du sie gerettet?«

»Weil ich dich haben wollte.« Er drehte sich zu ihr um, und seine Augen brannten. »Ich wollte weggehen. Ich wollte an dem Tag von Nyssas Tod das Land verlassen. Ich wünschte, ich hätte sagen können, daß es Allahs Wille ist, wenn wir nicht zusammensein könnten.«

Plötzlich packte er sie bei den Schultern. »Claire, wenn du meinen Bruder heiratest, werde ich euch beide umbringen. Wenn du möchtest, daß eine Frau, die sterben will, leben soll, dann werde ich alles in meinen Kräften Stehende tun, damit das geschieht. Wenn du eine Herzogin sein möchtest, dann werde ich ein Herzog sein. Claire, verlasse mich nicht.«

»Nein, ich werde dich nicht verlassen«, flüsterte sie. »Ich werde dich nie mehr verlassen.«

Epilog

Claire konfrontierte ihre Eltern mit der Neuigkeit, daß sie einen anderen Mann als Harry heiraten würde, und sie erklärten ihr erwartungsgemäß, daß sie ihre Heirat mit einem Forschungsreisenden nicht befürworten könnten. Trevelyan schloß sich daraufhin mit ihren Eltern in ein Zimmer ein, und als er die Tür wieder öffnete, sagten ihre Eltern mit bleichen Gesichern, daß sie ihre Zustimmung zu dieser Heirat geben würden. Keiner wollte verraten, was Trevelyan gesagt hatte, um sie umzustimmen.

Claire und Trevelyan wurden in aller Stille getraut, und sie reisten ein paar Wochen später nach Afrika, wo Trevelyan, immer noch als Captain Baker, Expeditionen in das Innere des Kontinents durchführen konnte. Claire blieb an der Küste und wartete dort auf ihn. Sie schrieb ein Buch über ihr Leben in Afrika, das, zu Trevelyans großem Erstaunen, ein Bestseller wurde. Ermutigt durch ihren Erfolg, verfaßte Claire noch eine Reihe von Büchern über ihre Reisen, und als sie schon ein paar graue Haare hatte, schrieb sie das Buch, das das Werk ihres Lebens werden sollte – eine Biographie von Captain Frank Baker.

Doch mit Ausnahme dieser Biographie bestanden Claires Bücher nicht den Test der Zeit wie Trevelyans Schriften. Sein Werk beinhaltete unersetzliche Studien über fremde Zivilisationen und Urvölker. Einhundert Jahre später werden seine Bücher noch genauso gelesen wie damals und erfreuen Generationen von Gelehrten und Abenteurern.

Claire und Trevelyan ergänzten sich blendend. Sie reisten gemeinsam durch die ganze Welt und waren unzertrennliche Partner in ihrem langen Leben.

Claires Eltern und ihre Schwester blieben bei der Familie Montgomery, und schließlich heiratete Brat Harry – der den

Herzogtitel behielt. Die beiden paßten gut zueinander. Sie liebten sich im körperlichen Sinne; führten aber ansonsten ein total getrenntes Leben. Brat wurde eine berühmte Gastgeberin und Harry war der größte Jäger Englands. Die beiden ungewöhnlich schönen Menschen brachten ein paar außergewöhnlich hübsche Kinder auf die Welt.

Weil Brat sich so sehr der Möglichkeiten der Armut bewußt war, wurde sie eine ausgezeichnete Geldverwalterin und vermehrte das Montgomery-Vermögen beträchtlich.

Eugenie, die Herzogin-Witwe, zog sich auf ihren Witwensitz zurück, als Harry heiratete, und danach sah und hörte man nur noch wenig von ihr.

Angus MacTarvits Söhne kamen aus Amerika zurück und begannen im großen Stil MacTarvit-Whisky zu brennen.

Nyssa blieb bei der Familie Montgomery und wurde fünfundneunzig Jahre alt. Sie heiratete nicht und glaubte bis zum Tage ihres Todes, daß sie die schönste Frau der Welt sei. Sie war stets von jungen Männern umringt, die sie in diesem Glauben bestärkten.